D0637693

PENDRAGON

7
Les Jeux de Quillan

DANS LA MÊME SÉRIE
DÉJÀ PARUS

D. J. MACHALE

BOBBY
PENDRAGON

7

Les Jeux de Quillan

Traduit de l'américain par Thomas Bauduret

Jeunesse
éditions du
ROCHER

Titre original : *Pendragon 7. The Quillan Games*.

La présente édition est publiée en accord avec l'auteur, représenté par Baror International Inc., Armonk, New York, USA.

Tous droits de reproduction, de traduction et d'adaptation réservés pour tous pays.

© D. J. MacHale, 2006.

© Éditions du Rocher, 2007, pour la traduction française.

ISBN 978 2 268 06172 6

*Pour ma sœur Katie,
qui aime jouer et raconter des histoires.*

PRÉFACE

Salutations à vous, gens de Halla !

Le flume nous attend. Il est temps d'y sauter et d'entamer un nouveau voyage. Aux nouveaux arrivants, je souhaite la bienvenue. Pour tous ceux qui ont suivi les aventures de Bobby depuis le début, ces quelques pièces du puzzle vous sont destinées. Dans ces pages, vous trouverez la réponse à bien des questions. Mais bien sûr, d'autres prendront leur place. Ça se passe comme ça dans Halla, lorsqu'on cherche à déjouer les plans d'un démon qui ne demande qu'à confondre et tourmenter. Et ce n'est pas de Saint Dane que je veux parler, mais de moi-même !

Comme toujours, je tiens à remercier vivement tous les fidèles lecteurs qui ont suivi la série. Du Canada à la Chine en passant par l'Australie et tout ce qu'il y a autour, de plus en plus de monde entre dans le flume. Je remercie en particulier les lecteurs qui m'ont envoyé des courriers électroniques pour discuter de l'histoire. L'un de mes moments préférés de la journée est celui où je m'installe pour lire vos pensées et répondre à vos questions. Ou plutôt, répondre à *certaines* de vos questions. Tout le monde sait que je n'aime pas gâcher les surprises que je vous réserve et dévoiler mes petits secrets. Ce serait de la triche.

Comme à chaque volume, je voudrais remercier quelques personnes qui font de leur mieux pour que mes livres vous parviennent. Notamment tous ces braves gens de Simon & Schuster, mon éditeur américain, qui m'ont soutenu dès le début. Rick Richter, Ellen Krieger, Jenn Zatorski, Kelly Stidham et tant d'autres ont largement contribué à la saga de Pendragon. Une fois de plus, mon éditrice Julia Richardson a beaucoup aidé à extraire de mon cerveau parfois embrumé la meilleure histoire possible.

Si vous trouvez que ces histoires sont pleines de tours et détours parfois difficiles à suivre, vous devriez essayer de les écrire ! Merci, Julia. Pour ce livre, Victor Lee a conçu une de mes couvertures préférées. J'aime bien regarder chaque illustration indépendamment, mais aussi les mettre l'une à côté de l'autre. C'est une façon de voir la distance que nous avons parcourue. Heidi Hellmich a fait un excellent travail de correction. Lorsqu'on traverse le temps et l'espace, il est parfois difficile de ne pas oublier la concordance des temps, et pourtant, Heidi y est arrivée, une fois de plus. Étonnant, non ? Bien sûr, je ne pourrais jamais oublier ma bande d'acolytes : Richard Curtis, Peter Nelson et son équipe, ainsi que Danny Baror. Tous s'inquiètent de ces divers aspects de l'édition qui me donnent mal au crâne. Merci, les gars. Evangeline, mon épouse, m'a toujours soutenu et encouragé. Sans son calme et son assurance, je jetterais certaine-ment plus de pages que je n'en écris, et je mettrais des années à finir un livre ! Finalement, ma fille Keaton m'a offert un des moments les plus satisfaisants qu'un écrivain puisse connaître. Elle n'était même pas encore née lorsque l'aventure a commencé et que les premiers livres ont été publiés. Maintenant qu'elle a deux ans et demi, lorsqu'on va dans une librairie, elle montre du doigt le rayon des *Pendragon* et s'écrie : « C'est les livres de papa ! » À chaque fois, mon cœur se gonfle de fierté. Bien sûr, tout de suite après, elle passe devant l'étagère et fonce vers le rayon du Docteur Seuss[1], mais c'est une autre histoire. Tous ceux que j'ai cités ne sont qu'une partie des gens qui ont contribué au livre que vous tenez entre les mains, et je les remercie tous le plus sincèrement possible.

Bien. En avons-nous terminé ? Sommes-nous prêts ? La dernière fois que nous avons laissé Bobby, il venait de recevoir une mystérieuse invitation à rejoindre le territoire de Quillan ; Mark venait de sauver la vie de Courtney, bien qu'elle soit entre la vie et la mort dans un hôpital de Seconde Terre ; et Andy Mitchell

---

1. Auteur de classiques comme *Le Chat chapauté* ou *Le Grinch*, plus célè-bre aux États-Unis qu'en France. *(N.d.T.)*

venait de faire un geste aussi surprenant qu'impossible. Avec tout ce qui s'est passé et tout ce qui reste à venir, il n'y a plus qu'une question à poser :

Êtes-vous joueurs ?

Hobie-ho, c'est parti !

D. J. MacHale

QVILLAᴎ

J'ai toujours été joueur.

Toujours. Que ce soit une simple partie de dames ou quelque chose de plus intellectuel, comme les échecs. J'adore aussi les jeux de plateaux genre Stratego ou Risk et à peu près tous les sports d'équipe qui existent. J'apprécie les jeux d'ordinateur, de cartes, les charades et le Scrabble, et quand j'étais gamin, j'étais redoutable à la belote. Et j'aime gagner, en plus. Comme tout le monde, non ? Mais je ne suis pas de ces types qui se mettent en rogne s'ils ne l'emportent pas à tous les coups. Pourquoi ? Si je me fais battre, je me monte la tête pendant une demi-seconde, puis je passe à autre chose. Pour moi, tout ce qui fait le sel d'une partie, c'est le plaisir de jouer et de voir qui est le meilleur, et tant pis si c'est mon adversaire.

Du moins, c'est ce que je pensais. Dans le temps.

Une fois sur le territoire de Quillan, j'ai découvert que les jeux faisaient partie intégrante de leur culture. Toutes sortes de jeux. Donc, quelqu'un qui les aime autant que moi devrait s'y sentir comme un poisson dans l'eau, non ?

Eh bien pas du tout. Ce qui me plaît, c'est de défier, comploter, développer une stratégie, acquérir des talents et, au final, bien m'amuser. Sur Quillan, tout ça se vérifie… Sauf que ça n'a rien d'amusant. Non, ici, tous ces jeux n'ont rien d'une distraction. Sur ce territoire, on les prend très au sérieux. Et on a tout intérêt à gagner, parce que le prix de la défaite est bien trop élevé. J'ai vu ce qui arrive aux perdants, et ce n'est pas beau à voir. Je commence à peine à comprendre ce nouveau territoire bien étrange, mais il y a déjà une chose gravée dans mon cerveau. Quoi qu'il arrive, il ne faut pas perdre. C'est aussi simple que ça : *ne pas perdre*. Évidemment, il serait plus avisé de ne pas entrer dans le jeu, mais, sur Quillan, ce n'est pas comme si l'on avait le choix. Lorsqu'on y vit, on joue.

Ou on en paie le prix.

Voilà qui semble bien sinistre, mais j'ai dû m'y faire, car je sais qu'à un moment ou à un autre ces fameux jeux auront leur importance dans mon combat contre Saint Dane. Il est là, sur Quillan. C'est le prochain territoire qu'il veut faire tomber. Ce n'est pas vraiment sorcier à deviner. Après tout, il m'a envoyé une bonne vieille invitation. Je vous en ai déjà parlé dans mon précédent journal. Mais il y a autre chose – et ça, je ne vous l'avais pas dit. Parce que, avant moi, un autre Voyageur est déjà passé par là. Et je ne parle pas de celui de Quillan. Enfin, je vous en dévoilerai plus lorsque le moment sera venu. Je dois raconter mon histoire dans l'ordre où elle se déroule. De la façon dont je l'ai vécue. Cependant, je vais quand même vous dire une bonne chose : je suis sacrément furax. Plus que je ne l'ai jamais été depuis que je suis devenu un Voyageur. Si Saint Dane croit qu'il suffit de me défier pour faire tomber Quillan, il va avoir une surprise. Il s'est trompé de champ de bataille. Parce que, comme je l'ai dit auparavant, je suis très joueur. Je suis doué pour ça. Et je suis prêt. Alors qu'il y vienne.

Mark, Courtney, la dernière fois que je vous ai écrit, je me trouvais déjà sur Quillan, dans un château de contes de fées. Je voulais vous en dire plus, mais je n'avais pas le temps d'aller jusqu'au bout. En plus, ce que je vous avais balancé était déjà assez impressionnant en soi. Je devais rédiger tout ça tant que mes souvenirs étaient encore récents. Je ne sais pas pourquoi, mais cela me semblait important. Je ne risque pas d'oublier ce qui s'est passé durant mes dernières minutes sur Zadaa. J'ai beau tourner et retourner les faits dans ma tête, ou chercher une explication rationnelle, j'en reviens toujours au même point. Inexplicable.

Loor s'est fait tuer par Saint Dane, puis elle est revenue d'entre les morts.

Non, attendez : je veux dire, je crois que j'ai aidé Loor à revenir d'entre les morts. Même si je dois vivre cent ans, il ne se passera pas un jour où je ne reverrai ce qui s'est passé dans cette grotte enfouie sous les sables de Xhaxhu. Je sais que je vous ai déjà raconté cet épisode, mais ça me hante sans arrêt. C'est comme une vidéo qui, une fois arrivée à un certain stade, reviendrait en arrière pour recommencer au point de départ. Bien sûr, la conclusion est toujours la même. Saint Dane a assassiné Loor. Je l'ai vu de mes yeux. Il a jailli du flume comme un diable d'une boîte et lui a plongé son épée dans le cœur. Elle n'a pas eu le temps de réagir, encore moins de se défendre. Il l'a tuée de sang-froid. Mais je n'ai pas eu le temps de la pleurer : j'étais trop assoiffé de vengeance. Alors s'est engagé un combat à mort entre moi et ce démon. Du moins, c'est ce que je croyais. Parce qu'en fait, je l'ai vaincu. J'ai attaqué comme un dément, fou de rage et de douleur. Lorsqu'on voit celle qu'on aime passée au fil de l'épée, je suppose qu'on a toutes les raisons de péter un câble.

Saint Dane et moi nous sommes affrontés brutalement, farouchement, comme si nous savions très bien qu'un seul d'entre nous en sortirait vivant. Ç'a été un combat acharné, vicieux, dont l'issue restait incertaine. Mais au final, il a commis une erreur qui lui a été fatale. Il a cru l'emporter et s'est précipité pour m'achever. Je me suis emparé de l'épée avec laquelle il avait tué Loor et l'ai levée. J'ai bien visé. Au lieu de me porter le coup de grâce, il est venu s'empaler droit dessus. Jusqu'à la garde, comme il l'avait fait pour Loor. J'avais gagné. Saint Dane était mort. Le cauchemar était terminé. Mais ma victoire a été de courte durée. Son corps s'est transformé en une sorte de brume noire qui s'est éloignée pour se reformer à l'embouchure du flume. Quand j'ai levé les yeux, je l'ai vu. Ce démon était là, très calme, apparemment indemne. Il se dressait de toute sa taille, presque deux mètres, et était revêtu de son habituel costume de coupe asiatique. Sur son crâne chauve, les cicatrices rouges en forme d'éclairs semblaient pulser telles des veines gorgées de sang. C'était la seule façon de voir qu'il était légèrement fatigué. Mais, comme toujours, ce qui a attiré mon attention, ce sont ses yeux d'un bleu laiteux. Ils ont croisé mon regard et l'ont soutenu, coupant le peu de souffle qui me restait. On est resté longtemps comme ça, à attendre que l'autre fasse un geste. Mais le combat était terminé. Il m'a décoché un sourire froid, comme pour me signifier que tout s'était déroulé exactement comme il l'avait prévu.

— Je vois que tu peux te laisser emporter par la fureur, a-t-il dit d'un ton crâneur. Je m'en souviendrai.

— Comment… ? ai-je hoqueté.

— L'oncle Press ne t'avait-il pas dit qu'il était inutile de vouloir me tuer ? a-t-il fait avec un sourire fat.

Sans me quitter des yeux, il a crié dans le flume :

— *Quillan !*

Le flume s'est animé. Il s'en allait. Je n'avais ni le courage ni la volonté de l'en empêcher. À vrai dire, je n'aurais même pas su comment.

— Zadaa m'a offert une agréable distraction, a dit Saint Dane avec l'assurance qui lui était coutumière. En dépit de ce que tu peux penser, Pendragon, ce n'est pas fini. Je peux lécher mes plaies et repartir à l'assaut. (Il a regardé le cadavre de Loor et ajouté :) Mais toi, peux-tu en dire autant ?

Les lumières du flume ont enveloppé le voyageur démoniaque. Il a fait un pas en arrière et a disparu. J'ai entendu s'éloigner l'écho de son rire.

Au cas où je ne l'aurais pas déjà dit, je hais ce type.

Lorsque je me suis tourné vers Loor, j'ai su qu'il était trop tard. Elle était morte. Je ne suis pas docteur, mais n'importe qui aurait pu en tirer la même conclusion. Il y avait du sang partout. Elle ne respirait plus. Son cœur avait cessé de battre. J'ai fixé son cadavre. Je n'arrivais pas à y croire.

Le soir d'avant – il n'y avait pas vingt-quatre heures, bon sang ! –, je lui avais dit que je l'aimais. J'avais même essayé de l'embrasser. Mais, à mon grand désarroi, elle s'était détournée. Il m'avait fallu invoquer tout le courage que j'avais en moi pour lui avouer mes sentiments, mais d'un simple geste elle m'avait dit tout ce qu'il y avait à dire.

Pourtant, elle partageait mes sentiments, à sa façon.

— On a une mission à remplir, Pendragon, avait-elle affirmé. Jamais personne n'a eu à porter une responsabilité si monumentale. On doit l'emporter. On doit arrêter Saint Dane. Telle est notre quête. On est des guerriers. On combattra à nouveau côte à côte. On ne peut pas laisser nos émotions prendre le pas sur notre raison. C'est pour ça que je ne peux pas être avec toi.

Cela m'arrachait le cœur, mais elle avait raison. Quels que soient les sentiments qu'on éprouvait l'un pour l'autre, il fallait les mettre en sommeil jusqu'au jour où tout redeviendrait normal. Du moins, c'est ce que je me disais à ce moment-là. Parce que le lendemain, Saint Dane l'a tuée sous mes yeux. Alors que j'étais là, dans cette grotte, la main posée sur sa plaie, un million d'idées et d'émotions m'ont traversé l'esprit, toutes plus sombres les unes que les autres. J'avais perdu une amie. Non seulement quelqu'un que j'aimais, mais aussi ma meilleure alliée dans mon combat contre Saint Dane. J'ai alors compris que plus rien ne redeviendrait jamais normal, maintenant qu'elle était morte. On ne serait jamais ensemble. À ce moment-là, j'ai souhaité de toutes mes forces que tout ça ne soit qu'un mauvais rêve.

Et soudain, elle s'est réveillée. C'est aussi simple que ça : elle a ouvert les yeux. Sa blessure avait disparu sans même laisser de cicatrice. Or elle était bien là quelques instants plus tôt, je le jure. Le sang qui se coagulait sur son armure de cuir noire en était la preuve. C'était incroyable, fou, impensable. Depuis, je n'ai cessé de vouloir démêler ce qui s'était passé. Mais comment rationaliser l'incompréhensible ?

Désolé de me répéter autant, mais si j'ai du mal à admettre ce qui s'est passé, les implications sont tout aussi troublantes. Surtout concernant mon avenir. Jusque-là, quelques détails m'ont donné à croire que nous, les Voyageurs, n'étions pas exactement… Euh, comment dire ? Normaux. Je me suis fait salement amocher sur Zadaa, et je me suis remis plus vite qu'il n'est humainement possible. Tout comme Alder de Denduron. Il s'est pris une flèche de métal en pleine poitrine, une flèche qui aurait dû le tuer. Or sa plaie a cicatrisé, et en un rien de temps il était sur pied. Mais si guérir rapidement est une chose, revenir d'entre les morts en est une autre. Cela dit, les Voyageurs ne sont pas immortels. On peut nous tuer. Si on était invincibles, l'oncle Press, Seegen, le père de Spader, Osa et Kasha seraient toujours avec nous. Et nous sommes vulnérables. J'ai assez souffert pour le savoir.

Mais j'ai vu trois Voyageurs recevoir des blessures mortelles... et y survivre. Loor, Alder et Saint Dane. Je n'aime pas ranger mes amis dans la même catégorie que ce monstre, mais, après tout, c'est un Voyageur, lui aussi. Cela dit, il est capable de prouesses qu'aucun d'entre nous ne pourrait accomplir. Je ne peux pas prendre l'apparence de quelqu'un d'autre. Croyez-moi, j'ai essayé. Une fois. Après, je me suis senti tout bête. Comment peut-on se « forcer » à devenir un autre ? J'ai fermé les yeux, je me suis concentré et je me suis dit : *Deviens Johnny Depp*. Sans résultat. J'aurais peut-être dû être plus précis. *Deviens Johnny Depp dans* Charlie et la chocolaterie, *et pas Johnny Depp dans* Pirates des Caraïbes. Débile, non ? Surtout que ça n'a rien donné. Je n'ai même pas pris la peine de penser : *Je veux me transformer en fumée noire et flotter jusqu'à l'autre bout de la pièce*. Si je ne pouvais devenir Johnny Depp, ça ne risquait pas de marcher. Donc, Saint Dane est certes un Voyageur, mais il est à un autre niveau que nous.

Malgré tout, Loor et lui sont tous les deux revenus d'entre les morts. C'est un fait incontestable. Et je me demande si je n'ai pas quelque chose à voir avec la guérison de Loor. Pourtant, j'étais aux côtés de l'oncle Press lorsqu'il s'est fait tuer. Et de Kasha aussi. Or ils n'ont pas ressuscité. Quand je revois ces scènes d'horreur, la seule différence que je remarque, c'est que le meurtre de Loor s'est passé si vite, le choc a été si brutal que je ne suis pas arrivé à y croire. C'est dingue, mais je refusais d'accepter qu'elle soit morte. Je ne voulais pas la laisser partir... Et elle est revenue. Revenue à elle, on pourrait dire. Je sais : c'est impossible, non ? Et pourtant vrai.

J'imagine que je ne devrais pas me tracasser ainsi. Si je peux vraiment ressusciter un autre Voyageur par la simple force de ma pensée, c'est plutôt une bonne chose. À vrai dire, ça me redonne confiance. Même si je préférerais ne pas avoir à refaire ce petit miracle. Oh, non. Avoir un avant-goût de la mort n'est pas dans ma liste de priorités. N'empêche, cette notion a entraîné quelques réflexions assez déplaisantes. Je me suis toujours posé la question de savoir pourquoi j'avais été choisi pour devenir un Voyageur. Je doute qu'on puisse trouver quelqu'un de plus ordinaire que moi. Cela dit, après cette histoire de guérison miracle, je commence à me demander jusqu'à quel point nous sommes normaux, nous autres Voyageurs. L'oncle Press m'a dit que mon père et ma mère n'étaient pas mes vrais parents, mais ne m'a jamais révélé qui étaient mes géniteurs. Voilà qui m'a fait réfléchir. D'où est-ce que je viens exactement ? Le fait que ma famille ait disparu sans laisser la moindre trace de son existence défie toutes les lois naturelles, mais c'est bien arrivé. Et il semblerait que chaque Voyageur ait vécu quelque chose de semblable. Chacun de nous a été élevé sur son propre territoire, et pourtant, tout se passe comme si nous n'avions pas de passé répertorié.

Ce que je ressens par-dessus tout, c'est de la tristesse. Depuis que je suis parti de chez moi, je n'ai jamais eu qu'un seul but : reprendre le cours de ma vie. C'était ma principale motivation, qui dirigeait chacun de mes actes.

Plus maintenant.

Aussi pénible que ce soit à admettre, j'en viens à me demander si je suis vraiment chez moi en Seconde Terre. Vous me manquez plus que je ne pourrais l'exprimer, mais ma famille a disparu. C'est comme si une sorte d'entité cosmique mettait son sceau sur tout ce qui concernait Bobby Pendragon, puis appuyait sur le bouton EFFACER. Si on me demandait d'où je viens, que répondrais-je ? « Eh bien, j'ai grandi à Stony Brook, dans le Connecticut, mais toute mon histoire personnelle a été effacée et ma famille a disparu dès le moment où j'ai emprunté un flume pour aller affronter un démon cherchant à éradiquer tout ce qui existe. Passez-moi le sel. » Ben voyons.

Je ne dis pas ça pour me lamenter sur mon sort. Au contraire. Ces journaux ont pour but de rendre compte de tout ce qui m'arrive en tant que Voyageur pour que, lorsque cette bataille cosmique contre Saint Dane sera terminée, il en reste une trace écrite. D'ailleurs, officiellement, je vais bien. Mais pour moi, rien n'est plus important que de découvrir la vérité. Sur moi-même, ma famille et Saint Dane. Je dois le mettre hors d'état de nuire Non seulement pour le bien de Halla – c'est-à-dire de l'univers tout entier –, mais aussi pour moi. J'ai la certitude qu'une fois que je l'aurai neutralisé une bonne fois pour toutes, mon voyage me mènera à la vérité. C'est ce qui me pousse à continuer. Je vais essayer de ne pas me poser trop de questions, de rentrer la tête dans les épaules et de faire mon boulot. C'est-à-dire débarrasser le monde de Saint Dane. C'est pour ça que je suis sur Quillan.

Dans mon dernier journal, je vous ai raconté comment, peu après que Loor a regagné le monde des vivants, on s'est tenus devant le flume, elle et moi, pendant qu'il s'activait et nous livrait une boîte de couleurs brillantes. Elle avait des bandes rouges et jaunes avec un ruban et un grand nœud rouge. Un carton y était accroché, et on pouvait lire dessus PENDRAGON, écrit dans une calligraphie bizarroïde. Loor a déplié le carton. À l'intérieur, il y avait écrit : « Avec mes félicitations, S. D. » Bien sûr. Saint Dane. (C'était ça ou Sarah Dane, ce qui n'était pas plus logique.) Je ne savais pas quoi en penser. Ce démon venait d'assassiner Loor et de me livrer un combat acharné, s'était fait tuer pour revenir d'entre les morts, et maintenant, voilà qu'il m'envoyait un cadeau d'anniversaire ! Ce n'était même pas mon anniversaire ! En comparaison, recevoir un cadeau d'une inconnue nommée Sarah Dane n'était pas si absurde. Bienvenue dans mon monde. J'ai soulevé le couvercle avec précaution, de peur que quelque chose me saute au visage. Et en effet, ce qui en est sorti était assez moche. Enfin à mon goût. Vous vous souvenez ? C'était une tête de clown à ressort. Une trogne assez effrayante avec un sourire hideux et un chapeau de bouffon. Bon, c'est vrai qu'en général les clowns me flanquent la frousse. Je les déteste. Je me suis demandé si Saint Dane le savait. Le clown a émis un caquètement enregistré en s'agitant sur son ressort. Ça m'a rappelé quelque chose. Super.

Au fond de la boîte, il y avait une enveloppe bleue portant elle aussi l'inscription PENDRAGON. Je l'ai ouverte pour trouver une seule feuille de papier jaune vif couverte d'une écriture rouge. C'était une invitation :

Viens donc, Ami,
Viens donc passer la nuit.

Nous jouerons à toutes sortes de jeux,
Des amusants et des vicieux,
Car si tu veux, tu peux.

Vos hôtes sur Quillan,
Veego et LaBerge.

Veego et LaBerge. Je ne savais absolument pas ce que ça signifiait. Bref, je ne comprenais rien à toute cette histoire, mais il y avait au moins une chose claire : Quillan était mon prochain arrêt. Et j'irais seul. Loor voulait venir avec moi, mais je devais découvrir ce que ce territoire nous réservait avant de décider quel Voyageur serait le plus à même de m'y aider. Et puis, Loor venait de revenir d'entre les morts. Elle avait besoin de repos. Enfin, je le pensais. Mais qu'est-ce que j'en savais ? Je n'avais encore jamais vu de ressuscité. Donc, j'ai laissé Loor à l'embouchure du flume de Zadaa, je suis entré dans le tunnel et j'ai crié : « Quillan ! »

Voilà comment a commencé ma nouvelle aventure…

Journal n° 24
(suite)

QVILLAN

Le flume.

Voyager à travers le temps et l'espace est bien sûr une expérience incroyable, mais c'est aussi le seul moment où je peux me détendre. Pas de surprises, personne pour me sauter dessus sans crier gare, et Saint Dane ne peut pas m'y atteindre. J'espère que ça continuera. Une fois que j'ai annoncé le territoire dans lequel je désire me rendre et suis emporté dans ce tunnel de lumière et de musique, je me relaxe. Je me souviens de mon premier voyage en flume. J'avais eu tellement peur ! Maintenant, je suis serein. C'est comme si cet intermède rechargeait mes accus. D'ailleurs, je pense que ces tunnels magiques sont plus que des espèces d'autoroutes à travers le cosmos. Il doit y avoir une forme d'intelligence derrière tout ça. Sinon, comment sauraient-ils où nous déposer ? Plus encore, comment sauraient-ils *à quel moment* nous déposer ? On arrive toujours au moment où on a besoin de nous. Même s'il y a deux portes sur un territoire, on nous dépose toujours à la bonne. Je suis sûr que le jour où j'apprendrai la vérité sur les Voyageurs, Halla et Saint Dane, je saurai aussi tout sur les flumes et la façon dont ils fonctionnent. Jusque-là, ces voyages resteront une petite récréation, des vacances hors de la réalité, en attendant de gagner ma destination.

Mais une question me hante toujours. Depuis que Saint Dane a remporté la bataille de Veelox, je n'arrête pas de voir d'étranges silhouettes spectrales dans le champ d'étoiles qui s'étend derrière les parois transparentes du couloir. Ce ciel noir piqueté de lumières est désormais plein d'images transparentes de personnes et d'objets existant sur les différents territoires. J'ai vu le *Hindenburg* de Première Terre aux côtés de l'hydravion de Jinx Olsen. J'ai vu les Novans à peau blanche de Denduron marcher en rang et les traîneaux sous-marins de Cloral pourchassés par d'énormes poissons. Des guerriers Batus de Zadaa côtoyant des chevaux zenzen d'Eelong. J'ai vu les immenses pyramides Utopias de Veelox et même de petits animaux ressemblant à des chats de Seconde Terre. Et il y a bien d'autres choses que je suis incapable d'identifier. J'ai vu des nuées d'hommes brandissant des lances en acclamant Dieu sait quoi. Des armoires à glace raides, aux visages sévères, aux mâchoires serrées, courant vers un but inconnu. Je n'aurais pas voulu être sur leur chemin. J'ai même vu des visages de clowns hurlant d'un rire dément. J'ai horreur des clowns. Je l'ai déjà dit, non ?

Il y a des milliers d'autres images que je ne prendrai pas la peine de décrire, parce que je présume que vous voyez où je veux en venir. J'en reconnais certaines, pas d'autres. Ce sont des fantômes venant de l'ensemble des territoires flottant dans l'espace. Et c'est bien ce qui me gêne. Parce qu'on sait tous qu'il ne faut pas mélanger les territoires. On l'a appris de la plus brutale des façons. Et pourtant, là, dans l'espace ou je ne sais quoi, toutes ces images s'entremêlent. Il n'y a pas d'interaction entre elles ou quoi que ce soit. J'ai plutôt l'impression de voir des bribes de films projetées au hasard. Mais en voyant ces images l'une à côté de l'autre, je me rends compte à quel point les territoires sont différents les uns des autres. Chacun a sa propre histoire, son propre destin. Et cela doit rester ainsi. Mélanger ces territoires serait comme de balancer des nombres aléatoires dans une équation parfaite. Le résultat ne serait pas le même. Et je pense que c'est ce qui arriverait aux territoires si leurs cultures se mêlaient. Ils ne seraient plus les mêmes et le résultat pourrait être désastreux.

Or c'est exactement ce que veut Saint Dane. Il a fait joujou avec ces mêmes règles interdisant de mélanger les territoires, et je commence à comprendre pourquoi. S'il réussit à déséquilibrer un territoire, il aura plus de chances de le faire basculer dans le chaos. D'après moi, non seulement il cherche à être là au moment de vérité de chaque territoire pour le mener au désastre, mais il les mélange à son profit. Et qu'est-ce que ça signifie, en dehors du fait que ça me retourne l'estomac ? Rien, sinon qu'il faut vraiment que je l'empêche de nuire. Alors que je fonçais vers Quillan, je n'ai pas pu m'empêcher de me demander si ces images flottant dans l'espace étaient un avertissement ou une preuve que le pire s'était déjà produit, que les murs entre les territoires s'écroulaient déjà.

C'était un des voyages en flume que j'ai le moins appréciés.

Mais je n'ai pas eu le temps d'y réfléchir longtemps. J'ai entendu l'amas de notes musicales, celles qui m'accompagnaient toujours dans les flumes, se faire plus sonores et plus complexes. Ce qui annonçait la fin de mon voyage. Je me suis arraché aux images derrière les parois pour regarder droit devant moi. Une lumière éblouissante brillait au bout du tunnel. J'allais débarquer sur Quillan. Il n'était plus temps d'élaborer des théories. Le spectacle allait commencer.

Alors que le coussin de lumière me déposait en douceur sur mes pieds, tous mes sens se sont mis sur le qui-vive. J'ai vite retrouvé mes esprits. Il faisait noir, mais ce pouvait être le contraste après ce tunnel de lumière. J'ai attendu que mes yeux s'accoutument à la pénombre, les genoux fléchis, prêt à bondir au moindre danger. Après quelques secondes, j'ai entendu un drôle de bruit. On aurait dit un claquement de dents. Je ne sais comment le décrire autrement. Ça venait de quelque part sur ma droite. Rien de dangereux ou d'agressif ; juste une série de claquements aigus. Juste… Bizarre. J'ai tendu l'oreille, mais ça s'est arrêté. Le silence est retombé, uniquement rompu par l'écho des notes de musique repartant dans les profondeurs du flume. Je n'ai pas bougé. Je ne voulais pas faire de bêtise. J'ai attendu une bonne minute, mais le bruit n'est pas revenu. Quoi que ce soit, c'était parti.

J'ai regardé autour de moi, mais il n'y avait rien, que des ténèbres. Super. Mon royaume pour une lampe torche… Si toutefois il y en avait sur Quillan. J'ai laissé passer encore une minute avant de me dire que ça ne servait à rien de rester planté là. J'ai tenté de faire un pas en avant et… *paf !* J'ai heurté un mur. La tête la première. Ouille. J'ai fait un pas en arrière. Je me sentais plus bête que blessé. J'ai tendu lentement la main avant de toucher le mur. Ou ce que je prenais pour un mur. En tout cas, au toucher, c'était ça. C'était plat et solide et ça s'étendait de chaque côté. Un mur, quoi. Il n'y avait pas plus d'un mètre entre l'ouverture du flume et cette cloison. C'était la plus petite porte que j'avais vue jusqu'à présent. Je savais qu'il y avait une sortie, bien sûr, mais il me restait encore à la trouver. J'ai fait quelques pas en arrière, rentrant dans le flume, pour avoir une vue d'ensemble et je suis resté quelques secondes immobiles jusqu'à ce que je puisse voir les fissures dans le mur. En fait, on aurait plutôt dit des coutures. Les lignes étaient droites et s'entrecroisaient pour former comme un réseau d'une soixantaine de centimètres. Si je ne les avais pas vues, c'est parce que j'étais trop près du mur et que mes yeux ne s'étaient pas encore accoutumés à l'obscurité. La lumière était très faible, mais suffisante. Je savais qu'il y avait forcément une sortie. J'ai soigneusement examiné le mur, cherchant tout ce qui pourrait ressembler à une porte, une fenêtre ou un trou. N'importe quoi. Je commençais à devenir claustrophobe.

J'ai à nouveau entendu le cliquetis. Sur ma gauche cette fois-ci. J'ai jeté un œil… et n'ai rien vu du tout. Mais il y avait quelqu'un, pas de doute. Impossible de dire jusqu'où s'étendait le mur. Les coutures disparaissaient de chaque côté, se fondant dans l'obscurité. La cloison pouvait se prolonger sur des kilomètres.

Le bruit a cessé une fois de plus. Ça me tapait sur les nerfs. Je voulais sortir de là. Avec l'énergie du désespoir, je suis allé poser une main sur le mur et j'ai poussé l'un des rectangles formés par les coutures lumineuses. Il n'a pas bougé. J'ai baissé la main pour appuyer sur le rectangle en dessous du premier. Toujours rien. Je m'étais dit qu'ils cachaient peut-être une porte ou une issue et…

Je l'ai vite trouvée. Le cinquième rectangle s'est enfoncé dans le mur. Il était monté sur charnières. Aussitôt, la lumière a jailli. J'ai regardé en arrière pour voir l'entrée du flume, puis de chaque côté afin de localiser l'origine du cliquetis, mais, à cause de la lumière, mes pupilles étaient déjà dilatées. Je n'ai rien distingué. Tant pis ! Le mystère attendrait. La porte arrivait à ma taille et était juste assez grande pour que je puisse m'y glisser. J'ai passé d'abord une jambe, puis la tête, puis mon autre jambe.

Je m'en étais sorti ! Super. Mais où me trouvais-je ? Je me suis retourné pour voir que le mur que je venais de traverser était fait de béton ou de stuc. Il était artificiel. Quelqu'un l'avait érigé. Ce qui répondait au moins à l'une de mes questions : le flume ne débouchait pas dans une grotte naturelle, mais dans un bâtiment. J'imagine que la porte à charnières était un indice. Le mur semblait recouvert d'une sorte de grillage métallique. D'où les séries de rectangles de l'autre côté. On aurait dit une sorte de système de soutien. Une des sections de ce réseau comprenait l'entrée du flume. J'allais refermer la trappe derrière moi quand je me suis dit que je devais trouver un moyen de la reconnaître une fois fermée. À première vue, ces rectangles se ressemblaient tous. Mais pas d'inquiétude : non, ils n'étaient pas tous pareils. J'ai vu une petite étoile gravée sur le coin droit du panneau. Elle n'était pas plus grande qu'une pièce de monnaie, mais elle était là. La marque du flume. Je saurais donc comment le retrouver. J'ai refermé la trappe secrète, puis l'ai rouverte pour m'assurer que le passage était toujours accessible. Si je devais retourner au flume à vitesse grand V, je ne voulais pas devoir affronter une trappe récalcitrante. Je l'ai refermée et je me suis retourné pour jeter un premier coup d'œil à Quillan.

Je me suis retrouvé dans une grande salle qui ressemblait à un débarras. Il y avait des caisses partout. Le plafond s'élevait à une bonne douzaine de mètres. Les murs étaient si éloignés que je n'aurais même pas pu évaluer la taille de cette salle. Soudain, j'ai pensé à un de ces immenses hangars à avions. Maintenant, je pouvais voir que ce réseau de fissures devait former des milliers de rectangles… or un seul menait au flume. C'était une excellente cachette, comme de dissimuler une aiguille dans une botte de foin – avec des aiguilles à la place du foin. Pourvu que je puisse revenir à la botte et retrouver cette aiguille-là. Des bandes lumineuses accrochées au plafond fournissaient l'éclairage. Pas moyen de dire s'il s'agissait de néons ou d'ouvertures donnant sur l'extérieur. Leur lumière était plutôt tamisée. Par ailleurs, cet endroit était plutôt sinistre. Mais j'avais assez d'éclairage pour m'en faire une idée. Il semblait vraiment y avoir des milliers de caisses et de boîtes en tout genre. Certaines n'étaient pas plus grosses que des cartons à chaussures, d'autres auraient pu contenir une voiture. Rien ne permettait d'identifier leur contenu, sinon les séries de chiffres peints sur chacune d'entre elles. J'en ai tiré ma première conclusion concernant Quillan. Ce n'était pas une société primitive. Ils savaient construire des bâtiments et fabriquer des objets, et leur technologie était assez avancée pour créer cet immense hangar.

Les caisses étaient recouvertes d'une épaisse couche de poussière. Quoi qu'on entrepose là-dedans, c'était pour une longue durée. Depuis combien de temps tout ce bazar pouvait bien moisir ici ? Cela dit, c'était plutôt à mon avantage. Il valait mieux que le flume se trouve dans une zone peu fréquentée. Cet endroit était ancien et probablement oublié de tous. Le mot « tombe » m'a traversé l'esprit, ce qui a entraîné d'autres images relatives à ce qui se trouvait dans ces caisses. Une idée sur laquelle il valait mieux ne pas s'étendre.

Les containers étaient disposés de façon à constituer des passages tortueux qui s'enfonçaient dans les profondeurs du hangar. Ou vers la sortie. Pas moyen de dire où elle se trouvait. Je devrais me frayer un chemin dans ce labyrinthe et prier pour ne pas mettre un an à trouver la porte. Quant au retour, ce serait une autre paire de manches. J'ai jeté un œil à mon anneau de Voyageur pour vérifier que la pierre brillait, comme à chaque fois que je me retrouvais près d'un flume. Je devrais lui faire confiance pour me ramener à ce point précis et à cette petite ouverture dans le mur.

J'allais me lancer en quête de la sortie lorsque j'ai réalisé quelque chose d'important. J'étais toujours vêtu de la tunique blanche d'un Rokador, un habitant du territoire de Zadaa. Je n'avais pas la moindre idée de ce qu'on portait sur Quillan, mais il y avait peu de chances que leurs habits ressemblent à ceux que j'avais sur le dos. En général, les Acolytes se chargent de laisser des vêtements locaux près des flumes, mais là, je ne voyais rien. Quoique, dans cette pénombre, je ne distinguais pas grand-chose. Je suis retourné au panneau à l'étoile, je l'ai ouvert et j'ai regardé de l'autre côté. Au bout de quelques instants, j'ai trouvé ce que je cherchais.

Là, sur le sol, gisait une pile de vêtements. Parfait. D'abord, j'ai ramassé un maillot rouge vif. Pas de boutons, ni de fermeture Éclair, ni de col. C'était plutôt un tee-shirt à manches longues, sauf que le tissu en était épais et extensible. Pour tout motif, il y avait cinq rayures noires descendant en diagonale de l'épaule gauche jusqu'à la taille. Ça m'a fait penser à un polo de rugby. Il y avait aussi un pantalon tout simple, noir, fait du même tissu extensible. Mais se sont les chaussures qui m'ont réjoui. On aurait dit mes vieilles baskets de Seconde Terre. Elles étaient noires et sans fioritures, mais avaient l'air confortables. Au cours de mes précédents voyages, j'ai dû porter des sandales de cuir, des mocassins, des bottes de plongée et même des bouts de tissu – à peu près tout, du moment que c'était inconfortable. Mais là, pour une fois, j'avais franchement hâte de les enfiler. Je me suis vite débarrassé de ma tenue de Rokador, mais j'ai gardé mon caleçon. Ça, c'était non négociable. Si le futur de l'humanité dépendait de mon choix de garder ou non mon caleçon, elle ne valait pas la peine d'être sauvée. Les vêtements étaient parfaitement à ma taille, comme toujours. Même les baskets. Décidément, mes nouveaux habits me plaisaient bien.

J'ai alors remarqué quelque chose d'autre. Là, posé sur le sol, il y avait ce qui ressemblait à un bracelet argenté. Un grand anneau ovale avec un simple motif sur toute sa longueur. Rien de bien complexe, et il ne semblait pas avoir de fonction particulière. C'était assez mastoc et plus lourd qu'il n'y paraissait. Mais bon : si c'était là, près du flume, avec les vêtements, c'est que je devais le prendre. Je l'ai donc fourré dans la poche arrière de mon nouveau pantalon, avec le papier contenant cette étrange invitation des nommés Veego et LaBerge.

C'est alors que j'ai entendu à nouveau ces cliquetis. Ils semblaient plus nombreux. Beaucoup plus, même. Le bruit s'est amplifié. J'ai attendu un instant dans l'espoir qu'il se taise à nouveau. Au contraire, cela semblait approcher. Je me suis lentement retourné. Ce que j'ai vu n'aurait pas dû me surprendre. Je me demande encore pourquoi je n'y ai pas pensé tout de suite. Mauvais plan. Là, dans les ténèbres à l'autre bout du flume, j'ai distingué des dizaines de petits yeux, tous braqués vers moi. C'est tout ce qu'il y avait. Des yeux. Des yeux jaunes.

Des yeux de quig.

Un flot d'adrénaline s'est précipité dans mes veines. Une fraction de seconde plus tard, je plongeais la tête la première, visant le rectangle donnant sur le hangar. J'ai heurté le sol, roulé sur moi-même, puis je me suis relevé d'un bond pour voir si j'étais suivi. J'ai fixé la porte béante en attendant de voir ce qui en sortirait. Rien. J'ai cru que je m'en étais tiré. Puis j'ai senti quelque chose qui me chatouillait l'épaule. Avant que j'aie pu réagir, on m'a mordu. Fort.

– *Aaaaaaïe !*

Je me suis jeté contre une grande caisse dans l'espoir d'écraser ce qui m'avait attaqué. Je me suis cogné l'épaule, mais peu importait, du moment que je me débarrassais de mon agresseur. J'ai entendu un craquement et un piaillement. Je me suis écarté, et mon assaillant est tombé à terre.

C'était une araignée. Et une grosse. Mettons plutôt : ÉNORME. On aurait dit une tarentule sous stéroïdes. La bestiole était de la taille d'un chaton, mais n'avait rien de mignon. Son corps épais et ses huit pattes étaient rouge sang ; elle brandissait deux dards qu'elle cognait l'un contre l'autre comme les pinces d'un homard furieux et sa tête était si noire que ses yeux jaunes de quig semblaient luire comme des phares. J'ignorais si elle m'avait poignardé avec ses dards ou mordu avec ses crocs. Quoi qu'il en soit, pourvu qu'elle ne soit pas venimeuse, ou mon aventure sur Quillan serait terminée avant d'avoir commencé.

Je ne l'avais pas tuée. Elle se tenait sur le dos et ses pattes s'agitaient furieusement. J'allais poser mon pied dessus lorsque, soudain, elle a fait un bond pour retomber sur ses pattes et m'a regardé. Je vous le jure, les amis, ce petit monstre m'a carrément dévisagé. Elle était intelligente. Mais aussi inquiétante que soit cette sale bête, ce n'était que le début.

Parce qu'elle n'était pas seule.

J'ai à nouveau entendu des grattements et je me suis tourné vers la trappe menant au flume. Ce que j'ai vu m'a retourné l'estomac. Des centaines, non, des milliers de ces bestioles s'en écoulaient comme une cascade maléfique. Je pouvais entendre leurs pattes cliqueter sur le béton comme des ongles sur un tableau noir. Des ongles acérés.

Si j'avais peur ? Qu'est-ce que vous croyez ? Mais en regardant ces petits quigs se déverser par la porte, une pensée m'est venue malgré ma terreur : j'étais au bon endroit. Saint Dane avait déposé des quigs près des flumes. Ce territoire était sur la sellette. Il allait s'y passer des choses. Cependant cette pensée n'a duré qu'un instant, parce qu'une autre l'a remplacée.

Ces monstres me visaient *moi*. Il était temps d'aller voir ailleurs si j'y étais.

Journal n° 24
(suite)

QUILLAN

Je n'ai pas peur des araignées.

Je sais, c'est contraire à ce que ressentent la plupart des gens. Mais je n'ai jamais compris cette phobie. Après tout, ce ne sont que des petites bêtes. Et même si elles vous mordent, ce qui arrive rarement, ça ne fait pas si mal que ça. Alors pourquoi en a-t-on tellement peur ?

Sur Quillan, les raisons ne manquaient pas – du moins près du flume. Elles étaient énormes, arrivaient par milliers et n'avaient qu'une seule idée dans leurs microscopiques cerveaux : se faire Bobby Pendragon.

Maintenant, c'est officiel : *j'ai peur des araignées.*

J'ai donc fait ce que tout brave Voyageur aurait fait à ma place : j'ai tourné les talons et filé comme un dératé. Sauf que je ne savais pas où aller. J'étais perdu dans un labyrinthe. Tout ce que je voulais, c'était trouver la sortie. Il y avait des caisses empilées partout, certaines jusqu'au plafond. Je ne me suis pas retourné pour voir si les araignées me suivaient. C'était inutile, parce que j'entendais leurs cliquetis sur le sol de béton et ce drôle de piaillement suraigu, comme un cri de guerre. Un seul m'aurait suffi, mais là, multiplié par un million, leurs couinements continus faisaient se dresser les cheveux sur ma tête. Et elles étaient rapides. Dur de les distancer. Pire, les allées étaient si étroites que je ne pouvais même pas piquer un sprint. De temps en temps, j'arrivais à un croisement et je devais décider quelle direction prendre. Et vite. Gauche, droite, gauche, gauche. Je ne savais pas où j'allais. Mais ça n'avait pas d'importance. L'essentiel, c'était de garder à distance cette armée d'araignées.

Combien de temps pouvais-je conserver mon avance ? Ce que je craignais par-dessus tout, c'était de tomber sur un cul-de-sac et me retrouver pris au piège. Les quigs ont une apparence différente sur chaque territoire, mais les machines à tuer créées par Saint Dane pour garder les flumes ont toutes un point en commun : leur férocité. Vous vous souvenez des quigs-ours de Denduron ? La simple odeur du sang les avait poussés à s'entre-dévorer. Et les requins-quigs de Clora ont bien failli se déchirer les entrailles pour accéder à l'avancée rocheuse où l'oncle Press et moi on s'était réfugiés, terrifiés. Enfin, moi je l'étais. L'oncle Press, lui, n'avait pas l'air de s'en faire. Mais qu'importe. Ce qui comptait, c'est qu'ici et maintenant, sur Quillan, je ne voulais pas me retrouver coincé face à ces arachnides aux yeux jaunes.

Si je m'éloignais assez loin de la porte, les quigs se désintéresseraient de mon cas. Du moins je l'espérais. Mais un regard en arrière m'a appris que je me trompais. Au contraire, ils semblaient toujours plus nombreux à se répandre comme une vague démoniaque. J'ai jeté un coup d'œil autour de moi pour constater que je me trouvais au beau milieu d'un océan de caisses. Et pas la moindre sortie. Nulle part. Je commençais à fatiguer et je n'étais pas plus avancé qu'au commencement de cette course insensée. Mais pas question de m'arrêter.

Après un virage, j'ai vu que, droit devant, une horde d'araignées avait contourné les caisses pour me coincer. Ces monstres avaient une stratégie ! Comme pour confirmer cette impression, j'ai constaté qu'une araignée en particulier menait les autres. Enfin, j'avais l'impression qu'elle était à leur tête. Ce n'est pas comme si elle portait un drapeau et criait : « Chargez ! » Mais, de toute évidence, elle était plus grosse que les autres. Elle était plus rouge et ses yeux jaunes plus grands. La horde s'écoulait derrière elle comme si elle était la pointe d'une flèche. Ce n'était pas un groupe de gentilles bébêtes tout droit sorties d'un film de chez Pixar, où le chef balance des répliques marrantes. Non, quand celle-là ouvrirait la bouche, ce serait pour mordre. Dans ma chair.

J'ai viré sur les chapeaux de roue pour m'enfuir dans la direction opposée, mais l'armée des araignées était derrière moi. Elles s'étaient séparées pour me prendre en tenaille. Malignes, ces bestioles. Tant mieux pour elles. Pas pour moi. J'étais piégé. Il ne restait plus qu'une chose à faire : monter. Je me trouvais face à une montagne de caisses dont le rebord était à quelques dizaines de centimètres de ma tête. J'ai fait un bond pour saisir le plus proche et me suis hissé. C'est incroyable ce que l'adrénaline peut accomplir. En quelques secondes, je me suis rétabli et j'ai jeté un coup d'œil en bas pour voir les deux vagues d'araignées se rejoindre. J'étais tiré d'affaire…

Enfin, je l'ai cru pendant dix secondes. Sans une hésitation, la vague d'araignées a escaladé le flanc de la caisse, leur leader toujours en tête. Je me suis remis sur mes pieds et j'ai repris ma fuite. Je venais de changer de terrain. En regardant autour de moi, j'ai vu que je me trouvais au sommet d'un amoncellement de caisses de hauteurs différentes. Je ne pouvais pas courir. Un seul faux pas, et j'irais m'écraser au sol, je me casserais une jambe et je finirais en casse-croûte pour araignées. Non, je devais faire attention. Il ne s'agissait plus de courir, mais de sauter d'une caisse à l'autre. Mais à peine arrivais-je au bout d'une d'entre elles que je devais grimper sur une autre ou descendre d'un niveau. Ça ne semblait pas gêner les araignées. Elles continuaient d'avancer comme une immense ombre. Il fallait que je trouve quelque chose, et vite, ou elles ne tarderaient pas à me rattraper.

J'ai sauté sur une caisse, mais j'ai dû m'arrêter net sous peine de tomber dans l'allée qui s'étendait de chaque côté. Me retournant, j'ai vu que les araignées étaient presque sur moi. Leur piaillement s'est intensifié, comme si elles savaient que c'était la fin. Ou le début, si l'on se réfère à leur déjeuner. Je n'avais pas d'autre solution que de sauter par-dessus ce gouffre. J'ai fait quelques pas en arrière, retenu mon souffle, pris mon élan et bondi.

J'ai atteint l'autre côté avec quelques centimètres d'avance. Merci, miss Adrénaline. Et j'ai reçu une autre bonne nouvelle. Les araignées ne sautent pas. En tout cas pas assez pour me rejoindre. Il ne leur restait plus qu'à redescendre dans l'allée et à grimper de l'autre côté. J'aurais préféré qu'elles n'y arrivent pas du tout, mais le temps qu'elles perdraient me permettrait de m'éloigner. J'ai couru en cherchant d'autres caisses sur lesquelles bondir. J'ai sauté encore une, deux, trois allées. À chaque fois, mon moral a remonté d'un cran. Je gagnais assez de temps pour me sortir de ce piège. Le bruit des arachnides était de plus en plus faible. Je commençais à croire que j'avais survécu à une nouvelle rencontre avec les quigs de Saint Dane.

Je me trompais.

J'ai décidé de sauter encore sur une dernière caisse avant de prendre le risque de descendre chercher la sortie. Quand j'ai atterri sur la surface de bois, le rebord a cédé sous mon poids. Si je m'y étais attendu, j'aurais sans doute pu amortir ma chute. Mais je devenais trop sûr de moi. Et je me suis laissé surprendre. Le bois de la caisse devait être vieux et pourri, parce que avant d'avoir eu le temps de me rendre compte de ce qui m'arrivait je m'écrasais sur le sol dans un déluge d'échardes. J'ai dû me cogner le crâne, parce que j'ai vu trente-six chandelles. Tout ce dont je me souviens, c'est qu'une pluie de poussière et de débris s'est abattue sur moi. Je ne savais pas si j'étais blessé, choqué ou juste étourdi. Je me souviens d'être resté assis là, mais je ne saurais dire combien de temps. Quelques secondes ou quelques minutes. Je suis revenu à la réalité en entendant un bruit familier.

Scritch, scritch...

Les araignées arrivaient.

Je n'étais pas en état de me lever et de me remettre à courir. J'étais encore sous le choc, mais je savais que, dans dix secondes, elles seraient sur moi. J'ai regardé autour de moi, cherchant quelque chose pour me défendre. Dans mon dos se trouvait la caisse en bois. Elle était faite de grandes planches d'un bon centimètre d'épaisseur. Comme elle était brisée, j'ai pu récupérer un long bout de bois. Je l'ai testé contre mon genou : il était solide. Les planches ne devaient être pourries qu'au sommet. J'aurais préféré un casse-tête comme celui que Loor m'avait appris à manier sur Zadaa, mais je devrais m'en contenter.

Je me suis relevé sur des jambes flageolantes en regardant le haut de la caisse dont je venais de tomber. C'est de là que descendraient les araignées. J'ai serré mon bout de bois, me suis tourné sur le côté pour former une cible plus réduite, selon les recommandations de Loor, et j'ai levé mon arme. J'étais prêt… autant que je pouvais l'être.

Les araignées aussi. Elles se sont jetées par-dessus le rebord. Ces maudites bestioles ne savaient pas sauter vers le haut, mais vers le bas, pas de problèmes. Un instant, je me suis demandé comment elles pouvaient être si déterminées. Si intelligentes. Plus que les autres quigs que j'avais rencontrés jusqu'à présent. Soudain, une idée m'a traversé l'esprit : et si tous les habitants de Quillan étaient des araignées, comme les chats d'Eelong ? Mais de telles pensées me distrayaient de ma mission : survivre. Si j'étais censé affronter une race d'arachnides aussi féroces qu'intelligents, la bataille pour Quillan pouvait commencer.

Elles se sont jetées sur moi en hurlant comme des démons. Je les ai repoussées avec mon arme improvisée, les écrasant comme… comme des araignées. Elles étaient malignes, mais pas très fortes. La première que j'ai frappée a volé le long de l'allée en piaillant pour aller s'écraser sur une caisse et s'abattre au sol. Elle avait l'air morte. Mais je n'allais pas vérifier son pouls. Pour l'instant, j'avais autre chose à penser. Pourtant, cette vision m'a redonné espoir. Ces araignées étaient fragiles. Elles avaient l'avantage du nombre, moi celui de la force. La question était : serais-je à bout de souffle avant qu'elles ne se trouvent à court de renforts ?

Elles ont continué à s'écouler, et moi à les repousser. *Crac ! paf !* C'était comme un entraînement au squash. Heureusement que je savais viser. Ce n'était pas si différent que de parer les attaques de Loor dans le camp d'entraînement de Mooraj. Mon étourdissement s'était dissipé. Là, grâce à mon amie l'adrénaline, j'étais chaud. Je fracassais les araignées au fur et à mesure qu'elles attaquaient, les envoyant s'écraser sur le bois dur des caisses.

Mais elles n'abandonnaient pas pour autant. Elles sautaient par petits groupes : c'est pourquoi je pouvais les repousser toutes. Cependant, si elles comprenaient que mes défenses étaient limitées, elles attaqueraient en masse et je serais mal barré.

– Aïe !

Quelque chose m'a mordu la jambe. Je n'avais pas besoin de baisser les yeux pour savoir qu'une araignée avait réussi à toucher le sol. Je l'ai fait lâcher d'un coup de talon, mais j'ai senti une nouvelle morsure sur mon autre cheville. Je ne pouvais plus tenir : elles étaient trop nombreuses. Il fallait que je me sorte de là. Tout en continuant de frapper mes assaillantes, j'ai commencé à battre en retraite le long de l'allée. Elles ont contre-attaqué. Elles se sont rassemblées sur les rebords au-dessus de moi, changeant d'angle d'attaque. En reculant, j'ai senti les corps des araignées abattues craquer sous mes pieds. Si je n'avais pas été si remonté, ça m'aurait dégoûté. Mais c'était le moindre de mes soucis. Je perdais la bataille. Je devais me sortir de là.

D'un dernier coup de planche, j'ai envoyé une araignée dans l'au-delà, puis j'ai tourné les talons et je me suis enfui. Je suis passé dans une autre allée dans l'espoir de tomber sur une ligne droite qui me permettrait de mettre le turbo. Et en effet, je l'ai vue… Sauf qu'elle grouillait d'araignées. En tête de la meute (les araignées chassent-elles en meutes ?), il y avait leur commandant en chef. Ses yeux jaunes étaient braqués sur moi. C'était l'assaut final. Oui, final était bien le mot. Je n'avais plus d'alternative. La grosse araignée s'est recroquevillée comme un chat prêt à bondir… Et elle a chargé, vite suivie par les autres dans un cliquètement de pattes.

Pas moyen de reculer. Pas moyen d'avancer. Il ne me restait plus qu'à grimper. Ici, les caisses s'empilaient tout aussi haut, mais étaient de plus petite taille. Celles du haut faisaient cinquante centimètres tout au plus. Une idée a jailli dans mon cerveau. J'ai bondi et j'ai agrippé une des caisses à ma portée. Mais au lieu de me hisser…

J'ai fait tomber la caisse. Elle était lourde, mais ça ne m'a pas arrêté. Pour ce que je voulais faire, c'était une bonne chose, et je devais bien calculer mon coup. J'ai tiré si fort que les muscles de mes bras se sont tétanisés. Pourtant j'y suis arrivé. Les araignées étaient presque sur moi. Je me suis écarté. La caisse s'est écrasée au sol – juste sur la tête de leur chef. Je l'ai entendu crier. On aurait dit une voix humaine. Cela dit, je n'avais pas le temps d'être écœuré. J'espérais gagner les quelques secondes nécessaires pour m'échapper. Je suis monté sur la caisse et j'ai sauté à son emplacement vide. J'allais continuer ma course au sommet lorsque j'ai vu un spectacle incroyable. Les araignées s'en allaient. Et vite. Sous mes yeux, la marée de petits monstres a reflué comme une vague noire. Elles continuaient de couiner, mais leurs cris semblaient plus effrayés que furieux. Comme si la reine de la ruche venait d'être détruite et que, faute de savoir que faire, les abeilles s'éparpillaient. C'était de la folie ! Dire que je ne voulais même pas tuer ce gros machin, uniquement gagner quelques secondes. Enfin, je n'allais pas me plaindre. Je me suis assis sur une caisse pour reprendre mon souffle et je les ai regardées disparaître Dieu sait où. Tout ce qui comptait, c'est qu'elles n'en avaient plus après moi.

Une fois sûr qu'elles étaient toutes parties, je suis redescendu sur le sol. Je ne pourrais pas expliquer le motif de mon action. Une forme de curiosité morbide, sans doute. Mais je suis allé soulever le carton qui avait écrasé l'araignée. Je voulais voir un quig de près. À la réflexion, c'était la première fois. Lors de mes précédentes rencontres avec des quigs, que ce soit les ours de Denduron, les serpents de Zadaa ou les chiens de Seconde Terre, je courais trop vite pour pouvoir les examiner. C'était l'occasion ou jamais. J'ignore comment il s'y est pris, mais Saint Dane a créé ces monstres ; en étudier un me donnerait peut-être une chance de comprendre comment il pouvait les faire apparaître près des flumes et obéir à ses quatre volontés. Ou bien je voulais juste m'assurer qu'il était bien mort et n'allait pas siffler le rappel de ses potes dès que j'aurais le dos tourné. Quoi qu'il en soit, je tenais à le voir.

En soulevant une des caisses, j'ai vu que son flanc s'était brisé. Voilà qui a attiré ma curiosité. Qu'y avait-il donc dans cet entrepôt morbide ? J'ai arraché ce qui restait du panneau, dévoilant… des assiettes. Si, c'est vrai. De simples assiettes blanches comme on en trouve dans n'importe quel restau bon marché. J'en ai ramassé une pour m'assurer de sa banalité. Quelqu'un avait empaqueté une douzaine d'assiettes blanches toutes bêtes. La seule chose digne d'intérêt était le logo imprimé sur le dos. Un seul mot en simples lettres noires : BLOK. C'est tout. BLOK. J'ai vérifié que toutes les assiettes portaient le même. Mais comme ça ne me disait vraiment rien, j'ai reposé le tout et soulevé la caisse du cadavre de ma victime.

Aussitôt, j'ai réalisé deux choses. La première était que cette araignée-là ne risquait plus de me courser. Elle était aussi morte qu'on pouvait l'être. Même si, en la regardant fixement, je me suis demandé si « morte » était le bon mot, puisque ce quig n'avait jamais été vivant. Pas dans le sens habituel du terme. Ça, c'était la seconde chose. Le poids du carton avait fracassé son corps et étalé ses entrailles sur le sol. Mais ça n'était même pas écœurant, car elles n'avaient rien d'organique. Son corps était peut-être couvert de fourrure et ressemblait à celui d'une araignée des plus authentiques, mais à l'intérieur c'était une autre paires de manches. Ma Némésis miniature était mécanique. Au lieu de chair et de sang, je regardais un amas de pièces mécaniques de haute technologie animée par ordinateur.

C'était un robot.

Ses rouages ne ressemblaient à rien de ce que je connaissais. En fait, ils étaient plutôt simples. On pourrait croire qu'un appareillage aussi sophistiqué nécessiterait des milliers de roues, de joints et de capteurs, mais il y en avait étonnamment peu. J'ai juste vu ce squelette d'araignée et quelque chose qui ressemblait à un logiciel. Tout ça devait relever d'une technologie très avancée pour pouvoir courir, tourner, sauter, mordre… et réfléchir. C'était bien ça le plus effrayant. Elles étaient douées de raison.

En regardant cet amas de métal tordu, j'ai réalisé que Quillan était un territoire à la technologie si avancée qu'ils pouvaient créer des robots ayant l'apparence d'êtres vivants et autosuffisants. Pourvu qu'ils ne cherchent pas tous à me mordre.

Je me suis dépêché de nettoyer la caisse brisée et les restes de l'araignée-quig-robot. Il y avait peu de chances que quelqu'un vienne se balader dans le coin, mais, à tout hasard, je préférais dissimuler les traces de mon passage. J'ai repoussé les débris dans un coin entre deux énormes caisses en prenant soin de ne rien laisser des entrailles mécaniques. Une fois satisfait, je suis parti en quête d'une sortie. Il était temps de découvrir quelles autres surprises me réservait Quillan.

Journal n° 24
(suite)

QUILLAN

Qu'est-ce qui était le pire : un territoire peuplé d'araignées ou entièrement contrôlé par des robots ? Ni l'un ni l'autre ne m'emballait. En tout cas, je ne le découvrirais pas en restant dans un vieux hangar poussiéreux rempli d'assiettes. Je devais sortir de là et trouver le Voyageur de Quillan. C'était la clé de tout. Il ou elle me dirait ce que je devrais savoir. À moins que ce ne soit un robot. Ou une araignée. Aïe...

Après avoir fait un peu de ménage, je suis monté sur une caisse pour jeter encore un œil à ce vaste espace. Au loin, j'ai vu le mur avec le réseau dissimulant le flume. La sortie n'était probablement pas par là ; je me suis donc tourné vers la direction opposée. J'ai vite compris que j'avais fait le bon choix. Je n'ai pas trouvé de sortie, par contre j'ai entendu un bruit. Et ce n'était pas le babillage d'araignées mécaniques, mais de la musique. Lointaine et faible, mais pas de doute possible. Là où il y a de la musique, il y a de la vie. Je suis donc parti vers sa source. Au fur et à mesure que je m'approchais du mur opposé à celui du flume, la musique devenait plus forte. Elle était étouffée, mais on entendait que c'était un drôle d'air. Je ne pouvais identifier les instruments, cependant ils semblaient électroniques. La musique elle-même était une sorte de tempo new age joyeux et envoûtant, une mélodie sans fin qui ne semblait aller nulle part. C'était assez bizarre : je n'avais jamais rien entendu de tel. Bon, je n'allais pas me précipiter pour la télécharger en mp3, mais elle n'était pas désagréable. Elle vibrait d'énergie, comme pour instaurer une bonne ambiance. Ces notes avaient comme un effet... hypnotique.

Quelques minutes plus tard, j'ai atteint le mur. Je n'ai pas tardé à trouver une porte. C'était aussi simple que ça. Elle comprenait deux immenses panneaux, ce qui était logique, vu qu'elle devait être assez grande pour laisser entrer les plus grosses caisses. Avant de sortir, j'ai regardé l'immense hangar. Je me suis vite orienté pour savoir quelle direction prendre à mon retour, puis me suis retourné pour ouvrir en grand les portes de Quillan.

Je me suis retrouvé dans une pièce sombre sans fenêtres. Rien d'étonnant à ça. Pour que le flume soit derrière le mur, il fallait que le hangar soit souterrain. Mais à quelle profondeur se trouvait-il ? Et d'où venait cette musique ? Lorsque mes yeux se sont accoutumés, j'ai vu que la pièce contenait plusieurs véhicules ressemblant à des chariots élévateurs. Ils devaient servir à trimbaler les caisses. En passant mon doigt sur le siège d'un des chariots, j'ai laissé une trace dans une épaisse couche de poussière. Ces machines n'avaient pas servi depuis bien longtemps. Ou alors Quillan était si poussiéreuse que tout le monde devait porter un masque protecteur. À moins que ses habitants soient tous des robots, bien sûr. Ou des araignées.

En examinant à nouveau la salle, j'ai vu un escalier métallique en colimaçon menant vers le haut. J'ai contourné quelques chariots jusqu'aux marches et je les ai grimpées prudemment. À chaque pas, la musique devenait plus forte. Tout comme mon angoisse. J'avais déjà vécu ça. Ce n'était pas la première fois que je quittais la grotte où se cachait le flume pour poser le pied sur un nouveau territoire. Toutes mes spéculations, mes idées préconçues, mes questions quant à ce que j'y trouverais ne tarderaient pas à s'évanouir. C'était assez captivant... et également terrifiant. Je ne m'y ferais jamais. J'ai gravi quelques marches. Si cet escalier menait à la surface, il faudrait que je monte au moins l'équivalent de la hauteur du plafond du hangar. Mes jambes commençaient à me lancer lorsque j'ai atteint le sommet. Il n'y avait rien d'extraordinaire à voir, uniquement une double porte. Elle était bien plus petite que celle de l'entrepôt. Elle était faite pour des humains. Ou de grosses araignées.

Bon, il faut vraiment que j'arrête avec ça.

J'ai ouvert la porte en grand et je l'ai franchie d'un pas assuré. À présent, la musique était très sonore. Je m'approchais de sa source. La porte donnait sur un long couloir. J'ai regardé de tous les côtés, mais je n'ai vu personne. Ni robot, ni araignée. Heureusement. J'étais arrivé sur Quillan sans me faire remarquer. Il était temps de voir de quel bois était fait ce territoire. Je ne savais pas trop où aller, vu que la musique semblait provenir de partout. Il devait y avoir des haut-parleurs dissimulés dans les murs. Apparemment, il y avait une sortie un peu plus loin sur ma droite. Au bout de quelques mètres, je suis tombé sur une porte toute simple avec une poignée métallique. La réponse à mes questions devait se trouver de l'autre côté. Ou alors je me retrouverais dans un placard à balais et je devrais continuer à chercher. Mais il n'y avait qu'une seule façon de le savoir.

Lorsque j'ai ouvert la porte, un flot de musique s'est déversé sur moi. Bon sang, c'était un véritable mur de son ! J'ai aussitôt compris comment j'avais pu l'entendre jusque dans les profondeurs de l'entrepôt. Je ne peux pas dire que ce que j'ai trouvé était la dernière chose que je m'attendais à voir, parce que ce n'était pas vrai. C'était encore plus bas sur ma liste. Ou plutôt, ce n'était même pas sur ma liste. C'était ma première vision de vrai Quillan, et ça ne rimait à rien.

Je me suis retrouvé face à... une immense arcade à jeux vidéo.

Imaginez le centre de jeux le plus complexe, le plus avancé, le plus bruyant qu'on puisse concevoir et multipliez-le par cent. Parce qu'il était immense au point d'en devenir ridicule. Des centaines de consoles étaient alignées contre les murs. Ce serait assez bête de dire que je n'avais jamais vu de jeux comme ceux-ci, vu que je venais de débarquer sur ce nouveau territoire, mais c'était le cas. Pourtant, la présentation générale n'était pas si différente de ce qu'on pouvait trouver dans une arcade de Seconde Terre Certains jeux étaient insérés dans de grosses structures rectangulaires aux côtés peinturlurés. D'autres n'étaient que d'immenses écrans flottant au-dessus de la salle. L'un des jeux semblait être un jeu de baston, où l'opérateur affrontait l'image informatique de son adversaire dans un espace virtuel. Un autre évoquait plutôt un labyrinthe où le personnage se tenait sur une plate-forme et courait sur place tout en négociant les différents virages qui se présentaient sur l'écran. C'était bien plus sophistiqué que tout ce qu'on pouvait trouver en Seconde Terre. Tous ces jeux présentaient des couleurs lumineuses visant à attirer l'attention du client et l'inciter à jouer. Cette drôle de musique électronique ajoutait un sentiment de plaisir et de fantaisie. L'arcade occupait trois niveaux. Je me trouvais au premier et, en levant les yeux, on pouvait voir les deux autres.

Désolé si ça fait puéril, mais c'était bien l'arcade la plus géniale que j'aie jamais vue. Non, que je puisse seulement *imaginer*. Si quelque chose comme ça existait en Seconde Terre, ça cartonnerait grave. C'était le nirvana du gamer.

Bizarrement, l'endroit n'était pas très peuplé. L'essentiel du bruit et de l'agitation provenait des jeux eux-mêmes et de la musique. J'ai estimé qu'il devait y avoir une trentaine de clients. Ce n'était pas beaucoup pour une arcade si immense. En Seconde Terre, elle aurait été bondée. Seule une poignée des personnes présentes jouaient ; les autres se contentaient de regarder. Une fois habitué à cet environnement, j'ai pu observer les gens. D'abord, à ma grande joie, j'ai constaté que ce n'était pas des araignées. Ils avaient l'air tout aussi humains que vous et moi, ce qui voulait dire que ce n'était probablement pas des robots non plus. Mon moral a remonté d'un cran. De plus, ils semblaient être de races différentes. Certains avaient la peau sombre et des cheveux blonds, d'autres étaient plutôt pâles aux cheveux noirs. Certains étaient plutôt gros, d'autres plus âgés et… j'imagine qu'il est inutile d'entrer dans les détails. L'essentiel, c'était que le peuple de Quillan semblait aussi normal et varié que celui de Seconde Terre.

Pourtant, j'ai remarqué des détails intrigants. D'abord, il n'y avait pas un seul enfant. Or cet endroit aurait dû les attirer en masse. Il y avait des hommes et des femmes de tous âges, mais pas de jeunes. Et puis j'ai vu que leur façon de se vêtir était, comment dire ?… terne. Il ne semblait pas y avoir de véritable style. Je ne suis pas le mieux placé pour en parler, mais quand on voit un groupe de gens rassemblés dans un même endroit, on peut s'attendre qu'ils soient vêtus de manières différentes. Pas ici. Tout le monde portait un pantalon et une chemise, tous deux unis et sans fioritures, avec parfois une veste. Certains mettaient les pans de leur chemise dans leur pantalon, d'autres pas. Il n'y avait pas non plus beaucoup de différence entre les hommes et les femmes. Je n'ai vu ni robes, ni jupes. Cela dit, ils ne portaient pas tous exactement les mêmes vêtements : il y avait quelques variantes dans les couleurs, mais la plupart étaient foncées, avec divers tons de vert et de bleu. Beaucoup de gris aussi. Pas de couleurs gaies, pas de logos, pas de motifs. La plupart des pantalons étaient simplement noirs. Et les chaussures n'avaient rien d'extraordinaire non plus. Je ne savais pas trop quelles conclusions en tirer, sinon que le peuple de Quillan n'était pas branché mode. J'imagine qu'il y a pire. Ç'aurait pu être des araignées robots mutantes.

J'étais le plus jeune dans la salle, mais ce n'était pas mon principal souci. Je m'inquiétais surtout de ce que je portais *moi*. Mon maillot rouge avec ses stries sur le côté était un peu voyant au milieu de cette foule uniforme. Enfin, je ne pouvais rien y faire. Je devais me fier à ceux qui avaient déposé ces vêtements près du flume.

Alors que je traversais l'arcade, j'ai réalisé autre chose. Habituellement, dans ce genre de lieu, les joueurs eux-mêmes faisaient autant de bruit que les jeux. Ici, même si l'endroit était gai et coloré, personne ne semblait s'amuser. Au contraire : les joueurs étaient totalement concentrés sur leur partie. Et très sérieux. Pas de rires, pas de cris de surprise ou de déception. Ces gens jouaient avec une intensité surprenante. Ils pouvaient courir dans un labyrinthe électronique, tester leurs réflexes ou éviter des balles virtuelles, mais sans aucun plaisir.

Et on pouvait en dire autant des non-joueurs. Ils semblaient aussi enthousiastes que des spectateurs lors d'un tournoi d'échecs, ce qui, pour moi, est aussi excitant que de regarder pousser des arbres. Il y avait peu de parties en cours, et chaque joueur attirait un petit groupe de spectateurs suivant la partie avec la même intensité. Pas de cris d'encouragements ou d'avis sur la meilleure façon de procéder. Le meilleur terme pour décrire l'atmosphère serait « tendue ».

Il y a une chose que je dois préciser. Vous vous souvenez du bracelet argenté que j'ai ramassé près du flume et fourré dans ma poche ? Plusieurs de ces gens portaient le même, non pas au poignet, mais au bras gauche, autour du biceps. Tous ceux qui manipulaient les jeux en avaient, ainsi que plusieurs spectateurs. Encore un peu d'étrangeté dans cette scène qui n'en manquait pas.

– Ouaaaaais ! a crié une voix enthousiaste de l'autre côté de la salle.

Enfin, un signe de vie ! J'ai couru voir le type qui jouait à une sorte de « tuez-les tous » en 3D. Apparemment, il avait gagné. (Comme je l'ai déduit grâce aux lettres YOU WIN ! clignotant à l'écran. Je suis un petit génie, non ?) Contrairement aux autres zombies, ce type sautait de joie. Une femme l'a serré dans ses bras comme s'il venait de gagner le gros lot. J'ai eu l'impression qu'ils pleuraient. D'autres se sont massés pour les applaudir en souriant. Ils semblaient enchantés de sa victoire. Qu'est-ce qui leur prenait ? Ce n'était qu'un jeu vidéo ! Je me souviens d'avoir pulvérisé le record sur un simulateur de snowboard dans l'arcade de l'Ave, chez nous. Vous vous rappelez ce jeu ? Il est toujours là-bas ? Je n'ose pas vous dire la fortune que j'y ai claquée avant de pouvoir mettre mes initiales au sommet des scores. Et j'ai fini par réussir. Mais je n'en ai pas fait tout un plat. D'accord, j'étais content, mais quand même !

– Que fais-tu là ? a lancé une voix derrière moi.

Je me suis retourné d'un bond pour voir un petit bonhomme chauve me regarder d'un air soucieux. Il fronçait les sourcils si fort que son front en était tout ridé. Je n'étais pas censé être là ? Cette arcade était-elle interdite au grand public ? Il fallait peut-être une carte de membre. C'était le moment de faire très attention.

– Heuuuu… C'est à moi que vous parlez ?

– Bien sûr ! a grogné le bonhomme. Que fais-tu là ?

– Oh, je me balade, ai-je répondu d'un ton tout naturel.

D'accord, ce n'était pas la réponse la plus intelligente possible, mais je ne savais pas où il voulait en venir.

— Tu te balades ? a-t-il répété, surpris. Les challengers ne restent pas comme ça, les bras ballants. Tu es là pour t'entraîner ?

Des challengers ? S'entraîner ?

— Oui, ai-je répondu, sans savoir dans quoi je m'engageais.

De toute évidence, ce type me prenait pour un autre. Il valait mieux ne pas le détromper.

— Oui, je m'entraîne. Je m'entraîne dur ! Ici même. Oui, m'sieur.

Ce type m'a sauté dessus et m'a pris les deux bras. Il a été si rapide que je n'ai pas eu le temps de réagir. Il m'a regardé droit dans les yeux. Enfin, il a dû les lever, puisqu'il était plus petit que moi. Il n'était pas en colère, il n'avait pas peur. Je sais que ça peut sembler bizarre, mais ce que j'ai lu dans ces yeux était... une lueur de fièvre.

— Quelle est ta spécialité ? a-t-il chuchoté comme s'il ne voulait pas qu'on l'entende. Tu es bon ? Dis-moi tout. Je ne t'ai encore jamais vu. Quelles sont tes chances ? Je t'en prie, ne me cache rien. Je n'en parlerai à personne.

Ce type me rendait nerveux. Pas de doute, il me prenait pour un autre. Plus étrange encore, il me posait des questions qui semblaient très importantes pour lui. On aurait dit qu'il avait *besoin* de réponses. Je me suis demandé ce que je pourrais bien inventer pour le détromper, mais ça n'aurait pas été une bonne idée. J'aurais pu dire quelque chose qui n'aurait fait qu'aggraver la situation. Je suis resté figé sur place.

— Papa ! a crié une voix de l'autre côté de l'arcade.

C'était celle d'une petite fille. Le chauve et moi avons levé les yeux pour voir une fillette courir dans l'allée, un grand sourire aux lèvres. Elle me tirait d'un mauvais pas. La petite fille blonde a filé au milieu des consoles en écartant les mains. Elle s'est précipitée dans les bras du type qui venait de gagner. Il lui a rendu son étreinte comme s'il ne l'avait pas vue depuis des années. La femme, qui devait être la mère, s'est jointe à eux. Ils sont restés comme ça enlacés un long moment sous les applaudissements des spectateurs. Ce type devait avoir gagné gros. Certainement plus que le droit d'inscrire ses initiales à la première place. Mais personne n'est venu lui offrir un prix ou simplement lui serrer la main. Il n'y avait même pas de trophée.

La famille est repartie, suivie des autres, affichant tous le même air joyeux.

– Merci, mon Dieu, a fait le petit homme chauve.

J'ai vu briller une larme dans son œil. J'en ai profité pour demander :

– Alors, qu'est-ce qui rend ce jeu si important ?

Il m'a regardé comme si j'avais posé la question la plus idiote de l'histoire des questions idiotes. Il se cramponnait toujours à mes bras, ce qui, à vrai dire, me rendait encore plus nerveux. Ce petit bonhomme avait une sacrée poigne. Était-il naturellement fort ou était-ce un effet de sa folie ? Il m'a regardé avec de grands yeux comme s'il cherchait les bons mots pour répondre à une telle question. Il a regardé mon bras gauche.

– Où est ta boucle ?

– Ma quoi ?

– Ta boucle ! a-t-il répété en lorgnant le haut de mon bras. Tu sais ce qu'il peut t'en coûter de la retirer. (Son visage s'est illuminé comme si une idée lui traversait l'esprit.) C'est pour ça que tu es là ? Tu as appris quelque chose ?

Il continuait de poser des questions auxquelles je ne pouvais répondre. Il a lâché mon bras pour lever le sien. Il portait un de ces bracelets argentés autour du biceps.

– Je t'en prie, si tu sais quelque chose, dis-le-moi.

J'ai compris quelle était cette « boucle » dont il parlait. J'ai plongé la main dans ma poche et j'en ai tiré celle que j'avais ramassée près du flume. Le type a ouvert de grands yeux. Il s'en est emparé aussitôt et a regardé autour de lui comme s'il craignait d'être vu.

– Tu es fou ? a-t-il craché. Ne la sors pas comme ça !

Avant que j'aie compris ce qui m'arrivait, il a retourné ma main et y a engagé la boucle.

– Hé ! ai-je protesté en tentant de me retirer.

Trop tard : il a enfilé le bracelet jusqu'à mon biceps. Aussitôt, la boucle s'est refermée sur ma chair comme si ce bout de métal était vivant. J'ai cherché à l'enlever, mais il n'a pas bougé. Il est resté fixé à mon bras.

– Pourquoi avez-vous fait ça ? ai-je crié.

– Je t'ai aidé, à toi de m'aider, a-t-il répondu. Quelles sont tes chances ? Sois franc ; qu'est-ce que ça peut te faire si je suis au courant ?

– Mes chances de quoi ?

J'essayais toujours de retirer la boucle de mon bras, mais pas moyen. Plus je tirais, plus elle se resserrait. On aurait dit qu'un millier de petites épingles le maintenaient en place. Ça me fichait la frousse. De quoi était fait ce machin ? Comment pouvait-il savoir que j'essayais de le retirer ? Et pourquoi refusait-il de lâcher mon bras ? Pouvait-il penser, comme ces araignées-quigs-robots ? Tout se passait un peu trop vite à mon goût.

– Enlevez-moi ça ! ai-je crié au petit homme.

En guise de réponse, il a éclaté de rire.

– Je t'ai rendu service ! Si on te surprenait sans ta boucle, tu ne verrais plus jamais d'autre tournoi.

Avant que j'aie pu lui demander ce qu'il voulait dire, j'ai senti la boucle se resserrer une fois de plus sur mon bras – de sa propre volonté. Vous vous souvenez de l'espèce de sillon gravé sur le cercle ? Il brillait d'une lumière violette éblouissante sur toute la longueur de la bande de métal.

– Qu'est-ce que c'est ? ai-je demandé nerveusement.

– Qu'est-ce que tu racontes ? a-t-il répondu avec dérision. C'est ce qui se passe quand la boucle s'active.

– Qu'elle s'active ? ai-je crié. Je ne veux pas porter quelque chose qui « s'active » !

– Je ne comprends pas, a fait le type d'un air sincère. Tous les challengers portent une boucle.

– Comment ça, un challenger ? ai-je rétorqué. Qu'est-ce qui vous fait dire ça ?

J'en avais assez d'être poli. Je voulais des réponses. Cet anneau animé et brillant sur mon bras me poussait à bout.

– Tu portes bien l'uniforme d'un challenger ? a répondu le type, aussi stupéfait que moi.

Ah. C'était mon maillot. *A priori*, celui des fameux challengers. Pourvu que ce soit de braves gens que tout le monde appréciait et à qui personne ne cherchait d'embêtements.

C'est ça, oui.

Avant que j'aie pu poser une autre question, j'ai entendu un cri d'agonie à l'autre bout de la salle. J'ai jeté un œil. Apparemment, l'homme qui se dépêtrait dans le labyrinthe en 3D n'avait pas eu autant de chances que le tireur. GAME OVER clignotait sur l'écran en grandes lettres bleues. Le joueur était tombé à genoux, l'air vaincu. Il baissait la tête, hors d'haleine. Il avait dû miser tout son argent sur ce jeu et avait tout perdu. Je me suis demandé si les réactions des perdants étaient aussi exagérées que celles des gagnants.

J'allais bientôt le savoir, même si je n'y étais pas préparé.

Ce type était lui aussi entouré d'un petit groupe, mais au lieu de le consoler ils se sont écartés de lui. C'était bizarre : on aurait dit qu'ils venaient d'apprendre qu'il avait la peste. Ils avaient tous l'air peiné. Personne ne lui a lancé un : « Tu auras plus de chance la prochaine fois. » Une femme a pourtant rompu le cercle pour le serrer dans ses bras. Le type n'a pas bougé. Il fermait les yeux et serrait les lèvres comme pour retenir un hurlement. Ils sont restés comme ça pendant que les autres continuaient de s'éloigner. C'est alors que la boucle au bras du type s'est mise à luire. Mais pas d'une lumière violette comme la mienne : celle-ci était jaune. Lorsque la femme l'a vue, elle l'a serré contre elle encore une fois, a embrassé son front, puis a tourné les talons pour partir en courant. Oui, elle s'est enfuie. À ce stade, les spectateurs s'étaient dispersés dans l'arcade pour se mêler aux autres. Certains faisaient semblant d'être captivés par les jeux, d'autres s'en étaient allés. On aurait vraiment dit que ce type était subitement devenu un paria.

J'ai entendu un bruit sec, comme une porte qui claque. Le type chauve à côté de moi a sursauté.

– Les dados, a-t-il fait d'un ton presque révérencieux.

Je lui ai jeté un bref coup d'œil.

– C'est quoi, un dado ?

Il a fait la grimace comme s'il n'arrivait pas à croire qu'on puisse être aussi ignorant.

– Alors, je suis sûr que maintenant, tu es content que je t'aie remis ta boucle, hein ? a-t-il demandé d'un air satisfait.

Puis j'ai entendu des pas. Rapides et cadencés, comme si un régiment entier allait défiler dans cette arcade. En tout cas, ils ont fait réagir notre perdant. Il a regardé autour de lui avec des yeux écarquillés par la frayeur. Je n'aurais pu dire s'il demandait de l'aide, s'il cherchait à voir d'où venaient les marcheurs ou s'il voulait filer à toute allure. Ou les trois. Il s'est mis à courir…

Dans la mauvaise direction. Il a à peine fait quelques pas avant de tomber dans les griffes de deux hommes en uniforme qui marchaient vers lui. Ils se sont emparés de lui, chacun par un bras, et ont continué leur chemin sans même un temps d'arrêt. Le type a tenté de se dégager, en vain. Ils le tenaient et ne le lâcheraient pas.

– C'était ma première tentative ! s'est-il écrié nerveusement. J'ai droit à deux essais, non ? C'est bien le règlement ? Excusez-moi si je me trompe, mais je sais que j'ai droit à deux essais !

De toute évidence, il se trompait. Ou les types en uniforme s'en fichaient. Ils ont continué de marcher au pas cadencé. Le type était au bord de la panique. C'était incroyable. Deux espèces de gendarmes nommés dados l'emmenaient de force, et pourquoi ? Parce qu'il avait perdu à un jeu vidéo ! Et ces dados n'avaient pas l'air de plaisanter. Ils étaient grands et baraqués, avec des épaules larges et des casques dorés brillants. Leurs uniformes vert foncé semblaient sortir du pressing. Chacun des deux avait sur l'épaule un écusson jaune vif portant un logo ressemblant à un « B ». À la ceinture, ils portaient un holster noir contenant un pistolet doré qui semblait fait du même matériau que leurs casques.

Tout ce spectacle était assez effrayant, mais un autre détail m'a confirmé qu'il valait mieux ne pas avoir affaire à ces gars-là : leurs visages. Je ne sais pas comment les décrire, sinon qu'ils étaient énormes. On aurait dit des méchants de dessin animé, avec des mâchoires carrées et des yeux profondément enfoncés dans leurs orbites. Ils étaient dénués de toute expression. Ils emmenaient un type qui criait et luttait pour leur échapper, et pourtant, leurs visages restaient de marbre. Ils ne lui ont pas dit de se calmer, pas donné la moindre instruction. Et ils ne lui ont certainement pas annoncé où ils l'emmenaient. Ils se sont contentés de continuer leur chemin.

Leur victime n'avait pas une chance.

Ils l'ont tiré vers deux autres policiers qui se tenaient de chaque côté de l'allée. Ils étaient venus de la direction opposée pour encercler leur proie. Lorsque les autres sont passés à leur hauteur, les nouveaux arrivants sont restés là, les mains derrière le dos, à surveiller la foule. Tout le monde évitait soigneusement leur regard. De toute évidence, ils avaient peur de ces policiers. Quoique, je ne peux pas le leur reprocher. Je n'aurais pas voulu être livré à ces espèces de Terminator simplement parce que j'avais perdu à un jeu vidéo. Maintenant, je comprenais pourquoi les autres joueurs étaient tellement concentrés sur leur partie. Apparemment, mieux valait ne pas perdre.

Les deux sentinelles ont suivi les autres personnes. L'un d'entre eux a jeté un dernier coup d'œil embrassant toute la salle, jusqu'à ce qu'il tombe sur… moi. Nos regards se sont croisés. Soudain, un frisson m'a traversé. J'ai eu l'impression de voir les yeux d'un robot. Ou d'une poupée vivante.

— Pourquoi est-ce qu'il me regarde comme ça ? ai-je demandé au chauve. Je ne joue même pas.

Sauf qu'il n'était plus là. Je me suis retourné vers le policier-dado-truc qui semblait s'intéresser à ma petite personne… et mes jambes ont failli me lâcher. Lui et son pote avaient changé d'avis. Ils avaient renoncé à suivre les autres…

Ils se dirigeaient vers moi.

Journal n° 24
(suite)

QUILLAN

Ça fait environ deux ans que je suis Voyageur, et j'en ai plus appris sur le temps, l'espace et tout ce qui s'y trouve que je l'aurais cru possible quand je vivais à Stony Brook. Surtout, j'ai appris une règle très, très importante : lorsque des grands types à l'air pas commode vous sautent dessus, mieux vaut prendre ses jambes à son cou.

Je voulais savoir qui étaient ces policiers, ces dados, comme on les appelait. Je voulais savoir en quoi il était si important de gagner ou perdre à ces satanés jeux. Et ce qu'étaient ces « challengers », et pourquoi on m'avait donné cette tenue qui faisait de moi l'un d'entre eux. Et aussi ce qu'était cette satanée boucle qui refusait de lâcher mon bras. Il me restait encore bien des choses à apprendre à propos de Quillan, mais ce n'était pas en me laissant entraîner Dieu sait où par deux espèces de monstres de Frankenstein que je trouverais des réponses. Je devais me débrouiller à ma façon. Bref, en un mot, j'ai filé comme un dératé.

L'ennui, c'est que je ne savais même pas où aller. L'arcade était vaste et bruyante, mais pas très peuplée. Inutile d'espérer me fondre dans la foule. Surtout en portant ce fichu maillot rouge qui me faisait repérer, comme une tomate dans un bol de prunes. Le mieux était encore de sortir de l'arcade. Enfin, je l'espérais, vu que j'ignorais tout de ce qui m'attendait là-dehors. On pouvait aussi bien se trouver en plein désert. Mais si je restais à l'intérieur, j'étais fichu. Je n'avais donc rien à perdre.

J'ai contourné deux machines, je me suis baissé et je suis reparti en sens inverse, puis me suis redressé pour marcher d'un pas tout naturel. Je ne voulais pas attirer l'attention des deux brutes lancées à ma poursuite. C'est beau de rêver... Mon maillot rouge m'a trahi. Les gens ont couru vers moi avec le même regard fiévreux que le chauve et ont posé leurs mains sur moi en disant :

– Quand entres-tu dans la compétition ? Tu es bon ? À quoi vas-tu concourir ? Je t'en prie, réponds-moi !

J'ai abandonné l'idée de passer inaperçu et je me suis remis à courir. J'ai regardé en arrière – les dados étaient à ma poursuite. Leurs yeux fixes de poupées restaient braqués sur moi alors qu'ils traversaient la salle au pas de course. Les badauds avaient tout intérêt à s'écarter sous peine de se faire piétiner. Qui étaient ces gars-là ? Au moins, mon changement de direction m'avait fait gagner quelques secondes, mais j'avais intérêt à trouver la sortie avant qu'ils me rattrapent. Or, comme je ne savais pas où elle se trouvait, il ne me restait qu'à espérer. J'ai évité les machines du mieux que j'ai pu avec cette étrange musique électronique en guise d'accompagnement. Ceux qui me voyaient faire m'applaudissaient comme si je faisais un quatre cents mètres. J'avais envie de leur dire « chut ! », mais ç'aurait été une perte de temps. Puisque je ne pouvais pas m'éclipser discrètement, j'espérais au moins pouvoir le faire en vitesse. Pourtant, ça faisait une minute que je cavalais tout en évitant les dados, et je n'avais toujours pas vu l'ombre d'une sortie.

Soudain, je me suis dit qu'il n'y en avait peut-être pas, que Quillan n'était qu'une immense salle de jeux. Était-ce un rêve... ou un cauchemar ? À ce moment, je penchais plutôt pour la seconde solution. J'ai commencé à avoir un point de côté et j'ai dû m'arrêter pour reprendre mon souffle. Pour ça, j'ai plongé sous une grande console. C'est alors que je l'ai vu. Ce n'était guère qu'un rai de lumière blanche sur le sol, mais il se détachait sur les lueurs criardes des consoles. La lueur du jour. J'étais près d'une porte. Ou d'une fenêtre. Qu'importe. De toute façon, je devais la franchir. J'ai foncé vers cette lumière. Après avoir évité deux autres consoles, je l'ai trouvée : une double porte de verre menant à l'extérieur, où je serais tiré d'affaire.

Je n'étais plus qu'à quelques mètres de... quoi ? Je n'en savais rien. Tout en cavalant, j'ai vu quelque chose d'autre qui pouvait me servir. À côté de la porte, il y avait une rangée de porte-manteaux, et des vestes y étaient accrochées. D'abord, je me suis dit que ces gens devaient être sacrément confiants pour laisser leurs vêtements là où n'importe qui pouvait les faucher. Ensuite, que je devais en piquer une. Je ne suis pas un voleur, mais il y avait urgence. Si je voulais me fondre dans la foule, ce n'était pas avec ce maillot que j'y arriverais. J'ai donc attrapé la première veste qui me semblait être à ma taille. J'espérais pouvoir la rendre à son propriétaire à la première occasion. Comme je l'ai dit, je ne suis pas un voleur. Mettons que c'était un cas de force majeure.

Tout en enfilant la veste, sans cesser de courir vers la porte, je me suis retourné. Les deux policiers approchaient et ils étaient rapides. Il fallait que je les sème le plus vite possible. Tout en cherchant encore à fourrer mes bras dans les manches de la veste, j'ai reculé vers la porte, je l'ai poussée d'un coup et je me suis précipité dehors.

Je me suis retrouvé sur le trottoir bondé d'une ville bourdonnante d'activité. Bien. Je pourrais facilement me fondre dans la foule. J'ai resserré les pans de la veste pour dissimuler mon maillot rouge révélateur, j'ai baissé la tête et j'ai avancé le plus vite possible sans heurter personne. Ce qui n'était pas facile : il y en avait, du peuple. Mark, tu te souviens des jours où on prenait le train pour New York et où on allait à Central Park à pied ? La Cinquième Avenue était toujours bourrée de monde. Je me suis souvent demandé comment tous ces gens faisaient pour ne pas se rentrer dedans. Eh bien, c'était à peu près pareil. Je n'ai pas pris le temps de regarder autour de moi. J'ai continué mon chemin sans ralentir, tourné quelques coins de rue et traversé quelques avenues jusqu'à me retrouver sur un immense boulevard. Une fois sûr d'avoir semé mes poursuivants, j'ai ralenti et j'ai jeté un coup d'œil autour de moi. Mon cœur battait la chamade. Je m'étais échappé. Mais pour aller où ?

Des immeubles gris m'entouraient de toutes parts. Certains étaient des gratte-ciel dignes de tout ce qu'on pouvait trouver d'équivalent dans n'importe quelle grande ville de Seconde Terre ; d'autres étaient plus petits. Enfin, au moins vingt ou trente étages, quand même. Les bâtiments eux-mêmes n'avaient aucun signe distinctif. Ils devaient avoir été conçus par ceux qui avaient imaginé ces vêtements ternes. Bon, ce n'était pas franchement l'imagination au pouvoir. Les fenêtres de ces grands immeubles monotones s'étalaient à intervalles réguliers, rangée après rangée, étage après étage. En regardant le long du vaste boulevard, j'ai vu des bâtiments similaires jusqu'à l'horizon. Les seules variations étaient dans leurs tailles. Sinon, c'étaient tous les mêmes rectangles trapus, grimpant vers un ciel gris encombré de nuages. J'avais l'impression que, si je fermais les yeux et tournais sur moi-même, je serais incapable de m'orienter. Soudain, je me suis dit qu'il ne serait pas si facile que ça de retrouver le flume. L'angoisse. Comme je me tenais au beau milieu du trottoir, j'ai reculé vers le mur d'un de ces bâtiments gris afin de mieux voir ce qui se passait sur le plancher des vaches.

La chaussée était tout aussi bondée. Ils avaient des voitures, comme en Seconde Terre. Et je pense que vous vous doutez de ce que je vais en dire : elles étaient toutes semblables. Elles présentaient plus ou moins la même forme, avec des extrémités arrondies. On aurait dit des Coccinelle en moins intéressant. Certaines étaient noires, d'autres argentées. C'est tout. Oh ! il y avait aussi des deux-roues, des sortes de scooters. Ceux-ci étaient moins nombreux et pouvaient se déplacer plus vite en se glissant entre les voitures. Ce devait être comme dans ces villes asiatiques où il y a un tel trafic que seuls les deux-roues peuvent échapper aux embouteillages. Ça semblait même être le seul moyen d'aller quelque part, car les voitures n'avançaient pas.

Ces véhicules étaient silencieux, ce qui, vu leur nombre, était plutôt une bonne chose. Ils devaient être électriques. Tous se déplaçaient dans la même direction à leur allure d'escargot. Pourtant, ça ne semblait irriter personne. Je n'ai entendu ni Klaxon, ni cri de colère. Il y avait des poteaux indicateurs à chaque intersection, mais rien à voir avec nos feux rouges : c'était une étroite bande bleue qui s'étendait au-dessus de la chaussée, d'un trottoir à l'autre. Lorsqu'elle était allumée, les voitures pouvaient passer.

Lorsqu'elle ne l'était pas, elles devaient s'arrêter. Il n'y avait pas grande différence, vu que tout le monde avait l'air de faire du surplace, mais c'était comme ça.

C'était pareil pour les piétons. Comme les gens de l'arcade, tous étaient vêtus de façon simple et uniforme. Sauf que, là, il y avait un monde fou. Devant moi, les gens marchaient sur le trottoir, lentement mais résolument. Ceux qui se trouvaient du côté de l'immeuble s'écoulaient vers ma droite, ceux plus près de la rue dans l'autre sens. Et il n'y avait pas d'échanges entre eux. Chacun était plongé dans son propre petit monde, pensant ce qu'il devait penser, marchant vers sa destination, quelle qu'elle puisse être. Leurs visages n'arboraient pas la moindre expression. Pas autant que les dados, mais ils restaient impassibles. Je n'ai vu personne rire ou parler ou s'énerver. On était au cœur d'une ville en pleine activité, or il régnait un silence presque angoissant.

Au rez-de-chaussée des bâtiments, il y avait des magasins, chacun avec sa propre entrée. Mais contrairement à ceux de Seconde Terre, qui font tout pour attirer l'attention, les écriteaux étaient tous rédigés avec les mêmes caractères. Des lettres métalliques argentées d'une quinzaine de centimètres sur fond noir brillant. Plus étrange encore, les boutiques n'avaient pas de nom. On se contentait d'énoncer ce qu'on pouvait y trouver. Je vous assure. J'ai vu un panneau disant ALIMENTATION. Un autre, PHARMACIE. Et d'autres, VÊTEMENTS, IMMOBILIER, DOCUMENTS, EMPLOI, PÉDIATRIE. Il y en avait même un intitulé LUMIÈRE. Là, je me demande bien ce qu'on y vendait. Des ampoules ? En tout cas, les boutiques avaient toutes le même genre de pancarte. Bizarrement, ce lettrage avait quelque chose de familier. Au bout d'un instant, j'ai fini par comprendre : c'était celui que j'avais vu sur cette assiette entreposée dans le hangar souterrain. Ce logo BLOK était rédigé avec la même police de caractères.

Le portrait que je viens de faire de cette ville n'est pas très attrayant. Uniforme, atone, pâle. Au moins, on peut dire qu'elle semblait fonctionner comme une mécanique bien huilée. Chaque rouage était en place et tournait sans le moindre heurt.

Il reste encore une chose que je n'ai pas encore dite. Je la gardais pour la fin, car c'était ce que j'avais vu de plus intéressant jusqu'à présent. Sur les toits des plus petits bâtiments, il y avait des panneaux qui ressemblaient à des écrans de télé plasma. Il devait y en avoir un par pâté d'immeubles. Ils faisaient environ six mètres de long sur trois de large. Où qu'on se trouvait, on pouvait en voir un. Ces écrans diffusaient tous la même chose. Pendant un long moment, je n'ai rien vu, sauf de drôles de schémas colorés. Des formes géométriques complexes en trois dimensions dansaient et rebondissaient, se croisant en un mouvement hypnotique. Tout en bas, il y avait une bande où défilaient des textes, comme sur les chaînes d'information de chez nous. On y donnait des indications sur la journée telles que l'heure – « 17:2:07 » (enfin, j'ai supposé que c'était l'heure, comme elle n'arrêtait pas de changer) et la météo – « Journée nuageuse suivie d'une nuit froide, possibilités de précipitations. » J'ai aussi vu ce qui ressemblait à des résultats de matchs quelconques, bien que je n'aie aucune idée de qui jouait et à quoi – « Pimbay/Weej 14-2, Linnta/Hammaba 103-100. »

De temps en temps, ces drôles de motifs faisaient place au visage d'une jolie jeune femme ou d'un bel homme. Ils étaient vêtus comme tous les habitants de cette ville, sauf qu'ils avaient des écussons sur leurs poches, comme les dados sur leurs bras. Ils représentaient tous un petit « B ». C'était l'équivalent local des présentateurs de télé, et ils s'adressaient directement à la caméra d'un ton apaisant.

« Ce soir, nous diffuserons un programme musical, a dit l'un d'entre eux, et sa voix a résonné dans toute la ville. Veuillez régler vos codes pour la section bleue à dix-neuf-zéro-cinquante-six précisément. Passez la meilleure des journées. »

Puis les schémas colorés revenaient pour un temps, suivis d'un autre annonceur proclamant : « On recherche des chauffeurs pour un travail de dislocation. Si vous êtes employé dans les sections quatre-quatre-deux-sept à neuf-sept-cinq-deux, veuillez vous présenter durant la prochaine période de travail. Passez la meilleure des journées. »

Et ainsi de suite. Toutes les trente secondes environ, un présentateur venait donner une information quelconque et concluait en disant : « Passez la meilleure des journées. » Je m'attendais presque à voir jaillir un petit smiley jaune. J'ai horreur des petits smiley jaunes. Je les déteste presque autant que les clowns.

Mais les passants ne paraissaient prêter aucune attention à ces écrans. Je ne sais pas pourquoi ; moi, je n'arrivais pas à m'en détacher. Ils n'étaient pas vraiment captivants, mais il n'y avait rien d'autre à voir ! Cette ville était si… terne. Ces écrans étaient le seul signe de vie. Bon, ils étaient aussi un peu inquiétants, parce qu'on aurait dit qu'un Big Brother quelconque distillait ces informations à petites doses. Mais c'était plutôt cool de regarder le long de ces interminables avenues et de voir s'aligner ces écrans. C'était comme de regarder dans un miroir avec un autre miroir dans son dos avec l'impression de contempler l'infini. Sans ces télés, cette ville aurait semblé être une nécropole peuplée de zombies. C'était plutôt déprimant, mais qu'est-ce que j'en savais ? Peut-être que ces gens étaient heureux de vivre ainsi.

Triiiiiiiiiii !

Un sifflement suraigu a déchiré le calme. Sans réfléchir, j'ai plongé dans l'entrée d'une boutique vendant du savon. De l'autre côté de la rue, à un pâté de là, deux grands dados baraqués sont sortis d'une ruelle et se sont dirigés droit sur moi. Ma première pensée a été : *Comment ont-ils bien pu me retrouver ?* J'allais tourner les talons et m'enfuir lorsque j'ai compris que je n'avais pas à m'en faire. Ce n'était pas moi qu'ils cherchaient. Plus loin sur le trottoir, un jeune type courait pour leur échapper. Il se frayait un chemin au milieu des passants, l'air terrifié. Ce devait être un voleur ou quelque chose comme ça, parce que les dados avaient vraiment l'air de policiers, avec leurs casques dorés et leurs uniformes vert foncé. Mais personne ne s'est écarté pour laisser passer le fugitif. Et personne n'a essayé de l'arrêter, non plus. Tout le monde réagissait comme s'il n'était pas là. Même lorsqu'il a percuté une femme, manquant de la faire tomber, elle n'a pas dit un mot. Elle s'est contentée de baisser la tête et de continuer son chemin comme si rien ne s'était passé. Ces gens étaient décérébrés ou quoi ? De l'autre côté, loin derrière lui, tout le monde s'est écarté pour laisser passer les dados. Je ne sais pas si les passants voulaient qu'ils attrapent leur homme ou s'ils étaient juste prudents, parce que ces gars-là les auraient sans doute piétinés sans sourciller.

Lorsque le fugitif est passé devant moi, j'ai vu que la boucle sur son bras brillait d'une lueur jaune, comme le type qu'ils avaient emmené à l'arcade. Je me suis demandé si, pour tout crime, ce type avait lui aussi perdu une partie quelconque. J'ai vu son visage paniqué. Il était hors d'haleine et couvert de sueur. Et ce n'était pas la fatigue. Non : ce type crevait de trouille. J'avais pitié de lui, mais ce n'était pas mes oignons. Le type a continué son chemin, évitant les piétons. J'ai regardé les dados qui ne tarderaient pas à passer devant moi à leur tour. Je me suis enfoncé dans l'ombre de la porte. Je ne voulais pas qu'ils abandonnent leur proie pour se rabattre sur quelqu'un de moins rapide, en l'occurrence moi. Tout le monde s'est écarté devant eux. Je me suis baissé, mais j'ai regardé entre les jambes pour examiner les dados. Ils avaient vraiment quelque chose en eux qui m'était familier, mais où aurais-je bien pu croiser la route de ces brutes ?

C'est alors qu'une femme juchée sur un scooter a jailli de la rue pour monter sur le trottoir. Elle s'est mise à crier :

– Attention ! L'accélérateur est bloqué !

Les passants se sont éparpillés. La femme a manœuvré son engin pour passer dans le sillage s'ouvrant devant les dados. L'issue était facile à prévoir.

– Au secours ! a-t-elle crié en fonçant vers les deux policiers.

– Écartez-vous ! a crié l'un d'entre eux.

Sa voix m'a donné le frisson. Elle ne semblait pas humaine. Elle était basse, grave et monotone comme s'il était, eh bien, autant le dire : un robot. Était-ce possible ? Ces dados étaient-ils mécaniques ? Mais son avertissement est arrivé trop tard. La femme a vu les dados qui se dirigeaient vers elle. Elle a poussé un grand cri et est tombée de son engin. Le scooter est parti en glissade vers les deux hommes. Ils n'ont pas eu le temps de l'éviter. La femme n'aurait pas pu faire mieux si elle avait effectivement visé les deux dados. Comme ils avançaient côte à côte, le scooter leur a fauché les chevilles. Ils sont tombés avec un parfait ensemble, comme des artistes de cirque, ont roulé à terre et se sont emmêlés l'un dans l'autre dans un amas de bras et de jambes. La scène aurait presque été drôle si la situation n'avait pas été si tendue.

La femme a roulé sur elle-même. J'avais envie d'aller m'assurer qu'elle n'avait rien, mais j'ai préféré garder un profil bas. Je n'étais pas sur Quillan pour m'occuper d'incidents mineurs. J'avais d'autres chats à fouetter, si l'on peut dire. Je me suis donc contenté d'observer. La femme s'est redressée, l'air sous le choc. Bizarrement, personne ne s'est proposé pour l'aider. Au contraire, les passants se sont écartés encore plus. Il y avait désormais un vaste cercle sur le trottoir avec en son centre deux dados effondrés, un scooter fracassé et une femme dans les vapes. Cette dernière avait l'air plutôt jeune, une vingtaine d'années. Bien. Si elle était âgée, elle se serait probablement blessée dans sa chute. Apparemment, elle s'était juste écorché les coudes. Elle s'est assise sur le trottoir comme si elle cherchait à reprendre ses esprits.

Un peu plus loin, les dados s'étaient remis, eux aussi. Tous deux examinaient la scène. Je pense qu'ils ne savaient pas ce qui leur était tombé dessus jusqu'à ce qu'ils voient la femme et le scooter. L'un d'entre eux s'est relevé et a regardé dans la direction où s'était enfuie leur proie. Il allait le poursuivre à nouveau, mais son collègue l'a retenu en le prenant par le bras.

– Il n'ira pas loin, a-t-il déclaré de la même voix robotique.

Tous deux se sont tournés vers la femme qui lui avait permis de s'échapper. Ils ont fait un pas vers elle. Ils n'avaient pas l'air soucieux de savoir si elle allait bien. Ils semblaient furieux.

– Quelle est votre séquence ? a demandé l'un d'entre eux.

Elle a levé les yeux et allait répondre lorsqu'un autre type a fendu la foule pour entrer dans le cercle.

– Hé ! a-t-il crié à la femme. Qu'est-ce qui te prend ?

Il avait l'air encore plus furieux que les dados. C'était un type aux cheveux grisonnants qui aurait pu être son père.

– Je te prête mon scoot, et voilà ce que tu en fais ? Tu ne sais pas conduire ?

La femme n'a pas répondu. Elle semblait trop étourdie pour comprendre ce qui lui arrivait. Le type n'a pas fait mine de vouloir l'aider. Il s'est dirigé tout droit vers le scooter, ou le « scoot », comme il l'avait appelé, et l'a relevé.

– S'il y a des réparations à faire, je les retiens sur ta paie !

Un des dados l'a saisi par le poignet.

– Vous connaissez cette femme ? Elle est coupable d'obstruction à la justice.

Voilà qui a calmé le propriétaire du scoot. De toute évidence, il ne voulait pas se faire mal voir des dados.

– Bien sûr que je la connais. Elle travaille pour moi. Mais pas pour longtemps si elle ne fait pas plus attention ! (Il s'est tourné vers la femme et a aboyé :) Allez, retourne à la boutique !

– Je… Je suis d-d-désolée, a-t-elle bafouillé en se relevant. J'ai perdu le contrôle du scoot. C'est la poignée de gaz…

– Je ne veux pas le savoir ! a rugi le gars. (Il a souri au dado et ajouté :) Excusez-moi. Ce n'est pas demain que je lui confierai à nouveau un scoot ! Et surtout pas le mien !

Et sans attendre de réponse, il est reparti en poussant son engin. Le regard des dados est passé de l'un à l'autre comme s'ils ne savaient pas trop comment réagir. Enfin, l'un d'entre eux a dit à l'autre :

– Viens. Il faut reprendre la poursuite.

Sans un mot de plus, ils se sont remis à courir dans la direction où était partie leur proie.

Le spectacle était terminé. La foule s'est reformée et a continué son chemin. Pas moi. J'ai gardé un œil sur l'homme et la femme. Il y avait quelque chose qui clochait. Bien sûr, ce n'était qu'un accident, mais tout s'était déroulé de façon un peu trop parfaite. Le scoot avait heurté le trottoir juste au bon moment pour couper la route aux dados. Était-ce volontaire ? Qui sait ? Ce n'était peut-être qu'un hasard. Mais, quoi qu'il en soit, sans son intervention, les dados auraient arrêté le fugitif.

Cependant il y avait autre chose qui m'avait mis la puce à l'oreille. C'était arrivé juste avant que la foule n'investisse à nouveau le trottoir. La femme s'était relevée, époussetée et avait jeté un coup d'œil au type aux cheveux blancs. Celui-ci lui avait rendu son regard. Sa colère semblait dissipée. C'est à ce moment que c'est arrivé. Il a levé la main et ses doigts se sont refermés sur son propre biceps gauche. Drôle de geste. Je me suis vite tourné vers la femme pour constater qu'elle faisait de même. Elle n'a pas changé d'expression, elle s'est contentée d'enserrer son bras gauche. Le geste était rapide. Le temps que je regarde à nouveau vers le type, il s'était fondu dans la foule.

Je suis resté là un moment, à essayer de comprendre ce qui pouvait bien s'être passé. Peut-être me faisais-je des idées, mais on aurait bien dit que ces deux-là venaient d'échanger une sorte de signal muet. Je n'avais pas la moindre idée de ce que cela pouvait signifier, mais les faits étaient là : l'accident avait permis au fugitif de s'enfuir et le type s'était assuré que la femme ne risquait pas d'en subir les conséquences. C'était arrivé si vite que les dados n'avaient pas eu le temps de réagir. J'avais l'impression d'avoir assisté à quelque chose d'important.

Mais je n'ai pas eu le temps d'y réfléchir davantage. Tout à coup, les écrans ont diffusé une tonitruante musique de fanfare, beaucoup plus dramatique que tout ce que j'avais entendu jusque-là. C'était une sorte de trompette qui a capté l'attention de tout le monde. Tous se sont arrêtés pour lever les yeux vers les écrans. Littéralement. Tout le monde. Au même instant. Rien à voir avec les autres annonces, auxquelles personne ne semblait s'intéresser. Un murmure surexcité a parcouru la foule comme une décharge d'électricité. C'est comme si les gens reprenaient vie. Ils se sont regardés. Ils se sont mis à discuter entre eux. Tout le long de ce boulevard, on pouvait sentir naître une tension nouvelle. Les voitures se sont arrêtées, ce qui ne changeait pas grand-chose vu qu'elles n'allaient nulle part, mais les conducteurs sont sortis de leur véhicule pour scruter les écrans. Quoi qu'il puisse se passer, ils l'attendaient avec impatience. Des milliers de personnes levaient soudain le nez dans l'espoir de voir… quoi ?

Bien sûr, j'ai moi aussi levé les yeux. Les écrans sont restés gris pendant encore quelques secondes alors que le volume de la musique augmentait de plus en plus. Finalement, après un dernier crescendo, un seul mot est apparu dans un déluge de lumière emphatique.

BLOK.

Et le revoilà. BLOK. Qu'est-ce que ça pouvait bien être ? De la façon particulièrement spectaculaire dont il était apparu sur l'écran, je m'attendais à ce que la foule l'acclame, comme s'il s'agissait de leur champion de foot préféré. Mais non. Tout le monde a continué de regarder. Ce n'était pas fini. Ils attendaient quelque chose, quelque chose qui ne les mettait pas forcément en joie. La musique a continué alors qu'une voix d'homme s'élevait.

– La compétition est sur le point de commencer, a-t-il dit afin de chauffer la foule.

Il était plein d'enthousiasme, presque délirant, comme s'il ressentait réellement la joie qu'il tentait d'insuffler à la foule. Et ça semblait marcher, car j'ai senti un frisson traverser l'assemblée. Le peuple de Quillan commençait à se dégeler.

– Nous sommes à mi-score, ce qui ne peut signifier qu'une seule chose !

Soudain, la foule s'est écriée comme un seul homme :

– *Tato !*

Argh ! Ce rugissement était assourdissant. Alors ils se sont mis à applaudir. On aurait dit qu'une mèche venait d'atteindre un bâton de dynamite. La foule a littéralement explosé. Je ne sais ce qu'était ce « Tato », mais ils avaient l'air d'aimer ça. Ce même mot a clignoté sur l'écran, ce qui les a fait redoubler d'acclamations. Je me suis demandé ce que ce « Tato » avait de si extraordinaire pour faire revenir à la vie ce monde de zombies.

La voix surexcitée du présentateur a tonné au-dessus du rugissement :

– Faites vos jeux, il faut parier. Le plus grand jeu de Quillan va commencer !

Il l'a presque chanté sur un air de comptine pour enfants. Les gens l'ont acclamé de plus belle. Mais pas moi. Des comptines. J'en avais entendu une il n'y avait pas si longtemps. Où était-ce ? Et pourquoi cela me rendait-il mal à l'aise ? Pas moyen de m'en rappeler.

Sur l'écran, le mot TATO a disparu dans un éclair orange éblouissant. À la place, on a eu droit à un gros plan du visage du présentateur. Il arborait un grand sourire aux dents bien blanches. Ses longs cheveux blonds étaient tout ébouriffés, comme s'il avait fourré ses doigts dans une prise électrique. Il devait avoir une quarantaine d'années. En tout cas, il était trop âgé pour se comporter comme ça. Il me rappelait ces espèces d'excités qu'on voyait dans des pubs à deux balles et qui tentaient de vous vendre des cuisines ou des voitures d'occasion. Ou bien certains présentateurs météo. Surtout, il semblait prendre du bon temps. Et les gens y étaient réceptifs.

– Nous sommes tous très fiers de vous présenteeeeeeer... le plus grand match de Tato de l'histoire !

Sous son emprise, la foule semblait en transe. Sur l'écran, le cadre s'est agrandi, dévoilant une seconde personne. Une femme. Aussi calme et intense que le type était frappadingue. Elle scrutait le monde d'un regard soutenu, sans ciller. Ses cheveux noirs étaient ramenés en arrière, sans doute avec un gel quelconque, et si près du crâne qu'elle en paraissait chauve. Ses traits étaient minces et élancés comme ceux d'un renard. Elle ne plaisantait pas.

– Le match va commencer dans quelques instants, a-t-elle dit d'une voix claire, mais dépourvue d'émotion. Au signal, les paris seront terminés. Ne traînez pas. Si vous comptez parier, c'est maintenant ou jamais.

Ces deux-là formaient vraiment un drôle de couple. Le type hyperactif qui semblait passer une audition pour une émission enfantine et cette femme intense au regard sévère, telle la prof stricte que personne ne souhaite avoir. Qui étaient-ils ?

C'est le surexcité qui a répondu à ma question. Il a chantonné une autre comptine :

– C'est pour maintenant ; allez, en avant, le spectacle va commencer. On prend nos jeux au sérieux, vous nous connaissez, nous vos dévoués, LaBerge et Veego.

C'est alors que je me suis rappelé.

LaBerge et Veego. Veego et LaBerge. C'étaient ceux qui m'avaient envoyé cette drôle d'invitation à venir sur Quillan. J'ai tiré ce morceau de papier de ma poche de derrière et l'ai lu une fois de plus :

Viens donc, Ami
Viens donc passer la nuit.
Nous jouerons à toutes sortes de jeux

Des amusants et des vicieux,
Car si tu veux, tu peux.

Vos hôtes sur Quillan,
Veego et Laberge

Plus important encore, cette invitation m'avait été envoyée par Saint Dane *via* le flume. Dieu sait comment, ces deux comiques sur l'écran étaient liés au démon Voyageur. Je devais savoir qui ils étaient exactement et ce qu'ils mijotaient. La chasse était officiellement ouverte.

Veego a repris la parole :

— LaBerge et moi sentons que ce Tato sera passionnant. Depuis le fameux match de 206, nous n'avons jamais vu deux concurrents de force aussi égale.

— Les concurrents entrent dans le dôme de Tato à ce moment même ! a repris LaBerge. C'est votre dernière chance de poser vos paris. Le spectacle va bientôt commencer !

L'écran a viré au blanc. Veego et LaBerge ont disparu pour être remplacés par une vue aérienne de ce qui ressemblait à un terrain de sports quelconque. C'était une grande plate-forme octogonale d'une quinzaine de mètres de largeur. Au centre, il y avait un logo rouge écrit dans le même lettrage familier proclamant TATO. J'ai vu cinq dômes noirs arrondis près des bords. Chacun faisait quelques dizaines de centimètres de diamètre et environ trente de haut à leur centre – comme des bosses luisantes sur le sol qui semblaient faites en verre. Enfin, il y avait deux rectangles face à face qui n'étaient guère que des marquages au sol. Inutile de dire que tout ça ne ressemblait à aucun terrain de jeu que j'aie jamais vu.

— Il arrive ! a crié la voix de LaBerge.

La musique est repartie, histoire de faire monter la tension.

— Après six matchs de Tato et six victoires, bien parti pour battre le record historique de sept victoires consécutives, citoyens de Rune et de tout Quillan, nous vous présentons votre champion préféré... le challenger vert !

La foule a hurlé de joie. La plupart des membres de la foule se sont mis à scander : « Vert ! Vert ! Vert ! » Sous mes yeux, le concurrent est entré sur la plate-forme pour aller se positionner sur l'un des rectangles. Le challenger vert était un type d'environ mon âge avec de longs cheveux roux bouclés tombant sur les épaules. Il avait la peau blanche et la constitution d'un athlète. Mais ce qui a tout de suite attiré mon attention, c'était son maillot. D'un vert vif avec cinq bandes noires en diagonale – comme sur le maillot rouge que je portais. Tout commençait à devenir clair. Le type chauve de l'arcade m'avait pris pour un challenger. Il devait m'avoir confondu avec un des concurrents à ce jeu.

Inutile de dire que cette prise de conscience ne me plaisait pas plus que ça.

Ce qui a suivi m'a encore moins enthousiasmé.

– Face au challenger vert, a repris Veego, nous avons un nouveau venu. Bien qu'il ne soit encore jamais entré sur le dôme de Tato, il a fait si forte impression sur les juges qu'ils ont décidé de brûler les étapes pour le faire concourir à ce match. Si le challenger vert doit battre le record, ce sera face au débutant le plus prometteur à être jamais entré sous le dôme de Tato. Aujourd'hui devant vous, pour la première fois à Rune ou sur tout Quillan, sous le dôme, voici un adversaire de valeur... le challenger jaune !

Rune. Qu'était ce Rune ? Avant que j'aie pu réfléchir à la question, le fameux « challenger jaune » est entré dans l'octogone. Comme vous vous en doutez, il portait un maillot jaune avec des bandes noires diagonales. Cela devait faire de moi le challenger rouge. Joie et bonheur. Je me suis demandé pourquoi c'était une tenue de challenger qu'on m'avait laissé au flume. J'aurais nettement préféré avoir des vêtements ternes et passe-partout afin de me fondre dans la foule. J'ai alors décidé de me débarrasser de cet accoutrement au plus vite pour me trouver une de ces tenues insipides dont Quillan semblait avoir le secret.

J'ai vite compris pourquoi le challenger jaune était considéré comme un candidat des plus sérieux. Il faisait bien une tête de plus que le challenger vert. Sa peau était sombre, mais pas noire, contrairement aux Batus de Zadaa. Il se déplaçait avec élégance en économisant ses mouvements. « Fluide » serait le meilleur terme pour le décrire. Il était mince sans être maigre, solidement musclé, mais sans un poil de graisse. On aurait dit un de ces types qui sautent en longueur aux jeux Olympiques ou quelque chose comme ça. Ces deux gars étaient de constitution opposée. L'un était grand et mince, l'autre trapu et baraqué. Comme je ne savais rien de ce jeu nommé « Tato », je n'aurais pu dire quel physique était le plus avantageux.

Pendant que les deux candidats s'avançaient de chaque côté de l'octogone, le grand écran les a montrés en gros plan. D'abord, le challenger vert. Il avait l'air confiant et détendu, comme s'il ne pouvait imaginer que le challenger jaune puisse le détrôner. Il était le champion et entendait bien le rester. Je me suis demandé si le challenger jaune avait une chance de l'emporter. Même si, à vrai dire, ça m'était égal. Comme je ne savais même pas ce que je regardais, je n'avais aucune raison de pencher pour l'un ou pour l'autre. Du moins jusqu'à ce que l'écran me montre un gros plan du challenger jaune. J'ai fixé l'écran sans en croire mes yeux. J'ai cligné des paupières. Il devait y avoir une erreur. C'était incroyable.

Le challenger jaune croisait les bras. Il avait l'air nerveux – je pouvais le lire dans son regard. Il a fixé le challenger vert, l'étudiant avec soin. Difficile d'imaginer ce qui lui passait par la tête. Bien des choses probablement, mais rien qui puisse lui redonner confiance. Sur ce point, le challenger vert le surclassait déjà. Pourtant ce n'était pas ça qui m'avait mis dans tous mes états. J'ai regardé les écrans géants bordant cette immense avenue, et qui, tous, retransmettaient l'image de ce type. Je ne sais pas pourquoi, mais je les ai scrutés l'un après l'autre dans l'espoir de voir une autre image. Ce qui était idiot, parce que tous diffusaient la même chose, encore et encore. Pas d'erreur possible. L'image était bien assez grande pour m'en persuader.

Le challenger jaune portait un anneau, lourd et argenté, avec une pierre grise en son centre.

Un anneau de Voyageur.

Journal n° 24
(suite)

QUILLAN

Pas d'erreur possible, j'avais trouvé le Voyageur de Quillan. Enfin, si on veut. C'était un athlète. Un challenger. Il fallait que j'entre en contact avec lui, mais je ne savais rien sur ces tournois, ou sur Veego et LaBerge, ou sur quoi que ce soit. J'avais besoin de réponses, mais regarder les gens de Quillan, tous hypnotisés par les écrans, ne me servirait à rien. Je me suis tourné vers le type le plus proche et je lui ai demandé :

– Où se déroule ce match ? Où est ce dôme ?

Il a fait un pas en arrière. Je lui avais fait peur.

– Dans le jardin, a-t-il répondu en fronçant les sourcils. Où veux-tu qu'il se passe ?

– Quel jardin ? ai-je crié. Où est-il ?

Le type a reculé comme si j'étais quelqu'un de dangereux. Qui sait ? Je l'étais peut-être. Une chose est sûre, je commençais à paniquer. Et j'avais l'impression de ramer. J'avais trouvé le Voyageur de Quillan, mon seul allié sur ce drôle de territoire, mais je ne savais pas comment entrer en contact avec lui. Apparemment, l'octogone semblait entouré par une forêt plutôt dense. Ce « jardin » ne se trouvait certainement pas dans cette ville grisâtre. Où que se porte mon regard, il n'y avait que ces affreux gratte-ciel. J'ai décidé que, aussitôt le match terminé, je trouverais quelqu'un qui puisse m'indiquer où était ce jardin ou, mieux encore, qui m'y emmènerait. Je n'ai pu retenir un sourire. Je n'étais plus seul. Un sentiment plutôt agréable…

Qui n'a pas duré.

Soudain, ce tournoi a pris un nouvel intérêt. *A priori*, le challenger jaune n'était pas l'idole des foules. Il a eu droit à quelques applaudissements, mais ce n'était rien comparé à son adversaire. On aurait dit le champion du monde des boxeurs poids lourds. Il se tenait dans l'un des rectangles tracés sur le plancher des plates-formes, les bras le long du corps, à dévisager son concurrent. Il semblait très calme. Pas le challenger jaune. Celui-ci avait l'air mal barré.

Chacun des concurrents tenait à la main quelque chose qui ressemblait à une courte matraque. Une arme, certainement. J'aurais préféré un ballon. Ou un Frisbee. Ou quelque chose qui ne ressemble pas à un outil destiné à briser des os.

Il y a eu une sorte de bourdonnement bruyant et continu, et tout le monde s'est tu.

— Les jeux sont faits ! a clamé la voix de Veego.

Alors que les deux challengers se faisaient face de chaque côté de l'octogone, la plate-forme s'est élevée dans les airs. À ce moment, la foule a émis une longue note qui ressemblait à un chant religieux, comme un « om » tibétain.

— Taaaaaaaaaaaaaaa…

La plate-forme a continué de monter, dévoilant un énorme vérin en dessous. Les deux challengers n'ont pas bougé. Je ne pouvais pas le leur reprocher. Ils étaient sacrément haut. Il suffisait de faire un faux pas pour passer par-dessus bord. Pourvu qu'ils n'aient pas le vertige. Enfin, au moins pour le challenger jaune.

— Taaaaaaaaaaaaaaa… bourdonnait la foule.

La plate-forme a encore monté l'équivalent de quatre étages avant de s'immobiliser. Quoi qu'ils soient censés faire, ces deux-là avaient intérêt à être prudents. Il y avait une sacrée marche. Mes angoisses ont monté d'un cran. Tout ça n'était pas un simple jeu. Ce Voyageur était *vraiment* mal barré. Il ne risquait pas seulement de perdre une compétition locale quelconque Il pouvait y laisser la vie.

— Taaaaaa… a continué la foule.

Les spectateurs se sont mis à applaudir. Le match allait commencer. La tension était presque palpable. La voix de LaBerge a dominé le fracas :

– Quatre, trois, deux, un !

Et la foule s'est exclamée comme un seul homme :

– *Taaaaaaa... to !*

C'était parti. Les challengers se sont accroupis et ont tourné l'un autour de l'autre. Je ne savais pas ce qu'ils devaient faire, mais je me doutais bien qu'ils n'allaient pas se taper une belote. Ce serait un affrontement physique. Et sans doute violent.

Le challenger jaune est passé à l'assaut le premier. Or, dans un combat, c'est quelque chose qu'il vaut mieux éviter. Il s'est jeté sur le challenger vert en tentant de lui faucher les jambes. Son adversaire l'a vu venir. Sans effort apparent, il a fait un bond prodigieux, sautant au-dessus du challenger jaune. J'ai eu l'impression assez horrible que le gagnant serait le dernier encore debout. Ce qui ne m'aurait pas dérangé s'ils avaient encore été au sol, mais tout là-haut, dans la stratosphère, la moindre chute serait mortelle.

Le challenger jaune s'est vite remis sur ses pieds et a virevolté, prêt à parer toute attaque du vert. J'avais raison : il était agile. Mais cela suffisait-il pour gagner une partie de Tato ?

Le challenger vert s'est éloigné de lui d'un pas tranquille. Il était trop cool pour passer à l'attaque. Malin, en plus. Le jaune s'est baissé et a repris son mouvement circulaire. Le vert a fait de même. Ça ne me disait rien qui vaille. Le Voyageur cherchait à imposer son rythme, mais il n'avait pas l'air de savoir ce qu'il faisait. Le vert évoquait plutôt un chat rusé bien caché dans les buissons, attendant patiemment qu'une souris soit assez bête pour passer à sa portée. Le jaune était athlétique, mais il était tendu et nerveux.

La foule a hurlé des encouragements. La plupart des gens semblaient du côté du challenger vert, sans doute parce qu'il était le favori. Mais j'ai entendu une poignée de spectateurs acclamer le jaune. J'en aurais fait partie si je n'avais pas eu si peur pour lui. Le jaune a bondi sur le vert tout en balançant sa matraque en acier. Le vert a paré le coup sans difficulté, puis a envoyé sa propre arme dans le ventre du jaune.

Ouille. Pas de doute, c'était un jeu brutal. J'ai frémi comme si j'avais moi-même encaissé le choc. La foule a redoublé d'acclamations. Le jaune a vite reculé. Je pense qu'il espérait juste avoir un coup de bol. Grave erreur. Le vert semblait trop malin pour s'y laisser prendre. À ce train-là, le jaune ne tarderait pas à faire une bêtise et le vert n'aurait plus qu'à l'achever. À cette idée, mon estomac s'est soulevé.

Le Voyageur a alors fait quelque chose d'inattendu, un geste dont je n'ai pas compris l'utilité. Il a reculé jusqu'à l'autre bout de l'octogone. Un instant, j'ai cru qu'il abandonnait. Sans quitter le challenger vert des yeux, il s'est agenouillé à côté d'un des dômes noirs. Il a levé sa matraque et l'a abattue sur le dôme. Ce dernier s'est brisé comme du verre. La foule a retenu son souffle, comme si les spectateurs n'arrivaient pas à en croire leurs yeux. Certains semblaient horrifiés, d'autres ont éclaté de rire.

Le challenger jaune a jeté un coup d'œil dans le dôme fracassé. Apparemment, sa trouvaille l'a déçu. Ses épaules se sont affaissées. Il s'est repris, a passé la main dans l'ouverture et en a tiré… un fouet ! Mais ce n'était pas tout. Lorsque le jaune s'est relevé, la plate-forme n'était plus stable. Elle a oscillé et a penché sur le côté. La différence n'était pas flagrante, mais je me suis demandé ce qui se passerait si on brisait d'autres dômes. La plate-forme deviendrait-elle encore plus précaire ?

Le jaune a passé sa matraque dans sa main gauche et empoigné le manche du fouet de la droite. Il l'a fait claquer d'un air menaçant. Ah ! Il savait s'en servir. Le vert s'est crispé. Maintenant que le jaune disposait d'une nouvelle arme, le combat semblait plus équilibré. Le Voyageur s'est avancé vers le vert, son fouet prêt à frapper. La plate-forme s'est inclinée encore un peu. Le jaune a fait claquer son fouet dans le vide. Le vert a frémi. Le jaune reprenait confiance en lui. Il a souri. Mon moral a remonté. Je voulais qu'il se débarrasse de ce challenger et quitte cette fichue plate-forme. Ensuite, j'irais le retrouver pour apprendre ce qui se passait sur Quillan.

Mais le challenger vert ne s'est pas laissé démonter. Maintenant que son adversaire avait une seconde arme, il restait sur ses gardes, mais ne paniquait pas vraiment non plus. Le jaune s'est approché. La plate-forme a suivi le mouvement. Le jaune a repris son équilibre et a fait claquer une fois de plus son fouet.

Le vert a frémi – et le jaune est passé à l'attaque. Il a lancé le fouet en direction de son adversaire, qu'il a atteint au bras. Le vert n'a pas reculé ni témoigné la moindre douleur. Il s'est juste empressé d'agripper l'extrémité du fouet et l'a enroulée autour de son bras, l'immobilisant pour de bon. Le jaune a tiré dessus ; le vert a fait de même de son côté. Soit le Voyageur lâchait la poignée, soit ils restaient ainsi attachés l'un à l'autre.

J'ai entendu crier : « Non ! » et « Amateurs ! » Mais la majorité des spectateurs a applaudi.

Match nul ? Les concurrents étaient à deux mètres l'un de l'autre, chacun attendant de voir ce que ferait son adversaire.

Le vert a été le premier. Il s'est agenouillé et, de sa matraque, a fracassé un autre dôme.

– À quoi joue-t-il ? a crié quelqu'un d'un air dégoûté.

Aussitôt, la plate-forme est devenue encore plus branlante. Chaque mouvement la faisait bouger. Si d'autres dômes étaient brisés, ça ne ferait qu'empirer et les concurrents risquaient de passer par-dessus bord. Le vert a récupéré ce qu'il y avait dans le dôme brisé. On aurait dit un boomerang. J'ai commencé à comprendre le principe. Les challengers avaient le choix entre combattre sans armes additionnelles ou briser les dômes pour s'en procurer, quitte à rendre la plate-forme plus dangereuse. Ce qui devait rendre le jeu plus équitable. Le plus faible pouvait toujours prendre des armes, puisque c'était sa seule chance. À l'origine, le plus faible était le Voyageur. À présent, c'était au tour du vert.

Tous deux ont tourné autour de l'autre comme des oiseaux de proie. Le challenger jaune se cramponnait à son fouet. L'autre bout était toujours enroulé autour du bras de son adversaire. Le vert le maintenait d'une main tout en brandissant sa nouvelle arme de l'autre. Il a feinté vers le jaune, qui a tressailli. Mais le vert n'a pas lancé son boomerang. Le Voyageur était pris entre deux feux. S'il lâchait son fouet, le vert pouvait le ramener et se retrouverait avec deux armes. S'il s'y cramponnait, il faisait une bonne cible pour le boomerang. Le vert n'aurait aucun mal à viser sa tête.

La plate-forme a chancelé. Mes paumes étaient en sueur et ma bouche était sèche. Je refusais de voir mourir un autre Voyageur.

Le challenger vert a alors fait un drôle de geste. Il a déroulé l'extrémité du fouet et a laissé le jaune le récupérer. La foule a eu un hoquet de surprise. Sérieux. Vous avez déjà entendu des milliers de personnes avoir un hoquet de surprise en même temps ? Jusque-là, moi non plus. Le challenger vert venait de rendre son arme au jaune. J'imagine qu'il restait à déterminer laquelle était la plus efficace. Le boomerang ou le fouet ? Le jaune s'est vite reculé tout en repliant son fouet, prêt à attaquer. Je n'arrivais pas à comprendre pourquoi le vert l'avait laissé le récupérer.

Le vert a fait mine de lancer son boomerang. Le Voyageur a frémi. Mais le vert n'a pas lâché son arme. Il s'est laissé tomber sur un genou et a explosé un autre dôme de la pointe de sa matraque. À peine le verre s'est-il brisé que la plate-forme s'est inclinée de façon inquiétante. Là, c'était râpé. Quelqu'un allait tomber. Un silence de mort est tombé sur la foule. Les spectateurs sentaient que la fin était proche. Mais pour qui ?

Un peu plus tard, j'ai compris le plan du challenger vert. Le jaune était près du centre de l'octogone, loin des bords, mais il n'était pas en sécurité pour autant. Il perdait l'équilibre. La plate-forme penchait de façon si abrupte qu'il ne pourrait jamais rester sur ses pieds. On aurait dit un marin cherchant à se tenir debout sur le pont d'un bateau perdu en pleine tempête.

Le challenger vert a tout de suite vu que son adversaire était mal barré. Il a lancé le boomerang et s'est aussitôt laissé tomber sur le ventre. Au même moment, il a agrippé le rebord du dôme qu'il venait de casser. D'un geste rapide, il a passé ses jambes vers le bord de la plate-forme. Ce soudain contrepoids a fait pencher le plateau dans ce sens-là.

Voilà pourquoi il avait cassé le dôme. Ce n'était pas l'arme qu'il voulait, mais que la plate-forme devienne impraticable tout en se ménageant un point d'appui.

Le jaune a roulé sur le sol de la plate-forme.

– Non ! me suis-je écrié, comme si ça pouvait servir à quelque chose.

D'autres poussaient de grands hurlements. Ils savaient que la fin était proche. Mais personne ne s'en souciait autant que moi.

Journal n° 24
(suite)

QUILLAN

Tous les écrans ont viré au blanc, puis les mots CHAMPION DE TATO : LE CHALLENGER VERT ! ont clignoté en grandes lettres rouges. La majeure partie de la foule s'est mise à l'acclamer et à s'étreindre. Ceux qui étaient en voiture ont klaxonné. Leur champion avait gagné. C'était comme le nouvel an à New York, sur Times Square.

Je suis resté planté au centre de toute cette liesse. Je me sentais sous le choc, et surtout, très très seul. Comment était-il possible qu'un autre Voyageur soit mort ? Qui était-il et pourquoi s'était-il laissé entraîner dans ce jeu mortel ? Dire que je ne connaissais même pas son nom ! Mais je finirais par le découvrir. Il le fallait. Je savais aussi que, cette fois, rien ne le ferait revenir. Je gardais le vague espoir que, comme Loor, il puisse défier la mort. Après tout, les Voyageurs n'étaient pas des gens ordinaires, non ? Mais ce n'était qu'une idée en l'air. Les Voyageurs ne sont pas immortels. Dans cette grotte de Zadaa, il s'est passé quelque chose entre Loor et moi. Elle était morte et elle est revenue. Mais c'était différent. J'étais à côté d'elle. Quel que soit ce drôle de pouvoir cosmique que détiennent les Voyageurs, il est plus fort lorsqu'on est ensemble. Mais là, sur Quillan, le challenger jaune était seul. Il venait de tomber d'une hauteur de quatre étages. Nul ne pouvait survivre à une telle chute.

Saint Dane semblait à nouveau en course pour la bataille de Halla. Ou peut-être n'avait-il jamais décroché. Est-ce qu'il se jouait de nous ? Le combat pour sauver chaque territoire était-il

74

Personne d'autre ne savait que celui qui allait mourir tentait d'empêcher un démon de détruire tout ce qui avait jamais existé. Pour eux, il était le challenger jaune, une victime anonyme de leur champion. Pour moi, c'était un Voyageur, mon frère.. qui était aux portes de la mort.

Le challenger jaune a glissé vers le bord de la plate-forme. Il a lâché le fouet et sa matraque afin de pouvoir s'accrocher à quelque chose. Sauf que c'était inutile, puisqu'il n'y avait pas la moindre prise. Le jaune s'est tortillé et a griffé le sol, cherchant à retarder l'inévitable. Je ne voulais pas voir ça, mais je n'avais pas le choix. Ç'aurait été lui manquer de respect.

Il n'a pas crié, n'a pas manifesté la moindre frayeur. Il a lutté jusqu'au bout. Heureusement, sa fin a été rapide. Le challenger jaune a glissé de la plate-forme pour s'abîmer dans le vide.

Ça faisait à peine une heure que j'étais sur Quillan, et on venait de perdre un autre Voyageur.

secondaire dans ses plans de conquête ? Ça y ressemblait fort. Alors que j'étais là, seul dans cette rue bondée, je me suis fait une promesse. Un jour, je vengerai mes camarades Voyageurs tombés au champ d'honneur. Tous. Je ne savais ni quand ni comment. J'étais certain que Saint Dane avait joué un rôle dans la mort du challenger jaune, et il le paierait cher. Mais le tuer était hors de question. Ça ne serait pas si simple. En plus, ce n'était pas mon genre. Il faudrait trouver une autre solution. Quelque chose de significatif. Saint Dane devrait rendre compte de ce qu'il avait fait au challenger jaune et à tous les autres.

Avant ça, il fallait que je le retrouve.

La musique continuait de résonner entre les bâtiments. La foule continuait de célébrer la victoire du champion. Je me suis demandé combien d'entre eux avaient effectivement pris des paris. En regardant autour de moi, j'ai vu qu'un nombre dérangeant de boucles brillaient d'une lueur jaune. Était-il possible qu'ils aient tous parié sur l'issue d'un combat à mort... et choisi le perdant ? À peine les boucles s'étaient-elles mises à luire qu'une sirène a résonné dans le lointain – suivie d'une autre, et encore une autre. Soudain, les perdants ont été comme pris de panique. Je ne comprenais que trop. En me fondant sur ce que j'avais vu à l'arcade, la conclusion était facile à tirer.

Les dados venaient chercher les perdants.

Ceux dont les boucles clignotaient se sont éparpillés dans tous les sens. Certains sont sortis en trombe de leur voiture et se sont mis à courir. Ceux qui célébraient leur victoire n'ont rien fait pour les aider. Ils ne semblaient même pas s'en soucier. Ils étaient trop occupés à manifester leur joie – voire leur soulagement. Ou, dans bien des cas, ils restaient indifférents. Un peu plus tard, j'ai vu trois dados à moto foncer sur le trottoir. Ils devaient s'être tapis dans les bâtiments en attendant la fin du tournoi. À préparer leur rafle. Les gens se sont écartés sur leur passage. Une femme dont la boucle clignotait est entrée dans une boutique située juste derrière moi. Un dado a sauté de sa moto et s'est lancé à sa poursuite. Elle n'avait pas l'ombre d'une chance. D'autres dados se sont répandus dans la foule pour récupérer les perdants. Certains ont résisté, d'autres se sont laissé arrêter, résignés. Le résultat était le même : les dados étaient inflexibles. Ils s'emparaient de leurs proies et les emmenaient aussitôt. Les victimes étaient assez diverses. Des hommes âgés, des jeunes femmes, des gens entre deux âges... Au moins, pas d'enfants. Piètre consolation. Ce qui posait une question plutôt angoissante : pourquoi tous ces gens pariaient-ils ? Et en quoi consistaient ces paris si les perdants se faisaient aussitôt arrêter ? Ceux qui organisaient les jeux en concluaient-ils automatiquement qu'ils ne pourraient pas payer ? D'ailleurs, que misaient-ils exactement ?

Peu après, la femme qui s'était réfugiée dans le magasin en est sortie, entraînée de force par le dado.

– J'ai des enfants, a-t-elle gémi. Je n'avais pas le choix. Je vous en prie ! J'ai des moyens. Je peux tout arranger.

Les dados n'en avaient cure. Ils se sont contentés de l'emmener sans douceur... Où ? Il devait y avoir une sorte de caisse centrale où ceux qui avaient perdu allaient régler leur dette. Mais pourquoi ? C'était ça la vraie question. Qui collectait les paris et pourquoi disposaient-ils d'une armée de brutes robotiques pour rafler les perdants ? Cela me perturbait pour toutes sortes de raisons.

Je suis resté dans l'ombre à observer la scène. Je ne voulais pas m'interposer ni m'en mêler. Ce que je devais faire, c'était retrouver les deux cinglés des écrans vidéo, Veego et LaBerge. Ces deux-là étaient forcément impliqués dans les plans de Saint Dane. Comme ils semblaient être les organisateurs des matchs et qu'on m'avait donné un uniforme de challenger, les pièces du puzzle s'emboîtaient d'une façon qui ne me plaisait pas du tout. Allais-je finir tout en haut de cette plate-forme, à lutter pour sauver ma vie ? Cette perspective m'a donné envie de retrouver le chemin de l'entrepôt, de me débarrasser de ces vêtements et de quitter Quillan à vitesse grand V. Mais ce n'était pas possible. Je devais rester et affronter ce que Saint Dane me préparait. Après tout, j'étais Voyageur en chef.

– Ne bougez pas, a grondé une voix rocailleuse qui ne pouvait qu'appartenir à un dado.

Pourvu que ça ne soit pas à moi qu'il s'adressait ! Je me suis retourné lentement...

Si, c'était bien à moi. Génial.

Deux dados se tenaient côte à côte. Pas moyen de dire si c'était ceux qui m'avaient pourchassé dans l'arcade. Sans importance. L'un d'entre eux avait tiré son pistolet doré. Et il était braqué sur moi.

– C'est à moi que vous parlez ? ai-je demandé innocemment. Je n'ai pas parié. Regardez !

J'ai retiré ma veste pour montrer que ma boucle ne clignotait pas. Je me trompais. Sauf que la lumière était violette, pas jaune. J'avais oublié. Qu'est-ce que ça pouvait bien signifier ?

– Les challengers ne doivent jamais entrer en ville sans escorte, a fait le second dado. Venez avec moi.

Pas question de les suivre. Je devais être libre d'aller et de venir pour chercher Saint Dane. De plus, je ne voulais pas me retrouver sur cette plate-forme et risquer de subir le même sort que le challenger jaune. J'ai fini de retirer ma veste et j'ai fait un pas vers les dados.

– D'accord, ai-je dit d'un ton tout naturel. Mais avant, j'ai quelque chose à faire.

Sans crier gare, j'ai jeté la veste au visage du dado au pistolet. Simultanément, je me suis baissé, j'ai pivoté sur ma jambe et j'ai fauché celles du second. Celui-ci a percuté son collègue et l'a déséquilibré, lui faisant ouvrir le feu. Il n'y a pas eu de détonation comme avec un revolver de Seconde Terre, mais plutôt une brève décharge d'énergie émettant un son creux. *Fump !* Je ne savais pas à quelles munitions ils tiraient – et je ne voulais pas le savoir. Avant qu'ils aient pu se redresser, j'ai foncé dans la foule.

La poursuite reprenait.

Journal n° 24
(suite)

QUILLAN

Depuis que j'étais sur Quillan, je n'avais pas arrêté de fuir. D'ailleurs, combien de temps s'était-il écoulé ? Une heure ? À ce rythme, j'allais crever d'épuisement avant d'avoir pu accomplir quoi que ce soit. Mais si je me laissais arrêter par un dado, m'est avis qu'il n'en sortirait rien de bon. J'ai donc préféré filer.

J'ai vite décidé de ne pas m'engager dans la rue bondée. Je craignais d'être retardé par le flot des piétons et de devoir éviter les dados. Sur une impulsion, j'ai plongé dans une boutique à l'enseigne ALIMENTATION dans l'espoir de trouver une porte de derrière.

Cette boutique ne ressemblait pas aux épiceries que je connaissais, loin de là. Comme chez nous, il y avait de longues allées, mais au lieu de proposer toutes sortes de produits, les étalages étaient remplis de boîtes rectangulaires toutes semblables. Elles étaient de taille et de couleurs différentes, mais s'emboîtaient les unes dans les autres comme des Lego. Vous vous en doutez, je n'ai pas pris le temps de faire du lèche-vitrines, mais en chemin, j'ai vu que les étiquettes portaient juste les inscriptions VIANDE et LÉGUMES. Pas très appétissant. Une autre disait TRIBBUN. Normalement, mon cerveau de Voyageur traduisait instantanément la langue locale, à moins de tomber sur une expression propre au territoire et qui n'ait aucun équivalent dans ma langue d'origine. Quoi que soit ce « tribbun », cela n'existait donc pas en Seconde Terre. Pas grave. Ça me faisait moyennement envie. J'ai aussi vu le même mot sur chaque étiquette, juste au-dessus du contenu : BLOK. Encore et encore.

En courant le long de l'interminable allée bordée de boîtes multicolores, j'ai entendu la porte s'ouvrir à toute volée derrière moi. Inutile de regarder : les dados étaient à mes trousses.

– À terre ! a crié l'un d'eux de sa voix grave et robotique.

Aussitôt, tous les clients du magasin se sont rangés sur les bords et se sont agenouillés pour les laisser passer. Ces gens étaient si dociles que ça en devenait effrayant. J'ai viré brusquement dans une autre allée et j'ai continué. Mon seul espoir, c'était qu'il y ait une sortie à l'autre bout. J'ai vu les caisses où les gens payaient leurs achats. Ils se tenaient tous courbés en attendant la fin de la poursuite. À mon grand soulagement, il y avait une issue derrière le comptoir. Sans hésiter, j'ai sauté par-dessus la caisse pour atterrir près d'un employé à l'air épouvanté. Nos regards se sont croisés. Pas de doute, il avait peur, mais dès qu'il m'a vu, il a murmuré : « Bonne chance. »

Voilà qui m'en apprenait beaucoup. Il ne savait pas qui j'étais, ni pourquoi je cherchais à échapper aux dados, mais ce simple commentaire venant d'un inconnu terrorisé m'a appris qu'il n'était pas du côté des dados.

Fump !

Tout près de ma tête, une boîte a explosé. Quelqu'un a hurlé. Peut-être moi, d'ailleurs. Là, ça devenait sérieux. Je n'étais plus pourchassé, j'étais carrément traqué. J'ai plongé vers la porte. Il fallait que je mette quelque chose entre ces brutes et moi. Je me suis retrouvé aux caisses d'un autre magasin. Bien sûr, je ne pouvais pas voir sa devanture, mais il était facile de deviner ce qu'il y avait écrit. Je sortais d'un magasin d'ALIMENTATION pour entrer dans une boutique de BOISSONS. Il y avait aussi des allées sans fin, mais cette fois elles étaient bordées de rangées de bidons ronds contenant divers liquides de couleurs différentes. Et bien sûr, toujours ce mot sur les étiquettes : BLOK. Il était partout... Sur les assiettes, les provisions, les boissons, même sur ces grands écrans là-dehors. Tôt ou tard, il faudrait que j'apprenne ce que c'était.

Mais pas tout de suite.

Fump ! Fump !

Deux récipients d'un liquide bleu ont explosé près de ma tête, m'aspergeant de leur contenu. Je ne me suis pas arrêté : j'ai foncé vers une porte qui me semblait donner sur l'extérieur. Choisir ces boutiques n'était pas une bonne idée. Une fois dehors, au milieu de tous ces gens, ils préféreraient ne pas tirer de peur de toucher un innocent. Un innocent ? Hé, je l'étais moi-même ! De quoi étais-je coupable ? De rien ! Mais personne n'avait prévenu les dados. À condition qu'ils s'en soucient. Quoi qu'il en soit, j'étais en cavale. J'ai ouvert la porte et j'ai jailli dans la rue, bousculant quelques passants en cours de route.

— Pardon ! ai-je crié.

Ils ne semblaient pas s'en formaliser. Ils continuaient leur chemin, la tête basse, comme s'il ne s'était rien passé. J'ai donc repris ma course folle en cherchant un endroit où me cacher. J'ai traversé une rue en me tenant légèrement courbé dans l'espoir qu'ils ne me voient pas. Ça m'a ralenti, mais de toute façon je ne pouvais pas piquer un sprint. Il y avait trop de monde pour ça.

J'ai atteint le carrefour suivant, et là, j'ai vu quelque chose qui m'a redonné espoir. C'était le vieil homme aux cheveux gris qui avait sonné les cloches à la femme pour avoir fait tomber son scooter devant les dados. Il marchait sur le trottoir en poussant son engin. Je devais me fier à mon instinct, et celui-ci me soufflait que cet homme n'était pas qu'un simple quidam. Si j'avais raison et qu'il avait aidé ce type à échapper aux dados, il m'aiderait peut-être à faire de même.

J'ai regardé en arrière : les dados étaient sortis du magasin et scrutaient les trottoirs. J'avais une chance, aussi mince soit-elle. J'ai couru vers le type qui marchait la tête basse, comme les autres. Je l'ai dépassé, puis me suis retourné pour lui bloquer le passage.

— Hé ! ai-je haleté, j'ai besoin d'aide.

Il a vite levé les yeux. J'y ai lu de la surprise. Était-ce parce qu'une espèce de dingue venait de jaillir comme un diable d'une boîte pour lui demander son assistance ou parce que je portais un maillot de challenger ? Les deux, peut-être. Il ne s'est pas arrêté.

— Que puis-je faire pour vous ? a-t-il dit doucement.

Sa voix calme ne collait pas avec son air surpris. Ce type était vraiment cool.

80

— Ils sont après moi, ai-je répondu en désignant les dados d'un coup de menton. Je n'ai rien fait. Je n'ai pas parié, mais ils me tirent dessus.

Il s'est retourné, puis est revenu vers moi.

— Ça m'étonne de voir un challenger en pleine rue.

On n'avait pas le temps d'en discuter. Les dados étaient presque sur nous. Si je n'arrivais pas à convaincre ce type – et vite –, j'étais cuit. Sur une impulsion, j'ai serré mon bras gauche de ma main droite – le même signal qu'il avait échangé avec la femme au scooter. Impossible de dire si ça le ferait réagir ou s'il continuerait de marcher.

— En selle, a-t-il ordonné d'un ton sans appel.

Gagné ! Il a enfourché le scooter. J'ai sauté derrière lui au moment où il le mettait en route. Le moteur a émis un gémissement étouffé qui ne trahissait pas sa puissance. En effet, lorsqu'il a tourné la poignée, l'engin a bondi.

— Accroche-toi, a-t-il ordonné.

Il a aussitôt viré à droite pour s'insérer dans le trafic. À peine avait-il tourné que j'ai entendu ces coups de feu désormais familiers.

Fump ! Fump ! Fump !

Apparemment, les dados se fichaient pas mal de toucher des innocents. Un type sur ma droite a été soulevé de terre. Une autre femme a chancelé sous l'impact d'une décharge, mais a réussi à garder son équilibre. Quelle horreur ! Tous ces gens mouraient-ils autour de moi ? Pourquoi ces dados voulaient-ils ma peau, quitte à abattre des innocents pour parvenir à leurs fins ? La vie avait-elle si peu d'importance pour eux ? Ou étais-je moi-même vraiment si important ? Je devais d'abord rester en vie pour le savoir, et pour le moment mon avenir était entre les mains de ce mystérieux vieil homme au scooter.

Il était peut-être âgé, mais il savait conduire un deux-roues. Il a foncé au milieu des voitures, passant d'une voie à l'autre, slalomant entre les véhicules immobiles. Je n'ai pas osé regarder en arrière de peur de déséquilibrer le scoot. On a heurté le trottoir, puis rebondi pour s'engager au milieu des passants. Les gens devaient s'écarter sur notre passage, mais ce type ne s'en souciait guère. Il roulait vite, dangereusement vite. Un instant, je me suis souvenu du jour où l'oncle Press m'avait emmené sur sa moto en Seconde Terre pour notre premier rendez-vous avec le flume, il y avait une éternité de ça. Plusieurs éternités, même.

Il a pris un nouveau virage pour s'engager dans une étroite ruelle entre deux bâtiments. Une fois au bout, il a tourné dans une voie encore plus étroite. Il semblait savoir parfaitement où il allait. J'avais choisi le bon cheval. Il a fait encore quelques détours jusqu'à ce qu'on arrive dans une zone de rues tortueuses bien cachées dans les ombres entre les bâtiments, aussi désertes que les avenues étaient bondées. Je m'attendais à ce qu'il s'arrête, puisque je doutais que les dados nous aient suivi jusque-là, mais il a continué son chemin. Je n'ai rien dit. C'était à lui de jouer.

Finalement, il a viré de façon si brutale qu'il a failli m'envoyer à terre. On a dérapé sur quelques mètres pour passer une porte de garage. Une fois entré, il a freiné si violemment que j'ai cru m'envoler par-dessus sa tête. Avant même que le scooter ne s'immobilise, la porte s'était déjà refermée. Aussitôt, le type est descendu de son engin et s'est tourné vers moi. Il avait perdu son calme. Mais je ne pouvais lui en vouloir. Ç'avait été un sacré gymkhana.

– Qui es-tu ? m'a-t-il demandé.

Aïe. Il venait de risquer sa peau pour sauver la mienne, et maintenant, il voulait savoir pourquoi.

– Heeeeu…

C'est tout ce que j'ai trouvé à dire. Intelligent, non ? Je ne pensais qu'à échapper aux dados, pas à concocter une histoire quelconque.

– Comment as-tu réussi à t'évader ? a-t-il insisté. Pas un seul challenger n'y est arrivé.

– Euh, oh, hé hé, ai-je gloussé d'un ton qui se voulait naturel. Vous voyez, hem, vous allez rire, mais je ne suis pas un challenger. Ce n'est pas mon maillot.

– Et je suppose que ce n'est pas ta boucle non plus ? a-t-il ajouté d'un air soupçonneux.

J'ai regardé le bracelet autour de mon bras. Il clignotait toujours d'une lueur violette. Je me suis tourné vers le type d'un air penaud. Il m'a rappelé mon père. Il faisait à peu près ma taille, avec des cheveux bruns grisonnants coupés court. En fait, à ce moment, j'avais l'impression de me faire réprimander par un parent. J'ai à nouveau essayé de retirer la boucle, mais elle s'est accrochée à mon bras une fois de plus.

– Ce n'est *pas* ma boucle, ai-je dit. J'ai trouvé ces vêtements et...

– Qui est-ce ? a crié une voix de femme.

J'ai regardé dans les profondeurs sombres du garage. Quelqu'un arrivait. Elle a fait quelques pas, entrant dans la lumière qui tombait d'une fenêtre en hauteur. J'ai aussitôt reconnu la femme qui avait soi-disant perdu le contrôle du scooter, permettant au type d'échapper aux dados. Elle avait des cheveux noirs courts ébouriffés pour former des espèces de pointes. Le col de sa chemise était remonté. Une concession au style qui, curieusement, donnait une certaine classe à ce vêtement terne.

– Un challenger qui s'est échappé, a répondu le vieil homme. Les dados le pourchassaient et il m'a demandé de l'aider.

– Et tu l'as amené ici ? a rétorqué la femme avec colère comme si c'était une réaction particulièrement idiote.

Lorsqu'elle avait fait tomber le scoot, le vieil homme avait réagi comme son supérieur, s'arrogeant le droit de la réprimander. Maintenant, les rôles étaient inversés. C'était elle qui semblait être le chef. Ce qui confirmait mes soupçons : l'incident était bien une mise en scène pour permettre à un fugitif d'échapper aux dados.

– Il ne va pas rester longtemps, a plaidé le vieil homme. Au moins, ici, il est en sécurité.

– Mais pourquoi ici ? a insisté la femme. Tu n'avais pas d'autre choix ? Et s'ils viennent chercher M. Pop ?

– C'est qui, M. Pop ? ai-je demandé sans réfléchir.

Ils m'ont jeté un drôle de regard. Oups. Mauvaise question. J'aurais dû m'en douter. La femme m'a toisé et a fait un pas en avant. Je ne me suis pas détourné.

– Il connaissait le salut, a dit l'homme sur la défensive. Je devais faire quelque chose.

Ah, oui. Le salut. La main sur le biceps. J'ai eu l'impression que si je connaissais ce salut, j'aurais dû savoir qui était M. Pop.

– Comment as-tu pu leur échapper ? a demandé la femme sans me quitter des yeux.

Il était temps d'improviser. Pourquoi pas ? Je n'avais rien à perdre. Du moins je l'espérais.

– Bon, bon. Voilà ce qui s'est passé. J'ai retiré ma boucle…

– C'est impossible, a repris la femme.

– En est-on vraiment sûrs ? a remarqué l'homme. Il y est peut-être arrivé.

– Et si c'était un espion ? s'est emportée la femme.

Aïe. Il fallait que je lui fasse abandonner cette idée.

– Je ne suis pas un espion, ai-je déclaré. J'ai retiré ma boucle ; c'est comme ça que j'ai pu m'échapper. Mais une fois dans la rue, je l'ai remise pour ne pas attirer les soupçons.

Je ne savais même pas ce que je racontais, mais elle a acquiescé comme s'il y avait une quelconque logique dans tout ça. Heureusement, parce que je bluffais à mort. J'ai pensé à utiliser mes dons de persuasion de Voyageur, mais ces deux-là me semblaient trop forts. Je ne pouvais influencer que ceux qui étaient déjà en pleine confusion mentale. Eux savaient très bien ce qu'ils faisaient. Je devais continuer. Alors j'ai joué mon va-tout et j'ai ajouté :

– Je voulais juste voir M. Pop.

La femme a écarquillé les yeux comme si j'avais demandé une entrevue avec le magicien d'Oz. Elle a jeté un coup d'œil vers l'homme, qui a haussé les épaules. Elle s'est à nouveau tournée vers moi et a dit :

– Je veux bien le croire. Mais j'espère que tu réalises à quel point c'était stupide de remettre la boucle ?

Eh bien, en fait, non.

– Je n'avais pas vraiment le choix.

Je me suis demandé combien de temps je pourrais continuer ce petit jeu avant qu'ils ne s'aperçoivent que je racontais n'importe quoi.

– Peut-être, a repris l'homme, mais c'est précisément pourquoi tu dois partir. Tout de suite.

– Pourquoi ?

– Tu es bête ou tu ne comprends rien à rien ? a demandé la femme.

Un peu des deux, à vrai dire.

– Tu réalises bien qu'avec la boucle, ils peuvent retrouver ta trace ? a ajouté l'homme.

Aïe ! aïe ! aïe !

Blam ! On a tous sursauté de surprise : un véhicule venait de faire exploser la porte du garage. Le panneau a glissé et heurté le sol, dévoilant le camion noir qui venait de le percuter comme un bélier.

– Chacun pour soi ! a crié la femme. Bonne chance !

Elle est partie en courant dans les profondeurs du garage. Le type l'a suivi. J'ai commis l'erreur de jeter un coup d'œil en direction du camion. Des dados jaillissaient des portières ouvertes. Ils avaient déjà sorti leurs armes et les braquaient... vers moi. J'ai tourné les talons pour m'enfuir et j'ai entendu le *fump !* d'un pistolet.

Cette fois-ci, ils n'ont pas raté leur coup.

La décharge m'a frappé en plein dans le dos. Ç'a été si violent que ma tête est partie en arrière. On ne m'avait encore jamais tiré dessus. Je ne savais pas ce que ça pouvait faire, mais je n'aurais jamais imaginé quelque chose comme ça. Le choc m'a coupé le souffle comme si j'avais été heurté par une voiture. Aussitôt, une étrange sensation est née à l'endroit où la décharge m'avait frappée et s'est instantanément répandue dans mes bras et mes jambes. C'était comme si j'avais reçu une énorme décharge électrique, bien que ça ne me soit jamais arrivé non plus. Mais j'imagine que ça devait faire ce genre d'effet. La sensation d'engourdissement est montée le long de mon dos et a enveloppé ma tête. J'ai vaguement senti ma joue heurter le sol. Un peu plus tard, tout est devenu noir.

Journal n° 24
(suite)

QUILLAN

À moitié éveillé. À moitié endormi. Je déteste cette sensation.
Je ne savais pas si je rêvais ou si j'étais dans la réalité. J'ai dû me
forcer à me concentrer. J'étais allongé sur quelque chose en
mouvement ; je sentais ses soubresauts. Était-ce un bateau ? Un
train ? Le flume ? Tout était silencieux, ce qui ne m'arrangeait
guère. J'ai senti des lumières contre mon visage. Ce qui a
accentué mon sentiment de mouvement. Comme je me sentais
vulnérable ! Je devais concentrer le peu d'énergie qui me restait
et reprendre conscience. À vrai dire, une partie de moi aurait
préféré se rendormir. Quoique, une autre aurait bien voulu
retourner dans mon lit, chez moi en Seconde Terre, et regarder la
télé. Mais comme ces deux options n'étaient pas disponibles,
autant me lever.

Alors que certains de mes neurones entraient en action, j'ai
réalisé quelque chose de très important : je n'étais pas mort. On
m'avait tiré dessus par-derrière, j'avais perdu connaissance, mais
je ne ressentais pas la moindre douleur. Je ne m'étais donc pas pris
une balle. Bien sûr, je me suis aussi dit que j'étais peut-être bien
mort et en chemin vers l'au-delà. Mais j'ai pensé autrement
lorsque j'ai enfin ouvert les yeux et vu défiler de grands bâtiments.
Soit il y avait des immeubles gris dans l'au-delà, soit j'étais
toujours sur Quillan. Je penchais plutôt pour la seconde hypothèse.

J'ai vite découvert que je gisais sur le dos, allongé sur le siège
arrière d'une très grosse voiture. Je le savais parce qu'elle était
assez large pour que je puisse m'y étendre de tout mon long,

et il y avait encore de la marge. En levant les yeux, j'ai vu que je regardais les bâtiments depuis la vitre arrière. Tout mon corps était engourdi. J'ai eu un moment de panique où j'ai cru que j'étais bel et bien paralysé. Mais j'ai fini par pouvoir remuer une main, puis l'autre. Je reprenais pied dans la réalité.

Je présume que le dado devait avoir employé une sorte de paralysant. Ça, c'était la bonne nouvelle. La mauvaise, c'est que ma chance avait fini par tourner. Ils m'avaient coincé. Lorsque j'ai pu me rasseoir, mes pires craintes se sont vues confirmées. Deux dados étaient assis sur le siège avant. C'étaient peut-être ceux qui m'avaient pourchassé. Peu importait. Tous deux regardaient droit devant eux. Je me suis demandé s'ils étaient vraiment des robots. Dans ce cas, le plus étrange était encore de voir une machine conduire une autre machine… avec moi à l'arrière. Pourvu qu'ils ne fassent pas un court-circuit ou quelque chose comme ça. Je ne voulais pas qu'ils pètent une électrode et nous envoient dans le décor.

— Hé, ai-je dit d'un ton vaseux.

Ils n'ont pas pris la peine de se retourner. Pas grave. J'essayais encore de désembrumer mon cerveau. Et de débloquer ma mâchoire.

— Vous êtes des robots ou quoi ? ai-je demandé.

Pourquoi pas ? Autant ne pas tourner autour du pot. Ils n'ont pas répondu. On roulait à vive allure dans les rues de la ville. Le trafic était moins dense et le chauffeur passait d'une voie à l'autre avec une brusquerie qui m'a semblé dangereuse. Il ne devait pas redouter de se faire arrêter par un policier, vu qu'il en était un.

— Où va-t-on ?

Toujours pas de réponse. Étonnant, non ?

— Vous me faites faire une visite guidée de la ville ?

Rien.

— Hé ! personne ne vous a jamais dit que vous aviez de sales gueules ?

Ils n'ont même pas détourné leur regard de la route.

J'ai décidé d'arrêter de poser des questions sans obtenir de réponses et de me remettre les idées en place. Où qu'on aille, quoi qu'on y trouve, je devais être prêt. Je me suis donc rassis et j'ai regardé par la vitre. Cette partie de la ville n'avait pas l'air bien différente du quartier de l'arcade. Même si, comme je l'ai dit, elle était moins peuplée. Dans un accès de panique, je me suis demandé combien de temps j'étais resté K-O et quelle distance nous avions parcouru. À un moment ou à un autre, je devrais regagner le flume. Or je ne savais plus où j'étais, ni comment retrouver mon chemin dans cette ville totalement uniforme.

On a continué comme ça pendant encore plusieurs minutes, tournant dans des rues guère différentes des précédentes. J'ai tenté de noter notre itinéraire, mais c'était impossible. Tout se ressemblait. Du moins, jusqu'à ce qu'on passe un dernier tournant. Ce que j'ai vu droit devant tranchait tellement sur le reste du paysage que j'en ai émis un hoquet de surprise. Les deux dados se sont retournés pour me regarder. Super. Ils ne voulaient pas répondre à des questions directes, mais il suffisait d'un hoquet pour attirer leur attention.

– Ça va ? a demandé le chauffeur comme s'il redoutait que je fasse une crise cardiaque.

– Oui, ai-je dit en tendant le doigt. Qu'est-ce que c'est que ça ?

Les deux dados se sont retournés à nouveau et m'ont ignoré de plus belle. J'imagine qu'eux seuls décidaient de communiquer ou non. Mais peu m'importait. Mon intérêt s'était reporté droit devant nous.

Une immense grille dorée était apparue. Elle était superbe, avec des gravures élaborées et des sculptures très réalistes. Sa forme ne relevait d'aucun style en particulier. Curieusement, elle m'a surtout fait penser aux schémas en 3D qui apparaissaient sur les écrans disséminés dans la ville. Très moderne, et néanmoins élégante. Elle était enchâssée dans un grand mur de pierre blanche qui devait bien mesurer dix mètres de haut. Trop pour qu'on l'escalade, mais pas assez pour que je ne puisse pas voir ce qu'il y avait de l'autre côté.

Des arbres.

Eh oui. Au-dessus du mur, j'ai vu une véritable forêt. J'ai aussitôt pensé au tournoi de Tato à l'issue duquel le challenger jaune avait trouvé la mort. Comment ce type avait-il appelé le terrain de jeu ? Le jardin. Oui, c'est ça. Je me rapprochais de l'endroit où le challenger s'était fait tuer. La voiture a ralenti et la grille s'est ouverte lentement. On allait entrer ! C'était comme de pénétrer dans un autre monde. On quittait une ville grise et sans âme pour s'enfoncer dans une forêt verdoyante. Le seul détail indiquant qu'on ne changeait pas totalement de perspective était les deux dados postés de l'autre côté de la grille. Des gardes.

– C'est ici, le jardin ? ai-je demandé au chauffeur, oubliant un instant qu'il ne répondrait pas.

En effet, il a gardé le silence. Je n'ai rien ajouté. On a suivi une route sinuant entre les troncs de cette épaisse forêt. La voie était pavée et assez large pour laisser passer deux voitures. Les bois eux-mêmes m'ont rappelé ceux de chez nous. Ce devait être l'été sur Quillan, parce que les feuilles étaient grandes et vertes. Parfois, les arbres étaient si épais qu'il faisait noir comme en pleine nuit. De temps en temps, la forêt s'ouvrait sur de vastes prairies jonchées de fleurs multicolores se découpant sur le vert de l'herbe. J'ai vu quelques oiseaux qui n'étaient pas si différents de ceux qu'on trouve en Seconde Terre.

Le plus étonnant, c'était qu'une telle forêt existe, tout simplement. On a continué de rouler pendant un quart d'heure environ, ce qui signifiait qu'elle était immense. Impossible de dire si la ville était entourée par les bois ou l'inverse. Ou peut-être que la forêt commençait là où la ville se terminait. Où... peu importe.

Quoi qu'il en soit, c'était bizarre de sortir d'une grande cité pour tomber sur toute cette verdure. Mais il n'y avait pas que des arbres : il y avait une route et donc une destination. Je l'ai vue dans le lointain, entre les cimes. D'abord, j'ai cru que c'était juste un arbre plus grand que les autres, puis j'ai pensé à une sorte de tour de radio. Je me suis aussi dit qu'on était arrivé au bout de la forêt et qu'on allait à nouveau entrer en ville. On a passé un virage, les arbres se sont écartés et le mystère s'est résolu.

C'était un château.

J'ai sursauté, tant j'étais surpris de voir une construction si spectaculaire sur ce territoire dépourvu de tout caractère. Le bâtiment était immense. Plusieurs tours montaient vers le ciel, flanquées de flèches pointues et de créneaux circulaires. Il y avait tant de niveaux et de balcons que j'imagine que les locataires devaient avoir besoin d'une carte pour s'y retrouver. Des drapeaux d'un jaune vif strié de violet battaient au vent au bout de chaque flèche. Les murs du château lui-même étaient rose pâle. Bref, c'était un spectacle éblouissant.

Le bâtiment était si grand qu'il nous a fallu rouler encore plusieurs minutes avant de l'atteindre. J'ai alors vu que des douves pleines d'eau entouraient l'immense édifice. Elles semblaient plus décoratives que destinées à assurer une quelconque protection. Tout était immaculé, comme s'ils employaient une armée de jardiniers travaillant nuit et jour. Mais je n'ai vu personne au travail. En fait, je n'ai vu personne du tout. Ça m'a paru bizarre, bien que, sur Quillan, cette notion soit des plus subjectives. Alors qu'on approchait, j'ai vu une grande porte de bois servant d'entrée, qui est descendue sur ses charnières pour former un pont au-dessus des douves. On n'a même pas eu besoin de ralentir. La voiture a franchi ce pont-levis, les pneus bruissant sur les poutres, pour entrer dans une vaste cour intérieure au centre du château. Il y avait des fontaines partout et des haies sculptées pour ressembler à des sortes d'animaux – même si je n'en ai pas reconnu un seul. Soit c'était des figures abstraites, soit on trouvait de drôles de bestioles sur Quillan. J'ai voté pour la première solution. Je préférais ne pas tomber sur des animaux bizarroïdes.

La voiture s'est arrêtée devant des escaliers de marbre menant à d'autres portes de bois aux élégantes parures dorées. À peine s'était-on immobilisés qu'elles se sont ouvertes. Quelqu'un venait nous accueillir. J'espérais découvrir enfin qui « ils » étaient. En tout cas, « ils » s'étaient donné bien du mal pour me faire venir ici. Je voulais qu'on me dise pourquoi ces brutes m'avaient pourchassé comme un criminel et tiré dessus. « Ils » sont alors apparus en haut des escaliers.

– Bienvenue, mon ami, bienvenue ! a crié un homme jovial portant ce qui ressemblait à une robe de chambre rouge et noir – et que j'ai aussitôt reconnu. Je m'appelle LaBerge, je suis certain que tu le sais déjà. Comme tout le monde, bien sûr. Laisse-moi te serrer la main.

Oui, c'était LaBerge. L'homme de l'écran, celui qui organisait les matchs de Tato. Celui qui m'avait envoyé cette invitation.

Vu de près, il semblait encore plus farfelu. Sa chevelure blonde était constituée de boucles longues qui tressautaient lorsqu'il marchait. Ses yeux brillaient d'enthousiasme, ou de démence, impossible à déterminer. Il a ouvert la portière et je suis descendu machinalement.

– J'espère que ton voyage a été agréable, a-t-il dit sincèrement en tendant la main.

Je ne l'ai pas serrée. Je ne le connaissais pas, mais je ne l'aimais pas. Non seulement il me pourrissait la vie, mais il était impliqué dans la mort d'un Voyageur. Pourquoi me fier à lui ?

– Ils m'ont tiré dessus, ai-je dit sans grande imagination.

LaBerge a froncé les sourcils, s'est penché à l'intérieur par la portière ouverte et a aboyé aux dados d'une voix vibrante de colère :

– Crétins ! Fichez-moi le camp !

Le chauffeur a mis les gaz. La voiture a démarré si brutalement que LaBerge a dû se retirer prestement pour ne pas être entraîné – ce qui ne m'aurait pas dérangé. Il a fixé le véhicule d'un regard furieux, puis s'est repris et s'est tourné vers moi, tout sourires :

– Je n'aime pas que ces brutes s'approchent de moi, mais elles peuvent avoir leur utilité. Bien, a-t-il ajouté gaiement, voyons donc où on va t'installer.

Ce type jouait le rôle d'un hôte flamboyant et plein de charme. Je n'y croyais pas un seul instant. Il a tourné les talons pour monter les escaliers. Je n'ai pas bougé.

– Je suis sûr que tu serais très bien dans… (Il a remarqué que je ne le suivais pas et s'est retourné vers moi.) Quelque chose ne va pas, mon ami ?

– Je ne suis pas votre ami, ai-je répondu froidement. Je ne sais pas qui vous êtes, et je ne sais certainement pas pourquoi vous avez lâché vos chiens de chasse pour qu'ils me ramènent ici.

LaBerge a eu l'air troublé. Il a redescendu les marches en disant :

– Tu n'as pas reçu mon invitation ?

J'ai tiré de ma poche le carton qui se trouvait dans la boîte que Saint Dane m'avait envoyée sur Zadaa.

– Ouais, je l'ai reçue.

– Alors pourquoi as-tu cherché à échapper aux dados ?

– Parce que je ne fais pas les quatre volontés de Saint Dane.

LaBerge m'a regardé, interdit.

– Qui ça ?

J'ai alors compris que Saint Dane s'était probablement présenté sous un autre nom. Il devait avoir pris une identité plus appropriée à ce territoire. Si j'étais là, c'était aussi pour le démasquer et voir ce qu'il complotait sur Quillan.

– Qui vous a dit de m'envoyer cette invitation ? ai-je demandé.

LaBerge a pris le carton.

– « Viens donc, Ami. » Ça sonne bien, non ? a-t-il ajouté avec un petit rire.

– Non, ai-je répondu.

Le sourire de LaBerge s'est affaissé.

– Oh ! a-t-il fait, peiné. Je trouvais ça plutôt mélodieux.

– Qui vous a dit de l'envoyer ? ai-je demandé à nouveau d'un ton plus insistant.

J'ai fait un pas en avant pour montrer que je ne plaisantais pas. Il s'est reculé. Il avait peur de moi. Bien.

– Je ne divulgue jamais mes sources, jeune homme. Ce serait mauvais pour les affaires.

– Les affaires ? ai-je répété en le faisant encore reculer. Je me fiche de vos affaires. Et de vous. Tout ce que je veux savoir, c'est ce que je viens faire ici.

– Je croyais que c'était évident, a fait nerveusement LaBerge. Tu vas être traité comme un roi !

Hein ? Un roi ? Je ne sais pas ce que j'attendais comme réponse, mais certainement pas ça.

– LaBerge ! Pourquoi ne fais-tu pas entrer notre invité ? a fait une voix sévère depuis l'intérieur.

J'ai regardé en haut des escaliers pour voir apparaître une femme vêtue d'une combinaison d'un violet si foncé qu'il semblait noir.

Elle est restée plantée là, les bras le long du corps, raide comme la justice, à me regarder. Sans ciller. C'était Veego, la femme de l'écran.

– Le challenger rouge s'inquiète de savoir pourquoi nous l'avons fait venir ici, a répondu LaBerge. J'essaie de lui expliquer...

– Je ne suis pas un challenger, ai-je dit à la femme.

– Non, en effet, a-t-elle répondu.

Ah ! Enfin, quelqu'un daignait m'écouter.

– Mais tu vas le devenir, a-t-elle ajouté.

Oh. Super. J'ai fait un pas vers la femme en la regardant droit dans les yeux. Je tenais à ce qu'elle sache que j'étais tout aussi sérieux qu'elle. À vrai dire, elle me mettait mal à l'aise. On s'est dévisagé ainsi pendant un moment, puis elle a plissé les lèvres en un sourire mauvais.

– Oui ? a-t-elle demandé.

J'ai tenté le coup.

– Saint Dane ? ai-je demandé. C'est vous ?

Elle m'a jeté un drôle de regard.

– Pardon ?

Soit ce n'était pas Saint Dane sous une fausse identité, soit ce démon se contrôlait parfaitement. Je penchais pour la première hypothèse.

– Tu devrais te sentir flatté, a-t-elle ajouté. Ta vie va prendre un tour tel que tu n'aurais jamais pu l'imaginer.

Ha ! De toute évidence, elle ne savait pas qui j'étais vraiment. Je devais prendre une décision. J'étais là pour découvrir comment Saint Dane comptait s'y prendre pour détruire le territoire. Pas de doute, c'était lui qui m'avait envoyé cette invitation *via* le flume et, donc, il voulait que je retrouve ces deux frappadingues dans leur château. Était-ce un piège ? Probablement. Mais devais-je faire semblant de jouer le jeu ou m'en aller et tout reprendre à zéro ? L'idée de me conformer aux desseins de Saint Dane ne me plaisait pas trop, mais je n'avais **pas** vraiment le choix. Je ne connaissais personne ici, le Voyageur de Quillan était mort et j'avais au bras un mouchard qui permettrait à ces fichus dados de me retrouver quand ils le voudraient.

· Bon, d'accord, ai-je dit. Que voulez-vous que je fasse ?

La femme a eu un sourire. Mais sans joie. C'était le sourire fat de quelqu'un qui venait de marquer un point. Je l'ai aussitôt détestée.

– Magnifique ! s'est écrié LaBerge en montant les escaliers. Tout d'abord, nous allons te montrer tes appartements. Tu vas adorer !

Je n'en étais pas si sûr.

Veego a passé la porte en premier. Je l'ai suivie, et LaBerge a fermé la marche. J'avais l'impression de me jeter dans la gueule du loup. J'ai inspiré profondément, j'ai haussé les épaules et j'ai passé l'entrée…

Pour me retrouver dans un hall gigantesque. Il faisait des kilomètres de haut. La lumière filtrait par de grands vitraux situés près du plafond voûté. Les dessins sur les vitraux m'ont fait penser à une église, mais ils n'avaient rien de religieux. Ils montraient des gens en train de faire du sport. On y voyait des coureurs, des lanceurs de balle ou des catcheurs. J'ai remarqué que tous ces concurrents portaient des maillots à manches longues de couleurs vives avec des bandes en diagonale à l'avant. On aurait dit une cathédrale dédiée à ces « challengers », comme ils les appelaient. Croyez-moi, je n'en ressentais aucune fierté. Au contraire, ça me donnait la nausée.

Cet endroit n'avait rien à voir avec un vieux château poussiéreux du Moyen Âge (enfin, si Quillan avait eu son propre Moyen Âge, bien sûr). Il semblait avoir été construit la veille. Le sol de marbre orné de mosaïques était si propre qu'on aurait pu manger dessus. Un grand escalier de pierre s'incurvait jusqu'à un balcon, loin tout là-haut. Des banderoles colorées descendaient de chaque niveau comme si le château se préparait à un festival. J'ai essayé de mémoriser mon chemin. Il devait être facile de se perdre dans un bâtiment si immense.

– C'est gentil chez vous, ai-je dit d'un ton badin. À qui appartient tout ça ?

– Mais à nous, bien sûr ! s'est empressé de répondre LaBerge, comme insulté par ma question. À qui veux-tu que…

– LaBerge ! a fait Veego.

Elle le traitait comme un gamin capricieux. Et c'est ce qu'il était. Mais *elle* était… effrayante. Je ne sais pas ce qui était le pire.

– Le challenger rouge n'est jamais venu ici, a-t-elle dit lentement, comme si j'étais trop bête pour comprendre. Il est notre invité et nous devons lui faire preuve de respect.

— Je ne lui manquais pas de respect ! a expliqué LaBerge. Je pensais juste que, sachant qui nous sommes, il serait évident que nos habitations soient conformes à notre position et...

— Mais je ne sais pas qui vous êtes, ai-je tranché.

LaBerge en est resté comme deux ronds de flan. Sa main s'est crispée sur sa poitrine comme s'il nous faisait une crise cardiaque.

— Tu ne regardes pas les jeux ?

— Non, ai-je répondu. Je ne suis pas d'ici.

— Quelle différence ? a rétorqué LaBerge. Tout le monde nous connaît...

— LaBerge ! a de nouveau tranché Veego. Qu'est-ce que je viens de te dire ?

Cette fois, il n'a pas discuté. Il a baissé les yeux comme un enfant boudeur.

— Vous êtes mari et femme ou quoi ? ai-je demandé.

Ils ont éclaté de rire.

— Mariés ? a fait LaBerge avec un gloussement. Non, nous sommes associés, et notre partenariat est extrêmement fructueux, je dois dire. Il suffit de regarder autour de soi pour en être convaincu.

Là, je ne pouvais pas prétendre le contraire. Si ces deux-là habitaient cet incroyable château en pleine forêt, c'est qu'ils devaient avoir sacrément réussi.

— Que faites-vous exactement ? ai-je demandé.

— Quoi ? a bafouillé LaBerge, encore plus choqué. Nous sommes célèbres ! Comment peux-tu ignorer...

— Assez de questions ! a fait Veego, lui coupant la parole une fois de plus. Nous aurons tout le temps pour ça au dîner. (Elle s'est tournée vers moi.) Tu seras des nôtres, n'est-ce pas ?

— C'est à vous de me le dire. C'est votre show.

Elle m'a à nouveau décoché son sourire fat.

— Oui, je vais tout te dire... Et tu suivras mes instructions à la lettre

Peut-être me montais-je la tête, mais je me suis dit que je devrais me méfier de Veego. Je ne savais trop quoi penser de LaBerge. Il avait l'air d'un clown.

— Quatorze ! a-t-elle crié.

Comme je ne savais pas ce que ça signifiait, je suis resté là, l'air bête. Aussitôt, un type est apparu en haut de l'escalier.

– Oui ? a-t-il demandé poliment.

Quatorze n'était pas un chiffre, mais le nom de ce type. Ou le nom de ce type était un chiffre. Ou quelque chose comme ça. Il ne mesurait pas plus d'un mètre soixante et était vêtu tout en blanc : chemise, pantalon, gants et chaussures, tout. Une cravate bicolore était nouée autour de son cou – un côté violet, l'autre jaune vif. Ces deux couleurs étaient partout. Ce devait être les armoiries de Veego et LaBerge. L'autre trait dominant de ce petit homme est qu'il était entièrement chauve. Une vraie boule de billard. Du coup, il était difficile d'évaluer son âge. Et sa voix ne me renseignait pas davantage. Entre vingt et quarante ans, tout était possible. Il s'est dirigé vers nous et s'est courbé en guise de salut.

– À vos ordres, a-t-il dit solennellement.

– Veuillez mener le challenger rouge à sa chambre, a dit Veego. Il se joindra à nous pour le dîner.

– Très bien, a répondu Quatorze en me faisant signe de le suivre.

Je me suis tourné vers Veego qui m'a dit :

– Tu as eu une dure journée. Prends donc un peu de repos. Quatorze viendra te chercher à l'heure du dîner.

Je ne savais pas quoi faire. On m'avait kidnappé. Il n'y avait pas d'autre façon de le formuler. Bien sûr, ils me traitaient bien, mais ça ne changeait rien au fait qu'on m'avait enlevé ! Ils n'arrêtaient pas de m'appeler le challenger rouge, comme ces types qui s'étaient battus jusqu'à la mort durant le match. Et pour tout arranger, LaBerge avait dit que je serais traité comme un roi. Tout ça n'était ni cohérent, ni logique. Ce que je ne devais pas oublier, la seule chose qui comptait vraiment, c'était la raison de ma présence ici. Saint Dane m'y avait invité. Il n'y avait pas le moindre doute là-dessus. Et j'étais là pour l'arrêter. Si je voulais le retrouver, je devais jouer le jeu. Du moins pendant un temps.

– Tu vas adorer le dîner ! a lancé LaBerge avec un peu trop d'enthousiasme.

Je me suis tourné vers lui.

– Du moment qu'il n'y a pas de tribbun au menu.

Je ne savais toujours pas ce que c'était en dehors du fait que je l'avais lu sur une étiquette au magasin. Je voulais juste me payer sa tête. Il a ouvert de grands yeux.

– Tu n'aimes pas le tribbun ! s'est-il exclamé. Mais c'est délicieux !

– Oui, ben, j'ai horreur de ça.

– Très bien, s'est-il offusqué. On a le temps de le retirer du menu.

Il s'est tourné et s'en est allé à grandes enjambées, furieux. Je sais, ce n'était pas très malin de ma part, mais au moins ça me donnait l'impression d'avoir un minimum de contrôle sur la situation.

– Par ici, je vous prie, a dit Quatorze.

– Repose-toi bien, a lancé Veego.

– Entendu.

Je suis parti vers les escaliers. Veego n'a pas bougé. Elle n'a pas cessé de m'observer alors que je grimpais les marches. Drôle de sensation. Comme si elle cherchait à m'évaluer.

– À droite en haut des escaliers, a dit Quatorze qui me suivait de près.

– Quel est ton vrai nom ? lui ai-je demandé. Moi, je m'appelle Bobby.

– Et moi Quatorze.

– Mais non ! ai-je rétorqué. Je ne m'appelle pas rouge. Les gens portent des noms, pas des numéros ou des couleurs.

– Comme vous voudrez, monsieur.

– Et avec qui sors-tu en ville ? Treize et Quinze ?

J'ai eu un petit rire. Pas lui.

– Ce sont mes amis, en effet.

Oh.

Ce type ne comprenait pas la plaisanterie. Ou alors, il avait peur de ce que Veego pourrait lui faire. J'ai décidé de lui fiche la paix. Une fois en haut des escaliers, il m'a orienté vers un couloir long et large avec des portes de bois fermées à un mètre d'intervalle les unes des autres.

– Qu'y a-t-il derrière ces portes ? ai-je demandé.

– C'est là que vivent les challengers.

J'ai remarqué que chaque porte comportait une plaque rectangulaire de couleur différente. Blanc, noir, orange, bleu. Le dortoir des challengers ? On devait avoir parcouru cinquante mètres quand on s'est s'arrêté devant une porte frappée d'un rectangle rouge. Quatorze l'a ouverte et a dit :

– C'est là que vous résiderez.

Je suis alors entré dans la chambre que je vous ai décrite dans mon précédent journal[1]. Elle semblait tout droit sortie des rêves d'un gamin. Enfin, un gamin avec une imagination plutôt perverse. C'était une grande chambre avec plein d'espace. Les murs étaient tapissés de rayures jaunes et violettes, ce qui ne m'a pas vraiment étonné. Le plafond était recouvert de ballons multicolores. Le lit se trouvait au beau milieu de la pièce et semblait flotter dans le vide. Les couvertures étaient jaunes, les oreillers violets. Il y avait un bureau ressemblant à une énorme main, la paume vers le haut. Aussi ridicule que ça puisse paraître, le pire était encore les bibelots. Partout, il y avait des étagères remplies de poupées. Surtout des clowns. Or… *j'ai horreur des clowns*. À mon avis, il y a deux sortes de personnes sur Terre : ceux qui ont peur des clowns et les détestent… et les clowns.

– Pas question de rester là, ai-je dit à Quatorze.

– Votre chambre ne vous convient pas ? s'est-il enquis.

– Tu veux rire ? ai-je crié. Elle est bourrée de clowns ! Qui irait décorer toute une chambre avec des clowns ?

– C'est une idée de LaBerge, a-t-il répondu.

J'aurais dû m'en douter.

– Oui, eh bien moi je ne reste pas ici.

– Je suis désolé, monsieur, a-t-il répondu avec un calme olympien. Il n'y a pas d'autre chambre disponible.

J'allais répliquer, mais je me suis dit que, comme de toute façon je ne ferais pas de vieux os ici, je pouvais supporter les clowns. Certes, je les ai en horreur, mais je n'étais pas non plus un grand fan de Quillan.

---

1. Voir Pendragon n° 6 : *Les Rivières de Zadaa*.

C'est là que je vais terminer ce journal et vous l'envoyer. J'ai de la chance qu'ils m'aient laissé tranquille assez longtemps pour que je puisse écrire deux journaux complet pour vous tenir au courant. Bien sûr, maintenant, j'ai la fameuse crampe de l'écrivain, mais j'y survivrai.

J'ai l'intuition que le seul fait d'avoir rencontré Veego et LaBerge m'a rapproché de Saint Dane. Je dois découvrir quel lien peut bien exister entre ces trois-là. Le premier pas est de comprendre pourquoi Veego et LaBerge veulent que je sois là. S'ils veulent me traiter comme un roi, ça me va. Mais je ne suis pas complètement idiot. Je sais qu'ils exigeront quelque chose en échange et j'ai une bonne idée de ce que c'est. Ils me prennent pour un challenger et, à ce titre, ils veulent que je combatte. Je ne peux pas m'empêcher de penser que Saint Dane tire les ficelles, ce qui veut dire que *lui* veut me voir participer. J'espère juste pouvoir éviter les coups assez longtemps pour découvrir ce que complote ce démon. Voilà un jeu qui risque d'être dangereux. Si je veux en savoir plus, je vais devoir rester là. Donc, je peux être obligé de me battre.

Je me demande si le Voyageur de Quillan a suivi le même chemin que moi. A-t-il aussi reçu une invitation ? Saint Dane en a-t-il envoyé une à *tous* les Voyageurs ? Est-ce comme ça que tout va se terminer ? Notre bataille contre Saint Dane va-t-elle se réduire à quelques jeux mortels sur ce territoire de fous ? Si Saint Dane convoque les Voyageurs sur Quillan, je suis sûr qu'ils viendront tous. Pour la première fois, je suis heureux que Gunny et Spader soient piégés sur Eelong.

Alors que je suis assis là, dans cette chambre sinistre, je me sens bien seul. Je n'ai personne avec qui échanger des idées, personne pour remettre en question mes choix. Personne à qui me fier. Dieu sait pourquoi j'ai été bombardé Voyageur en chef, mais ça ne veut pas dire que je n'ai pas besoin d'aide. Ou d'amitié. Ça ne me gêne pas quand je suis dans le feu de l'action, mais lorsque je me retrouve seul, comme maintenant, mon esprit vagabonde. Et ce n'est pas une partie de plaisir. Dans des moments comme ça, notre combat contre Saint Dane semble si désespéré que j'ai envie de tout laisser tomber et de rentrer chez moi. Mais ai-je encore un chez-moi ?

99

Bon, il faut que je me reprenne. Me lamenter sur mon sort ne me mènera nulle part. Je dois dormir un peu pour arrêter de me faire un sang d'encre. Ne vous inquiétez pas, je ne suis pas tout le temps comme ça, uniquement dans les passages calmes. J'ai besoin de ces plages de repos pour recharger mes batteries et écrire mes journaux. Mais, pour être franc, en même temps je les redoute, parce que c'est dans ces moments-là que je me rends compte de ma solitude extrême.

C'est bon. Ça ira. J'avais juste besoin de le dire à quelqu'un.

Un dernier détail avant de conclure. Au moment de me laisser dans ma chambre, Quatorze m'a dit :

– Je viendrai vous chercher lorsque le repas sera prêt.

– Ouais, c'est ça.

Il a reculé alors que je regardais à nouveau la chambre, voyant tous ces yeux de clowns braqués sur moi.

– Hé ! ai-je lancé, ce qui l'a arrêté net.

– Oui ?

– Tu es sûr qu'il n'y a pas d'autre chambre libre ?

– Absolument. Mais après le tournoi, il y aura probablement plus de places.

Tout d'abord, ça m'a encouragé. Je voulais échapper à ces clowns. Puis j'ai compris la vraie signification de ce qu'il disait.

– Qui a occupé cette chambre avant moi ?

– Le challenger jaune. Mais il ne reviendra pas. Reposez-vous bien.

Il a refermé la porte, me laissant plus seul que jamais. Le challenger jaune était le Voyageur de Quillan. Il n'avait pas survécu à sa chute. Les challengers mouraient.

J'étais un challenger.

Je n'avais pas encore trouvé Saint Dane.

Et c'était reparti pour un tour.

Vous me manquez, les amis.

Fin du journal n° 24

SECONDE TERRE

Courtney Chetwynde rentrait chez elle.

Ces deux mois qu'elle avait passé à l'hôpital avaient été une véritable torture. Cependant elle savait qu'il ne fallait pas précipiter les choses. Des os brisés mettent longtemps à se ressouder. Tout comme un esprit cassé. Elle ne se débarrasserait jamais totalement du souvenir de ce qui lui était arrivé la nuit de l'accident. Mais c'était très bien comme ça. Elle ne voulait pas s'en débarrasser. Elle tenait à se rappeler du moindre détail. Elle faisait du vélo sur une route de campagne déserte lorsqu'une voiture l'avait fauchée. Elle avait dévalé une pente escarpée. La chute avait été brutale. Elle s'était cassé quatre côtes et avait deux fractures au bras gauche. Sa jambe gauche était si mal en point qu'on avait dû lui poser quatre broches pour la maintenir en place. Elle avait aussi une commotion cérébrale. Toutefois, aussi horribles que soient ces plaies, elles ne mettaient pas sa vie en danger. Le vrai problème était plus psychologique. Elle avait subi tant d'opérations chirurgicales qu'elle n'écoutait même plus lorsqu'un médecin lui expliquait la gravité de son état. Elle ne voulait plus en entendre parler. Durant les deux mois qui avaient suivi l'accident, il ne s'était pas passé un seul jour sans qu'on vienne lui dire :

– Vous avez de la chance d'être encore en vie.

Courtney n'avait pas eu l'impression d'avoir tant de chance que ça. D'abord, si elle était vernie à ce point, elle n'aurait pas eu cet accident qui l'avait amené aux portes de la mort. Elle n'aurait pas suivi ces cours de rattrapage et n'aurait pas rencontré ce garçon nommé Whitney Wilcox. Il ne lui aurait pas tapé dans l'œil. Et elle ne se serait pas retrouvée sur cette route, à pédaler pour le rejoindre, lorsqu'elle avait eu son accident. Enfin, elle n'aurait pas découvert que Whitney Wilcox n'existait pas. Il n'était qu'une illusion. Un mensonge. Alors qu'elle gisait comme une poupée cassée dans les bois bordant la route, avant de perdre connaissance, elle avait vu le conducteur de la voiture qui l'avait renversée – c'était lui, Whitney Wilcox, le garçon qui lui plaisait de plus en plus et qui était sur le point de devenir le petit ami que Bobby Pendragon était incapable d'être.

Ce garçon qui était en fait Saint Dane.

Le démon avait tenté de la tuer. Du haut de la route, il avait toisé son corps brisé et dit :

– Ce que je donne, je le reprends. Vous, en Seconde Terre, êtes si faciles à contrôler. J'espérais que ce serait un peu plus intéressant ; malheureusement non.

Alors il s'était transformé en un grand oiseau noir qui s'était envolé dans la nuit, la laissant comme morte.

Mais Courtney n'était pas restée là, à attendre la fin. Elle s'en était remise à ce bon vieux Mark Dimond. Elle avait réussi à lui passer un coup de fil sur son téléphone mobile. Tout ce qu'elle avait pu chuchoter avant de sombrer, c'était : « Il est là. » Elle n'avait pas eu besoin d'en dire plus. Mark avait compris de qui elle parlait. Et qu'elle avait des ennuis. Mark s'était empressé de se rendre dans le Massachusetts, là où se trouvait l'école de rattrapage scolaire de Courtney, et l'avait trouvée à moitié morte au bord de la route. Il lui avait sauvé la vie. De toute cette histoire, c'était bien la seule chose qui n'ait pas surpris Courtney. S'il y avait quelqu'un sur qui elle savait pouvoir toujours compter, c'était bien Mark.

En revanche, la vraie surprise avait été de voir *qui* Mark avait choisi pour l'aider. Celui qui, depuis leur enfance, avait toujours été son pire ennemi : Andy Mitchell. Puisque Mark n'avait pas le permis, c'était Mitchell qui l'avait conduit depuis leur ville du Connecticut jusqu'aux Berkshires. Sans son aide, Mark n'aurait jamais pu arriver à temps. Ce qui était à la fois étrange et dérangeant. Sans l'intervention d'Andy Mitchell, elle serait morte.

Aussi reconnaissante qu'elle fût, cela lui laissait une drôle d'impression. D'aussi loin qu'elle pût se souvenir, Andy avait toujours été une brute épaisse qui avait le chic pour se rendre insupportable. Et il prenait un malin plaisir à persécuter Mark, ce pauvre souffre-douleur. Il attirait comme un aimant les Andy Mitchell de ce monde. Mais depuis peu, il était apparu que, aussi bête qu'il fût, Andy Mitchell avait la bosse des maths. À tel point qu'on lui avait proposé de rejoindre Sci-Clops, le club scientifique d'élite dont Mark était membre. Courtney savait que Mark avait horreur de voir son club adoré investi par cet Andy Mitchell tant détesté. Mais même lui devait admettre que Mitchell avait un don. Mieux encore, une fois qu'il avait rejoint Sci-Clops, Mitchell avait cessé de persé-cuter Mark. Tous deux semblaient s'être trouvé un point en commun et avoir fait la paix.

Mais Courtney s'étonnait toujours de les avoir découverts au pied de son lit de l'unité de soins intensifs, après sa sortie de la salle d'opérations. Tous les deux. Depuis cet horrible jour, Courtney avait demandé plus d'une fois à Mark comment ils avaient pu devenir soudain si proches.

— Tu sais bien que c'est un minable, disait-elle.

À chaque fois, Mark éclatait de rire et disait quelque chose du genre :

— C'était vrai dans le temps. Mais maintenant que je le connais mieux, c'est un chic type. Et c'est aussi une espèce de génie !

— Andy Mitchell ? rétorquait Courtney. Un génie ? Autant dire qu'un cafard peut faire de l'algèbre !

Mais Mark n'en démordait pas. S'il y avait quelqu'un qui avait le droit de détester Andy Mitchell, c'était bien lui. Les brutes s'en prennent toujours aux intellectuels. Mark était la cible idéale. Andy l'avait persécuté pendant des années. Donc, se disait Courtney, si Mark lui avait pardonné, pourquoi ne pour-rait-elle pas en faire autant ? Surtout maintenant qu'il l'avait aidé à lui sauver la vie. Courtney avait donc décidé de réserver son jugement, même si Mitchell était un vrai blaireau – ou l'avait été.

Après l'accident, Mark avait souvent pris le train pour venir la voir à l'hôpital et lui tenir compagnie tout au long de sa convalescence. Courtney attendait ses visites avec impatience. Être cloîtrée dans un hôpital à trois heures de route de chez soi n'avait rien de bien amusant. Les médecins ne voulant pas qu'elle se lève avant d'être entièrement guérie, elle passait ses journées au lit, à s'ennuyer en regardant la télévision. Elle était alors devenue accro aux feuilletons à l'eau de rose, ce qui la gênait plus qu'autre chose. Courtney ne se croyait pas du genre à s'intéresser à ce genre de bêtises. Cela ne correspondait pas à l'image qu'elle avait d'elle-même. Mais elle n'avait pas vraiment le choix. Les talk-shows l'ennuyaient et elle était trop âgée pour les dessins animés. Ainsi avait-elle fini par se passionner pour les existences factices de personnages imaginaires. Lorsqu'elle en était arrivée au point où les infirmières venaient lui demander : « Qu'est-il arrivé à Untel ? » ou « Alors, qui trompe qui ? » et que Courtney leur répondait, elle s'était dit qu'il était temps de passer à autre chose. Elle ne voulait pas travailler si dur pour guérir son corps si c'était pour transformer son cerveau en fromage mou.

Finalement, on l'avait transférée dans une aile consacrée à la rééducation. Ç'avait été un soulagement, mais aussi une épreuve assez pénible. Lorsqu'on lui avait retiré son plâtre, Courtney avait dû réapprendre à marcher. La douleur était incroyable, mais les médecins étaient sans pitié. Et elle préférait ça. Elle leur avait même demandé de la pousser jusqu'à ses limites.

– Si je me plains, insistez pour que je continue, leur rappelait-elle.

C'était tout Courtney. Elle avait toujours eu beaucoup de volonté, mais, ces derniers temps, le tour qu'avait pris sa vie lui avait insufflé une détermination nouvelle. Il lui était pénible de repenser au concours de circonstances qui l'avait menée dans cet hôpital, mais elle s'y était forcée. Elle voulait se souvenir de tout, ne serait-ce que pour tirer les leçons de son épreuve. Ç'avait été un long voyage qui avait commencé bien avant l'accident.

Quelques mois plus tôt, Courtney avait découvert qu'elle et Mark avaient fait une monumentale erreur en prenant le flume pour se rendre sur Eelong[1]. Certes, ils avaient fait du bon travail et aidé Bobby à sauver un territoire, mais plus tard, ils avaient appris qu'en utilisant le flume ils avaient provoqué la mort d'un Voyageur. Seuls les Voyageurs étaient censés emprunter les flumes et, en violant cette règle, ils avaient affaibli les tunnels, si bien que celui d'Eelong s'était effondré. Gunny et Spader s'étaient retrouvés piégés sur Eelong et, dans l'éboulement, Kasha avait été tuée. Courtney avait dû accepter l'horrible vérité : en voulant venir en aide à Bobby, Mark et elle avaient aidé Saint Dane dans sa quête pour conquérir Halla. Ce qu'elle avait pris pour sa plus grande victoire s'était révélé être un échec tragique.

Cette nouvelle avait anéanti Courtney, qui avait déjà du mal à s'adapter à sa première année de lycée. Par le passé, elle avait toujours été la première dans toutes les matières, surtout en sport. Mais, une fois au lycée, elle s'était retrouvée au milieu de filles qui étaient tout aussi bonnes qu'elle, voire meilleures. Courtney ne connaissait pas la défaite. Elle n'avait même pas l'habitude de faire autant d'efforts pour rester au niveau. Elle ne supportait pas cette pression, ce qui lui apparaissait comme une forme d'échec. Elle s'était toujours définie par ses capacités sur le terrain de sport. En perdant cela, elle s'était sentie inutile et déprimée. Elle ne parlait presque plus à ses parents. Sa compagnie était devenue insupportable, elle le savait, puisqu'elle-même n'arrivait plus à se supporter. Ces semaines passées dans un lit d'hôpital lui avaient laissé toute latitude pour revenir sur cette période difficile et chercher à comprendre ce qui avait dérapé. Ses échecs sportifs l'avaient déçue, bien sûr, mais elle s'était rendu compte que ce qui la gênait encore plus, c'était de voir qu'elle le prenait aussi mal. Or supporter les épreuves de la vie était beaucoup plus important. Courtney devait bien constater qu'elle ne gérait ni l'un, ni l'autre, et c'était ce qui la déprimait.

---

1 Voir Pendragon n° 5 : *La Cité de l'Eau noire*.

Ces longs mois de convalescence et d'introspection lui avaient enfin permis d'admettre que, si elle avait été si prompte à foncer sur Eelong en compagnie de Mark, c'était parce qu'elle avait eu quelque chose à se prouver. Bien sûr, elle avait voulu aider Bobby, mais elle avait aussi eu désespérément besoin de reprendre confiance en elle. Il lui fallait réussir quelque chose, n'importe quoi. Et cela avait presque réussi. Tout au moins jusqu'à ce qu'ils prennent la mesure du mal qu'ils avaient fait, tous les deux. Lorsqu'elle avait appris la vérité, elle était tombée en pleine dépression. C'était si grave qu'elle ne pouvait même plus se traîner hors de son lit. Heureusement qu'on lui envoyait ses cours à domicile, sinon elle aurait redoublé sa classe. En fait, elle était à peine capable de se concentrer assez longtemps pour faire le strict minimum et elle était passée en première d'un cheveu.

Ç'avait été une période difficile, mais malgré tout Courtney restait une battante et s'était lancée un nouveau défi. Elle avait décidé de remettre de l'ordre dans sa vie. Si elle voulait pouvoir affronter le monde, elle devait d'abord pouvoir se regarder dans une glace. C'est dans ce but qu'elle avait convaincu ses parents de l'envoyer dans une école qui proposait des cours de remise à niveau pendant l'été. Six semaines toute seule, entourée de gens qui ne la connaissaient pas et n'attendaient rien d'elle serait l'idéal pour se remettre sur pieds. Elle ne se trompait pas. Peu à peu, Courtney s'était sentie redevenir elle-même.

Cela l'avait d'abord ennuyée de laisser Mark se débrouiller seul avec les journaux de Bobby, mais, dans un éclair de sagesse, elle s'était dit que si elle voulait servir efficacement Bobby en tant qu'Acolyte, elle devait avant tout remettre de l'ordre dans sa vie. Mark avait compris sa décision et l'avait encouragée. Tout s'était donc passé à merveille.

Jusqu'à ce qu'elle rencontre Whitney Wilcox.

Saint Dane était venu en Seconde Terre pour orchestrer sa chute, au sens littéral du terme. Il avait tout fait pour gagner sa confiance, puis son affection, pour lui tirer le tapis sous les pieds et tenter de la tuer. Courtney avait passé des heures à se demander pourquoi il avait pris cette peine. Était-ce pour le simple plaisir de faire le mal ? Voulait-il prouver quelque chose à Bobby ? Pire encore, cela faisait-il partie d'un plan quelconque visant à faire tomber la Seconde Terre ?

Dès la première fois où Mark lui rendit visite à l'hôpital, juste après l'accident, ils abordèrent ce sujet. Les parents de Courtney payaient à Mark son billet de train et son séjour dans un motel afin qu'il ne soit pas obligé de faire l'aller et retour dans la journée. Eux-mêmes ne pouvaient pas venir tous les jours : ils savaient que Courtney appréciait les visites, mais leur travail les accaparait. Évidemment, ils ne pouvaient pas savoir que Mark ne se contentait pas de lui rendre des visites amicales, mais qu'ils débattaient du futur de l'univers tout entier.

C'est lors d'une de ces visites, alors que l'automne commençait à peine, que Mark lui amena l'ensemble des journaux de Bobby racontant ses aventures sur Zadaa[1]. Courtney les lut tous d'un coup. Mark voulait qu'elle sache ce qui était arrivé, mais redoutait sa réaction lorsqu'elle apprendrait que Bobby était tombé amoureux de Loor. Bobby et Courtney étaient censés sortir ensemble. Ils s'étaient déjà embrassés, et pas uniquement pour voir ce que ça faisait. Ils s'aimaient pour de bon. Mark retint son souffle, attendant que Courtney tombe sur le passage où Bobby admettait ses sentiments pour Loor.

Elle resta très calme. Elle leva les yeux et dit à Mark :

– Je le sentais venir.

– Vraiment ? fit Mark, surpris.

– Pas toi ? rétorqua Courtney. Enfin, Mark, les choses ont un petit peu changé, non ? Je veux dire, on n'est plus les mêmes qu'il y a trois ans.

– J'imagine, oui, répondit tristement Mark. On a vieilli.

– Et on a affaire à un démon surpuissant qui tente de faire sombrer l'univers tout entier dans le chaos, s'empressa de reprendre Courtney. N'oublions pas ce détail.

---

1. Voir Pendragon n° 6 : *Les Rivières de Zadaa*.

– Oui. Ça aussi.

– J'aime Bobby, dit Courtney. Et je sais qu'il m'aime aussi. Mais ce n'est pas le bon moment pour nous deux. Qui sait ? Un jour, peut-être…

Courtney ne termina pas sa phrase. Elle préférait ne pas spéculer sur un avenir bien improbable. Ils avaient déjà assez à faire avec le présent.

– Pour moi, c'est bon, dit-elle sincèrement. Je t'assure.

Mark acquiesça.

– En plus, ajouta-t-elle, Loor a les mêmes raisons que moi de ne pas vouloir être avec lui. Pour l'instant, tout est trop étrange. Mais ça ne durera pas éternellement. (Elle lui décocha un sourire rusé.) Ce n'est pas terminé.

Mark sourit à son tour. Il sentait que Courtney redevenait celle qu'il avait connue. Après avoir terminé les journaux, tous deux se promenèrent lentement dans le parc entourant l'hôpital. Les feuilles commençaient à se faner et le ciel était de ce bleu foncé qui n'appartient qu'à l'automne. Courtney devait utiliser un déambulateur pour ne pas mettre tout son poids sur sa jambe. Elle avait encore du mal à se déplacer. Son bras gauche n'était toujours pas entièrement guéri et son corps restait très raide. Mark la laissa avancer à son rythme, ce qui lui fit une impression bizarre, puisqu'en général c'était lui qui devait presser le pas pour rester à son niveau. Courtney était forte et avait un corps d'athlète. Les médecins lui avaient dit qu'elle guérirait et retrouverait toutes ses capacités en un rien de temps. Son but était de pouvoir se passer du déambulateur avant de reprendre l'école et d'être prête pour les entraînements de sport du troisième trimestre. Pour le moment, elle progressait rapidement, même si elle risquait de manquer le début de l'année au lycée Davis Gregory. L'idée était qu'on lui envoie ses devoirs afin qu'elle puisse suivre le rythme, et si tout allait bien elle pourrait reprendre les cours à Pâques. Tout le monde était persuadé qu'elle tiendrait les délais. Courtney, elle, n'en était pas si sûre. Pour elle, c'était une date butoir.

Courtney et Mark savaient tous les deux que, si elle passait par une sale période, Bobby était toujours aux trousses de

Saint Dane et qu'ils restaient ses Acolytes. Ils devaient se remettre dans le coup. Dans ses derniers journaux, Bobby avait écrit des choses assez dérangeantes qu'il leur restait encore à assimiler.

– Bon, il faut le dire, annonça Mark avec une témérité inattendue. Est-ce que le fait que Bobby ait pu faire revenir Loor d'entre les morts t'angoisse autant que moi ?

– Je ne sais pas, répondit Courtney en souriant. À quel point es-tu angoissé ?

Mark ne rit pas : il était sérieux.

– Je ne crois pas que Bobby l'ait fait ressusciter, reprit Courtney.

– Mais...

– Laisse-moi terminer, s'empressa de dire Courtney. Oui, il a peut-être contribué à la ramener, mais je ne crois pas qu'il soit seul responsable. Pour moi, ça a plus à voir avec les Voyageurs en général.

– Que veux-tu dire ?

– Arrêtons de nous mentir, continua Courtney. Je sais qu'on connaît Bobby depuis qu'on est tout petits, qu'on a joué avec lui et que nos vies se sont déroulées en parallèle jusqu'à ce qu'il s'en aille avec son oncle Press, mais après tout ce qui est arrivé il est assez évident que les Voyageurs ne sont pas comme les autres. Leurs dons de guérison ne sont qu'un simple exemple. Pourquoi peuvent-ils voyager en empruntant les flumes, alors que si on en fait autant, tout s'écroule ?

Mark ne répondit pas. Il continua de regarder le sol en digérant ce qu'elle venait de dire.

– Et comment se fait-il, continua-t-elle, que lorsque Bobby est parti de chez lui, toute trace de son existence se soit évanouie en même temps, y compris sa famille, ses photos et tout document prouvant qu'il ait jamais existé ? Même son chien a disparu ! Je sais qu'il vit avec ce fardeau depuis maintenant deux ans, mais il faut bien admettre que, derrière tout ça, il y a forcément un pouvoir dont on ignore tout. On ne disparaît pas comme ça, sans laisser de trace. Du moins pas selon les règles de notre bonne vieille Seconde Terre. Tu le sais mieux que quiconque. C'est toi le scientifique. Je ne sais pas ce qu'est exactement Bobby Pendragon, mais je crois qu'il n'a rien à voir avec la réalité telle que nous la connaissons. Il l'a dit lui-même dans son journal : il n'est même pas sûr d'être vraiment de Seconde Terre. (Courtney inspira profondément avant d'ajouter :) Et je partage ses doutes.

Mark lui jeta un regard circonspect.

– Je vois que tu y as pas mal réfléchi.

– Oui, ben, disons que je n'ai vraiment pas grand-chose d'autre à faire en ce moment, rétorqua-t-elle. Je ne sais pas comment le formuler au juste, mais je pense que les Voyageurs ne sont pas humains.

– Tu le crois vraiment ?

– Tu as une autre explication ? Pas un seul d'entre eux ne sait qui sont ses véritables parents. Bien sûr, ils ont été élevés par des gens de leurs territoires respectifs, mais on leur a bien précisé que ce n'était pas leurs parents biologiques. Dans ce cas, *qui* sont les vrais ? D'après moi, si on peut répondre à cette question, on saura pourquoi ils ont le pouvoir de guérir plus vite que les autres.

– Et de ressusciter, ajouta Mark.

– Exactement. Corrige-moi si je me trompe, mais il me semble qu'en principe les humains en sont incapables.

– Et Press, Osa et tous ceux qui y ont laissé la vie ?

– Je ne sais pas, répondit Courtney. Mais Press a bien dit que Bobby et les autres étaient la dernière génération de Voyageurs. Peut-être la précédente devait-elle mourir pour laisser la place à celle de Bobby.

– Bon, reprit Mark. Donc, Bobby et les Voyageurs obéissent à d'autres lois que les nôtres. Mais qui a bien pu édicter ces lois ?

– C'est justement la question, répondit fermement Courtney. Quand on saura y répondre, on pourra démêler toute cette histoire.

Mark y réfléchit un instant, puis reprit :

– Tu crois vraiment que Bobby n'est pas humain ?

– Oh, allez ! rétorqua Courtney. Ose prétendre que tu n'y as pas pensé !

Mark acquiesça à contrecœur.

– Bien sûr, dit-elle. Je sais, ça fait bizarre, mais c'est quand même une forte probabilité, non ?

– Et que vient faire Saint Dane dans tout ça ? demanda Mark.

Courtney fronça les sourcils.

– Je n'en sais rien. Ses pouvoirs sont plus puissants que ceux de tous les Voyageurs. Il a certainement sa place dans l'équation, mais je n'arrive pas à définir laquelle. Vu le peu de faits dont je dispose, je ne peux émettre que des hypothèses.

Ils continuèrent à marcher en silence, puis Courtney reprit :

– Tu te souviens de ce que je t'ai dit à l'hôpital, juste après l'accident ?

– Au mot près, répondit Mark. Tu as affirmé que tu n'avais plus l'intention de te planquer et de pleurnicher sur ton sort. Tu as même dit *texto* : « Je veux la peau de ce salopard. »

– Il est là, Mark, reprit Courtney. Saint Dane est en Seconde Terre. Je ne sais pas pourquoi il s'en est pris à moi, mais je pense que ce n'est qu'un début. Il manigance quelque chose, et cette fois-ci c'est notre territoire qu'il vise. Chez nous. Depuis le début, on redoutait ce moment ; maintenant, il est arrivé.

– D'une certaine façon, reprit Mark, j'espérais qu'en sauvant la Première Terre[1], les Voyageurs auraient aussi épargné la Seconde et la Troisième.

– Tu rêves, fit Courtney sur un ton moqueur. On a toujours su que la bataille finirait par nous rattraper. Il n'y a que dix territoires. Six d'entre eux ont déjà connu leur moment de vérité. Saint Dane est à court de possibilités !

Courtney vit que Mark s'essuyait les mains sur son pantalon. Elle ne le comprenait que trop. Elle-même transpirait pas mal.

– Alors qu'est-ce qu'on fait ? demanda Mark. On raconte tout à Bobby ?

– Oui, je vote pour, répondit Courtney. Et je t'assure que je pensais ce que j'ai dit. Je ne sais ni quand, ni comment, mais,

_____

1. Voir Pendragon n° 3 : *La guerre qui n'existait pas.*

111

après ce qu'il m'a fait, je veux vraiment rendre la monnaie de sa pièce à Saint Dane.

– Fais attention, l'avertit Mark. Ne te laisse pas dominer par tes émotions. C'est ce qui a grillé Spader.

– Ne t'en fais pas pour moi, répondit Courtney. Je suis en rogne, mais ça me pousse à positiver. À chaque exercice, à chaque fois que je ressens une douleur, je pense à lui. Il ne le sait probablement pas, mais il m'aide à aller mieux. Mentalement et physiquement. Il a peut-être voulu me mettre hors jeu une bonne fois pour toutes, mais en essayant de me tuer il n'a fait qu'accroître ma détermination. Je suis de retour, Mark. Et quand Bobby reviendra sur son territoire, nous le vaincrons… Ensemble.

Mark acquiesça, même s'il ne donnait pas vraiment l'impression d'apprécier cette perspective.

Sept semaines précisément après l'accident, Courtney sortit de l'hôpital. Bien sûr, M. et Mme Chetwynde étaient là pour l'occasion. Mark profita de leur voiture. Il dit à Courtney qu'il voulait la voir sortir de l'hôpital de ses yeux. Il espérait aussi que Saint Dane serait là, quelque part, pour qu'il puisse constater son échec et évaluer leur force.

Les infirmières avaient concocté une petite fête. Elles avaient apporté un gâteau et ne cessèrent de plaisanter, comme quoi elles risquaient de perdre le fil de leurs séries préférées sans Courtney pour les tenir au courant. Ce n'était pas particulièrement drôle, mais Courtney rit avec elles, ne serait-ce que par politesse.

La plupart des médecins qui s'étaient occupés d'elle étaient là, eux aussi. Tous lui dirent qu'ils étaient fiers d'elle et qu'elle était seule responsable de sa guérison. Courtney apprécia leur gentillesse à sa juste valeur. Ils lui manqueraient. Après tout, ils lui avaient sauvé la vie. Mais, aussi émouvante que puisse être cette occasion, elle voulait sortir de cet hôpital. Elle voulait rentrer chez elle.

La fête toucha à sa fin, et tout le monde se retrouva devant l'entrée du petit bâtiment. Une longue allée menait à la rue. M. Chetwynde avait arrêté leur break Volvo tout au bout de l'allée. Mme Chetwynde et lui-même se tenaient à côté de la voiture, à regarder les deux rangées d'infirmières, de médecins et d'employés entourant les deux côtés de l'allée en attendant qu'elle passe. Les portes de verre s'ouvrirent. Mark apparut, poussant Courtney dans une chaise roulante. Aussitôt, les deux rangées de spectateurs applaudirent. Mais ils n'avaient encore rien vu.

Courtney sourit et se leva. Mark lui passa le déambulateur métallique sur lequel elle s'était reposée durant ses dernières semaines de thérapie. Il avait fixé un petit Klaxon avec une poire noire criant « Arooougah » lorsque Courtney appuyait dessus, prétendant qu'elle en avait besoin pour éviter de renverser quelqu'un. Courtney empoigna le déambulateur, le plaça devant elle, regarda la petite foule qui l'acclamait, sourit… Et le jeta au sol. Les docteurs et les infirmières rugirent de joie. Mme Chetwynde eut un petit hoquet et voulut se précipiter vers sa fille, mais M. Chetwynde l'arrêta.

– Laisse-la faire.

Courtney était raide et ses pas mal assurés, cependant, pour la première fois en sept semaines, elle put marcher par elle-même. Elle passa devant les infirmières très émues. Certaines en pleurèrent même de joie, et un ou deux médecins essuyèrent une larme d'émotion. Mark la suivait pas à pas, prêt à réagir si elle faisait mine de tomber.

Mais non. Elle ne tituba même pas. Courtney Chetwynde était à nouveau sur pied.

– Ça va ? chuchota Mark.

Elle serra les dents pour grimacer un sourire et répondit sur le même ton :

– Ça fait mal, mais qu'est-ce que c'est bon de marcher !

– Tu es formidable.

Courtney réussit à gagner la voiture, où son père l'aida à s'asseoir sur le siège avant. Mark et Mme Chetwynde montèrent à l'arrière. Sur un dernier salut de la main au personnel de l'hôpital, Courtney quitta Derby Falls pour rentrer chez elle.

Les trois heures de trajet furent bien longues. Courtney n'avait plus l'habitude de rester assise si longtemps, et surtout sur un siège de voiture inconfortable. Leur Volvo était vieille, et Courtney avait l'impression d'être installée sur un bloc de béton. Mais elle ne se plaignit pas une seule fois. Elle était trop contente de rentrer chez elle. Ils atteignirent Stony Brook à l'heure du dîner. Mme Chetwynde proposa à Mark de rester dîner avec eux.

– Allez, dit Courtney. Que la fête continue !

Mark passa un coup de fil à sa mère pour la prévenir et aida à porter les bagages de Courtney dans la maison. Une fois rentrée, la première chose que fit Courtney fut de crier :

– Winston ! Viens, Winnie !

Aussitôt, son chat arriva en courant. Winston était un chat européen à poil ras qui, d'après Courtney, ressemblait plutôt à un chien. Il sauta dans les bras de sa maîtresse en ronronnant comme une turbine. Courtney enfouit son visage dans sa fourrure.

– Hmmmm ! Tu m'as manqué, sac à puces !

Elle fit le tour de la maison en examinant chaque détail comme si elle n'était pas venue là depuis un long moment. C'était d'ailleurs le cas.

– Rien n'a changé, déclara-t-elle. Les mêmes meubles, la même odeur, le même ordinateur pourri qu'il faut se disputer.

Elle désignait un vieil écran posé sur une table dans le salon. Mark remarqua qu'il devait avoir cinq ans, ce qui, en termes d'informatique, en faisait une antiquité.

– Tu sais, papa, reprit Courtney, si je dois suivre mes cours depuis la maison pendant deux mois, je ne pourrai jamais m'asseoir sur cette chaise dure comme la pierre devant ce vieux clou archaïque que tu appelles un ordinateur. Je crois qu'il va falloir…

Courtney s'arrêta net en voyant que son père avait tiré un carton de derrière le canapé, un carton qui, à en juger par les inscriptions qu'il portait, contenait un ordinateur flambant neuf.

– Hé bé, fit Mark, c'est le tout dernier modèle !

– Et si Mark en reste baba, reprit M. Chetwynde, je présume que tu peux l'être aussi, non ?

Un grand sourire illumina le visage de Courtney, et elle alla serrer son père dans ses bras.

– Je t'aime, p'pa.

– Bienvenue à la maison, chérie, répondit-il.

C'est à ce moment précis, celui où tout semblait vouloir s'arranger... que l'anneau de Mark se mit à tressauter. Il s'empressa de poser la main dessus et courut se placer derrière M. Chetwynde pour que Courtney puisse le voir.

– Heu, C-c-courtney ? fit-il. Où sont les toilettes ?

– Là où elles ont toujours été, répondit-elle. Là-bas, à côté du...

Elle s'interrompit en voyant l'expression de Mark. Il leva la main pour que Courtney puisse voir que la pierre grise sur son anneau était devenue transparente et commençait à émettre de la lumière.

– Va aux miennes à l'étage, s'empressa-t-elle de dire. Et monte mes sacs pendant que tu y es, d'accord ?

– Ouais, d-d-d'accord, répondit-il.

Il courut vers l'entrée de la maison et manqua de trébucher sur les affaires de Courtney. Il s'empara d'un des sacs et partit vers les marches. Il allait atteindre l'étage lorsque Mme Chetwynde apparut à l'autre bout des escaliers. Aussitôt, Mark lui tourna le dos pour cacher son anneau.

– Besoin d'un coup de main ? demanda-t-elle gentiment.

– N-n-non, ça ira, fit Mark en escaladant les marches.

Mme Chetwynde haussa les épaules et retourna dans la cuisine pour préparer le dîner. Mark arriva en haut de l'escalier et courut le long du couloir jusqu'à la dernière porte sur la gauche, qui donnait sur la chambre de Courtney. Il y avait longtemps que le fait d'entrer dans la chambre d'une fille ne lui donnait plus de palpitations. Il était bien au-delà de ça. Il laissa tomber le sac de Courtney sur le sol, ferma la porte, retira son anneau et le posa par terre. Il s'était déjà mis à grandir. Il prit rapidement la taille d'un Frisbee, des éclairs de lumière jaillirent de son centre et Mark entendit l'amas de notes musicales signifiant qu'il allait recevoir une livraison d'un autre territoire.

Il y avait longtemps que cela non plus ne lui donnait plus de palpitations.

En quelques instants, tout fut terminé. Les lumières disparurent, la musique se tut et l'anneau reprit une taille normale. Et là, à côté de lui, un journal gisait sur le tapis. Comme le précédent, les feuilles étaient d'un jaune vif et reliées par un ruban violet. Mark le regarda fixement. Il s'était peut-être habitué à avoir à son doigt un portail donnant sur les territoires qui lui livrait les journaux de Bobby, mais rien ne le préparait à ce qu'il allait y lire.

– Le courrier est arrivé, fit Courtney, qui passait la tête par la porte. Comme au bon vieux temps.

Mark ramassa les feuilles jaunes.

– On dirait qu'il vient de Quillan, remarqua-t-il.

– Le territoire des clowns, renchérit Courtney. Je me demande bien ce qui se passe sur ce monde de dingues.

– Je crois qu'on ne va pas tarder à le savoir. Tu veux qu'on le lise, là, tout de suite ?

Courtney entra dans la chambre, refermant la porte derrière elle, boita vers Mark et ramassa la liasse.

– Ça fait trop longtemps que je suis hors jeu, dit-elle en retirant le ruban pour déplier les feuilles. Je n'attendrai pas une seconde de plus.

Mark sourit. Ils étaient à nouveau ensemble. Ils s'étaient toujours lu à voix haute les journaux de Bobby, sauf lorsque Courtney était en pleine déprime. Maintenant, pour toutes sortes de raisons, cela lui réchauffait le cœur.

– Tu veux que je commence ? demanda-t-elle.

– Vas-y.

Mark lui sourit et s'assit sur le lit. Courtney tituba vers le fauteuil moelleux que son père avait monté dans sa chambre et s'y assit. Elle regarda les feuilles, prêtes à entamer sa lecture.

– Courtney ? demanda Mark.

– Oui ?

– Je suis content que tu sois revenue.

Courtney sourit et se mit à lire.

– Journal numéro vingt-quatre. Quillan. J'ai toujours été joueur. Toujours…

SECONDE TERRE
(suite)

– Le dîner est prêt ! cria Mme Chetwynde depuis le rez-de-chaussée.

Courtney avait déjà fini de lire le journal de Bobby. Mark et elle restaient là, sans bouger, à se regarder dans le blanc des yeux, chacun essayant d'assimiler ce qu'ils venaient d'apprendre. Courtney fut la première à briser le silence :

– Il a l'air mal barré, dit-elle.

– Peut-on vraiment le lui reprocher ? demanda Mark. Après tout, il porte sur ses épaules la plus grande responsabilité de toute l'histoire de l'univers.

– J'aimerais bien qu'on puisse faire quelque chose pour qu'il ne soit pas seul à l'affronter, déplora Courtney.

– Pourtant, il *est* seul, reprit Mark d'un ton sombre.

Courtney regarda par la fenêtre. Elle avait envie de pleurer. Bobby affrontait Saint Dane avec un courage incroyable. Mais ce qui lui brisait le cœur, c'est que, malgré ses nombreux succès, il se sentait toujours triste et seul. Ce n'était pas juste. Elle en regrettait presque qu'il n'ait pas embrassé Loor lorsqu'ils s'étaient retrouvés face à face.

Presque.

– Maintenant que le Voyageur de Quillan est mort, ajouta Mark, il est encore plus seul.

– Ce doit être une drôle de sensation, ajouta Courtney sur un ton lugubre. Comme de perdre un parent qu'on n'a jamais rencontré.

– C'est vrai, reprit Mark. Je n'arrive pas à c-c-croire qu'un autre Voyageur soit mort, bégaya-t-il.

– Et Bobby vient à peine d'arriver sur Quillan ! s'écria Courtney. C'est un piège, j'y mettrais ma main au feu !

– Je le crois aussi. (Mark se leva d'un bond et se mit à tourner comme un lion en cage.) Sinon, pourquoi Saint Dane lui aurait-il envoyé cette invitation ? Et d'où viennent cette boucle et les vêtements laissés près du flume ? Saint Dane a dû les y déposer.

– Tout à fait, renchérit Courtney. Et ces deux drôles de personnages, Veego et LaBerge, ont certainement quelque chose à voir avec ce combat. Ils cherchent à forcer Bobby à participer à ce tournoi de Toto.

– De Tato, corrigea Mark.

– Peu importe, rétorqua Courtney. Bobby est tombé dans un piège.

– Mais que pouvait-il faire d'autre ? argua Mark. S'il veut découvrir ce qui se trame sur Quillan, il doit être là où il se passera quelque chose. Là où Saint Dane lui a demandé d'aller.

Courtney inspira profondément. Mark avait raison, elle le savait, mais c'était loin de la rassurer. Elle fit la moue :

– Ce doit être vrai, reprit-elle. J'ai horreur de devoir lire ces histoires par épisodes, et plus encore de ne rien pouvoir y faire.

– Oui, ben, c'est comme ça.

Courtney tapa du pied sur le sol. Son bon pied. Elle était sur les nerfs.

– Il y a quelque chose que je ne comprends pas, dit-elle finalement. Pourquoi Saint Dane ne le tue pas une bonne fois pour toutes ?

– Quoi ? cria Mark surpris.

– Ne fais pas cette tête, reprit Courtney, c'est une question tout à fait légitime. Avec tous les pouvoirs dont dispose Saint Dane, on pourrait penser qu'il écraserait Bobby comme une mouche pour en finir une bonne fois pour toutes. Et ça vaut aussi pour les autres Voyageurs. Les occasions n'ont pas manqué. Non, vraiment, s'il a consacré tout ce temps à se débarrasser de moi, pourquoi n'a-t-il pas tenté le coup avec Bobby ?

Mark cessa de faire les cent pas et s'assit sur la chaise.

– À vrai dire, admit-il, je me suis aussi posé la question.

– Tu crois que c'est parce qu'il ne peut pas les tuer ? Comme avec Loor ?

– Mais ils peuvent se faire tuer ! rétorqua Mark. Il y a bien assez de Voyageurs morts pour le prouver, et la liste n'arrête pas de s'allonger !

– Et Loor ? reprit Courtney. Elle était morte et elle a ressuscité.

Mark secoua la tête.

– Je ne sais pas. C'est peut-être Bobby qui a raison. Il peut y avoir un rapport avec le pouvoir qu'ils accumulent lorsqu'ils sont ensemble. Bobby était au chevet de Loor, et elle a survécu. Le Voyageur de Quillan était seul, et il est mort.

– Alors ce serait ça ? demanda Courtney nerveusement. Saint Dane attirerait les Voyageurs sur Quillan, séparément, pour les tuer les uns après les autres ?

Tous deux échangèrent un regard nerveux. C'était une idée bien sinistre.

– Est-ce le chant du cygne des Voyageurs ? demanda Courtney, surprise par ses propres conclusions.

Mark sauta sur ses pieds et se remit à faire les cent pas.

– Non ! cria-t-il. Non, ce n'est pas possible. Ça ne peut pas être si simple. (Il formulait ses idées tout en parlant.) J'ai étudié tout ce que Bobby a écrit, jusqu'au moindre mot. Je sais tout ce qui lui est arrivé depuis son départ, et j'en ai tiré une constante.

– Qui est… ?

– Saint Dane est joueur, reprit Mark. Il attire Bobby sur un territoire et lui fournit juste assez d'informations pour qu'il puisse progresser.

– Mais en général, ces indices l'envoient dans la mauvaise direction, remarqua Courtney.

– Je pense que ça fait partie du plan, continua Mark. Saint Dane met Bobby au défi. Il le pousse à faire des choix difficiles. Il n'a jamais le champ libre.

– Mais alors, à quoi bon ? demanda Courtney, exaspérée. Pourquoi lui laisse-t-il la moindre alternative ?

– Parce que je crois que, pour Saint Dane, il ne s'agit pas uniquement de plonger un territoire dans le chaos. Je crois qu'il veut vaincre Bobby. Non, qu'il *doit* vaincre Bobby. Sinon, pourquoi s'embarrasserait-il de lui ?

– Parce que Bobby l'y force ! Il n'arrête pas de harceler Saint Dane.

– Oui, Bobby et les Voyageurs déjouent ses plans à chaque fois, mais parce que Saint Dane leur en donne l'occasion. Pour moi, dans toute cette histoire, il n'y a pas de coïncidence. Je pense que Saint Dane tire les ficelles depuis le début, y compris en s'arrangeant pour affronter Bobby seul à seul à la moindre occasion.

– Même quand il a perdu son sang-froid et essayé de le tuer sur Zadaa ? demanda Courtney. Et quand il a assassiné Loor ?

– *Surtout* à ces moments-là. A-t-il vraiment perdu son sang-froid ? Ou n'était-ce qu'un fil de plus dans la toile qu'il tisse pour embrouiller l'esprit de Bobby ?

– Tu me donnes mal au crâne. Et c'est rageant, parce que c'est bien la seule partie de mon corps qui n'était pas douloureuse.

– Pardon, dit Mark.

– Penses-tu que Saint Dane se préoccupe autant de faire perdre le nord à Bobby que de gouverner Halla ?

– Non, c'est le contraire. Je crois que, pour Saint Dane, le chemin vers Halla passe par Bobby. Tant qu'il ne l'aura pas vaincu, il ne sera jamais vraiment victorieux. Il ne se contentera pas de tuer les Voyageurs. Tout ce qu'il fait sert un dessein bien plus important.

– Y compris provoquer la mort du Voyageur de Quillan ? remarqua Courtney.

– Oui, c'est assez infect, mais c'est ce que je crois, répondit Mark avec assurance.

Courtney regarda les feuilles jaunies du journal de Bobby.

– À t'entendre, on dirait que tout ça n'est qu'un grand jeu.

– J'en ai l'impression. Et les enjeux sont immenses.

Courtney se tourna à nouveau vers la fenêtre.

– Plus on en apprend, moins on comprend.

– Et je vais faire encore plus fort, reprit Mark. Si j'ai raison, la grande question est : pourquoi ? Si tout ça n'est qu'un immense jeu cosmique, qui en a édicté les règles ? Et dans quel but ? Pourquoi Bobby est-il si important ? Qu'est-ce que Saint Dane veut prouver ? Et...

– À *qui* veut-il le prouver ? compléta Courtney.

– Exactement. Dans tous les journaux de Bobby, il n'y a rien qui puisse nous donner un indice. À part ce qu'a dit Gunny...

– Je vois, interrompit Courtney. Il pense que quelqu'un a choisi les Voyageurs.

– Oui, mais ni lui ni Bobby ne savent qui. Ce qui veut dire qu'il ne peut rien faire, sinon jouer le jeu en espérant que tout se termine bien.

– Courtney ! Mark ! appela Mme Chetwynde du rez-de-chaussée. Le dîner refroidit !

– On arrive ! répondit Courtney.

– Alors que fait-on ? demanda Mark.

– Comment ça ? rétorqua Courtney. Ce n'est pas comme si on pouvait prendre un flume et filer sur Quillan pour lui exposer notre théorie !

– Non, je veux dire, à ton sujet. Saint Dane a bien failli te tuer. Bobby doit être mis au courant, tu dois être d'accord avec moi.

Courtney se leva.

– J'ai changé d'avis, dit-elle d'un ton sans réplique.

– Mais...

– D'ailleurs, peu importe. Même si on voulait le prévenir, comment ferait-on ? On ne sait pas si le Voyageur de Quillan avait un Acolyte. À qui enverrait-on le message ?

– À un autre Acolyte, comme Saangi, qui pourrait le passer à Loor et...

– Et Loor filerait sur Quillan, mais pour quoi faire ? Dire à Bobby qu'il doit rentrer chez lui parce que Saint Dane ne fait rien qu'embêter cette pauvre Courtney ? Et si c'était justement ce que veut Saint Dane ? J'ai eu tout le temps de me demander pourquoi il s'en est pris à moi, et la seule conclusion que j'en ai tiré, c'est qu'il veut que Bobby vienne en Seconde Terre pour me protéger.

– Oui, j'y ai pensé aussi, convint Mark.

– Écoute, reprit Courtney, on ne peut pas partir pour un autre territoire, c'est un fait. On est coincés ici. Et tu sais quoi ? C'est une bonne chose. Saint Dane va venir détruire la Seconde Terre. Ce qu'il m'a fait s'inscrit peut-être dans son plan, ou bien il cherche seulement à distraire Bobby, on n'en sait rien. Mais le fait est là : la Seconde Terre est en jeu. On n'a pas à aller sur d'autres territoires nous mêler de ce qui ne nous regarde pas. Notre tâche est d'aider Bobby à protéger la Seconde Terre. Pour moi, il vaut mieux garder le silence sur ce qui est arrivé ici, du moins tant que le moment de vérité de Quillan n'est pas passé, et quel qu'en soit le résultat. Pour l'instant, le champ de bataille n'est pas la Seconde Terre, mais Quillan. C'est là que Bobby doit accomplir sa mission, et nous n'avons pas à l'en détourner.

Mark acquiesça.

– Maintenant, allons manger. Je meurs de faim.

Courtney se dirigea vers la porte d'un pas raide. Fin de la conversation.

Malgré tout ce qui tracassait Mark et Courtney, le dîner avec les Chetwynde fut fort agréable. Ils firent de leur mieux pour oublier leurs soucis afin de célébrer le retour de Courtney. Ce fut une soirée très chaleureuse. Toutes les tensions qui empoisonnaient les rapports entre Courtney et ses parents avant son départ s'étaient dissipées. Elle s'aperçut que le fait d'avoir frôlé la mort lui avait remis les idées en place. Désormais, que lui importait quelque chose d'aussi trivial que d'être la première de l'équipe de foot ? Ses parents se contentaient de la savoir en bonne santé. Et cela plaisait bien à Courtney. Si Saint Dane avait réussi une chose, c'était bien d'avoir à nouveau soudé la famille Chetwynde.

Mark et Courtney avaient une chose de plus à célébrer. Ils avaient survécu au complot de Saint Dane contre Courtney. Celle-ci était peut-être encore handicapée, mais sa volonté était plus forte que jamais... Tout comme sa confiance en elle. Malgré les tristes nouvelles en provenance de Quillan, il y avait là matière à se réjouir.

Mark et Courtney décidèrent de reprendre une vie normale, autant que faire se peut. Mark commença sa seconde année au lycée de Davis Gregory High et Courtney continua son long et douloureux chemin vers la guérison. Tous deux savaient qu'ils devaient rester sur le qui-vive au cas où Saint Dane réapparaîtrait, même s'ils ignoraient comment ils devraient réagir, ou même d'où viendrait le danger. Bien sûr, ils se méfiaient des étrangers et de toute nouvelle tête. Courtney ne risquait pas de laisser un autre Whitney Wilcox l'embobiner pour gagner sa confiance. Pas tant que Saint Dane n'aurait pas été éliminé une bonne fois pour toutes.

Mark alla déposer le nouveau journal de Bobby à la Banque nationale de Stony Brook, où il rejoignit les précédents dans leur coffre. Chaque jour, il lisait les magazines et les dépêches sur Internet, à l'affût du moindre indice pouvant lui indiquer en quoi consisterait le moment de vérité de la Seconde Terre et la moindre faiblesse que Saint Dane pourrait exploiter. Après une semaine sans dormir où il passa toutes ses nuits en ligne, il comprit à quel point ses efforts étaient futiles : *tout* semblait pouvoir déboucher sur un moment de vérité. Il y avait tant de conflits dans le monde ! Sans oublier les attentats terroristes, les querelles territoriales, les épidémies, les crimes et toutes sortes d'événements pouvant déboucher sur une issue funeste. Il comprit peu à peu que, même s'il tombait sur la bonne information, il serait incapable de l'identifier et d'établir le lien avec Saint Dane. Il devait bien admettre qu'il ne risquait pas de tomber sur une dépêche Yahoo! proclamant : UN ÉTRANGER SURGI DE NULLE PART PROMET MONTS ET MERVEILLES ALORS QU'EN RÉALITÉ IL MIJOTE UN DÉSASTRE. Il ne faisait que perdre son temps, si bien que, à contrecœur, il finit par abandonner ses recherches.

La mère de Courtney la déposait chaque jour au centre de rééducation de High Point, où elle passait deux bonnes heures de torture. Elle partageait sa douleur avec quelques personnes âgées souffrant de divers maux. Un homme devait réapprendre l'usage de ses jambes après une crise cardiaque. Courtney se surprit à jouer les supporters et ne cessa de l'encourager. Elle aida aussi un jeune homme qui s'était si gravement blessé à la main qu'il avait du mal à tenir une fourchette. Courtney s'asseyait souvent à côté de lui pour lui raconter des blagues et l'aider à se concentrer. Bien des fois, l'homme plus âgé dut ravaler des larmes de frustration, mais Courtney l'aida à se focaliser sur le but à atteindre plutôt que sur le long chemin à parcourir encore. Durant les quelques semaines que Courtney passa dans ce centre, elle constata que tous deux, l'homme et l'adolescent, avaient fait de grands progrès. Les médecins lui dirent qu'elle avait joué un rôle certain dans leur guérison, ce qui lui fit beaucoup de bien.

Sa propre guérison était en bonne voie. La plupart des patients devaient se faire prier pour réaliser leurs exercices, qui étaient souvent longs, douloureux et exaspérants. Avec Courtney, c'était le contraire. Les médecins devaient lui conseiller la modération de peur qu'elle se blesse. Mais le terme « modération » n'entrait pas dans son vocabulaire. Elle avait sa propre date limite. Elle voulait jouer au foot ce printemps. Surtout, elle était motivée par sa haine envers Saint Dane et ce qu'il lui avait fait subir. C'était sa détermination qui hâtait sa guérison.

À Derby Falls, l'enquête était toujours en cours afin de découvrir qui pouvait être cet étranger nommé Whitney Wilcox, qui s'était présenté à l'école de Courtney en se faisant passer pour un étudiant et avait tenté de la tuer avant de disparaître. Courtney eut plusieurs entretiens avec les policiers locaux et les dirigeants de l'école, qui lui posèrent les mêmes questions encore et encore. Mais ce n'était qu'une comédie, car elle savait qu'ils perdaient leur temps. Ils ne le retrouveraient jamais. À un moment donné, elle eut envie de leur lancer : « Écoutez, ce Whitney Wilcox est en réalité un démon nommé Saint Dane qui cherche à détruire l'humanité, et s'il a voulu me tuer, c'est parce que mon ami Bobby Pendragon est sur un autre territoire à une autre époque pour l'arrêter, et je pense qu'il voulait le pousser à rentrer chez lui pour me protéger. Est-ce que ça vous suffit ? Alors au revoir. »

Mais elle ne dit rien de tout ça.

Elle se mordit la langue, répondit à leurs questions le plus fidèlement possible et, dans son for intérieur, regretta de les voir perdre leur temps.

Novembre finit par arriver. Jusque-là, on lui avait apporté ses devoirs à domicile. Ses parents avaient même embauché un tuteur pour l'aider à faire ses maths (une matière qui était loin d'être sa préférée). Après le désastre de l'année précédente, ses notes remontèrent peu à peu et, au bout de trois mois, elle se retrouva à nouveau classée parmi les meilleurs élèves. C'était encourageant, mais Courtney n'était pas satisfaite. Elle voulait reprendre une vie normale, et pour cela, il lui fallait retourner à l'école.

Le dernier stade fut d'obtenir un mot des médecins notifiant sa guérison. Ses fractures au bras et à la jambe se remettaient peu à peu. Elle pouvait se déplacer seule, même si elle préféra se munir d'une canne par précaution. Mais ce qui inquiétait davantage les médecins, c'était de savoir si ses dommages internes étaient suffisamment guéris pour qu'elle puisse reprendre une existence normale. La semaine précédant Thanksgiving[1], Courtney passa l'examen médical qu'elle attendait. Elle entra dans le bureau du médecin, s'assit sur le papier journal froissé qui couvrait sa table d'auscultation et annonça : « Pour votre gouverne, lundi prochain, je retourne à l'école. »

Le médecin haussa un sourcil et sourit. Après un certain nombre de questions visant à savoir comment elle s'en sortait, il l'ausculta, ordonna quelques prises de sang, consulta ses résultats, puis fit venir Courtney et sa mère dans son bureau pour leur dire :

– Félicitations. Tu es bonne pour le service.

S'il y eut un Thanksgiving que Courtney jugea digne de célébrer, ce fut bien celui-ci. Sa vie reprenait son cours normal. Elle souffrait encore de douleurs et de raideurs, surtout lorsque le temps se refroidissait, mais elle savait qu'au bout d'un moment

---

1. Fête célébrée le quatrième jeudi de novembre. *(N.d.T.)*

les séquelles de son accident finiraient par disparaître. Toutefois, l'idée de revenir au lycée la rendait un peu nerveuse. Cela faisait un bail qu'elle n'y était pas allée, et on ne manquerait pas de l'assaillir de questions. Mark lui avait dit que toutes sortes de rumeurs circulaient parmi les étudiants. On disait qu'elle avait fait une dépression nerveuse et avait été envoyée dans un asile de fous où elle avait passé des mois en camisole de force, enfermée dans une cellule capitonnée. Ce qui fit rire Courtney, puisqu'il n'y avait rien de vrai dans tout ça, à part la dépression nerveuse, mais elle se demandait tout de même ce qu'elle allait dire aux autres. Elle s'était toujours considérée si forte qu'elle avait honte d'admettre que, le premier semestre, elle avait eu du mal à tenir le rythme.

N'ayant pas l'habitude d'admettre ses fautes ou ses échecs, le fait de devoir expliquer son absence aux autres élèves l'angoissait plus que tout le reste. Finalement, elle concocta une histoire en partie vraie. Elle proclamerait fièrement qu'elle avait subi beaucoup de stress et l'avait mal supporté. Ainsi, plutôt que d'imposer ses états d'âme aux autres, au risque de lasser ses amis – ce qui n'aurait fait qu'empirer les choses –, elle avait préféré changer d'air. Courtney voulait faire preuve de force en débattant de ses faiblesses. Puis elle changerait aussitôt de sujet et raconterait comment elle avait bien failli se faire tuer. Une histoire certainement plus intéressante que ses accès de déprime, et les autres oublieraient sans doute ce qui l'avait amenée dans cette école du Massachusetts. Ainsi parée, Courtney se sentait prête à reprendre le cours de sa vie.

Le jour suivant Thanksgiving, avant de retourner au lycée, Courtney reçut un coup de fil de Mark, qui semblait tout excité.

– J'ai quelque chose à te montrer, dit-il. Je peux venir ?

– C'est...

– Non, s'empressa de répondre Mark. Pas de journal. C'est quelque chose sur lequel on travaille.

– On ?

– Ouais. Andy Mitchell et moi. Il peut venir aussi ?

Courtney hésita avant de dire :

– Tu sais que je n'arrive toujours pas à croire que tu traînes avec ce type.

– Je sais, répondit Mark en riant. Mais tout a changé.

– Bon. Assure-toi quand même qu'il a pris une douche. Et qu'il s'est lavé les cheveux. Ce garçon est un vrai porc. On dirait toujours qu'on lui a versé une bouteille d'huile sur les cheveux.

– Je ne vais pas lui répéter ça.

– Et on ne fume pas dans ma maison. Et le déodorant n'est pas fait pour les chiens. Les brosses à dents non plus.

– Bon, il peut venir, oui ou non ? rétorqua Mark, agacé.

– Oui. Je te fais marcher, c'est tout. Mais vérifie bien qu'il enlève ses chaussures avant d'entrer. Non, attends. Je ne veux pas sentir l'odeur de ses chaussettes. Il peut les garder.

– Tchao, Courtney, reprit Mark en riant. On sera là dans une heure.

À l'heure dite, on sonna à la porte des Chetwynde. Courtney alla ouvrir et trouva Mark et Andy plantés sur le seuil. *Il ne s'est pas lavé les cheveux*, pensa-t-elle aussitôt. Mais elle ne dit rien, pour ne pas gêner Mark.

Ces deux-là formaient un drôle de duo. Mark était plus petit qu'Andy, avec des cheveux noirs bouclés en pétard. Il avait toujours l'air d'être passé dans une soufflerie, même s'il sortait de chez le coiffeur. Bien qu'ils soient du même âge, Andy faisait plus vieux. *Ou peut-être que Mark ressemble encore à un enfant*, se dit Courtney. Andy avait toujours des boutons, souvenirs d'une crise d'acné assez virulente, ce qui n'arrangeait pas son apparence générale. Pour Courtney, s'il se lavait un peu plus souvent le visage, il n'aurait pas tant de problèmes de peau. Ses cheveux filasse d'un blond sale semblaient constamment mouillés. Ce n'était pas non plus un prix de beauté. Là où Mark était plutôt mignon, comme peut l'être un petit garçon, Andy avait l'air d'un gosse qui en a déjà trop vu, le vieillissant avant l'âge.

– Salut ! fit gaiement Mark.

– Salut, Chetwynde. Alors, la santé ? demanda Andy.

– On ne peut mieux ! Tu as piraté de bons films ces derniers temps ?

– Courtney ! fit Mark d'un ton de reproche.

Andy secoua la tête et renifla. Courtney se sentit au bord de la nausée.

– C'est fou ce que tu es drôle, Courtney, reprit Andy. Tu devrais faire de la télé.

– Désolée, répondit-elle sincèrement. C'est dur de renoncer à ses vieilles habitudes. Entrez.

Elle les fit entrer dans la cuisine.

– Il reste de la tarte, vous en voulez un bout ?

– Un peu !

– C'est toi qui l'a faite ? demanda Andy.

– Tu rigoles ? répondit-elle. Non.

– Alors j'en veux bien.

Courtney lui jeta un regard noir, puis sortit la tarte du réfrigérateur. Mark et Andy s'assirent devant le plan de travail du bar.

– Alors, qu'est-ce qui se passe ? demanda Courtney.

Mark pouvait à peine contenir son enthousiasme.

– Le projet sur lequel on travaille, Andy et moi, est retenu pour l'exposition scientifique régionale ! C'est super, non ?

– Heu, oui, répondit Courtney sans grande passion.

– Hé ! Chetwynde, cache ta joie ! remarqua Mitchell.

– Désolée, ce n'était pas très poli. Mais je ne sais pas ce que c'est, cette expo.

– C'est un avant-goût de la plus grande compétition scientifique étudiante de l'année, pas moins ! expliqua Mark. Les éliminatoires régionales se déroulent à Orlando la semaine prochaine. Si on l'emporte dans notre catégorie, en janvier, à nous la sélection nationale !

– Eh bien ! fit Courtney. Dites donc, c'est plutôt cool.

Cette fois, elle le pensait.

– Plutôt cool ? répéta Mitchell. C'est extra, oui. Tu as devant toi deux génies.

Courtney interrompit ce qu'elle était en train de faire pour les regarder. Ni l'un ni l'autre n'avait vraiment l'air d'un génie, mais à quoi devait ressembler un génie ? Mark en avait suffisamment dans le crâne pour correspondre à cette notion, mais elle doutait toujours qu'Andy Mitchell soit capable d'écrire son nom, et encore moins de créer un projet digne de concourir dans une telle compétition. Par respect envers Mark, elle préféra ne pas exprimer ses doutes. Elle posa les parts de tarte sur la table et demanda :

– Alors, c'est quoi, ce grand projet ?

Mark sourit et répondit :

– C'est pour ça qu'on est venu. En dehors des membres du club et des juges du comité, personne ne l'a vu. On tenait à ce que tu sois la première à être au courant.

– *Mark* tenait à ce que tu sois la première, corrigea Andy.

Courtney ne releva pas. Pendant que Mark fouillait dans son sac à dos, Andy prit sa tarte et mordit dedans, en enfournant la moitié dans sa bouche si bien qu'il put à peine la refermer. Courtney le regarda, dubitative. Elle lui tendit une fourchette.

– Ça peut servir, remarqua-t-elle.

– Nan, c'est bon, fit Andy entre deux bouchées.

De son sac, Mark tira une petite boîte de métal. En l'ouvrant, il dit :

– C'est tellement révolutionnaire que M. Pike, de Sci-Clops, pense qu'on devrait le faire breveter.

– C'est bon, n'en jetez plus, dit Courtney. Alors, c'est quoi ?

Mark tira quelque chose de la boîte et le posa sur la table. C'était un objet d'un gris terne de la taille d'une balle de golf. Mais il n'était pas tout à fait sphérique. Sa surface était bosselée avec des facettes, comme s'il était fait d'argile. Pour Courtney, on aurait dit...

– De la pâte à modeler, fit-elle. C'est ça, ta grande invention qui va révolutionner le monde ?

Mark et Andy échangèrent un sourire complice.

– On l'appelle « Forge », reprit Mark.

– Pourquoi ?

– Tu vas voir.

Il s'approcha de l'objet et dit :

– Activation.

Sans résultat. Courtney regarda les deux garçons.

– Il s'est activé ?

– Ouais, répondit Andy.

– Super, reprit Courtney sans enthousiasme. Pas très spectaculaire, mais bon.

– Mécaniquement parlant, c'est assez rudimentaire, expliqua Mark. Ça fait un certain temps qu'Andy travaille sur sa texture. Mais c'est moi qui ai fourni le cerveau qui l'anime.

– Hé bé ! dit Courtney, sarcastique. Pas étonnant que tu ailles le présenter à Orlando ! C'est bien là qu'est Disneyworld, n'est-ce pas ? Tu salueras Mickey et Dingo pour moi. Surtout Dingo.

– Tu n'y comprends rien, hein ? demanda Andy.

– Il y a quelque chose à comprendre ? rétorqua-t-elle.

Mark se pencha vers l'objet et dit d'une voix ferme :

– Cube !

La sphère se mit à se tortiller. On aurait dit qu'elle était bourrée de vers qui avaient tous décidé de se manifester au même moment. Courtney entendit un cliquètement mécanique. En cinq secondes, la sphère s'était transformée en cube. Courtney la scruta avec de grands yeux. Andy décocha un regard satisfait à Mark, qui souriait aux anges.

– Tu trouves toujours qu'on devrait traîner avec Dingo ? demanda Andy.

– C'est incroyable ! s'écria Courtney, sans la moindre trace de sarcasme. Comment est-ce qu'il a fait ça ?

Mark se pencha et dit :

– Pyramide !

Comme précédemment, Forge tressauta et se transforma en pyramide. Courtney n'arrivait pas à en détacher le regard. C'était le tour d'Andy. Il lança :

– Sphère !

En quelques instants, l'objet reprit sa forme d'origine. Les yeux toujours écarquillés, Courtney se pencha et cria :

– Orlando Bloom !

L'objet resta inerte.

– Qu'est-ce que ça veut dire ? demanda Andy.

Courtney haussa les épaules.

– Si ce machin peut prendre la forme qu'il veut, autant que ce soit quelque chose d'intéressant.

– Courtney ! s'écria Mark.

– Hé ! on a dit qu'on était des génies, pas des magiciens ! se défendit Mitchell.

– Je vous charrie, reprit Courtney. C'est incroyable. Comment ça marche ?

– Comme je l'ai dit, répondit Mark, ça fait longtemps qu'Andy travaille sur sa texture. Elle peut prendre n'importe quelle forme et elle est presque indestructible. J'ai programmé le système d'activation vocale et conçu les articulations internes qui lui permettent de se transformer. Ça reste rudimentaire, mais il y a beaucoup de pièces en mouvement. C'est pour ça qu'il ne peut prendre que trois formes.

– Oh, dit Courtney. Alors, pour Orlando Bloom, je peux me brosser ?

– Pour l'instant oui, répondit Mark, mais qui sait ? L'idée derrière la conception de Forge est de créer des objets métamorphes, capables de prendre toutes sortes de formes.

– Imagine, reprit Mitchell, qu'au lieu d'avoir toute une boîte à outils remplie de tournevis, tu n'en aies qu'un seul qui peut prendre la taille que tu veux. Et c'est valable pour les autres instruments.

– Ou une route qui ne se fissurera pas lorsqu'elle s'allongera ou se rétractera sous l'effet du climat, continua Mark. La technologie Forge donnerait des routes élastiques, si bien qu'il n'y aurait plus besoin de faire des travaux.

– Ou une chaise pour ton enfant qui grandit en même temps que lui, continua Andy. Ou un casque de foot. Une taille pour tous.

– Imagine une voiture qui se réduit au tiers de sa taille lorsque tu en descends ! insista Mark. Tout l'espace qu'on gagnerait !

– Le concept, c'est de prendre des objets solides et de les rendre flexibles ! fit fièrement Andy.

– Ce n'est qu'une question d'options, ajouta Mark.

– Mais pas d'Orlando Bloom ? demanda Courtney.

Mark et Andy la regardèrent avec des yeux ronds.

– Je plaisante, reprit Courtney. Tout ça est vraiment possible ?
Mark haussa les épaules.

– Pas pour l'instant, mais qui sait ce que nous réserve l'avenir ?
Et il se contente d'une pile de montre pour fonctionner !

Andy ramassa la sphère et la jeta à terre, où elle rebondit
comme une Superballe. Il la reprit et dit :

– Et en plus, elle rebondit bien !

Courtney prit la sphère Forge des mains d'Andy et la regarda
fixement.

– Je ne sais pas ce qui m'étonne le plus. Cette technologie,
ou le fait que ce soit vous deux qui l'ayez conçue.

– Ce que tu veux dire, reprit Mitchell, c'est que tu as du mal
à croire que je puisse être dans le coup.

– Eh bien, oui, admit Courtney.

– Je ne sais pas à quoi ressemblera la compétition, dit fièrement Mark, mais je ne vois pas ce qui pourrait surclasser notre
invention !

Courtney regarda Mark et Andy à tour de rôle :

– Moi non plus. C'est extraordinaire. Franchement, je suis
sidérée.

Mark sourit béatement. Andy haussa les épaules.

Mark reposa la sphère dans sa boîte, puis ils finirent leurs
parts de tarte. Pendant ce temps, Mark raconta comment ses
parents et lui prendraient l'avion pour Orlando le mercredi
suivant. Andy ne dit rien. Il n'était pas très doué pour faire la
conversation. Avant de partir, Mark fit un tour aux toilettes,
laissant Courtney et Andy face à face dans la cuisine. Courtney regarda Mitchell essuyer son plat avec ses doigts et les
lécher. Elle dut ravaler sa nausée.

– Alors, dit-il, les choses prennent un tour que tu n'avais pas
prévu, hein ?

– Oh ! arrête, rétorqua Courtney. Toute ta vie, tu t'es conduit
comme un gros abruti. Et tu veux que me faire croire que, tout
d'un coup, tu es devenu un type bien ?

– Je me fous de ce que tu penses, fit Andy. Je ne suis pas
quelqu'un de bien, ni quelqu'un de mauvais. Je suis moi, c'est
tout. Qu'est-ce que tu veux que je te dise ?

– Pour commencer, tu peux me jurer que tu ne vas pas gâcher l'avenir de Mark, répondit-elle fermement. *Lui*, c'est un gars bien, et si tu fiches tous ses projets en l'air, c'est à moi que tu auras affaire.

– Ooooh ! fit Andy sarcastique. Je tremble !

– Ne fais pas l'andouille, c'est tout.

Andy se leva et ajouta :

– Je suis peut-être un abruti, mais, sans moi, tu serais encore à moisir dans un fossé en pleine montagne.

La remarque la laissa sans voix. Un instant, elle l'avait encore pris pour l'ancien Andy Mitchell, le fléau du collège.

– C'est vrai, dit-elle doucement. Excuse-moi. J'ai une dette envers toi.

– Mais non, mais non. Essaie juste, je ne sais pas, d'avoir un peu moins de préjugés, d'accord ?

Courtney ne dit rien. Quoi qu'il lui en coûtât, elle devait bien admettre qu'il avait raison.

Mark revint dans la cuisine.

– Alors ? Lundi, on te revoit au lycée ?

– Tout à fait, répondit-elle. Le retour de Courtney.

– Aïe ! s'écria Mitchell. *Vade retro, Satanas !*

Tous trois éclatèrent de rire.

Après leur départ, Courtney se sentit en pleine confusion. Elle était contente pour Mark qu'il ait été sélectionné, et vraiment impressionné par cette histoire de Forge. Mais elle n'arrivait décidément pas à faire entrer Andy Mitchell dans le tableau. Le voir devenir un brave type aux frontières du génie ne collait pas à sa vision du monde. C'était une bonne chose, bien sûr, et pourtant, c'était bizarre. En lavant les assiettes, elle décida que le seul problème, c'était elle, et pas Mitchell. Elle se montrait trop rigide. Les gens changent. Ils mûrissent. Ils deviennent adultes. Elle le savait. Alors pourquoi pas Andy Mitchell ? Si Mark l'acceptait, pourquoi pas elle ?

Courtney se promit d'arrêter de juger Andy Mitchell selon ses anciens critères et de se fier au jugement de Mark. Et puis, elle avait autre chose à penser. Lundi, elle retournait au lycée !

SECONDE TERRE
(suite)

Courtney avait l'impression de vivre sa première journée de lycée et, par bien des aspects, c'était le cas. C'était à la fois étrange, excitant et un peu angoissant. Bref, c'était génial. Sa mère la déposa devant le portail et lui demanda si elle avait besoin d'aide pour entrer. En guise de réponse, Courtney dit sévèrement :

– Tu te fiches de moi ?

Mme Chetwynde haussa les épaules, embrassa sa fille sur la joue et la regarda se rendre au lycée pour la première fois depuis sept mois.

Son entrée dans le bâtiment lui rappela la fois où elle avait plongé dans le flume. C'était un peu comme pénétrer dans une nouvelle dimension étrange et angoissante où l'on ne savait jamais à quoi s'attendre. La partie physique ne l'inquiétait pas. Elle avait travaillé dur tout au long de sa rééducation pour ne pas avoir à s'en faire. Elle savait aussi que les cours ne lui causeraient pas de problèmes. Elle avait hâte de se retrouver face à un professeur en chair et en os. Ce qui l'angoissait, c'était le moment où elle retrouverait ses amis. Elle ne savait pas comment ils allaient réagir.

Mais, en fait... tout se passa pour le mieux.

À son grand soulagement, personne ne lui demanda de détailler ce qui lui était arrivé l'année précédente. Tous voulaient qu'elle leur raconte son accident et lui demandaient comment elle se sentait maintenant, mais lorsqu'ils abordèrent les raisons pour lesquelles elle était partie du lycée, ses amis n'en firent pas tout un plat. Ils ne cherchèrent pas à éviter le sujet, bien au contraire. C'était pour dire : « Content de voir que tu vas mieux », « Tu nous as manqué » et « Si tu as envie d'en parler, je suis là. » Même certaines rivales de l'équipe de foot vinrent lui souhaiter bonne chance et une prompte guérison. Elles ajoutèrent que, maintenant que toute une équipe était passée en classe supérieure, les nouvelles avaient besoin de son soutien. Courtney n'en revenait pas. Elle ne s'attendait pas à ce que tout le monde la traite si bien. Mais personne ne vint pleurer sur son sort non plus. Tout le monde semblait respecter le fait qu'elle avait eu une mauvaise passe et voulait sincèrement la voir redevenir comme avant. Personne ne se permit de la juger, ni de se moquer d'elle, ni de ricaner derrière son dos. Sa principale peur était de voir ses amis se comporter comme de sales gamins. Au contraire, elle découvrit que, comme Andy Mitchell, tout le monde avait mûri. Du coup, elle finit par réaliser depuis combien de temps elle était restée absente. Cela l'attrista un peu mais, d'un autre côté, elle n'aurait pas pu espérer meilleur accueil. Elle en conclut que cette épreuve n'avait fait que la rendre plus forte. Elle ne put s'empêcher d'en sourire. D'une certaine façon, elle pouvait remercier Saint Dane, qui lui avait permis de se reprendre. *Si seulement il pouvait le savoir*, se dit-elle.

Au cours de ces premiers jours, Courtney ne croisa pas Mark. Ils n'avaient pas de cours en commun. Ni d'amis communs, d'ailleurs. Uniquement Bobby. Pourtant, elle aurait bien voulu le voir, ne serait-ce que pour lui montrer que tout était redevenu normal. Lorsque vint mercredi, elle ne l'avait toujours pas croisé, alors qu'elle savait qu'il devait partir le soir même pour Orlando. Ainsi, au lieu de rentrer chez elle après les cours, elle demanda à sa mère de la déposer chez Mark afin de lui dire au revoir et de lui souhaiter bonne chance pour son concours.

Mais ce qu'elle trouva fut... un désastre.

Elle appuya sur la sonnette. Tout d'abord, personne ne répondit. Elle allait repartir lorsque, soudain, la porte s'ouvrit d'un coup. Mme Dimond se dressa dans l'embrasure, l'air nerveux.

– Courtney ! s'exclama-t-elle. Tu as l'air en pleine forme ! (Mme Dimond prit Courtney dans ses bras et la serra fort contre elle.) Mais je n'ai pas le temps, on est en pleine crise.

– Qu'est-ce qui se passe ? demanda Courtney.

– Pose la question à Mark, répondit-elle. Il est au salon. Avec Andy Mitchell. (Mme Dimond se pencha vers Courtney pour lui dire à l'oreille :) Ce garçon ne serait pas un peu, heu... négligé ?

Courtney eut un petit rire.

– Non, c'est pire, il est crado !

– Bien, reprit Mme Dimond. Je suis contente de savoir que je ne suis pas la seule à le penser. Va donc les retrouver.

Mme Dimond lui montra le chemin, puis s'empressa de disparaître à l'étage. Courtney remarqua un certain nombre de valises au pied de l'escalier, comme s'ils étaient sur le départ. Elle entra dans le salon pour voir Mark assis dans le canapé, tendu, alors qu'Andy tournait en rond comme un lion en cage.

– Hé ! vous êtes prêts à partir ? demanda Courtney.

Mitchell leva les yeux, la reconnut, et ses épaules s'affaissèrent.

– Ce n'est pas le moment de venir m'embêter, dit-il. Cette journée est déjà assez catastrophique comme ça.

– Pourquoi ? Qu'est-ce qui se passe ?

Courtney dut s'asseoir dans un fauteuil. Il le fallait : elle guérissait peu à peu, mais ces trois derniers jours se faisaient sentir.

– Le système anti-incendie de la boutique de l'oncle d'Andy a eu un court-circuit, répondit Mark.

– Il n'a pas eu de court-circuit, contra Andy. Mon oncle a dû vouloir s'en griller une. Je le connais. C'est lui qui l'a déclenché. Quel idiot !

– Si tu veux, reprit Mark. Andy était là, on était prêts à partir, et voilà !

– Cinq minutes de plus et je m'en tirais, gémit Andy.

– D'après son oncle, reprit Mark, toute sa boutique est ravagée.

– Elle a été inondée, ce qui a bousillé le chauffage, renchérit Andy, furieux. Et comme par hasard, il a fait un froid de canard la nuit dernière. On pourra bientôt ouvrir une patinoire.

– Quel rapport avec toi ? demanda Courtney.

– Oh ! pas grand-chose, rétorqua Andy sur un ton ironique. Je ne peux pas aller à Orlando, c'est tout ! Tous ces mois de travail, pour rien ! C'est incroyable !

– Pourquoi ? demanda Courtney.

– Parce que je dois l'aider à tout nettoyer ! On vient de lui livrer un stock de fleurs pour Noël. Si on ne les emmène pas chez lui, du genre tout de suite, elles vont mourir et sa saison sera fichue, ce qui veut dire que je perdrai mon boulot ! Il faut que j'y aille sur-le-champ !

– Ce n'est pas juste ! reprit Mark. Après tout le travail qu'on a fourni.

– Il n'y a pas un autre avion plus tard ? demanda Courtney.

– Si, mais il y a bien trop à faire, répondir Andy, l'air accablé. Je ne pourrai jamais être à l'heure pour prendre le vol de nuit.

– Je te l'ai dit, fit Mark, je reste pour t'aider. Avec une paire de bras en plus, tu devrais avoir fini à temps.

– Ou pas. Et tu te retrouveras coincé, toi aussi.

M. Dimond entra alors dans la pièce en brandissant une feuille de papier.

– Je viens d'appeler la compagnie aérienne, annonça-t-il en montrant le papier. J'ai une bonne et une mauvaise nouvelle. Il y a bien un vol de nuit aujourd'hui et un autre tôt demain matin. Au pire, vous pourrez toujours partir demain et, malgré ça, arriver à la convention à temps pour votre présentation.

– C'est vrai ? reprit Andy, plein d'espoir. Et c'est quoi, la mauvaise nouvelle ?

– L'échange de billets coûterait deux cents dollars chacun.

– Aïe ! fit Mark. Ça fait beaucoup.

– Huit cents dollars pour tout le monde exactement, remarqua Courtney.

– Je sais compter, merci ! râla Andy.

– Voilà ce que je propose, dit M. Dimond. Ma femme et moi prendrons le vol comme prévu. On vient pour vous accompagner, mais en même temps, ça nous fait des vacances, et je ne veux pas en perdre une miette. Désolé, Andy.

– Ce n'est rien, répondit-il.

– Si Mark veut rester, il peut t'aider à arranger la boutique de ton oncle et vous pourrez arriver à temps pour le vol du soir. Sinon, je vous prendrai une réservation pour demain matin et vous pourrez quand même venir. Ça te va, Andy ?

– Parfaitement, répondit-il, sauf que je n'ai pas deux cents dollars à claquer pour changer mon billet. Sinon, je ne travaillerais pas pour mon crétin d'oncle.

– C'est moi qui offre, reprit M. Dimond. Pour tous les deux.

– Sérieux ? demanda Andy.

– C'est vrai, papa ? renchérit Mark.

– Hé, ce n'est pas tous les jours que je peux voir deux génies en action ! répondit M. Dimond. Qu'est-ce que vous en dites ?

Andy regarda Mark. Celui-ci haussa les épaules.

– Allons sauver des fleurs !

– Je viendrais bien vous aider, ajouta Courtney, mais j'ai à peine l'énergie de me sortir de ce fauteuil.

Andy s'empressa d'aller serrer la main de M. Dimond.

– Merci, m'sieur. Franchement, je ne sais pas quoi dire.

– Dis-moi que tu vas te dépêcher ! répondit M. Dimond en riant.

– P'pa, tu es le meilleur, ajouta Mark.

– Ne lui dis pas ça ! renchérit Mme Dimond en entrant dans le salon. Ça va lui monter à la tête et il va devenir insupportable.

– Merci à vous deux, fit Andy. Viens, Chetwynde, on te dépose chez toi au passage.

Courtney s'extirpa du fauteuil.

– Eh bien, heureusement que je suis venue tout arranger.

– Ouais, qu'est-ce qu'on deviendrait sans toi, lâcha Mitchell, sarcastique. Allons-y.

Il sortit de la pièce. Mark étreignit son père et sa mère et leur dit :

– À bientôt en Floride. Vous êtes formidables.

Et il courut après Andy, suivi de Courtney.

Tous rejoignirent le vieux break d'Andy. Comme il s'en servait pour transporter des fleurs, la banquette arrière était abaissée, si bien qu'ils durent s'installer tous les trois sur les sièges avant. Andy sauta derrière le volant. Courtney regarda Mark et lui dit :

– Tu ne vas tout de même pas me forcer à m'asseoir à côté de lui ?

Mark éclata de rire et monta en premier. Courtney n'habitait pas loin de chez Mark, si bien que le trajet ne leur prit que quelques minutes. Andy se gara devant la maison.

– Allez, ouste ! cria-t-il. On n'a pas toute la nuit devant nous.

– Attends, dit Mark, faut que j'aille aux toilettes.

– Quoi ? fit Andy. On vient à peine de partir de chez toi !

– Que veux-t-t-tu ? Quand faut y aller…

Courtney était autrement plus étonnée. Pourquoi Mark bégayait-il de nouveau ? Cela ne lui arrivait que quand il était nerveux. Elle ouvrit la portière, tira son corps tout raide de la voiture et se dirigea vers chez elle. Mark la suivit de près.

– Grouille-toi ! cria Andy. On a un avion à prendre !

Mark s'empressa derrière Courtney, lui prit le bras et l'entraîna vers la maison.

– Hé ! dit-elle, il a raison. Pourquoi tu n'es pas allé chez toi ?

Mark ne s'arrêta pas.

– Vite, insista-t-il.

Il la tira vers la porte. En sortant ses clés, Courtney le vit sauter d'un pied sur l'autre.

– Tu tiendras le coup ? fit-elle avec un petit rire.

– Ouvre cette porte, ordonna Mark.

Courtney n'avait pas l'habitude de l'entendre prendre un ton si autoritaire. Il y avait un truc qui clochait, autre chose qu'une envie pressante d'aller aux toilettes. Lorsqu'elle ouvrit, il se rua à l'intérieur.

– Ferme cette porte, dit-il.

– Qu'est-ce qui te prend ? demanda-t-elle en obéissant.

Mark tira sa main de la poche de son blouson.

– Voilà ce qui me prend.

Son anneau s'était animé. Le prochain journal de Bobby était en route.

– Tu ne pourras pas prendre ton avion ce soir, dit Courtney à bout de souffle.

– Non. Ce sera pour demain.

À peine avait-il fini sa phrase que la lumière de l'anneau illumina le vestibule. Mark et Courtney se protégeaient déjà les yeux.

– Courtney ? fit une voix familière.

C'était Mme Chetwynde.

– Oh-oh.

Mark s'empressa de retirer sa veste et la jeta sur l'anneau, qui grandissait toujours, au moment même où Mme Chetwynde entrait.

– Oh ! bonjour, Mark, dit-elle gaiement. Félicitations ! J'ai entendu parler de… heu, ce truc scientifique que tu as fait.

– M-m-merci, madame Chetwynde, bégaya Mark nerveusement.

Courtney et lui marchèrent tous les deux sur le blouson de Mark, pressant les rebords contre le tapis pour éviter que la lumière ne filtre.

– C'est quoi, ce drôle de bruit ? demanda Mme Chetwynde.

Mark et Courtney le savaient bien. C'était l'étrange musique qui accompagnait les livraisons de l'anneau.

– Cela fait partie du projet de Mark, répondit Courtney. Ils font aussi des expériences sur les sons.

Mme Chetwynde regarda le vêtement qu'ils dissimulaient et fronça les sourcils.

– C'est dans ce blouson ?

– Ouais, fit Courtney.

– Le blouson que vous piétinez joyeusement, insista Mme Chetwynde.

– Heu… oui, on ne voulait pas salir le tapis, répondit Courtney, improvisant à toute vitesse.

– Depuis quand fais-tu attention à ce genre de choses ?

Courtney sentit l'anneau rétrécir sous ses pieds, et la musique se tut.

– Hé, Dimond !

Andy se trouvait à l'extérieur et pressait son visage contre la petite fenêtre à côté de la porte d'entrée. Mme Chetwynde le vit et sursauta :

– Oh ! Qui est-ce ?

Mark en profita pour ramasser son blouson avec l'anneau et les feuilles qui venaient d'arriver.

– C'est mon associé pour ce projet, dit-il.

– Il ne mord pas, ajouta Courtney, il a juste l'air effrayant. Tu sais comment sont ces génies.

Mme Chetwynde secoua la tête d'un air dégoûté et s'en alla.

– Si tu le dis, fit-elle d'une voix troublée. Bonne chance, Mark.

– Merci, madame Chetwynde !

– Tu viens ? cria Andy. Mon oncle nous attend !

Mark se tourna vers lui et leva un doigt pour dire : « Un instant ! » Il entraîna Courtney loin de la fenêtre et entra dans le salon, où Andy ne pouvait les voir. De sous son blouson, il tira une épaisse enveloppe brune. Le dernier journal de Bobby.

– Où sont passés les feuilles jaunes et le ruban violet ? demanda Courtney.

Mark déchira l'enveloppe et regarda à l'intérieur.

– C'est bien un journal, annonça-t-il. Il l'a peut-être écrit sur un autre territoire ?

– Tu ne vas pas t'en aller maintenant ? reprit Courtney. Il faut qu'on le lise.

– Je ne peux pas le laisser tomber. Qu'est-ce que tu veux que je lui raconte ? Bon, je vais l'aider à transporter ces fleurs, et je repasse après.

– Tu comprends à quel point ça m'est pénible de devoir attendre ?

Mark lui jeta un regard sévère. Courtney sourit et ajouta :

– Ne t'en fais pas, je t'attendrai.

Mark remit l'anneau à son doigt, enfila son blouson et partit vers la porte.

– Je reviens dès que je peux. Mets ce journal en sûreté !

Il gagna la porte, mais fit demi-tour et vint prendre les mains de Courtney.

– Je suis vraiment content que tu sois de retour.

Tous deux s'étreignirent. Ces dernières années, un lien s'était établi entre eux, un lien si fort que, si on lui avait posé la question, aussi étrange que cela puisse paraître, Courtney aurait affirmé sans hésiter que Mark Dimond était son meilleur ami.

Et Mark ne pensait pas autrement.

Ils s'étreignirent encore une seconde, puis il s'en alla sans un mot de plus. Courtney regarda l'enveloppe. Jusque-là, elle n'y avait pas pensé, mais c'était la première fois qu'on lui confiait un des journaux de Bobby. D'habitude, c'était Mark qui s'en chargeait. C'était à son tour de se montrer patiente, sachant que le chapitre suivant des aventures de Bobby était là, sous sa main. Elle s'assit et palpa l'enveloppe. Comme elle avait envie de le lire ! Elle fut tentée de le faire, mais elle s'en empêcha à temps. C'était toujours Mark qui devait l'attendre *elle*. À son tour de porter ce poids.

Elle prit l'enveloppe et l'emporta dans sa chambre, où elle la cacha soigneusement sous son oreiller. Elle ne savait pas pourquoi elle faisait ça. Cet endroit n'était pas plus sûr que son bureau ou son armoire. Mais elle sentait qu'elle devait traiter ces pages avec le plus grand soin. De plus, mieux valait que le journal reste hors de sa vue, ce qui l'aidait à résister à la tentation.

Elle descendit dîner avec ses parents, puis se mit à faire ses devoirs dans la salle à manger. Sa mère lui demanda pourquoi elle ne montait pas travailler dans sa chambre, comme à son habitude. Courtney répondit qu'elle en avait assez de rester seule. D'ailleurs, c'était la vérité, et un des grands avantages que l'école palliait. Après sa longue absence, après toute cette souffrance, c'était bon de se retrouver entourée de gens. Lorsqu'elle eut fini ses devoirs, elle alla regarder la télévision avec son père. Mais son esprit n'était pas au journal télévisé qu'on diffusait. Elle pensait davantage au trésor caché sous son oreiller.

Courtney consulta sa montre. Cela faisait cinq heures que Mark était parti. Combien de temps fallait-il pour déménager quelques pots de fleurs ? Une autre demi-heure s'écoula. Toujours pas de Mark. Courtney n'y tint plus. Elle passa dans la cuisine pour l'appeler sur son portable. Elle tomba sur son répondeur. Pour autant qu'elle sache, elle était la seule à lui laisser des messages sur la boîte vocale.

– Où es-tu ? Il est dix heures passées. Appelle-moi.

Mark ne l'appela pas. Vingt-deux heures devinrent vingt-deux heures trente, puis vingt-trois heures. Où était-il ? Aurait-il filé directement à l'aéroport ? *Non, il m'aurait prévenue.* Ça ne lui ressemblait pas.

Finalement, à vingt-trois heures trente, Courtney finit par craquer. Elle se convainquit que Mark ne viendrait pas et lui en voulut de ne pas l'avoir appelée. Selon elle, voilà qui lui donnait toutes les raisons de jeter un œil au journal de Bobby.

– Je monte dans ma chambre, papa, dit-elle. Il est possible que Mark Dimond passe en coup de vent. Il devait m'aider à faire mes maths.

– Ce soir ? demanda M. Chetwynde, surpris. Il n'est pas un peu tard ? Vous avez cours demain.

– Oui, je ne pense pas qu'il viendra, mais s'il sonne à la porte, ne t'étonne pas. Mark est comme ça.

M. Chetwynde ne douterait jamais de Mark Dimond. Il avait sauvé la vie de sa fille. Il lui vouait désormais une confiance absolue, quelle que soit la bizarrerie de son comportement.

– Bonne nuit, chérie, lança M. Chetwynde.

– Bonne nuit, papa.

Courtney monta l'escalier quatre à quatre, courut dans sa chambre, ferma la porte et la verrouilla. Elle fixa son oreiller du regard, déchirée entre la curiosité et la culpabilité. La curiosité l'emporta. Elle sauta sur son lit, fourra sa main sous l'oreiller et en tira l'enveloppe.

Il comprendra, se dit Courtney.

Elle découvrit une épaisse liasse de petites pages grises. C'était des feuilles de calepin, d'environ cinq centimètres sur sept. Chaque feuille était remplie de l'écriture familière de Bobby, recto verso. Elle allait commencer sa lecture lorsqu'elle remarqua un autre détail. En haut et à droite de chaque page, un mot était écrit en petites lettres rectangulaires : BLOK.

– Blok, dit-elle à haute voix. J'espère qu'il a compris ce que ça veut dire, parce que moi non plus.

Dans son esprit, Courtney partit pour Quillan. Mark la comprendrait, elle le savait. Il était temps de lire.

Journal n° 25

QUILLAN

Ça y est, je me suis encore fait enlever. Une fois de plus.

Enlever, kidnapper, fait prisonnier, peu importe. Je ne sais pas vraiment quel terme convient. Tout ce que je sais, c'est qu'on s'est emparé de moi, qu'on m'a ligoté, qu'on m'a emmené quelque part et jeté dans un cul-de-basse-fosse humide. Il fait froid dans ce trou. Et ça sent le poisson pourri.

Enfin, au moins, il n'y a pas de clowns.

Ce que j'ignore, c'est pourquoi. Mes ravisseurs ne risquent pas de demander une rançon. Qui la paierait ? Et ils ne m'ont pas maltraité, en dehors de me jeter dans ce cachot immonde. Ils m'ont donné à manger et même de quoi écrire quand j'en ai fait la demande. C'est sur ce papier que je rédige mon journal. J'ignore même si je suis en danger ou pas. Personne ne veut rien me dire. Tout ce que je sais avec certitude, c'est que je suis coincé dans cette cellule. Et qu'elle pue. Je n'ai rien à faire, sinon attendre et écrire ce qui m'est arrivé depuis mon dernier journal.

Il y a encore un détail bizarre que je dois mentionner. Mes ravisseurs portaient tous des masques, donc je n'ai aucune idée de leur identité. Tous, sauf un. L'un d'entre eux est un Voyageur. Oui, un Voyageur. Voilà qui devrait me remonter le moral, mais après tout ce qui m'est arrivé sur Quillan, j'en doute. Même si je le deviens, je n'ai pas envie de passer pour un parano. Quand vous saurez tout ce qui m'est arrivé, vous me comprendrez. C'est pour ça que je veux tout écrire dès maintenant. Si cette histoire tourne au vinaigre et qu'il se trouve que ces types me veulent du mal, je tiens à ce que tout ce qui a précédé mon emprisonnement soit archivé. Mais ne vous inquiétez pas, s'ils veulent m'embêter, ils auront une sacrée surprise. Ils se sont trompés de client.

Il y a bien longtemps que j'ai achevé mon dernier journal. Je ne sais pas comment on mesure le temps sur Quillan, mais mon horloge interne de Seconde Terre me dit qu'il y a au moins deux semaines que j'ai fini le n° 24. La dernière fois, je me trouvais en plein cirque, dans le château de contes de fées de Veego et LaBerge. Est-ce le fait d'écrire ces deux journaux qui m'a fatigué à ce point ? J'imagine qu'être poursuivi, mordu, pourchassé, traqué et paralysé avec un pistolet tranquillisant n'y est pas étranger non plus. Je me suis allongé sur le lit flottant au centre de cette drôle de chambre et j'ai fermé les yeux pour prendre un peu de repos. J'étais épuisé, mais pas moyen de fermer l'œil. Mon esprit vagabondait. Je n'arrêtais pas de penser au challenger jaune, au match de Tato, à la tenue de challenger qu'on m'avait laissée au flume sans que je sache pourquoi, aux araignées-robots et... ben, à tout. Et le fait que des centaines de clowns me regardaient de leurs yeux vides n'arrangeait rien. Je continuais de penser que LaBerge devait être un peu dingue pour avoir décoré cette chambre comme ça. Bon, j'avoue que je m'imaginais aussi que ces poupées allaient s'animer et me chatouiller à mort ou quelque chose de ce genre, mais je n'en suis pas particulièrement fier.

Après m'être tourné et retourné dans mon lit pendant un bon bout de temps, j'y ai renoncé et je me suis mis à faire les cent pas dans ma chambre. Ça avait déjà trop duré. Je voulais savoir ce qui m'attendait. Est-ce que j'étais un prisonnier ou un simple invité ? Qui étaient Veego et LaBerge, et que me voulaient-ils ? Toutes ces questions me rendaient cinglé ! J'en avais marre de jouer selon leurs règles. Je voulais des réponses. Je me suis donc dirigé vers la porte, bien décidé à taper dessus et à hurler jusqu'à ce que ce Quatorze vienne m'ouvrir, lorsqu'une idée m'a traversé l'esprit. J'ai essayé de tourner la poignée. La porte n'était pas verrouillée ! Et moi qui me croyais enfermé... Quel idiot ! J'aurais pu sortir à n'importe quel moment. Je me sentais à la fois bête et curieux. Pourquoi ne m'avaient-ils pas mis sous clé ? Pouvais-je m'en aller ? En fin de compte, je n'étais peut-être qu'un invité. C'est avec encore plus de questions en tête que j'ai poussé la porte pour m'aventurer dans le couloir.

À ma grande surprise, j'ai vu qu'on avait posé une pancarte devant ma chambre. C'était un écriteau jaune carré d'une trentaine de centimètres avec une écriture violette, posé sur un établi de bois et positionné de façon à ce que je ne puisse pas le rater. L'inscription disait : LE CHALLENGER ROUGE SORTIT DE SON LIT. En dessous, une flèche désignait la droite. Puisque je n'avais pas de préférence, j'ai pris dans cette direction pour descendre le couloir. À quoi jouaient-ils ? Je suis tombé sur un autre couloir qui partait dans deux directions. Un nouvel écriteau pendait au bout d'une ficelle accrochée au plafond. Il y avait écrit : ET IL ALLA JETER UN ŒIL. Une autre flèche désignait la gauche. J'ai suivi leurs instructions pour tourner dans un autre couloir, qui s'étendait à perte de vue. Bon sang, ce château était immense ! À une dizaine de mètres de là, une troisième pancarte était accrochée au plafond. Elle disait : IL VIT UNE PORTE ET S'EN ALLA EXPLORER. À nouveau, la flèche désignait la gauche. En effet, dans cette direction, il y avait une double porte comportant un autre écriteau. J'ai commencé à croire que je voyais le bout de cette étrange chasse au trésor. Aussi grande que soit cette porte, l'écriteau était si petit que je pouvais à peine le distinguer. J'ai dû m'approcher si près que mon nez touchait presque la pancarte. Les lettres minuscules disaient : ET IL JOUA À UN JEU NOMMÉ CROCHET.

Crochet ? me suis-je dit. *Qu'est-ce que c'est ?*

Aussitôt, la porte s'est ouverte. Ou plutôt, elle a pivoté sur son axe central comme une chausse-trappe dans un épisode de *Scoubidou*. Ça m'a pris par surprise, je n'ai pas eu le temps de réagir, et le panneau m'a propulsé dans la pièce. C'était quoi, une espèce de train fantôme ? Je me suis retrouvé dans une salle plongée dans les ténèbres. Aussitôt, tous mes sens se sont mis en alerte. Je me suis accroupi et j'ai fermé les yeux pour tenter de discerner si quelqu'un ou *quelque chose* était là avec moi. Je n'avais pas vraiment peur. J'étais déjà passé par là. C'était comme ce que Loor et Alder m'avaient fait subir sur Zadaa. Je savais me battre dans le noir. Sauf que, sur Zadaa, ce n'était qu'un entraînement. Là, c'était pour de vrai. Je suis resté immobile. J'étais prêt.

J'ai entendu une sorte de carillon joyeux. Au loin, une lumière blanche est apparue, soulignant l'encadrement d'une porte. Dans cette obscurité, je n'avais aucune notion de profondeur et je ne pouvais pas dire à quelle distance elle se trouvait. Ça pouvait n'être qu'un petit rectangle à quelques mètres de là ou une grande porte au bout d'une vaste salle. Elle semblait suspendue dans l'espace, brillant comme pour m'attirer. Je n'ai pas bougé. Je ne savais pas ce qu'il y avait entre elle et moi. Un peu plus tard, un autre carillon a retenti et un chiffre lumineux est apparu au-dessus du rectangle. 70. Pardon ?

Un troisième carillon a résonné. À mon grand soulagement, une série de projecteurs se sont allumés pour illuminer la pièce. Certaines de ces lumières se trouvaient au plafond, d'autres au sol. Il devait bien y en avoir une centaine. La salle était grande, immense même. Le plafond devait se trouver à plus de huit mètres. C'était un long espace étroit qui occupait la même longueur de couloir que ma chambre. Maintenant, je voyais que le rectangle avec le chiffre 70 était bel et bien une porte. Elle devait se trouver à une trentaine de mètres de moi. Trente longs mètres. Les projecteurs me donnaient une idée de la taille de la salle, mais ménageaient aussi d'inquiétantes zones d'ombre, où pouvaient se cacher toute sorte de danger.

Une sonnerie a retenti. J'ai sursauté. J'ai regardé les chiffres : 70… 69… 68… Le compte à rebours venait de commencer. Chaque nombre s'accompagnait d'un petit bip électronique. Super. Mon temps était limité. Mais pour quoi ? Que devais-je faire ? Courir vers la porte ? Et si je restais sur place ? Et si, lorsque le compte à rebours atteindrait zéro, j'étais encore là, accroupi sur le sol à côté de la porte ? Que m'arriverait-il ? Devrais-je retourner dans la chambre aux clowns sans dîner ? Si c'était un jeu, pourquoi l'appelait-on « Crochet » ?

J'ai vite reçu la réponse à cette dernière question. Une réponse peu agréable.

J'ai senti une douleur fulgurante le long de mon dos et mes épaules. L'instant suivant, on m'a retourné comme un yo-yo. Ç'a été si violent et si rapide que j'ai perdu l'équilibre et que je me

148

suis écrasé au sol, tombant sur mon épaule. Je me suis relevé d'un bond pour voir qui m'avait attaqué.

Je me suis retrouvé face à face avec un dado. Il se tenait là, au-dessus d'un des spots, les jambes écartées. La lumière rouge qui l'éclairait par en bas le faisait paraître encore plus imposant. Il mesurait plus d'un mètre quatre-vingt-dix, avec de larges épaules et des bras qui semblaient prêts à déchirer les manches de sa chemise. Il portait le même uniforme noir que les autres dados, mais pas de casque ni de pistolet. Son arme était un long bâton de deux mètres prolongé d'une boule à son extrémité. Ce devait être le « crochet ». Il semblait semi-rigide, comme s'il était fait de plastique lisse. Il n'était pas aussi long qu'un fouet, mais il s'en servait de la même manière. Il m'avait sans doute frappé dans le dos avec cette boule. Ce n'était pas une arme mortelle, mais s'il savait s'en servir, j'étais à sa merci.

Et mon petit doigt me disait qu'il savait s'en servir.

Le plus terrifiant de tout était encore son visage. On aurait dit un masque avec une mâchoire carrée et des yeux sans vie. En plus, il était complètement chauve. C'est alors que je me suis souvenu où j'avais déjà vu ce genre de gaillard. Pas à l'arcade ou dans les rues, mais dans les flumes. Vous savez, ces images flottantes qu'on y voyait ? L'une d'entre elles montrait de grands types baraqués en train de courir. Des dados. Et ils étaient encore plus imposants en vrai.

Le compte à rebours continuait de s'égrener : 64… 63… 62…

J'ai sauté vers la porte pivotante que je venais de passer. Je ne savais pas ce qu'était ce jeu, mais je n'avais aucune envie d'y participer. Mon épaule a heurté la porte. Celle-ci n'a pas bougé. Curieusement, ça ne m'a pas vraiment étonné. Si je voulais m'en sortir, je devrais affronter le Franken-dado ici présent pour gagner l'autre côté. Sans hésiter un instant, j'ai filé vers le rectangle de lumière. Si j'étais assez rapide, je pourrais prendre cette brute par surprise et le dépasser avant qu'il ne puisse me cogner à nouveau.

Je me trompais. À peine me suis-je mis à courir que le compte à rebours a atteint 60. Les chiffres ont clignoté et une sirène bruyante a résonné. C'était un avertissement. Plusieurs petits cylindres argentés de la taille d'un poteau téléphonique sont descendus du plafond pour frapper le sol comme des marteaux piqueurs démoniaques. L'un d'eux a bien failli m'écraser, et le choc a été si rude que les vibrations ont failli me faire tomber.

Au secours ! Cette salle était un vrai champ de mines ! Les cylindres se sont rétractés dans le plafond, mais ils referaient leur apparition, j'en étais sûr. Avant que j'aie eu le temps de réfléchir, le crochet m'a frappé les chevilles. Le dado a tiré et je me suis retrouvé cul par-dessus tête. C'était quoi, ce jeu ? Je ne connaissais pas les règles et je n'avais pas un seul moyen de me défendre. De toute évidence, j'étais censé passer cette porte à l'autre bout avant la fin du compte à rebours et sans me faire écrabouiller par un de ces cylindres. Le dado, lui, devait m'en empêcher. 57... 56... 55...

J'ai fait une roulade vers l'autre côté du mur. Je ne comptais pas affronter le dado. Même s'il avait une arme et pesait bien vingt-cinq kilos de plus que moi, c'étaient plutôt les cylindres qui me préoccupaient. 54... 53... 52...

J'ai roulé jusqu'à heurter le mur dans l'espoir que les cylindres ne couvraient que le centre. Je comptais me plaquer contre la cloison pour atteindre la sortie.

Mauvais plan. 51... 50...

Les chiffres ont clignoté, la sirène a beuglé. Les cylindres ne sont pas descendus. Au contraire, d'autres ont jailli du sol. Et j'étais juste au-dessus de l'un d'eux. Il m'a carrément soulevé en l'air ! J'ai dû m'écarter, ou il m'aurait écrasé contre le plafond. Je me suis affalé au sol si maladroitement que j'ai eu de la chance de ne rien me casser. Les cylindres ont continué jusqu'au bout, puis se sont rétractés. Et le dado m'attendait. Il a passé le crochet autour de mon cou et a tiré comme pour m'étrangler. J'ai tiré à mon tour, mais ça n'a fait que refermer le piège. En une manœuvre désespérée, j'ai tourné dans la direction opposée et j'ai réussi à me dégager. Je suis resté là, à hoqueter. 44... 43... 42...

Ces cylindres coulissaient toute les dix secondes. J'ai cherché des yeux le dado, mais en vain. Après chaque attaque, il se cachait dans l'ombre pour laisser le champ libre aux cylindres. Il connaissait le jeu. Pas moi. 41... 40...

La sirène a beuglé et les cylindres sont descendus du plafond. Impossible de dire où ils se trouvaient exactement et, donc, impossible de les éviter. L'un d'entre eux m'a égratigné l'épaule. Le même processus s'est répété. J'ai regardé vers la porte. Je ne m'étais pas approché d'un centimètre. Dix secondes avant que les cylindres ne réapparaissent. Si je piquais un sprint, je pouvais y arriver.

Le dado devait l'avoir senti. Je me suis demandé s'il avait joué tant de fois à ce jeu vicieux qu'il savait prévoir les réactions de ses victimes. J'avais à peine commencé à courir que j'ai senti le crochet se refermer sur ma taille. Cette fois, il s'est contenté de me tirer en arrière. Je suis resté debout. À quoi jouait-il ? J'ai cherché à me dégager, mais il me tenait fermement. 34… 33… 32… 31…

Encore la sirène. Les cylindres sont descendus. J'étais juste en dessous de l'un d'eux. Le dado m'avait mis en position de me faire écrabouiller. Je ne pouvais que lui rentrer dedans. Je lui ai sauté dessus et j'ai senti le cylindre effleurer mon dos. J'ai percuté la poitrine de cette armoire à glace. L'impact l'a à peine fait chanceler. Autant me jeter contre un tronc d'arbre. Il m'a soulevé comme une poupée et m'a traîné sur le sol. J'ai heurté un des cylindres – ils ne s'étaient pas encore rétractés – me suis retourné, mais j'ai gardé mon équilibre et j'ai eu la présence d'esprit de courir vers la porte lumineuse. 27… 26… 25…

La sirène a beuglé. Hein ? C'était toute les cinq secondes maintenant ? Au fur et à mesure que le compte à rebours s'approchait de zéro, le rythme s'accélérait. Pire, alors que j'évitais de justesse un des cylindres qui jaillissait vers le plafond, j'ai vu que ceux qui descendaient du plafond faisaient de même. Ils venaient des deux directions ! Mes chances avaient rétréci de moitié. En les regardant se rétracter, j'ai vu quelque chose d'important. Chacun d'eux était juste à côté d'un des projecteurs. Avec tout ce qui m'était tombé dessus, je ne m'en étais pas aperçu tout de suite. Maintenant que j'avais saisi la logique, je savais où ne *pas* me mettre. Je devais me positionner entre les projecteurs. Sauf que le dado n'était pas d'accord.

Aïe ! J'étais resté trop longtemps au même endroit. Je faisais une cible facile. Le dado m'a flanqué un coup qui m'a fait décoller du sol. J'ai eu l'impression qu'un autobus m'était rentré dedans. J'ai roulé sur moi-même. 22... 21... Sirène.

Lorsque les cylindres ont jailli, j'étais juste à côté de l'un d'eux. Il m'a cogné le flanc et m'a soulevé de terre. J'ai roulé sur moi-même et je me suis empressé de me mettre entre les projecteurs tandis qu'une forêt de piliers jaillissaient de toute part. J'étais piégé dans une sorte de machine à pistons infernale. Ce n'était pas le moment de finasser : je devais atteindre l'autre côté. Je préférais ne pas imaginer ce qui arriverait lorsque le compte à rebours atteindrait zéro. Je n'ai même pas attendu que les cylindres se rétractent pour me remettre à courir.

Sirène.

Non ! Cette fois, il s'était écoulé moins de cinq secondes. Maintenant, c'était au hasard. Je n'étais qu'à quelques mètres du rectangle de lumière, mais cela m'a paru plus d'un kilomètre. Je me suis retourné pour repérer le dado. Il avançait vers moi, prudemment mais régulièrement. Il semblait connaître le minutage des cylindres : il s'immobilisait lorsqu'ils jaillissaient, puis bondissait avant d'attendre qu'ils s'actionnent à nouveau. Il savait très bien ce qu'il faisait, et il prenait tout son temps. 18... 17... 16...

Si je repartais vers la porte, il attaquerait. Si je voulais me sortir vivant de ce jeu absurde, je devais prendre des mesures désespérées.

J'ai attaqué le dado.

Je présume que personne n'avait fait ça auparavant, parce que je l'ai eu par surprise. J'ai empoigné le devant de sa chemise. J'ai agi si vite et j'étais si près qu'il n'a pas pu se servir de son crochet. Je me suis jeté en arrière, l'entraînant avec moi. Vu son gabarit, s'il avait été prêt, je n'aurais jamais pu réussir mon coup. Je suis tombé en arrière tout en posant mon pied sur sa poitrine. Il a voulu se dégager, mais c'était trop tard : la gravité jouait en ma faveur. Je l'ai fait passer par-dessus ma tête. Il était lourd, mais les lois de la physique étaient avec moi. Je l'ai lâché et il est tombé sur le dos. À ce moment précis, un cylindre est descendu du plafond. Le dado avait atterri au mauvais endroit. Ou au bon, de mon point de vue.

Le pilier lui a écrasé la jambe. Je l'ai entendu avant de le voir. Le bruit était éloquent. J'ai mis une seconde à enregistrer le fait qu'il n'avait même pas poussé un cri de douleur. Il a à peine réagi. Un bref coup d'œil à mon adversaire m'a appris pourquoi.

Sa jambe était sectionnée au niveau du genou. Horrible spectacle ? Pas vraiment. Il n'y avait pas de sang ni d'os. Juste un amas de métal tordu qui m'a rappelé les araignées gardant le flume. Cette fois-ci, il n'y avait plus de doute possible. Les dados étaient bien des robots.

Mais il était loin d'être hors service. Il a ramené les restes de sa jambe métallique, l'a rejetée et s'est relevé. 12… 11… 10…

Robot ou pas, il ne pouvait m'attraper avec une seule jambe. J'ai bondi vers la porte. Les cylindres semblaient pris de folie. J'ai couru, évité, zigzagué, bondi et je me suis frayé un chemin à travers la salle. À un centimètre près, j'aurais été transformé en viande hachée. Il ne restait plus que cinq secondes à l'horloge. J'ai attendu que l'ultime cylindre qui s'interposait encore entre moi et la porte se rétracte… Puis j'ai plongé vers le rectangle de lumière.

Je suis tombé sur une porte rotative semblable à la première. Celle-ci n'était pas bloquée : je l'ai franchie pour atterrir en un seul morceau. Je suis resté un instant à genoux, le temps de reprendre mon souffle. Mon cœur battait la chamade. Je n'ai même pas levé les yeux, de peur de m'apercevoir que j'étais tombé dans un autre jeu.

– Bravo, challenger rouge ! a fait une voix familière.

Une autre voix, plus dure, a ajouté :

– Tu as bien failli échouer !

La première voix s'est radoucie :

– Je n'ai jamais douté de lui !

J'ai inspiré profondément et j'ai regardé ce qui m'attendait. C'était une autre pièce à la fois longue et étroite, mais moins que la précédente. Elle était brillamment éclairée par la lumière du soleil qui filtrait par les grandes fenêtres. Des drapeaux jaunes et violets bordaient les murs jusqu'au plafond haut. Au sol, il y avait une grande table de bois entourée de chaises à haut dossier. C'était une salle de banquet médiévale, jusqu'aux tapisseries sur les murs montrant diverses compétitions sportives. La table croulait sous les plats de victuailles et les hautes chopes en étain.

Assis de chaque côté, tranquillement installés avec leurs verres, se tenaient Veego et LaBerge.

Veego m'a regardé froidement.

— Tu as mis plus longtemps que des concurrents bien moins qualifiés que toi.

— Ne l'écoute pas ! s'empressa d'ajouter LaBerge. Tu étais formidable ! Je veux être le premier à te dire que tu es désormais officiellement un challenger !

Il a levé son gobelet argenté à ma santé.

— Et si j'avais échoué à votre petit examen ? ai-je demandé.

LaBerge a baissé les yeux sur son assiette. Veego a souri et a dit :

— Tu serais mort, bien sûr. Maintenant, joins-toi à nous. Tout cet exercice doit t'avoir donné faim.

Elle se trompait. Il y avait longtemps que j'avais perdu le peu d'appétit qu'il me restait.

Journal n° 25
(suite)

QUILLAꟼ

Là, j'en avais marre. Manquer de se faire écrabouiller rendrait n'importe qui un tantinet nerveux. J'ai sauté sur mes pieds et je me suis dirigé vers LaBerge à grandes enjambées. J'aurais plutôt dû choisir Veego, mais elle me flanquait les jetons. Il m'a vu venir et a ouvert de grands yeux. Il a reposé violemment son gobelet, renversant un liquide vert, et s'est laissé tomber sur sa chaise.

– Ne fais pas de bêtises ! a-t-il dit, apeuré. Le test est terminé. Et tu l'as réussi !

Je l'ai saisi par le devant de sa robe et je l'ai tiré vers moi. Ce n'est pas mon habitude d'être si audacieux. Mais, après avoir failli être réduit en bouillie par ces cylindres, j'en avais ma claque. Si je voulais prendre mon destin en main sur ce territoire, je devais leur montrer que je ne me laisserais pas faire. Et puis, je savais que ce type ne risquait pas de se défendre. Il n'était pas taillé pour ça.

– Écoutez, ai-je craché d'un air furieux, je ne suis pas un challenger et je refuse de participer à vos petits jeux sadiques.

Je l'ai regardé droit dans les yeux pour lui montrer que je ne plaisantais pas. Il n'a pas arrêté de détourner son propre regard. *Lopette.*

– Je te c-c-comprends, mon cher, a-t-il bégayé. Mais j'ai bien peur que tu n'aies… pas le choix.

Comme par magie, deux dados sont apparus derrière sa chaise. Ils m'ont dominé de toute leur stature en me fixant de leurs yeux morts. Question intimidation, ils étaient plus forts que moi. LaBerge m'a décoché un sourire ironique. Je l'ai lâché et je me suis reculé. Pas question de me colleter avec ces deux Terminator. Il me restait encore des forces, mais à deux contre un, le combat n'aurait pas été égal. Déjà, à un contre un, ce n'était pas évident.

– Comment ça, je n'ai pas le choix ? ai-je dit d'une voix qui se voulait agressive, même si toute combativité m'avait quitté.

Veego s'est levée et a marché vers les dados.

– Laissez-nous, a-t-elle ordonné.

Ils ont aussitôt obéi. Ils ont fait quelques pas raides en arrière, mais sont restés à portée de main.

– Je vous ai dit de nous laisser ! a-t-elle lancé plus fermement. Ce garçon est notre invité. Il ne va rien se passer.

Ils sont repartis par une porte. Ils allaient certainement se poster juste derrière, au cas où. Des petits futés, hein ? Il faudrait que je me rappelle : ne pas frimer devant les dados.

Veego est venue se positionner aux côtés de LaBerge, mais elle n'a même pas pris la peine de le regarder lorsqu'elle a craché avec dégoût :

– Remets-toi, froussard.

J'en ai retiré l'impression que Veego non plus n'avait pas une haute opinion de LaBerge. Ils paraissaient avoir le même âge, mais elle le traitait comme un petit garçon capricieux. Encore que ma mère ne m'avait jamais parlé comme ça. Mais je n'étais pas du genre capricieux, en général. LaBerge a rajusté sa robe et a bu une gorgée du liquide vert qui restait dans son verre pour se calmer. Veego, elle, était d'un calme olympien. Si je m'en étais pris à elle plutôt qu'à LaBerge, elle serait probablement restée tout aussi zen. Elle m'inquiétait.

– Je deviens trop vieux pour jouer à ça, a grogné LaBerge.

– Tu peux toujours rentrer chez toi si tu veux, a rétorqué Veego.

Intéressant à savoir. Ces deux-là étaient associés, mais ne s'entendaient pas pour autant.

Veego m'a souri. On aurait dit que son visage allait se fendre en deux.

— Tu dois nous excuser, dit-elle. Tu n'es pas de la ville de Rune, sinon tu saurais qui nous sommes et la nature de notre entreprise.

— C'est idiot, a interrompu LaBerge. D'où que les gens viennent, ils savent qui on est.

— Pas moi, ai-je répondu froidement.

LaBerge m'a jeté un drôle de regard. Je n'aurais pas su définir ce qui s'y lisait. De l'incrédulité ou de la peine.

— Et d'ailleurs, d'où viens-tu ? m'a-t-il demandé.

Aïe. Ce n'était pas le bon moment pour dire la vérité. Mais je n'en savais pas assez sur Quillan pour inventer quelque chose.

— Vous m'avez kidnappé et flanqué dans une chambre pleine de clowns angoissants avant de me balancer dans un jeu idiot qui a bien failli me tuer. Je pense que c'est à mon tour de poser des questions.

LaBerge a jeté un regard interrogateur à Veego. Elle n'a pas cillé. Il s'est à nouveau tourné vers moi.

— Tu te trompes, challenger rouge. Du tout au tout. Ces poupées n'ont rien d'angoissant.

— Oh, ça va ! a rétorqué Veego. S'il ne comprend pas ce qu'il fait ici, il faut lui expliquer. Tout le monde en bénéficiera. (Elle a désigné la longue table de banquet.) Je t'en prie, joins-toi à nous. Nous allons répondre à tes questions.

Là, j'étais partagé. Je devais savoir qui étaient ces deux-là et la nature de leur relation avec Saint Dane mais, d'un autre côté, ils avaient indirectement provoqué la mort du Voyageur de Quillan. J'aurais bien voulu les balancer dans cette salle des pistons par où j'étais passé. Mais ce n'est pas ça qui me ferait approcher de Saint Dane. Je devais me faire une raison et les laisser mener le jeu.

— D'accord, ai-je dit. Je m'assois où ?

— À la place d'honneur, bien sûr ! a dit gaiement LaBerge, comme si tout d'un coup on était les meilleurs amis du monde. C'est là que s'installent les challengers à leur arrivée !

Il a désigné une chaise au grand dossier en milieu de table. Je l'ai rejointe, j'ai dévisagé LaBerge, puis je me suis assis à une autre place. Je ne sais pas pourquoi j'ai fait ça. Sans doute juste pour le faire enrager. Il est resté planté là un instant, a reniflé d'un air méprisant, puis est parti vers sa propre chaise à une extrémité de la table.

– Comme tu voudras.

À peine étais-je assis qu'un serviteur est apparu, comme jailli de nulle part. C'était ce même petit type chauve vêtu de blanc, en cravate bicolore, qui m'avait montré ma chambre. Il a déposé une assiette en argent et des couverts devant moi.

– Merci, Quatorze, ai-je dit.

– C'est Treize, a corrigé LaBerge avec un petit rire.

J'ai regardé le serviteur chauve. C'était le sosie parfait de Quatorze. Étaient-ils frères jumeaux ? Ou...

– C'est un dado ? ai-je demandé à Veego.

Veego a prit sa place à l'autre bout de la table.

– Ils sont fort pratiques, tu ne trouves pas ? a-t-elle répondu. Ils font tout ce qu'on leur demande et...

– Et ils ne posent pas de questions, a ajouté LaBerge avec un sourire satisfait.

J'ai préféré laisser tomber. Je n'arrivais toujours pas à assimiler le fait que Quillan soit truffée de robots quasi humains. D'après ce que j'avais pu voir jusque-là, ils servaient de policiers et d'hommes à tout faire. Et il y avait les araignées. N'oublions pas les araignées.

– Y a-t-il des dados parmi les challengers ? ai-je demandé.

LaBerge a éclaté de rire. Même Veego a eu un gloussement. Heureux de voir qu'au moins je les amusais.

– Bien sûr que non ! a répondu LaBerge. Que deviendrait notre réputation si nous faisions combattre des dados programmables ! Ça n'aurait rien de bien passionnant.

– Alors c'est bien vous deux qui organisez les tournois de Tato ?

– Entre autres, a répondu Veego. Le Tato est un de nos jeux les plus populaires. Mais il y en a bien d'autres tout aussi captivants. Ce sont les plus gros succès de Quillan. Personne n'offre de jeux aussi extraordinaires que les nôtres. Tu verras.

Je n'avais aucune envie de voir.

– C'est moi qui conçois les jeux, a fièrement déclaré LaBerge. Tous Les plus grands comme les plus petits.

Il a passé la main dans sa robe et en a tiré un petit jouet. On aurait dit la poignée d'une corde à sauter avec un bouton à une extrémité. Il l'a tendue et a appuyé sur ce même bouton. Aussitôt, un sifflement a retenti et une hélice rouge est apparue au bout de la poignée. Le tout s'est élevé dans les airs à deux mètres de hauteur pour redescendre doucement. LaBerge a suivi le gadget d'un regard avide et l'a adroitement attrapé en pleine descente. L'hélice s'est rétractée avec un cliquètement. Il m'a regardé et a souri comme un gamin venant d'accomplir un exploit impossible.

– Tu n'aimes pas jouer au Runkle ? m'a-t-il demandé.

– Jamais entendu parler.

LaBerge a ouvert de grands yeux.

– Quoi ? C'est impossible ! Tous les enfants de Quillan en ont un !

– Désolé, j'ai dû passer à côté.

LaBerge a laissé tomber le jouet sur la table et a bu une gorgée.

– Tu es un drôle de type, challenger rouge, a-t-il conclu en faisant la moue.

– Ne fais pas attention à lui, m'a dit Veego. On pourrait le prendre pour un bouffon, mais il est très doué. Il faut être resté un enfant pour concevoir des jeux à succès.

– Des jeux à succès dans lesquels des gens se font tuer, ai-je souligné.

Elle m'a regardé fixement.

– Nous fournissons un service. Nous n'avons pas créé la demande.

Nos regards se sont croisés. Elle était plus froide qu'un requin.

– Si c'est lui qui invente les jeux, quel est votre rôle dans l'affaire ?

– Je m'occupe des aspects pratiques. LaBerge a l'idée des jeux et je les fais devenir réalité. Entre autres, il s'agit de sélectionner des candidats dignes de ce nom. Ce qui explique ta présence ici, challenger rouge.

– Alors, c'était votre idée de me faire venir ici ?

Avant qu'elle n'ait pu répondre, trois autres serviteurs dados tous identiques sont entrés. Ils étaient chargés de plats, qu'ils ont déposés devant chacun d'entre nous avant de se retirer. Il y avait des fruits, des tranches de viande et des légumes orange et noueux qui pouvaient être des carottes, des patates ou Dieu sait quoi. LaBerge en a ramassé un, a mordu dedans avec un grand *scrontch* et a dit d'un ton hautain :

— Pour ma part, j'adore le tribbun.

Ah, j'avais au moins *une* réponse. Un instant, je me suis dit que les plats pouvaient être empoisonnés, mais il fallait bien que je mange quelque chose. Je devais reprendre des forces, et je ne savais pas quand j'aurais une autre occasion de manger. En plus, s'ils voulaient que je participe à leur jeu, ils n'avaient pas intérêt à me tuer. Du moins pas tout de suite. J'ai mordu dans ce tribbun et, à ma grande surprise, j'ai trouvé ça plutôt bon. Croquant comme une carotte, avec un goût sucré rappelant un melon. D'ailleurs, tout ce qu'on m'a servi était délicieux. Ce n'est qu'en entamant mon repas que je me suis rendu compte que j'étais affamé. Je me suis empressé de vider mon assiette. Quatorze était là, derrière moi, à attendre de la remplir à nouveau. Ou peut-être était-ce Treize. Ou Douze. Qui sait ?

— Tu vois ? a dit Veego. Les challengers sont traités comme des coqs en pâte.

— Jusqu'à ce qu'on les envoie à la mort, ai-je ajouté.

— Arrête de dire ça ! a crié LaBerge. Tu n'as pas compris ? Ce qu'on te propose, c'est l'occasion de vivre dans le luxe ! Tu sais comment ça se passe là-dehors. On y mène une existence terne et sans joie. Ici, les challengers sont bichonnés comme ils ne le seront jamais à l'extérieur. Tu as des tableaux de maîtres, de la musique et des serviteurs à ta disposition. C'est formidable, non ? D'accord, c'est vrai, de temps en temps, on te demandera de concourir dans un de nos jeux. Ce qui peut comporter quelques risques. Mais est-ce trop demander en échange d'une existence de roi ?

— Eh bien... oui, ai-je répondu. Je vous l'ai dit, il est hors de question que je participe à vos jeux.

LaBerge a frappé la table de sa main.

— Oh que si !

— Assieds-toi ! a aboyé Veego.

— Il me tape sur les nerfs ! lui a-t-il répondu.

160

– Il faudra vous y faire, ai-je affirmé d'un ton crâneur.

LaBerge m'a décoché un regard venimeux. Avant qu'il ait pu dire quoi que ce soit, une porte s'est ouverte à l'autre bout de la salle. J'ai levé les yeux, m'attendant à voir apparaître Douze ou Treize ou Quatorze et demi, ou peut-être un autre dado venu voir la raison de toute cette agitation. Mais non. C'est une jeune femme qui s'est précipitée vers nous. Elle portait une liasse de papiers. Sa tenue était semblable à celle de Veego : bleu foncé, avec des manches longues et une veste de la même couleur. Ses vêtements n'étaient pas si différents de ceux qu'on portait en ville, juste un peu plus classieux. Ou d'une meilleure coupe. Cette impression venait peut-être du fait que le costume lui allait parfaitement, comme s'il avait été fait sur mesure. Oui, c'est la meilleure façon de le décrire, la femme aussi d'ailleurs. Du sur mesure. Pas un pli, pas une tache. Ses cheveux bruns soigneusement peignés étaient ramenés sur le côté et descendaient juste en dessous des oreilles. Il n'y avait pas une mèche en désordre. Elle était plutôt jolie. Elle avait de grands yeux bruns qui semblaient… vivants. Je ne sais comment la décrire autrement. Contrairement à la plupart des gens que j'avais croisés dans cette ville, la nouvelle venue rayonnait d'énergie. Elle devait être un peu plus vieille que moi. Dix-huit ans, peut-être ? Ou dix-neuf ? Je ne suis même plus sûr de mon propre âge ! Elle est entrée dans la pièce et s'est dirigée vers nous d'un pas assuré. Pas de doute, elle savait ce qu'elle voulait.

– Veego, LaBerge, a-t-elle salué d'un ton direct. Bonjour. J'ai apporté les prévisions budgétaires du conseil d'administration.

Elle est passée devant LaBerge sans lui prêter plus d'attention. Cette femme ne plaisantait pas. Elle n'avait pas de temps à perdre avec ce bouffon. Elle ne m'a pas regardé non plus. Elle est allée droit vers le cerveau de l'entreprise : Veego. Elle s'est arrêtée devant elle et lui a tendu une liasse de papiers.

– Je suis sûre que vous les approuverez.

Eh bien ! On ne fait pas plus chaleureux ! Veego l'a longuement regardée sans rien dire. Ni prendre les feuilles. Cela devenait gênant.

– Vous ne voyez pas que nous sommes en plein repas ? a fini par dire Veego, toujours aussi calme, bien que son ton soit glacial.

Vous entrez chez moi sans prévenir, sans y être invitée, et vous venez nous ennuyer avec des considérations qui ne regardent que vous. Vous n'avez donc aucune éducation ?

La femme a cligné des yeux. Son vernis d'efficacité et de professionnalisme venait d'en prendre un coup.

– Je... Je m'excuse, s'est-elle empressée de dire. On m'a dit qu'il était de la plus haute importance de vous remettre ces documents. J'aurais dû me douter que vous...

Veego lui a arraché les feuilles.

– Oh, taisez-vous !

Elle a examiné les documents. La femme a fait un pas en arrière.

– Restez où vous êtes ! a ordonné Veego.

La femme s'est figée sur place. J'étais peiné pour elle. Veego semblait la terrifier. Personne ne pouvait l'en blâmer. Pendant que Veego examinait les documents et que LaBerge tripotait son jouet qu'il avait appelé Runkle, la femme restait plantée là, mal à l'aise. Ses yeux ont erré dans la salle. Lorsqu'ils se sont posés sur moi, elle a sursauté comme si j'avais crié : « Bouh ! »

Sans lever les yeux des feuilles, Veego a dit :

– Mademoiselle Winter, voilà notre nouveau challenger rouge. Challenger rouge, je te présente Nevva Winter.

Nevva Winter. Un nom intéressant. Elle a ouvert la bouche comme pour me dire quelque chose, mais rien n'est sorti. Bizarre. Je connaissais le terme « rester bouche bée », mais c'était la première fois que j'en avais une illustration par l'exemple.

– Salut, ai-je dit.

Elle n'a pas répondu. Et n'a pas refermé la bouche non plus.

– Nevva, Nevva... a chantonné LaBerge, elle travaille toute la journée, jamais le temps de s'amuser.

– Fermez la bouche, mademoiselle Winter, a fait Veego sans lever les yeux.

Nevva Winter a cillé. Je ne sais pas pourquoi, mais me voir lui avait fait un choc.

– Je... Je savais que le nouveau challenger devait venir, mais je ne l'attendais pas si tôt, a-t-elle dit, tentant de retrouver son contrôle. En fait, on en parle à la page quatre du dossier que je viens de...

Soudain, Veego a jeté la liasse en l'air.

– C'est inacceptable ! a-t-elle déclaré.

Les pages ont voleté comme des feuilles mortes pour s'éparpiller sur le plancher. LaBerge a applaudi en hurlant de rire. Quel idiot ! Nevva Winter a tenté de les rattraper au vol, mais n'a réussi qu'à en ramasser quelques-unes avant qu'elles ne touchent le sol.

– Veego, je vous en prie ! Elles sont classées dans l'ordre...

– Nous avons fait augmenter les profits de vingt pour cent lors des dix-sept derniers quads, a sifflé Veego entre ses dents. Ces chiffres sont sans équivalent, et si votre conseil d'ignorants est incapable de le reconnaître, LaBerge et moi ne demandons qu'à rentrer chez nous et laisser n'importe lequel de nos prétendus concurrents tenter d'égaler notre succès.

Nevva Winter s'est empressée de ramasser les feuilles et de les remettre en ordre sans les froisser.

– Oui ! a renchéri LaBerge. Qu'on voie ce que deviendront leurs chers profits sans nous !

– Apparemment, c'est une possibilité qu'ils ont envisagée, a dit Nevva Winter.

– Hein ? a grogné LaBerge, surpris.

Pendant que Nevva Winter ramassait ses feuilles, elle a continué :

– Toute cette opération se révèle extrêmement coûteuse. Je crains que le conseil d'administration ne cherche un moyen de mettre un terme à son partenariat avec vous.

– Quoi ? s'est écrié LaBerge, horrifié. Ils vont nous renvoyer du château ?

Il semblait avoir perdu son assurance. Veego s'est levée lentement pour se dresser face à Nevva Winter.

– Serait-ce une menace, mademoiselle Winter ? a-t-elle demandé du ton le plus glacial qu'il m'ait été donné d'entendre.

Nevva Winter a posé la dernière feuille sur la liasse et s'est relevée. Elle était si nerveuse qu'elle a évité de croiser le regard de l'autre femme.

– Je ne fais que répéter ce que m'a dit le conseil d'administration, a-t-elle repris d'une voix qui se brisait. Je ne suis que leur assistante. Ce n'est pas moi qui décide de la politique à suivre. Mais je peux vous dire que, pour chaque membre qui vous soutient, il y en a un qui pense que vous pourriez mieux faire.

– C'est impossible ! a crié LaBerge. Comment peut-on améliorer la perfection ?

Pour la première fois, Nevva Winter a regardé Veego droit dans les yeux. Et, malgré sa nervosité, elle n'a pas cillé.

– Je ne fais que transmettre l'information. Peut-être devriez-vous vous adresser directement au conseil.

Veego l'a dévisagée un moment, puis s'est dirigée vers moi.

– Cette organisation a duré plus longtemps et a rapporté bien plus que n'importe quelle autre dans cette branche, a-t-elle dit, retenant mal sa colère. Parce que je sais ce que je fais. J'ai l'expérience, les ressources, les jeux, et, plus que tout, je sais reconnaître le talent. En effet, j'aimerais bien voir le conseil d'administration. Peut-être m'expliqueront-ils pourquoi ils veulent me dire qui je dois faire figurer dans mes tournois.

– Ils ne veulent pas vous dire… a fait Nevva Winter.

– Oh, si ! a rétorqué Veego. Ils se mêlent de mes affaires ! Ils veulent que les jeux soient compétitifs, et pourtant ils m'imposent de prendre des challengers mal entraînés. Le challenger jaune n'était pas à la hauteur face au vert. Il n'était pas prêt, mais ils m'ont obligé à le faire concourir !

Le challenger jaune. Elle parlait du Voyageur de Quillan… Quelqu'un que je n'avais jamais rencontré et dont j'ignorais toujours le vrai nom. J'ai résisté à l'envie de hurler : « Pourquoi avez-vous tué un Voyageur ? » Ça n'aurait servi à rien. Je me suis mordu la lèvre, me suis cramponné à ma chaise et j'ai fait de mon mieux pour ne pas exploser. Ce qui a été encore plus difficile quand Veego a posé une main sur mon épaule ; elle m'a donné la chair de poule.

– Maintenant, ils m'envoient un nouveau challenger. Le challenger rouge. Savez-vous qu'il est passé à deux doigts de se faire tuer dans une partie de Crochet ? Hmmmm ? Il a failli échouer au test le plus simple qu'on puisse concevoir. Un enfant s'en serait mieux sorti. À présent le conseil veut que je le fasse participer au Grand X ?

Elle commençait vraiment à s'énerver. Moi aussi. Qu'est-ce que c'était que ce Grand X ? Surtout, comment ces gens du conseil d'administration pouvaient-ils savoir qui j'étais ? Qui étaient-ils *eux* ?

— Vous allez dire une bonne chose à vos employeurs, puisqu'ils se croient plus malins que tout le monde, a continué Veego. Je refuse de ternir ma réputation en présentant un produit de seconde zone.

— Personne ne vous demande de…

— S'ils veulent que je fasse concourir le challenger rouge, je le ferai. Mais d'abord, il devra passer une épreuve un peu plus concluante pour prouver sa valeur.

Elle a hoché la tête en direction de LaBerge. Celui-ci a claqué des mains comme un gamin surexcité et s'est précipité vers le mur de la salle, où était accrochée une grande tapisserie. Il a agrippé une corde de velours qui pendait du plafond et s'est tourné vers moi.

— Tu devrais être fier. En général, les challengers n'entrent dans le ring de Tock que bien plus tard au cours de leur entraînement.

J'ai regardé Veego.

— Qu'est-ce que c'est ?

Elle est retournée à sa place en tête de table.

— On nous a vanté tes capacités, challenger rouge. Pour ma part, je n'ai encore rien vu qui m'ait convaincue.

— *Qui* vous a vanté mes capacités ?

Veego n'a pas répondu. Pas d'importance : je connaissais déjà la réponse. Tout ça portait la marque de Saint Dane.

— Je vous en prie, Veego, faut-il vraiment en passer par là ? a dit nerveusement Nevva Winter. Le challenger rouge aura tout le temps de se préparer au Grand X.

— Et qu'est-ce qui me le garantit ? a répliqué Veego. Vous ? Désolée, mais je ne vous fais pas confiance, pas plus qu'au conseil d'administration. Ce qui ne me laisse pas trente-six solutions. Soit il prouve dès maintenant qu'il est digne de concourir, soit il y reste une bonne fois pour toutes.

Hein ?

LaBerge a tiré sur la corde de velours. La tapisserie s'est rétractée vers le plafond comme un volet, dévoilant une grande entrée. Derrière, j'ai vu une autre arène. En son centre se tenaient trois types portant des maillots de couleurs différentes. Les challengers bleu, blanc et noir. Tous tenaient de longs bâtons de métal de deux mètres de long. Des armes. J'allais me retrouver embringué dans un autre de leurs jeux, et cette fois je n'affronterais pas un dado sans âme.

– Voyons, Veego ! a plaidé Neeva Winter. Tout ça est contraire au règlement !

– Et si je refuse de jouer ? ai-je demandé.

– Rien ne pourrait me faire plus plaisir, a répondu Veego. Cela prouverait au conseil d'administration que tu n'en vaux pas la peine, et tu seras exécuté.

Oh.

– Et si je joue et que je perds ?

Veego a souri.

– Ça me plairait tout autant, parce que ça mettrait un terme à cette situation absurde.

– Mieux vaut ne pas perdre un tournoi de Tock, m'a conseillé Nevva Winter.

Tout ça n'était pas très rassurant. Je commençais à croire que seule ma mort ferait le bonheur de Veego. Mais je n'avais pas vraiment le choix. Comme je vous l'ai déjà dit, sur Quillan, on joue. Et on gagne. Ou on en paie le prix.

Apparemment, le challenger rouge allait faire ses premières armes.

Journal n° 25
(suite)

QUILLAN

— Je croyais avoir déjà passé un examen, ai-je dit à Veego. Pourquoi cette nouvelle épreuve ?

— Parce que je n'aime pas qu'on me dise comment je dois mener mes affaires, a répondu Veego d'un ton venimeux. Je ne comprends pas pourquoi le conseil d'administration me force à te faire concourir. Ils vont finir par gâcher mes jeux.

— Et les miens ! a ajouté LaBerge.

— Alors, vous voulez que je me fasse démolir avant que je puisse pourrir un de vos jeux ? ai-je repris. C'est ça ?

— Peut-être, a répondu Veego. Quoique, je ne suis pas du genre à laisser passer une occasion. Si, au final, il se trouve que tu as bel et bien du potentiel, cette petite diversion permettra de faire monter la sauce.

— Heu... Ça veut dire quoi ?

— Si tu dois entrer dans le jeu, il faut faire grimper les enchères. Et pour ça, il faut que les parieurs t'aiment... ou te détestent.

— Comment allez-vous faire ça ?

Veego m'a décoché un de ses sourires glaciaux et m'a fait signe d'entrer dans l'arène.

— Il n'y a qu'une façon de le savoir.

— Veego ! a protesté Neeva Winter. Ce jeu n'est pas encore programmé. Je ne pense pas que ce soit dans les règles...

— Alors cessez de penser, mademoiselle Winter, a dit froidement Veego.

Un million de questions se sont bousculées dans ma tête. Qui étaient les membres de ce conseil d'administration ? D'une certaine façon, ils étaient les patrons de Veego et LaBerge, mais quel genre d'entreprise était la leur, qui envoyait des gens à la mort dans ces espèces de jeux du cirque ? Maintenant, je savais que Saint Dane avait quelque chose à voir avec tout ça. Qui d'autre pouvait savoir qui j'étais ?

Mais tout ça devrait attendre. D'abord, je devais survivre au nouveau tournoi que Veego avait concocté pour moi.

– C'est par là, challenger rouge, a dit LaBerge en désignant l'arène.

J'ai pensé m'enfuir, mais les deux dados qui sont apparus derrière moi m'en ont dissuadé. J'étais pris au piège. Je me suis levé et j'ai marché vers l'entrée de l'arène. Nevva Winter est restée là, les bras croisés. Ce qui allait se passer semblait lui déplaire tout autant qu'à moi. Bienvenue au club. Je ne savais pas si elle s'inquiétait pour moi ou si elle se demandait ce que penseraient ses chefs s'il m'arrivait quelque chose.

Je me suis arrêté juste devant elle et je lui ai demandé :

– Est-ce que vous pouvez arrêter tout ce cirque ?

Son regard se posait un peu partout, comme si elle refusait de croiser le mien.

– Je… Je suis désolée. Je ne voulais pas ça.

– Ben voyons, ai-je répondu. En tout cas, vous avez une dette envers moi.

Tant qu'à faire, je pouvais toujours lui refiler un petit complexe de culpabilité. Si elle n'était pas intervenue, je n'aurais pas eu à combattre des gens que je ne connaissais pas. Peut-être se sentait-elle déjà responsable. Auquel cas, ça pourrait m'être utile plus tard. S'il y avait un plus tard, bien sûr.

Tout en marchant, j'ai étiré discrètement mes muscles. Je ne savais pas ce qui m'attendait dans cette arène, mais je devais être prêt à tout. J'ai franchi un porche donnant sur ce qui ressemblait à une vaste salle de gym, plus grande que celle de Davis Gregory High. Elle devait faire l'équivalent de quatre terrains de basket. Le sol était recouvert de caoutchouc noir légèrement élastique. En levant les yeux, j'ai vu que le plafond s'élevait sur plusieurs étages. Tout en haut, il y avait une énorme structure qu'on devait probablement abaisser en temps voulu, comme dans une salle de gym normale. Sur un mur, j'ai vu un grand écran noir semblable à ceux qui ornaient les toits en ville. Sauf que cet écran-là ne montrait ni graphiques, ni images, mais une série de chiffres de couleurs brillantes classés par colonnes. Je ne savais pas ce qu'ils signifiaient, sauf les deux mots inscrits au-dessus des colonnes : CHALLENGER ROUGE.

– Qu'est-ce que c'est ? ai-je demandé à Veego.

– Ces colonnes décomptent les paris pris avant le match. Pour certains tournois, les challengers s'affrontent et tout le monde peut miser sur l'un d'entre eux. Au Tock, on peut parier sur la victoire ou la défaite de chaque candidat.

– Vous voulez dire que tous les spectateurs dehors vont parier sur ma victoire ? ai-je demandé, étonné.

– Non.

J'aimais mieux ça.

– La plupart parieront sur ta *défaite*.

Oh. Super.

Les trois autres challengers se tenaient au bord d'un grand cercle d'une trentaine de mètres de diamètre tracé sur le sol. Ils étaient disposés à distance égale les uns des autres, à cinq mètres du centre du cercle. Chacun se tenait sur un rectangle tracé lui aussi sur le sol, chacun était muni d'une de ces longues armes métalliques. À mi-chemin entre chaque challenger, il y avait un piédestal de la taille d'un homme, couronné d'un drapeau jaune et violet. Ces piédestaux et les challengers formaient un cercle à l'intérieur du cercle.

– Alors, comment joue-t-on à ce jeu ? ai-je demandé.

– C'est très simple ! a répondu LaBerge.

Il a sauté dans le ring des challengers. Au centre, il y avait encore un cercle d'un mètre environ, toujours tracé sur le sol. LaBerge est entré dedans.

– Tu pars d'ici, au milieu de l'arène. Lorsque le compte à rebours commence... (Il a regardé le mur opposé au panneau des paris, où se trouvait un autre écran plus petit. Comme par magie, le chiffre 120 y est apparu.) Tu as cent vingt clics pour ramasser les trois drapeaux et les ramener au centre. Rien de plus simple !

En guise de démonstration, il a couru vers l'un des piédestaux, puis s'est emparé d'un drapeau avant de retourner au centre.

Il avait raison. Rien de plus simple. Mais je doutais que ce soit si facile. Les trois challengers et leurs armes s'en assureraient. Ils n'étaient certainement pas là pour jouer les pom pom girls. Bleu, blanc et noir. Ils n'avaient rien d'exceptionnel, sinon qu'ils avaient l'air en forme. Tous de mon âge, peut être un peu plus. Mais pas un seul n'avait l'allure d'un guerrier façon Terminator. Bien. Peut-être le combat serait plus équilibré cette fois.

La seule chose étonnante était leur attitude. Tous trois se tenaient très raides, comme des soldats à la parade, et regardaient droit devant eux sans manifester la moindre émotion. Ils étaient parés pour la suite des opérations, quelle qu'elle soit.

— Et ces trois-là ? ai-je demandé.

LaBerge a levé la main en l'air.

— Ce sont les challengers qui font tout l'intérêt du jeu de Tock.

Ouais, je m'en doutais un peu.

Pendant que LaBerge restait là, une main en l'air, j'ai vu qu'on abaissait quelque chose du plafond. C'était trois grosses boules argentées suspendues à des cordes. Chacune était de la taille d'un ballon de plage et elles étaient reliées les unes aux autres. Lorsqu'elles furent à bonne hauteur, LaBerge a levé la main pour les détacher. Aussitôt, les boules se sont séparées. Les cordes qui les retenaient paraissaient arrimées au-dessus du rebord du cercle. Chacune des boules est partie vers l'un des challengers. Ils ont tous posé leurs matraques métalliques pour les attraper au vol.

— Ils feront tout pour t'en empêcher, bien sûr, a continué d'expliquer LaBerge. Ils te lanceront les Tocks pour te faire tomber. Je te préviens, elles sont lourdes. Si elles te frappent… ça fera mal.

Comme c'est étonnant.

— Et bien sûr, les autres challengers n'ont pas le droit de quitter leurs rectangles. Ça ne serait pas du jeu.

— En effet, ce serait trop facile, ai-je ajouté, sarcastique.

En regardant ce décor, j'ai eu une curieuse impression de déjà-vu. Ce jeu avait quelque chose de familier, mais impossible de savoir où je l'avais croisé. Je ne pouvais certainement pas être tombé sur un jeu comme ça en Seconde Terre, et pourtant l'impression m'est restée. Mais je ne me suis pas trop creusé la cervelle. J'avais autre chose à penser. Cela dit, me faire percuter par une grosse boule n'était pas la mort. Le pire qui pouvait m'arriver, c'était de me faire quelques bleus. Un peu comme de jouer à la balle au prisonnier chez nous, sauf que les boules seraient un peu plus dures et que j'avais intérêt à les éviter. Pas si terrible, non ?

LaBerge m'a aussitôt détrompé.

– Oh, encore une petite chose. Tu as tout intérêt à ne pas traîner. Parce qu'au bout de soixante clics…

Il a fait un signe de la main. Les trois challengers ont lâché leurs boules argentées et les ont laissées se balancer au bout de leurs cordes. J'ai entendu un bruit évoquant un couteau qu'on aiguise. Ou trois couteaux. Mon estomac s'est noué. Autour de chaque sphère était apparu un anneau qui la faisait ressembler à la planète Saturne. Il saillait sur six bons centimètres.

– Tranchant comme un rasoir, a dit LaBerge.

J'ai alors entendu un bourdonnement. Les lames se sont mises à tourner. Les Tocks s'étaient transformés en scies circulaires.

– Assez efficaces pour couper des membres… et d'autres parties du corps.

Oups.

– Une fois que les lames apparaissent, a continué LaBerge, les challengers se servent de leurs barres de métal pour diriger les Tocks. On ne veut pas qu'ils y laissent un bras. Ils ne sont que des exécutants : c'est de toi que dépend le jeu.

– Vous êtes vraiment malade, ai-je dit à LaBerge.

Il a gloussé.

– Les lames rendent le tournoi plus intéressant.

Intéressant ? J'aurais pu employer un autre mot. Ou plusieurs. LaBerge a fait un nouveau signe. Les lames ont cessé de tourner et se sont rétractées dans les sphères. Les trois challengers en ont pris une chacun et ont regagné leur poste. Je me suis demandé qui contrôlait tout cet appareillage. Sans doute des dados depuis un poste de contrôle.

– Et qu'est-ce qui se passera si j'arrive à éviter ces lames pendant le temps imparti, mais sans récupérer tous les drapeaux ?

Veego s'est dirigée vers moi et m'a répondu :

– Tu recommences tout. Sauf que la seconde fois, les lames seront enclenchées dès le départ. Tu continueras jusqu'à ce que tu aies ramassé tous les drapeaux… ou que tu aies perdu tout ton sang.

Je commençais vraiment à détester Quillan.

En regardant en arrière, j'ai vu Nevva Winter qui se tenait à l'entrée de cette arène infernale. Elle a haussé les épaules, impuissante. On aurait dit qu'elle était sincèrement désolée. Ce qui me faisait une belle jambe.

– Que le tournoi commence ! a crié Veego.

Elle s'est éclairci la gorge et s'est dirigée vers le centre du ring. LaBerge a remis le drapeau sur son piédestal et a rejoint son associée. Elle a fait un geste : la lumière s'est éteinte. On s'est retrouvé dans le noir absolu. Une musique tonitruante s'est échappée de haut-parleurs invisibles, le même genre de pulsation rythmique joyeuse que j'avais entendue avant le tournoi de Tato. Le spectacle commençait. Un peu plus tard, des lumières stroboscopiques multicolores ont balayé l'arène. Les autres challengers n'ont pas bougé. Ils regardaient toujours droit devant eux. Soixante clics. C'est le délai qu'on m'accordait pour ramasser les trois drapeaux avant que les lames ne sortent. Mais quel laps de temps durait un clic ? Une seconde ? Deux ? Une demi-seconde ? La seule certitude, c'est que, au bout de soixante, j'étais bon pour me faire découper en rondelles.

Un projecteur a éclairé Veego et LaBerge.

– Clic, clic, clic… a chanté LaBerge. Il est temps de faire son choix. Les yeux sur le temps, il faut serrer les dents, hardi et en avant !

Ses vers de mirliton commençaient à me taper sur le système.

– Bonsoir, citoyens de Rune et peuple de Quillan ! a annoncé Veego comme un bonimenteur de cirque. Ce soir, nous vous présentons un spectacle unique. Un nouveau challenger nous a rejoints et a demandé de pouvoir entrer aussitôt en lice.

Menteuse.

– LaBerge et moi-même ne demandons qu'à lui donner satisfaction et à vous présenter ce tournoi spécial ! Nous avons de grands espoirs pour ce challenger, bien qu'il n'ait pas encore fait ses preuves. Survivra-t-il aux périls du Tock ? Ou n'est-il qu'un autre imposteur qui tombera sous les lames ?

Rien à dire, elle savait vendre sa camelote. En l'occurrence moi.

– Bien sûr, il est risqué de parier sur un inconnu, mais si notre challenger réussit à ramasser tous les drapeaux, vous recevrez un coupon donnant droit à assez de provisions pour assurer votre subsistance *et* celle d'un autre citoyen de votre choix pendant quatre quads ! C'est une offre sans précédent !

Quoi ? Ces gens pariaient des *provisions ?* Et combien durait un quad ? Un jour ? Une semaine ? Une année ? Qu'importe, c'était la récompense qui comptait. Si les gens en étaient réduits à parier sur leurs moyens de subsistance, Quillan était tombée bien bas.

– Bien sûr, a ajouté LaBerge, rien ne vous oblige à parier sur une victoire totale. Vous pouvez penser que le challenger ne récupérera qu'un seul drapeau. Ou deux. Ou qu'il n'aura pas assez de temps et devra faire un second essai. Ou peut-être qu'il y laissera un bras ! Il y a bien des possibilités, mais faites vite vos jeux, car le tournoi va commencer !

C'était absurde.

– Pour la première fois dans la ville de Rune ou même sur Quillan, a repris LaBerge, nous vous présentons notre nouveau candidat. Va-t-il réussir ? Va-t-il échouer ? Va-t-il devenir l'un de nos plus grands champions ? Ou succomber avant que sa carrière ne commence vraiment ?

Bonnes questions.

– J'ai l'honneur de vous présenter, a repris Veego, le nouveau… *challenger rouge !*

Le volume de la musique est monté et un projecteur s'est posé sur moi. Je ne me suis pas protégé les yeux : j'aurais eu l'air idiot. Enfin, pourquoi m'en serais-je soucié ? C'était bizarre ; je ne voyais pas les caméras, mais j'étais sûr que les images étaient retransmises dans tout Quillan, comme le tournoi qui avait coûté la vie au Voyageur local. Ici, dans cette arène solitaire, il n'y avait pas de spectateurs. Ni d'acclamations. Juste de la musique.

Je me suis demandé si, en ce moment même, Saint Dane me regardait.

Je me suis lentement avancé dans l'arène, vers Veego et LaBerge. Les chiffres sur le panneau se sont mis à clignoter. On aurait dit un écran d'ordinateur où les nombres n'arrêtaient pas de monter et de descendre. Je n'avais pas la moindre idée de l'orientation que prenaient les paris. Les gens pensaient-ils que j'avais ma chance ? À vrai dire, je m'en fichais pas mal. Je ne luttais pas pour leur plaire, mais pour ma propre survie. Veego et LaBerge ont regardé les chiffres, puis ont froncé les sourcils et échangé un regard de connivence.

– Quoi ? ai-je demandé.

– Tu n'inspires pas confiance, a répondu Veego. Les pronostics sont à vingt contre un en ta défaveur.

Super. Tout le monde pensait que j'allais me faire tailler en pièces.

– Bonne chance, a dit Veego avant de s'en aller.

– Amuse-toi bien, a renchéri Laberge en me donnant une tape sur l'épaule.

M'amuser ? C'est ce qu'on dit avant une partie de basket, pas avant un rendez-vous avec trois guillotines. LaBerge a sauté hors du ring, me laissant seul. Les lumières ont continué de tournoyer et les projecteurs de balayer le sol. C'était horripilant. À chaque fois qu'un faisceau se posait sur moi, j'étais temporairement aveuglé.

– Quand s'arrêtent ces fichues lumières ? ai-je demandé.

– Jamais ! a répondu LaBerge. Ça fait partie du jeu !

Ben voyons. Qu'est-ce qu'on rigole !

Au-dessus de moi, les chiffres évoluaient sans cesse. Je ne savais pas dans combien de temps les paris seraient clos. J'ai pris le temps de regarder tout autour pour tenter d'établir une stratégie. J'ai alors eu une idée qui m'a semblé trop belle pour être vraie. Je me suis demandé si ces sphères arriveraient à passer au-delà du cercle. Elles n'iraient certainement pas bien loin. Et personne ne m'avait interdit de sortir du cercle, pas vrai ? Je n'avais qu'à courir hors de portée de ces satanées boules, puis retourner dans le cercle pour récupérer les drapeaux. C'était certainement trop facile.

En effet. À peine avais-je formulé ce plan que j'ai entendu un bourdonnement régulier. Le grand cercle dans lequel on se tenait n'était pas qu'une simple ligne sur le sol, mais le rebord d'une cage de métal ! Elle s'est élevée jusqu'à former un rideau métallique autour de nous. Je comprenais pourquoi ils n'avaient pas pris la peine de m'interdire de sortir du cercle !

– Vous me réservez encore d'autres surprises ? ai-je crié.

– Non, c'est à peu près tout, a répondu LaBerge avec un petit rire. Tu es prêt ?

– Non.

Les chiffres rouges sur le panneau se sont figés et ont clignoté.

– Les paris sont clos, a annoncé Veego. Le tournoi de Tock peut commencer !

Les clignements des lumières et des projecteurs se sont accélérés. J'ai regardé autour de moi pour tenter de localiser les autres challengers. Je les ai vus sur leurs rectangles, cramponnés à leurs pendules mortels, prêts à me matraquer.

LaBerge s'est mis à crier :

– Quatre… Trois… Deux… Un… Tock !

Une sirène a retenti. Le compte à rebours s'est égrené à partir du numéro 120. Impossible de dire combien de temps il me restait avant qu'il n'atteigne 60 et que je commence à souffrir. Ou à perdre des membres. J'ai plongé au sol dans la direction approximative d'un piédestal. J'ai fait un roulé-boulé, je me suis remis sur pieds, j'ai foncé vers le drapeau… et je me suis fait envoyer au diable. Une des boules m'a heurté de plein fouet. LaBerge avait été en deçà de la réalité. C'était plus que douloureux, c'était… brutal. Comme si un camion m'était rentré dedans. Le choc a été si violent que j'ai eu peur de m'être cassé une côte – ou pire. La sphère m'a projeté contre la cloison de la cage. Ce second choc a été aussi rude que lorsque la boule m'avait frappé. Heureusement qu'elle ne m'avait pas atteint en pleine tête.

Je suis resté allongé à la base de la cage métallique en tentant de reprendre mon souffle. Au moins, à cet endroit, les sphères métalliques ne pouvaient pas m'atteindre. C'était bien, mais le temps passait. Vite. Rester là ne m'avancerait à rien. J'ai vu que les trois challengers tenaient leurs sphères, prêts à me les balancer à la figure. Je me suis de nouveau élancé vers le piédestal le plus proche, mais un challenger astucieux a lancé sa sphère de façon à lui faire décrire un arc de cercle. Elle a contourné le piédestal au moment même où je me redressais pour prendre le drapeau. À cause des lumières, j'ai bien failli ne pas la voir, mais à la dernière seconde, j'ai senti une ombre qui se dirigeait vers ma tête et j'ai plongé au sol. J'ai senti le déplacement d'air alors que la sphère passait juste au-dessus de moi, me ratant de peu. Je me suis vite relevé, pensant avoir quelques secondes de répit. Je me trompais. Une seconde sphère venue d'une autre direction m'a frappé dans le dos, me renvoyant à terre. Je n'ai rien pu faire, sinon retourner à la base de la cage.

Le tournoi venait à peine de commencer, et j'avais déjà mal partout. Ces challengers étaient experts dans l'art de manier les pendules. Je n'avais pas la moindre chance. Un bref coup d'œil – le compte à rebours était déjà à 105. Il fallait que je trouve une idée, ou j'étais cuit.

C'est étonnant comme mon cerveau peut s'éclaircir instantanément dans des situations critiques. Ce n'était pas la première fois. Je ne sais pas si c'est un effet de l'adrénaline, de la peur, de l'afflux sanguin. Mais quand je suis sous pression, c'est là que je suis le plus lucide. Ça peut servir dans des situations comme celle-ci, où j'ai à peine le temps d'envisager différentes possibilités. Il faut y aller à l'instinct. Cette capacité m'a sauvé la vie plus d'une fois. J'ai regardé les challengers, l'horloge, l'arène tout entière. Et la solution m'est apparue. Je savais comment remporter ce jeu. Ou au moins quelle était ma seule chance de m'en tirer. J'aurais dû y penser plus tôt. Lorsque les lames jailliraient, ce serait trop tard. Pas le temps de m'interroger. Je devais me fier à mon instinct.

J'ai rampé vers un piédestal. Je savais qu'une des sphères partirait dans ma direction. Mais d'où viendrait-elle ? Cette fois, je ne me suis pas concentré sur le piédestal, mais sur les Tocks. Et j'ai bien vu une ombre filer vers moi. J'ai évalué sa vitesse et la direction d'où elle provenait. Tout serait dans le minutage. Au moment où la sphère allait me frapper, plutôt que de chercher à l'éviter, j'ai fait un pas en arrière… et je l'ai saisie à deux mains pour m'y cramponner. Elle était lourde et rapide. Elle m'a traîné sur le sol. Je devais en prendre le contrôle pour l'éloigner des autres joueurs. J'ai essayé de modifier sa trajectoire plutôt que de l'arrêter.

J'ai regardé le compte à rebours : 74… 73…

J'ai maîtrisé la sphère au moment même où une autre partait vers moi. Je l'ai évitée et j'ai cherché un autre drapeau. Je n'ai pas lâché ma sphère : j'ai couru avec elle et je me suis lancé en l'air comme sur une balançoire. La boule m'a projeté tout droit vers le drapeau. Je n'ai eu qu'à tendre la main pour l'attraper. Gagné ! J'en tenais un.

Le compte à rebours était à 70. Encore dix clics. Mon élan m'a fait dépasser le piédestal. Mes pieds ont touché le rebord de la cage de métal. J'ai plié les genoux tout en regardant où était le prochain drapeau et j'ai poussé un grand coup dans la direction de ma cible suivante. J'ai passé mes jambes de chaque côté de la corde et je me suis penché afin de contrôler sa trajectoire lorsque… *Clang !*

Une autre sphère a heurté la mienne par-derrière. J'en ai claqué des dents. Et j'ai bien failli tomber. J'ai réussi à rester à cheval dessus, mais j'étais loin des drapeaux. J'ai dû m'arrêter, descendre, viser et repartir en me cramponnant à la corde sans lâcher le premier drapeau. J'ai évité une autre sphère et je me suis élancé en avant. Tout en tenant la corde et le premier drapeau d'une main, mais l'autre s'est refermée sur mon second drapeau. 67… 66… 65…

Les autres challengers ont saisi leurs bâtons de métal pour ne pas être pris au dépourvu quand les lames jailliraient. J'ai dépassé le piédestal et je me suis retourné vers le dernier drapeau. Je me suis assis sur la sphère, laissant pendre mes jambes… À l'endroit précis où, dans quelques secondes, sortirait cette lame circulaire. Pourvu que LaBerge ne se soit pas trompé sur le délai. Si elles sortaient plus tôt…

J'ai atteint le bout de ma course et j'ai commencé à redescendre. Mais je n'allais pas dans la bonne direction. Et inutile de tenter d'infléchir ma course. Je n'avais pas non plus le temps de refaire un passage. 63… 62…

Je suis descendu vers le centre de l'arène. Les deux autres Tocks également. D'instinct, j'ai compris que les trois boules allaient se rentrer dedans et que je me retrouverais au milieu ! Tout ce que je pouvais faire, c'était éviter le choc. Quelques secondes avant la collision, je me suis laissé choir en arrière. Je suis tombé sur le sol et j'ai fait un roulé-boulé en direction du dernier drapeau... Enfin, je l'espérais. 60...

Juste avant que les sphères ne s'entrechoquent, j'ai entendu le sifflement perçant des lames. Les trois Tocks se sont rentrés dedans avec un grincement abominable, dans un jaillissement d'étincelles et de bouts de métal. J'ai vu un des challengers se baisser, effrayé. Des fragments des lames ont plu tout autour de moi. Ça ne m'arrêterait pas. J'ai roulé sur moi-même une fois de plus, mais j'ai mal estimé ma direction et heurté quelque chose de dur. *Ouille.* Cela dit, la douleur n'était pas cher payée, car je me suis aperçu que j'étais rentré dans le piédestal. J'ai bondi pour m'emparer du dernier drapeau et je suis reparti vers le centre du cercle. Les Tocks s'étaient dégagés. Les autres challengers n'avaient pas l'intention d'essayer de les rattraper, même avec leurs bâtons métalliques. Elles ont rebondi et sont parties dans toutes les directions en projetant des morceaux de lames. Je suis resté accroupi. Je n'étais pas parvenu jusque-là pour me faire écharper par un bout de métal.

Une fois arrivé, j'ai jeté les trois drapeaux dans le cercle. Aussitôt, une corne a beuglé et les lumières se sont rallumées. Les stroboscopes se sont éteints, la musique s'est tue. Le fracas des scies massacrées s'est arrêté et les Tocks sont remontées au plafond. Enfin, la cage de métal qui m'emprisonnait dans ce cercle infernal s'est rétractée dans le sol. C'était terminé. Je suis resté allongé au sol, épuisé, mais victorieux. Ou plutôt vivant. Ma joue était posée à terre juste à côté d'un gros morceau de lame qui s'y était planté. J'étais à bout, mais je pense que c'était dû à la retombée d'adrénaline plutôt qu'à la fatigue physique. Je ne sentais même pas mes bleus. Ça viendrait dès que je serais calmé. Je me suis levé sur un coude et j'ai regardé autour de moi. Il y avait des fragments de lames partout, et une des Tocks gisait sur le sol, sa corde tranchée net.

Le compte à rebours avait été remplacé par des lettres rouges disant VAINQUEUR : CHALLENGER ROUGE ! J'espérais que les quelques audacieux qui avaient parié sur moi seraient à l'abri du besoin pour un bout de temps. Au moins, ça donnerait une légère justification à cette histoire de fous. Les autres challengers n'avaient pas souffert, à part le blanc, qui avait une coupure au bras et perdait son sang. J'imagine qu'un fragment de lame devait l'avoir blessé. Il s'est levé et m'a regardé pour la première fois. Je m'attendais à croiser le regard glacial d'un adversaire désireux assoiffé de revanche. Eh bien non. Au contraire, il a hoché la tête. Un geste bien fugitif, mais qui sous-entendait qu'on était dans la même galère. Lorsque je me suis tourné vers les deux autres, ils ont fait de même. Jusque-là, ils m'étaient apparus comme des ennemis sans visages qui devaient me vaincre, c'est-à-dire, selon les règles de ce jeu, me tuer. Pour moi, ils n'étaient pas plus humains que des robots dados. À ce moment-là, j'ai compris qu'on était tous des challengers et, donc, logés à la même enseigne. Si ça se trouvait, ils n'avaient pas plus envie de se battre que moi.

À ma grande surprise, la première personne qui est venue vers moi a été Nevva Winter. Elle s'est précipitée dans le cercle et s'est agenouillée devant moi.

– Ça va ? a-t-elle demandé d'un air soucieux.

– Ça va. Mais ça ne vous libère pas de votre dette.

– Je m'en doute. Mais je savais que tu l'emporterais.

– Vraiment ? ai-je demandé. Pourquoi ?

Nevva Winter s'est assurée d'un coup d'œil furtif que Veego et LaBerge ne nous surveillaient pas. Ils étaient en train de discuter avec emportement de… qu'importe. Elle a passé sa main entre les boutons de son chemisier.

– Parce que je n'en attendais pas moins…

Elle a tiré un collier aux perles sombres passé autour de son cou, caché sous le tissu. Un anneau y était accroché.

– … du Voyageur en chef.

C'était un anneau de Voyageur.

Journal n° 25
(suite)

QUILLAN

Les événements se précipitaient un peu trop à mon goût. Je n'avais pas encore eu le temps de reprendre mon souffle après avoir manqué d'être découpé en rondelles, et voilà que Nevva Winter me montrait cet anneau. Là, ça m'a fait un tel choc que ma cervelle s'est embrouillée. Alors, quoi ? Elle l'avait pris sur le cadavre du challenger jaune après qu'il s'était fait tuer ? Probablement, sinon, où aurait-elle pu le trouver ? À moins qu'il soit bien à elle et qu'elle ait été son Acolyte. Ou alors c'était le challenger jaune, l'Acolyte, ce qui faisait d'elle la Voyageuse de Quillan ? Ou alors rien de tout ça. J'ai dit que je supportais bien la pression ? N'importe quoi. J'étais tellement scié que ma tête était vide.

Heureusement, Nevva avait plus de sang-froid que moi. Elle a regardé par-dessus son épaule et a vu que Veego et LaBerge se dirigeaient vers nous.

— Retrouve-moi plus tard à l'octogone, a-t-elle chuchoté.

— Au quoi ? ai-je demandé.

Je devais avoir l'air complètement paumé. Rien de plus normal : je l'étais.

— Félicitations ! a dit LaBerge. Tu es le premier challenger de toute l'histoire du Tock à avoir compris comment l'emporter. Et crois-moi, tu n'es pas le premier concurrent. Plus d'un a péri sous les lames. Bravo !

Il a tenté de m'aider à me relever, mais j'ai repoussé sa main. Veego nous a rejoints et m'a toisé, les bras croisés, son habituel petit sourire satisfait sur les lèvres.

– Qu'est-ce qu'il y a ? ai-je demandé, furieux. Ce n'était pas assez captivant à votre goût ?

– Oh ! non, a-t-elle répondu. Tu m'as impressionnée. Apparemment, tu as de l'entraînement. Il est rare qu'on tombe sur des challengers aussi… expérimentés.

– Super, ai-je dit, sarcastique. Voilà qui illumine ma journée.

Veego ne m'a pas quitté des yeux, mais c'est à Nevva qu'elle s'est adressée :

– Mademoiselle Winter, veuillez dire au conseil d'administration que j'entends accéder à leur désir d'augmenter les revenus ce quad. Et n'oubliez pas de les remercier pour nous avoir proposé un concurrent si doué. Le challenger rouge va bientôt devenir un membre influent de la famille Blok.

Blok. Encore ce nom.

– Merci, Veego, a poliment répondu Nevva. Je suis sûr qu'ils seront satisfaits d'apprendre que vous êtes si enthousiaste. (Elle a tendu la liasse de feuilles qu'elle lui avait déjà présentée.) Maintenant, si vous voulez bien parapher ce dossier, je le rangerai dans…

– Ne poussez pas trop loin, a rétorqué Veego, glaciale. À moins que vous ne teniez à tenter vous-même votre chance dans un tournoi de Tock.

Nevva s'est raidie, s'est éclaircie la gorge et a repris les papiers.

– Non, merci, a-t-elle dit très sérieusement. Je vais tout de suite faire mon rapport au conseil d'administration.

– Bonne idée, a répondu Veego qui avait l'air de s'en fiche complètement.

– Merci pour tout et pour… heu, la démonstration, a-t-elle ajouté.

– Tout le plaisir a été pour nous ! a dit LaBerge d'une voix de fausset.

Nevva Winter s'est alors tournée vers moi et m'a dit :

– Félicitations, challenger rouge. Je suivrai ta carrière avec beaucoup d'intérêt.

Elle m'a regardé droit dans les yeux et a légèrement écarquillé les paupières. Message reçu : on en discuterait plus tard. Elle s'est dirigée vers la sortie en se cramponnant à son dossier.

Croyez-moi, j'aurais bien voulu la suivre. N'importe où, du moment que je m'échappais de ce château où j'étais à la merci de deux psychopathes sadiques qui prenaient leur pied en inventant des jeux mortels. J'avais besoin de quelqu'un qui soit de mon côté. J'avais besoin d'aide.

– C'est bon, vous m'avez assez torturé ? ai-je demandé à Veego en tentant de lui faire comprendre ma fatigue. Si je dois concourir à un autre de vos jeux à la noix, autant me tuer tout de suite.

– On ne ferait jamais une chose pareille ! a dit joyeusement LaBerge – enfin, il semblait joyeux, c'est difficile à dire avec lui. Plus maintenant ! Ta valeur vient d'augmenter considérablement. Encore quelques tournois comme ça et tu pourras concourir au Grand X !

– Et c'est quoi, le Grand X ? ai-je demandé.

Peu importait si je passais pour un étranger. J'étais trop crevé pour faire autre chose que me coucher et me reposer.

Veego et LaBerge ont échangé un regard surpris. J'imagine que tout le monde savait ce qu'était un Grand X. Tout le monde sauf moi.

– Tu es fatigué, a dit LaBerge. Quatorze va te ramener à ta chambre.

– Non ! ai-je rétorqué. Je ne veux plus voir ces fichus clowns.

– Oh ! rien ne t'y oblige, a repris Veego. Comme nous te l'avons dit, pendant leur séjour chez nous, les challengers sont traités comme des coqs en pâte. Maintenant que tu as démontré ta valeur, tu auras droit à des appartements plus appropriés.

– Mais *j'adore* la chambre des clowns ! a fait LaBerge d'un ton peiné.

– Alors vous n'avez qu'à y dormir.

J'ai vu Quatorze à l'entrée de l'arène. Sans un mot de plus, j'ai tourné les talons et me suis dirigé vers le dado.

– Tu es sûr que tu es Quatorze ? ai-je demandé. Tu ne serais pas Treize, histoire de me faire devenir chèvre ?

Quatorze n'a pas souri. Les robots ont rarement le sens de l'humour.

– Viens, R2D2 ! ai-je dit. Sortons de ce trou.

Je l'ai dépassé pour retourner dans la salle de banquet.

– Repose-toi ! a crié LaBerge. Demain sera un grand jour ! Le plus beau de ta vie !

Je l'ai ignoré. En passant devant la table de banquet, j'ai ramassé une poignée de ces tribbuns. Je ne savais pas quand j'aurais une autre occasion de manger quelque chose. Je les ai avalés. Quatorze m'a rattrapé et m'a guidé dans ce dédale qu'était le château. Par les fenêtres, j'ai vu que la nuit était tombée. Bien. Il fallait vraiment que je dorme. On a monté les escaliers menant au second étage, et heureusement j'ai constaté qu'on n'empruntait pas le couloir menant à la chambre des clowns.

– Ce n'est pas là où on loge les challengers ? ai-je demandé.

Quatorze s'est adressé à moi d'une voix monocorde, même si elle n'était pas aussi grave ni aussi rocailleuse que celle des dados. Quatorze faisait plus humain.

– Seulement à leur arrivée, a-t-il répondu. Quand leur valeur grimpe, ils ont droit à des logements plus confortables.

Je me réfère à Quatorze au masculin. Un robot a-t-il un sexe ? Il avait l'apparence d'un homme, mais c'était une machine. Enfin, la question ne me tourmentait pas suffisamment pour que je vérifie s'il avait l'équipement requis. Machine ou pas, ça ne se fait pas.

– Et le challenger jaune ? ai-je demandé. Tu l'as connu ?

– Oui, a répondu Quatorze.

– Qu'est-ce qui s'est passé ?

J'espérais qu'il me donnerait un indice qui me permettrait de déduire pourquoi on avait été choisis, lui et moi. Ça me rapprocherait de Saint Dane.

– Comment ça ? a répondu Quatorze.

– Comment est-il arrivé ici ? Pour devenir challenger, je veux dire.

– Je ne suis pas impliqué dans le processus de sélection des challengers. Je suppose qu'il est arrivé ici de la même façon que les autres.

– Et comment ça se passe ? Il a reçu une invitation ?

– Je ne comprends pas cette question. Une invitation implique un choix. Or les challengers ne sont pas là de leur propre gré. Je doute que qui que ce soit accepte une invitation à participer aux jeux.

Sauf moi, bien sûr. Mais je n'ai pas ressenti le besoin de le lui expliquer.

— Pas un seul challenger n'a postulé pour le devenir ? ai-je demandé. Pourtant, LaBerge et Veego ont dit que c'était un mode de vie plutôt agréable, mieux qu'à l'extérieur.

Quatorze m'a regardé d'un œil rond. En même temps, ce devait être le seul qu'il ait à sa disposition...

— Je ne suis qu'un dado, a-t-il répondu, je n'ai pas les mêmes préoccupations que vous. Toutefois je doute qu'un citoyen puisse choisir de venir ici de son plein gré, quels que soient les avantages, sachant qu'il faudra en payer le prix.

— Je sais que c'est dangereux. Mais certains s'en tirent bien, non ? Enfin, il doit y avoir des champions qui participent pendant un temps, puis finissent par prendre leur retraite, non ?

Quatorze s'est arrêté de marcher. Ça devait être sa façon de montrer son désarroi, à la mode dado.

— Je crains de devoir vous informer que les challengers n'ont aucune chance de survivre. Tôt ou tard, ils finissent par y laisser la vie. Tous. La seule question est de savoir pendant combien de temps ils peuvent éviter l'issue fatale. Voilà votre chambre.

Il s'est arrêté devant une porte où était déjà installé l'écriteau CHALLENGER ROUGE. Je suis resté là, le temps de digérer sa dernière remarque.

— Ils sont tous morts ? ai-je fini par demander. Sans exception ?

Quatorze n'a pas répondu. C'était inutile.

— Bonne nuit, challenger rouge, a-t-il dit. J'espère que vous pourrez vous reposer.

Me reposer ? Après avoir appris que j'étais condamné à mort ? Compte là-dessus.

— Ah, au fait, tu sais où se trouve l'octogone ? ai-je demandé.

— Oui. C'est un petit jardin de l'autre côté de la cour devant l'entrée du château.

Ça, au moins, c'était facile !

— Merci. Bonne nuit.

Je m'apprêtais à ouvrir la porte quand...

— Remudi, a déclaré Quatorze.

— Pardon ? ai-je répondu, croyant avoir mal compris.

– Remudi. Je crois que c'est le nom qu'ils ont donné au challenger jaune.

Remudi. Ce nom ne me disait à la fois rien… et tout.

– Il avait tout d'un combattant valeureux, a-t-il repris. Pourtant, il était d'une gentillesse inattendue. C'est plus qu'on ne peut en dire de la majorité des challengers.

J'ai acquiescé. Je comprenais ce qu'il voulait dire. Plus d'un Voyageur correspondait parfaitement à cette description.

– Remudi, ai-je répété à voix haute.

Maintenant, je pouvais mettre un nom sur ce visage.

– On me donne rarement le vrai nom des challengers, a ajouté Quatorze. On nous ordonne de les appeler exclusivement par leur titre. Mais lui avait quelque chose de différent. Un peu comme… vous.

Ce robot avait senti cela ? Il pouvait reconnaître les Voyageurs ? Je commençais à croire que ce dado-là avait des sentiments. Était-ce possible ? Les robots ne sont-ils pas censés être des machines sans âme ? Comme des grille-pain ambulants ? C'est comme ça dans les romans de science-fiction. Mais je ne pouvais pas en être sûr puisque, avant de venir ici, je n'avais jamais vu de robot en vrai.

– Tu aimais bien Remudi ? ai-je demandé.

– Aimer est un sentiment qui m'est étranger, même si je sais ce que signifie ce terme. Je regrette sa mort.

– Qu'a-t-on fait de son corps ?

– Il a été incinéré et ses cendres répandues au vent. On procède toujours ainsi.

J'ai acquiescé à nouveau. Encore un Voyageur réduit en cendres.

– Si vous avez besoin de quoi que ce soit, a-t-il ajouté, il suffit d'appuyer sur le bouton à côté de la porte. Je suis à votre disposition et je ferai tout pour rendre votre séjour le plus agréable possible. Voulez-vous que je vous amène à manger, à boire ?

– Non, merci, ai-je répondu. Tout ce dont j'ai besoin, c'est de dormir.

– Très bien. Bonne nuit, challenger rouge.

– Pendragon, ai-je dit. Je m'appelle Pendragon.

– Pendragon, a répété Quatorze comme s'il savourait ce mot, puis il s'en est allé.

J'allais entrer dans la chambre quand je me suis figé pour regarder autour de moi. Le couloir était large avec de grandes fenêtres donnant sur le ciel étoilé. D'épais tapis recouvraient le sol sur toute la longueur du vestibule, et des sculptures et des lampes ornementées étaient accrochées aux murs. C'était bizarre. J'étais un prisonnier. Et si je prenais le même chemin que les autres challengers, j'y laisserais la vie. Cet endroit avait beau ressembler à un hôtel de luxe, en réalité c'était un quartier pour condamnés à mort. Pourtant, ma porte n'était même pas verrouillée. Or, si j'avais essayé de fuir de ce château, je me serais probablement retrouvé avec un bataillon de dados aux trousses. Cela dit, je pouvais aller et venir à ma guise – du moment que je restais dans l'enceinte de cette prison dorée. Même si tout ce que je voulais c'était m'effondrer sur mon lit et dormir une bonne semaine, je n'étais pas là pour être un bon petit challenger et bien me reposer afin d'être en forme pour mon prochain spectacle. Je devais débusquer Saint Dane. Et, pour ça, je devais retrouver Nevva Winter.

J'ai regardé Quatorze arpenter ce long couloir et disparaître au premier tournant. En fait, j'aimais bien ce type, tout robot qu'il était. Surtout à cause de ce qu'il avait dit sur ce Voyageur nommé Remudi. Mais aussi parce qu'il m'avait traité comme une personne et pas comme un numéro. Cependant, il travaillait pour Veego et LaBerge. Ma confiance avait des limites.

Je suis parti dans la direction opposée. Mon but était d'atteindre la cour sans tomber sur un des dados. Ou un des sbires de Veego et LaBerge. J'ai parcouru en silence le couloir mal éclairé, tous mes sens aux aguets.

J'ai tourné un angle pour passer dans un autre couloir lorsque j'ai entendu un bruit dans le lointain. Je me suis arrêté pour écouter et j'ai réalisé que c'était les échos d'une grande fête. Même si le son était étouffé, c'était sans aucun doute de la musique, accompagnée d'un brouhaha de voix. Des gens parlaient et riaient fort. Bon, ça n'avait rien d'extraordinaire en soi, mais dans cette espèce de château de fous, il était difficile d'imaginer qu'on puisse donner une soirée quelconque. Je me suis orienté en direction des bruits. Ils se sont amplifiés. C'était bien une fête. LaBerge devait être en train de faire l'andouille, ce qui lui ressemblait plutôt. Je préférais ne pas savoir avec qui il célébrait ma victoire. Des clowns, probablement. Qui d'autre pouvait perdre son temps avec ce bouffon ? Cette idée m'a donné la chair de poule.

Je me suis approché d'une grande porte et j'ai jeté un coup d'œil prudent à l'intérieur. Heureusement, ce n'était pas LaBerge et une meute de clowns, mais toute une assemblée bruyante de… challengers. Ils étaient dans une salle de banquet, avec de grandes tables en bois et des chaises bien rembourrées. Il y avait des plantes, des tableaux et des lampes baignant la pièce d'une lumière agréable. Les tables débordaient de nourriture et de boissons. Un vrai festin ! Un peu partout, des serviteurs dados s'empressaient d'apporter des plats fumants et de remplacer les pichets. Ils étaient tous des sosies de Quatorze. Ils auraient quand même pu leur faire porter des numéros, histoire qu'on puisse les différencier !

Mais tout ce que je viens de décrire n'était rien à côté des challengers eux-mêmes. Ils étaient une vingtaine, tous jeunes, tous athlétiques. Et il y avait autant de filles que de garçons. J'ai su qu'ils étaient des challengers parce qu'ils portaient tous leurs maillots rayés. Plusieurs d'entre eux les avaient retirés, dévoilant des tee-shirts de la même couleur. Ils riaient entre eux, se racontaient des histoires, se donnaient des claques dans le dos, parlaient trop fort et semblaient bien s'amuser. L'un d'entre eux a pris un gobelet et l'a vidé sur la tête d'un autre type. Tout le monde a éclaté de rire et poussé de grands cris, comme lors d'un bizutage.

La musique était assurée par un groupe installé dans un coin. Il était composé d'autres clones de Quatorze. Des dados. Ils jouaient un drôle d'air ressemblant à du rock, mais avec des séquences répétitives assez envoûtantes. Ils jouaient debout comme n'importe quel groupe, mais on aurait dit qu'ils utilisaient des ordinateurs et des claviers électroniques. Même la batterie était synthétique. Ces types étaient doués. Ils imposaient un rythme d'enfer des plus dansant. C'était peut-être des robots, mais ils savaient chauffer une salle ! Et effectivement, certains dansaient. Il n'y avait pas de véritables couples, uniquement des corps en sueur qui se défoulaient. Ils s'éclataient vraiment.

D'abord, je n'ai pas compris. Comment ces types pouvaient-ils faire la fête comme des étudiants en goguette dans une situation si désespérée ? J'ai même reconnu les trois qui avaient essayé de me décapiter dans cet horrible tournoi de Tock. Ils dansaient et criaient comme les autres. Seules les taches de sang sur la manche du challenger blanc révélaient qu'ils n'étaient pas des ados comme les autres.

L'un des fêtards a sauté sur la table, a levé son gobelet et a crié :
— À la santé de M. Pop !

Tout le monde l'a acclamé en levant également son verre pour porter un toast. Ils se sont mis à scander « Pop, Pop, Pop, Pop... » en tapant dans leurs mains ou sur les tables. Ça s'est fini dans des cris de joie et la fête est repartie de plus belle.

Qui était M. Pop ? Pour les challengers, une espèce de héros, apparemment. Était-il challenger lui-même ? Non, puisqu'il n'était pas là, mais en train de se cacher quelque part en ville. Ceux qui m'avaient sauvé des policiers dados tentaient de le protéger. La perspective que je puisse avoir mené les policiers à sa cachette les avait terrifiés. En tout cas, il était aidé par des gens qui n'étaient pas du côté des dados, et donc pas de celui de Veego et LaBerge. Ni de ce mystérieux Blok dirigé par un conseil d'administration. Vous n'y comprenez rien ? Pour être franc, moi non plus. Pourvu que Nevva Winter puisse éclairer ma lanterne... une fois qu'elle m'aurait expliqué ce qu'elle-même venait faire dans tout ça. Eh ben...

Plus je regardais les fêtards, plus je commençais à les comprendre. Ils étaient condamnés à mort. Aucun d'entre eux ne pouvait dire combien de temps il lui restait à vivre. D'après moi, ils avaient besoin d'oublier ça un moment et de profiter du peu de temps qui leur restait. On aurait dit qu'ils fêtaient une victoire quelconque. Peut-être le fait que trois challengers étaient revenus en un seul morceau du tournoi de Tock. Quatre, avec moi. D'un autre côté, ils ne semblaient pas pleurer la mort du challenger jaune, Remudi. Peut-être parce qu'il n'était pas resté assez long-temps pour qu'ils puissent mieux le connaître. Ou peut-être étaient-ils si habitués à côtoyer la mort qu'ils ne portaient plus le deuil.

Veego et LaBerge avaient dit que les challengers étaient traités comme des coqs en pâte. À en juger par cette fête, on leur lais-sait des occasions de s'amuser. Ces gens profitaient à fond de la vie parce qu'ils ignoraient combien de temps il leur restait.

Je n'étais pas d'humeur à faire la fête. J'avais autre chose en tête. J'allais m'en aller lorsqu'un détail a attiré mon attention. Un challenger solitaire était assis à une table. Il ne dansait pas, il ne riait pas. Il restait assis là… et il me regardait. C'était le seul dans toute la salle à avoir remarqué ma présence.

J'en ai eu le souffle coupé. Pourquoi avais-je l'impression de le connaître ? J'ai mis une seconde à peine à m'en rappeler. Le challenger vert. Le champion. Le briseur de records. Celui qui avait tué Remudi. Sans arrêter de me dévisager, il a levé son gobelet comme pour me porter un toast. Alors j'ai tout compris. Le piège se refermait sur moi. Si ce Grand X était aussi important qu'ils le disaient, leur champion y participerait forcément. Et je devrais affronter le challenger vert. Or c'était le méga-champion de la mort, celui que personne n'avait réussi à battre. Face à lui, je n'avais pas l'ombre d'une chance.

J'aurais dû être transi de frousse, mais curieusement ça m'a plutôt fait l'effet inverse. En quelque sorte, ça m'a même redonné la pêche. J'avais envie de me colleter avec celui qui avait tué un Voyageur, d'avoir une occasion de le venger. Je l'ai salué. Il a bu à même son gobelet, et j'ai continué mon chemin. Je savais qu'on se retrouverait.

Alors que je descendais prudemment vers la cour, j'ai constaté que le château était étrangement désert. Dès que je me suis éloigné de la fête, un silence presque surnaturel est retombé. Je me suis demandé où étaient les quartiers de Veego et LaBerge, mais je n'avais pas envie de les chercher. J'avais déjà assez de mal à me frayer un chemin dans les couloirs tortueux et les nombreux croisements pour gagner la cour. J'avançais lente-ment, puisque je ne voulais pas me faire prendre. Trouver Nevva était trop important. Je suis resté dans l'ombre en progressant le plus silencieusement possible.

Finalement, après vingt minutes à errer au hasard, j'ai trouvé la porte de service donnant sur la cour. Là, ça devenait chaud. J'ai regardé au-dehors pour voir la grande porte, celle par laquelle j'étais entré dans le château. En regardant droit devant, j'ai remarqué une grande arche qui débouchait sur un petit jardin. D'après Quatorze, c'était l'octogone. Le plus dur serait de traverser ce vaste espace dégagé sans me faire repérer. Je me suis collé contre un mur et j'ai couru le plus vite possible. Je ne sais pas pourquoi, mais j'ai retenu mon souffle. Comme si ça me rendait invisible ! Sur le moment, ça m'a semblé approprié. Trente secondes plus tard, je passais sous l'arche pour entrer dans l'octogone.

C'était un joli jardin entouré, comme son nom l'indiquait, par un mur à huit côtés. Trois d'entre eux étaient adjacents aux parois du château. Les autres étaient perpendiculaires à la façade et trop hauts pour qu'on puisse les escalader. Cette enceinte devait faire une trentaine de mètres… Bien assez pour pouvoir se cacher au milieu des arbres et des buissons. Il y avait beaucoup de fleurs, un ruisseau, des arbustes et des bancs de pierre. Le genre d'endroits où on pourrait croiser des personnes âgées qui donnent à manger aux pigeons. Le ciel était chargé d'étoiles si brillantes qu'on y voyait presque comme en plein jour. Je me suis brièvement demandé si l'une d'entre elles était la Seconde Terre. Soudain, j'ai eu un accès de mal du pays. Je me suis vite repris. Ce n'était pas le moment de pleurer sur mon sort.

Nevva m'avait dit de l'y retrouver « plus tard ». Qu'est-ce que ça signifiait ? Une heure ? Trois heures ? Un quad ? Un clic ? J'ai trouvé un petit banc niché entre deux buissons en fleur et je m'y suis assis sans trop savoir combien de temps je devrais l'attendre.

– Bonsoir, Pendragon, a fait une voix. Merci d'être venu si vite.

Je me suis retourné d'un bond. Nevva était là, derrière le banc. Ouf ! Il semblerait que « plus tard » signifie « tout de suite ». Tant mieux. J'étais trop crevé pour passer des heures sur ce banc.

– Je ne peux pas m'attarder, a-t-elle dit. Je ne saurais pas comment expliquer mon absence à Veego et LaBerge.

Nevva donnait l'impression d'être quelqu'un d'efficace mais un peu strict. Ça ne m'étonnerait pas qu'elle fasse des listes de choses à faire. Je n'ai jamais été comme ça. Je suis plutôt du genre à m'en sortir comme je peux.

– Tu es bien tel que t'avait décrit Press, a-t-elle dit.

– Vous avez connu mon oncle ? ai-je demandé.

Même maintenant, ça m'étonnait encore de voir à quel point Press avait parcouru les territoires en long et en large avant même que j'apprenne que j'étais un Voyageur. Comme il me manquait !

– Bien sûr, a répondu Nevva. Il y a longtemps, il est venu sur Quillan pour me révéler ma vraie destinée. Et me donner ceci.

Elle a tiré l'anneau accroché à son collier. Elle s'exprimait de façon claire et concise. Elle semblait parfaitement au courant de tout ce qui se tramait. Pour ma part, j'étais complètement largué.

– Votre vraie destinée, ai-je répété. C'est quoi, votre vraie destinée ? Qui êtes-vous ?

– Je suis la Voyageuse de Quillan, bien sûr.

On aurait dit qu'elle se demandait pourquoi je ne l'avais pas compris tout de suite.

Je l'ai regardée un long moment. Je crois que mon cerveau s'est figé une fois de plus. Nevva était la Voyageuse de Quillan. Alors qui était Remudi ? J'espérais qu'elle me fournirait des réponses, mais tout ce que j'en tirais, c'était de nouvelles questions.

– J'ai reçu des journaux des Acolytes de tout Halla, a-t-elle continué, racontant tes batailles contre Saint Dane.

– Les Acolytes vous envoient des journaux ? ai-je dit, tentant de trouver une signification à tout ça.

– Oh, oui ! La plupart partagent leurs informations, bien que je n'aie encore jamais eu de nouvelles des tiens, Mark Dimond et Courtney Chetwynde.

– Je pense qu'ils ne savent pas qu'ils doivent vous écrire, ai-je précisé.

Est-ce que vous rédigez vos propres journaux, les amis ? Est-ce que vous communiquez avec les autres Acolytes ? Je n'en ai pas la moindre idée.

– Moi-même, je n'en ai pas encore choisi un, a-t-elle repris. Je n'ai pas encore eu le temps, tout simplement. D'ailleurs, je m'en passerai peut-être. Je suis plus efficace toute seule.

– Hé là, un instant, ai-je dit. Si vous êtes la Voyageuse de Quillan, Remudi devait être votre Acolyte ! Il avait son propre anneau, non ?

Nevva a froncé les sourcils.

– Ça n'aurait jamais dû se produire. J'ai tenté de le persuader de ne pas entrer dans la compétition, mais je n'ai aucun pouvoir de décision. Tu as vu comment me traitent Veego et LaBerge. Je ne suis que l'assistante du conseil d'administration. Remudi était un soldat doué et courageux, mais il n'était pas prêt. Ça me brise le cœur de penser qu'on a encore perdu un Voyageur. Peut-être que s'il avait eu un peu plus de temps…

– Quoi ? ai-je crié. Vous venez de me dire que *vous* êtes la Voyageuse de Quillan ! Remudi l'était avant vous ?

– Mais non, a rétorqué Nevva.

Son humeur s'est aussitôt adoucie. Je crois qu'elle venait enfin de se rendre compte que je ne comprenais pas grand-chose à tout ça.

– Je suis désolée. Je croyais que tu savais.

– Que je savais *quoi* ? ai-je insisté.

– Que Remudi était le Voyageur d'Ibara, a-t-elle répondu.

Pour la troisième fois de la journée, j'ai dévisagé Nevva Winter comme si mon cerveau venait de partir en vacances sans laisser d'adresse. J'étais loin de m'attendre à ce qu'elle venait de me révéler.

– Ibara ? ai-je coassé. C'est encore un autre territoire ?

– Bien sûr ! a répondu Nevva surprise, comme si j'avais demandé : « L'Angleterre ? C'est un pays ? »

– Comment un Voyageur venu d'un autre territoire a pu échouer sur Quillan ? Non : comment un Voyageur venu d'un autre territoire a pu venir *se faire tuer* sur Quillan ?

Avant que Nevva ait pu répondre, j'ai entendu une voiture qui entrait dans la cour. Elle m'a pris le bras et m'a entraîné dans les buissons.

– Remudi n'est pas le plus important, a-t-elle chuchoté. J'ai tant de choses à te raconter ! Il faut que tu constates la situation par toi-même le plus vite possible.

Oh. Bien.

– Qui est M. Pop ? ai-je demandé, désireux de loger un maximum de questions en un minimum de temps. Qui sont les membres du conseil d'administration ? Et qu'est-ce que ce Blok ?

J'ai entendu des voix en provenance de la cour. On aurait dit Veego, qui aboyait des ordres.

– Demain, a-t-elle dit. Tu sauras tout demain. C'est pour te donner ça que je devais te voir ce soir même.

Elle m'a tendu un petit clip argenté ressemblant à une grosse agrafe.

– Et c'est... ?

– Une diode de blocage. Garde-la sur toi, mais n'en parle à personne et ne la montre pas. Ne la sors que si tu ne peux pas faire autrement. Tu ne peux t'en servir qu'une fois. Après, ils sauront que tu l'as.

– Heu... Bon, ai-je dit, peu convaincu. Mais je m'en sortirais mieux si je savais à quoi ça sert.

– Il te suffit de l'accrocher à ta boucle, a-t-elle dit. Ça bloque le signal. Ils ne pourront plus te retrouver.

Oh. Super.

– Mieux vaut retirer la boucle dès maintenant, ai-je dit.

– Non ! Ils le sauront.

– Comment ça se fait que vous n'en ayez pas ?

– Parce que je ne parie pas. Et que je ne suis pas un challenger.

J'ai entendu des voix de dados. Il en venait d'autres.

– Il faut que j'y aille, a insisté Nevva. Ne la perds pas, elle peut te sauver la vie.

Elle n'avait pas à me le dire deux fois. Elle allait s'en aller, mais je l'ai retenue par le bras.

– Vous ne pouvez pas me laisser comme ça ! Je dois savoir ce qui se passe ! Un Voyageur est mort !

– Tout t'expliquer prendrait trop de temps, mais ne t'inquiète pas, ça viendra. Et si je me fais prendre, un second Voyageur mourra.

Que voulez-vous répondre à ça ?

– Bon, d'accord, ai-je conclu. J'espère ne pas me faire tuer avant.

– Ne t'inquiète pas, a-t-elle répondu. Fais ce qu'ils te demandent et tout ira bien.

Nevva allait repartir lorsque j'ai ajouté :

– Attendez ! Il y a une chose que vous devez me dire. Est-ce que vous avez trouvé Saint Dane ? Pourquoi a-t-il laissé cette tenue de challenger près du flume ?

– Ce n'est pas lui, mais moi, a-t-elle répondu.

Sur ce, elle a disparu dans la nuit.

Journal n° 25
(suite)

QUILLAN

Je sais que je l'ai déjà dit, mais je ne me suis jamais senti si seul. Un des nôtres était mort avant même que j'aie eu l'occasion de le rencontrer. Je ne connaissais pas le territoire d'Ibara, mais il n'avait plus de Voyageur. À moins, bien sûr, que quelqu'un d'autre ait pris sa place, mais je ne pouvais pas le savoir. D'ailleurs, je ne pouvais pas m'en soucier, parce que j'étais déjà bien assez occupé comme ça sur Quillan. Or la seule personne qui puisse m'aider, en l'occurrence Nevva Winter, était hors de ma portée, puisque j'étais coincé dans ce château démentiel et obligé de participer à des jeux mortels.

Pire encore, c'est Nevva qui m'avait embringué dans ces mêmes jeux en me laissant des vêtements de challenger au flume. Pourquoi avait-elle fait ça ? Depuis le début, je croyais que c'était un coup de Saint Dane, puisqu'il aimait bien me voir me faire taper dessus. Mais un autre Voyageur ? Elle était censée être de mon côté ! Pourquoi m'avoir fourré dans ce pétrin ? Était-elle vraiment si bête ? Non, certainement pas. Nevva Winter paraissait très intelligente. Et efficace. Elle n'aurait jamais commis une telle erreur. Il y avait autre chose. D'après elle, c'était le lendemain que je recevrais les réponses à mes questions. Pourquoi pas, sauf que j'allais vite constater qu'il y avait un problème.

Parce que le lendemain, elle n'est pas venue. Ni le surlendemain. J'ai attendu qu'elle me sorte de cet enfer, en vain. Que pouvait-elle bien faire ? Que s'était-il passé ? Ça me rendait dingue. Je n'en savais pas plus sur Quillan qu'au jour de mon arrivée, et la seule personne qui pouvait m'éclairer m'avait abandonné.

Au moins, je peux dire que mon attente n'avait rien de pénible. Veego et LaBerge ne s'étaient pas moqués de moi : j'étais réellement traité comme un coq en pâte. Les repas étaient délicieux, ma nouvelle chambre était grande, confortable et dépourvue de clowns ; j'avais toutes les ressources du château à ma disposition et même un serviteur, Quatorze. Il était toujours là pour m'offrir tout ce que je voulais. À part ma liberté, bien sûr. On peut imaginer pire, pas vrai ?

Eh bien, non. C'était l'horreur. À tout moment, on pouvait venir me chercher pour me balancer dans un autre de ces jeux démentiels. À chaque fois que je tournais dans un couloir ou que je passais une porte, je craignais de devoir à nouveau risquer ma peau.

Pas vraiment l'idéal. Je comprenais de mieux en mieux la fête des challengers à laquelle j'avais assisté. Ils se défoulaient un peu parce qu'on en avait bien besoin. C'était comme se retrouver dans le couloir des condamnés à mort, sans savoir quand le bourreau viendrait vous chercher.

J'imagine que ça n'aurait pas dû me faire un tel effet. Par bien des aspects, c'est ce qu'est devenue l'histoire de ma vie ces trois dernières années. Depuis que j'étais parti de chez moi avec l'oncle Press, j'avais vécu dans l'idée que chaque seconde pouvait être ma dernière. En général, je suis si occupé que je n'ai pas le temps d'y penser, ce qui est bien. Sinon, il y a longtemps que j'aurais pété un plomb. Mais rester dans ce château, à m'ennuyer comme un rat mort en me demandant où était Nevva, sans rien à faire sinon attendre qu'il se passe quelque chose... Ça me rendait dingue. La peur et l'ennui ne vont pas particulièrement bien ensemble. Quand on s'ennuie, l'esprit a tendance à vagabonder. J'ai fini par m'inquiéter de choses auxquelles je ne pense pas en général. Bien sûr, la question numéro un restait : qu'est-ce que je fais là ? Et pas seulement sur Quillan. Je parle de toute cette histoire de Voyageurs. Pourquoi moi ? Pourquoi étais-je l'heureux élu au poste de Voyageur en chef, celui qui devait se colleter avec Saint Dane ? Je n'en suis pas vraiment fier, mais ces derniers temps, à chaque fois que j'y pense, ça me met en colère. J'étais déjà largué, frustré et effrayé, mais maintenant, en plus, je suis furieux. Le pire, c'est que je ne sais pas contre qui ou quoi diriger cette colère. Qui m'a fourré dans ce pétrin ? L'oncle Press ? C'est lui qui m'a mis sur les rails pour que mon voyage puisse commencer, mais est-ce lui qui m'a choisi pour être le Voyageur en chef ? Ou bien ne faisait-il qu'obéir à des ordres ? C'est bien ça la grande question. Qui a déclenché tout ça ? D'après Gunny, il y a une sorte de Big Boss qui nous a choisis et tire les ficelles. C'est bien possible, mais je ne sais ni qui il est, ni comment il peut y parvenir.

Et si je décidais de jeter l'éponge ? J'ai toujours cette possibilité. Il me suffirait de sauter dans le flume, de retourner chez nous en Seconde Terre et de ne plus jamais regarder en arrière. Je pourrais repartir de zéro. Entamer une nouvelle vie. J'en ai assez appris pour pouvoir me rebâtir une identité. Mais que se passerait-il ? Si je suis aussi important que tout le monde semble le croire, ça pourrait obliger cette main invisible à se montrer et prendre mes questions au sérieux. C'est une éventualité que j'ai examinée sérieusement. Je commence à croire qu'il est temps d'arrêter de faire ce qu'on me demande sans discuter et de taper du poing sur la table.

Plus j'y pense, plus je me monte la tête, et plus j'ai du mal à me calmer et à me concentrer sur l'instant présent. Tout ce que je peux faire, c'est ne pas me laisser affecter. La colère ne sert à rien. C'est une émotion trop négative. Je dois oublier mes doutes, maintenant et à jamais. C'est ce qui est écrit, que ça me plaise ou pas.

Bref, afin de m'occuper en attendant Nevva, j'ai fait pas mal de sport. C'est une bonne façon de dépenser un peu d'énergie… et de se défouler. J'allais courir dans la grande forêt entourant le château. Parfois, je suis même allé jusqu'au mur entourant la propriété. Mais si je m'en approchais d'un peu trop près, deux brutes dados sortaient de nulle part et me dévisageaient comme pour dire : « Ne te fais pas d'illusions, le rouge. »

En plus, il y avait une belle salle de gym dans le château. J'ai pu faire de la musculation, des étirements et même essayer de drôles de machines où la base était en mouvement et des bras en caoutchouc cherchaient à vous atteindre. Le but était de développer ses réflexes et son agilité. Une fois que j'ai pigé le principe et arrêté de me prendre des coups, c'était plutôt marrant. Je suis fier de vous dire que je pétais la forme. Je n'avais pas oublié ce que Loor et Alder m'avaient fait endurer sur Zadaa. Mieux, ils m'avaient donné un socle sur lequel je pouvais construire d'autres défenses. Au risque de passer pour un frimeur, je dirais que je commençais à avoir confiance en mes capacités de combattant. Bizarre. Moi, un combattant. Je suis toujours Bobby Pendragon et, si j'avais le choix, je ne toucherais plus jamais une arme. Pourtant, tant que je serai un Voyageur, je n'aurai pas ce choix. D'une certaine façon, c'était angoissant de savoir qu'ils avaient conçu cette salle de gym pour que les challengers restent au meilleur de leur forme afin de donner un bon spectacle lorsqu'on les forcerait à s'entretuer.

J'ai cherché à rencontrer les autres challengers, mais ce n'était pas si facile. Ils restaient dans leur coin. Si j'en croisais un dans un couloir du château et je tentais d'engager la conversation, il ne faisait qu'acquiescer et continuait son chemin. Une façon polie de m'envoyer me faire voir. J'en ai parlé à Quatorze. Un jour, il est allé courir avec moi, et j'en ai profité pour lui tirer les vers du nez :

— Je n'arrive pas à communiquer avec les autres challengers, ai-je dit.

— Que voulez-vous dire ? a-t-il répondu.

On venait de courir trois kilomètres, et il n'était même pas à bout de souffle. Je me forçais à avancer, mon cœur battait la chamade et je suais comme un porc. Quatorze, lui, me suivait tranquillement, régulièrement et sans effort apparent. Normal, c'était un robot. Pourtant, ça me dérangeait.

— On est tous dans la même galère, ai-je repris. On pourrait croire qu'ils seraient un peu plus ouverts. Ne serait-ce que pour se plaindre.

— Je ne peux en être sûr, a repris Quatorze, mais d'après ce que j'ai entendu, ils préfèrent ne pas connaître leurs adversaires. Ce serait trop dur de développer une relation amicale avec quelqu'un qu'ils peuvent être amenés à tuer.

Logique. Angoissant, mais logique.

– D'où viennent la plupart d'entre eux ? ai-je demandé. De cette ville ? Comment s'appelle-t-elle ? Rune ?

– Certains, oui, a répondu Quatorze. Mais Veego va loin pour trouver des concurrents valables.

– Comment peut-elle les attirer s'ils savent qu'ils ne s'en sortiront pas vivants ?

– Ils n'ont pas le choix. Lorsqu'on découvre un candidat intéressant, les dados vont le prendre.

– Le prendre, ai-je répété. Comme du bétail promis à l'abattoir.

– Je ne sais pas ce que cela veut dire.

– Peu importe, me suis-je dépêché de répondre. Donc, ils sont amenés ici pour s'entraîner, ils sont choisis pour figurer dans des tournois et, tant qu'ils les remportent, ils restent en vie ?

– C'est à peu près ça. On tente de rendre leurs derniers jours les plus agréables possibles.

– Et que reçoivent les challengers en échange, à part la mort ?

– Lorsqu'ils gagnent, a-t-il répondu, leurs familles remportent une somme considérable.

– Et s'ils perdent ?

Quatorze a hésité avant de répondre d'une voix douce :

– Leurs cendres sont rendues à leurs familles.

Soudain, la vie sur Quillan me semblait bien cruelle.

– Alors pourquoi cette espèce de fiesta ? ai-je repris. Si les challengers s'évitent, pourquoi les ai-je vu faire la fête, l'autre soir ?

– C'était une exception, a répondu le dado. Après un tournoi, il y a toujours une petite fête. Une récompense, si on veut. C'est le seul moment où les challengers se fréquentent. Mais ils ne parlent jamais des compétitions. Ils discutent de leur vie d'avant, de leur foyer et de leur famille, jamais des tournois. Pendant un bref instant, on leur permet d'être… Comment diriez-vous ? Normaux ?

Normaux. Oh. La façon dont on traitait ces challengers n'avait rien de normal. On leur demandait d'agir comme des chiens bien dressés et de risquer leur vie, tout ça pour quoi ? Pour que leurs familles se fassent un peu d'argent ? Pour pouvoir faire la fête ? Ça, c'était normal ? Je commençais à croire que Quillan était un territoire complètement dingue. Les quelques pièces du puzzle laissaient entrevoir un tout assez angoissant. Il fallait que je les emboîte.

Mon petit jogging avec Quatorze s'est terminé dans ce qu'ils appelaient le « jardin ». C'était à l'autre bout du domaine, entouré d'arbres. On a couru jusqu'à une clairière. Là, j'ai vu quelque chose qui m'était familier : la plate-forme octogonale où s'était déroulé le tournoi de Tato – là où Remudi avait été tué. Le « jardin » dont ce type dans la rue m'avait parlé.

C'était un endroit triste et isolé, probablement parce qu'il n'y avait personne à ce moment. J'ai arrêté de courir et je suis monté sur la plate-forme. Elle était grande, mais semblait certainement plus petite une fois dans les airs. J'ai tenté d'imaginer ce que ça faisait de se retrouver dans cette arène instable, en cherchant à conserver son équilibre. J'ai regardé un peu plus loin. Où était tombé Remudi ? Ça peut sembler étonnant, mais même si je n'avais pas vu le tournoi, j'aurais su qu'il s'était passé quelque chose de tragique ici même. Et que c'était arrivé à un Voyageur. Je ne sais pas comment le décrire, et c'est aussi bizarre pour moi de l'écrire que pour vous de le lire, mais je pouvais presque ressentir la perte d'une vie. Vous devez penser que je me la joue cosmique, et c'est peut-être vrai, mais je vous jure que j'ai eu l'impression qu'une main de glace me serrait le cœur.

– Pourquoi m'as-tu amené ici ? ai-je demandé.

– Excusez-moi, a-t-il répondu. C'est le chemin de l'endroit où se déroulent les tournois.

– Alors allons-y, ai-je dit en sautant de la plate-forme.

Je ne voulais pas rester là et j'espérais sincèrement que je n'aurais plus jamais à y venir.

On s'est remis à courir dans les bois, s'éloignant de l'octogone et de ce sentiment de mort qui s'était emparé de moi. Quelques minutes plus tard, on est sortis de la forêt pour arriver sur une grande pelouse. On y jouait à un jeu impliquant des challengers, mais aussi des chevaux.

On a grimpé sur une sorte de tour d'observation. En regardant en bas, j'ai vu deux équipes de quatre challengers juchés sur des montures. Chacune comprenait deux filles et deux garçons. Ils ne portaient pas leurs maillots personnalisés, mais ceux de leur équipe. Une blanche, une noire. Ils arboraient quand même tous cette bande diagonale sur le devant. Le champ était de la taille d'un terrain de football, avec de grands filets de chaque côté en guise de buts. J'ai vite compris le principe du jeu. Chaque cavalier disposait d'un bâton prolongé d'un filet. Ils se disputaient une balle rouge, chacun cherchant à la ramasser. Ensuite, ils la passaient à un autre membre de leur équipe qui tentait de la jeter dans le filet de l'équipe opposée.

Chaque équipe comprenait trois autres joueurs, mais ceux-ci étaient au sol. Ils pouvaient porter la balle ou lui donner des coups de pied comme au foot. Une position plutôt dangereuse. Un gars courait avec la balle lorsqu'il a pris un tel gnon qu'il l'a lâchée et s'est affalé au sol. Et ce n'était pas un accident. S'il n'avait pas aussitôt roulé sur lui-même, il se serait fait piétiner. Ce qui n'aurait pas non plus été accidentel. Le type sur son cheval *voulait* qu'il se fasse ratatiner.

– C'est de la folie, ai-je dit à Quatorze.

– Les challengers les moins doués doivent rester à pied, a-t-il repris de sa voix monotone.

– Ceux qui habitent près de la chambre aux clowns ? ai-je demandé.

– Oui. Ils ne participeront jamais à des tournois individuels. Ils ne comptent pas.

– Donc, peu importe s'ils se font piétiner en cours de partie ?

– C'est même encouragé. LaBerge dit que cela rend le tournoi plus intéressant.

J'ai regardé au-dessus d'un des buts pour voir un tableau affichant des chiffres clignotants. Ce jeu était retransmis sur tout Quillan. Un spectacle plutôt dur à regarder. On se préoccupait moins du score que de savoir qui allait se faire assommer ou piétiner. Je ne pouvais pas voir ça. Le roulement des sabots était parfois suivi de bruits mous écœurants. Celui des corps meurtris. C'était barbare, sauvage… et étrangement familier. C'était un mélange de football américain et de polo, mais il y avait plus encore.

Je n'arrivais pas à mettre le doigt dessus jusqu'à ce que je demande à Quatorze :

– Comment s'appelle ce jeu ?

– Le Wippen, a-t-il répondu.

Le Wippen ! Je le savais bien ! On y jouait sur le territoire d'Eelong[1]. Les félins klees montaient leurs chevaux zenzens, qui, si vous vous en rappelez, avaient une articulation de plus que leurs homologues de Seconde Terre. À pied, les pauvres gars – les humains – survivaient rarement aux parties. C'était exactement le même jeu, et il portait le même nom ! Comment était-ce possible ?

– Qu'est-ce que tu sais sur ce jeu ? ai-je demandé à Quatorze. Je veux dire, c'est une vieille tradition de Quillan ?

– Je ne sais pas. Il faudra demander à LaBerge. C'est lui qui conçoit les jeux.

Plus j'y pensais, moins je croyais à une coïncidence. Il y a toujours une possibilité qu'on développe deux jeux exactement semblables sur deux territoires, mais qu'en plus, on leur donne le même nom ? C'était un peu tiré par les cheveux. Encore une découverte déroutante.

– Je ne veux pas voir ça, ai-je dit à Quatorze, et je suis descendu de la plate-forme.

Alors que nous retournions en courant vers le château, une idée m'a traversé l'esprit.

– Hé ! ça veut dire que ce soir, c'est la fête ?

– Oui, a répondu Quatorze. Voudriez-vous y assister ?

– Bien sûr.

Ce serait ma première chance de socialiser avec les autres challengers, enfin, autrement qu'en les empêchant de me tuer dans un tournoi. Je ne voulais pas rater ça. Je suis retourné dans ma chambre, j'ai pris une douche et j'ai revêtu ma tenue de challenger rouge toute propre. Quatorze m'a apporté un excellent dîner composé de viande grillée, de légumes et d'une pâte goûteuse du genre purée, mais qui, m'a-t-il dit, était à base de tribbun. Qui aurait cru que je finirais par apprécier un fruit si bizarre ? À moins que ce soit un légume. Bref.

Ensuite, je me suis allongé sur mon lit et j'ai fermé les yeux pour me reposer, mais aussi pour réfléchir à ce que j'allais dire

---

1. Voir Pendragon n° 5 : *La Cité de l'Eau noire.*

aux challengers. Je devais en apprendre davantage sur Quillan. C'était le seul moyen de deviner quel pouvait être le plan de Saint Dane, parce que l'aide de Nevva Winter se faisait toujours attendre. Je commençais à m'inquiéter : et s'il lui était arrivé quelque chose ? J'ignorais tout d'elle, sauf qu'elle était une sorte de secrétaire employée au conseil d'administration. Ceux qui le composaient devaient être assez puissants, puisque Veego et LaBerge leur rendaient des comptes. J'ai décidé d'attendre Nevva jusqu'au moment où il me faudrait participer à un autre tournoi. Pas question d'y laisser ma peau pour amuser ces minables. Si je devais concourir à nouveau, j'utiliserais la diode de blocage qu'elle m'avait donnée et je filerais à l'anglaise.

J'ai tellement gambergé que, lorsque Quatorze est venu me chercher, je ne m'étais pas du tout reposé. Bah, tant pis. Alors qu'on se dirigeait vers la salle où aurait lieu la fête, j'ai commencé à avoir le trac. J'avais l'impression de me rendre à mon premier bal de fin d'année. Sauf que je n'allais pas inviter une fille à danser, mais tenter de me faire accepter pour en apprendre davantage sur le fonctionnement de Quillan.

Quand on est arrivés, la fête battait déjà son plein. Elle était encore plus importante et plus bruyante que la précédente. Quatorze a dû percevoir ma surprise.

– Aujourd'hui, personne n'est mort, a-t-il dit. Tout le monde est d'humeur plus festive.

– Merci, ai-je répondu. Inutile de m'attendre.

Sur ce, je suis entré dans la salle. Je ne savais pas trop comment réagiraient les autres, puisque j'étais quasiment un étranger. Mais en fin de compte, je n'avais pas de souci à me faire. J'ai à peine fait un pas dans la salle qu'on m'a accueilli comme un vieil ami.

– Hé, le rouge !

– Content de te voir.

– Comment ça va ?

– Saluuut !

C'était comme si je débarquais dans une fête chez Courtney. Les garçons me donnaient des tapes dans le dos, les filles me serraient dans leurs bras, tout le monde souriait. On m'a tendu un gobelet rempli de ce liquide vert qu'ils semblaient tant aimer. Au goût, on aurait dit une boisson énergétique chaude, mais pourquoi pas ? Ça me plaisait bien. Le même groupe de clones de Quatorze était installé dans son coin et jouait un air entraînant. Une fille m'a entraîné sur la piste de danse, et je me suis aussitôt retrouvé au milieu d'une foule qui sautait dans tous les coins. Tout d'abord, ça m'a décontenancé. Je n'avais pas prévu de faire la fête, mais c'était dur de résister. Je me suis lancé sur la piste pour la première fois depuis ce bal du solstice d'hiver au collège de Stony Brook. Sauf que, cette fois-ci, je ne connaissais pas les morceaux. Qu'importe. C'était peut-être une drôle de situation, mais je m'amusais bien.

Je n'étais pas le seul à recevoir un accueil si enthousiaste. Chaque nouvel arrivant y avait droit. On aurait dit qu'on avait brisé la porte retenant toutes ces émotions refoulées. Entre deux fiestas, tout le monde faisait semblant de ne pas se connaître. Et là, on était les meilleurs amis du monde. Après tout, pourquoi pas ? Moi aussi, je méritais de faire un break. La musique était étrange, mais pêchue, et j'adore danser. À un moment donné, une bagarre a éclaté et tout le monde a jeté le contenu de son gobelet sur les autres. Je me suis retrouvé trempé et collant, mais je m'en fichais. Je ne savais pas qui étaient ces gens, mais d'une certaine façon, on était tous liés. J'ai essayé d'oublier que je dansais peut-être avec quelqu'un qui tenterait de me tuer dès le lendemain. Du coup, je comprenais pourquoi ils s'évitaient en général.

Je m'amusais bien, mais j'avais du pain sur la planche. Je voulais en savoir plus sur ces gars-là et sur les jeux de Quillan. J'espérais bien découvrir qui était ce mystérieux M. Pop et ce qu'il venait faire dans tout ça. Je devais tout savoir. Je me suis approché d'un groupe de challengers, je les ai salués, et j'ai eu droit au même accueil chaleureux. Mais quand j'ai essayé de le faire parler d'eux-mêmes ou de la façon dont ils avaient échoué ici, j'obtenais toujours la même réaction : ils me dévisageaient d'une drôle de façon, comme si j'avais dit une bêtise. Certains se sont contentés de froncer les sourcils, de secouer la tête et de s'éloigner. J'ai vite compris que personne n'avait envie de parler de choses sérieuses.

Dans cette perspective, la fête a pris un tour plutôt sinistre. Toutes ces congratulations et ces sourires ne reposaient que sur du vide. Personne ne connaissait vraiment personne. Tout ce que je savais d'eux, c'est qu'on était dans la même galère. J'ai erré dans la pièce, cherchant à saisir des bribes de conversation. Mais elles étaient sans aucun intérêt. C'était comme un jaillissement d'émotions positives, sans rien derrière. J'ai alors compris que c'était pour ça qu'ils refusaient de discuter vraiment. Si la réalité de leur situation était mise sur le tapis, l'illusion se dissiperait.

Ça m'a rendu très triste. Ce qui ressemblait à une soirée étudiante était en fait une tentative désespérée de croire que tout allait bien. En regardant autour de moi, j'ai vu une mer de sourires et d'yeux brillant de joie, mais au lieu d'une fête, c'était comme un enterrement. Et je ne voulais plus y prendre part. J'ai tourné les talons pour me diriger vers la porte. Je me suis alors retrouvé face à quelqu'un que j'avais presque oublié.

Le challenger vert venait d'arriver. Il est resté là, à me dévisager, un verre à la main. Il était trop lucide pour faire semblant. Et il était sacrément baraqué. Plus que je ne l'aurais cru en le voyant sur l'écran. Il m'a fixé avec un sourire plein de sous-entendus. Ce n'était pas ce rictus vide de sens qu'affichaient tous ces fêtards. On aurait dit un chat affamé qui serait tombé sur une petite souris. Ce type avait tué un Voyageur. C'était peut-être au cours d'un tournoi, mais quand même. Je ne risquais pas de jouer le jeu, de lui donner une tape dans le dos en souriant. Je suis resté planté là, à lui rendre son regard.

– Alors c'est toi, le nouveau caïd, a-t-il dit.

Voilà qui m'a surpris. Au moins, c'était une phrase qui n'était pas totalement superficielle.

– C'est ce qu'on dit, ai-je répondu. Ça ne veut pas dire que je le pense.

Le challenger vert a eu un rictus.

– Comme nous tous, non ?

Il a bu une gorgée et s'est essuyé la bouche avec sa manche. Ses cheveux roux étaient ramenés en arrière. Sa peau pâle était couverte de taches de rousseur. J'ai remarqué ses mains, si grandes qu'il aurait pu facilement empoigner un ballon de basket.

Tout en lui était intimidant. C'était le Big Boss. Si quelqu'un pouvait m'aider à comprendre comment fonctionnaient ces jeux, c'était bien lui.

– Bravo, ai-je dit. Ce n'est pas donné à tout le monde de battre le record de…

– La ferme, a-t-il ordonné.

Sa réplique était si tranchante et si inattendue que je crois que j'ai fait un pas en arrière.

– Ne m'adresse plus la parole, sinon, quand je te tuerai, ce sera le plus douloureusement possible.

Il est passé devant moi pour se mêler à la fête.

– Moi aussi, je suis content de te connaître ! ai-je dit joyeusement.

Hé bé ! Pas commode. Je ne sais pas s'il était comme ça avec tout le monde où si ce privilège m'était réservé, moi qu'on préparait au Grand X. Quoi qu'il en soit, il était désormais affreusement évident que si Veego et LaBerge parvenaient à leurs fins, lui et moi on devrait s'affronter dans un tournoi quelconque. Je commençais à me faire sérieusement du souci. Ma confrontation avec le champion approchait ; or, visiblement, je ne savais toujours pas où était Saint Dane. Il fallait qu'il se passe quelque chose, et visiblement, c'était à moi de forcer les événements. Je me suis décidé en un éclair. Il était temps de passer à l'action. J'allais retourner dans ma chambre, prendre la diode de blocage et déguerpir. Mais, quand j'ai franchi la porte, Quatorze m'attendait sur le seuil.

– Je rentre dans ma chambre, lui ai-je dit en continuant mon chemin d'un pas rapide.

Évidemment il m'a suivi en disant :

– J'allais venir vous chercher.

– Pourquoi ? Il n'y a pas de couvre-feu, n'est-ce pas ?

– Non, mais vous devez passer une bonne nuit. Demain sera une journée très importante pour vous.

Alors ça, ça ne me plaisait pas du tout.

– Pourquoi ? J'ai un tournoi ?

– Non, mais Mlle Nevva viendra vous chercher tôt pour aller en ville.

206

Mon cœur a bondi dans ma poitrine.

– Pour y faire quoi ? ai-je demandé en faisant de mon mieux pour masquer mes sentiments.

– Elle va vous présenter au conseil d'administration de Blok, a-t-il annoncé avec tout l'enthousiasme dont peut faire preuve un robot, c'est-à-dire pas des masses. C'est un grand honneur. Vous devrez être en pleine forme.

Je me suis arrêté et j'ai regardé Quatorze.

– C'est vrai ? Nevva va me présenter aux grosses légumes ?

– Oui. Ils doivent attendre beaucoup de vous.

J'ai éclaté de rire.

– Qu'y a-t-il de si drôle ?

– Ils ne peuvent pas imaginer à quel point ils ont raison.

La fête était finie. Ou peut-être venait-elle de commencer.

Journal n° 25
(suite)

QUILLAN

Mon sommeil a été agité. Vous vous souvenez des nuits de Noël, enfants, quand on n'arrivait pas à s'endormir parce qu'on était trop impatients de découvrir toutes les merveilles qui nous attendaient le lendemain matin ?

Eh bien, rien à voir.

À part le fait de ne pas fermer l'œil, bien sûr. J'étais surexcité, mais pas en pensant au passage du Père Noël. Je m'inquiétais plutôt de ce que Saint Dane pouvait avoir concocté. J'ai ressassé tout ce qui s'était passé depuis mon arrivée sur Quillan. Malheureusement, ça ne m'a pas donné la moindre idée de son plan. Le seul indice de sa présence était l'invitation qu'il m'avait envoyée *via* le flume. On était ennemis, mais il ne m'avait jamais mis sur une fausse piste. Au contraire : il *voulait* que je le suive. J'imagine que j'aurais dû lui en être reconnaissant, mais en fait, ça me troublait. Si Saint Dane voulait plonger chaque territoire dans le chaos, pourquoi me disait-il toujours précisément où il allait ?

Je ne vois qu'une seule explication, et j'y crois de plus en plus. Le but de Saint Dane ne serait pas de plonger les territoires dans le chaos et de s'emparer de Halla. Enfin, si c'est son but ultime, mais vu les événements, je pense que ce n'est pas tout. Il veut bien sûr mettre la main sur Halla, mais aussi vaincre les Voyageurs... et donc moi. On dirait que, pour lui, tout ça est un immense jeu. Mais pourquoi ? On a déjoué ses plans sur cinq territoires. De toute évidence, on est de taille à lui faire face. Bien sûr, on en a payé le prix et perdu plusieurs Voyageurs, mais l'un dans l'autre, on est en train de gagner la guerre. Pourtant, avec Saint Dane, rien n'est jamais comme il y paraît. C'est lui qui définit les règles. Tout ce qu'on peut faire, c'est contre-attaquer. Même si on l'a stoppé à cinq reprises, c'est toujours lui qui tire les ficelles. Alors est-on vraiment proches de la victoire ? Ou tout ce qui arrive n'est-il qu'une pièce de son gigantesque puzzle ? Je voudrais me féliciter de notre succès, mais je ne peux pas m'empêcher de penser que, d'une certaine façon, il se joue de nous.

Je dois me convaincre que mes questions trouveront une réponse le moment venu. C'est dur. C'est ça qui m'a empêché de dormir. J'étais surexcité et inquiet à la fois. Surexcité parce que ma longue attente touchait à sa fin, et inquiet pour... eh bien, pour des raisons évidentes. Quoi qu'il se passe le lendemain, ça me rapprocherait forcément de Saint Dane.

Finalement, peu avant l'aube, j'ai laissé tomber et je me suis levé. J'ai pris ma douche, j'ai mis une tenue de challenger rouge propre, et j'ai découvert que Quatorze avait fait mon lit et m'avait apporté mon petit déjeuner pendant que je m'habillais dans la salle de bains. C'était gentil, mais aussi un peu flippant. On aurait dit qu'il épiait mes moindres gestes et savait à chaque instant ce que je faisais.

Tout en mangeant, je l'ai interrogé :

– Parle-moi de Blok et du conseil d'administration. C'est quoi, ce Blok ? Le gouvernement ? Le conseil d'administration dirige-t-il la ville ? Ou le pays ? D'ailleurs, c'est quoi, ce pays ? Y a-t-il d'autres conseils d'administration éparpillés sur Quillan ?

Quatorze a levé la main pour arrêter le flot de questions.

– Nous avons pour instruction de nous assurer que votre séjour soit confortable, a-t-il dit, mais aussi de ne pas répondre aux questions concernant ce qui se passe hors de cette enceinte. Désolé.

– Vraiment ? ai-je dit en réfléchissant à toute vitesse. Mais mon séjour sera plus agréable si tu réponds à mes questions.

Quatorze se préparait à me verser un gobelet de ce drôle de liquide vert. Il s'est arrêté et m'a regardé. J'ai eu un sourire innocent. Un instant, j'ai cru que mon petit problème de logique avait assez chahuté ses circuits pour qu'il réponde à ma question.

– Je suis peut-être un dado, Pendragon, mais je ne suis pas complètement débile pour autant.

J'ai haussé les épaules.

– Bon, bon. On peut toujours essayer.

– Quelques sujets restent tabous, a continué Quatorze. Blok est l'un d'entre eux. Si l'un de nous outrepassait le règlement, il finirait en pièces détachées.

– Oh, pardon ! (J'ai décidé de tenter ma chance.) Mais as-tu le droit de parler de M. Pop ?

Quatorze n'a pas répondu. On aurait dit qu'il n'avait pas entendu la question. J'ai préféré ne pas insister.

– Lorsque vous aurez fini, a-t-il dit, je vous emmènerai dans la cour. De là, on vous conduira en ville.

– Tu as une idée de ce qui m'attend ?

Je le jurerais, ses yeux noirs se sont assombris. Oui, je sais, c'est un robot. Ça devait être mon imagination. Mais j'ai eu l'impression qu'il y avait bel et bien un cœur derrière tous ces circuits.

– Inutile de vous inquiéter, Pendragon. On va vous présenter au conseil d'administration pour… pour…

Il cherchait le bon terme. Je l'ai aidé :

– Pour qu'ils voient à quoi je ressemble ?

– Oui. C'est à peu près ça. Veego et LaBerge veulent prouver votre valeur au conseil d'administration. Rien de plus. On ne vous demandera plus de combattre jusqu'à…

– Jusqu'à ce que je revienne ici, ai-je complété.

Quatorze a acquiescé.

– Peux-tu me dire ce qu'est le Grand X ?

– Oui. Comme vous le savez, les tournois se succèdent sans arrêt, mais tous les deux quads, il y a une compétition où s'affrontent les meilleurs challengers. C'est la plus regardée de toutes, parce que c'est toujours la plus captivante et la plus disputée.

– C'est un peu comme la Coupe du monde des jeux de Quillan, ai-je suggéré.

Il m'a regardé d'un drôle d'air.

– Pardon, ai-je repris. Tu ne peux pas savoir ce que c'est.

– Le challenger vert a triomphé des trois derniers Grand X, a-t-il continué, ce qui n'était encore jamais arrivé. Maintenant,

Veego et LaBerge craignent de ne pas pouvoir trouver de concurrent de taille à le détrôner…

– Parce que s'il gagne à tous les coups, personne ne voudra plus parier contre lui ? ai-je dit.

– C'est exact.

– Donc, Veego et LaBerge veulent que le challenger vert perde ?

– Je ne sais pas, a répondu le robot. Mais il est sûr que les paris seront plus juteux s'il a une chance de se faire battre.

– Et c'est là que j'interviens, ai-je affirmé.

Quatorze a acquiescé à nouveau et s'est retiré.

– Je vous attends dans le couloir.

Allons bon. C'était moi qui étais censé combattre leur champion. Veego et LaBerge voulaient-ils vraiment le faire perdre ? Ou étais-je juste censé faire le spectacle et me faire tuer à la fin, comme le méchant dans un film de Steven Seagal ? Pour tout arranger, c'était un autre Voyageur qui m'avait fourré dans ce pétrin ! Décidément, un petit entretien avec Nevva Winter ne serait pas du luxe. Elle me devait des explications.

J'ai fini mon petit déjeuner et je suis passé dans ma salle de bains, où j'avais caché la diode de blocage. Je ne savais pas si j'en aurais besoin, mais je ne pouvais pas prendre le moindre risque. La boucle sur mon bras était légère, mais l'idée que ce gadget enregistre mes moindres faits et gestes la rendait bien lourde à porter. Pour la millionième fois, j'ai essayé de la retirer. Pour la millionième fois, dès que j'ai tiré dessus, elle a resserré sa prise. On aurait dit un être vivant. J'aurais bien voulu mettre la diode dès maintenant, mais ç'aurait été idiot. Je devais attendre le bon moment. Je l'avais cachée dans une savonnette de rechange. Du moment que personne ne venait prendre une douche chez moi, c'était la cachette la plus sûre possible. Mais je devais faire attention en la sortant : j'ignorais si j'étais sous surveillance. J'ai donc fait semblant de me laver les mains tout en tirant le gadget du savon. Je l'ai fourré dans ma poche et je suis sorti.

Quatorze m'attendait devant la porte. On a marché d'un pas vif vers l'entrée du château. Dehors, une voiture noire m'attendait, une voiture noire qui ressemblait exactement à celle qui m'avait amené au château. Pourvu que Nevva Winter soit à l'intérieur.

– Veego et LaBerge sont déjà en route, a dit Quatorze. Vous les retrouverez au bâtiment de Blok. Des dados vous escorteront.

Aussitôt, deux policiers sont sortis de la voiture et m'ont jeté un regard mauvais.

– Tu ne viens pas ? ai-je demandé à Quatorze.

– Les dados de service ne quittent jamais l'enceinte du château. Ne vous inquiétez pas : tant que vous faites ce qu'ils vous disent, les dados de sécurité ne vous causeront pas de problèmes.

Les dados de sécurité. C'est la première fois que j'entendais le nom de ces sagouins. J'ai inspiré profondément et je me suis dirigé vers la voiture.

– Je t'enverrai des cartes postales, ai-je lancé à Quatorze.

– Des cartes postales ? a-t-il répété, intrigué.

– Laisse tomber. C'était une blague.

C'est vrai que les dados n'ont pas le sens de l'humour. L'un des robots de la sécurité m'a ouvert la portière arrière et s'est planté là en attendant que je monte. Un bref coup d'œil à l'intérieur m'a appris que Nevva n'était pas là.

– Je peux prendre le volant ? ai-je demandé au robot à visage de poupée.

Il n'a pas répondu.

– Hé ! vous devriez vous décoincer un peu ! ai-je repris en m'asseyant sur la banquette.

J'ai fait un signe de la main à Quatorze, qui me l'a rendu. Aussitôt après, le dado a claqué la portière. Je n'ai pas pris la peine de vérifier si elle était verrouillée. Je n'avais pas vraiment envie de me retrouver aux mains de ces brutes sadiques, et pourtant il fallait en passer par là. Je ne tenterais pas de m'échapper. Pas encore.

On a traversé la cour, puis franchi le pont de bois pour aborder la route qui sinuait à travers la forêt. J'y avais tellement couru que je commençais à bien la connaître. C'était une immense oasis verte enchâssée dans cette ville grise. Je l'aurais trouvée magnifique si on n'y avait pas organisé des tournois mortels.

Les portes dorées et ouvragées donnant sur la ville se sont lentement ouvertes devant la voiture. Un peu plus tard, je me suis trouvé à nouveau au milieu de cette cité sombre et déprimante qu'est Rune. En cours de route, j'ai tenté de mémoriser le chemin, mais sans succès. Les bâtiments se ressemblaient tous. Il n'y avait même pas de noms de rue.

– Comment pouvez-vous savoir où vous allez ? ai-je demandé aux gars à l'avant.

Ils n'ont pas répondu. Ils ne se sont même pas retournés. Étonnant, non ?

– Hé ! ai-je crié. Mettez la radio, qu'on ait un peu de musique !

Toujours pas de réaction. J'ai préféré laisser tomber. Autant vouloir réveiller des morts.

On a continué comme ça pendant une vingtaine de minutes. Il n'y avait rien d'intéressant à voir, à part les écrans sur les toits des bâtiments. Comme ils montraient tous la même chose, ce n'était pas difficile de passer de l'un à l'autre. Le spectacle était sensiblement le même qu'à mon arrivée : des figures géométriques en mouvement, parfois remplacées par un présentateur parlant de la météo ou de sujets tout aussi passionnants. J'ai commencé à comprendre pourquoi les gens de Quillan accordaient une importance démesurée à ces jeux. *A priori*, c'était leur seule source de distraction.

Après un dernier virage, j'ai enfin vu quelque chose qui sortait de l'ordinaire. Cette grande et large rue se terminait sur un bâtiment, une gigantesque structure bien plus grosse que les autres tours. Elle était si massive et si sombre qu'on l'aurait cru taillée dans une immense roche noire. Je n'ai pas demandé aux dados ce dont il s'agissait. C'était évident. Au sommet du bâtiment, dominant toute la rue, se dressaient des lettres argentées de trois mètres de haut. Elles m'ont fait penser aux écriteaux annonçant les différentes boutiques. Je vous le donne en mille : BLOK.

Je ne savais pas trop si je devais me montrer impressionné, ou angoissé, ou content d'avoir enfin une réponse à mes questions. La voiture a filé vers le bâtiment pour s'arrêter devant un grand escalier menant aux énormes portes de la tour. J'ai jeté un coup d'œil par la vitre pour observer cet immense building. Tout ce que j'avais pu glaner sur ce Blok me donnait à penser qu'il exerçait beaucoup de pouvoir sur Quillan. Ce bâtiment ne faisait que confirmer mes soupçons. Blok = pouvoir. Pouvoir = contrôler la vie des citoyens. Contrôler la vie des citoyens = Saint Dane. J'approchais du but.

Mon regard est passé des immenses lettres argentées au sommet des escaliers, où m'attendait une vision bien agréable. Nevva Winter était là, un tableau à clip au creux de son bras, toujours aussi professionnelle. Elle devait m'attendre. Du moins je l'espérais.

– Et maintenant ? ai-je demandé aux dados.

Sans un mot, le passager est sorti de voiture et a ouvert ma portière. Je me suis extirpé du siège et j'ai regardé Nevva. Elle a fait celle qui n'avait rien remarqué. Bon. J'ai fait pareil. Les trottoirs étaient bondés, et pourtant personne ne passait devant cet immeuble-là. Tout le monde restait de l'autre côté de la rue, même si c'était nettement plus pratique de marcher devant le bâtiment, où le trottoir était désert. Or ils s'en écartaient comme si l'endroit était contaminé. Et personne n'entrait ni ne sortait du building. Voilà qui m'a donné le frisson. Les passants avaient-ils peur de s'en approcher ? Pourquoi ?

Le chauffeur a rejoint son collègue, et tous deux m'ont fixé de leur regard vide.

– Merci pour la balade, les gars, ai-je dit. Attendez-moi là, d'accord ? Je n'en ai pas pour longtemps. Laissez tourner le moteur.

J'ai grimpé l'escalier. Les dados m'ont suivi. J'imagine qu'ils voulaient s'assurer que je n'allais pas m'enfuir. Je me suis arrêté net, pour le simple plaisir de me payer leur tête. J'espérais qu'ils seraient surpris et rateraient une marche. Mais non. À la seconde où je me suis arrêté, ils ont fait de même. Je faisais un pas, ils faisaient un pas. On aurait dit qu'ils étaient en phase avec moi. J'ai encore fait un pas, puis je me suis retourné d'un bond. Ils n'ont pas cillé.

– Alors, quoi ? Vous êtes des robots ?

Ils n'ont pas réagi. Bon, au moins, moi je m'amusais.

– Challenger rouge, a lancé Nevva. Dépêchez-vous, je vous prie. Nous sommes en retard.

J'ai couru vers le haut de l'escalier. Elle m'a salué d'un petit sourire. Un tout petit sourire.

– Bonjour, challenger rouge, a-t-elle dit solennellement.

– Où étiez-vous passée ? ai-je répondu en tentant de cacher ma colère.

En guise de réponse, elle a jeté un coup d'œil aux dados. Compris. Les murs ont des oreilles.

– Nous devons nous rendre directement à la salle du conseil d'administration, a-t-elle dit. Veego et LaBerge sont déjà là.

– Bien sûr. Je ne veux pas faire attendre les frères jumeaux ici présents.

Nevva est partie vers la grande porte. Je l'ai suivie. Pas les dados. Je présume que leur tâche était de me remettre à Nevva, et qu'ils se lavaient les mains de ce qui se passerait ensuite.

– Salut, les enfants, ai-je lancé aux robots. Allez vous payer une glace, c'est moi qui offre.

Ils n'ont toujours pas réagi. On est entrés dans le bâtiment par une large porte rotative qui s'ouvrait sur un grand vestibule d'au moins trois étages. Sur le mur droit devant nous, un autre sigle argenté et imposant proclamait : BLOK.

– Pourquoi se sentent-ils obligés de mettre ces signes partout ? ai-je demandé. Ils ont peur qu'on oublie qui ils sont ?

– Les membres du conseil aiment faire sentir leur présence, a-t-elle répondu sans ralentir.

– Ouais, je vois. Allez-vous me dire ce qui se passe, oui ou non ?

Nevva a jeté un bref coup d'œil autour d'elle. Je ne sais pas pourquoi, étant donné qu'il n'y avait personne en vue. La salle était vaste et vide. Même l'écho de nos pas sonnait creux.

– Il y a toujours quelqu'un qui nous épie, a dit Nevva dans un souffle. (Elle ne m'a pas regardé, comme pour donner l'illusion qu'on ne se parlait pas.) Cette rencontre répondra à quelques-unes de tes questions. As-tu apporté ce que je t'ai donné ?

– Hein ?

Tout d'abord, je n'ai pas compris. Puis elle m'a lancé un regard sévère.... Alors, je me suis souvenu de ce qu'elle m'avait donné.

– Oh oui, bien sûr, je l'ai sur moi.

La diode de blocage.

– Bien. Tu en auras besoin.

– Pourquoi ? ai-je demandé.

– Je ne peux pas te répondre. Je te l'ai dit, on nous surveille.

OK. Autant suivre ses conseils. Après tout, elle connaissait le terrain. C'était une Voyageuse. Elle devait savoir ce qu'elle faisait. Elle m'a conduit à une cabine d'ascenseur déjà ouverte, qui nous attendait. En général, dans des bâtiments de cette taille, il y avait toute une rangée d'ascenseurs. Pas là. Il n'y avait qu'une seule cabine. On est montés et les portes ont coulissé. Il n'y avait même pas de boutons. Tout était automatique.

– Comment sait-il où on veut aller ? ai-je demandé.

– Cet ascenseur ne mène qu'aux chambres.

– Alors n'importe qui peut le prendre ?

– Non. Je te le répète pour la troisième fois, on nous surveille.

Ah, oui, c'est vrai.

– Quel est votre travail ici ? Ça, au moins, vous pouvez me le dire.

– Je suis assistante exécutive du conseil d'administration de la compagnie, a-t-elle répondu d'un ton très professionnel. Je prends leurs rendez-vous, je m'occupe de leur correspondance et, en gros, je subviens à leurs besoins pendant qu'ils travaillent.

– La compagnie, ai-je dit, pris de vertige. Travailler ? Blok est une firme ? Je croyais que c'était, je ne sais pas, le gouvernement ou quelque chose comme ça.

Nevva a eu un petit rire.

– Blok est la plus grande compagnie de tout Quillan. Elle est plus importante et certainement plus puissante que n'importe quel gouvernement.

– Ah ! Une compagnie plus importante qu'un gouvernement. C'est… angoissant. Que font-ils ? Je veux dire, quel est leur domaine ?

– Blok a bien des centres d'intérêt, mais avant tout, c'est un magasin.

Les portes de l'ascenseur se sont ouvertes et Nevva en est sortie. Pas moi. Avais-je bien entendu ? Blok était un magasin ? Un de ces endroits où on fait ses courses ? Je me suis souvenu des assiettes que j'avais trouvées dans cet entrepôt. Toutes portaient le logo BLOK. Les produits sur les étagères aussi. J'avais du mal à me faire à cette idée.

– Suis-moi, challenger rouge, a ordonné Nevva.

J'ai obéi, dans le brouillard, tentant de comprendre ce que Nevva venait de me révéler. On s'est retrouvés dans une pièce vide dépourvue de tout ameublement, avec une unique porte dans le mur d'en face. Il y avait le logo BLOK de chaque côté du panneau, ce qui n'avait rien d'étonnant. Nevva s'est empressée de gagner la porte et s'est tournée vers moi.

– Ne pose pas de questions, m'a-t-elle dit. Ne réponds que si on te le demande expressément. Ça ne devrait pas prendre bien longtemps. C'est compris ?

– Compris ? Vous voulez rire ? Je ne comprends rien à rien.

Nevva s'est penchée vers moi et a dit d'une voix douce :

– Ça viendra.

Elle m'a fait un clin d'œil, a ouvert la porte et s'est retirée pour me laisser le passage. J'allais enfin en savoir un peu plus sur mon avenir… et sur celui de Quillan.

Journal n° 25
(suite)

QUILLAN

On aurait dit un tribunal. La première chose que j'ai vue, c'est un groupe de gens assis derrière un long bureau noir faisant face à la salle. Très imposant. Le conseil d'administration. Ils étaient dix. Cinq hommes et cinq femmes. Tous adultes, même si j'aurais été bien en peine de deviner leur âge. Tous portaient le même genre de costume que Nevva. Ils ressemblaient à des juges de la cour suprême. Et il y avait des spectateurs assis sur des rangées parallèles de bancs. Il devait y en avoir une cinquantaine. Ils portaient ces mêmes vêtements ternes que les autres gens de la ville.

Une allée centrale traversait les rangées de bancs et un espace de quelques mètres séparait les membres du conseil du public. Au milieu de cet espace, il y avait une petite estrade. Un homme s'y tenait face au conseil. De toute évidence, il faisait un discours. À part lui, personne ne disait rien. Vu le monde qu'il y avait dans cette salle, il planait un étrange silence. Personne ne toussait ni ne remuait. Je me suis presque demandé s'ils respiraient. Tous buvaient les paroles de l'orateur.

Avant que j'aie pu entendre ce dont il parlait, j'ai repéré un mouvement sur ma droite. C'était LaBerge, qui me faisait signe de le rejoindre. Veego et lui faisaient partie des spectateurs. C'était le seul à porter une tenue colorée. Un costard à la coupe banale, mais vert citron. Quel bouffon.

Je me suis tourné vers Nevva, qui m'a fait signe d'y aller. Je l'ai donc laissée pour partir vers mes deux hôtes.

Mes pas ont résonné comme le tonnerre dans la salle. On m'a envoyé plus d'un regard noir. Veego ne m'a pas regardé lorsque je me suis assis à côté d'elle. LaBerge m'a fait un grand sourire en levant ses pouces. J'ai froncé les sourcils. Il a haussé les épaules.

Je me suis tourné vers le type sur le podium. Il semblait nerveux de s'adresser au conseil d'administration. Il n'arrêtait pas de passer d'un pied sur l'autre.

— Je dois souligner la difficulté de notre situation depuis trois quads, disait-il. Le temps a été inhabituellement chaud, si bien que la demande pour des vêtements d'hiver a chuté. Ajoutons à cela le fait que la dernière livraison était supérieure à ce que nous avions requis — nos marges de profit en ont souffert. Mais si...

L'un des membres du conseil, un homme, l'a interrompu en demandant d'une voix rogue :

— Pourquoi exactement avez-vous reçu plus de marchandises que vous ne saviez pouvoir en écouler ?

Le type sur la plate-forme était sur le gril. J'étais loin de lui, pourtant, c'était évident. Lorsqu'il a repris la parole, sa voix s'est brisée :

— Eh bien, a-t-il commencé nerveusement, on m'a dit que l'unité de production n'avait pas rempli ses quotas et qu'on leur avait, heu... demandé d'accroître leur production.

Plusieurs membres du conseil ont échangé un regard. L'une des femmes a dit :

— Et c'est là l'excuse de votre échec ? Le fait qu'une unité de production ait voulu remplir son quota ? C'est ce que vous êtes en train de dire ?

— Euh... hem... non, a bafouillé le pauvre bougre. Je suis très fier de voir qu'ils ont pu remplir leurs objectifs. C'est juste que la demande pour ce produit a été mal calculée...

Le premier membre a repris la parole :

— Vous devez certainement savoir que c'est ce conseil qui fixe les quotas ?

Le type s'est raidi. Tout son corps s'est tétanisé.

— Oui, a-t-il fait doucement.

— Excusez-moi ? a insisté le membre du conseil. Je ne vous entends pas.

– Oui, mais…

– Donc, vous prétendez que ce conseil est incapable de décider ce qui est le mieux pour Blok ?

Là, il était dans de sales draps. Apparemment, il était censé vendre un certain nombre de blousons ou quelque chose comme ça, mais il n'y était pas arrivé parce que le conseil avait demandé aux fabricants d'en produire trop. Ce n'était pas sa faute, mais celle de ceux qui avaient décidé de la quantité à produire. Le conseil d'administration. Sauf qu'ils rejetaient la faute sur lui.

– Non, je ne douterais jamais du conseil d'administration, a repris le gars qui suait à grosses gouttes. Bien sûr que vous savez mieux que quiconque ce qui est bon pour Blok. Tout ce que je veux dire, c'est que, malgré votre compétence incontestable, nul n'aurait pu prévoir les caprices du temps et…

Un troisième membre a pris la parole :

– Les termes de votre contrat sont très simples. Vous êtes censé accroître les ventes de vingt pour cent à chaque quad. Vous avez échoué. Vous êtes relevé de vos fonctions et relégué à un poste inférieur.

– Non ! a crié le type horrifié. Ce n'est pas juste ! Je ne pouvais rien y faire !

Les membres du conseil ne l'ont même pas regardé. Ils étaient trop occupés à pousser des documents sur leur bureau. L'un d'entre eux a dit d'un ton badin :

– Sécurité, s'il vous plaît ?

Alors le type a pété les plombs.

– Écoutez-moi ! Ça fait trente quads que je dirige le secteur habillement de Blok, et je ne vous ai jamais déçu ! Je peux faire remonter les ventes, je le sais !

Deux dados de sécurité se sont dirigés vers l'estrade, se sont emparés du type et l'ont emmené. On aurait dit qu'il venait d'être jugé coupable d'un crime horrible. Tout ça parce qu'il n'avait pas vendu assez de blousons !

À présent, il semblait en colère plus qu'autre chose. Alors que les dados l'entraînaient vers une porte de service, il a crié :

– J'ai travaillé dur ! J'ai fait tout ce que vous m'avez demandé. Et même plus ! Je refuse d'être dégradé de la sorte !

Les dados allaient l'entraîner hors de la pièce lorsque le premier membre du conseil a levé la main et a crié :

– Arrêtez !

Ils ont obéi. Personne n'a dit un mot.

– Vous refusez d'être relégué à un poste inférieur ? a-t-il demandé.

Pris de panique, le type a jeté des yeux fous dans toutes les directions. Il a tenté de rattraper le coup :

– Non, ce n'est pas ce que je voulais dire. J'obéirai. Ma famille a besoin de moi. Je serai heureux d'aller là où…

– Envoyez-le au tarz, a fait le membre du conseil.

– Non ! a hurlé le malheureux. Ce n'est pas juste ! J'ai une famille !

Pour la première fois, les spectateurs ont réagi. Plusieurs ont échangé des regards surpris. Certains ont même eu un hoquet de surprise.

– Le tarz ? ai-je chuchoté à Veego.

Elle a posé un doigt sur ses lèvres. Ça ne présageait rien de bon. En jetant un coup d'œil à Veego, j'ai eu une autre surprise. En général, cette femme avait de la glace dans les veines, mais là, elle semblait nerveuse. Ce n'était pas évident, mais je l'ai lu dans ses yeux. Voir ce pauvre type emmené au « tarz » l'avait effrayée. Mémo : éviter le tarz.

Maintenant, le pauvre bougre était en larmes. Le conseil d'administration semblait s'en moquer comme de l'an quarante. Tout comme les dados. Ils l'ont traîné vers la porte, qu'ils ont refermée derrière eux. J'ai pu entendre ses gémissements pendant quelques secondes encore avant qu'ils ne l'emmènent. Puis le silence est retombé. J'avais la bouche sèche. Qu'est-ce qui venait de se passer exactement ? J'ai regardé autour de moi et j'ai lu la même frayeur dans les yeux des spectateurs. C'était de la folie ! Nevva Winter a dit que Blok était un magasin. Mais quel magasin condamnait ses employés à un sort horrible s'ils ne remplissaient pas leurs objectifs ? D'ailleurs, a-t-on déjà vu un magasin dirigé par un groupe de juges glaciaux qui terrifiaient tout le monde, jusqu'à l'homme de la rue ?

Pendant que j'essayais encore d'assimiler ce que je venais de voir, Nevva est entrée par une porte située derrière le conseil d'administration et, sans rien dire, a déposé un document devant chacun d'eux. Elle s'est acquittée de sa tâche rapidement et avec une grande efficacité. Elle avait dit qu'elle était assistante exécutive… En tout cas, ça ne m'avait pas l'air bien passionnant. Les autres Voyageurs menaient des existences autrement plus intéressantes, enfin, en dehors de leur fonction de Voyageur. Loor était une guerrière, Alder un chevalier. Gunny travaillait dans un grand hôtel, Spader était aquanier, Aja Killian contrôlait un incroyable générateur de réalité virtuelle. Patrick, de Troisième Terre, était professeur et le gardien de la plus incroyable des bibliothèques. Kasha avait affronté des dinosaures dans la jungle au cours d'expéditions visant à approvisionner sa ville. Tous les Voyageurs menaient des vies originales et mouvementées. Tous, sauf Nevva.

Et moi, pourrait-on dire. Je n'étais qu'un gosse comme les autres. J'étais allé à l'école et j'avais fait du sport. Point final. Je commençais à croire que j'étais le dernier de la classe jusqu'à ce que je tombe sur Nevva. Elle semblait être l'esclave de ces requins. Ça se voyait dans la façon dont les membres du conseil lui donnaient des ordres sans même la regarder, sans lui témoigner une once de respect. Elle n'a pas arrêté de courir pour remplir leurs verres, prendre des notes et faire tout ce qu'ils ne pouvaient pas faire eux-mêmes – ou refusaient de faire. Ça semblait être un emploi très ingrat. Cela dit, il la rapprochait de ceux qui détenaient vraiment le pouvoir sur Quillan. Ce travail n'avait rien d'agréable, mais je me suis dit que son poste était un endroit stratégique pour guetter l'apparition de Saint Dane.

Pendant que Nevva s'affairait autour des membres du conseil, les spectateurs n'ont pas dit un mot. Je pouvais difficilement le leur reprocher. Si le conseil avait le pouvoir de les vouer à un sort horrible sur un simple caprice, ils devaient avoir l'estomac noué par la frayeur. J'ai jeté un œil à Veego et LaBerge pour voir s'ils avaient la même réaction. Veego avait l'air tendue, alors que LaBerge semblait au bord de la nausée. Pour une fois, il ne souriait pas. J'ai vu que sa lèvre tremblait comme s'il allait se mettre à pleurer.

– Mademoiselle Winter ! a aboyé un autre membre. Nous sommes en retard !

— Excusez-moi, a-t-elle répondu en baissant la tête. C'est entièrement ma faute. Nous sommes prêts pour la prochaine présentation.

Eh bien ! Nevva les traitait comme une famille royale. Royalement odieuse.

— Alors pourquoi vous attend-on ? a aboyé un autre membre, une femme celle-ci.

Nevva s'est éclairci la gorge avant d'annoncer :

— Maintenant, un rapport de notre section jeux.

Un murmure a traversé la foule. Je ne sais pas si c'était parce qu'ils avaient hâte d'entendre le rapport ou parce qu'ils étaient soulagés de ne pas être la prochaine victime. Veego s'est raclé la gorge et s'est levée. LaBerge en a fait autant, mais Veego lui a jeté un regard noir et il s'est rassis aussi sec. J'imagine que si elle devait faire son rapport à ces sales types, elle ne voulait pas que LaBerge fasse une bêtise qui les enverrait tout droit au tarz. Veego a épousseté le devant de sa veste et s'est dirigée vers le podium. Elle s'est tenue devant les juges, très droite, comme un soldat, mais en gardant la tête basse. On aurait dit qu'elle voulait avoir l'air humble devant le conseil d'administration. Ce qui devait être dur pour elle, vu son arrogance naturelle. Elle a pris sa place sur le podium et s'est figée, les mains derrière le dos, attendant l'autorisation de commencer.

— Nous vous écoutons, a fait l'un des membres avec un grondement déplaisant.

— Merci, s'est dépêchée de dire Veego. Mesdames et messieurs, je suis fière d'être aujourd'hui parmi vous et heureuse de vous présenter un rapport qui, j'en suis sûr, va…

— Épargnez-nous vos fameux effets de manche, a interrompu un des membres. Quelle est votre réponse ?

On aurait dit que Veego se retenait de répondre avec des termes bien moins diplomatiques. Elle n'avait sans doute pas l'habitude d'être traitée comme un chien, mais elle était assez intelligente pour ne pas se griller. J'avais beau détester Veego et son organisation macabre, là, je me suis presque senti mal pour elle. Pas beaucoup, mais quand même. On ne devrait pas traiter quelqu'un comme ça. Jamais.

— Je comprends, a-t-elle dit avec une parfaite maîtrise d'elle-même. Mon associé et moi savons que le conseil d'administration requiert une augmentation de vingt pour cent par quad, et nous respectons votre volonté. Une obligation que, je précise, nous avons toujours remplie depuis que nous avons pris la tête de la section jeux.

— Oui, vos antécédents sont satisfaisants, a dit une des membres. Mais c'est du passé. Étant donné les ressources que nous vous avons allouées, nous pensons que vous pouvez faire mieux.

— Mieux ? a crié LaBerge en se levant d'un bond. Comment puis-je faire mieux que la perfection ?

La foule a retenu son souffle. Tous les regards se sont posés sur lui, y compris ceux des membres du conseil. Il a frémi et souri :

— Excusez-moi. Ne faites pas attention à moi. Je ne suis qu'un idiot.

Il s'est rassis et s'est pris la tête entre les mains.

— Je suis fichu, a-t-il murmuré pour lui-même.

— Veuillez excuser mon impétueux associé, a dit Veego afin de limiter les dégâts. C'est cette passion qui lui donne l'inspiration nécessaire pour créer tous ces jeux captivants.

LaBerge a levé des yeux pleins d'espoir. Le conseil d'administration allait-il gober ça ?

— Veuillez continuer, a dit la femme.

J'ai pu sentir le soulagement de LaBerge. Il venait d'éviter la balle qu'il avait lui-même tirée.

— Merci, a repris Veego. (Elle s'est tournée vers LaBerge et a aboyé :) Tais-toi, crétin. (Puis elle a continué :) Comme vous le savez, le succès de nos jeux dépend de bien des facteurs : de nouvelles compétitions innovantes susceptibles d'attirer les parieurs, une organisation réduite afin de limiter les coûts et, ce qui est peut-être le plus important : des challengers athlétiques et talentueux capables de donner du piquant aux compétitions. Peu importe qui gagne, du moment que le combat est serré. C'est le seul moyen d'optimiser le système des paris pour le plus grand bénéfice de Blok.

Il était certain que Blok tirait profit des jeux, quel que soit le vainqueur. Et d'après ce que j'avais pu voir, beaucoup de monde pariait sur ces jeux. Blok devait se faire une petite fortune grâce à ce système. Voire une énorme fortune.

– Le challenger jaune n'a pas été à la mesure de nos attentes, a remarqué la femme.

Elle parlait de Remudi, le Voyageur. J'ai regardé Nevva, qui se tenait derrière le conseil. Elle a baissé les yeux.

– C'est notre faute, a-t-elle répondu. Il n'était pas assez entraîné et n'aurait jamais dû concourir contre le challenger vert. Peut-être aurait-il d'abord dû affronter un dado. Nous avons commis une erreur de jugement. Vous nous avez fourni quelqu'un qui avait du potentiel, et nous avons échoué.

Ce n'est pas ce qu'elle disait quelques jours plus tôt. J'imagine qu'elle se montrait diplomate… Ou se dégonflait. Ce qui est peut-être pareil, au fond.

– Mais j'ai le plaisir de vous annoncer que nous avons tiré les leçons de notre échec, a déclaré Veego.

Elle a fait un signe à Nevva. Celle-ci a sorti une petite télécommande et l'a pointée vers le plafond. Aussitôt, deux énormes écrans sont descendus, chacun d'un côté de la salle. La lumière a diminué. Un peu plus tard, les deux écrans ont pris vie. L'un d'eux a montré un challenger passant par ce qu'ils appelaient le « Crochet ». En l'occurrence, ce challenger, c'était moi. Pendant que la foule se tournait vers cet écran, l'autre déroulait des chiffres.

– En ce moment même, a annoncé Veego, cette partie de Crochet est diffusée dans tout Quillan. Regardez ces chiffres. Après son incroyable triomphe au tournoi de Tock, le challenger rouge est d'ores et déjà un favori. Maintenant, les citoyens parient sur sa victoire.

Les membres du conseil d'administration ne me regardaient pas cavaler sur l'écran. Ils échangeaient des coups d'œil en hochant la tête. Je ne savais pas du tout ce que signifiaient ces chiffres ou la façon dont se déroulaient les paris, mais vu leurs réactions, ils avaient l'air impressionnés. J'ai regardé les chiffres, moi aussi. Je n'avais pas envie de revivre cette épreuve, même si j'en connaissais le résultat. Une minute plus tard, tout était terminé. J'avais survécu au Crochet, une fois de plus. Les deux écrans ont diffusé VAINQUEUR : CHALLENGER ROUGE ! Il y a eu un murmure d'excitation. Les chiffres devaient être bons.

La lumière s'est rallumée et les écrans se sont rétractés dans le plafond. LaBerge était ivre de joie. Il claquait des mains comme une fillette surexcitée.

– Mesdames et messieurs du conseil de Blok, a annoncé Veego avec emphase – et cette fois-ci, personne ne l'a interrompue –, je vous présente le challenger qui fera du prochain Grand X le plus captivant et le plus lucratif de toute l'histoire de Quillan. Je vous présente… le nouveau challenger rouge !

Tout le monde a applaudi. LaBerge s'est accroché à mon bras et m'a forcé à me lever. Ce que j'ai fait, à contrecœur. Puis je suis resté planté là comme un idiot. Que voulaient-ils que je fasse ? Que je lève les poings en l'air en criant : « Je suis le meilleur ! Challenger vert, gare à tes os ! » J'avais plutôt envie de me planquer sous une chaise. J'ai regardé les spectateurs. Ils m'acclamaient, mais pas parce qu'ils m'aimaient bien. Pour eux, je n'étais qu'un moyen de faire du fric. Si je leur fournissais un Grand X mémorable, ce serait bon pour Blok et, probablement aussi, pour tous ceux qui y travaillaient. Peu importait qui était le vainqueur, ou qui y laissait la vie. Veego s'est redressée sur l'estrade, les mains sur les hanches. Elle avait un petit air satisfait, comme si elle montrait un singe savant. Nevva Winter se tenait derrière le conseil, l'air mal à l'aise. Elle m'a adressé un petit sourire nerveux.

Les membres du conseil me jaugeaient du regard comme on évalue un cheval de course. Pour eux, j'étais un investissement et rien d'autre. Ils étaient trop froids pour succomber à l'atmosphère enthousiaste et se mettre à applaudir. Ce n'était pas leur genre. Je les ai tous regardés tour à tour. Ils étaient plutôt du genre lugubre. D'après ce que j'avais pu comprendre, ces dix personnes tenaient entre leurs mains la destinée de Quillan, ils tiraient les ficelles. Je devais en apprendre davantage sur eux et la façon dont ils avaient acquis un tel pouvoir. Et comment Blok avait pris une telle importance, au passage. J'ai scruté chaque visage. Je n'ai vu en retour qu'une indifférence froide. Jusqu'à ce que j'en vienne au dernier.

C'était un homme qui n'avait encore rien dit. C'est pourquoi je n'avais pas vraiment fait attention à lui. Jusque-là. Alors que les neuf autres soutenaient mon regard sans témoigner la moindre émotion, celui-là avait le sourire. Dès que mon regard a croisé le sien, j'ai ressenti un frisson le long de mon échine. Peut-être à cause de la façon dont il me regardait. Peut-être à cause de son sourire. Ou peut-être à cause de ses yeux d'un bleu de glace. Ça pouvait être n'importe lequel de ces indices, mais je pense que je l'aurais su de toute façon. Nous nous sommes fixés du regard, comme en un affrontement muet. Il a levé un doigt, l'a posé sur sa tempe et m'a salué. Il n'avait pas besoin de parler : ce geste était assez éloquent. *Bienvenue sur Quillan, Pendragon.*

Le plus grand des tournois venait de commencer. J'avais trouvé Saint Dane.

Journal n° 25
(suite)

QVILLAᴎ

Avant que les applaudissements retombent, une main s'est refermée sur mon bras. Deux dados venaient de se matérialiser à mes côtés et voulaient que je les suive. Je me suis tourné vers LaBerge. Il a haussé les épaules et m'a jeté un regard troublé. Apparemment, ce n'était pas prévu au programme. Mais comme je ne savais pas quel était le programme, rien ne pouvait me surprendre. Un dado m'a tiré dans l'allée et m'a traîné vers le conseil d'administration. J'ai regardé Veego, qui semblait tout aussi déboussolée. Les dados m'ont poussé doucement, mais fermement devant le groupe de spectateurs pour se diriger vers la petite porte par où ils avaient emmené l'autre type. Qu'est-ce qui se passait ? Quelques instants auparavant, j'étais leur espoir numéro un pour le Grand X, et maintenant, on m'emmenait précipitamment, comme un criminel. J'avais bien peur d'être le prochain à finir au tarz

Les applaudissements ont continué. Nevva Winter s'est penchée vers la femme du conseil et lui a glissé quelques mots rapides à l'oreille. Je crois qu'elle non plus ne s'attendait pas à ce rebondissement. Elle devait espérer pouvoir me sauver.

J'ai regardé Saint Dane, assis tout au bout de la rangée de membres du conseil. Il avait pris l'apparence d'un type mince au nez long et fin et aux cheveux noirs ramenés en arrière. Il n'avait pas l'air de s'en faire. Cela dit, ce n'était pas son genre de s'inquiéter pour moi. En fait, il m'a même fait un clin d'œil. Les dados m'ont fait entrer dans un long couloir. La porte s'est refermée derrière moi, coupant le bruit des acclamations.

– Qu'est-ce qui se passe ? ai-je demandé d'un ton furieux, même si je ne m'attendais pas vraiment à recevoir une réponse.

Les dados m'ont fait avancer jusqu'à une autre porte. L'un d'eux l'a ouverte et m'a fait signe d'entrer. J'ai obéi. Qu'est-ce que je pouvais faire d'autre ? Allais-je tomber sur ce tarz dont tout le monde avait si peur ? Ou le Grand X allait-il commencer dès maintenant ? J'étais prêt à tout… et à rien.

Je me suis retrouvé dans un grand bureau. On aurait dit un bureau ultramoderne et élégant, comme celui d'un P-DG d'une grande boîte quelconque. L'endroit était décoré uniquement en noir et en alu. Il y avait des canapés de cuir noir et une table en aluminium. Des lampes argentées pendaient du plafond et des sculptures luisantes se dressaient aux quatre coins. La moquette était noire et les tables chromées. Ça se voulait luxueux, mais à mes yeux, cela donnait une impression de froideur et d'impersonnalité. Un mur entier était occupé par une large verrière dominant la ville. Je me suis avancé et j'ai contemplé cette mer grise qu'était Rune. Les écrans clignotaient toujours. VAINQUEUR : CHALLENGER ROUGE !

Vive moi.

– Bravo, challenger rouge, a lancé une voix ironique derrière moi.

Je me suis retourné d'un bond pour voir un homme se tenir devant la porte. C'était Saint Dane, sous son apparence de membre du conseil de Blok. Il s'était glissé dans la pièce comme un serpent. Ses longs doigts osseux bougeaient comme les tentacules d'une pieuvre. C'était le genre d'homme auquel on n'accorde même pas un regard, mais celui qui s'y risquait l'aurait aussitôt regretté en voyant la flamme qui brûlait dans ses yeux fous.

– Qu'est-ce que je fais là ? ai-je demandé.

Saint Dane s'est dirigé vers le bureau. J'ai reculé pour rester le plus loin possible de lui. Je n'avais pas oublié à quel point il était dangereux.

– Ne sois pas si suspicieux, Pendragon, a-t-il dit avec un rictus déplaisant. Tu ne cours aucun danger. J'ai juste demandé à m'entretenir en particulier avec le nouveau challenger sur lequel reposent tous nos espoirs. Rien de bien sinistre.

– Rien de bien sinistre ? ai-je répété. Ce nouveau territoire est un cauchemar ! Il est peuplé de zombies qui doivent parier pour assurer leur subsistance. Et sur des jeux mortels ! Ce n'est pas assez sinistre pour vous ?

– Non. C'est le triomphe du libre arbitre.

Il a éclaté de rire et s'est installé derrière son bureau. Il a carrément posé les pieds dessus comme s'il était là chez lui. S'il était membre du conseil d'administration, ce devait être le cas, en fait.

– Quoi que ce territoire ait pu devenir, c'est la faute de son peuple lui-même. Tu devrais t'en réjouir.

– Hein ? Pourquoi ?

– Parce que c'est exactement ce pour quoi tu te bas, a dit innocemment Saint Dane. Pour t'assurer que les territoires prospèrent sans que des gens comme moi ne s'en mêlent. C'est bien ça ? Regarde autour de toi, Pendragon. Voilà ce qui advient d'un territoire lorsque la nature humaine suit son cours naturel sans intervention extérieure. Félicitations.

– Oh ! ça va. Vous voulez vraiment me faire croire que vous n'avez rien à voir dans tout ça ?

Saint Dane s'est levé pour se diriger vers la grande verrière. Heureusement, il n'a pas repris son apparence normale, celle du grand démon tout maigre au crâne rasé couvert de cicatrices rouges. Ça m'aurait fichu un coup.

– Aussi incroyable que ça puisse te paraître, c'est vrai, a-t-il dit. Je ne suis qu'un observateur qui examine la situation avec un vif intérêt. Les gens de Quillan ne peuvent s'en prendre qu'à eux-mêmes.

– Je ne vous crois pas, ai-je dit.

Saint Dane a regardé cette grande cité grise.

– Tu es aveugle, Pendragon. Ou tu choisis de ne pas voir ce qui se trouve sous tes yeux. Tu crois vraiment qu'il y a une part de bien en chacun de nous et que, si on leur laisse le choix, les hommes choisiront la voie qui mène à la paix et la prospérité ? Eh bien ce n'est pas vrai, comme je te l'ai prouvé plus d'une fois. Mais tu refuses de l'admettre.

– La vérité, c'est que vous embrouillez les gens pour qu'ils croient que vous les aidez. Manipuler des peuples pour qu'ils courent au désastre n'est pas vraiment l'expression de leur libre arbitre.

– Ahhh, ce qui nous ramène à Quillan, a dit Saint Dane en claquant ses mains osseuses d'un air joyeux.

Apparemment, il adorait se réjouir du malheur des autres. Écœurant.

– Si les gens d'ici se retrouvent dans un tel pétrin, c'est pour une seule et unique raison. L'avidité.

– Quoi ? ai-je fait, sceptique. Ces gens n'ont rien !

– Ça n'a pas toujours été le cas. Il y a eu un temps où Quillan n'était pas si différente de la Seconde Terre. C'était un territoire prospère. La plupart de ses habitants vivaient confortablement. Ce qui offrait une opportunité idéale pour une entreprise telle que Blok.

– Mais qu'est-ce que c'est exactement, ce Blok ? Un magasin ? Un supermarché ?

– Tout à fait, a-t-il répondu. Enfin, à la base. Il y a plusieurs générations, un petit marché s'est ouvert ici, dans la ville de Rune. Blok. Leur stratégie était simple : offrir des produits moins chers que leurs concurrents. Largement moins chers. Une décision innocente. Rien de bien méchant. Au départ, ils ont perdu tant d'argent qu'ils ont bien failli mettre la clé sous la porte. Mais ils sont restés à flot pour une seule raison : les gens n'ont pas pu résister à l'attrait de payer moins cher. C'est aussi simple que ça. Ainsi, les habitants de Rune ont déserté les marchands pour se précipiter chez Blok. Petit à petit, les autres commerces ont dû fermer les uns après les autres, ce qui a profité à Blok. Au fur et à mesure que la concurrence diminuait, Blok augmentait ses prix, tout en veillant à ce qu'ils restent les plus bas du marché. Blok est devenu une entreprise bénéficiaire et puissante. Ce qui n'était au départ qu'une simple boutique vendant des choses simples, des vêtements et du mobilier, n'a cessé de croître. Blok s'est mis à vendre de l'alimentation et des automobiles, toujours à des prix si bas que les consommateurs ne pouvaient y résister. Ils se sont ensuite lancés dans la production. Ils ne se sont plus contentés de vendre des biens, ils les ont fabriqués eux-mêmes. Leur principe de base était de faire simple et bon marché. Ils se fichaient du style, de l'esthétique ou même de la qualité : seule comptait la rapidité. Il fallait qu'un objet soit assemblé le plus vite possible et au moindre coût afin d'être vendu le moins cher possible, puisque c'était ces bas prix qui attiraient les consommateurs. Finalement, ils ont poussé à la faillite tous les autres commerces qui n'ont pas pu suivre le rythme.

Saint Dane racontait cette histoire avec un plaisir malsain, comme si c'était le plus beau conte de fées jamais écrit. Je n'ai pas trop réfléchi à ces histoires de supermarché, ce qu'ils vendent, à qui et à quel prix, mais je dois admettre que son récit était intéressant... et effrayant.

– Blok a continué à prospérer, a repris Saint Dane. L'entreprise a commencé à racheter les autres compagnies pour en faire des filiales. Elle s'est peu à peu intéressée à l'énergie, à l'immobilier, aux banques et aux communications. Les dirigeants de Blok ont racheté des hôpitaux et ont commencé à fournir les services médicaux. Ils ont fondé leurs propres écoles. Les gens les ont suivis comme des moutons, puisqu'ils achetaient tout ce qui portait l'étiquette Blok. Ils ne pouvaient pas résister à l'appel d'une vie moins chère. Blok a baissé les salaires de ses employés, ce qui a encore décuplé leurs profits. Ils devenaient si importants et fournissaient tant d'emplois que les gens étaient bien obligés d'accepter leurs conditions, aussi médiocres soient-elles. Si quelqu'un refusait, il y avait toujours un autre pour prendre sa place, puisque Blok était devenu l'employeur numéro un du territoire. Je pense qu'en Seconde Terre, on appellerait ça le « caïd de la ville ». Finalement, Blok est passé à l'industrie des loisirs. Ils ont fait des films, de la musique et des tableaux, tous créés par des artistes qui travaillaient pour eux, à leur tarif et selon la vision que les cadres de la compagnie avaient de la culture.

Saint Dane s'est écarté de la verrière et a touché une sculpture qui n'était qu'un rectangle d'acier. Rien d'artistique, juste un bout de métal.

– Inutile de dire que ces œuvres d'art manquaient d'inspiration, mais ils ont réussi à les produire en masse tout en fermant peu à peu les musées et les galeries pour s'assurer que les seules œuvres d'art restantes soient estampillées Blok. Parce que l'art pousse à réfléchir. Blok ne voulait pas que ses clients pensent. Sinon, ils auraient pu s'apercevoir de ce qui se passait. Au bout d'un moment, les gens ont fini par trouver la production artistique de Blok… intéressante.

Quelle idée horrible. Une compagnie contrôlant toute la création artistique pour éviter toute réflexion. Maintenant, je comprenais pourquoi la ville était grise et monotone.

Saint Dane a continué son récit :

– Au fil du temps, Blok est devenue si immense que l'économie de plusieurs petits pays dépendait du travail qu'elle leur procurait. Tout d'abord, les gouvernements l'ont accueillie à bras ouverts à cause de tous les emplois qu'elle créait. Et pas uniquement dans ses usines. Blok avait besoin de terres arables pour faire pousser des fruits et des légumes et de laboratoires de recherches pour découvrir de nouveaux produits pharmaceutiques. Blok a envahi ces petits pays en leur promettant une nouvelle prospérité, mais en se conduisant comme un esclavagiste sans scrupules. Les travailleurs trimaient sans relâche pour un salaire de misère – tout ça pour répondre aux exigences de leurs employeurs. Lorsque ces pauvres bougres ont compris ce qui leur arrivait, il était déjà trop tard. Blok avait détruit leur économie, et tout le monde était sous sa coupe. Un plan génial ! (D'un geste, Saint Dane a désigné la ville grise.) Tout ce que tu vois ici porte l'empreinte de Blok, a-t-il repris avec admiration. La cité de Rune n'est qu'un exemple. On peut dire sans exagérer que Blok gouverne ce territoire. Oh ! il y a toujours des gouvernements. Ils édictent des lois et organisent des élections, mais ils n'ont pas de véritable pouvoir. Tout est sous la coupe de Blok, parce que Blok contrôle l'argent et l'esprit du peuple. Ils ont même leur propre force de sécurité, les dados. Ce n'est qu'une question d'avidité, Pendragon. Blok a offert aux gens ce qu'ils voulaient, et ils ont tout de suite accepté. Et n'oublions pas les fondateurs de Blok. Ils sont extrêmement riches. Ils ne risquent pas de venir s'installer dans cette malheureuse ville, ça non. Les dirigeants de Blok vivent dans un autre univers. Et au sommet de la pyramide, il y a les membres du conseil d'administration. Si tu trouves luxueux le château de Veego et LaBerge, tu devrais voir leur train de vie à eux. Au fait, je m'appelle M. Kayto. J'habite une île luxuriante qui n'est qu'à quelques dizaines de minutes d'ici. Avec mon jet privé, bien sûr. (Il a levé les mains et les a regardées comme si elles appartenaient à quelqu'un d'autre.) Je crois avoir bien choisi mon identité d'emprunt, non ?

Il semblerait qu'un M. Kayto ait bien existé, du moins jusqu'à ce que Saint Dane prenne sa place, ce qui signifiait que le vrai était mort.

– Les gens se sont toujours fait la guerre, Pendragon. Ne serait-ce que pour acquérir plus de pouvoir. L'histoire de chaque territoire est écrite dans le sang de ceux qui sont morts en tentant de répondre aux ambitions de leurs dirigeants. Ce qui s'est passé sur Quillan a été moins brutal et beaucoup plus efficace. Il n'y a eu ni bataille, ni coups de feu. Tu ne trouveras pas de cimetière militaire avec des pierres tombales par milliers. Pourtant, ne t'y trompe pas : ce territoire a bel et bien été conquis, et les bénéfices sont immenses. (Saint Dane m'a souri et a ajouté avec un petit rire.) Et le plus fort, c'est que je n'ai rien eu à faire pour ça.

Je suis resté là, à tenter d'assimiler tout ce qu'il venait de me dire. Était-ce possible ? Une entreprise pouvait-elle grandir au point de diriger tout un monde ?

– Et que viennent faire ces jeux dans tout ça ? ai-je demandé.

– Ahhhh ! Les jeux ! a fait Saint Dane, ravi. Voilà un à-côté particulièrement intéressant. Tu vois, mon garçon, l'avidité est addictive. C'est une machine qu'il faut alimenter constamment. Le conseil d'administration a constaté que l'entreprise avait atteint sa taille maximale. Il ne restait plus aucun marché à conquérir, nul pays où s'étendre. Surtout, il n'y avait plus de produits à concevoir et à exploiter pour accroître leur fortune. Si bien qu'ils en ont inventé un.

– Les jeux, ai-je dit.

– Tout à fait ! Les jeux fournissent du divertissement au peuple et sont une source constante de revenus pour la compagnie. Peu importe qui gagne, Blok prend un pourcentage sur chaque pari.

– Mais les gens ne se contentent pas de miser de l'argent ! J'en ai vu se faire arrêter pour avoir perdu.

– Oh, oui ! a répondu Saint Dane en riant. Ces pauvres bougres n'ont pas grand-chose à parier. Bien sûr, ce n'est pas ça qui va les en empêcher. L'espoir d'améliorer leur misérable existence est trop tentant. Je t'ai dit : l'avidité est au cœur de tout. Ils n'ont certes pas d'argent pour jouer, mais disposent d'un bien nettement plus précieux : leur vie ! Lorsqu'ils font cet ultime pari, gagner signifie davantage de nourriture pour leur famille. De la nourriture cultivée, traitée et vendue par Blok, bien sûr. Ou ils peuvent obtenir un poste mieux payé... chez Blok. Ou une plus grande demeure... bâtie par Blok. Les possibilités sont infinies.

– Et s'ils perdent ?

– Il y a plusieurs éventualités. En général, on vient les prendre et on les envoie dans une filiale de Blok où leurs talents seront exploités au mieux. Des emplois peu ou pas payés qui augmentent les profits de Blok. Les perdants peuvent se voir séparés de leurs familles pendant des années – en termes de Seconde Terre. Ou on peut les envoyer à la recherche médicale, ou au tarz.

– C'est quoi, ce tarz ?

– L'énergie, a répondu Saint Dane. C'est un peu comme l'électricité. Le tarz fait tourner le territoire. Mais il est volatile, un peu comme l'énergie nucléaire en Seconde Terre. Nettoyer les déchets générés par une usine de tarz est le poste le plus bas qui se puisse concevoir. La bonne nouvelle, c'est que personne n'y trime bien longtemps, parce que les déchets sont toxiques. D'après ce que j'ai pu comprendre, ils entraînent une mort assez douloureuse.

J'ai dû m'asseoir dans un de ces canapés noirs, comme si le poids de ces révélations m'écrasait. Le territoire qu'il venait de me décrire était cauchemardesque. Les gens de Quillan étaient des zombies maintenus en esclavage par les rapaces à la tête de Blok. Un vulgaire magasin !

– J'ai parfois vu, a repris Saint Dane, des pères mettre en jeu la vie de leurs enfants.

– Non !

– Oh ! si. La possibilité de remporter un gros paquet est bien trop tentante. L'avidité, Pendragon.

J'ai repensé à cette arcade, où celui qui avait gagné avait pu retrouver sa fille. Je me suis demandé s'il avait misé la vie de cet enfant. Ça m'a donné la nausée.

— Je pourrais te dire que tu as déjà perdu Quillan, a repris Saint Dane en feignant la compassion. Quillan n'a pas la moindre chance. Ce territoire va s'effondrer, et je serai là pour aider à sa reconstruction. J'ai des idées merveilleuses. Tu dois bien admettre que les gens d'ici ont tout gâché. Sous ma direction, Quillan redeviendra forte. Même toi, tu dois admettre que ses habitants ont besoin d'aide. Et je peux la leur fournir, Pendragon. Je peux aider tous les territoires. Ce qui se passe ici, sur Quillan, n'est pas un cas isolé. Il a maintes et maintes fois été prouvé que les peuples des territoires sont incapables de prendre leur propre destin en main. Je veux juste les y aider. Qu'y a-t-il de mal à ça ?

Il a dit ces derniers mots avec dans les yeux une lueur qui m'a donné envie de lui sauter à la gorge. Je l'aurais fait, si ça avait pu servir à quelque chose.

— Pourquoi m'avez-vous entraîné ici ?

Le démon est retourné devant la verrière et a regardé cette ville sinistre.

— Je veux voir si tu es vraiment aussi fort que tu le prétends, et la seule façon de le faire, c'est de te voir perdre.

— Je croyais qu'il était déjà trop tard pour ce territoire.

— Pas le territoire, idiot ! a rétorqué Saint Dane. Toi ! (Un instant, il a perdu son calme, mais ça n'a pas duré.) Je l'avoue, je suis surpris que tu aies pu faire échouer mes plans sur tant d'autres territoires. Press disait que tu étais fort, mais je ne pensais pas que tu serais si débrouillard. Bravo ! À vrai dire, je pensais que tu aurais jeté l'éponge depuis longtemps. Mais ce n'est pas le cas, apparemment ?

— Non, en effet.

Incroyable ! Voilà que Saint Dane me faisait des compliments et admettait son échec.

— J'ai une proposition à te faire, a-t-il repris. Je sais que tu ne veux pas participer aux jeux de Quillan. Je suis sûr que tu trouveras un moyen d'échapper à ces bouffons de Veego et LaBerge. Mais je voudrais que tu participes au Grand X.

— Vraiment ? ai-je répondu, sarcastique. C'est tout ? Bien sûr ! Je ferais tout pour faire plaisir à un vieil ami comme vous !

Saint Dane a éclaté de rire.

— Ce serait donc vraiment si simple ?

— Dans vos rêves.

— Je m'en doutais un peu, a-t-il dit en riant tout bas.

— Alors pourquoi ?

— Parce que je veux que tu perdes ! a-t-il rugi.

Ce type changeait d'humeur en un clin d'œil. Je ne savais jamais si, d'un instant à l'autre, il allait éclater de rire ou se mettre en colère et se jeter sur moi.

— Tu es plus fort, Pendragon, a-t-il ajouté entre ses dents serrées. Dans ton esprit, mais aussi physiquement. Tu es devenu une menace, et j'en ai assez de t'avoir dans les jambes.

— Et vous savez que vous ne pouvez pas me battre, ai-je dit, crâneur. C'est ce qu'on a découvert dans cette caverne de Zadaa, non ?

— Peut-être. Mais je pense que ta fureur était alimentée par la mort de ton amie Loor. Je ne suis pas sûr que tu puisses me vaincre une seconde fois.

— Vous voulez vous en assurer ?

S'il s'agissait d'un concours de reparties macho, je pouvais jouer le jeu. Saint Dane m'a regardé droit dans les yeux. Je n'ai pas cillé. Un instant, j'ai vu se brouiller l'image de ce M. Kayto, comme si Saint Dane perdait le contrôle de son apparence et allait redevenir lui-même. Allait-il m'agresser à nouveau ? De mémoire, j'ai fait un rapide inventaire de la pièce, cherchant ce qui pouvait servir d'arme.

— Ça arrivera, un jour, a fait Saint Dane en reculant. Mais pas ici. Pas maintenant. Je préfère te lancer un défi, Pendragon. Si tu dois triompher, ce dont je doute fort, tu seras plus fort et plus confiant que jamais. Peut-être qu'en tant que champion, tu pourras même faire un peu de bien à ce malheureux territoire. Qui sait ? Tu as tout le charisme nécessaire.

— Mais si je perds, je suis mort, ai-je souligné. Désolé, mais le jeu n'en vaut pas la chandelle.

— Ah ! c'est là que ma proposition devient intéressante. Qu'est-ce que tu désires le plus, Pendragon ? À part me vaincre, bien sûr. Qu'est-ce qui justifie de prendre un tel risque ?

Quelque chose que vous ne pouvez pas me donner.

– Qui est ?

Je me suis demandé si je devais lui dire la vérité. Pourquoi est-ce que je devais dévoiler mes pensées les plus intimes à mon pire ennemi ? Ça ne lui donnerait qu'un avantage de plus.

Avant que j'aie pu répondre, il a dit :

– Je vais te le dire. Tu veux revoir ta famille.

C'était exactement ça. Ça n'aurait pas dû m'étonner qu'il l'ait compris. C'est un démon, pas un idiot.

– Vous pouvez faire ça ? ai-je demandé d'une voix qui se brisait.

– Non, mais ce que je te propose s'en approche.

Je ne voyais pas ce qui pouvait s'en approcher, mais j'ai attendu qu'il éclaire ma lanterne.

– Si tu participes à cette compétition, je te révélerai la vraie nature des Voyageurs.

J'ai eu l'impression que la pièce se refermait sur moi. Plus moyen de respirer. Mes oreilles sifflaient et ma tête tournait. Avais-je bien entendu ? Saint Dane me proposait-il vraiment le Saint-Graal ? Le démon s'est dirigé vers moi sans se presser.

– Tu dois certainement te demander pourquoi tout ceci t'arrive à toi, a-t-il dit. J'ai la réponse à tes interrogations, Pendragon. La vraie question est de savoir jusqu'où tu es prêt à aller pour connaître la vérité.

Je devais avoir l'air sous le choc, parce que Saint Dane a éclaté de rire.

– C'est tentant, non ? Ne t'y trompes pas : je veux que tu perdes. Je veux te voir humilié. Je veux que tu abandonnes ta quête ridicule et que tu me laisses tranquille. Je te l'avoue. Mais j'avoue aussi que je le désire si ardemment que je suis prêt à faire ce que Press aurait dû faire s'il en avait eu l'occasion.

– Mais vous l'avez tué, ai-je dit.

– Oui, je l'ai tué. Mais il t'a bien promis que vous vous retrouveriez un jour, non ? Tu ne veux pas savoir comment c'est possible ?

J'ai failli en tomber par terre. Littéralement. La proposition de Saint Dane me faisait tourner la tête. Allait-il me révéler qui j'étais et pourquoi j'avais été choisi pour être Voyageur ? Ça semblait impossible. Est-ce que ça en valait la peine ? Il ne s'agissait pas de gagner un jeu à la noix. Si je perdais, je pouvais y laisser ma peau. Mais si je survivais, je trouverais la réponse à la question qui me hantait depuis le moment où je m'étais assis à l'arrière de la moto de l'oncle Press, qui m'avait emmené pour la première fois à un flume. J'avais fait tout ce qu'on attendait de moi. J'avais sauvé des territoires. J'avais vu mourir des amis. J'avais risqué ma vie un nombre incalculable de fois. Et tout ça en m'accrochant à la certitude que mon destin était écrit. À présent, Saint Dane m'offrait une occasion d'obtenir la seule réponse que je n'avais aucun moyen de trouver par moi-même. Si j'apprenais la vérité, ça me donnerait la force de continuer et ça serait peut-être la fin de Saint Dane. Mais étais-je prêt à risquer ma vie pour autant ?

– Oui, c'est tentant, ai-je dit d'une petite voix.

Là, je pouvais difficilement mentir.

– Bien sûr ! Si tu me disais le contraire, je ne te croirais pas.

– Mais je ne peux pas faire ça.

Saint Dane n'a pas réagi. Il devait s'attendre à ma réponse.

– Oh ! que si. Et je crois que tu n'y couperas pas. Mais pas par curiosité.

– Alors pourquoi ?

Saint Dane a fait un pas en avant et a sifflé :

– Parce que après tous tes succès, tu commences à croire que tu ne peux pas perdre. Admets-le donc. Tu commences à te sentir invincible, n'est-ce pas ? Surtout après que Loor est revenue d'entre les morts. C'est pour ça que je te fais cette proposition, Pendragon. Tu *peux* perdre. Tu *vas* perdre. En fait, tu as déjà perdu.

– Qu'est-ce qui vous fait dire ça ?

– Parce que je viens de te mettre dans une situation inextricable. Si tu acceptes mon offre, tu te feras vaincre et peut-être tuer. Mais si tu refuses, tu me prouveras que tu n'as pas absolument confiance en toi, comme je le soupçonne. Ça voudra dire que tu doutes de toi-même, et c'est tout aussi important que de te voir battu à plate couture dans un jeu. Donc, quelle que soit ta décision, j'ai gagné. C'est pour ça que je suis sur Quillan, Pendragon. C'est pour ça que je t'y ai attiré. Alors, comment vas-tu t'en sortir, cette fois-ci, hmm ?

QUILLAN

Je n'ai pas eu à répondre immédiatement au défi de Saint Dane, parce qu'au même moment on a frappé à la porte.

— J'ai hâte de connaître ta décision, Pendragon, a fait Saint Dane en époussetant une poussière invisible de son costume.

Il est reparti vers son bureau et a lancé :

— Oui, entrez !

La porte s'est ouverte lentement. LaBerge a jeté un regard penaud à l'intérieur.

— Excusez-moi, monsieur Kayto, a-t-il dit d'un ton nerveux. Je ne voulais pas vous déranger, mais… est-ce que tout va bien ? Je veux dire, doit-on laisser le challenger rouge dans votre bureau ou faut-il le ramener au château ? C'est comme vous voudrez.

— J'en ai fini avec lui, a répondu Saint Dane. Il peut repartir avec vous. Merci de vous en inquiéter.

LaBerge a semblé surpris de voir un membre du conseil d'administration lui parler si poliment.

— Oh, merci ! Je sais que vous êtes très occupé. Nous ne vous dérangeons pas plus longtemps.

LaBerge s'est tourné vers moi et m'a fait un signe de tête, comme pour dire : « Allons-y. »

Après tout ce que j'avais entendu, je n'étais pas sûr de pouvoir encore marcher. Je me suis levé lentement. Heureusement, mes jambes ont tenu le coup. Saint Dane s'était déjà assis derrière son bureau pour se plonger dans un rapport quelconque. Mais je savais qu'il faisait semblant. Il pensait à moi, et non à un dossier relatif à Blok.

– Il n'en est pas question, lui ai-je dit. Je ne ferai pas ça.

Saint Dane m'a regardé en souriant.

– Alors voilà qui me rend la vie plus facile, maintenant que tu viens de prouver que tu n'es qu'un lâche. Au revoir.

Je me suis dirigé vers la porte. Je n'ai rien dit ; je suis passé devant LaBerge, qui manifestement ne comprenait rien à tout ça, pour entrer dans le couloir.

– Au revoir, monsieur Kayto, a dit LaBerge d'un ton mielleux en se reculant. Désolé de vous avoir dérangé.

– Fermez la porte ! a aboyé Saint Dane.

LaBerge s'est empressé d'obéir et a couru derrière moi. J'étais déjà à mi-chemin quand il m'a rejoint.

– Qu'est-ce qui s'est passé ? a-t-il demandé. Tu ne peux pas parler comme ça à un membre du conseil d'administration !

– Ah oui ? ai-je rétorqué. Pourtant, je l'ai fait.

– Pas tant que tu es challenger, a fait LaBerge d'un ton qui se voulait dur. Je ne laisserai pas un de mes employés manquer de respect à…

J'ai pris LaBerge par le col de son costard vert ridicule et je l'ai cloué contre le mur.

– Aïe ! a-t-il râlé.

– Je ne travaille pas pour vous, ai-je craché. Et je ne suis pas un challenger. Allez vous chercher une autre victime.

– À t'entendre, on dirait que tu as le choix.

Je l'ai lâché et j'ai continué mon chemin vers l'ascenseur. Pas question de rester plus longtemps dans cet immeuble ou avec ces organisateurs de jeux du cirque. J'allais sortir de ce bâtiment et retrouver le chemin du flume. Saint Dane avait raison : Quillan était fichue. Je ne voulais pas y rester une seconde de plus. Je me doutais bien que j'allais tomber sur des dados prêts à me ramener au château. Eh bien ils allaient avoir du fil à retordre, parce que je ne me laisserai pas reprendre sans combattre. La cabine de l'ascenseur était là, la porte béante. J'y suis entré et je me suis retourné au moment où LaBerge y sautait à son tour. Les portes ont coulissé automatiquement, et on est partis.

Il m'a regardé fixement. Je crois qu'il aurait préféré ne pas se trouver là avec moi. Il devait sentir que j'avais les nerfs à vif. Au moindre mot de sa part, j'étais prêt à... eh bien, je ne sais pas ce que j'aurais fait, mais j'étais prêt pour la bagarre. Les paroles de Saint Dane n'arrêtaient pas de tourner dans ma tête. Il m'en avait tant dit que c'était dur de tout assimiler. Tout ce que je savais, c'est que je voulais quitter Quillan. M'évader. J'ai passé la main dans ma poche et j'en ai tiré la diode. Je n'allais pas attendre Nevva. C'était maintenant ou jamais. Le petit clip de métal s'est refermé sur la boucle.

– Qu'est-ce que c'est ? a demandé LaBerge. Qu'est-ce que tu fais ?

Je l'avais à peine mise en place que la lumière au centre a brillé d'une lueur rouge. Pourvu que ça signifie que la boucle était désactivée.

– Tu ne peux pas faire ça ! a gémi LaBerge.

– Trop tard, ai-je grondé. C'est fait.

LaBerge a fait un pas vers moi, mais le regard que je lui ai adressé l'a fait reculer.

– C'est bon, comme tu voudras, a fait cette mauviette en se tassant sur lui-même.

La cabine a ralenti. Je me suis mis en garde. Je ne savais pas ce qui m'attendait derrière la porte.

– Tu dois bien comprendre à quel point tout ceci est futile, n'est-ce pas ? a demandé LaBerge.

Je ne sais pourquoi, mais il a touché juste. Ce n'était pas tant ce qu'il disait que la *façon* dont il le disait. Sans émotion, comme s'il se contentait d'énoncer un simple fait. Cela m'a fait hésiter une seconde. Pas plus. Pas question de retourner dans ce maudit château.

Les portes ont coulissé. J'ai posé un pied sur l'arrière de la cabine pour me propulser dans le hall. J'ai vite pu constater que Nevva Winter avait raison. On nous surveillait. Ils m'attendaient de pied ferme. J'ai jailli de l'ascenseur pour tomber droit dans les bras de quatre dados de sécurité. Je n'avais pas une chance. Ils m'ont attrapé par les bras et les jambes, soulevé de terre et mis sur leurs épaules. Inutile de me débattre. J'aurais peut-être pu abattre une de ces boîtes de conserve, deux peut-être. Mais pas quatre. J'étais impuissant et en rogne. J'avais envie de hurler, mais je ne voulais pas donner à qui que ce soit l'occasion de me voir péter un plomb. Je me suis mordu la lèvre et je me suis retenu.

Veego m'attendait devant la grande porte du bâtiment.

– Ne lui faites pas de mal, a-t-elle simplement dit. Il doit être en état de concourir.

Les dados m'ont emmené au-dehors. Une voiture nous attendait au bas des escaliers. J'ai entrevu des passants qui s'étaient arrêtés pour nous regarder depuis l'autre côté de la rue. Ce spectacle devait confirmer leurs craintes à propos de ce bâtiment. On m'a jeté sans douceur sur la banquette arrière. Veego et LaBerge se sont assis de chaque côté de moi et ont vite fermé les portières. Deux dados étaient déjà assis à l'avant, et le conducteur a mis le pied au plancher.

– Les portières sont verrouillées, a dit calmement Veego. Tu ne peux pas t'échapper.

Je suis resté planté là, comme un enfant impuissant. J'avais envie d'exploser.

– Où as-tu trouvé la diode de blocage ? a demandé Veego.

Je n'ai pas répondu. Nous nous sommes dirigés à toute allure vers la sortie de la ville.

– Qu'est-ce qui te prend ? a demandé LaBerge. Tu ne comprends pas l'honneur qu'on te fait ? Le conseil d'administration a confiance en toi, et tu les traites sans le moindre respect ? C'est gênant pour nous tous.

Ils ont continué de parler, mais je ne les écoutais pas. Je faisais tout mon possible pour me calmer et prévoir mon prochain coup. Apparemment, je ne pouvais pas les empêcher de me ramener au château, ce qui voulait dire que je devrais m'en évader. Pourvu qu'ils n'aient pas accru les mesures de sécurité. Ça me rendait la tâche plus difficile. Mais, d'une façon ou d'une autre, je m'en sortirais. Je devais reprendre mes esprits. Peut-être en parler avec Loor. J'aurais voulu pouvoir faire pareil avec Gunny et Spader, mais c'était impossible. J'ai même pensé retourner en Seconde Terre pour venir vous voir. Je sais que Saint Dane est allé traîner dans le coin. Des milliers de plans se sont succédé dans ma tête, tous dans le même but : fiche le camp de Quillan. Pas question de risquer ma peau dans leur Grand X. Si Saint Dane en concluait que j'étais un lâche, tant pis. Ça n'ébranlerait pas ma confiance en moi. Non, il n'arriverait pas à me forcer à concourir, quoi qu'il fasse miroiter en échange. Alors qu'on fonçait dans les rues de Rune, j'ai pris une décision. J'allais rentrer chez moi.

Je pense que c'est à ce moment précis que tout a basculé. La voiture juste devant nous a freiné à mort. C'était si brutal et on roulait si vite que les dados n'ont pas pu éviter la collision.

– Ahhh ! a crié LaBerge. Qu'est-ce qui se passe ?

Veego a jeté un coup d'œil par la vitre arrière.

– Ne vous arrêtez pas, a-t-elle ordonné. Sortez-nous de là !

Le dado a aussitôt tourné le volant et a appuyé sur le champignon. La voiture a bondi vers la gauche.

– À quoi vous jouez ? a crié LaBerge. C'est un accident ! Il faut qu'on s'arrête !

– La ferme ! a craché Veego.

C'est alors qu'on nous a percutés. Le choc a été si violent que ma tête a heurté le dossier du siège avant.

– Ce n'est pas un accident, a dit Veego, très calme. Ils en ont après nous.

– Qui ? a hurlé LaBerge.

J'ai cru qu'il allait fondre en larmes. Le dado a de nouveau accéléré pour rejoindre le trafic circulant en sens inverse.

– Attention ! a crié LaBerge.

Ce dado était doué. On roulait vite, mais ses réflexes robotiques étaient vifs comme l'éclair. Il a évité les véhicules avec une dextérité surhumaine – ce qui était logique, puisqu'il n'était pas humain. J'ai regardé en arrière pour voir deux voitures foncer derrière nous. Un peu plus tard, j'ai reçu un coup sec dans les côtes. Veego avait planté un de ces pistolets électriques dorés dans mes côtes.

– Je préfère te tuer plutôt que de les laisser t'emmener, a-t-elle sifflé.

Elle n'avait pas réalisé à quel point j'étais à cran. Elle avait à peine fini sa phrase que j'ai donné un coup de coude sur son bras. Elle a couiné de douleur et lâché son arme.

– Qu'est-ce qui se passe ? a braillé LaBerge. Pourquoi est-ce qu'ils nous suivent ?

Il a poussé un cri aigu en me voyant ramasser le pistolet de Veego. D'un geste fluide, je l'ai braqué sur le pare-brise entre les deux dados et ai appuyé sur la détente.

Fum ! Le verre s'est fissuré sans se briser. Les dados conduisaient en aveugle. Soit ils s'arrêtaient d'eux-mêmes, soit ils rentraient dans quelque chose et le résultat serait le même.

On est rentrés dans quelque chose.

L'impact a soulevé notre voiture qui a fait un tonneau. LaBerge a hurlé. Tous les trois, on a roulé sur la banquette comme du linge dans une machine à laver, en mode essorage. La voiture a atterri sur le toit et a continué sa course folle sens dessus dessous. Je me suis mis en boule, les bras autour de la tête, en attendant la prochaine collision. Qui n'a pas tardé. Le choc a interrompu notre course, mais a fait tournoyer le véhicule sur lui-même. Tout ça n'a pris que quelques secondes, mais m'a semblé durer une éternité. On a heurté le trottoir dans un grincement de métal tordu. Les vitres ont explosé sous la pression du toit écrasé. Heureusement, les éclats sont partis vers l'extérieur, sinon ils m'auraient transformé en charpie. Je n'arrivais plus à distinguer le bas du haut. Je ne voyais qu'une masse informe. Veego et LaBerge étaient aussi en vrac que moi.

On a fini par heurter quelque chose qui a arrêté notre glissade. Mais ce n'était pas fini. À peine s'était-on immobilisés que la voiture s'est remise à faire des tonneaux. Je ne savais pas ce qui se passait, mais j'ai eu l'impression d'être soulevé dans les airs. J'ai vite compris qu'on venait de retomber sur nos roues.

– Au secours ! À l'aide ! piaillait LaBerge.

Finalement, l'épave s'est remise à l'endroit. J'ai entendu un grincement métallique. Là-dehors, on tentait d'ouvrir une des portières avec des barres à mine. Ça n'a pris que quelques secondes. La portière a cédé et la lumière a inondé l'intérieur de l'habitacle.

– On est sauvés ! a crié LaBerge.

On était surtout comme dans un tourbillon. M'être cogné la tête n'arrangeait rien. J'ai senti des mains me palper et me sortir de l'épave. J'ai vu qu'ils faisaient pareil avec Veego et LaBerge, ainsi qu'avec les dados. Mais c'est moi qu'ils voulaient. J'ai vu plusieurs personnes habillées en noir avec des cagoules pour dissimuler leurs visages. Je n'y comprenais rien. Étaient-ils des terroristes ? Des kidnappeurs ? Des dados ? Ils étaient si nombreux que j'ai tout de suite vu comment la voiture s'était renversée si rapidement. Ils l'avaient soulevée à bout de bras. J'étais trop dans le sirop pour me rebeller. Ils m'ont emmené vers une autre voiture à la calandre enfoncée. Sans doute celle qui nous était rentrée dedans par-derrière. J'ai vaguement enregistré toute une foule qui nous regardait. Mais personne n'a levé le petit doigt. On m'a fourré à l'arrière de la voiture endommagée. Deux des types sont montés avec moi, un autre à l'avant. D'autres ont couru vers un second véhicule, sans doute celui dont on avait fracassé l'arrière. Pas de doute, tout ça était bien organisé. Ils étaient venus me chercher. Dans le lointain, j'ai entendu une sirène. Une ambulance ? Les pompiers ? D'autres dados des forces de sécurité ?

– Allez ! a crié un des gars.

La voiture a bondi. Une fois de plus, je fonçais vers une destination inconnue. L'un des types m'a passé un sac en toile sur la tête. J'ai essayé de l'en empêcher, mais je n'en avais pas la force.

– C'est bon, a dit une voix rassurante. Tu es en de bonnes mains. Simple question de sécurité.

Sécurité. Ben voyons. Ils ne voulaient pas que je sache où on allait. Mais j'étais trop à la masse pour m'en soucier. Je pense que je suis tombé dans les pommes. Pas moyen d'en être sûr. Le voyage peut avoir duré cinq minutes ou cinq heures. En tout cas, on a fini par s'arrêter dans un crissement de pneus. Je n'ai pas bougé. J'étais étourdi, mais je n'avais pas peur. Ces types me voulaient vivant. Sinon, pourquoi m'auraient-ils tiré de l'épave ?

– Viens, a dit un des hommes du commando en m'aidant à descendre.

Ils étaient moins pressés, mais ils n'ont pas retiré le sac de ma tête pour autant. D'après ce que je pouvais entendre, on était dans un bâtiment. En cours de route, j'ai entendu se refermer une porte de métal. Un garage ? Sans un mot de plus, ils m'ont entraîné à leur suite. On a tourné plusieurs fois et descendu quelques marches. Ils m'emmenaient dans les profondeurs de cet endroit. Finalement, ils m'ont assis sur une chaise dure. Et enfin, quelqu'un a retiré le sac qui recouvrait ma tête.

Je me trouvais dans une petite pièce sombre qui ressemblait à une cellule. J'en avais assez vu pour en reconnaître une. Il y avait une chaise et un lit, mais pas de fenêtre. La seule lumière provenait d'une ampoule nue. Et face à moi se tenaient trois des kidnappeurs. Assez imposants avec leurs tenues et leurs cagoules noires. Ils restaient là, les jambes écartées, sans bouger.

Je me suis redressé, j'ai inspiré profondément et j'ai dit :

– Eh bien, c'était le pied.

Le membre du commando au centre du groupe a retiré sa cagoule. Je suis resté là, à le dévisager. C'était une femme, mais ce n'est pas ça qui m'a le plus choqué.

– Tu fais désormais officiellement partie du renouveau, a-t-elle dit.

C'était Nevva Winter.

C'est là que je mets fin à ce journal. Ça fait maintenant vingt-quatre heures que je suis dans cette cellule. Je ne sais si je suis prisonnier ou pas. Personne ne m'a dit grand-chose. Nevva est partie, en promettant qu'elle ne tarderait pas à revenir pour tout m'expliquer. Mais comme elle m'a déjà laissé tomber une fois, je n'y compte pas trop. En tout cas, je suis bien traité. On m'a même donné de quoi écrire ce journal. Les repas ne sont pas aussi bons qu'au château et ma chambre est loin d'être aussi confortable, mais c'est toujours mieux que d'être de retour là-bas à me demander quand je devrais participer à un autre de leurs jeux stupides. Ça m'a permis de faire le point par écrit et de réfléchir à tout ce que m'a dit Saint Dane.

L'ennui, c'est que je ne sais pas si je dois le croire. Je suis d'accord avec lui pour dire que Quillan est dans un sale état. J'en ai eu la preuve. Mais ce qui me gêne, c'est ce défi qu'il m'a lancé. J'essaie de me mettre à sa place. Est-ce qu'il veut juste me faire perdre ma confiance en moi ? Comme je vous l'ai déjà écrit, je pense que, pour Saint Dane, battre les Voyageurs et donc moi-même est essentiel pour contrôler Halla. Aussi bizarre que ça puisse paraître, j'ai l'impression que non seulement Saint Dane cherche à prendre possession des territoires, mais qu'il veut aussi me convaincre qu'ils s'en tireraient mieux une fois sous sa botte. Bizarre, non ? Comme si j'allais avaler ça !

Je sais que tout Halla dépend de cette bataille et que nous, les Voyageurs, on doit se battre ; une partie de moi-même est tentée de relever le défi. Je sais, ce serait complètement idiot de risquer ma vie comme ça, mais d'un autre côté on serait autrement plus forts si on comprenait qui on était vraiment. L'oncle Press le savait, mais il est mort avant d'avoir pu me l'expliquer. Il reste tant de questions sans réponses, et personne n'en sait plus que moi. N'aurait-on pas de meilleures chances de contrer Saint Dane si on en apprenait davantage sur nous-mêmes ? Cela vaut-il la peine de risquer ma vie ? Est-ce égoïste de ne pas saisir cette chance ?

Je ne sais pas. J'ai les idées trop embrouillées pour pouvoir y répondre. J'espère que, la prochaine fois que je vous écrirai, je saurai un peu mieux où je vais. Jusque-là, j'attendrai de savoir pourquoi je suis là, dans une cellule obscure qui sent le poisson, loin sous la surface du sol, quelque part sur un territoire condamné.

Apparemment, ce n'est pas demain que je rentrerai chez moi.

Quand faut y aller...

Fin du journal n° 25

SECONDE TERRE

Courtney n'avait jamais lu un des journaux de Bobby seule. Ce fut un moment étrange et pas vraiment agréable. Lorsqu'elle découvrait les derniers développements des aventures de Bobby, Mark était toujours là pour l'aider à les analyser. Et elle avait besoin de son appui. Certes, ils avaient des caractères totalement opposés : Courtney était agressive, impulsive et plutôt du genre à foncer sans réfléchir, tandis que Mark était pondéré et prudent. Mais, une fois réunis, ils formaient une excellente équipe. C'est pourquoi Courtney avait tant de mal à se retrouver seule. C'était comme Adam sans Ève, ou Tom sans Jerry. Elle avait besoin de la présence de Mark, ne serait-ce que pour ne pas péter un plomb en lisant ce que Bobby devait endurer. Elle se demanda si Mark avait eu le même problème lorsqu'elle suivait ses cours d'été et qu'il avait dû lire seul les journaux de Bobby.

Mark. Où était-il ? Ce n'était pas sympa d'oublier de la prévenir qu'il ne pourrait pas venir. Aider Andy à nettoyer la boutique de son oncle devait avoir pris plus longtemps que prévu mais, tout de même, il aurait pu lui passer un coup de fil. En revanche, Courtney se sentait moins coupable d'avoir lu le journal de Bobby sans lui. Si Mark s'en offusquait, elle savait quoi lui dire. Il n'avait qu'à l'appeler ! Comment pouvait-il s'attendre qu'elle garde ce nouveau journal toute une nuit sans y jeter un seul coup d'œil ?

Courtney prit son téléphone portable et composa une fois de plus le numéro de Mark. Elle tomba sur sa boîte vocale.

– Il est minuit passé, dit-elle sèchement. Où es-tu ? Je sais que tu ne viendras plus, puisque tu dois prendre l'avion tôt demain matin. Alors excuse-moi, mais je vais lire ce journal. Je ne pourrai jamais attendre que tu reviennes d'Orlando. Que veux-tu que je te dise ? Je n'en ai pas la volonté. Tchao.

Elle ne ressentit qu'une vague pointe de culpabilité. À un moment ou à un autre, il faudrait bien qu'elle lui dise la vérité. Au moins, de cette façon, il comprendrait qu'elle avait attendu le dernier moment. Du moins l'espérait-elle. Pourvu que Mark ne lui en veuille pas trop !

Il était tard, et Courtney avait cours le lendemain. Elle était fatiguée. Elle remit délicatement le journal de Bobby dans son enveloppe et le déposa dans le tiroir de son bureau, où personne ne viendrait l'y chercher. Elle le ferma même à clé, bien que ses parents n'auraient jamais fouillé dedans. Elle ne voulait pas prendre le moindre risque. Comme Mark ne l'appellerait plus à une heure pareille, elle éteignit son téléphone, mit son pyjama et alla se coucher...

... Mais pas moyen de trouver le sommeil. Elle se tourna et se retourna dans son lit pendant des heures. Son corps était épuisé, mais son esprit vagabondait. S'y bousculaient des challengers, des arcades à jeux vidéo, des araignées mécaniques et tout ce que Bobby avait décrit. Elle se demanda si Nevva Winter serait capable de l'aider et si Quillan était vraiment irrécupérable. C'était horrible, mais si c'était vrai, elle voulait que Bobby quitte immédiatement ce territoire et survive pour continuer le combat. Concourir à ce Grand X dans le simple but d'apprendre qui étaient les Voyageurs ? Le jeu n'en valait pas la chandelle. Elle voulait qu'il rentre en Seconde Terre. Courtney avait peur pour Quillan, toutefois l'idée de revoir Bobby lui plaisait, et le plus tôt serait le mieux. Mark et elle lui raconteraient comment Saint Dane avait pris l'identité d'un garçon nommé Whitney Wilcox et avait bien failli la tuer. Saint Dane était venu en Seconde Terre : Bobby devait donc y revenir.

Toutes ces pensées l'empêchaient de dormir. Mais une autre idée la taraudait. Pourquoi Mark ne l'avait-il pas appelée ?

Elle était passée de la colère à l'inquiétude. Telle qu'elle le connaissait, Mark était la personne la plus responsable qu'on puisse imaginer. Cela ne lui ressemblait pas. Pas du tout. Il devait forcément y avoir un rapport avec Andy Mitchell. Elle était heureuse de savoir qu'il ne le brutalisait plus, mais si cela signifiait que sa crétinerie déteignait sur Mark, cela n'en valait pas la peine. Elle avait tellement hâte d'entendre ses explications ! Pourquoi n'appelait-il pas ?

Entre deux interrogations – pourquoi Mark ne lui avait pas passé un coup de fil et où s'installerait Bobby lorsqu'il reviendrait en Seconde Terre –, Courtney finit par s'endormir. Elle était contente d'être retournée au lycée, mais elle manquait encore d'endurance. Son sommeil fut si profond qu'elle ne rêva pas. Elle ne se retourna même pas dans son lit, puisqu'au matin, elle se retrouva dans la position excate dans laquelle elle s'était endormie.

Seul l'appel de sa mère la fit émerger :

– Courtney ! Courtney ! Debout là-dedans !

Elle dut s'extraire de son mode « coma dépassé ». Un instant, elle se crut de retour à l'hôpital de Derby Falls, vouée à une nouvelle journée pénible faite de rééductation physique et de feuilletons télévisés. Elle se sentit soulagée en voyant son réveille-matin... jusqu'à ce qu'elle déchiffre l'heure : six heures dix... Six heures dix ? Il était réglé pour sonner à six heures trente. À cette heure, il faisait encore nuit. Pourquoi sa mère l'appelait-elle si tôt ?

– Courtney ? Descends tout de suite !

Elle n'aima pas l'urgence qui vibrait dans la voix de sa mère. Avait-elle fait une bêtise ? Elle extirpa du lit son corps engourdi. Dormir sans bouger d'un poil devait être reposant, mais n'était pas l'idéal pour ses muscles encore convalescents. Elle boitilla vers l'autre côté de la pièce. Ce n'est qu'une fois en bas de l'escalier que ses membres s'assouplirent un peu. L'afflux sanguin calmait la douleur. Dans le salon, la télévision était allumée. Courtney partit dans cette direction, mais sa mère l'intercepta au passage. Mme Chetwynde n'avait pas bonne mine. Il brillait dans ses yeux une lueur telle qu'elle n'en avait jamais vu.

– Qu'est-ce qu'il y a, maman ? demanda-t-elle.

– Mark est bien parti pour la Floride hier soir ? fit-elle d'un ton mal assuré.

Hein ? Si Courtney était encore dans les vapes, cela suffit à la réveiller pour de bon. À voir l'expression de sa mère, il se passait quelque chose.

– Non ; il est resté pour aider Andy Mitchell à nettoyer la boutique de fleuriste de son oncle. Pourquoi ?

Soudain, Mme Chetwynde parut soulagée.

– Oh, merci mon Dieu !

– Quoi ? Qu'est-ce qui s'est passé ?

– Viens voir. Les nouvelles ne parlent plus que de ça.

Mme Chetwynde repartit vers le salon. Courtney la suivit, soudain anxieuse. Lorsque « les nouvelles ne parlent plus que de ça », ce n'est jamais bon signe, surtout si tôt le matin. En général, on ne parlait jamais de ce qui allait bien. Les mauvaises nouvelles, en revanche, apparaissaient tout d'un coup et se propageaient rapidement. Courtney vit que son père fixait l'écran de la télévision. Celle-ci diffusait un reportage en direct qui semblait filmé depuis un hélicoptère survolant l'océan. Un navire des gardes-côtes s'y découpait, et un autre hélico planait non loin de là.

– Que s'est-il passé ? demanda Courtney.

– Un avion s'est écrasé, répondit son père. Avec ses passagers. Apparemment, il a eu des problèmes de moteur au-dessus des îles Carolines et a dû repartir vers la mer pour larguer du carburant. Il n'est jamais revenu.

– Il s'est écrasé dans l'océan ?

– C'est ce qu'ils croient, reprit M. Chetwynde. Il n'y a ni épave, ni trace de l'accident. Il doit avoir coulé à pic.

– Quelle tragédie, ajouta Mme Chetwynde. Tous ces gens.

– C'était un gros avion ? demanda Courtney.

– Taille maximale, bondé, répondit M. Chetwynde sur un ton lugubre. Deux cent quatre-vingts passagers, sept membres d'équipage.

La respiration de Courtney s'accéléra — une réaction involontaire face à cette terrible nouvelle.

– C'est pour ça que je t'ai posé la question à propos de Mark, fit Mme Chetwynde. Ce vol a quitté l'aéroport JFK de New York hier à 19 heures, en partance pour Orlando.

– Mark ne l'a pas pris, affirma Courtney. Il devait aider Andy et, peut-être, prendre un vol plus tardif, ou alors tôt ce matin...

Courtney ne finit pas sa phrase : les mots se figèrent dans sa gorge. Une idée la frappa si violemment qu'elle sentit battre le sang à ses tempes. Mme Chetwynde remarqua son changement d'expression.

– Qu'est-ce qu'il y a ?

L'esprit de Courtney s'emballa comme un cheval effrayé, calculant toutes les possibilités. Non, elle ne voulait pas y croire ! Elle repassa dans sa tête tout ce qu'elle avait entendu le jour d'avant, chaque possibilité, chaque scénario, mais en vain.

– Qu'y a-t-il ? demanda Mme Chetwynde. Tu as dit qu'il n'était pas dans cet avion.

– C'est le cas, coassa Courtney, à peine capable de parler. Mais ses parents ont pris ce vol.

M. Chetwynde s'est arraché à l'écran pour regarder sa fille. Ils sont restés plantés là tous les trois, figés, incrédules. Courtney fut la première à rompre leur transe. Elle courut à la cuisine et téléphona chez Mark. Elle n'obtint qu'un répondeur, et la voix joyeuse de Mme Dimond lui dit : « Bonjour ! Laissez-nous un message, d'accord ? »

Courtney raccrocha violemment le combiné. Ses parents l'avaient suivie et, tout comme elle, scrutèrent l'appareil.

– Comment peut-on savoir s'ils étaient à bord de cet avion ? demanda Mme Chetwynde.

Courtney sortit de la cuisine pour grimper l'escalier quatre à quatre. Elle ne sentait plus la douleur dans ses jambes. Elle fit irruption dans sa chambre et se précipita sur son mobile. Elle s'apprêtait à appeler Mark, mais, en retournant le téléphone, elle constata qu'un message l'attendait. Mauvaise nouvelle ou bonne nouvelle ? Il ne lui restait qu'à l'écouter. Elle appuya sur la touche de sa messagerie.

– Message reçu à 3 h 30, fit la voix digitale.

Courtney eut un léger soupir. C'était bien après le décollage de cet avion condamné. Un peu plus tard, elle entendit la voix de Mark :

– C'est... C'est moi.

Courtney fut submergée sous deux vagues d'émotions contradictoires. Mark était en vie. Elle aurait crié de joie et de soulagement, si ce n'était le ton de sa voix. Ces quelques mots lui suffirent pour comprendre qu'il allait mal. Et elle craignait de savoir pourquoi.

Mark pleurait. Elle l'entendit renifler, puis dire dans un gémissement empreint d'une infinie douleur :

– Ils sont morts.

Courtney se sentit faiblir. Ces simples mots confirmaient ses pires soupçons. L'avion qui s'était abîmé dans l'océan en pleine nuit emportait bien à son bord M. et Mme Dimond. Courtney se mit à pleurer, elle aussi. Mark avait perdu ses parents. Et sans cet incident chez l'oncle d'Andy, Mark et Andy se seraient aussi trouvés à bord de cet avion. Elle aurait voulu être à côté de Mark pour le serrer dans ses bras et lui dire que tout s'arrangerait, même si elle savait que c'était faux. Elle aurait bien voulu savoir où il était. Sans doute à l'aéroport, ou au commissariat, qui sait ? Où vont ceux qui ont appris que leurs parents ont disparu en mer et qu'ils ne les reverront jamais ? Qui vous annonce ce genre de drame ? Comme elle regrettait de ne pas avoir laissé son téléphone allumé !

Courtney savait ce qu'il lui restait à faire. Elle devait aller chercher Mark et le ramener chez elle. Elle ne savait pas s'il lui restait de la famille, mais, si c'était le cas, ils ne vivaient pas à Stony Brook. Mark était fils unique. Et, jusqu'à nouvel ordre, elle voulait que Mark s'installe chez eux. Ils seraient sa nouvelle famille. Courtney étaient sûre que ses parents ne s'y opposeraient pas. Après tout, il avait sauvé la vie de leur fille !

Tout cela traversa l'esprit de Courtney en un éclair. C'était peut-être un mécanisme de défense contre la douleur, mais c'était aussi dans sa nature. Elle était toujours prête à agir et à trouver des solutions. Mais ce qu'elle entendit lui fit tirer un trait sur toutes ces idées.

– On se retrouve au flume, dit Mark.

Clic. Il avait raccroché. Fin du message.

Courtney regarda son téléphone d'un œil rond. Avait-elle bien entendu ?

– Tu as pu le joindre ? demanda Mme Chetwynde.

Courtney se retourna d'un bloc. Ses parents se tenaient dans l'encadrement de la porte de sa chambre.

– Heu...

C'est tout ce que Courtney réussit à dire. Son esprit était aussi vide qu'une salle de classe au mois d'août. Elle n'arrivait pas à enregistrer les informations assez rapidement.

– Tu as pu joindre Mark ? insista Mme Chetwynde. Ses parents sont là ?

Courtney savait qu'elle devait reprendre ses esprits. Elle ferma les yeux, inspira profondément et se dit : *Une chose à la fois.* Elle exhala et dit doucement :

– Il a laissé un message. Ses parents étaient à bord.

– Oh, non ! s'écria Mme Chetwynde.

M. Chetwynde prit sa femme dans ses bras. Courtney se joignit à eux. Son père passa son bras autour de sa fille, et tous trois restèrent enlacés, cherchant un semblant de réconfort dans cette terrible épreuve. Le genre de soutien et de réconfort que Mark n'obtiendrait plus jamais de sa propre famille. Courtney aurait voulu que ce moment n'en finisse jamais, parce qu'elle savait ce qui lui restait à faire. Cet accident était une tragédie en soi, mais elle craignait que ce ne soit pas tout. Mark était allé au flume. Elle n'osait se demander pourquoi. Elle pouvait juste espérer qu'il ne lui soit rien arrivé. Elle préféra ne pas imaginer ce qui avait pu se passer. Cette perspective était trop effrayante.

SECONDE TERRE
(suite)

Le lendemain, Courtney fit l'école buissonnière. Le jour d'avant, il n'y avait rien de plus important dans sa vie que d'aller au lycée. C'était le symbole de son retour à une vie normale. Mais après tout ce qui venait d'arriver, c'était à présent secondaire. Elle ne voulait pas entendre les autres parler de l'accident. Ni subir un barrage de questions lui demandant si elle avait vu Mark. Elle n'avait aucune envie de faire bonne figure et de faire comme si ce n'était pas si grave. Parce que c'était loin d'être le cas. Courtney devait se rendre au flume.

Elle empoigna son sac à dos et partit juste à temps pour prendre le bus. Ses parents voulaient qu'elle reste à la maison, mais elle leur dit qu'elle préférait encore y aller. Elle ne précisa pas où. Après les avoir serrés dans ses bras, peut-être un peu plus fort que d'habitude, elle s'en alla dans la direction de l'arrêt de bus… et le dépassa.

La maison Sherwood n'était pas bien loin de la banlieue résidentielle pour classes moyennes où habitait Courtney. Elle y était déjà allée plusieurs fois. C'était un immense manoir abandonné qui avait un jour appartenu à un homme ayant fait fortune dans l'élevage de poulets. Il était mort depuis longtemps et, comme ses héritiers n'avaient pas pu se mettre d'accord, la maison était abandonnée. D'après le père de Courtney, le procès pouvait durer des années, puisque personne ne voulait faire la moindre concession. Cette propriété avait bien trop de valeur. Courtney ne savait pas exactement quel était le problème et elle s'en moquait. Les gamins du quartier prétendaient que cet éleveur hantait toujours le manoir et que, à minuit, on pouvait l'entendre caqueter. Courtney elle-même avait plus d'une fois colporté cette légende. Mais, à présent, elle connaissait le véritable secret de cette maison, et il était bien plus surprenant qu'une apparition spectrale.

Le sous-sol abritait un flume permettant de joindre d'autres territoires. Lorsque Mark et elle étaient devenus les Acolytes de Bobby, ils avaient assisté à sa création. Ils l'avaient emprunté pour se rendre sur Cloral, puis Eelong[1]. C'est là qu'était mort le Voyageur du nom de Seegen. Là aussi qu'ils avaient vu pour la première fois Saint Dane, lorsque ses longs cheveux gris avaient pris feu, laissant un crâne chauve couvert de cicatrices. C'était là que le démon avait jeté le sac crasseux contenant la main de Gunny pour attirer Bobby sur Eelong. Maintenant, un nouveau chapitre dans l'histoire de la maison Sherwood allait s'écrire. C'est là que s'était rendu Mark après avoir appris la mort de ses parents, et Courtney voulait savoir pourquoi.

Le domaine était entouré par un grand mur de pierre et les grilles étaient fermées par un cadenas. Cela n'avait pourtant jamais arrêté Mark et Courtney. Sur le côté de la propriété, un arbre se dressait tout près du mur et il était assez facile à escalader pour en atteindre le sommet. Courtney y alla tout droit, jeta un coup d'œil pour vérifier qu'il n'y avait personne, puis grimpa sur le tronc comme un écureuil. Elle était encore raide et ses muscles étaient engourdis, mais cela ne l'arrêta pas. En revanche, descendre de l'autre côté serait plus problématique. Là, il n'y avait pas d'arbre pour l'aider. Il lui faudrait sauter. Et la réception allait être rude, elle le savait. Pire encore, elle ne savait comment sa mauvaise jambe supporterait la chute. Une fois au sommet du mur, elle ne devait pas perdre une seconde. Si quelqu'un la voyait, il ne manquerait pas d'appeler la police. Courtney s'empressa de passer les

---

1. Voir Pendragon n° 5 : *La Cité de l'Eau noire*.

jambes de l'autre côté, ramena tout son poids sur ses bras et se laissa descendre jusqu'à ce qu'elle soit étirée au maximum, seuls ses doigts s'accrochant au mur. Il lui restait encore un peu plus d'un mètre jusqu'au sol.

Son bras à peine guéri la lançait. Pourtant, elle ne lâcha pas prise. Et si l'impact était trop violent ? Sa jambe gauche se briserait comme une brindille. Mieux valait se recevoir sur la droite. Quoique, vu la hauteur, atterrir sur une seule jambe n'était pas très malin. Si elle se recevait mal, elle pouvait se blesser à l'autre genou. Pendant ces quelques secondes, Courtney regretta de ne pas avoir mieux planifié son expédition. Mais il était trop tard : elle commençait à lâcher prise. Elle inspira profondément et se laissa glisser. Elle retomba sur son pied droit, pliant le genou pour absorber l'essentiel de l'impact et retomba sur son flanc droit. Elle eut l'impression de se briser tous les os du corps. Elle resta allongée sur l'herbe, hors d'haleine, à faire l'inventaire mental des dégâts. La sensation de brûlure était intense, mais à part ça, rien n'était cassé. Tous ses membres se mouvaient normalement. En fait, c'était sa lèvre inférieure qui avait le plus souffert. Elle se l'était mordue en touchant le sol. Mais elle y survivrait. Et elle pouvait marcher.

Courtney se releva et fit quelques pas hésitants. Jusque-là, tout allait bien. Toutefois le plus dur restait à venir. Elle connaissait bien la maison Sherwood. Elle en avait visité chaque pièce. Mais ce n'était pas comme si elle l'avait explorée de fond en comble. Mark et elle l'avaient visitée au pas de course, pourchassés par deux féroces chiens-quigs. Depuis, ils n'avaient pas revu ces bêtes dangereuses, mais Courtney préférait ne pas prendre de risques inutiles. Elle était armée de deux bombes lacrymogènes d'autodéfense, une dans chaque poche de son blouson. Elle savait que, dans son état, elle ne pourrait jamais leur échapper. S'ils attaquaient, elle leur ferait donc face et les aspergerait de gaz irritant.

Une bombe dans chaque main, Courtney s'approcha prudemment de la maison. C'était un vieux manoir assez effrayant, même de jour. Comme l'automne était bien avancé, la cour était grise et sinistre, et des feuilles mortes voletaient partout. C'était facile de comprendre pourquoi cet endroit avait la réputation d'être hanté. Elle monta les marches menant au porche et se dirigea vers la porte principale. Celle-ci n'était jamais fermée à clé. Ceux qui avaient la charge de cette demeure devaient croire que le verrou de la grille suffisait à la protéger des intrus. S'ils savaient !

Son cœur s'emballa. Elle craignait de se faire attaquer par un quig, mais en même temps elle avait hâte de voir ce qu'elle allait découvrir à l'entrée du flume. Pourvu que Mark soit là ! Elle poussa la porte et scruta le grand vestibule désert.

– Par ici, mon toutou, petit petit… lança-t-elle.

Seul l'écho de sa propre voix lui répondit. Son moral monta alors d'un cran. Les quigs étaient des monstres sans cervelle. S'ils étaient par là et voulaient l'attaquer, ils l'auraient déjà fait. Elle garda tout de même une bombe à la main, au cas où.

Elle ferma la porte et se dirigea droit vers les escaliers menant au sous-sol. Maintenant qu'elle était tout près du but, ses angoisses la reprirent. Qu'allait-elle trouver là en-bas ? Elle pressa le pas en descendant les marches, puis traversa le sous-sol désert vers la porte de bois menant à la cave. Elle s'arrêta pour regarder l'étoile gravée sur le panneau, celle qui indiquait toujours l'emplacement d'un flume. Elle se rappela le moment où Mark et elle l'avaient vu apparaître sous leurs yeux, comme gravée par une énergie invisible. Alors qu'elle restait là, à la regarder, elle secoua la tête. Sa vie prenait un tour bien différent de ce qu'elle s'était imaginée.

– Mark ? lança-t-elle. Tu es là ?

Pas de réponse. Elle poussa la porte grinçante et entra dans la cave humide.

Mark n'était pas là. Le grand couloir rocailleux qu'était le flume était sombre et désert. Les yeux de Courtney mirent un instant à s'accoutumer à la pénombre. Elle se rendit devant l'embouchure du flume et contempla l'éternité.

– Qu'est-ce que tu as fait, Mark ? dit-elle à voix haute.

Elle redoutait qu'il ne l'ait emprunté pour rejoindre un autre territoire. Car seuls les Voyageurs y étaient autorisés.

Ils l'avaient appris de façon brutale. Le flume d'Eelong s'était effondré pour la seule et unique raison que Mark et Courtney avaient dérogé à cette règle. Elle avait du mal à croire que Mark puisse tenter une nouvelle fois l'expérience, maintenant qu'il savait à quel point c'était dangereux. Cependant il ne raisonnait pas forcément de façon rationnelle. Elle ne pouvait imaginer sa propre réaction si elle apprenait qu'elle avait perdu ses parents. Pour autant qu'elle sache, Mark avait peut-être perdu la tête. Personne ne pouvait garder l'esprit clair après un choc pareil. La question était de savoir à quel point il déraillait. Avait-il oublié les dangers du flume ? Si tel était le cas, où était-il allé ? Retrouver Bobby ? Mais pourquoi ?

Elle connaissait bien Mark, mais ne comprenait pas pourquoi il était venu ici et lui avait demandé de le rejoindre. Elle avait obéi. Elle n'avait pas trouvé de réponses pour autant, uniquement d'autres questions. Elle haussa les épaules et tourna les talons, prête à repartir.

C'est alors qu'elle la vit. Elle ne l'avait pas remarquée tout de suite parce que ses yeux n'étaient pas accoutumés à la pénombre. À présent, elle pouvait distinguer une boîte en bois posée à quelques mètres de l'embouchure du flume. Il y avait quelque chose dessus. Une enveloppe beige. Une bonne vieille enveloppe de Seconde Terre. Un simple mot y était écrit en lettres majuscules : COURTNEY.

Elle se précipita vers l'enveloppe et la ramassa. C'était forcément un message de Mark. Voilà pourquoi il l'avait fait venir. Sans perdre une seconde, elle la déchira en prenant soin de ne pas abîmer ce qu'il pouvait y avoir dedans. Elle trouva une feuille de papier et deux enveloppes plus petites. Elle tira d'abord la feuille. C'était une note :

C'est bien la chose la plus difficile que j'ai jamais dû faire. Je t'en prie, pardonne-moi. Mark.

Courtney en eut le souffle coupé. Qu'avait-il fait ? Elle commençait à croire qu'il avait bel et bien sauté dans le flume. Elle reposa la note dans la grande enveloppe et tira l'une des autres plus petites. Elle était lourde. Il y avait quelque chose dedans. Sur le papier était inscrite une série de chiffres : n° 15-224. Courtney savait très bien ce qu'ils signifiaient : un numéro de compte. En voyant ça, elle comprit aussi ce qu'elle trouverait dedans. Elle l'ouvrit et laissa tomber son contenu dans sa main. C'était une petite clé de bronze. Courtney détenait désormais le numéro et la clé du coffre à la banque de Stony Brook, où Mark cachait les journaux de Bobby. Ce dernier avait lui-même ouvert ce compte en 1937 et leur avait demandé d'y garder ses journaux[1]. Courtney mordit sa lèvre déjà douloureuse pour s'empêcher de pleurer. Mark venait de lui confier les journaux de Bobby. Pourquoi ?

Il restait encore une petite enveloppe. Courtney découvrit qu'elle aussi pesait un certain poids. Elle l'ouvrit, regarda à l'intérieur, et cette fois, elle ne put retenir ses larmes. Courtney ne pleurait que très rarement. Durant son calvaire après l'accident, elle avait à peine versé une larme. Mais là, elle se mit à sangloter. Elle ne s'y attendait pas, et le choc avait été violent. Elle ne pouvait plus retenir son émotion. Car dans cet enveloppe, il y avait quelque chose qui n'aurait jamais dû s'y trouver. C'était l'anneau de Voyageur de Mark, celui qu'Osa, la mère de Loor, lui avait donné il y avait bien longtemps, avant même qu'ils apprennent la disparition de Bobby[2]. Avant qu'ils entendent parler de flumes, de Voyageurs et de territoires. Et de Saint Dane. Depuis, Mark ne l'avait jamais retiré. Jusqu'à maintenant. Lorsqu'elle le vit, Courtney comprit tout. Le doute n'était plus permis : Mark avait pris le flume et, où qu'il puisse être parti, c'était un aller sans retour.

– Mark, qu'est-ce qui t'est passé par la tête ? sanglota-t-elle.

Courtney s'assit sur la boîte et s'abandonna à son chagrin. Elle ne pouvait rien faire. Mark n'avait pas laissé d'autre indice. C'était forcément volontaire. S'il avait voulu qu'elle en sache plus, il lui aurait donné des indications. Mais en voyant ce qu'il lui avait laissé, elle comprenait ses intentions. Il voulait qu'elle reçoive les journaux de Bobby et qu'elle les

---

1. Voir Pendragon n° 3 : *La guerre qui n'existait pas*.
2. Voir Pendragon n° 1 : *Le Marchand de peur*.

mette en lieu sûr. Seule. Elle le ferait, pas de doute. Elle était prête. Mais pas à le faire sans Mark.

Courtney ne voulait pas rester là. Elle avait l'impression que les murs du sous-sol se refermaient sur elle. Mieux valait retourner dehors, à la lumière, où elle pourrait respirer et penser. La bouche béante du flume lui donnait le frisson. C'était si tentant ! Là, au-delà de ce tunnel, se trouvaient les réponses à ses questions, mais elles restaient hors de portée.

Elle glissa en hâte la clé dans la poche de son blouson avec l'enveloppe contenant le numéro du coffre. Elle plia le mot de Mark et le mit dans la même poche. Il lui restait le lourd anneau d'argent avec la pierre grise entourée de symboles gravés – un pour chaque territoire. Elle allait le laisser tomber dans sa poche lorsqu'elle s'arrêta net. Non, il ne fallait pas faire ça. Cet anneau n'était pas un objet sans vie. C'était le symbole vivant de Halla. De Bobby et des Voyageurs. De Mark. Il n'y avait qu'une seule façon de le traiter avec le respect qu'il méritait. Courtney le posa dans la paume de sa main gauche. Elle l'avait déjà tenu bien des fois, mais sans prendre la pleine mesure de son importance. De sa destinée. Mark et elle étaient tous deux des Acolytes, et pourtant cela restait l'anneau de Mark. C'était à *lui* qu'Osa l'avait donné. À chaque fois qu'elle le touchait, elle se sentait mal à l'aise, comme si elle n'en était pas digne. Mais Mark le lui avait donné. À présent, c'était *son* anneau. Elle était désormais la seule Acolyte de Seconde Terre. Il ne lui restait plus qu'une chose à faire. Courtney leva l'anneau avec révérence, essuya ses dernières larmes et dit :

– Mark, où que tu sois, j'espère que tu sais ce que tu fais, espèce d'andouille.

Elle glissa l'anneau argenté à l'annulaire de sa main droite. Il lui allait parfaitement.

Aussitôt, comme en réponse, Courtney entendit un bruit évoquant un craquement. Elle se figea. Elle savait ce que cela signifiait. Elle l'avait déjà entendu. Elle se retourna.

Le flume s'animait.

SECONDE TERRE
(suite)

Courtney fit un bond en arrière et se cogna le dos contre le mur opposé au flume. Elle vit une petite lueur apparaître dans le lointain, qui s'intensifiait rapidement. Quelqu'un arrivait. Courtney avait déjà assisté à ce phénomène. Elle-même avait déjà emprunté le flume. Mais elle n'y avait jamais assisté toute seule. Elle se surprit à tendre la main pour prendre celle de Mark, sauf qu'il n'était pas là.

La lumière devint plus aveuglante. Courtney pouvait entendre les notes de musique qui accompagnaient toujours les Voyageurs lors de leur traversée. Le couloir parut se tordre de façon à peine perceptible, comme s'il s'étirait et se préparait à recevoir son visiteur.

– Faites que ce soit Mark, chuchota Courtney pour elle-même. Ou Bobby.

Inutile de préciser qui elle ne voulait *pas* voir sortir du couloir.

Alors que les lumières s'intensifiaient encore, les murs gris du flume devinrent transparents comme du cristal. Courtney savait qu'il n'y en aurait plus pour longtemps. Le nouveau venu était presque arrivé. Des rais de lumière illuminèrent la cave. Courtney se protégea les yeux, mais elle ne voulait rien rater du spectacle. Un peu plus tard, elle vit l'ombre d'un Voyageur se découper dans l'ouverture du flume.

– Mark ? cria-t-elle pour couvrir la musique. Bobby ?

Les lumières ne s'éteignirent pas avec l'arrivée du Voyageur. Elles continuèrent de briller. Voilà qui était inhabituel. Courtney n'avait assisté à un tel phénomène qu'une fois. Et ce n'était pas un bon souvenir. Si elle avait pu traverser le mur auquel elle s'adossait, elle l'aurait fait.

– Salut, Courtney, fit une voix amicale. Ça fait un bail.

Courtney faillit s'évanouir. Elle connaissait cette voix. Soudain, elle se revit transportée sur une route solitaire dans les montagnes du Berkshire. Elle gisait, inerte, comme une poupée brisée. Les phares de la voiture qui l'avaient renversée perçaient les ténèbres. Le chauffeur se tenait devant ces mêmes phares afin qu'elle puisse le voir. C'était le type qui avait bien failli la tuer. Qui avait *tenté* de la tuer. Délibérément. Celui qu'elle cherchait à rejoindre parce qu'il lui plaisait plus que de raison. Sa tête lui tournait. C'était absurde. Ce n'était qu'un souvenir. Horrible, indélébile, mais un souvenir. Alors pourquoi le voyait-elle à nouveau ?

Le Voyageur sortit du flume. C'était un garçon séduisant de dix-sept ans environ avec des cheveux blonds bouclés et un sourire malicieux. Il portait un sweat-shirt proclamant ACADÉMIE DE STANSFIELD et un ballon de football. C'était un cauchemar. C'était Whitney Wilcox.

C'était Saint Dane.

– Je t'ai manqué ? dit-il en lançant son ballon en l'air avant de le rattraper. Je suis content de voir que tu vas mieux. Pendant un moment, j'ai cru que tu ne t'en tirerais pas.

Courtney pouvait à peine respirer. Elle le regarda, les yeux écarquillés, sous le choc.

– Je... Je ne comprends pas, balbutia-t-elle.

Whitney rit de bon cœur.

– Ce n'est rien de le dire ! Et le plus drôle, c'est que tu ne réalises même pas l'étendue de ton ignorance.

Courtney secoua la tête. C'était bien tout ce qu'elle pouvait faire.

– Je suis sûr que Mark et toi vous êtes demandés ce que je mijotais pour faire tomber la Seconde Terre. Non ?

Courtney ne répondit pas. Elle en était incapable.

– Je parierais que vous avez cru que le succès de Pendragon en Première Terre m'obligerait à épargner votre territoire, n'est-ce pas ? Allez , je suis sûr que vous y avez pensé.

Whitney fit adroitement rebondir le ballon sur son genou pour le rattraper du bout du pied avant de le reprendre au vol. Courtney restait plantée là, comme figée sur place.

– Eh bien, je suis désolé de te le dire, mais vous vous trompez. Ça fait déjà quelque temps que je m'amuse avec votre petit territoire prétentieux. Tu veux savoir ce que je prépare ?

Elle ne le souhaitait pas vraiment, mais elle n'avait pas le choix.

Whitney jeta le ballon en l'air, se retourna et, d'un coup de pied, l'envoya dans la lumière jaillissant du flume. Lorsqu'il fit à nouveau face à Courtney, il s'était transformé. Il n'était plus Whitney Wilcox, mais…

– Mitchell ! hurla Courtney.

Là, dans l'embouchure du flume, se tenait bien Andy Mitchell. Il renifla, repoussa ses cheveux graisseux et dit d'un ton crâneur :

– Salut, Chetwynde, ça boume ?

– Non… balbutia Courtney, stupéfaite. Non !

– Oh ! si, reprit Mitchell. Ça a toujours été moi, dès le départ. On a grandi côte à côte, Chetwynde !

Il cracha par terre et éclata de rire. C'était Saint Dane, mais avec ces mauvaises manières que Courtney ne connaissait que trop – parce qu'il *était* Andy Mitchell.

– Mon coup préféré, c'est encore la fois où j'avais volé les journaux de Pendragon, caqueta-t-il. Bon sang, je vous ai bien fait suer. Enfin, je dois reconnaître que vous vous en êtes sortis en fin de compte.

C'en était trop pour l'esprit de Courtney. Tout son monde venait de s'effondrer.

– Alors… Andy Mitchell n'a jamais existé ? demanda-t-elle d'une voix exsangue.

– Bien sûr que si, puisqu'il est là, sous tes yeux. Mais il n'était pas celui que tu croyais, c'est tout. (Mitchell ricana de plus belle et repoussa ses mèches de cheveux.) Surprise !

– Où est Mark ? demanda-t-elle avec l'énergie du désespoir.

– Oh ! non, répondit Mitchell en agitant le doigt. Il ne faut pas trop en demander. Disons que notre amitié est entrée dans une nouvelle phase.

Alors qu'elle assimilait ce qu'il disait, Courtney eut une révélation si violente qu'elle se ressaisit immédiatement. Sa frayeur se dissipa instantanément. À présent, elle brûlait de rage.

– Tu as tué les Dimond, hein ? siffla-t-elle. Cet avion a disparu à cause de toi, Saint Dane.

Andy Mitchell fit une révérence.

– Juste une nouvelle pièce dans un puzzle particulièrement complexe.

Courtney comprenait maintenant. Tout était clair. Elle n'avait jamais rien entendu de si affreux. Tout ce qui lui était arrivé, toutes ses interactions avec Andy Mitchell depuis leur rencontre au jardin d'enfants jusqu'à la mort des parents de Mark, ne devait rien au hasard. Tout était planifié. Saint Dane s'était infiltré dans leurs vies bien avant qu'ils sachent ce qu'étaient les Voyageurs, les flumes et Halla. Quel que soit son plan, cela faisait des années qu'il y travaillait.

– Profite de la vie, Courtney, dit Mitchell en se tournant vers l'embouchure du flume. Comment dit votre ami le Voyageur ? Ah, oui. Hobie-ho, allons-y !

Et il sauta dans le flume.

– Non ! cria Courtney.

Elle ne prit pas le temps de réfléchir. Elle se jeta sur Mitchell, prête à le plaquer au sol ou à l'empêcher de partir par tous les moyens. C'était de la folie, mais Courtney ne raisonnait plus sainement. Elle bondit à son tour dans le flume, mais trop tard. Il était parti. Courtney heurta le sol de cristal, les mains vides.

– Saint Dane ! cria-t-elle, bien qu'elle sache qu'il n'était plus là pour l'entendre.

Courtney se retrouva à quatre pattes, baignant dans la lumière du flume. C'est alors qu'elle sentit comme une force invisible qui l'attirait vers le tunnel. Fascinée, elle vit que la lumière ne diminuait pas. Qu'est-ce qui pouvait bien se passer ? Horrifiée, elle constata que l'attraction se faisait plus forte. Elle était entraînée dans le flume ! Elle reprit ses esprits et rampa vers la cave. Du moins, elle essaya. Autant vouloir lutter contre une tornade. Elle se retourna, s'assit et tenta de planter ses talons dans le sol de cristal. En vain. Centimètre par centimètre, la force l'emportait. Plus elle luttait, plus elle s'enfonçait. En une dernière tentative, elle se retourna pour se cramponner au rebord du couloir. Hélas ! c'était trop tard. Ses doigts raclèrent la surface de cristal lisse, et elle se vit entraînée dans l'infini.

Lorsque Courtney virevolta pour regarder au-delà de ses pieds, elle constata qu'elle était en route. Elle voyageait. Mais vers où ? Comme elle avait déjà pris un flume, elle n'avait pas vraiment peur. Pas de cette expérience en elle-même. Mais le simple fait qu'elle soit là était bien assez angoissant en soi. Elle se força à inspirer profondément pour se calmer. Elle devait être prête pour ce qui l'attendait de l'autre côté.

Elle avait au moins une consolation. Contrairement aux autres fois où elle avait emprunté un flume, le couloir ne s'était pas fissuré. C'était ce qui avait fini par détruire celui d'Eelong. À chaque fois que Mark et elle avaient voyagé, le flume s'était peu à peu craquelé, jusqu'au moment où il s'était finalement écroulé. Kasha y avait laissé la vie. Mais là, lorsque le flume l'avait aspirée, il n'avait pas subi de dommages. Elle ignorait pourquoi, mais c'était déjà une bonne nouvelle.

Alors qu'elle fonçait dans le couloir de cristal, elle regarda le champ d'étoiles qui s'étendait au-delà. Ainsi que l'avait décrit Bobby, elle vit des images fantomatiques issues des différents territoires, comme si elles étaient projetées dans l'espace. Elle reconnut une horde de zenzens d'Eelong au galop et le minuscule hélicoptère que Bobby et Kasha avaient pris pour gagner la Cité de l'Eau noire. Elle regarda une grande tribu de primitifs chanter et prier. Aussi quelque chose qu'elle avait déjà vu dans les livres d'histoires, le zeppelin LZ-129 – le *Hindenburg* de Première Terre. Toutes ces images se mélangeaient et se chevauchaient. Courtney eut l'impression de traverser un océan spatio-temporel où tous les territoires coexistaient au même moment.

Elle n'avait pas la moindre notion du temps. Elle essayait de se calmer et de se préparer à faire face à ce qui l'attendait de l'autre côté. Elle n'avait pas crié le nom d'un territoire avant de partir. Saint Dane non plus. Impossible donc de savoir où elle allait débarquer. Elle gardait cependant le mince espoir de retrouver Mark et Bobby.

Les notes musicales se firent tonitruantes, ce qui voulait dire qu'elle arrivait à destination. Courtney se crispa. Juste avant d'atterrir, elle se dit qu'elle aurait bien voulu avoir Mark à ses côtés. L'instant d'après, le flume la déposait en douceur et ses pieds touchaient le sol. Elle se leva, aveuglée par les lumières brillantes, incapable de distinguer où elle se trouvait. Au bout de quelques secondes, la musique et les lumières se résorbèrent dans le flume, et elle put enfin examiner ce qui l'entourait… Elle était dans la cave de la maison Sherwood – toujours en Seconde Terre !

Courtney ne savait pas quoi en penser. C'était bien le dernier endroit où elle s'attendait à arriver. D'un autre côté, elle n'aurait pu imaginer meilleur point de chute. Elle était chez elle, en sécurité, même si elle savait que cette notion était toute relative. Elle était à la fois soulagée et déçue. Elle n'avait personne à qui demander ce qui avait bien pu se passer. Mark n'était plus là pour l'aider. Elle ne s'était jamais sentie si seule de sa vie.

Il faudra t'y faire, Chetwynde.

Elle se sentit bizarre, tout d'un coup. Tout d'abord, elle se crut à nouveau entraînée dans le flume, si bien qu'elle fit un bond comme si elle se tenait sur des charbons ardents. Elle jeta un coup d'œil en arrière. Le flume restait inerte. Alors, que se passait-il ?

Une seconde plus tard, elle eut la réponse. L'anneau passé à son doigt se mit à luire. L'anneau de Voyageur, celui de Mark. Non, le sien maintenant. Elle s'empressa de le retirer et le posa sur le sol devant le flume. L'anneau parut grandir et sa luminosité s'intensifier. Courtney ferma les yeux. Elle avait besoin de reprendre son souffle et ne savait pas quand elle en aurait à nouveau l'occasion. Les notes musicales devinrent assourdissantes, puis se turent brutalement. Lorsque Courtney rouvrit les yeux, l'anneau avait repris sa taille normale. À côté, sur le sol, il y avait une autre enveloppe semblable à la dernière qu'elle avait reçue. C'était le nouveau journal de Bobby en provenance de Quillan.

Le premier journal dont elle était officiellement responsable.

– Et nous voilà repartis, dit-elle à voix haute.

Journal n° 26

QUILLAN

C'est le commencement de la fin. Ou la fin du commencement, je ne sais pas. Vous pourrez me le dire lorsque vous aurez fini ce journal. En fait, ce sera de vive voix, parce que je rentre chez nous. Il est temps. Depuis ce moment sur Zadaa où Saint Dane m'a dit qu'il surveillait Courtney[1], je m'inquiète de ce qui se passe là-bas. J'aurais peut-être dû rentrer plus tôt, mais j'ai choisi d'aller sur Quillan. J'espère que ce n'était pas une erreur.

Ce que j'ai vécu sur Quillan aura été différent de tout ce que j'ai connu sur les autres territoires. Au moment où j'écris ces mots, je ne sais toujours pas quel est son moment de vérité. Saint Dane avait raison sur un point : ce territoire est en miettes. Je vous en ai déjà longuement parlé. À présent, j'en sais davantage. C'est donc le moment de partager ces informations. La grande question demeure toutefois : Quillan est-elle déjà condamnée ? Je ne le crois pas.

On m'a donné l'occasion d'arranger les choses, dans une moindre mesure. Ce n'est peut-être pas *le* moment de vérité, mais qui sait ? Peut-être qu'un changement positif, même minime, peut faire boule de neige et aider à remettre le territoire sur ses pieds. C'est un espoir bien faible, mais que dire ? C'est tout ce qu'il me reste.

Ça ne sera pas facile. En fait, c'est même assez risqué. Cela dit, je suis prêt. Si j'écris ce journal maintenant, c'est parce que tout

---

1. Voir Pendragon n° 6 : *Les Rivières de Zadaa.*

va commencer. Quand ce sera terminé, j'aurai fait tout ce que j'aurais pu pour le peuple de Quillan. Il n'y a pas que ça. Si je réussis – et j'ai mes chances de l'emporter –, je crois que ce sera un grand pas vers la conclusion de cette odyssée. Pas seulement pour Quillan, mais pour tous les Voyageurs aussi. Saint Dane est en train d'échouer. Maintenant, j'en suis sûr. Il est à bout. On a perdu plusieurs Voyageurs en cours de route, c'est tragique, mais nous on finira par l'emporter. Vous vous en souvenez, j'ai toujours redouté qu'on gagne sans arrêt des batailles pour finalement perdre la guerre ? Eh bien, je n'y crois plus. Saint Dane n'est plus aussi confiant qu'il l'était. Depuis que je suis devenu Voyageur, il a fait tout son possible pour me forcer à abandonner, or je suis toujours là. Il m'a proposé de me joindre à lui, mais l'idée d'accepter ne m'a jamais effleuré. Sur Zadaa, il est allé jusqu'à me tabasser pour m'obliger à jeter l'éponge. Ça n'a pas marché. Au contraire, j'en suis ressorti plus fort. Ici, sur Quillan, il tente quelque chose d'autre. Il échouera une fois de plus. Ce qui me fait penser qu'il commence à manquer d'idées. On va le vaincre, les amis ! Bien sûr, je n'ai aucune garantie. Tout peut encore arriver. Mais, pour la première fois depuis que je suis parti de chez moi, je peux envisager la fin de mon existence de Voyageur, et ce sera un happy end comme au cinéma.

Pour mieux vous expliquer ce que je compte faire, je vais revenir au moment où Nevva Winter, la Voyageuse de Quillan, m'a arraché aux griffes de Veego et LaBerge. J'ai vu qu'elle ne correspondait pas du tout à l'idée que je me faisais d'elle. J'y reviendrai. Après l'accident, on m'a laissé dans cette cellule froide, humide et sordide vingt-quatre heures durant. Ils ont voulu la rendre plus confortable, mais c'était dur, vu que le lit n'était qu'un matelas mince et si détrempé que j'étais glacé jusqu'aux os. Enfin, c'était toujours mieux que ce trou à rats sur Eelong. Comparé à cette geôle-là, ici, j'étais dans une suite de luxe à l'hôtel Manhattan Towers.

Personne ne m'a maltraité. Un garde posté juste devant ma porte s'est même excusé de ce manque d'hospitalité. Il m'a expliqué que je n'étais pas techniquement un prisonnier, mais qu'il serait risqué pour ma propre sécurité de me laisser ma liberté de mouvement. Je n'ai pas protesté. J'avais envie d'être protégé. Une ou deux fois, j'ai demandé où j'étais exactement et qui étaient les autres. Il s'est contenté de secouer la tête en déclarant que ce n'était pas à lui de me le dire.

Rien qu'une fois dans ma vie, j'aimerais tomber sur quelqu'un qui accepte de répondre à mes questions !

J'ai donc pris le temps de rédiger mon dernier journal et de reprendre mes esprits. Bien sûr, tout ce que Saint Dane m'avait dit sur Blok, la façon dont cette entreprise contrôlait tout ce qui se passait sur Quillan, me hantait toujours. Voilà un territoire sous la coupe d'un magasin qui ne pense qu'à ses profits. C'est une société dépourvue d'âme qui n'existe que pour que Blok remplisse ses objectifs de vente et que ses dirigeants s'enrichissent toujours davantage. C'est vraiment absurde, pas vrai ?

Non seulement je m'inquiétais pour Quillan, mais en plus Saint Dane avait agité une sacrée carotte sous mon nez. Il voulait que je concoure dans cette espèce de supertournoi qu'il appelait le Grand X. Pourquoi ? Il voulait me voir perdre. Pire, il voulait me voir *humilié*. En échange, il me révélerait l'origine des Voyageurs. Est-ce que je pouvais lui faire confiance ? C'était une offre extraordinaire. Il proposait de tout dévoiler. Tout ! Je découvrirais qui j'étais vraiment et ce que ma famille était devenue. Je mourais d'envie de savoir tout ça, mais les enjeux étaient trop importants. Lorsqu'on participe aux jeux de Quillan, la question n'est pas de gagner ou de perdre, mais de survivre. Il y a des morts. Quelle que soit la récompense, ça n'en valait pas la peine. Non, je ne participerai pas au Grand X. Jamais de la vie.

Voilà ce qui tournait et retournait dans ma tête alors que je moisissais dans cette cellule. J'ai essayé de dormir et j'ai dû m'assoupir un peu, sans que ce soit vraiment reposant. À un moment donné, le garde est entré avec un petit déjeuner composé de pain sec et de fruits pourris. Pas vraiment du trois étoiles, mais j'avais trop faim pour m'en soucier. J'avais presque terminé lorsque la porte s'est rouverte, laissant le passage à la personne que j'avais le plus envie de voir : Nevva Winter. Enfin ! Elle était tout en noir, comme au moment de mon enlèvement. Elle se déplaçait rapidement, presque nerveusement. C'était bien dans son genre.

– Bonjour ! a-t-elle fait. J'espère que tu as bien dormi.

– J'ai connu mieux.

Elle portait un outil noir qui ressemblait à une énorme tenaille dentée. Elle l'a ouverte et refermée :

– Il est très difficile de se procurer ces appareils. On a volé celui-ci à un dado de sécurité.

– Qu'est-ce que c'est ? ai-je demandé.

– Lève ton bras gauche, a-t-elle ordonné.

J'ai obéi. Nevva a passé une dent des tenailles sous la boucle d'argent entourant mon bras. Génial ! Elle allait me libérer de ma laisse électronique.

– Ne bouge pas, a-t-elle dit. Ça peut faire mal.

– Hein ? Pourquoi est-ce que ça…

Dès que les mâchoires des tenailles se sont refermées, la boucle s'est resserrée. Les petites aiguilles, ou quoi que ce soit qui la maintenait en place, se sont enfoncées dans mon bras.

– Aïe ! ai-je crié. Arrêtez !

– Il faut te débarrasser de ce truc, a-t-elle grogné en serrant de toutes ses forces.

– Alors faites vite !

La boucle me coupait la circulation. Si elle ne se dépêchait pas, cette machine infernale allait me couper le bras !

– Oooooooooooh !

Il y a eu une petite trille électronique. Aussitôt, la douleur a diminué. La boucle a relâché son étreinte. Nevva a fini de la couper, et elle est tombée par terre. J'ai frotté mon biceps pour rétablir la circulation.

– Et voilà ! a-t-elle déclaré triomphalement. Tu es libre !

– J'imagine que je dois vous dire merci. C'est quoi, cet outil ?

– Non seulement il coupe le métal, mais il coupe la source d'énergie. Si tu essais de casser une boucle sans passer par son circuit d'alimentation, elle te sectionnera le bras.

Oh !

– Heureusement que j'ignorais ça quand vous avez commencé, ai-je remarqué.

Elle m'a tendu une chemise, un pantalon et un blouson, tous noirs, semblables à ceux qu'elle-même portait.

— Mets ça, a-t-elle ordonné. Tu ne peux pas te balader vêtu comme un challenger.

Elle a tourné le dos pour respecter ma pudeur. Je me suis vite changé, heureux d'être enfin débarrassé de ce maudit maillot.

— Je suis désolée que tu aies dû passer la nuit dans cette geôle, a-t-elle dit. Je ne pouvais rien y faire. Après ta libération, on a lancé une grande enquête sur les circonstances de ton évasion. Je devais me trouver aux côtés des forces de sécurité pour faire mon rapport au conseil d'administration. Si je m'étais absentée, ça aurait éveillé les soupçons et…

— Ne vous en faites pas, l'ai-je coupé. C'est bon. Je suis trop content que vous m'ayez arraché à ces types.

— Il a fallu tout planifier, a-t-elle repris. C'est moi qui m'en suis chargée. Tout devait marcher comme sur des roulettes ou il aurait pu y avoir des blessés. Voilà pourquoi on ne t'a pas présenté plus tôt au conseil d'administration. J'avais besoin de temps pour organiser cette opération.

Ce qui expliquait pourquoi j'étais resté si longtemps au château avant d'être présenté au conseil du Blok.

— Et qui vous a aidée à faire tout ça ? ai-je demandé.

— Je répondrai à tes questions plus tard, s'est-elle hâtée de dire. Il faut qu'on bouge. Il y a tant à faire et je n'ai pas beaucoup de temps…

— Stop ! ai-je lancé. Respirez un coup, d'accord ?

Elle parlait si vite qu'on aurait dit un de ces vieux trente-trois tours passés sur quarante-cinq.

— Vous m'avez sorti de là, c'est super. Mais tant que je ne saurai pas qui vous êtes, je ne bougerai pas d'un poil.

— Je te l'ai dit ! a-t-elle râlé. Je suis la Voyageuse de Quillan !

— Oui, mais c'est tout. À part ça, je ne sais rien de vous. Alors donnez-moi une seule bonne raison de ne pas m'enfuir d'ici et de retourner au flume.

Nevva a inspiré profondément pour se calmer, ce qui n'était pas évident chez elle. Elle semblait être constamment en avance rapide.

— D'accord, a-t-elle répondu. Voilà une bonne raison pour que tu restes : je connais un moyen de sauver Quillan.

Oh.

Nous nous sommes dévisagés pendant un long moment.

– Bon, d'accord, c'est une bonne raison, ai-je fini par dire d'un ton qui se voulait léger.

En fait, c'était la meilleure des raisons, mais il fallait bien que je reprenne un minimum le contrôle de la situation.

– Maintenant, veux-tu bien venir avec moi ? a-t-elle demandé.

– Non, ai-je répondu avant de m'asseoir. Je veux savoir dans quoi je me suis embarqué. Ou plutôt dans quoi *vous* m'avez embarqué.

Nevva a soupiré et a consulté sa montre.

– Bon, on a quelques minutes devant nous, a-t-elle dit comme si chaque seconde lui était comptée.

Elle a regardé la porte de la cellule comme pour s'assurer que personne ne nous écoutait. Elle l'a même ouverte en grand pour être sûre qu'on ne puisse nous surprendre. Elle avait l'air irritée. Était-ce parce qu'elle ne voulait pas se confier ou parce que je bousculais son précieux emploi du temps ? Peu importe. Je devais savoir.

– J'ai toujours vécu ici, dans la ville de Rune, a-t-elle commencé. Mon père était ingénieur, spécialisé dans la réparation des dados. Ma mère faisait partie du service d'entretien du bâtiment de Blok. Ce qui veut dire qu'elle faisait le ménage dans les bureaux des membres du conseil d'administration. Tous deux touchaient des salaires d'employés de dernière catégorie, c'est-à-dire à peine assez pour survivre. Mais on s'en sortait. Tout serait allé pour le mieux si quelqu'un n'avait pas découvert que j'étais, comment dire... douée. Dès l'enfance, je réussissais tous les tests d'intelligence. Mes parents pensaient que j'étais vouée à de grandes choses. Ils ne voulaient pas que je finisse au niveau le plus bas, où il est si difficile de gagner sa vie. Mais pour ça, il fallait que j'aille à l'école. Et là était le problème.

– Vous n'avez pas d'écoles publiques à Quillan ? ai-je demandé.

– Je ne vois pas ce que tu veux dire par « publique », mais la plupart des enfants ne vont pas à l'école. Uniquement les plus doués, et ça coûte cher. Mes parents ont dû mettre les bouchées doubles pour payer ma scolarité. Ils avaient placé de tels espoirs en moi ! Ils auraient tout fait pour me donner une chance de réussir.

Je me suis demandé s'ils étaient ses parents biologiques. Tant de Voyageurs, comme moi, étaient élevés par des gens qui n'étaient pas leurs vrais parents.

– Mes résultats scolaires étaient plutôt bons. J'étais formée pour occuper un poste de cadre supérieur chez Blok. Exactement ce que souhaitaient mes parents. Mais ils avaient de plus en plus de mal à gagner de quoi payer les frais. Plus je passais dans des classes supérieures, plus ça devenait cher. (Sa voix se fit solennelle :) C'est à ce moment que mon père a commencé à parier sur les jeux.

– Et j'imagine qu'il n'a pas fait fortune.

– Au début, il a eu de la chance, mais ça n'a pas duré. Ça ne dure jamais. Je te passe les détails sordides, mais mon père a fini par perdre son emploi et a été envoyé au tarz. Tu sais ce que ça signifie ?

J'ai hoché la tête. Malheureusement oui.

– Ma mère n'a plus jamais été comme avant, a continué Nevva. C'était comme si elle avait perdu une partie d'elle-même. Elle s'est aigrie. Elle ne pouvait pas accepter l'idée que mon père ait sacrifié sa vie pour que je puisse travailler dans cette même compagnie qui avait provoqué sa mort. Encore maintenant, je ne sais toujours pas ce qui s'est passé, mais je crois qu'elle a fait une grosse bêtise. Vu son emploi, elle avait accès au conseil d'administration. Les services de sécurité n'ont pas voulu me dire de quoi on l'accusait, mais je pense qu'elle s'en est prise à un de ses membres. Ma mère n'était pas violente, mais on l'avait poussée à bout. Il est impossible de dire de quoi quelqu'un est capable lorsqu'on l'a brisé émotionnellement. Ma mère n'était plus elle-même. Je n'oublierai jamais ce matin-là. Elle m'a embrassée et m'a dit qu'elle m'aimait. Je ne l'ai jamais revue.

Nevva a baissé les yeux. Un instant, j'ai cru qu'elle allait fondre en larmes. Je ne l'ai pas interrompue. J'imaginais trop bien ce qu'elle devait ressentir. Moi aussi, j'avais perdu mes parents – même si je me cramponnais encore à l'espoir de les revoir un jour. Nevva n'avait pas cette chance.

Au bout d'un moment, elle a inspiré profondément et dit :

– Mon histoire n'est pas unique. Blok génère la peur. Il s'en nourrit. Il en profite.

– Que vous est-il arrivé ensuite ?

– Peut-être que les membres du conseil ont eu pitié de moi. Enfin, c'est comme ça qu'ils l'ont présenté. Pour moi, c'était plutôt une revanche. Ils ont financé mon éducation et créé ce boulot d'assistante spécialement pour moi… même si c'est plus une condamnation qu'un emploi. Je dois payer pour ce que ma mère leur a fait… ou tenté de leur faire. Je ne trime peut-être pas au tarz, mais je suis leur esclave. Parfois, j'aimerais qu'ils m'y envoient une bonne fois pour toutes, rien que pour ne plus devoir les supporter.

– Comment avez-vous su que vous étiez une Voyageuse ? ai-je demandé.

– Peu après que mon père a été envoyé au tarz, quelqu'un est venu me trouver et m'a dit qu'il avait quelque chose d'important à me montrer. C'était un étranger, mais mon instinct m'a poussé à lui faire confiance.

– C'était Press, n'est-ce pas ? ai-je demandé.

Pour la première fois depuis que je la connaissais, Nevva Winter a souri.

– Il m'a tout dit sur toi. Qu'un jour, tu arriverais ici et m'aiderais à sortir le territoire de ce cauchemar. Il y a de ça si longtemps que j'ai cru que ce jour ne viendrait jamais. Entre-temps, il m'a fait voyager par les flumes et m'a montré les merveilles de Halla. J'ai vu les trois territoires terrestres et j'ai appris leur histoire. J'ai compati en voyant comment les Bedoowans traitaient les Milagos sur Denduron et les klees les gens d'Eelong. J'ai nagé dans les mers de Cloral et j'ai exploré mes rêves sur Veelox. Sans toutes ces expériences, je n'aurais jamais cru que j'étais bel et bien une Voyageuse.

– Vous savez que Press est mort ?

Nevva a acquiescé.

– J'ai cru comprendre qu'on avait perdu plusieurs Voyageurs.

– Nous avons connu pas mal de tragédies. C'est une faible consolation, mais je me dis qu'au moins ils ne sont pas morts pour rien. Saint Dane s'affaiblit. À un moment donné, j'étais sûr qu'il finirait par avoir la haute main sur Halla. Maintenant, je pense que sa chance a tourné. Nous allons le vaincre.

– Tu crois qu'il va s'en prendre à Quillan ? a-t-elle demandé.

Je ne savais pas comment le lui dire. Nevva avait l'air assez stricte et aimait tout contrôler. Je ne voulais pas mettre les pieds dans le plat et lui sortir : « Espèce d'idiote ! C'est un des membres du conseil d'administration ! » Ça n'aurait pas été sympa. J'ai donc nuancé ma réponse :

– J'ai vu Saint Dane prendre beaucoup d'apparences différentes. Parfois, il se crée un personnage, d'autres fois, il prend la place de quelqu'un qui existe déjà. Ne me demandez pas comment il fait. L'oncle Press ne me l'a jamais expliqué, et je ne peux pas le deviner tout seul. Mettons qu'il a des pouvoirs particuliers et qu'il s'en sert pour nous tromper.

– Tu veux dire qu'il est déjà là, n'est-ce pas ? a demandé Nevva.

– C'est M. Kayto. Saint Dane a pris son apparence.

Un instant, j'ai cru qu'elle allait tomber dans les pommes. Elle a vacillé sur ses pieds comme si elle était sur le point de s'affaler par terre. J'ai failli me lever d'un bond pour la rattraper, mais elle a repris ses esprits et m'a regardé droit dans les yeux.

– Depuis combien de temps ?

– Je ne sais pas. Il s'est démasqué après ma présentation au conseil d'administration. Il aime me surprendre comme ça, histoire de me flanquer les nerfs.

– Et qu'est-ce qu'il vient faire ici ?

– S'il m'a dit la vérité, il ne fait rien qui nuise à Quillan.

– Vraiment ? a-t-elle demandé, pleine d'espoir.

– Ne vous réjouissez pas trop vite, ai-je ajouté. C'est parce qu'il croit que Quillan est déjà condamnée. Il se contente de rester dans le coin pour ramasser les morceaux.

– Oh ! a fait doucement Nevva.

– Ce n'est pas tout. Il veut que je me présente au Grand X rien que pour me voir perdre. Humilié, rétamé, tout ça.

Une lumière s'est allumée dans les yeux de Nevva.

– Vraiment ?

J'aurais juré que cette nouvelle lui faisait plaisir.

278

– Et si vous me disiez pourquoi vous avez déposé cette pano-
plie de challenger au flume ?

Nevva s'est redressée.

– Quillan peut encore être sauvée, Pendragon. Son heure
arrive. Le temps du changement. Tout ce qu'il nous faut, c'est la
dernière pièce du puzzle avant que le Renouveau ne commence.

– Le Renouveau, ai-je répété. C'est ce dont vous m'avez parlé
quand on m'a amené ici. Qu'est-ce que c'est ?

– Le futur de Quillan, a-t-elle répondu. Et son passé. Quillan
n'est pas morte. Il reste encore de l'espoir. Le Renouveau est la
clé. C'est ce que je veux te montrer. Je pourrais tout t'expliquer,
mais il vaut mieux que tu le voies de tes yeux. Tu *dois* le voir.

– Pourquoi ? ai-je demandé.

– Tout a été planifié depuis des générations. Le Renouveau est
prêt à exploser à la face de ce monde ; il ne nous manque plus
qu'un seul élément.

- Qui est ?

- Toi, Pendragon, a-t-elle répondu. C'est toi qui servira de
détonateur.

Journal n° 26
(suite)

QUILLAN

Avant de quitter la cellule, Nevva m'a fait passer à nouveau un sac de toile sur la tête pour que je ne puisse pas voir le chemin qu'on prenait.

— Fais-moi confiance, a-t-elle dit. Ce n'est pas moi qui l'ai décidé.

— Ah, oui ? Qui alors ?

— Tu le sauras bientôt, a-t-elle répondu en me tendant le sac.

J'étais bien obligé de lui faire confiance. Est-ce que j'avais vraiment le choix ? J'ai mis le sac sur ma tête. Elle m'a guidé le long d'un itinéraire complexe qui nous a fait emprunter des escaliers, des couloirs, des ascenseurs qui sont montés et d'autres descendus. J'ai eu l'impression de parcourir presque un kilomètre. Cela dit, elle pouvait très bien me faire tourner en rond. Impossible de le savoir. Finalement, j'ai senti la chaleur du soleil de Quillan sur ma peau. On était de retour dans la rue. Lorsqu'elle m'a retiré le sac, j'ai dû plisser des yeux à cause de la lumière intense.

— C'est vraiment raisonnable ? ai-je demandé. Je veux dire, si un dado me voit, je pourrais me retrouver au château en un clin d'œil.

— Regarde autour de toi, a-t-elle répondu en désignant un coin de rue.

J'ai suivi son doigt et me suis vu confronté à une mer de gens marchant des deux côtés de la rue, inondant les trottoirs.

— Sans la boucle, il est facile de se perdre dans la foule, a-t-elle ajouté.

Je me sentais comme une aiguille prête à se perdre dans une meule de foin. Alors qu'on se mêlait à la marée humaine, je me suis senti insignifiant. Tel un de ces poissons qui se déplacent dans d'immenses bancs où tous changent de direction au même moment. Mais, au moins, les poissons ont un spectacle intéressant à regarder. Or la ville de Rune n'était qu'une masse grise peuplée de zombies. J'aurais encore préféré être un poisson.

Nevva m'a fait faire une brève visite guidée qui m'a confirmé tout ce que m'avait dit Saint Dane. Il était même en dessous de la vérité. Étonnant, non ? Ce démon ne m'avait pas menti. J'imagine qu'il n'en voyait pas le besoin quand les nouvelles étaient mauvaises. Il aimait trop ça. J'ai répété à Nevva ce qu'il m'avait révélé à propos de Blok. J'espérais qu'elle me dirait qu'il avait tout inventé et que la situation n'était pas si grave. On peut toujours rêver...

D'abord, elle m'a montré l'appartement d'une famille qu'elle connaissait. Il se trouvait dans un de ces grands immeubles gris et ternes, au vingtième étage sans ascenseur. On a dû monter à pied, et ce n'était qu'un début. Quinze personnes habitaient un petit studio – quinze ! Il semblait à peine assez grand pour deux. Tout d'abord, je me suis dit que ces gens passaient par une mauvaise période et devaient se débrouiller comme ils le pouvaient. Je me trompais. Nevva m'a dit que ce genre d'arrangement était des plus banal. Les loyers étaient si élevés que des familles entières devaient vivre entassées les uns sur les autres afin de pouvoir survivre. J'ai repensé à ma maison en Seconde Terre et au temps où ma sœur Shannon et moi on se disputait pour savoir qui passait le plus de temps dans la salle de bains – dans une maison qui en comportait trois. Incroyable comme on peut se vautrer dans le luxe sans même s'en rendre compte.

Question nourriture, ce n'était pas mieux. Cette même famille nous a invité à dîner. Si j'avais su, j'aurais refusé. On s'est assis à même le sol pendant qu'on nous passait une portion alimentaire chacun. Celle-ci se composait d'une tranche de pain, d'un morceau de quelque chose de brun qui devait être une patate et de deux bouts de tribbun. Pas de viande. C'était tout. Après avoir fini ma part, j'avais encore plus faim qu'avant. Ça me faisait mal d'arracher le pain de la bouche à ces pauvres gens, mais impossible de refuser. Ils tenaient à partager le peu qu'ils avaient. Ce qui en disait long.

En quittant l'appartement, j'ai demandé à Nevva :

— Comment peuvent-ils survivre avec si peu à manger ?

— Tu commences à comprendre pourquoi les gens feraient n'importe quoi pour améliorer leur niveau de vie. Parier sur un des jeux de Quillan leur offre la chance de mettre une tranche de pain supplémentaire sur la table. Ou une boisson un peu plus calorique que de l'eau.

— Ou on peut perdre le peu qu'on a, ai-je remarqué.

Nevva a acquiescé. On a marché un certain temps avant d'atteindre un grand bâtiment sans fenêtres. Il abritait une sorte de fabrique. On a parcouru une espèce de passerelle dominant une vaste salle où des ouvriers, chacun à son poste de travail, assemblaient des chaussures. Je vous jure : ils fabriquaient des pompes toutes simples. Et pas vraiment dans la joie et la bonne humeur. Ils faisaient tout à la main. Je crois que je n'ai jamais rien vu de si déprimant. Personne ne se parlait ou ne regardait son voisin. Ils travaillaient avec application, courbés sur leurs postes. Certains cousaient, d'autres teignaient, d'autres découpaient des morceaux de tissu. Le seul bruit était le cliquètement des outils ou des machines à trancher le cuir.

— Je ne comprends pas, ai-je dit. Quillan n'est pas un territoire arriéré. Pourquoi n'ont-ils pas de machines pour faire ce travail ?

— Ils le pourraient. Mais les équipements coûtent cher. Pas les gens. Avant, tout ce travail était automatisé. Blok a fait détruire les machines.

— Mais… pourquoi ? Ça ne peut pas être meilleur marché de faire travailler tous ces gens.

— Sauf si on les paie une misère. Les machines doivent être entretenues et réparées. Alors qu'un employé, il suffit de le remplacer. Et tant que ces travailleurs dépendront de Blok pour leur subsistance, la compagnie contrôlera leur vie.

J'avais l'impression de passer de l'autre côté du miroir. Blok gérait le pays tout entier et sa population. Il était moins cher de faire travailler des gens pour une bouchée de pain que d'automatiser le processus. Blok empêchait délibérément tout progrès afin de garder les gens en esclavage. Ils faisaient régresser le territoire. Pour cette compagnie, les habitants de Quillan étaient quantité négligeable. C'était diabolique.

Une sirène a retenti. Les gens ont interrompu leur tâche, se sont levés et se sont mis en rang, vite et en silence. Alors que des centaines d'employés sortaient sur notre droite, la relève est entrée par la gauche. La sirène a retenti encore, les nouveaux travailleurs se sont assis et ils ont repris leur tâche là où les autres l'avaient interrompue. Tout le processus n'avait pas pris plus de trente secondes.

– On dirait des dados, ai-je dit, estomaqué.

– Oh ! non, a repris Nevva. Les dados sont bien mieux lotis. Ils ne réalisent pas à quel point leur condition est misérable.

Je ne voulais pas en voir plus et j'ai demandé à partir. Malheureusement, le pire restait à venir. Nevva m'a emmené devant un bâtiment qui, vu de l'extérieur, n'avait pas l'air si différent des autres. Grand, gris, bof. L'intérieur était une autre paire de manches. C'était un immense espace circulaire au gigantesque plafond en forme de dôme. Il y a longtemps, il avait dû être sacrément luxueux. Les murs étaient faits de briques couleur sable, le sol de marbre blanc. Le dôme lui-même ressemblait à une sculpture sur verre. Le tout m'a fait penser à la gare de Grand Central, à New York. Tout autour du cercle, une douzaine de portes s'ouvraient sur des rails. Au centre, il y avait ce qui ressemblait à un kiosque à billets au toit doré. Sur un mur, un immense tableau qui devait afficher les horaires. Je m'imaginais une gare bourdonnante d'activité remplie de voyageurs en partance vers des contrées lointaines.

Or ce n'était pas le cas aujourd'hui. On ne pouvait même plus voir cette structure de la rue, puisqu'elle était entourée de murs gris dépourvus de fenêtres pour mieux se fondre dans le paysage urbain environnant. À l'intérieur, la crasse avait tout envahi. Le plafond et ses vitraux avaient été murés afin que la lumière ne puisse pas filtrer. Les murs étaient couverts de taches noires et grasses. Le sol de marbre était écaillé. Le toit doré du guichet s'était terni. Il y avait bien longtemps que cette gare n'avait pas servi à accueillir des voyageurs qui étaient là de leur plein gré.

Bien sûr, elle était toujours bondée, certes, mais ceux qui se pressaient ici n'étaient pas de joyeux vacanciers. Nevva et moi avons observé par une fenêtre en hauteur ce qui se passait en bas. J'ai vu une masse de gens sagement alignés en rangs sinuant autour de clôtures de bois placées ici pour canaliser leurs mouvements. Comme si ces clôtures ne suffisaient pas, des dados circulaient dans la foule pour s'assurer qu'il n'y avait pas de problèmes. Tous ces gens avaient chacun une boucle au bras. Dans la rue, j'avais remarqué que certains en étaient dépourvus. Pas ici. Tous en portaient, et elles brillaient toutes d'une lueur jaune.

Il y avait des hommes et des femmes de tous les âges et même quelques enfants. Ils n'avaient pas l'air d'être accompagnés par des adultes. Ils semblaient seuls et terrifiés. Les suivants dans la file les poussaient en avant, ou un dado sévère les aiguillonnait s'ils ne marchaient pas assez vite. Parmi les plus jeunes, beaucoup pleuraient.

J'allais demander à Nevva ce que voulait dire tout ce cirque quand j'ai entendu s'élever un cri. Un homme venait de se présenter au guichet et ne devait pas avoir apprécié ce que l'employé lui avait dit, parce qu'il a tourné les talons et a cherché à s'enfuir. Il aurait dû s'en abstenir, car immédiatement les dados se sont emparés de lui. Ils l'ont plaqué au sol, puis l'ont relevé de force et entraîné vers l'une des portes menant aux trains. Le pauvre n'a pas arrêté de crier et de pleurer. Les réactions des spectateurs étaient très variées. Certains ont détourné les yeux, mais j'ai vu quelques femmes fondre en larmes. Si quelqu'un témoignait une quelconque émotion, un dado se dirigeait aussitôt vers lui. Il ne lui faisait rien, mais se contentait de marcher à ses côtés d'un air intimidant. Ce devait être un avertissement, au cas où eux aussi essaieraient de fuir.

— Je dois vraiment savoir ce qui se passe ici ? ai-je demandé nerveusement.

— Il le faut, que tu le veuilles ou non, a répondu Nevva. Ce sont les perdants.

— C'est-à-dire ?

— Rien de plus que ce que je viens de te dire. C'est là où on emmène ceux qui ont fait le pari ultime et ont perdu. Ils sont répertoriés, classés, rangés, puis envoyés là où on a besoin d'eux. Ce système est très efficace. D'après moi, celui qui a cherché à s'enfuir devait être destiné au tarz.

— Hé, un instant ! Vous voulez dire que tous ces gens ont parié sur les jeux et perdu ?

— Uniquement ceux qui ont fait le pari ultime, a corrigé Nevva. Ils paient de leur vie, ou de celles de leurs proches.

J'ai regardé les enfants en pleurs. Je n'arrivais pas à y croire. Ces êtres humains étaient traités comme du bétail.

— Tous ne sont pas condamnés à mort pour autant, a continué Nevva. Certaines sentences ne durent que quelques quads. D'autres n'ont pas cette chance, comme ceux qu'on envoie au tarz.

Tout en parlant, elle posait un regard froid sur tout ça. Il n'y avait pas la moindre émotion dans sa voix : elle se contentait d'énoncer des faits. Je ne pense pas qu'il s'agissait d'indifférence de sa part. Après ce qui était arrivé à ses parents, elle devait s'être construit une sorte de carapace. Mais pour moi, tout ça était nouveau, et je ne savais pas comment réagir. J'avais envie de pleurer.

— Je suis sûr que certains sont là pour avoir parié contre toi au Crochet et au Tock, a ajouté Nevva. Après tout, ils te connaissaient à peine.

Ça, ça m'a ébranlé. J'avais joué un rôle dans le système qui avait arraché de force ces gens à leurs familles et à leur existence pour devenir les esclaves de Blok. Bon nombre d'entre eux n'en reviendraient pas. J'ai eu envie de hurler.

Un petit garçon m'a devancé. Il a poussé un cri et s'est jeté sous la clôture pour chercher à s'échapper. Je l'ai acclamé silencieusement. Je voulais le voir fuir cette folie de toute la vitesse de ses petites jambes. Il ne méritait pas un tel sort. Et les autres non plus. Leur seul crime était d'avoir été poussés au désespoir par l'avidité de Blok. Ce n'était pas leur faute. Deux dados sont partis à la poursuite du petit bonhomme. Je n'ai jamais su la suite de l'histoire, parce qu'il a plongé dans un des couloirs menant aux trains, les dados sur ses talons. Je préfère me dire qu'il a réussi à leur échapper. Je sais, c'est probablement une illusion, mais il le faut si je ne veux pas perdre la tête.

285

– Je dois sortir d'ici, ai-je dit.

Nevva a acquiescé et m'a emmené loin de cette fenêtre. Je savais que je n'oublierais jamais ce petit garçon cherchant à s'enfuir. Après tout ce que j'avais vu ces dernières heures, j'étais à la fois triste et en colère. Saint Dane avait raison : ce territoire était condamné. Comment était-ce possible ? Est-ce qu'il disait vrai en prétendant que ce n'était qu'une simple question d'avidité ? Je n'arrivais pas à le croire. Il devait forcément y avoir autre chose.

– Qui est M. Pop ? ai-je demandé.

– Tu as entendu parler de lui ? a répondu Nevva, surprise.

– J'ai entendu son nom, c'est tout. Qui est-ce ? Et quel est son rôle dans tout ça ?

– Je ne l'ai jamais rencontré personnellement, a repris Nevva, mais je connais plusieurs qui ont eu cette chance. Il faudrait que tu les rencontres, eux. Ils t'en diront davantage.

– Mais qui est-il ?

– Ici, j'ai trois activités différentes, a repris Nevva. Comme tu le sais, je suis l'assistante du conseil d'administration de Blok. Je suis une Voyageuse. Ça aussi, tu le sais. Mais je suis aussi une adepte du Renouveau. Nous sommes des dizaines de milliers disséminés sur toute Quillan. Pour toi, ce paysage est peuplé de zombies décérébrés. Eh bien, tu te trompes. Nous, adeptes du Renouveau, voulons reprendre le contrôle de notre monde et de nos vies.

Nevva avait parlé avec une passion que je ne lui connaissais pas. Elle était en mission, mais pas en temps que Voyageuse. Elle risquait sa vie pour libérer son territoire. Et apparemment, elle n'était pas la seule. Des adeptes du Renouveau… On est restés là, à se regarder. J'ai levé la main droite et serré mon biceps gauche. C'était ce signal discret qu'avaient échangé ceux qui m'avaient sauvé des dados de sécurité.

Nevva a souri et a dit :

– Tu me surprendras toujours, Pendragon. Jusque-là, tu t'es montré à la hauteur de ta réputation.

– Alors, est-ce que je vais voir ces adeptes du Renouveau un jour ?

Elle a saisi son propre biceps gauche, me rendant le salut.

– Ils n'attendent plus que toi.

Journal n° 26
(suite)

QUILLAN

En fait, on a voyagé sur les toits. Des ponts aériens reliaient la plupart des principaux bâtiments, ce qui rendait les déplacements bien plus rapides. Ce qui m'a étonné, c'est qu'ils n'étaient pas très peuplés. À un moment donné, on s'est arrêtés pour regarder un tournoi. On était au même niveau que les écrans géants. C'était comme de voir un film en Imax depuis le premier rang : immense, bruyant et captivant.

Le tournoi opposait le champion, le challenger vert, au challenger bleu. J'ai reconnu le second : je l'avais vu au château et aux deux fêtes auxquelles j'avais assisté. Bien sûr, j'ai aussi reconnu le vert. Après tout, c'était lui le caïd.

Le tournoi ressemblait à un parcours du combattant. Les challengers devaient courir à travers les bois, escalader des grillages, traverser des plans d'eau à la nage, franchir des ponts de corde… Je vous passe les détails. Mais il y a une chose en particulier qui a éveillé mon intérêt. Le challenger vert n'était pas vraiment à la hauteur. Disons qu'il ne s'en tirait pas trop mal, mais qu'il avait du mal à suivre le rythme imposé par le challenger bleu. Ce dernier semblait survoler la course.

– Le vert risque de perdre, ai-je remarqué.

– Ce n'est qu'une question de temps, a répondu Nevva. Jusque-là, il avait eu de la chance.

La foule était comme hypnotisée par le jeu. En levant les yeux, j'ai vu des milliers de personnes massées dans les rues, et tous fixaient les écrans. C'était comme ces foules immenses qui se rassemblent pour regarder la Coupe du monde de football. La seule différence, c'est que, là, les spectateurs avaient un intérêt direct. Je me suis demandé combien d'entre eux finiraient en rang dans cette vieille gare à la fin du tournoi. Si, contre toute attente, le challenger bleu l'emportait, ils seraient sans doute nombreux. Je me suis surpris à souhaiter la victoire du challenger vert, simplement parce qu'il était le favori et que beaucoup de monde avait parié sur lui.

— Le challenger vert est trop lent, a dit Nevva. Il est fort, mais maladroit. Son véritable atout, c'est son assurance. Il ne renonce jamais, ne panique pas et ne recule devant rien. Je suis sûr que le jour où il devra affronter quelqu'un d'aussi confiant que lui, il perdra.

— Vous en savez long sur ces jeux, ai-je remarqué.

— Ça fait partie de mon travail. Je ne dis pas que ça me plaît, mais je dois me tenir au courant.

— Cette course n'a pas l'air bien dangereuse.

— C'est vrai, comparé à bien d'autres jeux, a répondu Nevva. En général, les deux challengers y survivent, à moins qu'ils ne commettent un faux pas quelconque. Certains obstacles peuvent être traîtres.

Le dernier se composait de deux cordes tendues au-dessus d'une vaste cuvette. Les challengers devaient en saisir une et gagner l'autre côté. S'ils tombaient, ça risquait de faire mal. Les cordes étaient à dix bons mètres du sol, ce qui étaient déjà dangereux en soi, mais il n'y avait pas de matelas pour les recevoir. Au contraire, le sol était jonché de bouts de métal acérés. Le challenger bleu a été le premier à s'emparer d'une corde. Il avait une bonne avance. À moins que le vert ne franchisse cette distance à vitesse grand V, c'était râpé : le bleu allait l'emporter. Ce dernier a saisi l'autre corde et a enroulé ses pieds autour. C'était sa technique. Il avançait la tête la première, se propulsant avec les mains. Comme ça, ses jambes allégeaient le poids pesant sur ses bras. Bien vu. Il était évident qu'il allait arriver premier.

Malgré les apparences, le challenger vert ne renonçait pas. Lorsqu'il a atteint le point où il devait saisir la corde, il s'est arrêté. Il avait l'air à bout de souffle. J'ai cru qu'il allait renoncer.

La foule a rugi. Ils ont crié après l'écran comme s'il pouvait les entendre, le suppliant de continuer. Leur angoisse était palpable. Leur favori allait perdre. Ils allaient le payer cher.

Mais le challenger vert ne l'entendait pas de cette oreille. Il a inspiré profondément. J'ai cru qu'il allait bondir sur la corde, mais non. Il s'est baissé, a soulevé la jambe de son pantalon et en a tiré un couteau. C'était le même que ceux qu'on nous donnait lors des repas au château. Ce n'était pas une arme, mais il coupait bien.

– Il fait quoi ? ai-je demandé. C'est permis ?

– Tout est permis, a répondu Nevva. La seule règle est d'atteindre la ligne d'arrivée avant ton adversaire. C'est toi qui choisis la meilleure façon d'y arriver.

Le challenger vert a empoigné la corde du challenger bleu... et, d'un air tout naturel, il s'est mis à la taillader avec son couteau ! La foule angoissée a soudain poussé des cris extatiques. Cette tactique particulièrement cruelle ne les choquait pas, bien au contraire. Pour eux, c'était une façon de l'emporter comme une autre. J'imagine que, quand votre vie est en jeu, l'esprit sportif passe en second. On excuse tout, même le meurtre. Le challenger bleu a vu ce qui se passait et a voulu se dépêcher. Je n'arrivais pas à y croire. Nevva avait raison. Ce challenger vert ne reculait devant rien. Comme il n'était pas assez bon pour vaincre son adversaire, il était bien obligé de tricher. Cela dit, s'il n'y avait pas de règles, ce n'était pas vraiment de la triche. Une partie de la foule criait au bleu de se dépêcher. Ils se fichaient pas mal de son sort, ils voulaient juste que leur favori l'emporte.

Ils allaient être déçus.

Le challenger bleu n'était plus qu'à quelques mètres du bord lorsque le vert s'était mis à découper la corde. La foule a hurlé de joie. Le bleu a hurlé tout court. Il est tombé comme une pierre vers les bouts de métal. Les caméras n'ont pas enregistré l'impact, donc je ne sais pas s'il s'est blessé. J'ai juste vu le challenger vert regarder sa victime d'un air méprisant, puis prendre l'autre corde et se hisser à son tour. Il a employé la même technique que le bleu, même s'il se déplaçait lentement et méthodiquement. Il est vrai qu'il avait tout son temps désormais. Le challenger bleu ne risquait pas de sortir de ce gouffre. À peine le vert avait-il touché terre que l'écran est devenu noir, puis les mots VAINQUEUR : CHALLENGER VERT sont apparus.

La foule jubilait, mais les cris de joie ont vite été noyés sous les sirènes. Les dados venaient s'emparer des perdants. Sous nos yeux, les gens se sont dispersés. Certains d'un pas paisible. D'autres se sont mis à courir, pourchassés par les dados.

– Ce territoire est cauchemardesque, ai-je dit.

– En effet, a acquiescé Nevva, mais nous pouvons changer tout ça.

– Je voudrais voir les adeptes du Renouveau, ai-je dit en serrant les dents de colère. Maintenant, si possible.

Nevva a tendu le sac dont elle devait me recouvrir la tête et a haussé les épaules.

– Je suis désolé, mais, s'ils ont survécu, c'est en restant dans l'ombre. Il est difficile de gagner leur confiance. Moi-même, je suis loin de connaître tous leurs secrets.

– Par exemple, qui est M. Pop ? ai-je suggéré.

– C'est une grande question, en effet.

– Que savez-vous à son sujet ? J'ai vu les challengers trinquer à sa santé.

– De toute évidence, c'est un faux nom.

Pour moi, ça n'était pas si évident. Depuis que j'avais quitté la Seconde Terre, j'avais rencontré bien des noms bizarres. « Nevva » n'était d'ailleurs pas des plus communs. Mais je n'ai rien dit.

– Il est au cœur même du Renouveau, a-t-elle continué. Lorsque le mouvement se fera connaître, il nous guidera. Mais en attendant il doit vivre en reclus, pour des raisons évidentes.

– Le conseil d'administration est-il au courant de son existence ? ai-je demandé.

– Pas vraiment. Il y a des rumeurs, mais ils ne les prennent pas au sérieux. Ils croient diriger le territoire d'une main de fer. Ils ne sont pas loin de la vérité, mais ils sont trop arrogants. Ils ne peuvent même pas imaginer qu'un mouvement comptant des dizaines de milliers de membres puisse avoir pour but de renverser leur compagnie. Ils sous-estiment la volonté du peuple. Je pense que c'est ce qui provoquera leur perte.

– Alors ils ne savent pas qui est M. Pop ?

– Bien des légendes ont circulé, parlant de héros qui se dresseraient pour libérer le peuple des oppresseurs, mais elles ne sont jamais devenues réalité. Ont-ils entendu parler de M. Pop ? Certainement, oui. Mais pour eux, ce n'est qu'un mythe inventé par les opprimés. Ils ne croient pas qu'il existe réellement. Les adeptes du Renouveau préfèrent qu'il en soit ainsi en attendant le bon moment.

– Alors, comment avez-vous connu ces gens-là ? ai-je demandé. Après tout, vous travaillez pour le conseil d'administration. Et, en même temps, vous faites partie d'un réseau secret visant à les renverser.

– C'est toute la beauté de la chose ! a répondu Nevva. Quand Press m'a révélé mon destin de Voyageuse, j'ai beaucoup réfléchi. Après avoir visité d'autres territoires, j'ai pu voir Quillan sous une autre perspective ; j'ai compris que, si je voulais vraiment aider mon propre monde, je devais me révolter contre mes employeurs.

– Et venger vos parents au passage, ai-je ajouté.

Nevva m'a lancé un regard sévère. J'ai aussitôt regretté mes paroles ; c'était un manque de tact flagrant.

– Désolé, ai-je dit. Il m'arrive de penser à voix haute.

– Ce n'est rien, a-t-elle continué. C'est vrai, j'en veux à Blok et au conseil d'administration pour ce qu'ils ont fait à mes parents. Mais tout ça va bien plus loin, Pendragon. Ce n'est pas ce que Blok m'a fait qui compte, mais ce qu'ils ont fait à tout ce territoire. Des millions de gens pourraient te raconter la même histoire que moi. C'est pour ça que j'ai rejoint les adeptes du Renouveau.

– S'ils sont si bien cachés, comment les avez-vous trouvés ?

Nevva a eu un petit rire.

– Crois-moi, Pendragon, je sais me débrouiller. Il n'y a pas grand-chose qui puisse m'échapper. J'ai écouté, j'ai posé les bonnes questions et j'ai fini par trouver un moyen de contacter leurs chefs. À vrai dire, le fait de travailler pour le conseil d'administration m'a plutôt servi. Avoir de leur côté quelqu'un qui soit en contact si étroit avec leurs ennemis était trop tentant. Je les renseigne depuis environ vingt quads…

— À propos, je n'ai pas la moindre idée de la durée exacte d'un quad.

Là, Nevva n'a pas su quoi répondre. Comment expliqueriez-vous ce qu'est une année ? Ou un mois ? Drôle de question.

— Vingt quads, c'est bien assez long pour qu'ils m'acceptent parmi eux. En fait, je me suis révélée si précieuse qu'ils m'ont nommée chef d'unité.

Je n'avais aucune envie de lui demander ce qu'était un chef d'unité. Ce serait sans doute aussi dur que d'expliquer la notion de quad.

— Mais je n'ai toujours pas atteint les niveaux supérieurs, a-t-elle ajouté. Voilà pourquoi je n'ai toujours pas rencontré M. Pop. Mon plan va sans doute changer tout ça...

— Et ce plan est... ?

— Il dépend entièrement de toi, Pendragon. C'est pour ça qu'il faut qu'on les voie aujourd'hui. (Elle a levé le sac d'un air penaud.) Mais tant qu'ils ne te feront pas confiance, leur cachette doit rester secrète.

J'ai pris le sac et j'ai grommelé :

— Qu'est-ce que vous leur avez dit sur moi ? Pas la vérité, j'espère.

— Bien sûr que non, a-t-elle répondu. Juste que tu peux nous aider. Rien de plus.

Ce n'est que lorsqu'on est sortis du bâtiment pour emprunter un ascenseur que j'ai dû mettre le sac. Nevva m'a à nouveau emmené dans un long périple dans les sous-sols de la ville de Rune. La température a carrément baissé. Pas de doute, on était loin des grands boulevards. Après une vingtaine de minutes de marche, j'ai eu l'impression d'entrer dans une vaste salle. Ce qui me fait dire ça, c'est qu'avant tout m'avait semblé confiné, comme si on marchait dans d'étroits couloirs. Le seul bruit était celui de nos pas se répercutant entre les murs. Mais ce nouvel endroit semblait plus spacieux. On n'était pas en extérieur – il faisait trop froid et c'était trop silencieux –, mais on avait quitté les couloirs. C'était plutôt une sorte de hangar ou un terrain de basket.

— On est arrivés, a dit Nevva en me retirant le sac.

J'ai dû cligner des yeux deux fois pour m'assurer que ce que je voyais était bien réel. J'ai parcouru des yeux l'immense espace en cherchant à y comprendre quelque chose. Nevva a gardé le silence. Elle a dû sentir mon trouble.

– C'est… C'est… un centre commercial ! me suis-je écrié.

C'était bien un centre commercial souterrain et déserté. On se trouvait au beau milieu de la cour centrale. Directement au-dessus de nous, une verrière était murée, comme les vitraux de la gare. Devant nous, une fontaine était à sec depuis bien longtemps. Il semblait y avoir trois niveaux, et nous nous trouvions au plus bas. Quatre escaliers de marbre menaient à l'étage supérieur. Je ne sais pas comment on accédait au dernier. Il y avait peut-être des escalators planqués quelque part. Dans ce cas, je vous assure qu'ils ne fonctionnaient pas. Ça faisait des années – ou plutôt des quads – que cet endroit avait cessé de vivre. Comme en Seconde Terre, il y avait toutes sortes de boutiques accolées les unes aux autres. Contrairement à celles d'en haut, qui avaient pour tout écriteau « Alimentation » ou « Vêtements », ceux-ci avaient des noms originaux tels que « Razzle », « Storm & Kissner », « Chez Chouquie » ou « La corne d'abondance ». Ces boutiques vendaient le genre de produits qu'on trouvait chez nous. J'ai vu un magasin de musique, des fleuristes, des librairies, un marchand de jouets, même un autre qui ne vendait que des confiseries.

Tous étaient fermés. Déserts. Vides. Morts. Leurs néons étaient éteints, leurs vitres opaques de crasse. Il ne restait plus que des lettres jaunies et des rayons vides pour témoigner de ce qu'ils vendaient jadis. Je n'ai jamais été un amateur des centres commerciaux. Je sais qu'il y a des gens qui y retrouvent leurs amis et y passent tout leur temps libre, comme si c'était le centre de leur univers. D'autres passent des heures à contempler les vitrines, comme dans un musée. Moi, je n'ai jamais compris ces comportements. Si un centre commercial vend quelque chose dont j'ai besoin, j'y vais. Sinon, je les évite comme la peste. Mais voir ce centre déserté sur Quillan m'a rempli de tristesse. C'était la preuve qu'un jour Quillan avait connu la libre entreprise.

Je commençais à entrevoir les traces d'une civilisation perdue. Comme les sables d'Égypte recouvraient des cités anciennes, la couche de ciment gris servant de fondation à Rune avait enfoui une ville qui, jadis, avait été très différente. Qu'est-ce que Blok avait encore pu enterrer pour mieux effacer une société entière ? Pas de doute, Blok avait tué Quillan.

— Tu es en retard ! a retenti une voix venant de nulle part.

Je me suis retourné d'un bond pour voir quelqu'un qui se tenait tout en haut des escaliers et qui nous regardait. Il portait un masque similaire à ceux du commando qui m'avait tiré des griffes de Veego et LaBerge. Il est resté là, les jambes écartées, tenant ce qui ressemblait à une longue baguette noire qu'il tapotait sur son autre main d'un air menaçant.

— On a suivi le tournoi, a lancé Nevva à notre interlocuteur. J'ai pensé qu'il était important qu'il sache à quoi s'en tenir.

Une autre voix a retenti derrière nous. Un bref coup d'œil m'a fait découvrir une autre personne qui se tenait au sommet des escaliers.

— Tu sais qu'on a bien du mal à se libérer durant la journée. Notre temps est précieux.

— Je le sais mieux que personne, a répondu Nevva, s'excusant sans pour autant s'effacer. Je ne crois pas avoir gaspillé une seule minute de votre temps. Tout ce que nous avons fait était important. J'espère que vous vous fierez à mon jugement.

Trois autres silhouettes sombres sont apparues au sommet des escaliers. On était encerclés par ces gens masqués qui, tous, avaient leur propre bâton noir.

— J'espère que ce sont les adeptes du Renouveau, ai-je dit à Nevva.

— Ce sont les chefs du Renouveau ici, sur Rune, a-t-elle répondu. Rune a le plus grand nombre de…

— Suffit ! a aboyé la première personne.

Nevva s'est tue aussitôt.

— Désolée, a-t-elle repris. Mais s'il doit nous aider, nous devons lui faire confiance.

Les premiers ont descendu les marches pour se diriger vers nous. Les autres les ont suivis. Le cercle se refermait. Ces gens étaient censés être les bons, mais ils ne me connaissaient pas. S'ils me prenaient pour une menace, peu importe s'ils étaient les bons ou mauvais, parce que je… Oh ! vous voyez ce que je veux dire.

— Comment t'appelles-tu ? a demandé la première personne.

— Pendragon. Et vous ?

Nevva m'a jeté un regard en coin, comme si je me montrais un peu trop arrogant.

– Pardonnez-le, a-t-elle dit pour limiter les dégâts.

– Dois-je aussi lui pardonner ses mensonges ? a rétorqué l'homme.

Hein ? Que voulait-il dire ? J'ai regardé Nevva. Elle avait l'air aussi surprise que moi. Le type a fini de descendre l'escalier pour me faire face. Il a retiré son masque, dévoilant...

Un visage de femme. Je la connaissais. C'était celle qui conduisait l'espèce de scooter, celle qui avait permis au fugitif d'échapper aux dados. Ce qui voulait dire...

J'ai regardé tout autour de moi pendant que les autres retiraient à leur tour leurs masques. L'un d'eux était le type plus âgé qui avait essayé de m'aider en me conduisant au garage où l'on m'avait capturé.

– Je te présente Tylee Magna, a dit Nevva. Ici, à Rune, elle est notre chef.

– Je vois que tu n'as plus ta boucle, a remarqué Tylee Magna d'un ton sarcastique. As-tu fait comme la dernière fois ?

– Un instant ! a interrompu Nevva, surprise. Vous vous êtes déjà rencontrés ?

C'était bien la première fois que quelque chose semblait la désarçonner.

– J'avais les dados de sécurité aux trousses, lui ai-je dit. Ils m'ont aidé à leur échapper, du moins pour un temps.

Là, j'étais mal barré. J'avais oublié que, pendant cette première rencontre, je leur avais menti. Si je voulais gagner leur confiance, je ne pouvais pas les laisser croire que j'avais tout inventé sur le moment – même si c'était la vérité.

– Tu connaissais notre signe, a repris le type âgé en prenant son biceps gauche de la main droite.

– Simple question de chance, ai-je répondu. Je vous ai vus le faire quand vous avez aidé cet autre type à échapper aux dados.

Tylee Magna et lui ont échangé un regard. Je ne sais pas si mon sens de l'observation les impressionnait ou s'ils s'en voulaient d'avoir laissé un tiers surprendre leur salut ultra-secret.

– Ainsi, a fait Tylee Magna d'un ton tout naturel, tu nous as poussés à t'aider sous des prétextes fallacieux, puis tu nous as menti.

Autant ne pas s'enfoncer.

– Oui. J'ai menti.

– Il vient d'une autre ville, a repris Nevva. C'est moi qui lui ai donné les vêtements de challenger et la boucle.

Le type aux cheveux gris s'est tourné vers elle.

– Nous l'avons vu à l'œuvre lors des tournois. Tu as raison, il est exceptionnel.

– Peu importe, a insisté Magna. Le risque est trop important. Les enjeux sont immenses.

– Mais imaginez ce qui se passera si nous réussissons ! a insisté Nevva. Ce pourrait être notre moment de vérité ! Nous avons la possibilité d'allumer l'étincelle qui embrasera le processus du Renouveau. Nous ne pouvons pas laisser passer une telle occasion !

– Et s'il échoue ? a demandé la femme.

– Dans ce cas, nous ne serons pas plus mal lotis que nous le sommes maintenant, a repris Nevva. Pourquoi se poser la question ?

– Hem, allô, les gars ? ai-je dit. Quelqu'un voudrait-il m'expliquer ce qui se passe ?

Nevva a regardé Tylee Magna comme pour lui demander l'autorisation de parler. Celle-ci a acquiescé. Nevva s'est alors plantée devant moi.

– Nous sommes prêts. Dans tout Quillan, des dizaines de milliers de gens attendent de reprendre le contrôle de leur vie.

– Vous voulez dire, par une guerre civile ? ai-je demandé.

– D'une certaine façon, oui. Nous allons commencer par les dados de sécurité. Il faut les mettre hors d'état de nuire. Nous avons fait des stocks d'armes et nous nous sommes entraînés dans ce but. Lorsque nous aurons détruit leurs forces de sécurité, nous pourrons prendre le pouvoir. La survie de Blok dépend des travailleurs. Si le peuple se révolte, ils ne pourront rien faire. Leurs usines s'arrêteront de fonctionner, le tarz aussi, les réserves d'eau passeront sous notre contrôle.

– Si c'est si facile que ça, pourquoi ne l'avez-vous pas déjà fait ? ai-je demandé.

– Parce que le peuple n'en a pas la volonté, a répondu Tylee Magna. Blok ne contrôle pas uniquement nos existences, mais aussi nos esprits. Nous vivons ainsi depuis tant de générations que les gens n'envisagent même pas d'autre mode de vie. Blok a dérobé le bien le plus précieux que puisse posséder un individu : son imagination.

Le vieux type qui me faisait penser à mon père a ajouté :

– Les adeptes du Renouveau pensent pouvoir changer ça. Nous avons tout fait pour montrer aux gens qu'il y a bien plus enrichissant que la vie qu'ils mènent. Ça semble simple, mais il est difficile de l'organiser sur une telle échelle. Nous avons des dizaines de milliers de partisans. Il nous en faudrait des millions.

– Que vient faire M. Pop dans tout ça ? ai-je demandé.

Les adeptes se sont regardés. Nevva s'est penchée vers Magna. Tout autant que moi, elle voulait entendre sa réponse.

– M. Pop est notre leader spirituel. Une fois le Renouveau commencé, c'est lui qui nous montrera la voie. Mais c'est à nous de faire le premier pas.

– Et c'est là que tu interviens, Pendragon, a renchéri Nevva. Il y a longtemps que nous cherchons quelqu'un susceptible d'allumer la mèche.

Crac !

Des bris de verre et de briques nous sont tombés dessus. Les adeptes ont reculé, l'air aussi surpris que moi. Je me suis protégé les yeux et j'ai regardé en l'air. Ils avaient fracassé le plafond, et ils fondaient déjà sur nous, suspendus à leurs filins comme des araignées.

– Ils nous ont trouvés ! a hoqueté Tylee Magna.

Ce n'était pas des araignées géantes, mais des dados de sécurité. Ils avaient découvert la tanière des adeptes.

Journal n° 26
(suite)

QUILLAN

Les dados passaient à l'attaque.

– Comment ont-ils pu nous trouver ? a fait le vieil homme, stupéfait.

Personne n'a pris le temps de lui répondre. Les robots fondaient sur nous. On aurait dit une opération commando. Ils descendaient de leurs filins avec l'aisance née d'une longue pratique. Il devait y en avoir huit, mais combien d'autres attendaient leur tour ? On était surclassés en nombre. Pire encore, ils étaient armés. Mon premier réflexe a été de prendre la fuite. Après tout, ils avaient peut-être reçu l'ordre de nous tuer. Les autres ont dû penser comme moi. Personne n'avait envie d'affronter ces brutes.

– Dispersion ! a ordonné Magna. Ils ne peuvent pas nous avoir tous !

Les cinq adeptes ont décampé chacun dans une direction différente.

Je me suis tourné vers Nevva. Elle ouvrait de grands yeux pleins d'effroi.

– Je te retrouverai, a-t-elle dit avant de fuir à son tour.

C'était le moment de l'imiter. Alors que les dados descendaient toujours de leurs filins, j'ai filé vers les escaliers menant au deuxième niveau du centre. J'ai grimpé les marches quatre à quatre et, une fois au sommet, j'ai couru le long d'un interminable couloir. J'y allais au jugé, puisque je ne savais pas du tout où ce couloir menait, ni où je pourrais bien me réfugier pour leur échapper. J'espérais trouver une porte donnant sur l'extérieur avant qu'ils ne retrouvent ma trace. Mais je craignais que cette porte donne sur un cul-de-sac et que les dados me capturent pour me ramener au château – ou pire encore. Un des adeptes courait droit devant moi. Aussitôt, j'ai décidé de le suivre. Il devait savoir où il allait.

Fump ! Fump !

Trop tard. Les dados n'ont même pas attendu d'avoir touché le sol pour ouvrir le feu. Les deux tirs ont frappé l'adepte de plein fouet. Il a relevé brutalement la tête sous l'effet du choc et il s'est effondré. Je pense qu'il était inconscient avant même de toucher le sol. J'ai plongé sur le sol en marbre et j'ai rampé sur le ventre. Je voulais offrir la cible la plus réduite possible. J'ai jeté un bref coup d'œil en arrière et j'ai vu les dados dépasser le niveau où je me trouvais pour continuer leur descente. Ce qui voulait dire qu'il me restait quelques secondes avant qu'ils ne touchent le sol, grimpent les escaliers et se remettent à tirer dans le tas. J'ai repéré le bâton de métal que l'adepte avait laissé tomber. Sans réfléchir, j'ai couru le ramasser. Il n'en avait plus besoin. L'objet faisait environ deux mètres de long. Il était mince, mais plutôt lourd. Moins que les casse-tête de bois de Zadaa, mais j'avais besoin de quelque chose pour me protéger. Ça devrait faire l'affaire.

J'allais me remettre à courir quand j'ai soudain réalisé que l'adepte inconscient était à la merci des dados. Et si c'était vraiment des assassins ? Ou s'ils le capturaient et lui arrachaient d'autres informations sur les adeptes ? Je ne pouvais pas le laisser là. J'ai lâché le bâton noir, je l'ai pris par les pieds et je l'ai entraîné vers l'une des boutiques désertes.

À l'intérieur, j'ai vu d'interminables étagères vides s'étendant de la devanture à l'arrière du magasin. Un jour, cet endroit avait été une librairie. Quelques bouquins jaunis et poussiéreux traînaient encore par-ci par-là. En un éclair, j'ai imaginé ces étagères remplies de livres colorés. Que l'âme même de tout un territoire se retrouve démantelée, oubliée et murée sous une couche de béton gris était une notion vraiment déprimante.

Comme celle d'être pourchassé par des robots tueurs. Je n'avais pas le temps de rester là, à déplorer le déclin culturel de Quillan. J'ai pris l'adepte inconscient par un bras et une jambe et je l'ai maladroitement hissé sur mes épaules, à la manière dont procèdent les pompiers. Ce type n'était pas très grand et assez mince, mais à vrai dire j'avais sacrément gagné en force. L'entraînement intensif que j'avais suivi au camp de Zadaa avait porté ses fruits. En plus, j'étais mort de trouille. Comme je l'ai toujours dit, l'adrénaline est votre amie. Une fois que je l'ai placé sur mes épaules, j'ai su que je pourrais le porter, au moins pendant un temps. Je ne courrais sans doute pas le marathon, mais je pourrais au moins nous trouver un endroit sûr. J'ai fait deux pas en direction de l'arrière du magasin quand mon plan s'est effondré… en même temps que la vitrine de la boutique.

Fump ! Fump ! Fump !

Ils nous avaient repérés. J'ai plongé derrière la première étagère venue au moment où trois dados passaient par la vitrine brisée. Je me suis alors laissé guider par mon instinct plus qu'autre chose. Avec le type toujours sur mes épaules, je me suis adossé à l'étagère vide et j'ai poussé de toutes mes forces. Elle s'est effondrée sur les dados. J'espérais les ralentir le temps de filer et de sortir de cette librairie. Je ne pouvais rien faire de plus pour l'adepte inconscient. Si je tentais de l'emmener, ils nous captureraient tous les deux. Je devais le laisser là pour pouvoir m'enfuir.

J'ai sauté par-dessus l'étagère effondrée, au-dessus des dados, je suis passé à travers la vitrine brisée pour regagner le centre commercial. Je me suis crispé, m'attendant à recevoir une décharge. Autant continuer de courir en attendant. Le bâton de métal était là où je l'avais laissé. Sans hésitation, je me suis penché pour le ramasser.

Ces quelques secondes m'ont coûté cher. Elles ont laissé aux dados le temps de reprendre leurs esprits (mais peut-on dire ça pour des robots ?). Je m'étais à peine relevé que l'un d'eux m'a sauté dessus à travers la vitre en brandissant son arme. J'étais fichu. Inutile de chercher à fuir. Il me tirerait comme un lapin quasiment à bout portant. Quand j'étais sur Zadaa, je m'étais promis de ne plus jamais dépendre des autres pour ma propre protection. J'étais passé par des séances d'entraînement doulou-reuses afin de me préparer à des moments comme celui-ci.

Désormais je devais être capable de me défendre. Il ne me restait plus qu'une chose à faire : mettre en pratique mes nouveaux dons.

Ou, dit plus simplement : me battre.

Si je restais le plus près possible d'eux, ils ne pourraient pas tirer de peur de toucher un des leurs. D'accord, c'était un combat à trois contre un et c'était des robots, mais bon, on ne vit qu'une fois. Tout ce que je voulais, c'est ne jamais revoir ce château. Ou alors pas sans combattre.

Le premier dado est venu vers moi comme s'il voulait me plaquer au sol. Je l'ai évité et j'ai frappé sa main armée avec le bâton noir. Le coup a provoqué un craquement et lui a arraché son flingue. Je me suis dépêché de ramener le bâton en arrière pour cogner de l'autre bout, fracassant la nuque du robot et l'envoyant à terre. Je préférais ne pas penser à ce que ce simple bâton métallique ferait à un être en chair et en os.

Le dado n'a pas émis un son. Il n'a pas eu l'air de ressentir la moindre douleur, ou sinon il a souffert en silence. J'allais chercher à saisir son arme dorée lorsque j'ai vu les deux autres dados bondir sur moi. J'ai brandi le bâton à deux mains, droit devant moi, parallèle au sol. Il a frappé simultanément les deux robots en plein dans l'estomac – s'ils en ont un. S'ils avaient été humains, ils se seraient pliés en deux de douleur. Sauf qu'ils ne l'étaient pas. Je me suis retrouvé à genoux, à brandir mon arme, un dado à chaque bout. Ils sont restés là, à me regarder de leurs yeux vides d'automates, comme s'il ne s'était rien passé du tout.

Je n'étais pas préparé à ça. Affronter des robots de combat ne faisait pas partie de l'entraînement de Loor.

J'ai ramené le bâton vers ma poitrine et j'ai fait un saut périlleux arrière pour atterrir sur mes pieds. Je me suis vite relevé en brandissant mon arme. Cela dit, je pouvais m'acharner sur ces machines jusqu'à la fin des temps, ça ne les arrêterait pas. Mais je ne m'avouais pas vaincu pour autant. Un autre dado s'est précipité sur moi. Il avait sorti son flingue et il était prêt à tirer. J'ai fait semblant de vouloir donner un coup de bâton, il a essayé de parer, j'ai plongé, j'ai roulé sur ma droite et j'ai visé son collègue qui ne s'y attendait pas. Il n'a rien vu venir. Je lui ai fait mordre la poussière. Je l'ai enjambé et j'ai enfoncé l'autre bout de mon arme dans son dos. Je ne m'attendais pas à ce qui s'est alors passé : le bâton a transpercé le corps du robot ! J'ai senti un vague frémissement électrique le long de l'arme, et il s'est immobilisé. Je l'avais tué ! Si j'avais pris le temps d'y réfléchir, j'aurais sans doute trouvé ça dégueu. Mais c'était un robot, pas un être humain. Il n'était pas vivant. Quel que soit le nom de cette arme, elle était capable de transpercer ce qui recouvrait les robots et de les mettre hors service.

J'ai aussitôt compris que l'important n'était pas de les faire tomber, mais de transpercer leur carapace pour atteindre ce qu'il y avait dessous. Ces bâtons n'avaient rien à voir avec les casse-tête de Zadaa. C'étaient des tueurs de dados.

Or les dados étaient peut-être des robots, mais ils étaient loin d'être bêtes. Quand ils ont vu ce qui s'était passé, ils se sont aussitôt montrés plus prudents. Le premier que j'avais abattu a plongé vers son arme restée au sol. Je lui ai sauté dessus et, avant qu'il l'atteigne, j'ai enfoncé le bâton de métal dans son bras. Cet engin était si puissant qu'il a traversé le sol de béton comme s'il était en carton. J'ai eu l'impression d'avoir planté un drapeau au sommet d'une montagne. Je ne sais pas en quoi était faite cette barre, mais ce métal était extraordinaire. Le bras du dado a frémi, puis est retombé, inerte. Mais le reste fonctionnait toujours. Comme son pistolet était hors de portée, il m'a attrapé de son autre main. Mais j'ai réussi à me dégager de son emprise.

Le suivant a attaqué à son tour. Il m'a agrippé les épaules, m'a entraîné et projeté sur le sol comme une marionnette. Comme si ça ne suffisait pas, j'ai lâché mon bâton antidados. Heureusement, mon agresseur n'a pas cherché à s'en emparer. Je pensais qu'il allait le retirer du bras de son collègue pour le libérer, mais non. À la place, il a tiré son propre pistolet de son holster et l'a braqué sur moi.

Fump ! La décharge est passée si près qu'elle a fait se dresser les poils de ma nuque. Je savais que je n'aurais pas toujours de la chance : je me suis relevé illico et j'ai foncé vers une autre boutique en face de la librairie déserte. Le magasin désaffecté était recouvert de poussière. Quand j'y suis entré, la surprise m'a paralysé sur place. La boutique était remplie de silhouettes humaines !

J'ai cru à des momies, ou peut-être à des dados désactivés. Il m'a fallu une seconde pour réaliser que c'étaient des mannequins. Il devait y en avoir deux cents, tous de taille, de couleur et de forme différentes. Certains avaient des traits bien dessinés pour faire plus vrai, d'autres uniquement la forme stylisée d'un visage. C'était réellement un des spectacles les plus angoissants que j'aie jamais vus. Sauf que j'étais en plein dans une situation bien plus effrayante.

Fump ! Fump !

J'ai senti les décharges d'énergie passer au-dessus de ma tête, fendant l'air. J'ai plongé vers les rangées de mannequins pour me cacher au milieu des silhouettes inertes.

Fump ! Juste à côté de moi, un mannequin a explosé, me couvrant de plâtre. *Fump !* Un autre a perdu son bras. Je me suis baissé au maximum pour sortir de leur ligne de tir. Je ne savais pas combien de coups pouvaient tirer ces pistolets dorés. Six ? Sept ? Mille ? Plusieurs secondes se sont écoulées. Le dado a cessé le tir. Je ne pensais toutefois pas qu'il avait abandonné. Ça non. Il faisait ce qu'il y avait de mieux à faire : tendre l'oreille et attendre que je fasse un bruit. Je n'avais pas trente-six solutions : je devais regagner l'avant du magasin, en sortir et récupérer soit mon arme tueuse de dados, soit le pistolet resté sur le sol. Je me suis avancé en restant baissé. Mes baskets avaient des semelles de caoutchouc. Elles ne faisaient pas de bruit. J'ai regardé au-dessus de cet enchevêtrement de bras et de jambes de mannequins, cherchant à apercevoir le dado, mais l'amas était trop dense. Je n'y voyais rien. C'était peut-être mieux. Lui non plus ne pouvait pas me voir. J'ai fait encore quelques pas prudents.

En lorgnant à travers la forêt de mannequins, j'ai distingué l'avant du magasin. Pas de dado à l'horizon. Pourvu qu'il soit allé me chercher au fond de la boutique sans s'imaginer que je pouvais rebrousser chemin pour sortir de la même façon que j'étais entré. En regardant le plus loin possible devant moi, je n'ai vu qu'une longue allée déserte. Pas de dado en vue. Parfait. À chaque pas, j'approchais de la porte et des armes.

J'ai continué ma progression. Toujours rien. J'ai regardé par-dessus mon épaule... Il était là, tranquillement en train de me viser ! Juste derrière moi ! Sans réfléchir, je me suis jeté sur lui. Mon épaule a frappé sa poitrine.

Fump ! Fump !

Ses décharges n'ont atteint que le plafond. Des morceaux de plâtre ont plu sur nous. L'impact a été tel qu'il nous a envoyé bouler contre des mannequins. On a touché terre au milieu des bras et des jambes. C'était comme si une douzaine de personnes cherchaient à s'emparer de moi. Du moment que le dado n'en faisait pas autant, ça me convenait. J'ai roulé sur les mannequins, je me suis relevé et j'ai plongé dans la rangée suivante.

Fump ! Le dado s'était redressé, lui aussi. Ce n'était plus le moment de finasser. Il fallait que je sorte d'ici. J'ai percuté un autre groupe de mannequins, manquant de perdre l'équilibre. D'un dernier bond, je me suis reçu sur le sol. J'étais tout près de la porte donnant sur le centre commercial. Gagné ! Je me suis redressé et j'ai piqué un sprint vers les autres dados. L'un d'eux était mort, ou ce qu'on dit lorsqu'un robot ne bouge plus. « Mort », ça ira. L'autre était toujours cloué au sol par le bâton de métal que je lui avais planté dans le bras. Je me suis demandé pourquoi il ne le retirait pas, tout simplement. J'ai repéré le pistolet doré par terre et j'ai foncé vers lui.

Fump !

L'autre dado était sorti du magasin et me tirait dessus. J'ai plongé tel un rugbyman, la tête la première, les bras tendus. J'ai touché le sol sur le ventre et j'ai glissé sur le marbre. L'instant d'après, le pistolet était dans ma main.

Fump ! Fump !

J'ai roulé sur moi-même pour échapper aux tirs tout en tenant maladroitement mon arme. Je n'avais jamais tiré sur quelqu'un de toute ma vie. Je n'étais même pas sûr de savoir bien viser. Je me suis immobilisé sur le dos pour voir que le dado fondait sur moi. Très bien. Je n'aurais qu'à le fusiller à bout portant. J'ai levé le pistolet, en le tenant à deux mains, et j'ai appuyé sur la détente.

Fump !

Il n'y a eu ni impact, ni recul. J'ai senti une très légère décharge électrique. Et j'ai touché le dado de plein fouet.

Mais il ne s'est rien passé. Le dado est resté là, indemne. La décharge n'avait aucun effet ! Ces robots y étaient insensibles. Là, j'étais coincé. Et mon adversaire le savait. Il se dressait à quelques mètres de moi, les jambes écartées. Il a levé lentement son pistolet. Je savais qu'il n'allait pas me tuer. Mais j'avais perdu la partie. Il a visé soigneusement, s'assurant qu'il n'allait pas me rater… et il a appuyé sur la détente.

Rien. Le pistolet était vide.

J'ai réagi au quart de tour. Avant que le dado n'ait pu bouger, j'ai roulé vers l'autre robot cloué au sol. J'avais besoin de mon arme. Je me suis remis sur mes pieds, j'ai pris le bâton et, d'un geste sec, je l'ai jeté sur l'autre comme une lance. Le bâton mortel l'a frappé en pleine poitrine. J'ai entendu une sorte de crépitement électrique. Le robot a été pris de mouvements convulsifs et s'est écroulé au sol comme un de ces mannequins du magasin. Mort. Hors service. Peu importe. *C'est fini*, me suis-je dit.

Je me trompais. J'avais commis une erreur critique. En retirant le bâton du bras de l'autre dado, je l'avais libéré. *Oups.* Je m'en suis rendu compte avant de le constater. J'ai pivoté pour voir qu'il avait récupéré le pistolet du premier dado que j'avais neutralisé. Il l'avait levé, prêt à faire feu… J'allais me jeter sur le côté dans l'espoir d'éviter le coup quand, soudain, bizarrement, le robot a été pris de convulsion. J'ai entendu à nouveau ce crépitement électrique. Il a laissé retomber son bras. Que s'était-il passé ? Le robot a eu un dernier soubresaut, puis il est tombé la tête la première. Mort. Un autre bâton était planté dans son dos. Derrière lui se tenait Nevva Winter.

— Je crois que c'est le dernier, a-t-elle dit d'un ton tout naturel, comme si elle faisait un rapport à ses supérieurs.

Derrière moi, j'ai entendu quelqu'un applaudir. J'ai levé les yeux : les quatre autres adeptes nous regardaient depuis l'étage supérieur. C'était Tylee Magna qui applaudissait.

— Il y a quelqu'un d'autre dans ce magasin, ai-je dit. Je ne crois pas qu'il soit blessé, mais il s'est pris une décharge.

— Il s'en sortira, a répondu Tylee. Nous avons vu comment tu t'es occupé de lui.

— Enfin, j'ai essayé, ai-je corrigé. Je n'ai pas tout à fait réussi.

Tylee a regardé Nevva et a dit :

– Peut-être que ton Pendragon peut nous être utile, tout compte fait.

Je me suis tourné vers Nevva, moi aussi. Elle m'a souri, satisfaite.

– Je n'en ai jamais douté.

Je les avais impressionnés. À l'instar de Nevva, les adeptes du Renouveau croyaient désormais en moi. Mais j'aurais bien voulu savoir ce qu'ils attendaient de moi exactement.

Je n'allais pas tarder à le savoir.

Journal n° 26
(suite)

QUILLAN

Il fallait qu'on sorte de ce centre. On m'a expliqué que c'était un des nombreux endroits où les adeptes pouvaient se réunir. Maintenant que les dados l'avaient découvert, il n'était plus sûr. Je suppose que ce n'était pas une coïncidence que les dados soient arrivés juste après moi. Tylee le pensait aussi, mais ne m'a rien reproché. Après tout, j'étais un challenger en cavale. Ils étaient à ma recherche. Les adeptes en ont conclu que quelqu'un, quelque part, avait dû me reconnaître et alerter les dados de sécurité. Heureusement, il n'y avait aucune victime à déplorer, sauf l'adepte qui s'était pris une décharge, mais il s'en remettrait sans mal. Grâce à ces incroyables bâtons, les autres avaient pu éliminer les dados restants un par un. Chacun d'eux n'avait eu qu'un seul dado à ses trousses, alors que trois robots s'étaient lancés à ma poursuite. Ce raid me visait personnellement. Le conseil d'administration de Blok voulait remettre la main sur moi. Veego et LaBerge aussi. Sans oublier Saint Dane. J'étais bien populaire tout à coup.

On a porté chacun à notre tour l'adepte inconscient tout au long de notre périple à travers le centre. Je n'ai pas demandé où on allait. Certainement là où on serait en sécurité. On est tombés sur deux petits véhicules qui m'ont rappelé des voitures de golf. Je suis monté dans l'un d'entre eux avec Nevva et le type plus âgé. Les autres se sont entassés dans le second avec l'homme inconscient. Ensuite, on a eu droit à un trajet à tombeau ouvert dans un incroyable réseau souterrain. Les voitures bourdonnaient faiblement. Elles étaient rapides et silencieuses. J'ai découvert que ce centre commercial n'en était qu'un parmi tant d'autres, tous reliés par des tunnels creusés sous la ville de Rune. Je croyais sans arrêt qu'on arrivait au bout de notre voyage, mais à chaque détour on tombait sur un nouveau centre aux boutiques désaffectées. Je n'aurais pas pu dire combien il y en avait. Plusieurs milliers, certainement.

Nevva devait avoir lu dans mes pensées, parce qu'elle a dit :

– Triste spectacle, hein ?

– C'est incroyable, ai-je répondu. Depuis combien de temps ces magasins sont-ils abandonnés ?

– Personne ne peut le dire avec certitude, car il ne reste plus personne qui ait vu de ses yeux le monde d'avant. Ils sont tous morts. Mais beaucoup d'histoires circulent. À Rune, les hivers sont rigoureux. S'il faut en croire ce que j'ai entendu, on a bâti ces centres commerciaux sous terre afin que les gens puissent faire leurs courses sans être exposés au froid. À ce qu'on raconte, certains magasins proposaient des plats tous différents, et il y avait des centres où l'on pouvait faire réparer tous ses ustensiles ménagers. Selon les rumeurs, on pouvait même consulter un médecin, acheter une paire de chaussures, déjeuner dans un endroit où on cuisinait votre repas sur place avant de vous le servir, puis aller voir une pièce de théâtre – et tout ça à pied. Ça semble impossible !

Impossible ? Ce qu'elle venait de me décrire ressemblait tout à fait à la Seconde Terre.

– Alors pourquoi sont-ils déserts ? ai-je demandé. Les bâtiments en surface sont surpeuplés. La population pourrait descendre ici respirer un peu.

– Tout d'abord, a répondu Nevva, on a interdit l'accès à ce niveau. Ensuite, la plupart des gens – sauf des adeptes du Renouveau – ont oublié jusqu'à l'existence de ces souterrains. Il n'y a pas d'entrées. Tout a été scellé et abandonné.

On a cheminé ainsi pendant une demi-heure. Alors qu'on abordait le hall d'un des grands centres commerciaux, j'ai commencé à voir des signes de vie. J'ai remarqué des gens vêtus de la tenue noire des adeptes. Plusieurs sont sortis de portes ou de porches. La plupart étaient armés. Certains portaient des armes à feu, d'autres ces fameux bâtons noirs. Tous semblaient prêts à accueillir d'éventuels visiteurs indésirables.

– Des gardes, a dit Nevva comme si elle lisait dans mon esprit.

Bon d'accord, mais que gardaient-ils ? Je me suis demandé si on nous demanderait un mot de passe ou quelque chose comme ça, mais dès qu'ils ont vu Tylee, ils l'ont saluée en enserrant leur biceps gauche. On est passé sans incident. Ces types avaient l'air assez efficaces, mais ils n'étaient pas assez nombreux pour pouvoir repousser une invasion de dados.

Un peu plus loin, j'ai vu que, malgré ce que Tylee m'avait expliqué, il y avait bel et bien des gens qui vivaient dans ce centre commercial. On est passé devant plusieurs familles blotties dans des boutiques. Certains dînaient, d'autres dormaient. À vrai dire, ils me rappelaient nos sans-abri de Seconde Terre.

– Nous dissuadons les nôtres de vivre ici, a dit Tylee. C'est notre base d'opération, et plus il y a d'allées et venues, plus nous courons le risque d'être découverts.

– Mais parfois, on ne peut pas les repousser, a repris l'homme plus âgé. Si on ne leur offrait pas ce sanctuaire, la plupart de ces malheureux finiraient au tarz. D'autres n'arrivent plus à subvenir aux besoins de leur famille. C'est dur de décider qui peut rester, mais on fait tout notre possible.

– Il y a des gardes partout, a repris Tylee. Si un dado de sécurité ou même un étranger s'approche du camp, nous pouvons aussitôt nous éclipser dans une autre zone.

– Il y a déjà eu des inspections, a ajouté le vieil homme. Les dados de sécurité ont fait des rafles. Mais nous avons pu effacer toute trace de notre existence et nous déplacer à temps. Une fois la menace levée, nous revenons. Ça fait des générations que ce système fonctionne.

Ces gens étaient l'équivalent de guérilleros vivant dans la jungle, portés par l'espoir de pouvoir un jour libérer leur peuple. D'après ce qu'ils m'avaient dit, c'était exactement ce qu'ils espéraient faire eux aussi – très bientôt. La question restait : quel rôle devais-je jouer dans tout ça ?

On est arrivés tout au bout d'un des centres commerciaux, en face d'un bâtiment vraiment immense. Il y a longtemps, ç'avait dû être un supermarché. Pas mal d'adeptes en armes montaient la garde devant ses portes. Ils nous ont accueillis avec leur salut familier, puis plusieurs d'entre eux se sont affairés autour de celui que le dado avait assommé. Heureusement, il reprenait déjà ses esprits.

– Je m'occupe de lui, a dit le vieil homme. Bienvenue parmi nous, Pendragon.

J'ai acquiescé, puis je me suis tourné vers Nevva.

– Et maintenant ? ai-je demandé.

– Viens avec moi, a répondu Tylee.

Elle est descendue de son véhicule et a marché tout droit vers le grand magasin. J'ai jeté un coup d'œil à Nevva.

– Vous venez aussi, hein ?

– Bien sûr. C'est moi qui tire les ficelles. La façon dont tu t'es débarrassé de ces dados était impressionnante, a-t-elle ajouté. C'est ce qui a emporté la décision.

– Quelle décision ?

Ça commençait à devenir agaçant. Depuis mon arrivée sur Quillan, on m'avait sans arrêt manipulé. D'abord les dados, puis Veego et LaBerge, ensuite Saint Dane, enfin Nevva et les adeptes du Renouveau. J'avais l'impression d'être tombé dans un torrent furieux et de devoir suivre le flot sans savoir où il me déposerait. Tout ce que je pouvais faire, c'était garder la tête hors de l'eau et espérer que les choses finiraient par s'apaiser.

Or, bien au contraire, tout allait s'accélérer.

À l'inverse des milliers d'autres magasins du centre commercial, celui-ci n'était pas désert. Il était rempli, mais pas de marchandises en vente libre. Je me suis retrouvé au milieu d'une immense armurerie. Il y avait des rangées entières de pistolets à électrochocs. Des fusils, aussi. Un autre stand était bourré à craquer de ces bâtons noirs tueurs de dados. Impressionnant. Pas de doute, ils étaient prêts à passer à l'action.

– Comment vous êtes-vous procurés tout ça ? ai-je demandé à Nevva.

– Au fur et à mesure, a-t-elle répondu. En interceptant des livraisons. En cambriolant les bons endroits. Certains fabricants ralliés à notre cause nous ont passé quelques petites choses. Obtenir ces armes n'a pas posé de problème. Le plus dur a été de les rassembler lentement, en catimini, pour que Blok ne se rende compte de rien. J'ai vu passer plus d'un rapport prévenant les membres du conseil d'administration de vols d'armes, sans lien apparent les uns avec les autres. Bizarrement, ces rapports sont passés directement à la poubelle...

– Les adeptes doivent être contents de vous compter parmi eux, ai-je dit.

– Tout comme les Voyageurs, a-t-elle répondu à voix basse pour que Tylee ne puisse l'entendre. Mais ça n'a rien à voir avec la chance. J'ai travaillé dur pour me retrouver là où je suis.

On a traversé des allées entières bordées d'armes en tout genre jusqu'à atteindre une double porte. Derrière, il y avait une autre salle haute de plafond qui semblait avoir été un théâtre. Plusieurs centaines de sièges faisaient face à une scène où se trouvaient quelques canapés usés et des bureaux surchargés de papiers. Il y avait des cartes étalées sur des présentoirs, ainsi qu'un tableau noir avec une liste de noms qui ne me disaient absolument rien. Si je m'étais laissé prendre au jeu, je me serais cru devant un décor de théâtre où des acteurs préparaient une expédition punitive. Mais je n'étais pas né de la dernière pluie. Les cartes et les données étalées sur la table n'étaient pas là pour la frime. C'était pour de bon. J'étais dans le QG de leur conseil de guerre.

Tylee est aussitôt montée sur la scène et a farfouillé au milieu des papiers. On aurait dit un homme d'affaires regagnant son bureau. Nevva et moi, on est restés au milieu des fauteuils au bas de l'estrade.

– Tu m'as impressionnée, Pendragon, a-t-elle dit. Je n'ai jamais vu quelqu'un se battre comme toi. Tu es fort, rapide, agile. On dirait que tu es entraîné au combat.

– Je le suis, ai-je répondu.

Aussitôt, j'ai regretté ces mots. Comment est-ce que j'allais l'expliquer ? J'ai senti Nevva se raidir, comme si j'avais donné une mauvaise réponse.

– Vraiment ? a repris Tylee. Comment ça se fait ?

– Il vient d'une famille de militaires, a répondu Nevva avant que je m'enfonce encore plus. La tradition du combat se transmet de père en fils depuis des générations.

Tylee m'a regardé d'un air suspicieux.

– Depuis que les dados sont entrés en activité, il n'y a plus aucune présence militaire sur Quillan.

– Mais les traditions perdurent, a affirmé Nevva avec autorité. Les fils et les filles de militaires apprennent à se battre au cas où on aurait à nouveau besoin de leurs services.

Nevva avait l'esprit vif et mentait de façon convaincante. Ça n'aurait pas dû m'étonner, vu qu'elle menait une triple existence.

Tylee a hoché la tête. Manifestement, le sujet ne l'intéressait pas plus que ça.

– Crois-tu en un avenir meilleur pour Quillan ? m'a-t-elle demandé.

– Absolument.

Enfin une question à laquelle je pouvais répondre avec honnêteté et conviction.

– Alors, tu aideras le Renouveau ?

Je devais choisir mes mots avec soin. Bien sûr que je voulais les aider. D'après ce que j'en avais vu, Blok avait détruit ce territoire. Que Saint Dane y ait participé ou non n'avait aucune importance. Il aimait ce que Quillan était devenue. Pas moi. Il fallait changer ça. Nevva avait peut-être raison. J'avais la nette impression que cette révolution pouvait être le moment de vérité de Quillan, ce qui expliquerait aussi la présence de Saint Dane ici. Peut-être y avait-il encore de l'espoir. Bien sûr, ce démon souhaitait que les adeptes du Renouveau échouent. Tylee me donnait une chance de les aider à réussir. Ça semblait parfait, à un détail près.

– Je crois au Renouveau, ai-je dit. Je crois qu'il faut mettre Blok en faillite et lui faire perdre sa mainmise sur le territoire. Mais je ne sais toujours pas ce que vous attendez de moi.

Tylee s'est tournée vers Nevva.

– C'est ton plan. À toi de lui expliquer.

– À la base, c'était mon idée, a répondu modestement Nevva. Mais c'est devenu un travail de groupe. Je t'en prie, continue.

Tylee a acquiescé et a fait les cent pas sur la scène. On aurait pu penser à un numéro d'acteur, mais ça sonnait trop vrai.

– Nous sommes sur le point de voir naître une nouvelle Quillan, a expliqué Tylee. Des dizaines de milliers d'hommes et de femmes sont prêts à se soulever contre Blok et la société répressive que cette compagnie a imposée. Mais ce n'est pas suffisant. Si nous voulons réussir, il nous faut gagner le cœur de presque toute Quillan. Nous avons eu bien du mal à convertir des adeptes à notre cause. La triste vérité est qu'au début du Renouveau la vie sera probablement plus dure que maintenant. Pour l'instant, nous avons de l'eau, de l'électricité, des provisions sur les étals. Si Blok s'écroule, il nous faudra du temps pour remettre le système en état de marche. Pendant un temps, les conditions de vie seront beaucoup moins agréables qu'elles ne le sont actuellement. C'est inévitable. Nous devrons recréer toute une société. Tout un monde. Mais, pour y parvenir, il faut d'abord que nous renoncions au peu que nous avons actuellement. Il sera difficile de faire admettre au peuple qu'il doit encore faire des sacrifices avant d'accéder à un avenir meilleur.

– Blok contrôle non seulement tous les domaines de notre existence, a renchéri Nevva, mais la compagnie a aussi sapé notre volonté, détruit notre âme.

– Le premier pas, a repris Tylee, est de rendre l'espoir au peuple. Nous voulons frapper un grand coup pour prouver que l'individu peut triompher des pires situations. Ce qu'il nous faut, c'est un symbole. Une lueur d'espoir. Inutile de faire beaucoup de bruit, il suffit de réveiller les gens.

– Je comprends, ai-je dit. On leur a lavé le cerveau pour qu'ils acceptent leur situation telle qu'elle est, et vous voulez leur prouver qu'ils ont encore le choix. C'est logique. Mais ce que je ne comprends pas, c'est ce que je viens faire dans tout ça.

– Le peuple a besoin de croire en quelqu'un, a répondu Nevva. Quelqu'un qui leur ressemble, mais qui leur montrera qu'ils peuvent s'élever au-dessus de leur condition misérable et faire quelque chose de spectaculaire, de captivant, d'impossible.

– Par exemple ? ai-je demandé.

Et c'est là que Nevva a lâché sa bombe :

– Remporter le Grand X.

Je suis resté planté là à la dévisager, sous le choc. Je m'attendais à tout, sauf à ça. Elle me demandait de faire exactement ce que Saint Dane voulait que je fasse. Mes oreilles ont sifflé. J'ai juste pu articuler :

— Vous rigolez, hein ?

— Certainement pas ! a rétorqué Nevva. Le Grand X est diffusé sur tout Quillan. Tout le monde le regarde, et quand je dis tout le monde, c'est vraiment *tout le monde*. Il n'y a pas de plus grand spectacle ici.

Tylee a repris la parole :

— Nous comptons sur les adeptes disséminés un peu partout pour faire de toi le héros du peuple. Comme tu as déjà remporté deux jeux, tu n'es plus un inconnu. Ce tournoi doit être le plus grand de tes défis. Tout le monde déteste le challenger vert. Les gens voient en lui le champion de Blok. S'ils parient sur lui, c'est uniquement parce qu'ils savent qu'il va gagner.

— Et vous voulez qu'ils parient sur moi ? ai-je demandé sans comprendre.

— Non ! a répondu Tylee. Nous voulons qu'ils *s'abstiennent* de parier. Nous voulons qu'en signe de défiance, ils ignorent massivement le Grand X et le challenger vert. Si tu l'emportes, ça leur remontera le moral d'une façon inédite. Nous vivons dans le secret, Pendragon. Nous parlons à voix basse et nous nous rencontrons par petits groupes. Nous débattons de ce qui est possible et de ce qui doit être fait, mais nos capacités de propagande sont limitées. Tandis qu'à travers toi nous pourrons démontrer qu'un homme seul peut relever la tête et triompher de l'adversité. Nous pensons sincèrement que cela réveillera les consciences, les menant au Renouveau, et lorsqu'ils y viendront nous serons là pour les accueillir. Une fois que nous serons plus nombreux, nous pourrons lancer la révolte qui fera revivre Quillan. Voilà ce que nous attendons de toi, Pendragon. Allumer la mèche. Offrir un point de ralliement. L'événement qui touchera le peuple et le fera réagir.

Toutes les deux ont attendu ma réponse. Il n'y avait qu'une chose à dire :

— Et si je perds ?

— Impossible, s'est empressée de répondre Nevva. Tu le sais au plus profond de toi. Tu surclasses le challenger vert dans tous les domaines. Tu l'as dit toi-même.

– Mais…

– Je sais. Personne ne peut être sûr à cent pour cent. Tout est possible… La triste vérité, c'est que si tu perds, rien ne changera. Ce sera une grande déception, c'est vrai, et notre cause en souffrira grandement. Mais au final, ça voudra dire que nous devrons juste trouver un autre moyen de gagner le cœur du peuple. (Elle eut un sourire.) Cependant, si tu gagnes, nous pourrons enclencher la succession d'événements qui feront renaître Quillan.

– N'oublions pas un petit détail sans importance. Si je perds, j'y laisse ma peau.

– Pas forcément, a dit Nevva. Le Grand X n'est pas toujours un duel à mort.

– Le challenger vert est au courant ? ai-je rétorqué. Vous m'avez bien dit que, pour lui, une seule chose compte : gagner, et qu'il est prêt à tout pour ça. Je me trompe ?

Nevva n'a rien dit. Elle savait que j'avais raison.

Tylee est descendue de la scène et a dit :

– Un instant. J'ai une idée. Je sais ce qui va t'aider à prendre une décision.

Elle est sortie du théâtre précipitamment, nous laissant seuls, Nevva et moi. Une fois qu'elle a été trop loin pour nous entendre, je me suis tourné vers Nevva.

– Vous êtes dingue ? ai-je crié. Vous ne m'avez pas écouté ? C'est *exactement* ce que veut Saint Dane ! C'est pour ça qu'il est sur Quillan. Il veut que je participe au Grand X et que je me couvre de ridicule !

– Je ne vois pas pourquoi, a-t-elle répondu.

– Parce que, au-delà de Quillan, c'est Halla tout entier qui est en jeu. Si vous en savez autant que vous le prétendez, vous devez comprendre que c'est Saint Dane qui m'a mis dans cette situation impossible. C'est une mise à l'épreuve. Il pourrait probablement me tuer comme il change de personnalité, et pourtant, il ne le fait pas. Il me laisse libre parce qu'il croit qu'il ne peut pas s'emparer de Halla avant de m'avoir vaincu. Pourquoi ? Je n'en sais rien. Mais je sais que là, sur Quillan, il veut que je participe au Grand X et que je m'en prenne plein la tronche !

– Mais tu ne vas pas perdre, Pendragon, a plaidé Nevva. Tu sais bien que tu peux vaincre le challenger vert !

– Ben voyons ! Oui, c'est vrai. Mais si quelque chose ne tourne pas comme prévu, adieu Bobby !

– Tu as fait ressusciter Loor, a-t-elle déclaré d'un ton sans réplique.

Là, elle m'en bouchait un coin.

– Comment vous savez ça ?

– Je te l'ai dit. Je l'ai lu. Saangi de Zadaa a partagé avec moi les journaux de Loor.

– Comment l'avez-vous contactée ? ai-je demandé, stupéfait.

Ignorant ma question, Nevva a rétorqué :

– Crois-tu vraiment être le seul Voyageur capable d'emprunter les flumes ? Je sais que, pour toi, ce combat contre Saint Dane est une affaire personnelle, mais d'autres Voyageurs sont impliqués tout autant que toi. Je savais qu'un jour Saint Dane viendrait sur Quillan. Je m'y suis préparée. Je pense que le Renouveau est notre moment de vérité, et j'ai tout arrangé pour que tu puisses faire ton devoir. Pourquoi est-ce si difficile à accepter ? Tu as risqué ta vie bien des fois, je le sais, mais il semblerait que les Voyageurs aient des pouvoirs qui dépassent l'imagination. Loor était morte. Tu l'as fait revivre. Crois-tu que c'était un accident ? Pas moi. Que tu l'admettes ou pas, nous ressemblons davantage à Saint Dane qu'aux habitants de nos territoires respectifs.

Nevva me jetait à la figure des vérités que je n'aimais pas devoir affronter.

– Si c'est vrai, a-t-elle ajouté calmement, et si les Voyageurs ne peuvent pas mourir, qu'est-ce que tu risques ? Ce devrait être un choix facile.

– Facile ? ai-je crié. Vous me demandez de prendre sur mes épaules l'avenir de tout un territoire en participant à un stupide tournoi, et vous trouvez ça facile ?

– Désolée, a-t-elle dit doucement. J'aurais dû mieux choisir mes mots. Tout ce que je veux dire, c'est que nous avons une chance inespérée et qu'il nous faut la saisir.

– Et Remudi ? ai-je demandé. Vous lui avez fait le même petit discours ?

Là, j'avais frappé un grand coup. Elle s'est détournée de moi pour fixer les ténèbres du théâtre. Quand elle m'a à nouveau fait face, j'ai vu qu'elle pleurait.

– Oui, d'une certaine façon, c'est ce que j'ai fait. Je suis allée sur le territoire d'Ibara. Tu y as déjà mis les pieds ?

– Non, ai-je admis.

– J'y suis allée parce que je pensais que Remudi serait capable de faire ce que je te propose aujourd'hui. C'était un athlète. Un combattant. C'est avec lui que j'ai conçu ce plan.

– Mais il a perdu, ai-je insisté, et il est mort. Vous l'avez oublié ?

– Il n'était pas censé concourir si tôt ! a-t-elle crié à travers ses larmes. Les membres du conseil d'administration ont poussé Veego et LaBerge à l'inscrire ! Moi-même, je ne l'ai su qu'au moment où le tournoi de Tato a commencé ! Je n'étais pas sur place. Sinon, j'aurais tout fait pour le sauver !

– En le faisant revenir d'entre les morts ?

– Oui, s'il le fallait ! a-t-elle crié.

Alors là, c'était le bouquet ! L'idée que tous les Voyageurs avaient le pouvoir d'en faire ressusciter d'autres était… heu, voyons… invraisemblable ?

– Ce doit être un coup de Saint Dane, ai-je dit. Il a dû apprendre que Remudi était un Voyageur. Il sait flairer ce genre de choses. Je suis sûr qu'il a fait concourir Remudi le plus vite possible pour s'assurer qu'il perde.

– Mais pourquoi ? a demandé Nevva.

– C'est évident, non ? Pour m'atteindre.

Nevva a baissé la tête et dit doucement :

– Crois-tu qu'il sait que je suis une Voyageuse ?

Là, je n'ai pas pu m'empêcher de rire.

– Vous plaisantez ? Depuis le jour de votre naissance. Ou quel que soit le moment où on apparaît sur nos territoires respectifs.

La porte du théâtre s'est ouverte et Tylee est entrée, marchant à grandes enjambées. Elle a dû comprendre que notre discussion était plutôt tendue car, malgré sa démarche pleine d'autorité, dès qu'elle nous a vus, elle a ralenti.

– J'ai une proposition à te faire, a-t-elle dit.

– Encore une ? Au cas où vous ne l'auriez pas compris, la dernière ne m'a pas vraiment enthousiasmé.

– Je vois, a-t-elle répondu. C'est pourquoi j'aimerais vous emmener faire un petit tour, tous les deux. Pendragon, nous te demandons de risquer ta vie. Je ne veux pas que tu croies que nous sous-estimons l'ampleur de ton sacrifice.

– Oui, et alors ?

– Je voudrais te montrer quelque chose, a-t-elle répondu. Si après ça, tu ne veux toujours pas participer au Grand X, nous te ferons quitter Rune et échapper au conseil d'administration. Tu ne seras plus jamais obligé de participer à un tournoi. Mais j'espère qu'après ce voyage, tu changeras d'avis.

J'ai marché vers Tylee Magna et j'ai dit d'un ton de défi :

– Je ne vois pas ce que vous pourriez me montrer qui puisse me convaincre de participer à un duel à mort.

Tylee m'a regardé droit dans les yeux.

– Je vais te présenter M. Pop.

Journal n° 26
(suite)

QUILLAN

Ce nouveau trajet a été long et compliqué. Il m'a sans doute paru plus long qu'il ne l'était vraiment parce que Nevva et moi avions les yeux bandés. Simple question de sécurité, nous a-t-on dit. Peu de gens savaient où trouver M. Pop. Ainsi, Blok avait moins de chances de le débusquer. D'après Tylee, s'il était découvert, ce serait une catastrophe. Elle nous a confié que les adeptes avaient connu plusieurs coups durs, mais avaient réussi à survivre. Si le conseil d'administration apprenait que M. Pop existait réellement et découvrait ses quartiers, ils le détruiraient et ce serait la fin du Renouveau.

On parlait de lui comme d'un être mythique, et pourtant on faisait attention à ne pas prononcer son nom trop fort… de peur de lui donner trop d'importance ? Les challengers trinquaient à sa santé. D'après les adeptes, il représentait l'avenir de Quillan. Comment un seul homme pouvait détenir une telle puissance, représenter tous leurs espoirs ? Était-il un monarque déchu ? Un ancien président ? Peut-être un poète qui écrivait des odes à la liberté, ou un leader visionnaire capable de bâtir un nouveau Quillan. À chaque fois que je posais des questions à son sujet, je n'obtenais que des réponses vagues et peu convaincantes. Rien de concret, du genre : « C'est un stratège de génie qui sait comment détruire les dados de sécurité » ou « C'est un meneur d'hommes avisé qui a une vision pour un nouveau gouvernement. » Non, c'était toujours : « Il est l'avenir » ou « Il nous inspirera, et nous le suivrons. » Un peu trop sentimental à mon goût, et pas très satisfaisant. Je mourais d'envie de savoir comment ce type comptait sauver Quillan.

Nevva aussi semblait assez enthousiaste. Ou peut-être que c'était les nerfs. En tout cas, elle n'a pas desserré les dents de tout le voyage. Ça ne lui ressemblait pas. Elle devait être bouleversée à l'idée de rencontrer le big boss. Le seul indice qu'a lâché Tylee, c'est qu'il fallait qu'on quitte la ville. Elle nous a dit que, par le passé, beaucoup de gens habitaient à la campagne et prenaient le train pour s'y rendre. Je me suis contenté de cette explication. Je savais ce que c'était que de vivre en banlieue et d'avoir à venir en ville. Vous savez comme moi que je prenais sans arrêt le train à la gare de Stony Brook pour aller à Manhattan. Apparemment, ce M. Pop était un banlieusard. Ça nous faisait au moins un point en commun.

On a à peine quitté le théâtre qu'on nous a bandé les yeux. D'abord, on nous a assis dans ces espèces de chariots électriques, et on a foncé sous terre pendant plusieurs minutes. Même aveugle, j'avais la sensation que le chemin était bien gardé. J'ai entendu plusieurs voix que je n'ai pas pu reconnaître, parce qu'elles n'arrêtaient pas de changer, comme si on passait d'une équipe à l'autre. D'après Tylee, c'était une autre mesure de sécurité. Il valait mieux qu'un minimum de gens sachent où on allait. La cachette de M. Pop devait rester secrète, même pour la majorité des adeptes. On nous a fait descendre des véhicules électriques pour nous fourrer à l'arrière d'une voiture, et on a roulé pendant quelques minutes avant de changer à nouveau de véhicule. D'après moi, on revenait en arrière, on zigzaguait et on faisait tout ce qui était nécessaire pour brouiller notre piste. Je me suis dit que M. Pop ne devait pas recevoir beaucoup de visiteurs. Ça prenait trop longtemps.

– Ça va ? ai-je demandé à Nevva.

Je n'avais pas l'habitude qu'elle soit si silencieuse.

– Oui, a-t-elle répondu rapidement.

– On ne dirait pas, ai-je remarqué.

– À vrai dire, j'ai un peu peur, a-t-elle admis. Tout ça ressemble à un rêve.

Je la comprenais très bien. Si on était de retour chez nous et que je devais rencontrer le président ou le pape ou quelqu'un comme ça, je serais tout aussi nerveux. En fait, c'était plus encore que ça. On n'allait pas simplement voir quelqu'un d'important, mais plutôt une sorte de personnage mythique, le sujet de toutes sortes de rumeurs. Dans un sens, c'était comme d'aller serrer la main au Père Noël. Ça m'aurait rendu nerveux moi aussi.

On devait être partis depuis deux heures environ lorsque Tylee a enfin dit :

– Nous sommes arrivés.

À côté de moi, j'ai senti Nevva se crisper. J'ai dû faire de même. Des mains puissantes nous ont fait sortir de la voiture et parcourir plusieurs centaines de mètres en plein soleil. Je n'y voyais rien, mais je savais qu'on n'était plus en ville. Les bruits étaient différents. Tout ce qu'on entendait, c'était le crissement de nos pas sur le gravier et le chant des oiseaux. Oui, il y avait des oiseaux sur Quillan. Les entendre m'a remonté le moral. Il y avait de la vie en dehors de cette cité morte.

– Nous sommes dans ce qui était autrefois un complexe industriel, a expliqué Tylee, mais il y a longtemps qu'il est abandonné. Des milliers de structures comme celle-ci se trouvent au-delà des limites de la ville. C'est le meilleur endroit pour passer inaperçu.

– Les dados ne viennent pas par ici ? ai-je demandé.

– C'est inutile. Blok a fait fermer toutes les industries alentour. Les trains ne circulent plus. Sans emplois, les gens ont dû s'installer en ville. Voilà pourquoi Rune est surpeuplée.

– C'est un autre moyen de contrôler la vie des gens, a ajouté Nevva. Sur toute Quillan, ils ont rassemblé la population dans les villes, comme un troupeau. Là, ils peuvent mieux contrôler leurs moindres faits et gestes.

On s'est arrêtés, et j'ai entendu le bruit d'une lourde porte de métal. Aucun doute, cet endroit était bien protégé.

– Donc, ce M. Pop habite au beau milieu de nulle part ? ai-je demandé.

Personne n'a répondu. J'allais sans doute pouvoir lui poser la question en personne. On a marché dans le bâtiment pendant plusieurs minutes. D'après l'écho de nos pas, on traversait un couloir. Enfin, ce long voyage mystérieux a tiré à sa fin.

– Maintenant, a dit Tylee, vous pouvez retirer vos bandeaux.

J'ai obéi pour voir qu'on se tenait devant deux portes métalliques. C'était un ascenseur. Nevva s'est mordu la lèvre. Son regard passait d'un endroit à un autre.

– Tout va bien, ai-je dit.

Elle a acquiescé, même si elle était sur les nerfs. Elle a inspiré profondément pour se calmer. On est entrés dans la cabine. On est descendus pendant un petit moment, puis elle s'est immobilisée. Les portes sont restées closes.

Tylee nous a fait face :

– Pendragon, Nevva, vous allez voir ce que peu d'autres ont eu l'occasion de contempler. Et c'est bien dommage. Heureusement, ça va bientôt changer. Il y a parmi les adeptes un groupe qui se fait appeler les gardiens. J'en fais partie. On nous a confié la tâche la plus importante de toute l'histoire de Quillan. Depuis des générations, nous avons la charge de protéger et d'entretenir M. Pop. Certains gardiens ont préféré mourir plutôt que de révéler son secret. Je n'ai pas honte de dire que ceux qui ont été suspectés de vouloir parler ont été exécutés sans l'ombre d'une hésitation. Ce qui vous donne une idée de l'importance que nous accordons à notre rôle.

– Effectivement, ai-je dit.

– Quand vous passerez ces portes, a répondu Tylee, vous comprendrez.

– Un instant, ai-je ajouté. Vous protégez M. Pop depuis des générations ? Mais quel âge a-t-il exactement ?

Tylee a souri.

– Il est aussi vieux que Quillan.

Nevva et moi avons échangé un regard d'incompréhension.

– Voulez-vous le voir ? a demandé Tylee.

On a fait signe que oui, sans réfléchir. Soudain, j'étais tout aussi nerveux que Nevva. Tylee a fait un pas de côté et a appuyé sur un bouton. Les portes ont coulissé en silence.

– Nevva, Pendragon, je vous présente M. Pop.

On est sortis de cette cabine d'ascenseur pour entrer dans un autre monde. C'était un immense entrepôt souterrain qui semblait encore plus vaste que la structure abritant le flume. Cependant ce n'est pas tant la salle elle-même qui m'a coupé le souffle, mais ce qu'elle contenait. Au moment où les portes se sont ouvertes, j'ai tout compris. J'ai su pourquoi ils gardaient cet endroit si précieusement. Pourquoi on ne parlait de M. Pop qu'à voix basse. Comment il guiderait le peuple de Quillan vers un avenir meilleur. Pourquoi on ne voulait pas que Blok apprenne son existence. Pourquoi certains préféraient mourir plutôt que trahir son secret. Pourquoi Tylee avait dit qu'il n'y avait rien de plus important dans toute l'histoire de Quillan que d'assurer sa protection. Parce que ce que j'ai vu dans cette salle *était* l'histoire de Quillan.

M. Pop n'était pas une personne, mais une civilisation.

J'ai regardé Nevva. Ses yeux écarquillés m'ont appris qu'elle était tout aussi étonnée que moi.

– Vous saviez ? ai-je demandé.

Elle n'a pu que secouer la tête. Non, elle n'en avait pas la moindre idée.

Cette immense, incroyable cave contenait tout ce qui définissait l'histoire d'un territoire. Tout ce qu'avait balayé ce bulldozer qu'était Blok était conservé entre ces murs. Je ne sais même pas par où commencer. Je vais juste vous le décrire comme ça me vient. Il y avait des œuvres d'art de toute sorte, toutes plus belles les unes que les autres et de tous les styles – réaliste, moderne, impressionniste. Les tableaux, les tapisseries et les dessins étaient exposés dans une gigantesque section. À côté, une bibliothèque. Des milliers de volumes s'empilaient sur des étagères touchant presque le plafond. C'était l'œuvre et la pensée des habitants de Quillan. C'était ce que Blok avait détruit – ou du moins avait essayé de détruire.

Nevva et moi avons suivi Tylee en silence. Tous les trois, on s'est promenés au milieu de ces incroyables archives. Une autre section était consacrée à la musique. Des casiers étaient remplis de petits disques comprenant chaque morceau de musique jamais composé et enregistré sur ce territoire. Tout était là.

Une autre comprenait des milliers de mannequins, mais pas aussi angoissants que ceux de cette boutique déserte du centre commercial. Ceux-là portaient les vêtements des différentes époques de l'histoire de Quillan. Il y avait des couleurs vives et des motifs fantaisie, et les styles flamboyants de certains auraient fait tourner plus d'une tête en Seconde Terre. Pas un seul costume gris et terne en vue.

J'avais l'impression d'errer dans un musée imaginaire. Que devait ressentir Nevva ? Il y avait ici toute l'histoire de son territoire, une histoire qu'elle n'avait jamais connue. Tout ceci était Quillan. On est passés devant des voitures de différentes époques, des modèles de maisons de tout genre, des exemples de mobilier et de cuisines. Il y avait même des souvenirs des anciennes cultures de Quillan. J'ai vu des canoës de bois et des outils rudimentaires. Une autre section comportait des centaines de portraits. Tylee a expliqué que chacun avait été un personnage important de son époque. Sous chaque peinture, il y avait une courte biographie du modèle expliquant sa contribution à l'histoire de Quillan. Il y avait des artistes et des athlètes, des rois et des politiciens, des bandits et des scientifiques. On n'avait rien oublié, le bon comme le mauvais. Les pires criminels recevaient le même traitement que les savants distingués.

De temps en temps, on passait devant quelqu'un qui s'occupait de l'exposition. Tous portaient des blouses vertes qui les faisaient ressembler à des docteurs ou à des ingénieurs. Tylee a expliqué que ces gardiens étaient des conservateurs, qui se chargeaient de l'entretien de la collection. J'ai vu un type nettoyer un vieux portrait qui commençait à perdre ses couleurs. Une autre femme raccommodait une robe à l'épaule usée. Deux autres réparaient une voiture. Ils ont trituré le moteur qui a toussé, puis démarré. Ils se sont étreints avec joie, comme s'ils venaient d'accomplir un miracle. D'une certaine façon, c'était le cas.

On est passés devant des sculptures de toutes sortes. Certaines œuvres étaient réalistes, d'autres modernes, aux formes et aux textures fascinantes. Une sculpture en marbre s'élevait jusqu'au plafond. C'était une grande main tenant une petite plume. Malgré son caractère monumental, elle semblait fine et délicate. On a vu des vases, des chapeaux, des fleurs, des poteries, des bijoux, des poèmes, des jouets et... Je pourrais continuer pendant des lustres. Notre promenade a duré une bonne heure, et on n'a fait que survoler l'ensemble. La raison pour laquelle Tylee nous avait amenés ici était évidente : elle voulait nous montrer ce qu'avait été Quillan par le passé. *Me* le montrer.

– Donc, ai-je enfin dit, M. Pop n'est pas une personne.

– Nous avons créé un nom, a répondu Tylee. C'était un moyen simple de parler de cette collection sans trahir sa nature.

– Il faut que le peuple voie ça, ai-je dit.

– Bien sûr, a renchéri Tylee. Ce que tu as sous les yeux n'est pas seulement notre histoire, mais notre essence même. Notre être. Cette salle déborde de triomphes et de tragédies. Il y a une banque de données où l'on peut consulter chaque fait notable de l'histoire de Quillan. Ce ne sont pas que les événements historiques qui comptent, mais aussi tous ces détails qui font une vie. Ici, il y a de la créativité, de l'individualité. C'est tout ce que nous étions et que nous avons perdu. Non, nous ne l'avons pas perdu – on nous l'a arraché. Tu as raison, le peuple a désespérément besoin de voir ça. Et d'en tirer des leçons. Les gens doivent se souvenir de ce que nous étions et comprendre que nous pouvons le redevenir. Notre but est de préserver cette collection afin qu'elle soit prête le jour où nous reprendrons le contrôle de nos vies. Elle nous guidera vers un avenir meilleur. J'espère que nous pourrons reprendre nos vies là où nous les avons laissées et éviter de commettre les mêmes erreurs.

– Mais la plupart des gens ignorent jusqu'à son existence ? ai-je demandé, stupéfait.

– En théorie seulement, a répondu Tylee. Ils ont entendu parler de M. Pop, celui qui leur montrera le chemin à suivre. C'est plus qu'un homme, c'est un symbole. Il leur donne l'espoir, celui d'un monde meilleur, différent de l'existence sinistre que Blok leur destine. Lorsque le Renouveau commencera, si cette collection est toujours en sécurité, ces archives seront remises au peuple de Quillan.

Nevva était en larmes. Ce devait être assez bouleversant de voir ce que votre existence aurait pu être dans d'autres circonstances. Et je n'allais pas le lui reprocher. Mais je crois qu'elle était gênée de manifester son émotion devant nous.

– J'ai besoin d'être seule un instant, a-t-elle dit.

Et elle nous a laissés, Tylee et moi.

– Nevva a tant servi la cause du Renouveau, a repris Tylee. Elle sait qu'avant de pouvoir reprendre Quillan, il nous faudra raviver l'imagination et l'espoir des masses. Je crois vraiment en son idée de créer un héros du peuple qui triomphera du Grand X.

C'est une excellente façon d'éveiller les consciences. Tu as vu ce qui est en jeu. Je comprends tes doutes. Quel que soit ton choix, je le respecterai. Maintenant, je te laisse explorer et réfléchir.

Sur ces mots, elle m'a laissé seul. J'avoue que j'étais ébranlé. Jusque-là, tout ce que je savais de Quillan était horrible. Mais ici, entre ces murs, j'ai entrevu de l'espoir. En pensant à tous les zombies marchant dans les rues, je me suis demandé ce que penseraient ces gens au cerveau éteint s'ils voyaient M. Pop. Ce serait comme un homme des cavernes qui découvre le feu pour la première fois. Je devais croire que leur dévoiler la vérité changerait la destinée de Quillan. Alors, seul dans ces archives, je me suis demandé ce que je devais faire.

— Avez-vous besoin de quelque chose en particulier ? a demandé une voix douce.

C'était une femme assez âgée aux longs cheveux gris et aux yeux bruns chaleureux. Elle portait la même blouse verte que les autres conservateurs.

— Oui, ai-je répondu. De l'inspiration.

La vieille femme m'a regardé droit dans les yeux pendant quelques secondes, puis a dit :

— Suivez-moi.

Ce que j'ai fait, le long d'un trajet sinuant autour de l'histoire de Quillan.

— C'est votre première visite à M. Pop ? a-t-elle demandé.

J'ai hoché la tête et déclaré :

— C'est stupéfiant.

C'était le seul terme auquel je pouvais penser.

— Le plus stupéfiant, c'est encore qu'on en ait besoin.

Elle m'a emmené dans une autre section de tableaux ressemblant à la première. Sauf qu'il y avait exclusivement des portraits d'enfants.

— Qui sont ces enfants ? ai-je demandé.

— Des enfants ordinaires confrontés aux mêmes peurs que nous tous. J'espère que tu y trouveras ce que tu cherches.

Elle m'a souri chaleureusement et m'a laissé. J'ai avancé dans la galerie et j'ai fixé les visages peints sur la toile. Tous les âges étaient représentés, des bébés aux adolescents. J'ai passé en revue leurs histoires inscrites sous les portraits. C'était des gamins normaux qui, tous, avaient un jour fait quelque chose de remarquable. L'un d'entre eux était né aveugle, mais avait réussi à finir premier de sa classe. Une fille d'une douzaine d'années était devenue championne de natation, un autre gamin écrivait des recueils de poésie qui remportaient un grand succès. Certains récits étaient assez spectaculaires, comme celui de cette fille qui avait longtemps survécu en pleine forêt. D'autres plus simples, comme ce garçon qui élevait des chiots pour qu'ils aident les personnes handicapées. Un autre garçon avait conçu un jouet tout simple devenu très populaire ; un autre avait aidé sa mère célibataire à élever ses petits frères et sœurs. La plupart de ces histoires ne risquaient pas de bouleverser le territoire, mais elles avaient toutes une chose en commun : ces enfants n'avaient pas eu peur de tenter leur chance. Ils ne s'étaient pas laissé abattre et avaient changé leur destin.

J'ai quitté la galerie en larmes. Je savais que Quillan ne donnerait plus naissance à de tels héros du quotidien. Aujourd'hui, des parents pariaient même leurs enfants dans l'espoir d'améliorer leur existence. Rien ne pouvait être pire.

J'ai retrouvé Nevva et Tylee qui m'attendaient devant l'ascenseur. Elles m'ont regardé comme si elles attendaient une réponse. Sauf que je n'en avais pas. Je ne savais vraiment pas quoi faire.

– On devrait repartir.

C'est tout ce que j'ai trouvé à dire. J'ai senti leur déception, mais elles n'ont rien ajouté.

Tylee nous a fait remettre nos bandeaux. Apparemment, on a refait exactement le même trajet qu'à l'aller, en sens inverse bien sûr. Personne n'a desserré les dents. Ça me convenait. J'avais besoin de réfléchir. Trop d'émotions contradictoires se bousculaient en moi. Ce n'est qu'une fois revenus au cœur de la ville de Rune qu'on nous a retirés nos bandeaux. On s'est retrouvés dans une petite rue paisible.

– Je sais que cette décision t'est pénible, Pendragon, a dit Tylee. Lorsque tu seras sûr de ton choix, Nevva nous contactera et nous ferons ce qu'il faut.

Tylee a salué Nevva avant de repartir. Je voulais un peu plus de temps pour réfléchir, même si je savais que ça ne m'apporterait rien de plus. La situation resterait inchangée. Tout dépendait de moi. Nevva m'a pris le bras et elle allait m'entraîner à sa suite lorsqu'on a entendu une musique bruyante résonner dans la rue. Au-dessus de nos têtes, les écrans se sont animés. On a passé le coin de la rue pour regarder le plus proche. Tout autour de nous, les habitants de Rune on fait de même.

Ce beuglement de musique électronique avait attiré l'attention générale. Des formes géométriques ont dansé sur les écrans.

– Qu'est-ce qui se passe ? ai-je demandé. C'est un autre jeu ?

– Non, a affirmé Nevva. Ils ont modifié le programme.

L'image qui est apparue était assez familière. C'était celle de Veego et LaBerge. Veego avait toujours l'air aussi intense et LaBerge toujours aussi agaçant. Il ne tenait pas en place tout en chantant :

– Tu cours, tu cours, puis tu te caches, plus rien ne bouge. Tu porteras la marque de la honte, toi le lâche challenger rouge !

Nevva m'a jeté un drôle de regard. J'ai continué à fixer l'écran. L'image suivante a été tout aussi familière. C'était celle du challenger vert. La foule l'a acclamé. J'ai eu l'impression désagréable qu'il me regardait droit dans les yeux lorsqu'il a dit :

– Reste terré dans ton coin, toi qui as peur de ton ombre. Alors, tu as compris que tu ne pouvais pas me battre ? C'est pour ça que tu t'es enfui ? Tu es la risée de la ville, challenger rouge. Tu croyais vraiment pouvoir me vaincre et remporter le Grand X ? Je suis le plus grand champion que Blok ait jamais connu. Tu n'étais rien ni personne, et tu l'es redevenu. Merci de m'avoir évité de perdre mon temps. Y a-t-il quelqu'un d'autre qui ait le courage de m'affronter ? Le Grand X est pour bientôt. Qui sera assez courageux pour se mesurer à moi ? Ou plutôt, qui sera assez bête ?

Le challenger vert a éclaté de rire, la foule a rugi de joie, et je me suis tourné vers Nevva.

– C'est bon, je vais le faire.

C'est là que je vais finir ce journal. Je vais participer au Grand X. Je sais, ça a l'air dément. Je vais faire exactement ce que veut Saint Dane. Mais comment pourrais-je abandonner tous ces gens ? La visite de cet incroyable musée qu'ils appellent M. Pop m'a décidé. Jadis, Quillan regorgeait de vie. Si les adeptes du Renouveau réussissent, le territoire peut redevenir comme avant. Nevva avait raison. Comme elle, je pense que c'est le moment de vérité de Quillan. Je crois aussi que Saint Dane m'a menti. Quillan est loin d'être finie. Pas encore. Il est encore possible de redresser la situation. Le Renouveau est proche, et si ses adeptes pensent que ma participation au Grand X en sera le déclencheur, alors je dois le faire. C'est mon devoir. Oui, je crois que c'est ce qui est écrit.

Je mentirais en disant que ça ne m'angoisse pas. Mais, d'une certaine façon, j'ai confiance. Je peux vaincre le challenger vert. Je le sais. Je serai capable de lui tenir tête. Principalement parce que je crois que mon combat aura un effet positif sur le Renouveau. Mais aussi pour une autre raison. Ce type a tué un Voyageur. D'accord, c'était au cours d'un tournoi, mais je m'en fiche. Il a tué un Voyageur, point barre. Le temps de la prudence et de la modération est passé. Je vais lui régler son compte.

Et je n'ai pas pour autant oublié la proposition de Saint Dane. Il m'a dit que si je participais au Grand X, il me révélerait l'origine des Voyageurs. Est-ce que je le crois ? Pas vraiment. Mais quand j'aurai gagné, je ferai tout pour qu'il tienne sa promesse. Je commence à comprendre comment il fonctionne. OK, il m'a fait tourner en bourrique, mais moi aussi, je l'ai piqué au vif. Si je participe à ce tournoi et qu'il ne tient pas sa promesse, je pourrai y voir la preuve de sa propre faiblesse, et je lui fourrerai le nez dedans. Il a horreur de ça. Il veut me battre. Non, il en a *besoin*. Sauf qu'il n'y arrivera pas.

Voilà pourquoi je pense que ça peut être le commencement de la fin. Ou la fin du commencement de ma vie de Voyageur. Quand je remporterai le Grand X, ce sera aussi un nouveau pas vers la défaite finale de Saint Dane.

Mais d'abord, je dois vaincre le challenger vert.

Je l'attends de pied ferme.

Fin du journal n° 26

SECONDE TERRE

Courtney lut le journal tout entier à la maison Sherwood.

Elle ne pouvait pas attendre. Elle emporta les enveloppes au rez-de-chaussée, dans le salon vide de la demeure déserte, s'assit sur le plancher rugueux et attaqua sa lecture. Pendant tout ce temps, son cœur battit la chamade. À chaque rebondissement de l'histoire de Bobby, elle se sentait de plus en plus mal. Il allait participer au Grand X. Elle avait envie de pleurer. Bobby n'était plus le même. Elle redoutait qu'il devienne trop confiant, trop arrogant. Cela la terrifiait.

Il fallait qu'elle en parle à Mark. Elle avait *besoin* de lui. Mais il avait sauté dans le flume pour rejoindre Dieu sait quel territoire. Les seuls à savoir où il était allé étaient Mark lui-même... et Saint Dane. Saint Dane qui était aussi Andy Mitchell. Pire, qui l'était depuis le début, depuis la maternelle. Courtney passa en revue les souvenirs qu'elle avait de ce sale type aux cheveux gras qui aimait tourmenter les autres. Cela semblait impossible, et pourtant, plus elle y réfléchissait, plus cela semblait logique. Ce qui ne la réconfortait guère, mais au moins, c'était cohérent.

Courtney remit le journal de Bobby dans les enveloppes, entoura ses genoux de ses bras et posa sa tête dessus pour mieux réfléchir. Andy Mitchell avait tourmenté Mark toute sa vie durant pour devenir subitement son meilleur ami. Pourquoi ? Pour que Mark se mette à l'aimer ? Courtney n'était pas grande psychologue, mais il était surprenant de voir avec quelle facilité Mark avait accepté le revirement de son pire ennemi. Et en avait même fait un ami. Mark avait-il apprécié le fait que cette brute ait dévoilé un aspect plus positif de sa personnalité ? Cela en faisait-il un ami plus fidèle ? Maintenant, tout s'éclaircissait. Comme par magie, Mitchell était devenu un petit génie scientifique. Saint Dane savait que Mark y serait sensible, et il ne se trompait pas. Était-il si rusé ? Bien sûr que oui ! Il s'était attiré la confiance de gouvernements entiers. Il avait l'oreille de rois et de reines, de bandits et de scientifiques. Saint Dane savait sur quels boutons appuyer et à quel moment. Mark n'avait pas l'ombre d'une chance.

Soudain, une autre idée frappa Courtney. Saint Dane était aussi Whitney Wilcox. Celui-ci avait tenté de la tuer, mais Andy Mitchell avait aidé Mark à la retrouver après son accident. Pourquoi Saint Dane avait-il tenté de la supprimer, si c'était pour lui sauver la vie ensuite ?

– Oh, bon sang ! murmura-t-elle alors qu'une lumière s'allumait dans son esprit.

Son accident n'était qu'une mise en scène. Perverse, diabolique, mais une mise en scène. En aidant Mark à lui sauver la vie, Andy Mitchell avait renforcé leur relation. Désormais, ils étaient liés par un nouveau point commun. Ils avaient sauvé Courtney ensemble. Elle comprit alors qu'elle n'avait été qu'un pion. C'était Mark le véritable enjeu. Pas de doute, Saint Dane avait fait tout son possible pour gagner sa confiance. Maintenant, ses parents étaient morts. Face à une telle catastrophe, Mark avait bien besoin de l'aide d'un ami. Et vers qui pouvait-il se tourner ? Saint Dane. Courtney aurait voulu hurler. Quoi qu'il veuille obtenir de Mark, cela avait forcément un rapport avec ce que Saint Dane mijotait en Seconde Terre. Sinon, pourquoi s'en serait-il soucié ? Elle serra les poings. Cela faisait des années qu'ils tremblaient en pensant au jour où Saint Dane viendrait en Seconde Terre sans réaliser qu'il était déjà là, sous leur nez, en train de préparer son plan. Pire encore, ils y jouaient un rôle !

Courtney voulait que Bobby rentre à Stony Brook. Il fallait qu'il sache ce qui se passait. Ils devaient trouver Mark, non seulement pour qu'il ne sombre pas dans le désespoir, mais aussi pour empêcher Saint Dane de le manipuler. Courtney se retrouvait face à un dilemme. Devait-elle se rendre sur Quillan et retrouver Bobby ? Il avait tort de vouloir concourir au Grand X, elle en était persuadée. C'était bien trop risqué. Maintenant que Mark avait besoin d'aide, il était logique qu'il rentre chez eux. Pour Mark, pour la Seconde Terre, pour lui-même.

Courtney se leva d'un bond. Elle avait pris sa décision. Cela valait la peine de risquer d'endommager le flume. Elle prit son sac et fit un pas vers les escaliers du sous-sol... lorsqu'elle entendit un grondement.

Elle se figea sur place. Le bruit provenait du hall d'entrée de la maison. Elle passa prudemment la main dans la poche de son blouson pour prendre la bombe lacrymogène...

Grrrr...

Elle connaissait ce grondement. Pas d'erreur possible. C'était un quig. Elle jeta un coup d'œil par-dessus son épaule pour voir s'il y avait une autre sortie. Une fenêtre, une seconde salle, n'importe quoi.

Rien. De toute façon, il était trop tard. Le quig lui bondit dessus.

C'était un énorme chien noir avec des crocs acérés trop grands pour sa gueule. Il tourna à l'angle du hall et fonça sur elle à toute allure en claquant des mâchoires, ses yeux jaunes braqués sur elle.

Courtney sortit sa bombe, visa et attendit. Pas question de le rater. Ce qui voulait dire qu'elle devrait le laisser approcher. Dangereuse manœuvre. Le quig chargea. Courtney se crispa. Elle attendit... attendit... attendit... et appuya sur le bouton.

Fump !

Une décharge d'énergie jaillit et frappa le quig, l'envoyant bouler. Il roula sur le sol et ne bougea plus.

– Ahh !

De surprise, Courtney hurla et lâcha la bombe. Ce qui en était sorti n'était certainement pas du gaz lacrymogène. Un simple gaz n'aurait pas pu assommer un quig – ou qui que ce soit d'autre d'ailleurs. Pourtant, ce chien démoniaque avait l'air K-O. Courtney se baissa lentement pour ramasser la bombe et la regarda comme un objet extraterrestre. C'était vrai : en l'examinant de plus près, elle constata que ce n'était pas sa bombe d'autodéfense. L'objet avait la même taille et le même poids, mais il était d'un métal argenté dépourvu de toute étiquette. Sa bombe à elle était en plastique et portait les mots BOMBE ANTI-AGRESSION. Courtney plongea la main dans sa poche pour examiner sa seconde arme. C'était exactement la même que l'autre. Ces engins n'étaient pas à elle. Elle n'avait pas la moindre idée de la façon dont on avait pu opérer la substitution.

Courtney ne voulait pas rester là. Elle abandonna l'idée de prendre le flume, du moins pour l'instant. Elle fourra les deux objets métalliques dans sa poche, saisit l'enveloppe contenant le journal de Bobby, la remit dans son sac à dos et sortit en courant de la maison Sherwood. Elle n'avait qu'une seule envie : rentrer chez elle. Il se passait trop de choses, et cela ne présageait rien de bon. Elle regagna sans problèmes le mur entourant la propriété et grimpa à l'arbre pour redescendre sur le trottoir. Elle marcha d'un pas vif, la tête basse. Elle voulait se retrouver en lieu sûr.

Un Klaxon se déchaîna derrière elle, la faisant sursauter et pousser un cri.

En se retournant, elle vit son père descendre de son break Volvo.

– Pardon, dit-il. Je ne voulais pas te faire peur.

Courtney s'efforça de reprendre son souffle.

– Tu peux me dire pourquoi tu n'es pas au lycée ? demanda M. Chetwynde.

Ah ! Oui. Le lycée, les cours, tout ça.

– Je n'ai pas pu y aller, répondit-elle avec honnêteté. J'avais trop de choses à faire. Je ne peux pas m'empêcher de penser aux Dimond. Je veux rentrer à la maison.

– Je comprends. Allez, monte.

Courtney l'aurait embrassé. Son père avait le don de tout arranger. Comme elle aurait aimé lui confier ce qu'elle avait vraiment sur le cœur ! C'était dur de ne pas pouvoir se tourner vers lui au moment où elle en avait le plus besoin ! Elle serra son sac à dos contre sa poitrine et s'assit à côté de lui.

– Des nouvelles de l'avion ? demanda-t-elle en essuyant ses larmes.

– Non, répondit-il. Mais ce n'est pas bon signe. Ils analysent les comptes-rendus des radars, sans trop d'espoir. Maintenant, ils cherchent des survivants. Bon sang, tu parles d'une tragédie. On voit des histoires comme ça aux nouvelles tous les jours, mais on n'imagine jamais que ça puisse arriver à quelqu'un qu'on connaît.

Courtney aimait son père. C'était son protecteur, son chevalier servant. Son champion. Il semblait capable de résoudre n'importe quelle situation. Cela la dérangeait de penser qu'elle en savait bien plus que lui sur les véritables dangers qui menaçaient ce monde et Halla tout entier.

– Ils ont officiellement donné la liste des passagers, ajouta M. Chetwynde.

– Et alors ?

Il a secoué la tête.

– M. et Mme Dimond étaient bien à bord.

Courtney grimaça, même si la nouvelle ne la surprenait guère. Elle savait qu'ils étaient morts. Cela collait parfaitement au projet de Saint Dane, qui était de se rapprocher de Mark. Courtney ne voulait plus entendre parler d'avions et de tragédies. Elle ferma les yeux et s'installa du mieux qu'elle put pour ce court trajet. Elle commençait à détester cette vieille bagnole. Le long, douloureux voyage depuis l'hôpital était toujours inscrit dans sa mémoire. Heureusement, leur maison n'était qu'à quelques rues de là. Mais à peine avait-elle fermé les yeux qu'elle ressentit une drôle de sensation. Tout d'abord, elle ne comprit pas ce que c'était. Elle regarda son anneau, mais il restait inerte. Pourtant... Elle mit un moment avant de comprendre.

– Tu as changé les sièges ? demanda-t-elle.

– Non, pourquoi ?

– Tout d'un coup, ils me semblent bien confortables, comme un fauteuil.

M. Chetwynde eut un petit rire.

– Drôle d'idée à un moment pareil !

Courtney se tortilla sur son coussin. Il suivit ses mouvements ! Courtney regarda son père :

– Oh, arrête ! Je suis restée assise là pendant trois heures à mon retour de l'hosto ! J'ai senti tous les cahots sur la route entre Derby Falls et ici. Ce n'est certainement pas le même siège.

– Je ne sais pas quoi te dire. C'est peut-être que tu vas mieux.

Courtney passa à nouveau d'une fesse sur l'autre. Le siège parut changer de forme une fois de plus pour lui offrir un support parfait. À chaque mouvement, il compensait son geste pour optimiser son confort. Soit son père avait acheté de nouveaux sièges et ne voulait pas que sa mère le sache, soit c'était elle qui se faisait des idées. Elle était sur le point de lui poser à nouveau la question lorsqu'ils arrivèrent chez eux. M. Chetwynde s'arrêta au bord du trottoir, embrassa sa fille, puis repartit pour se rendre à son travail. En marchant vers sa maison, Courtney ressentit un vague malaise. Il y avait quelque chose de différent, mais elle n'arrivait pas à mettre le doigt dessus.

Une fois dans la maison, elle appela :

– Maman ? Maman ?

Pas de réponse. Bon, il était neuf heures passées. Or sa mère partait à son travail tous les matins à huit heures.

– Le dîner est prêt à être décongelé, chérie, fit la voix de sa mère depuis le salon.

– Tu es toujours là ? répondit Courtney surprise.

– Mets-le dans le micro-ondes, s'il te plaît !

– Maintenant ? fit Courtney. C'est trop tôt !

– Ce soir, je travaillerai tard, répondit sa mère, alors ne m'attends pas, d'accord ?

Hein ? Courtney entra dans le salon.

– Mais qu'est-ce que tu racontes ?

Elle chercha des yeux sa mère… et se figea. Sur le bureau se trouvait quelque chose qui n'y était pas lorsqu'elle était partie. Il était posé à l'emplacement de leur ancien ordinateur, mais là, il s'agissait d'un grand écran dernier cri où s'inscrivait le visage de sa mère.

– Je vais avoir une réunion à mon bureau, disait-elle, je rentrerai assez tard. Désolée. Préviens-moi dès que tu recevras ce message. J'espère qu'on ne t'a pas fait trop de misères au lycée. Ce qui est arrivé aux Dimond, c'est une vraie tragédie. Je t'aime.

L'écran devint opaque.

Courtney ne fit pas un geste. Elle savait que cet écran n'était pas là quelques heures plus tôt. Même s'il y était, comment sa mère aurait-elle pu laisser un message vidéo ? Et depuis son travail ! C'était impossible. Surtout, comment pouvait-elle attendre le moment précis où Courtney rentrerait pour le diffuser ? Normalement, elle n'était pas censée revenir avant 15 heures. Que se passait-il ?

Courtney sentit Winston, son chat, se frotter contre sa cheville. Elle baissa les yeux… et poussa un grand cri. C'était bien un chat, mais pas Winston. Ce dernier était un Européen au poil ras. Celui-ci était noir avec des yeux jaunes et une touffe blanche sur la poitrine. Courtney se laissa tomber sur le canapé. Aussitôt, l'image de sa mère réapparut, comme si son cri l'avait déclenchée.

– Le dîner est prêt à être décongelé, chérie. Mets-le dans le micro-ondes, s'il te plaît !

Courtney regarda ce chat inconnu assis sur le sol, qui la regardait.

– Comment es-tu entré ? lui cria-t-elle.

Le chat ronronna et dit d'une drôle de voix métallique :

– J'habite ici !

Courtney poussa à nouveau un cri.

– Le dîner est prêt à être décongelé, chérie. Mets-le dans le micro-ondes, s'il te plaît !

Courtney sauta sur ses pieds et sortit du salon. Elle grimpa l'escalier afin de se calfeutrer dans sa chambre. Elle était à mi-chemin lorsque son anneau prit vie.

– Non ! hurla-t-elle comme si cela pouvait changer quoi que ce soit.

Elle retira nerveusement l'anneau et le jeta sur le sol près de la porte. Elle se laissa tomber sur les marches en croisant les bras autour de sa taille et le regarda grandir. Puis vinrent la musique, le jeu de lumières. À côté de tout ce qui lui était arrivé aujourd'hui, ce spectacle était presque banal. Courtney ferma les yeux en prévision de l'explosion finale. Lorsque les lumières s'éteignirent, elle vit que le nouveau journal de Bobby était arrivé. Celui-ci ressemblait aux derniers. C'était une enveloppe brune qui devait contenir ces petites pages grises couvertes de l'écriture de Bobby.

Courtney se traîna au bas de l'escalier et s'approcha lentement du journal. Elle n'était pas tout à fait sûre de vouloir le lire. Elle était à bout. Mais elle n'avait pas le choix. Elle était une Acolyte. Elle inspira profondément, se baissa, ramassa l'enveloppe et...

On sonna à la porte.

Courtney bondit en poussant un petit cri. Pouvait-on faire une crise cardiaque à force de sursauter ? Si c'était possible, elle était bonne pour la morgue. Elle s'empressa de ramasser son anneau et cacha l'enveloppe dans son sac à dos, avec le précédent journal de Bobby. On sonna à nouveau. Elle regarda par l'œilleton. C'était un jeune homme qu'elle ne reconnut pas. Il avait à peu près son âge, avec des cheveux bruns longs mal peignés et un sweat jaune qui semblait trop petit pour lui. Pas qu'il soit gros, non, mais il avait l'air assez athlétique. Pourquoi s'affubler d'un sweat si moche et trop petit ? Elle alla à la porte et cria :

– Que puis-je faire pour vous ?

– Courtney est là ?

– Qui la demande ?

– Elle m'attend, répondit-il.

– Vraiment ? reprit-elle en ouvrant la porte.

La première chose qui la frappa, c'est que ce garçon était vraiment séduisant, dans le genre un peu brut. La seconde fut cet abominable sweat jaune avec l'inscription TROP COOL au lettrage kitsch très années 1970. Elle le reconnaissait ! C'était celui que Mark avait laissé au flume au cas où un Voyageur débarquerait en Seconde Terre. Ce qui voulait dire que ce type canon était un Voyageur, mais qui...

Elle le regarda de plus près. Cela faisait bien un an qu'elle ne l'avait pas vu. Il avait changé. Il avait grandi. Ce n'était plus un gamin.

— Pourquoi cette mine surprise ? dit-il. J'ai bien spécifié que je rentrais chez nous.

— Bobby ! s'écria Courtney en se jetant dans ses bras.

Ils restèrent là, à s'étreindre. Courtney se mit à pleurer, des larmes de joie, de douleur, d'amour, une pure décharge émotionnelle. Bobby était rentré. Tout allait s'arranger.

— Il vaut mieux éviter de faire jaser les voisins, dit-il en la faisant entrer doucement dans la maison. J'espère que tes parents sont à leur travail.

— Ils y sont. (Courtney s'écarta de lui et s'essuya les yeux.) Tu as changé.

— En bien ou en mal ?

— Oh ! en bien. Surtout. Mais tu as l'air fatigué.

— Oui, ce n'est rien de le dire.

— Que s'est-il passé sur Quillan ? demanda-t-elle. Où en est le Grand X ?

Bobby fronça les sourcils.

— Tu n'as pas lu mon dernier journal ?

Courtney prit son sac à dos et en tira l'enveloppe.

— Je viens à peine de le recevoir.

Bobby secoua la tête, stupéfait.

— Incroyable. Ça fait des lustres que je l'ai envoyé.

— Je ne comprends toujours pas cette histoire de temps relatif entre les territoires, dit-elle.

— Bienvenue au club.

— Alors, que s'est-il passé ?

Le visage de Bobby s'assombrit.

— Tout se délite, Courtney. Tout. Je veux que tu lises ce que j'ai écrit. Ensuite, on en discutera.

— D'accord. Viens, assieds-toi.

Elle l'emmena dans le salon. Ils s'installèrent l'un en face de l'autre sur le canapé. Bobby parcourut la pièce des yeux et sourit.

– Cette maison est exactement comme dans mes souvenirs. C'est bon de voir qu'il y a des choses qui ne changent pas. (Il désigna le grand écran d'ordinateur.) À part ce truc high-tech. Un peu trop sophistiqué pour ton père, non ?

Courtney ne sut que lui répondre. Elle ne comprenait pas plus que lui. Il remarqua quelque chose d'autre :

– Hé ! Qui... Qu'est-ce que c'est ? Où est passé Winston ?

Là, assis dans l'entrée, se tenait le beau chat noir qui les dévisageait. Il se leva et dit :

– Je m'appelle Dougie.

Et d'un coup de queue nonchalant, il tourna les talons et s'en alla. Bobby et Courtney fixèrent l'entrée pendant trente bonnes secondes avant que Bobby ne déclare :

– Alors là, on ne voit pas ça tous les jours.

– Il s'est passé quelque chose, Bobby, reprit Courtney nerveusement. Quelque chose de bizarre. Je ne saurais pas l'expliquer. Ce n'est pas notre chat.

– Oui. Et il nous a parlé. Ce n'est... pas normal.

– Et ce n'est qu'un début. Il s'est passé tant de choses que je ne sais pas par où commencer.

– Où est Mark ? demanda Bobby. D'habitude, c'est lui qui porte l'anneau, non ?

Courtney avait envie de pleurer, mais elle devait être forte. Elle ferma les yeux et inspira profondément.

– Encore une anomalie. Je ne sais pas où il est.

Bobby regarda longuement Courtney avant de déclarer :

– Ne le prends pas mal, mais on dirait que tu es passée par de sales moments.

Courtney eut un petit rire. C'était le moins qu'on puisse dire.

– J'ai beaucoup de choses à te raconter. Sur Mark et sur moi. Mais d'abord, je veux savoir ce qui s'est passé sur Quillan.

Bobby acquiesça.

– Lis le journal. Je n'ai pas le courage de tout t'expliquer. Ensuite, on pourra parler.

Courtney prit son sac à dos et en tira l'enveloppe qui venait d'arriver. Bobby se leva et dit :

– Je peux aller voir dans le frigo ? Pour l'instant, j'ai super envie de manger de la nourriture de Seconde Terre.

– Vas-y.

Bobby se leva et se dirigea vers la cuisine. Courtney le regarda, stupéfaite de voir l'impression de puissance qu'il dégageait. Ce n'était pas une armoire à glace ou un culturiste. Il ne mesurait pas plus d'un mètre quatre-vingts. Mais tout cet entraînement lui avait fait développer une musculature impossible à ignorer.

– Bobby ? lança-t-elle.

Il s'arrêta et se retourna vers elle.

– Je suis contente que tu sois là.

Il hocha la tête et repartit vers la cuisine. Courtney blottit ses pieds sous elle et se mit à lire.

QUILLAN

C'est fini. J'ai survécu.

Mark, Courtney, ne vous inquiétez pas pour moi : j'ai survécu au Grand X. Une question demeure pourtant : que va devenir Quillan ? Je vais vous décrire ce qui m'est arrivé depuis le moment où j'ai décidé de participer au Grand X. Quand j'aurai terminé ce journal, je rentrerai chez moi. J'ai besoin de voir des visages familiers. Ou plutôt, j'ai besoin de voir les visages de mes *amis*. On a beaucoup à discuter, et pas seulement à propos de ce qui m'est arrivé sur Quillan, mais de ce que l'avenir nous réserve. À moi, à vous, à la Seconde Terre, à Halla.

Quand j'ai dit à Nevva que je concourrais au Grand X, j'ai cru qu'elle serait enthousiaste. Mais non. Enfin, pas tout de suite. Elle a commencé par me jeter un drôle de regard.

– Ben quoi ? ai-je dit. C'est ce que vous vouliez, non ?

– Si, a-t-elle répondu, mais d'un air peu convaincu.

– Écoutez, ai-je repris, vous avez bien plaidé votre cause. Je comprends ce que vous essayez de faire. En Seconde Terre, une course ou une compétition peut attirer l'attention de beaucoup de gens. On a des Superbowl, des coupes du monde, des jeux Olympiques et plein d'autres événements sportifs. Les gens s'y impliquent à fond, même s'ils n'ont rien à y gagner. Bien sûr, certains prennent des paris, mais la plupart veulent voir gagner leur favori pour le simple plaisir de la chose. Ici, les enjeux sont autrement plus importants. Je l'ai compris en voyant M. Pop. Si vous pouvez faire en sorte que le peuple me soutienne comme j'ai vu certains fans encourager leur équipe, je pense qu'on peut déclencher une réaction en chaîne. Il faut juste que les adeptes du Renouveau exploitent l'émotion créée par ma victoire.

Nevva n'a rien dit. Elle avait l'air troublée.

— C'est bizarre, ai-je poursuivi. J'ai l'impression de devoir vous convaincre. Mais c'était bien votre idée ?

— Oui, a-t-elle fait en se reprenant. Tu as parfaitement raison. Tu as fait le bon choix. Il faut tout organiser. Allons le dire aux autres.

Elle était de retour en mode hyperpro, mais j'avais quand même une drôle d'impression. Un bref instant, Nevva avait l'air de ne plus être sûre que j'avais pris la bonne décision.

— Une minute, ai-je dit. Il y a quelque chose qui cloche.

— Désolée, a-t-elle répondu. Je vois toujours Remudi tomber de cette plate-forme.

— Ne vous en faites pas pour moi. J'ai pas mal bourlingué. J'ai affronté bien pire que ce type en vert.

— Je sais, a-t-elle renchéri en souriant, ses doutes dissipés. C'est ce qui est écrit.

Et elle est partie le long de la rue vers le réseau souterrain. Cette fois, elle ne m'a pas demandé de mettre un bandeau. J'en ai conclu que j'avais réussi un test quelconque et que j'étais désormais accepté chez les adeptes du Renouveau. Elle m'a guidé à travers un bâtiment, fait descendre un ascenseur, marcher le long de couloirs souterrains, puis prendre un chemin tortueux que je serais bien incapable de refaire en sens inverse, même si ma vie en dépendait. Enfin, on s'est retrouvés devant un mur où, apparemment, on avait foré un trou.

— C'est une des entrées des souterrains que les adeptes ont creusés eux-mêmes, a-t-elle expliqué.

J'avais l'impression d'entrer dans un tombeau antique en compagnie des archéologues qui l'auraient découvert. Au bout s'étendaient d'autres couloirs qui nous ont menés à une porte métallique pour déboucher dans un des centres commerciaux souterrains. Un autre chariot électrique nous y attendait. Ou peut-être un chariot à tarz. Nevva a pris le volant, et on a roulé plusieurs minutes à travers des centres commerciaux déserts jusqu'à gagner la base des adeptes.

– Maintenant, qu'est-ce qu'on fait ? ai-je demandé.

– Nous te préparons au Grand X, a répondu Nevva.

Apparemment, ça faisait un bon bout de temps qu'elle avait tout planifié. En tout cas, elle y avait réfléchi longuement. Mais c'était bien Nevva. Son esprit fonctionnait comme un ordinateur, calculant toutes les possibilités, tentant de prévoir chaque éventualité. J'imagine que quelqu'un qui vit trois existences différentes doit avoir un sacré sens de l'organisation.

Donc, la première phase de son plan était de me préparer pour le Grand X. Ce qui voulait dire beaucoup de choses. Pour commencer, les adeptes se sont occupés de moi. Ils m'en ont bien fait baver, je dois dire. Rien de comparable avec ce que j'ai enduré à Mooraj avec Loor, mais, croyez-moi, ce n'était pas de la rigolade. On a travaillé la force, avec des poids et des haltères, et l'agilité. On a fait énormément de cardio pour améliorer mon souffle et ma résistance. J'ai couru des kilomètres le long des centres commerciaux sous la ville de Rune. J'ai aussi fait des sprints. Beaucoup de sprints. J'étais déjà plutôt en forme, mais j'avoue qu'après cet entraînement souterrain, j'avais une de ces patates !

Pendant cette période, je n'ai presque pas vu Nevva. Elle devait tenir son poste d'assistante du conseil d'administration. De temps en temps, elle venait nous donner des nouvelles de là-haut. On était toujours à ma recherche. Ils voulaient me choper pour le Grand X. Ou plutôt, Saint Dane voulait mettre la main sur moi. Il ne les laisserait pas abandonner les recherches. Je crois qu'il a toujours su que je ne pourrais pas résister à l'appel de la compétition. Ça me faisait mal de penser qu'il avait raison.

Tylee Magna m'a aussi confié qu'elle avait fait passer le mot auprès des adeptes de Quillan. Pour tout le monde, j'étais le champion du peuple. La tension montait. On verrait bien si elle aurait l'effet désiré par les adeptes. C'était bizarre de savoir qu'on parlait autant de moi. Jusque-là, tout ce que j'avais fait en tant que Voyageur était resté anonyme. Mais ça allait changer. Sur Quillan, chaque habitant du territoire allait connaître mon visage. On aurait pu croire que ça m'angoisserait. Eh bien non. Je ne sais pas pourquoi. Peut-être parce que j'avais une confiance en béton.

Mon entraînement en était en grande partie responsable. Nevva avait récupéré un bon paquet d'informations sur le challenger vert. Elle avait étudié les rediffusions de ses matchs et fait un rapport de ses forces et de ses faiblesses. Son atout numéro un était certainement son assurance. Il ne reculait devant rien. Je n'irais pas jusqu'à dire qu'il aimait tuer ses adversaires, mais en tout cas il n'y réfléchissait pas à deux fois. Et il avait oublié d'être bête. Il s'adaptait très vite aux situations nouvelles. J'ai vu en différé comment il avait fracassé ce dôme, puis s'était cramponné aux bords pour déséquilibrer la plate-forme et tuer Remudi. C'était une décision rapide et intelligente. Je ne pouvais pas compter sur une éventuelle erreur de sa part. En plus, il était sacrément costaud. Il était plus grand que moi et, si le duel tournait à l'épreuve de force, je serais mal barré.

Cela dit, ce type avait ses faiblesses. Il n'était pas très agile. Il serait facile à déséquilibrer. Et il était lent. Sur longue ou courte distance. Entre un sprinter et un marathonien, il y a un monde de différence. Et d'après ce que j'avais pu voir, je le surclassais dans les deux cas de figure. Au moins, si les choses tournaient mal, je pourrais lui échapper en courant plus vite que lui. En prime, Nevva m'a dit que, à la suite d'un accident dans son enfance, le challenger vert voyait mal de l'œil gauche. C'était toujours bon à savoir.

Nevva m'a parlé des épreuves que j'aurais peut-être à affronter. Il y en avait des centaines – bien trop pour les étudier toutes, mais j'ai pu faire un bon tour d'horizon. Le Grand X était en effet constitué d'une série de cinq épreuves. Veego et LaBerge se chargeaient de les choisir, et ils ne les annonçaient que le jour même du tournoi. Nevva m'a expliqué que le Grand X était un immense spectacle : plusieurs participants s'affrontaient dans chaque épreuve. Enfin, en général, c'était surtout un duel entre deux challengers. Il était important de remporter chaque épreuve, car le perdant recevait un handicap pour la suivante et le vainqueur un avantage.

Et voilà le plus beau : le Grand X ne prenait fin que lorsqu'un des challengers était mort ou blessé si gravement qu'il ou elle ne pouvait continuer. Nevva m'a confié que beaucoup de Grands X ne dépassaient pas la première épreuve. C'était plutôt sinistre.

Le challenger vert tenterait de me vaincre, mais lorsqu'il constaterait que j'étais meilleur que lui, il essaierait sans doute de me blesser ou me tuer. Donc, le but du Grand X n'était pas seulement de vaincre son adversaire, mais aussi de s'en sortir en un seul morceau.

— Alors comment fait-on pour gagner ? ai-je demandé.

— Le champion est celui qui remporte le plus d'épreuves. Ce qui veut dire que le Grand X peut n'en comporter que trois si un des concurrents les gagne toutes.

— Donc, il est possible d'échouer au Grand X et de s'en sortir vivant ?

Nevva eut une hésitation.

— Dites-moi la vérité, ai-je insisté.

— Oui, bien sûr que c'est possible, mais uniquement si tu perds avant la cinquième épreuve.

— Pourquoi ?

— Parce que si on en arrive là, c'est que les deux challengers sont à égalité et cette cinquième épreuve doit les départager. Et, en général, pour la remporter, il faut tuer son adversaire.

Oh. Voilà qui donnait un nouveau sens au terme « mortel ! ».

Je n'entrerai pas dans le détail des épreuves possibles, puisque je vais vous raconter la compétition telle que je l'ai vécue, mais je peux vous dire une chose : après trois semaines d'entraînement intensif dans les catacombes de Rune, j'étais prêt. Mentalement et physiquement. Alors que le jour du Grand X approchait, j'ai commencé à croire que j'avais un nouveau problème : je devenais un peu trop confiant.

Il y a autre chose que je dois signaler. Durant mon séjour chez les adeptes, il m'est arrivé quelque chose de bizarre. On m'avait installé dans une petite chambre qui était une sorte de cellule. Mais comme elle était plutôt confortable, je n'avais pas à me plaindre. Une nuit, pendant que je dormais, j'ai reçu une visite. D'abord, j'ai cru à un rêve, puis j'ai reconnu la vieille dame que j'avais rencontrée lorsque j'étais allé voir M. Pop, celle qui m'avait montré les portraits d'enfants pour que j'y trouve l'inspiration. Vous vous en souvenez ? Elle s'est agenouillée à mon chevet et m'a caressé les cheveux pour me réveiller. J'aurais dû faire un bond de surprise, et pourtant non. Elle n'avait rien d'effrayant, au contraire. Son air calme et doux m'a aussitôt détendu, comme si je dormais encore.

– Tu es très courageux, jeune homme, a-t-elle dit. Nous sommes tous très fiers de toi.

– Merci, ai-je chuchoté.

– Tu as dit que tu cherchais l'inspiration ?

Elle m'a tendu un collier ressemblant à un chapelet. Rien de bien luxueux, sauf pour une pépite dorée un peu plus grosse que les autres, environ de la taille d'un pois chiche.

– Ce collier a un jour appartenu a quelqu'un qui a sacrifié tous ses biens au nom de ses convictions. Je voudrais que tu le mettes. Il te portera chance.

J'ai tendu la main vers le collier, mais elle l'a gentiment repoussée pour me le passer autour du cou elle-même.

– Qui était-ce ? ai-je demandé.

Elle a posé sa main sur mes yeux pour les fermer. Elle n'a pas répondu et je me suis rendormi. Quand je me suis réveillé le lendemain, j'étais sûr d'avoir rêvé. Pourtant, le collier était bien à mon cou. J'ignorais totalement qui pouvait bien être cette dame et à qui appartenait ce bijou, mais je n'avais pas l'intention de le retirer. J'avais vraiment besoin d'un porte-bonheur.

Finalement, après toutes ces semaines de travail, le jour de passer au stade suivant est arrivé. Je venais de finir un très long jogging à travers le centre commercial et, en rentrant dans le magasin, j'ai vu que Nevva et Tylee m'y attendaient. Elles avaient l'air nerveuses. Inutile de demander pourquoi.

– C'est le moment, n'est-ce pas ?

Nevva portait un petit sac. Elle en a sorti quelque chose que je n'avais pas vu depuis un certain temps. J'espérais ne plus jamais le remettre, mais apparemment, ce n'était pas écrit.

C'était un maillot rouge avec cinq bandes noires en diagonale – celui du challenger rouge. Mon uniforme.

– Habille-toi, a dit Tylee.

En moins de temps qu'il n'en faut pour l'écrire, je me suis retrouvé à l'arrière d'une voiture fonçant dans les rues de Rune. Le vieil homme dont je ne connaissais toujours pas le nom était au volant, Tylee sur le siège passager et Nevva sur la banquette à côté de moi.

– La campagne a été incroyable, a déclaré Nevva, comme si je me présentais au poste de délégué de la classe. On ne parle que de ça. Tout le monde veut savoir quand tu referas surface. Le mystère entourant ta disparition a fait monter le suspense.

– Tout va marcher comme sur des roulettes, Pendragon, a repris Tylee. On t'a présenté comme le premier challenger à accepter librement de concourir. Tu as tenu tête à Blok, et maintenant tu y retournes de ton plein gré. Ce n'était encore jamais arrivé. J'ai presque envie de dire que l'issue du Grand X n'est plus si importante. Dans tout Quillan, on parle déjà de toi avec respect.

– Donc, vous voulez dire qu'*a priori* on a déjà gagné ? Quelle que soit l'issue du tournoi, je serai un héros… ou un martyr.

Tylee m'a regardé comme si elle se demandait quoi répondre. Elle savait qu'elle ne pouvait pas me cacher la vérité. J'étais trop malin.

– Nous préférerions nettement que tu sois un héros.

Je n'ai pas pu m'empêcher de sourire.

– Bonne réponse.

– Le jour du Grand X, a ajouté Nevva, je serai là. Au cas où…

Elle n'a pas terminé sa phrase. Je savais ce qu'elle voulait dire. Elle serait là au cas où je me fasse tuer. Et en tant que Voyageuse, elle ferait tout son possible pour me ramener d'entre les morts.

– Ça ne sera pas utile, ai-je dit d'un ton assuré.

Nevva a acquiescé.

– Mais je préférerais que vous soyez là, ai-je ajouté en souriant.

– J'y serai.

– Alors, quand est-ce que ça commence ?

– Bientôt, a répondu Nevva. Je suis sûre que Veego et LaBerge voudront te faire parader un peu afin de faire monter la sauce. Ils ne savent pas que le territoire entier retient déjà son souffle.

– Est-ce qu'ils m'attendent ?

– Non, bien sûr que non, a répondu rapidement Nevva. Mais le conseil d'administration leur a promis qu'ils te feraient revenir. Ou plutôt, M. Kayto a donné sa parole.

Nevva et moi, on s'est regardés. Saint Dane savait que je serais là et que je participerais au tournoi. Sa confiance me rendait furieux. Pourvu qu'il soit prêt à tenir sa part du marché.

– On y est presque, a dit Tylee. Dépêche-toi de descendre. Personne ne doit nous voir.

– D'accord, mais ralentissez un peu. Ce n'est pas le moment que je me casse une jambe. Ce serait bête !

– Nous sommes fiers de toi, Pendragon, a dit le vieil homme. Et nous te serons toujours reconnaissants de ce que tu fais pour nous.

– Bonne chance, a ajouté Tylee. Nous serons des millions à te regarder.

– Heureusement que je n'ai pas peur des caméras, ai-je remarqué.

Nevva m'a touché le bras en signe de soutien. Je lui ai fait un clin d'œil :

– Et si je fais ça, c'est aussi pour Remudi.

Elle a souri et hoché la tête.

La voiture a ralenti et Tylee m'a crié :

– Vas-y !

J'ai ouvert la portière en grand. Mes pieds avaient à peine touché le sol que le vieil homme a accéléré à fond. J'ai regardé la voiture se mêler au trafic à toute allure. Soudain, je me suis senti très seul. Pendant un instant, je me suis demandé si je ne me trompais pas complètement. J'ai eu envie de tout laisser tomber et de disparaître dans la foule. Mais je me suis vite repris. Je me suis retourné lentement pour constater qu'on m'avait déposé juste devant les grandes portes dorées menant au jardin de Veego et LaBerge. Je suis resté là, les mains sur les hanches, sans trop savoir quoi faire. Dix secondes plus tard, les hautes grilles se sont lentement ouvertes avec un grincement étrange. Je n'ai pas bougé jusqu'à ce qu'elles s'immobilisent avec un grand *clang !*

Et je me suis jeté dans la gueule du loup.

Journal n° 27
(suite)

QUILLAN

— Je commençais à croire qu'on ne te reverrait jamais ! s'est écrié LaBerge, tout joyeux, pendant que je montais les marches donnant sur la grande porte du château.

Derrière moi se tenaient les deux dados de sécurité qui m'avaient intercepté dès que j'avais passé les portes.

— C'est incroyable ! a-t-il continué. Sais-tu à quel point tout le monde attend le Grand X ? C'est impossible ! C'est phénoménal ! C'est…

— Oui, je crois que j'ai compris, ai-je coupé.

— Oh ! c'est bon, a fait LaBerge, boudeur. Je voulais juste te dire à quel point on est contents de te revoir.

Il s'est renfrogné, puis a tourné les talons pour monter les marches, plutôt furieux. Veego est restée plantée en haut des escaliers, me dévisageant de son regard froid et calculateur.

— Je vous ai manqué ? ai-je dit avec un sourire moqueur.

— Ils disaient bien que tu reviendrais, a-t-elle répondu sans une once d'émotion. Je n'y ai pas cru. Pourtant, tu es là. J'avoue ne pas comprendre.

J'ai marché vers elle.

— Je suis là pour remporter votre petit concours à la noix. Ça vous pose un problème ?

— Absolument pas, a répondu Veego. Ce sera le Grand X le plus regardé de toute l'histoire de Quillan. Ta petite escapade n'a fait qu'accroître l'intérêt. Maintenant que tu es revenu de ton plein gré, eh bien… nous espérons que les paris seront à la hauteur.

– Alors tout va bien, ai-je repris. Je veux concourir et vous voulez vous faire bien voir de vos patrons. Tout le monde est content.

Je sais, je me comportais comme un gamin crâneur, mais je ne pouvais pas m'en empêcher. Elle a continué à me dévisager d'un air suspicieux.

– Attention à ne pas aller trop loin, challenger rouge. Nous ne sommes pas si bêtes que tu sembles le croire.

– Vraiment ? Jusqu'où l'êtes-vous ?

Veego a refusé l'affrontement verbal.

– Tes quartiers sont tels que tu les as laissés. Installe-toi et nous pourrons commencer les préparatifs.

– Super.

Je suis passé devant elle pour entrer dans le château. Mais elle m'a attrapé par le bras.

– Encore une petite chose.

Avant que je puisse réagir, elle a rapidement glissé quelque chose autour de mon poignet et l'a fait remonter le long de mon bras. J'ai aussitôt ressenti une sensation familière, celle de la boucle se resserrant sur mon biceps.

– Heureux que tu sois de retour parmi nous, challenger rouge, a-t-elle fait, sarcastique.

Je ne lui ai pas donné la satisfaction de me plaindre, même si j'ai horreur d'être sous la surveillance constante de ces maudits bracelets électroniques. J'ai continué mon chemin. Quelqu'un m'attendait dans le grand vestibule du château.

– Bienvenue, challenger rouge, a dit Quatorze, très formel. Je vous accompagne à votre chambre.

– Salut, Quatorze. À moins que tu sois monté en grade et devenu Quinze…

Mon ami le robot n'a même pas souri.

– Oh ! laisse tomber, ai-je ajouté. Content de te revoir.

J'étais sincère. Il m'avait toujours bien traité. J'étais content qu'il redevienne mon dado personnel. On a marché vers l'escalier qui nous menait à ma chambre.

– J'aimerais pouvoir dire la même chose de vous, challenger rouge, a-t-il dit. Pourquoi êtes-vous revenu ?

– Pour le Grand X. Je vais le remporter.

Quatorze n'a pas répondu. Si un robot pouvait avoir l'air soucieux, c'était le cas.

– Quoi ? ai-je insisté. Tu ne m'en crois pas capable ?

– Oh ! vous en avez les capacités, sans aucun doute. Mais cela ne suffira pas face au challenger vert.

– Je sais, il triche comme un sagouin. Mais ne t'en fais pas, je l'attends de pied ferme.

– Je doute que ce soit possible, de votre part. Je ne pense pas que vous vous abaissiez à employer les mêmes tactiques que lui.

– Oh ! j'ai mes propres petits trucs. Mais merci de t'en soucier.

Quatorze m'a montré ma chambre et m'a laissé seul. Quand la porte s'est refermée derrière moi, j'ai regardé cet espace familier et j'ai eu le même sentiment que lorsque la voiture m'avait déposé. Dans quel pétrin m'étais-je encore fourré ? Pourquoi étais-je revenu dans cette maison des horreurs ? Jusque-là, tout ça était resté théorique. Maintenant, c'était réel.

Les préparatifs pour le Grand X ont duré un certain temps. Nevva avait raison : Veego et LaBerge voulaient faire monter la pression au maximum. Pendant que je m'entraînais, il y avait toujours un dado dans un coin avec une petite caméra à main. Ils diffusaient mon image sur Quillan afin que tous connaissent le challenger rouge. Je n'ai pas parlé au challenger vert, mais les rares fois où je l'ai entrevu dehors, à soulever des poids ou à faire de la gym, j'ai constaté qu'il était filmé, lui aussi. C'était un peu comme ces vidéos « personnelles » sur les athlètes des jeux Olympiques de Seconde Terre.

Bien sûr, Veego et LaBerge ne pouvaient pas savoir que toute cette publicité faisait l'affaire des adeptes du Renouveau. Jusque-là, on ne m'avait vu qu'au cours des tournois de Tock et de Crochet. Désormais, j'occupais des heures d'antenne. J'ai essayé d'imaginer mon image diffusée sur ces centaines d'écrans des artères de Rune. C'était quand même un peu angoissant. J'étais de plus en plus nerveux. Pas à propos du Grand X, mais plutôt de ne pas devenir ce grand champion attendu par les adeptes. En fait, j'étais toujours moi. Et si je ne faisais pas une forte impression ? On aurait fait tout ça pour rien. Du coup, je me suis entraîné encore plus dur pour ne pas décevoir. J'ai couru plus vite et j'ai fait de mon mieux pendant les tests d'agilité. Je voulais vraiment être à la hauteur de ma propre légende. Pour moi, c'était aussi important que l'entraînement en lui-même.

Je n'avais aucun moyen de savoir comment je m'en tirais, jusqu'au jour où j'ai eu une occasion intéressante. Quatorze m'a emmené jusqu'à la plate-forme où se tenaient les tournois de Tato. Veego, LaBerge et... le challenger vert m'y attendaient. Je ne savais pas ce qui se préparait, mais j'ai préféré me la jouer cool.

— C'est le grand moment ? ai-je demandé. On va commencer ?

— Non ! s'est écrié un LaBerge surexcité en sautillant vers moi. Veego et moi avons pensé que ce serait formidable si vous pouviez dire deux mots au peuple de Quillan ! Leur dire comment vous vous sentez, que ce Grand X sera fabuleux, tout ça.

— En fait, c'était mon idée, a ajouté Nevva en montant à son tour sur la plate-forme. Le peuple de Quillan ne peut se faire une meilleure opinion de ceux sur qui il va parier qu'en entendant s'exprimer les challengers eux-mêmes, n'est-ce pas ?

Nevva m'a regardé droit dans les yeux comme pour me faire passer un message.

— On peut dire ce qu'on veut ? ai-je repris.

— Du moment que ce n'est pas une attaque contre nous, ou Blok, a répondu Veego.

— Oh, non ! ai-je affirmé, ironique. Je ne ferais jamais ça !

— Dis-leur seulement ce que tu penses, a repris Nevva, et pourquoi il est important de remporter le Grand X.

À nouveau, elle m'a regardé droit dans les yeux. J'ai compris qu'elle avait tout préparé. Elle me donnait l'occasion de dévoiler au peuple mes vraies motivations. Tout le monde regarderait cette émission. Je devais trouver les bons mots.

Le challenger vert a éclaté de rire.

— Vous voulez dire, d'autres raisons de l'emporter que de s'en sortir vivant ?

LaBerge a ri avec lui. Lorsqu'il a constaté qu'il était le seul, il s'est tu. Quel boulet !

— Que le challenger vert passe en premier, ai-je dit. C'est lui le champion, à lui l'honneur.

352

En fait, je voulais surtout gagner du temps pour réfléchir à ce que j'allais leur raconter.

– Très bien, a répondu le vert. Allons-y.

Veego et LaBerge se sont approchés. Un dado de service est apparu et a braqué une caméra sur nous.

– Préviens-nous quand on sera à l'antenne, lui a lancé Veego.

Nevva se tenait juste derrière moi. Tout en surveillant Veego et LaBerge, elle m'a demandé :

– Comment te sens-tu ?

– Prêt.

– Tu sais que c'est une occasion en or. Si tu trouves les bons mots, tu seras le favori.

– Oui, et si je me trompe, je suis fichu. Alors taisez-vous et laissez-moi réfléchir.

Le dado de service a signalé aux autres qu'ils pouvaient commencer. LaBerge a chantonné en souriant de toutes ses dents :

– Bientôt débutera le plus grand tournoi de tous les temps. Les challengers sont prêts, et ils vont vous parler !

– Ce sera peut-être le choix le plus difficile de votre vie, a ajouté Veego. Sur qui parier ? Nous avons fait tout notre possible pour que vous en sachiez le maximum sur nos deux challengers et, à présent, il est temps de les entendre s'exprimer eux-mêmes. D'abord, laissons la parole au champion en titre, le challenger vert.

Le dado de service a zoomé sur ce dernier, qui se tenait là, les mains sur les hanches.

– Vous me connaissez, a-t-il dit avec brusquerie. Vous savez que j'ignore la défaite. Toute ma vie, j'ai suivi de près les jeux. Blok n'a jamais eu de champion aussi puissant que moi. Je serai le premier challenger à prendre sa retraite sans avoir été vaincu, et ensuite je sillonnerai Quillan en tant que délégué de Blok afin de promouvoir les jeux. Lorsque vous pensez « Blok », vous pensez « pouvoir », et vous pensez à moi.

Ensuite, il s'est retourné et il a sauté de la plate-forme. Le dado de service s'est tourné vers Veego et LeBerge, qui ont paru surpris par la brièveté de son discours. Mais ça me convenait parfaitement. Nevva se retenait apparemment de sourire.

– C'est parfait, a-t-elle chuchoté. Il s'est totalement aligné avec Blok.

– Maintenant, a dit Veego à la caméra, nous allons écouter le challenger rouge, le seul de l'histoire qui soit assez confiant pour affronter le challenger vert. Et voici… le challenger rouge !

Le dado de service a tourné la caméra vers moi pendant que Nevva s'effaçait. C'était bizarre de savoir que j'étais en direct devant des millions de gens. Et je devais en tirer le meilleur parti. J'ai croisé les mains et j'ai dit :

– Vous ne me connaissez pas aussi bien que le challenger vert, mais il y a quelque chose que vous devez comprendre, quelque chose d'important. Je ne suis pas revenu participer au Grand X en mon seul nom, mais pour rendre hommage au peuple de Quillan.

Du coin de l'œil, j'ai vu Veego et LaBerge échanger un regard soucieux.

– Je suis là pour démontrer qu'il est inutile d'être fort et puissant pour triompher. J'ai confiance en moi-même, et je fais confiance au peuple de Quillan. Même si je sais déjà que je vais remporter le Grand X, je demande à chacun d'entre vous de faire preuve de courage et, en signe de protestation contre ces jeux brutaux, de ne pas parier sur ce tournoi. Ni sur moi, ni sur le challenger vert. C'est la meilleure façon de démontrer à Blok que vous ne voulez plus vivre sous leur botte.

– Quoi ? a hurlé LaBerge.

Veego s'est précipitée vers le dado de service et elle a repoussé la caméra.

– Coupe la transmission, a-t-elle sifflé.

Le dado a quitté la plate-forme, emportant la caméra.

– Comment as-tu pu dire ça ? s'est exclamée Nevva, feignant la surprise. Ce n'était pas autorisé ! Le conseil d'administration sera furieux ! Il faut que je les prévienne sur-le-champ !

Et elle a quitté à son tour la plate-forme. Avant, elle s'est tournée vers moi et m'a fait un clin d'œil. Apparemment, j'avais frappé un grand coup contre Blok. Veego m'a lancé un regard furieux pendant que LaBerge tournait comme un lion en cage.

– C'est terrible, a-t-il gémi. Terrible. Ils vont rejeter la faute sur nous. Comment allons-nous arranger ça ? Vous croyez que les gens vont l'écouter ? Que va-t-on faire ?

– On ne va rien faire du tout, a répondu Veego sans me quitter des yeux. Le challenger rouge n'aura plus jamais la permission de prendre la parole en public, c'est tout.

LaBerge est descendu de la plate-forme en secouant la tête et a marmonné :

– C'est terrible, terrible…

Veego a fait un pas vers moi.

– À quoi joues-tu, challenger rouge ?

– J'essaie juste de rendre le jeu plus intéressant, ai-je répondu innocemment. Voilà qui va alimenter les discussions, non ?

Veego m'a dévisagé encore quelques instants, puis elle m'a tourné le dos et a quitté la plate-forme. Est-ce que j'étais allé trop loin ? Je ne pouvais pas le savoir. Après l'attente qu'ils avaient créée, je ne pensais pas qu'ils annuleraient le Grand X, mais comment en être sûr ?

Il restait encore un pas important avant le tournoi. Le challenger vert et moi devions être promenés dans les rues de Rune à l'arrière de deux voitures. Apparemment, il fallait que le peuple nous voie en chair et en os afin de faire monter la tension… Et bien sûr, qu'il parie davantage. Mark, Courtney, ce qui s'est passé ce jour-là était comme dans un rêve. Jusque-là, l'idée que le peuple de Quillan me voie, apprenne qui j'étais et croie en moi en tant que symbole de leur liberté n'était qu'une idée. Ce n'était pas une réalité, uniquement ce que m'avaient expliqué les adeptes du Renouveau. J'avais adopté leur plan, mais en moi-même je me demandais si les gens le suivraient. Ce qui s'est passé cet après-midi-là a pulvérisé tous mes doutes.

Le cortège se composait de trois voitures. Dans la première se trouvaient Veego et LaBerge. J'étais dans la seconde, et le challenger vert fermait la marche. On était debout, passant le torse dans une ouverture du toit pour que tout le monde nous voie bien. Une rangée de dados marchait de chaque côté des voitures au cas bien improbable où quelqu'un chercherait à nous atteindre. Cela dit, ça devait être une bonne idée, parce que les avenues de Rune étaient bondées. Au moins, les dados de sécurité réussissaient à nous frayer un passage pour que les voitures puissent passer. Tout autour de nous, c'était le chaos. La seule comparaison que je trouve, ce sont ces gigantesques parades dans les rues de New York à la gloire de champions sportifs, d'astronautes et tout ça. C'était absolument, complètement dément. Il y avait du monde partout. Les trottoirs étaient bondés, les gens se massaient aux fenêtres et au sommet des bâtiments. En plus, ils criaient à tue-tête. Quand le cortège a tourné vers l'avenue principale, j'ai eu l'impression de me prendre un mur de son en pleine face, comme le rugissement de mille réacteurs. Dans une telle mer de visages vociférants, il était difficile de différencier les individus, mais ce qui m'a le plus frappé, c'est qu'ils avaient le sourire. Leurs yeux brillaient de bonheur. C'était bien la première fois que je voyais de la joie sur Quillan, à part peut-être chez les quelques veinards qui avaient tiré le bon numéro. Ces gens étaient réellement fous de joie.

Ils ne nous jetaient pas de confettis ni de cotillons, mais il y avait encore mieux. Je ne peux pas dire si chaque personne en avait un, parce que c'était impossible. Mais il y en avait des milliers. Partout où j'ai regardé, j'ai vu des vieillards, des gamins, des femmes et tout ce qu'on peut imaginer agiter un drapeau rouge. Je suis peut-être un peu lent, ou alors j'étais trop stupéfait pour comprendre tout de suite ce que ça signifiait. Ce n'est qu'en écoutant leur litanie que j'ai pigé. D'abord, elle était dure à comprendre, on aurait plutôt dit un bruit sans signification, mais j'ai fini par identifier ce qu'ils scandaient : « Rouge ! Rouge ! Rouge ! » C'était moi qu'ils acclamaient ! Et ces drapeaux rouges étaient là pour m'encourager ! Dire que c'était incroyable serait insuffisant. C'était extraordinaire.

Devant moi, LaBerge agitait la main en souriant aux anges comme s'il avait gagné la médaille d'or aux jeux Olympiques. Je pense que tout le monde s'en moquait. Veego restait immobile, un petit sourire au coin des lèvres. Impossible de dire ce qu'elle avait en tête. J'imagine qu'elle devait calculer combien ces idiots parieraient sur leur nouveau favori et combien de bénéfices elle engrangerait. Bref, elle devait être satisfaite.

En me retournant, j'ai vu que le challenger vert devait être le seul à faire grise mine. Il restait là, ses mains agrippant le toit de sa voiture. Ça ne m'aurait pas étonné de voir le métal se tordre sous ses doigts. Il me dévisageait, ses yeux brûlant de colère. Comme on dit, s'il avait pu me fusiller du regard... il n'y aurait jamais eu de Grand X.

Je me suis retourné à nouveau. C'était mon heure de gloire, et je voulais en profiter. Si je croyais à ce que je voyais, les adeptes du Renouveau avaient fait leur boulot. Le peuple était avec moi. Est-ce qu'ils iraient jusqu'au bout et refuseraient de parier sur le Grand X ? J'imagine que ça n'avait pas beaucoup d'importance. L'essentiel, c'était qu'au final, à la suite de notre coup d'éclat, le peuple décide de réagir.

C'était déjà une belle journée, mais le meilleur restait à venir.

Le cortège s'est arrêté devant l'immense bâtiment de Blok. Au-dessus du néon, il y avait un grand balcon dominant la rue. On s'est dépêché de nous y amener pour une dernière démonstration. Sur ce balcon se sont retrouvés le challenger vert, Veego, LaBerge, quelques membres du conseil d'administration, et moi, bien sûr. M. Kayto n'était pas là, même si j'étais sûr que Saint Dane était en train de m'observer depuis Dieu sait où. Il y a eu des tas de discours, de présentations et des bla-bla-bla pour marteler à quel point le tournoi serait passionnant, que Quillan n'avait jamais rien connu de tel et ne le reverrait peut-être jamais, etc. Le baratin habituel, quoi.

J'ai contemplé cet océan de gens. Non, je n'exagère pas. C'était réellement un océan. Les rues étaient noires de monde. Seuls les premiers rangs devaient nous voir, mais les images étaient retransmises sur tous les écrans et dans la rue. Pendant que je me tenais là, essayant d'ignorer leurs discours ronflants, une étrange sensation s'est emparée de moi.

Ce n'était ni de la nervosité ni de la timidité. Bien sûr, j'avais déjà joué des matchs de basket en public, mais à Stony Brook, mille personnes c'était déjà une foule, et encore, seuls les championnats attiraient autant de monde. Là, ils étaient des *millions* à me regarder, à étudier mes moindres faits et gestes. Des milliards, peut-être ? Je me suis demandé pourquoi ça ne me faisait pas plus d'effet. À cause de ma foi en notre mission, probablement. J'ai regardé ces gens en sachant que, bientôt, leur existence s'améliorerait. Et bizarrement, j'ai eu l'impression qu'ils le sentaient, eux aussi. Ce jour-là, j'ai lu de l'espoir sur leurs visages. Oui, ils souhaitaient que je remporte le Grand X. Je me montais peut-être la tête, mais si ces gens étaient encore capables d'espérer, les habitants de Quillan pouvaient changer leur vie. Et je crois qu'ils commençaient à en prendre conscience.

Bien sûr, les implications étaient immenses. Si je pouvais modifier le cours des choses ici, sur Quillan, Saint Dane serait fini. J'en étais sûr et certain. S'il voulait que je participe au Grand X, c'était pour que je me couvre de ridicule. Alors que maintenant, je me retrouvais sur ce balcon, et des millions de gens m'acclamaient. Saint Dane devait être fou de rage. Apparemment, ses manigances se retournaient contre lui. Avant mon arrivée, Quillan était fichue. Or, en me poussant à participer à la compétition, Saint Dane avait peut-être provoqué le salut de ce territoire et sa propre fin. Jouissif, non ? J'ai regardé ces visages pleins d'espoir et j'ai imaginé les conséquences possibles pour Halla. Je n'avais plus le moindre doute.

On allait sauver Halla.

Le challenger vert et moi n'avions pas le droit de nous adresser à nos supporters. Peut-être était-ce une conséquence de mon petit discours de l'autre jour. Pourtant, on nous a présentés et on nous a demandé de faire un pas en avant. D'abord, Veego a désigné le challenger vert. Je ne vais pas dire qu'il s'est fait huer, ce serait mentir. Il a eu sa dose d'acclamations. Après tout, c'était quand même le champion en titre et des gens avaient parié sur lui. Je n'ai pas entendu un seul « bouh ! ». Impossible de dire s'ils l'aimaient toujours ou ignoraient tout simplement ce que c'était que huer quelqu'un.

Ensuite, ç'a été du délire. Quand on m'a présenté, les gens se sont déchaînés. Ils ont poussé un rugissement si puissant que j'ai bien cru que les vitres allaient exploser. La foule a viré au rouge : ils agitaient tous leur drapeau. Je ne savais pas comment réagir. Est-ce que je devais les saluer ? Agiter la main ? Joindre les doigts au-dessus de ma tête dans la posture classique du champion ? Ou tendre les bras comme les rois ou les papes ? Pendant que je restais là, balayé par cette tornade sonore, une idée m'est venue. Est-ce qu'elle était bonne ou complètement idiote ? Je n'ai pas pris le temps d'y réfléchir. Je me suis avancé sur le balcon pour que la foule puisse mieux me voir. Rien qu'à ce geste, ils ont crié encore plus fort. J'ai levé les yeux pour voir mon image multipliée sur les écrans bordant les avenues. C'était le moment idéal. Alors j'ai foncé.

J'ai levé la main droite et j'ai serré mon biceps gauche. Le salut des adeptes du Renouveau.

La réaction ne s'est pas fait attendre. Et elle a été si incroyable que j'ai cru que l'immeuble tout entier allait s'écrouler. Je vous le jure, cet immense bâtiment de pierre noire a tremblé comme un château de cartes. On aurait dit un tremblement de terre. Sauf que la secousse venait de millions de gens trépignant ou sautant sur place. Je me suis souvenu du jour où j'étais dans les énormes tribunes du Yankee Stadium, bourrées à craquer, et ou toute la foule s'est levée. Les cris sont devenus si assourdissants que j'en avais mal aux oreilles. Mais c'était chouette. Les gens connaissaient ma position, et ils étaient de mon côté. J'aurais bien voulu pouvoir graver ce moment dans la pierre, ou le filmer pour me le repasser ensuite. Brièvement, j'ai vu mon image sur tous les écrans, une main sur mon bras. Puis ils se sont tous éteints d'un coup, et les dados de sécurité se sont emparés de moi. Ils se sont dépêchés de me ramener dans le bâtiment, même si la foule ne s'est pas calmée pour autant. Les murs vibraient toujours. J'ai cru qu'ils allaient le déchirer de leurs mains nues.

– Sortez-les de là, a ordonné Veego aux dados.

On nous a poussés dans des ascenseurs séparés, le challenger vert et moi, puis au sous-sol où on nous a embarqués dans des voitures différentes pour nous emmener loin du bâtiment par une route souterraine. Même de là, je pouvais entendre le chaos qui régnait là-haut. Cette ville morte était revenue à la vie. Assis tout seul sur la banquette arrière, je n'ai pas pu m'empêcher de sourire. Ça marchait. Les adeptes du Renouveau avaient réussi. Me voir faire leur salut était la cerise sur le gâteau. Cette image avait été diffusée sur tout Quillan. Le message était passé. Tout allait changer.

Maintenant, il ne me restait plus qu'à remporter le Grand X.

Ah oui, tiens. C'est vrai.

On m'a ramené au château, où Quatorze m'a accompagné à ma chambre.

— Vous avez passé une bonne journée ? m'a-t-il demandé.

— Oui, pas mal, ai-je répondu d'un ton tout naturel.

En entrant dans ma chambre, j'ai constaté que Veego s'y trouvait déjà. Elle m'attendait. Impossible de dire si elle était contente de ce qui s'était passé ou si elle était furieuse.

— Un sacré spectacle, hein ? ai-je dit, crâneur.

— Tu crois pouvoir tout contrôler, pas vrai... Pendragon ?

Hein ? Vous parlez d'une douche froide. La fiesta était terminée. Comment pouvait-elle connaître mon nom ? Mon expression a dû trahir ma surprise.

— Oui, je sais qui tu es, Bobby Pendragon, a-t-elle repris. Aja Killian m'a longuement parlé de toi.

Mes jambes ont failli me lâcher. J'avais bien entendu ? Elle avait parlé d'Aja Killian[1] ?

— Je... Je ne comprends pas.

C'est tout ce que j'ai réussi à dire.

— Assez de faux-semblants, a-t-elle déclaré. Je ne sais pas ce que tu tentes d'accomplir ici, mais j'ai travaillé dur et longtemps pour mettre sur pied cette opération, et je ne te laisserai pas la détruire. Je n'ai pas abandonné une catastrophe pour tomber dans une autre.

— Je ne vois pas de quoi vous parlez.

C'était vrai. Je n'y comprenais rien.

— Cesse de feindre l'ignorance, Pendragon, a-t-elle rétorqué. LaBerge et moi connaissons la vérité. Nous ne sommes pas de Quillan, nous non plus.

— Ah, oui ? Alors d'où venez-vous ?

Ma voix était faible, mais mon esprit tournait à pleins tubes.

— Je te connais, a-t-elle repris en agitant le doigt comme une maîtresse d'école sévère. Je t'ai vu. Tu as bien failli détruire Utopias. Je ne te laisserai pas faire de même sur Quillan.

---

1. Voir Pendragon n° 4 : *Cauchemar virtuel.*

J'ai eu envie de hurler. Qu'est-ce qui se passait ?

– Vous venez de Veelox ? Mais… c'est impossible !

– Il faut croire que non, puisque nous sommes là.

– Mais… comment…

Je n'ai pas pu continuer.

Veego a fait les cent pas tout en me fixant avec haine. Je vous jure, je ne comprenais rien de rien. Est-ce qu'elle était Saint Dane ? Ou était-ce LaBerge ? Non, c'était impossible. Saint Dane a bien des pouvoirs, mais pas le don d'ubiquité. Il ne peut pas être deux personnes à la fois. J'avais vu Veego et LaBerge avec M. Kayto dans la salle du conseil d'administration. M. Kayto était Saint Dane. Alors qui était cette femme ?

– LaBerge et moi étions des veddeurs sur Veelox, finit-elle par dire. On surveillait les rêveurs d'Utopias. Aja Killian était notre supérieure.

J'essayais de suivre, mais c'était difficile.

– LaBerge et moi sommes entrés dans les rêves de bien des gens, a-t-elle continué. C'est de là que nous avons tiré l'idée des jeux. Tu ne pensais tout de même pas que LaBerge était fichu de créer quoi que ce soit, non ? C'est un imbécile. Il y a longtemps que je me serais débarrassé de lui s'il n'était pas mon frère.

Son frère. Ça expliquait beaucoup de choses. Mais pas tout, loin de là.

– Nous nous sommes inspirés de milliers de sources. De milliers de rêves. À nous deux, nous avions accès à l'imagination collective de Veelox… et plus encore.

– Plus ? ai-je demandé. Plus que quoi ?

– Le Wippen, a-t-elle répondu. Nous l'avons trouvé sur Eelong[1]. Avec des chevaux, ce n'est pas aussi spectaculaire qu'à dos de zenzen, mais on doit s'en contenter.

– Vous êtes allés sur Eelong ? ai-je crié, prêt à exploser.

– Un pays fort intéressant. J'y serais volontiers restée un peu plus longtemps si ces espèces de chats surdimensionnés ne découpaient pas les humains en biftecks.

---

1. Voir Pendragon n° 5 : *La Cité de l'Eau noire*.

– Mais… vous êtes des Voyageurs ?

– Je ne comprends pas ta question.

– Mais si ! Forcément ! Il n'y a que les Voyageurs qui peuvent emprunter les flumes ! Si vous n'êtes pas des Voyageurs, vous les auriez détruits ! Saint Dane doit bien vous l'avoir dit !

– Tu as déjà cité ce nom. Qui est ce Saint Dane ?

– Ne me mentez pas ! Vous connaissez forcément Saint Dane ! C'est lui qui m'a envoyé l'invitation à venir ici !

– Je suis désolé, mais je n'ai jamais entendu ce nom. Est-il de Veelox, lui aussi ?

C'était dingue. Veego et LaBerge ne pouvaient pas être originaires de Veelox, sinon ils auraient détruit le flume en l'empruntant !

– Je ne vous crois pas, ai-je dit. Si vous venez vraiment d'un autre territoire et que vous n'êtes pas des Voyageurs, vous êtes forcément passés par un flume et vous l'avez détruit. Or ce n'est pas le cas.

– Je me souviens d'une histoire de ce style, a-t-elle fait calmement.

Les cartes avaient encore changé. Veego avait repris le contrôle de la situation, et je cherchais désespérément à y comprendre quelque chose. La situation m'avait échappé. Le sentiment d'exaltation que j'avais ressenti face à la population de Rune n'était plus qu'un souvenir.

– M. Kayto nous a tout expliqué, a-t-elle repris. Il nous a dit que tout irait bien du moment qu'on empruntait le flume avec lui. De toute évidence, il avait raison, parce qu'il ne s'est rien passé. Ces flumes sont vraiment une belle invention. Même si, je dois l'avouer, je ne comprends pas comment ils fonctionnent. Tu pourras peut-être me l'expliquer.

– M. Kayto, ai-je répété. Du conseil d'administration. C'est lui qui vous a fait venir ici ?

– Il a débarqué sur Veelox en quête de talents susceptibles de faire revivre l'industrie des jeux sur Quillan, et il est tombé sur nous. Au cas où tu ne le saurais pas, Veelox est en miettes. Utopias ne fonctionne plus. Plus personne ne s'en occupe. Tout le monde a choisi de rester dans son petit monde de rêve… et d'y périr. Les gens meurent de faim. Les centrales d'énergie tombent en panne. Il n'y a plus rien à manger. Même les fabriques de gloïde ferment les unes après les autres. C'est un vrai cauchemar. Lorsque M. Kayto nous a offert une porte de sortie, nous avons saisi l'occasion.

– Et Aja ? ai-je demandé.

– Elle se bat toujours, mais en vain. C'est très noble de sa part de lutter pour garder tous ces gens en vie. Mais c'est impossible. C'est pour ça que je suis là, devant toi.

Et voilà. Le lien. Sous l'apparence de M. Kayto, Saint Dane était allé sur Veelox. Veego et LaBerge ignoraient sa véritable identité. Voilà comment Saint Dane leur avait fait m'envoyer cette invitation. Toutes les pièces du puzzle s'assemblaient…

– Maintenant que je t'ai dit ce que je fais ici, a repris Veego, à ton tour de me dire pourquoi *toi,* tu es là.

Comment répondre à cette question de façon simple ? Cette femme ne savait rien des Voyageurs, de Halla et du véritable but de Saint Dane. Lui expliquer ne m'avancerait pas. Surtout à elle, pour qui les gens n'étaient que des pions destinés à servir ses propres buts égoïstes.

– Je… Je crois que je suis là pour participer au Grand X, ai-je dit, ce qui était la stricte vérité.

– Tu le crois ?

– Oui, je le crois. Désolé, mais je ne peux pas en dire plus.

Soudain, je me sentais très, très fatigué.

– Je ne sais pas qui tu es vraiment, Pendragon, ni d'où tu viens, ni ce que sont ces Voyageurs, mais j'ai vu ce que tu as tenté de faire sur Veelox. Tu as essayé de détruire Utopias, et tu as bien failli y arriver. Pour autant que je sache, c'était peut-être une bonne chose. Mais maintenant, je m'en fiche. Tout ce qui m'importe, ce sont les jeux et ma vie sur Quillan. LaBerge et moi entendons bien rester ici un bon bout de temps, et je ne te laisserai pas détruire notre entreprise.

– Et qu'allez-vous faire ? ai-je contré. Annuler les jeux ? Me disqualifier ? Vous avez vu à quel point je suis populaire. Blok se débarrasserait de vous si vite que votre frère n'aurait même pas le temps d'emballer ses fichus clowns.

Pour la première fois depuis que je l'avais rencontrée, Veego n'avait pas l'air si sûre d'elle-même. Elle s'est mordu la langue.

— Non, a-t-elle fini par dire, tu vas concourir. Peu m'importe que tu gagnes ou que tu perdes, que tu meures ou que tu restes dans l'histoire comme le plus grand challenger de tous les temps. Tout ce qui compte, c'est que tu sois là.

— Alors nous sommes sur la même longueur d'ondes, parce que moi aussi, c'est tout ce que je veux. Je veux participer et je veux l'emporter. Vous avez ma parole.

Veego m'a regardé et a acquiescé.

— Chaque chose en son temps. Après le Grand X, nous déciderons de la conduite à suivre. Si tu es toujours en vie, bien sûr.

— D'accord.

Elle s'est redressée. Elle avait retrouvé son calme glacial. Elle s'est dirigée vers la porte et m'a lancé :

— Essaie de passer une bonne nuit, challenger rouge. Le Grand X est pour demain.

Et elle a claqué la porte derrière elle.

Je suis resté assis là un bon moment, essayant de comprendre les implications de ce qu'elle m'avait dit. LaBerge et elle venaient de Veelox. Ça, je voulais bien le croire. Sinon, comment elle aurait su tout ça ? Mais ils n'étaient pas des Voyageurs pour autant. Voilà qui était nouveau dans cette histoire déjà assez compliquée comme ça. Les gens normaux pouvaient emprunter les flumes sans risque du moment qu'ils étaient accompagnés d'un Voyageur. Mais ces deux-là ne savaient pas que M. Kayto était en réalité un démon nommé Saint Dane, ce qui voulait dire qu'ils ignoraient tout de ses plans de conquête.

La conclusion était terrifiante. Les Voyageurs n'étaient pas censés mêler des éléments de différents territoires. L'oncle Press me l'avait dit et répété, et je l'avais constaté par moi-même plus d'une fois. Les territoires devaient suivre leur propre destinée sans être contaminé par d'autres mondes, d'autres cultures, d'autres temps. Les Voyageurs pouvaient intervenir, mais uniquement dans les limites définies d'un territoire. Telles étaient les règles du jeu auxquelles les Voyageurs devaient se conformer.

Or Saint Dane les bafouait. Il essayait de brouiller l'ordre naturel de chaque territoire qu'il avait visité. Il avait trouvé leur moment de vérité et avait tout fait pour les pousser vers la catastrophe.

À présent, il semblait passer au stade suivant en mélangeant volontairement les territoires. Était-ce là son plan ultime ? Faire s'entrechoquer les mondes et les cultures pour engendrer le chaos ? Voulait-il détruire Halla de cette manière ? Je ne prétends pas comprendre l'équilibre naturel de tout ce qui existe ni connaître ce qui se passerait s'il était bouleversé, mais Saint Dane semblait le savoir.

Ma tête était au bord de l'explosion. Il fallait que je parle avec Nevva. Elle devait prévenir le conseil d'administration pour qu'ils se débarrassent de Veego et de LaBerge. Il fallait en finir avec les jeux, et ces deux-là devaient retourner sur Veelox d'une façon ou d'une autre. La vie sur Quillan devait reprendre son cours normal. C'était bien plus important que Blok. Le futur de Halla en dépendait. J'ai couru à la porte. Elle était fermée à clé. C'était la première fois. J'ai essayé de l'enfoncer. Elle n'a pas bougé. J'étais prisonnier. Un peu plus tard, elle s'est ouverte en grand. Trois dados de sécurité sont entrés.

– Que peut-on faire pour vous ? a demandé l'un d'entre eux.

J'ai claqué la porte. J'étais pris au piège. Veego entendait bien surveiller le challenger rouge de très près.

Le challenger rouge. C'est vrai. Tout d'un coup, j'ai compris que je ne pouvais pas y échapper. Le Grand X était pour demain. Je devais me vider la tête de toutes ces idées contradictoires et me concentrer. Sinon, ce serait le commencement de la fin… Pas uniquement pour Quillan, pour Halla aussi.

Je n'avais pas d'autre solution : il fallait que je gagne.

Journal n° 27
(suite)

QUILLAN

Comparé à tout ce qui s'était passé le jour d'avant, le Grand X a été presque décevant, du moins en tant que spectacle. Ce n'était pas vraiment une grande compétition sportive avec des foules en délire, des pom pom girls, des fanfares et tout ça. En fait, c'était exactement l'inverse. Dans la plupart des sports, on s'entraîne avec son équipe et son coach. Personne ne vous regarde, personne ne vous acclame. On est récompensé au moment où le public vient et où l'excitation monte. Pour ce Grand X, tout s'est passé le jour d'avant, avec le cortège dans les rues de Rune. Mais pendant l'épreuve proprement dite, il n'y avait pas de spectateurs. Il n'y avait qu'une bande de dados pour surveiller le bon déroulement des opérations, Veego et LaBerge pour nous dire quoi faire, le challenger vert et moi. C'était tout.

Bien sûr, je savais qu'il y avait des caméras partout, enregistrant nos moindres gestes pour les diffuser dans tout Quillan, et que des millions de gens les suivraient de près. J'avais vu la foule emplissant les rues et leurs regards rivés aux écrans. Je savais qu'ils nous regarderaient et qu'ils nous acclameraient, peut-être plus nombreux qu'avant. Mais sur le terrain, rien de tout ça. Il n'y avait que moi, le challenger vert, et l'avenir de tout ce qui existe.

Si j'étais nerveux ? Qu'est-ce que vous croyez ?

Dès le lever du soleil, Quatorze est venu dans ma chambre. J'étais déjà levé et habillé.

– Puis-je faire quelque chose pour vous avant le tournoi ? a-t-il demandé.

– Oui. Va dire à Mlle Winter que je dois lui parler le plus vite possible.

Si le combat tournait mal, il fallait que Nevva sache la vérité sur Veego et LaBerge.

– Bien sûr, a répondu Quatorze.

On est sortis de ma chambre en silence, puis on a quitté le château pour s'enfoncer dans la forêt. Je me suis concentré exclusivement sur le tournoi. J'étais toujours confiant, mais les révélations de Veego m'avaient ébranlé. S'il y avait un moment où je ne devais pas me laisser distraire, c'était bien celui-la. Cela dit, c'était difficile. J'espérais que, une fois le tournoi commencé, j'oublierais tout ce que j'avais sur le cœur. Sinon, j'étais mal barré.

Quatorze m'a fait suivre un sentier tortueux jusqu'à une clairière de la taille d'un court de tennis. Cet endroit était complètement banal. Pas d'appareils, pas de signe particulier. Le challenger vert était déjà là, de l'autre côté, avec son dado de service qui ressemblait comme un frère à Quatorze. J'ai salué le vert d'un hochement de tête. Il m'a jeté un regard noir. Il n'appréciait pas que je lui aie volé la vedette. Pourvu que sa colère joue à mon avantage… Je devais garder mon calme. La fureur faisait commettre des erreurs. Mon moral est remonté d'un cran…

Jusqu'à ce que je découvre la première épreuve. Soudain, j'ai perdu tout espoir d'oublier que le sort de Halla dépendait de ce jeu. D'abord, Nevva ne m'y avait pas préparé. Ensuite, j'y avais déjà joué auparavant. Et j'étais bon à ce jeu, même si ce n'était pas gagné pour autant. Le problème, c'est que j'y avais déjà joué… sur un autre monde. Dès que j'ai vu l'équipement, j'ai su que Veego et LaBerge l'avaient piqué sur Zadaa. Une fois de plus, les territoires se mélangeaient.

J'ai dû m'obliger à ne plus y penser. Quatorze m'a aidé à enfiler mon harnachement. Il m'a tendu des bandes élastiques pour couvrir mes biceps et mes genoux. Chacune d'elles comprenait une pointe ronde d'une dizaine de centimètres qui se dressait comme une corne rouge. Il m'a aussi donné un casque léger avec le même genre de pointe à son sommet. Avant même de l'avoir vu, j'ai su en quoi consisterait le dernier accessoire. C'était un lourd bâton de bois de presque deux mètres. Lorsque Quatorze me l'a tendu, je l'ai soupesé et j'en ai conclu que c'était une bonne réplique de ceux de Zadaa. Pour autant que je sache, peut-être même qu'il venait de ce monde.

— Bonne chance, Pendragon, a dit Quatorze.

— C'est du tout cuit, ai-je répondu en lui faisant un clin d'œil.

J'avais décidément de la sympathie pour ce robot. Contrairement à tous les humains que j'avais croisés sur Quillan, il semblait n'avoir rien à cacher.

Veego et LaBerge sont sortis de la forêt : ils avaient revêtu leurs plus beaux habits pour l'occasion. Veego portait sa combinaison violette, mais celle-ci avait des ourlets dorés. LaBerge était bien plus voyant : avec sa robe multicolore, on aurait dit un personnage ridicule de conte de fées. Ils n'avaient pas l'air très joyeux ; même LaBerge n'était pas aussi extraverti et agaçant que d'habitude. Veego a fait signe à son frère d'aller au centre de la clairière pendant qu'elle se dirigeait vers moi. Je n'aimais pas la lueur qui brillait dans ses yeux. Elle cherchait à se maîtriser.

— Belle journée pour un tournoi, pas vrai ? ai-je lancé gaiement.

— Ça ne marchera pas, a-t-elle fait entre ses dents serrées.

— Qu'est-ce qui ne marchera pas ?

— Tu ne réussiras pas à détruire ces jeux.

— Ben quoi ? ai-je demandé innocemment. Je suis là, prêt à participer.

— Personne n'a parié… ni sur l'un, ni sur l'autre ! a-t-elle sifflé.

Elle en tremblait de rage contenue. Des larmes de colère ont brillé dans ses yeux. Mais elle a gardé son self-control.

— C'est le Grand X ! Habituellement, les paris sont trois fois plus importants. On dirait que ton discours insidieux a fait son petit effet.

J'ai dû me retenir de sourire. Ce n'était pas seulement mon discours, mais aussi les adeptes du Renouveau. Ils avaient transformé le Grand X en un combat politique, dans lequel les habitants avaient démontré à Blok qu'ils étaient prêts à reprendre le contrôle de leur vie. Il y avait vraiment une chance pour que le peuple de Quillan réussisse à tout changer. Mais je n'allais pas m'en vanter devant Veego.

– Qu'est-ce que vous voulez que je vous dise ? Peut-être qu'ils attendent la dernière épreuve. Pour voir comment tourne le vent, ou quelque chose comme ça.

– J'espère pour toi que tu as raison ! a-t-elle répondu, avant de tourner les talons pour rejoindre LaBerge.

– Je ne l'ai jamais vue dans une telle colère, a remarqué Quatorze.

– Alors ne t'éloigne pas. Ce n'est qu'un début.

Une fois au centre du champ, à côté de LaBerge, Veergo nous a fait signe de venir, au challenger vert et à moi. On est partis vers eux, chacun de notre côté. J'ai vu que, comme moi, le challenger vert avait mis ses piques de bois. Bien sûr, les siennes étaient vertes. Ses yeux étaient rivés sur moi. Il faisait de son mieux pour m'intimider. Je suis resté impassible.

– Je vais vous expliquer les règles, a dit Veego.

– Ne prenez pas cette peine, ai-je répondu. Je connais ce jeu.

Le vert s'est légèrement crispé. Là, j'avais peut-être poussé le bouchon trop loin. Je ne voulais pas dévoiler mes cartes.

– Moi aussi, a-t-il grogné, menaçant. Allons-y.

– Très bien, a conclu Veego. Que sonne la cloche.

Veego et LaBerge se sont éloignés. Au passage, ce dernier m'a jeté un regard étonné.

– Comment peux-tu connaître ce jeu ?

– Vous ne saviez pas que j'étais un Batu ? ai-je répondu.

– Vraiment ? a fait LaBerge, stupéfait.

Il s'est tourné rapidement vers Veego. Celle-ci n'a pas réagi. Apparemment, LaBerge ne se souvenait pas de m'avoir vu sur Veelox, et Veego n'avait même pas pris la peine de l'en informer.

Je me suis concentré sur le challenger vert. Il ne savait pas ce qui l'attendait. J'en avais presque pitié pour lui. Presque. J'avais souvent vu les guerriers de Zadaa jouer à ce jeu. J'avais vu Loor triompher. Lorsqu'elle m'avait fait subir son entraînement au camp Mooraj, on l'avait pratiqué avec acharnement. Vous connaissez les règles : il suffit de casser les piques de votre adversaire à l'aide du bâton. Le premier qui abat toutes celles de son adversaire a gagné. C'est aussi simple que ça.

Le challenger vert et moi, on s'est regardés droit dans les yeux.

– Tu n'aurais jamais dû revenir, a-t-il dit.

369

– Pourquoi ? Tu as peur de perdre ?

J'ai vu ses yeux s'écarquiller. J'avais touché juste. On allait bien voir. J'ai serré mon bâton et fléchi mes jambes. Je me sentais tout à fait à l'aise. C'était comme de monter à vélo.

La cloche a sonné. Le vert s'est jeté sur moi si vite et avec une telle férocité que je n'ai pas eu le temps de réagir. Il m'a donné un coup de boule en pleine poitrine qui m'a projeté à terre en me coupant le souffle. Alors il a jeté son bâton et lutté pour m'arracher mes piques. Ce n'était pas très régulier, mais dans ces jeux il n'y avait pas grand-chose de régulier. Je devais faire quelque chose, et vite, ou ce combat serait fini avant même d'avoir commencé. Il m'avait déjà arraché deux pointes et visait la troisième quand je lui ai flanqué un coup de coude en pleine mâchoire. Il ne s'y attendait pas. Il a roulé sur le côté. J'ai fait pareil de l'autre et je me suis relevé.

Le challenger vert ne m'a pas donné le temps de reprendre mes esprits. Il a foncé à nouveau, sans son bâton. Il ne faisait pas dans la subtilité. La force brutale lui suffisait. On aurait dit un taureau furieux. Je me suis penché, comme pour reprendre mon souffle, mais je l'attendais de pied ferme. Il a sauté sur moi en poussant un grand cri. J'ai levé mon bâton et je l'ai frappé en plein dans l'estomac.

– Houmpf ! a-t-il grogné.

D'une main experte, j'ai retiré mon bâton et je l'ai fait tournoyer à gauche, puis à droite, arrachant les piques de ses deux bras. Dans ce combat, les choses étaient claires : ce serait l'habileté contre la force brute. Le vert a reculé, ce qui était sage. Sinon, le combat se serait terminé aussitôt. Tout en massant son estomac, il m'a lancé un regard furieux.

– À te voir manier cette arme, on dirait que tu t'y es entraîné.

– Non, tu crois ? ai-je rétorqué.

Le vert a ramassé son bâton pour passer aussitôt à l'attaque, plus prudemment cette fois-ci. Il tenait son arme en position basse, braquant une extrémité vers moi comme une lance. J'ai failli éclater de rire ; ce type ne savait pas ce qu'il faisait. Il a frappé plusieurs fois, mais j'ai paré sans mal tous ses coups. Ça m'a donné l'occasion de reprendre mon souffle. Je n'avais qu'à attendre qu'il fasse une erreur. Ça n'a pas tardé. Il a fait quelques pas en arrière, puis il m'a lancé le bâton comme un épieu. Il a enchaîné sur-le-champ, chargeant vers moi tout en poussant un cri de guerre terrifiant. Ben voyons. On s'y croirait.

Je n'ai eu aucun mal à dévier le projectile. Quand il a plongé, j'ai feinté, ce qui l'a fait hésiter. Puis j'ai planté l'extrémité du bâton entre ses genoux et j'ai poussé. Déséquilibré, le vert s'est affalé au sol. Sans douceur. Avant qu'il se relève, j'ai arraché toutes les pointes de ses jambes. Il ne restait plus que celle sur sa tête. Il allait rouler sur lui-même et se relever quand j'ai posé le bout du bâton sur son cou, le clouant au sol.

– C'est fini, ai-je dit. Jette la dernière pointe et je ne te ferai aucun mal.

On aurait dit que je l'avais aspergé d'acide. Il a poussé un cri de fureur et il a essayé de se relever. Trop tard. J'ai tenu bon et je lui ai arraché la pique de son casque.

Une sirène a résonné. Le match était fini. Vainqueur : Challenger rouge !

J'ai reculé sans lâcher mon bâton, prêt à réagir au cas où il m'attaquerait à nouveau. Il est resté allongé un instant, hors d'haleine. Quand il s'est rassis, il a hoqueté :

– Ça ne rendra ma victoire que plus douce.

– Si tu le dis, ai-je répondu en reculant.

Pas question de lui tourner le dos. J'ai continué comme ça jusqu'à rejoindre Quatorze.

– C'était impressionnant, a-t-il dit sans la moindre émotion.

– Tu crois qu'il n'est pas content ? ai-je répondu avec un petit rire.

– C'est la première fois que quelqu'un bat le challenger vert. La toute première. Alors oui, je dirais qu'il n'est pas content.

Le challenger vert s'est relevé et s'est dirigé vers son propre dado à grandes enjambées furieuses. J'avais remporté la première manche. J'avais eu la chance de tomber sur une arme dont je connaissais bien le maniement, mais je n'aimais pas l'idée qu'elle vienne de Zadaa.

La deuxième manche a été tout aussi inquiétante. On nous a emmenés au plus profond de la forêt, toujours dans des véhicules séparés. Quand on est enfin arrivés dans une clairière, j'ai vu qu'on s'approchait d'un vaste réservoir d'eau circulaire. Il était vraiment immense. Il devait bien faire trois étages de haut et quarante mètres de diamètre. Je savais qu'il contenait de l'eau parce que ses parois étaient transparentes.

– Qu'est-ce que c'est ? ai-je demandé à Quatorze. Une compétition de natation ?

– Pas tout à fait.

Il m'a conduit à un ascenseur qui nous a menés tout en haut. Ça ne me disait trop rien. Nevva ne m'avait jamais parlé d'un jeu se déroulant dans un réservoir d'eau.

– Tu as parlé à Nevva Winter ? ai-je demandé à Quatorze.

– J'ai bien peur que non. Je ne vous ai pas quitté un seul instant.

Évidemment... Pendant qu'on s'élevait dans les airs, j'ai regardé autour de moi et cherché Nevva des yeux. Elle était censée se trouver là au cas où le pire se produirait. J'imagine qu'elle était dans les parages, surveillant de près les opérations, prête à intervenir s'il le fallait.

L'ascenseur a atteint le sommet. Un pont menait à une plate-forme située au centre du réservoir. Veego, LaBerge et le challenger vert m'attendaient.

– Trouve Mlle Winter, ai-je ordonné à Quatorze.

J'ai traversé le pont pour rejoindre mon adversaire pendant que Quatorze redescendait en ascenseur. Tous trois m'ont regardé plutôt méchamment. On n'en avait à peine fini avec la première épreuve et je leur cassais déjà les pieds. Ça me plaisait bien.

– C'est un vrai petit Aquaboulevard que vous avez là, ai-je dit.

Pas de réactions. Ça ne m'étonnait pas vraiment.

– C'est une épreuve chronométrée, a expliqué Veego, à moi et au reste de Quillan. Celui qui reste au sommet le plus longtemps a gagné.

J'en ai conclu que ça devait être une sorte de combat sur la plate-forme où il fallait faire tomber son adversaire.

Grave erreur.

LaBerge a sorti deux globes qui, malheureusement, m'étaient plus que familiers.

– Où est-ce que vous les avez trouvés ? ai-je demandé.

Ils n'ont pas répondu. Ce n'était pas la peine ; je connaissais la réponse. C'étaient des globes respiratoires de Cloral[1]. Ça, c'était encore plus dérangeant que de copier un jeu de Zadaa. Vous savez comment marchent ces appareils. Ils sont faits d'un matériau extrait des minéraux de Cloral. Quand on passe ce machin sur sa tête, il devient mou et s'adapte à la forme de votre visage comme un casque imperméable. Le gadget argenté attaché au sommet est un embout respiratoire qui transforme l'oxyde de carbone en oxygène. Avec ces globes, on peut respirer et communiquer sous l'eau. S'ils étaient là, sur Quillan, ça signifiait que Veego et LaBerge ne faisaient pas que piller des idées provenant d'autres territoires, mais importaient aussi des objets et des technologies. Bref, des choses qui n'auraient pas dû être sur Quillan.

Et je n'étais pas au bout de mes peines.

– Comme il a remporté la première épreuve, a repris Veego, le challenger rouge a droit à un avantage de dix clics.

Ouais, super.

Le challenger vert voulait s'y mettre sans tarder. Il n'aimait pas rester à la traîne. Sans attendre les instructions, il a pris un des globes d'un geste furieux et il a passé sa tête par le trou. Le globe a moulé les contours de son crâne. Mon estomac s'est retourné. Il y avait vraiment un problème. Je n'osais pas imaginer les conséquences de ces transferts de technologie entre territoires.

– On est censés faire quoi, exactement ? ai-je demandé.

– Tu ne le sais pas déjà ? a répondu Veego d'un air fat. Tu vas devoir chevaucher un poisson tournis.

J'enrageais. Ces poissons eux aussi étaient originaires de Cloral. Ils importaient également des êtres vivants d'autres territoires ! Avec quelles conséquences ? Ça pouvait être le début d'une catastrophe écologique.

Le jeu, je le connaissais. Spader l'appelait le « tournicotis ». vous vous souvenez ? Ces poissons étaient longs et minces, comme des dauphins maigrichons. Il fallait arriver en douce derrière l'un d'entre eux, agripper la protubérance à l'arrière de

---

1. Voir Pendragon n° 2 : *La Cité perdue de Faar.*

son crâne, passer ses jambes par-dessus et le chevaucher comme un bronco. L'ennui, c'est que dès que vous en teniez un, il se gonflait comme un poisson-globe, et c'était superdur de tenir. Le pire, c'est que je n'avais jamais été très bon à ce jeu-là.

Le challenger vert a sauté dans l'eau les pieds en avant. De l'autre côté du réservoir, il y avait un écran qui nous permettait de le voir. Ça devait être la même image qui était diffusée dans Quillan. Au-dessus, un compteur digital affichait deux zéros. Sous mes yeux, le vert a plongé et a nagé d'une brasse puissante vers le fond du réservoir. Plusieurs poissons tournis étaient en train de vagabonder paisiblement. Ils étaient gros et lents. C'était facile d'en chevaucher un. Mais quand ils réalisaient la menace, ça devenait plus compliqué.

Le challenger vert s'est positionné juste au-dessus d'un des grands poissons. Il s'est approché le plus possible sans le toucher et a saisi sa bosse en refermant ses jambes autour de ses flancs. Aussitôt, le poisson a triplé de volume et s'est cabré. Le vert s'est cramponné des deux mains. Il n'était peut-être pas agile, mais il était fort. Dès que le poisson s'est mis en mouvement, l'horloge s'est mise en marche. Je ne savais toujours pas combien de temps durait un « clic », mais ça semblait proche d'une seconde. L'horloge a décompté cinq, puis dix. Le vert a lâché prise d'une main, mais l'autre tenait bon. Il ne pourrait plus rester en selle bien longtemps. Finalement, d'une dernière ruade, le poisson a délogé le challenger et est parti. Le temps : vingt-deux clics.

Je ne pourrais jamais faire mieux.

– Il n'y avait pas une pénalité ? ai-je demandé.

Sur l'horloge, le chiffre vingt-deux a été remplacé par un dix – mon bonus pour avoir remporté la première épreuve. C'était mieux que rien mais, même avec cet avantage, je ne pourrais jamais me cramponner assez longtemps pour battre le vert. Ça faisait très longtemps que je n'avais pas joué à ce jeu. Cela dit, aujourd'hui, j'étais mieux entraîné et plus fort. Il y avait toujours de l'espoir.

Alors que le challenger vert sortait de l'eau, LaBerge m'a tendu un des globes respiratoires. J'ai passé ma tête par l'ouverture et j'ai ressenti la sensation familière du matériau moulant mon crâne. Cette fois, le challenger vert a levé les yeux et a levé le poing avec un cri triomphal.

Je voulais en finir le plus tôt possible. Sans un mot de plus, j'ai sauté à mon tour dans l'eau et j'ai nagé vers le fond.

Là, trois poissons tournis n'attendaient que moi. Or, après ce qui était arrivé à l'autre, ils auraient dû être sur le qui-vive. Peut-être étaient-ils aveugles, ou complètement stupides. Peu importe. Ce qui comptait, c'était que je puisse en chevaucher un pendant treize clics. J'ai choisi celui qui me semblait être le plus petit et j'ai fondu sur lui ; il n'a pas remarqué ma présence. J'ai inspiré profondément, j'ai tendu les mains et agrippé sa bosse.

L'épreuve a bien failli se terminer avant même de commencer. Le poisson a réagi si vite que j'ai presque lâché prise. Ma main gauche a brassé l'eau. J'avais intérêt à me ressaisir ou je ne durerais même pas trois clics. Mes doigts se sont refermés sur la crête au moment pile où le poisson se gonflait. J'ai écarté les jambes, ce qui ne m'a pas facilité la tâche. Il est devenu si gros que j'ai eu du mal à le chevaucher. Le poisson tournis s'est tortillé comme une anguille, puis soudain il a basculé. Je me suis retrouvé la tête en bas ! Mais pas question de lâcher prise. Je tenais bon. Cela m'a redonné un peu d'espoir. Il suffisait que je tienne treize clics…

Ma monture s'est redressée, puis a viré à quatre-vingt-dix degrés pour repartir dans la direction opposée. Là, il m'avait eu. J'avais passé tout mon poids sur le côté pour contrer son premier mouvement. Mais dès qu'il a fait demi-tour, j'ai su que j'étais cuit. D'un vigoureux coup de queue, il s'est dégagé et a foncé vers le fond. Il ne me restait plus qu'à remonter et regarder mon temps. Enfin, je ne m'inquiétais pas trop. Il y avait de fortes chances que j'aie tenu assez longtemps.

Quand j'ai crevé la surface, j'ai vu que mon temps – mon avantage de dix clics compris – était de vingt. Raté de trois clics. En remontant sur la plate-forme, je pouvais m'imaginer ce qui devait clignoter sur les écrans de Quillan : VAINQUEUR : CHALLENGER VERT ! Déprimant. En retirant mon globe, j'ai vu que Veego était tout sourires. Elle prétendait se moquer du résultat, mais c'était faux. Elle voulait me voir échouer.

– Une épreuve chacun, a-t-elle annoncé. Il en reste encore une avant la pause.

Après être redescendus par l'ascenseur et avoir traversé la clairière, on s'est retrouvés au bord d'une forêt de pin très dense. Les arbres étaient tellement serrés que le bois paraissait artificiel. Les premières branches commençaient à trois mètres de haut, donc j'avais sous les yeux une forêt de troncs. Apparemment, il n'y avait que quelques dizaines de centimètres entre chacun d'eux. La forêt elle-même semblait mesurer une centaine de mètres de large. Impossible d'estimer quelle surface elle couvrait. Ça devait faire partie du jeu.

Veego et LaBerge se tenaient face à nous, dos aux arbres. LaBerge était en plein délire :

– C'est mon jeu préféré. Là, dans ce labyrinthe, se cachent six drapeaux. Trois verts, trois rouges. Votre but sera d'entrer dans la forêt, de trouver vos trois drapeaux et de regagner l'autre côté, où nous vous attendrons. Le premier à nous rejoindre avec ses trois drapeaux aura gagné !

Il a frappé dans ses mains et s'est marré comme un gamin. Je ne voyais pas pourquoi c'était son jeu préféré. Il n'y avait pas de quoi en faire un fromage. Cependant, c'était encore une épreuve dont Nevva ne m'avait pas parlé. Cela dit, il devait y avoir des centaines de jeux sur Quillan. Elle ne pouvait pas tous les connaître. Enfin, j'aurais aimé qu'elle m'ait présenté l'un d'entre eux au moins.

Bon, celui-ci n'avait pas l'air très compliqué. Tout ce qu'il fallait faire, c'était trouver ces drapeaux. Et comme ils pouvaient être n'importe où, le vainqueur serait celui qui avait le plus de chance. Ça ne demandait pas de compétences particulières et ça n'était pas très dangereux.

– Comme le challenger vert a remporté la précédente épreuve, a dit Veego, il a dix clics d'avance.

Ça me paraissait si aléatoire comme jeu que les dix clics de pénalité n'avaient pas beaucoup d'importance.

– Prêt ? a renchéri LaBerge. Que la cloche sonne. Challenger rouge, attends qu'on te laisse partir.

Ils se sont écartés tous les deux, la sirène a retenti, et le challenger vert s'est précipité pour disparaître entre les arbres.

– C'est ça, votre jeu préféré ? ai-je demandé à LaBerge. Je ne comprends pas.

– Oh, ça va venir, a-t-il répondu d'un air rusé.

Je n'ai pas aimé la façon dont il a dit ça.

– Tu es prêt, challenger rouge ? a demandé Veego.

– J'attends votre signal.

– Trois, deux, un… zéro !

Fump !

Mon bras gauche s'est paralysé, comme si j'avais reçu une décharge d'un de ces pistolets dados, sauf que cela ne touchait que mon bras. Impossible de le lever.

– Ne t'en fais pas, a dit Veego, l'effet est temporaire. Essaie de sauver tes jambes.

Mes jambes ? On me tirait dessus ? Mais qui ? Du coin de l'œil, j'ai surpris un mouvement. J'ai scruté la forêt et j'ai vu une silhouette disparaître entre les arbres. En tout cas, c'était bigarré. J'ai cru voir un éclair jaune et rouge. Un animal ? Mais quel animal avait des couleurs pareilles ? Et lequel savait manier un pistolet tranquillisant ? Je me suis demandé sur quel territoire Veego et LaBerge avaient dégoté une telle créature.

– Tu ferais mieux de te dépêcher, challenger rouge, a dit LaBerge. Ils sont vifs comme l'éclair.

Je me suis tourné vers la forêt, et là, je l'ai vu. J'ai aussi compris pourquoi c'était le jeu préféré de LaBerge. Ce n'était pas un animal, et ça ne venait pas non plus d'un autre territoire. Entre les troncs se tenait une créature d'une trentaine de centimètres tout au plus. C'était un robot mécanique. Après mon expérience avec les araignées-quigs, je savais qu'ils allaient me donner du fil à retordre. Ils pouvaient courir, se cacher et tirer. Mais il y avait un détail qui me déplaisait encore plus.

C'était un clown.

Je vous ai déjà dit à quel point j'ai horreur des clowns ?

QUILLAN

C'était des micro-dados en forme de clowns. Je n'ai pas pris le temps de demander comment ils fonctionnaient. Si les gens de Quillan pouvaient fabriquer des dados grandeur nature, ils pouvaient en faire de plus petits. Mais déguisés en clowns ? Ce LaBerge était un dingue.

– Cours, challenger rouge ! a crié LaBerge, tout joyeux.

Pauvre type.

J'ai foncé vers les arbres, traînant mon bras inerte. Si un de ces clowns me touchait à la jambe, j'étais fichu. Pourvu qu'ils s'en prennent aussi au challenger vert. Le nabot qui m'avait touché au bras a jeté son pistolet pour se précipiter vers moi. Il était drôlement rapide. J'ai foncé vers les arbres pour garder un avantage sur ce petit monstre. Je retrouvais déjà des sensations dans mon bras. Oui, les effets étaient bien temporaires. Sans doute parce que les pistolets étaient minuscules.

Je ne savais même pas où aller. Au moins, mes jambes étaient plus longues que celles du clown, donc j'ai pu mettre un peu de distance entre lui et moi. J'ai atteint un grand arbre, j'en ai fait le tour et je m'y suis adossé, tendant l'oreille pour entendre le son de ses petites chaussures rouge vif.

Rien. Je l'avais semé. Ou il m'avait semé. Peu importe. Je me suis retourné pour reprendre mes esprits… et j'ai vu un autre de ces miniclowns assis sur une branche juste au-dessus de ma tête. Il braquait son pistolet doré droit sur moi. Son visage était tout blanc, sa bouche et ses yeux bordés de rouge. Un vrai cauchemar. Il m'a souri et il a ouvert le feu.

Fump !

J'ai plongé sous l'arbre. La décharge a explosé contre le tronc. Le petit monstre a couru sur la branche pour venir se planter juste devant moi. J'étais fichu. Je ne pouvais pas m'enfuir. Il n'avait plus qu'à me tirer comme un lapin. Pourtant, il ne l'a pas fait. Il a lâché son arme et m'a sauté dessus ! Il s'est reçu sur mon épaule, il m'a serré le cou et il m'a mordu. Aïe ! Je l'ai arraché et projeté brutalement contre un tronc d'arbre. Il a rebondi avant de tomber par terre, puis il s'est relevé aussitôt, comme si de rien n'était, et il a bondi sur moi.

Je suis parti en courant. J'avais appris deux petites choses à propos de ces monstres. *A priori*, leurs pistolets ne tiraient qu'un coup. Ça, c'était plutôt une bonne nouvelle. Ensuite, ils aimaient mordre. Ça, c'était déjà moins enthousiasmant. Plus que jamais, j'avais horreur des clowns.

J'ai couru comme un dératé à travers la forêt, en guettant ces éclairs de couleurs qui signalaient une embuscade. Je ne pensais qu'à leur échapper. C'était dur de courir tout en évitant de se cogner contre les troncs. J'avais complètement oublié le but du jeu quand je suis tombé sur un drapeau rouge. Parfait ! Il avait la taille d'un bandana et il était accroché à un arbre. Je l'ai arraché, je l'ai fourré dans ma poche et j'ai continué de courir. Peu importait dans quelle direction. Impossible de dire où je me trouvais, ni où pouvait bien être le drapeau suivant.

Fump !

Je l'ai entendu avant de le sentir. Ma jambe gauche est devenue inerte. Je suis tombé sur mon bon genou et je me suis retourné pour voir un petit clown dans un costume rayé avec de gros boutons bleus courir vers moi en hurlant. Impossible de fuir. Il fallait combattre. Ce petit monstre s'est jeté sur moi en claquant des mâchoires. Je l'ai saisi au vol et l'ai projeté contre un arbre. Il a rebondi, est retombé sur le sol et s'est aussitôt remis sur ses pieds pour attaquer à nouveau. Pas moyen de l'arrêter. On aurait dit qu'il était en caoutchouc. Enfin, sauf ses dents. Elles étaient dures et tranchantes comme de l'acier.

Sans son pistolet, il ne pouvait pas me faire bien mal, mais il me compliquait sacrément la tâche. Il faudrait faire avec en attendant que les sensations reviennent dans ma jambe. Il m'a sauté dessus, je l'ai attrapé mais, cette fois, au lieu de le jeter contre un arbre, je l'ai balancé le plus loin possible. J'ai eu de la chance : le petit Gremlin a volé entre les arbres sans s'arrêter de hurler. Dès que je l'ai lâché, j'ai frotté ma jambe pour restaurer la circulation. Je me suis appuyé contre un tronc et je me suis relevé en secouant le pied…

Et deux autres clowns m'ont sauté dessus. J'ai perdu l'équilibre et me suis affalé pendant qu'ils me griffaient et qu'ils me mordaient les épaules. Je les ai arrachés tous les deux et je les ai plaqués l'un contre l'autre ; dans leur frénésie, ils se sont mordus mutuellement ! Quelle bande d'idiots ! Je me suis retourné et je les ai balancés à leur tour. À ce stade, ma jambe avait repris assez de vitalité pour que je puisse repartir en boitillant. J'avais à peine fait quelques mètres quand j'ai vu un autre drapeau rouge ! Incroyable ! Je me suis propulsé vers mon trophée, traînant ma jambe derrière moi. Comme je n'avais toujours pas entendu de sirène, on pouvait penser que le challenger vert ne s'en tirait pas mieux que moi. Il n'y avait plus qu'à prier pour qu'il fasse pire. J'étais toujours dans la course.

Je me suis approché du drapeau. Pas de clown en vue. J'allais le saisir quand j'ai reçu un coup de poing. Le challenger vert était revenu. Il s'était caché derrière l'arbre au drapeau pour m'atteindre. Je n'avais aucune chance de lui tenir tête. Il a cogné si fort qu'il m'a envoyé à terre, ce qui n'était pas si dur, vu qu'une de mes jambes était presque paralysée. Il m'a sauté dessus, a planté un genou dans ma poitrine et s'est penché jusqu'à toucher mon nez.

— Je te tuerai plutôt que te laisser gagner, a-t-il menacé.

Il a tiré un couteau, le même qu'il avait utilisé pour couper la corde et tuer son dernier adversaire, et l'a passé sur ma gorge.

— Ou plutôt, je vais t'égorger ici et maintenant et me débarrasser de toi une bonne fois pour toutes.

J'ai senti ses postillons sur ma joue.

— On n'est pas seuls, ai-je dit. Tout Quillan nous regarde. C'est comme ça que tu veux l'emporter ? Si tu me tues, tout le monde saura que tu l'as fait parce que tu te savais incapable de me vaincre. C'est l'image que tu veux laisser du grand challenger vert ? Même pas fichu de gagner à la loyale ? Réduit à assassiner ses adversaires ?

Je l'ai senti hésiter. Il était sans scrupule, mais il avait un ego. Il aimait être le champion. Il a retiré le couteau et l'a remis dans sa botte.

– Donc, tu veux gagner ? a-t-il raillé. Alors tu as intérêt à te secouer un peu.

Il a éclaté de rire puis est reparti en courant au milieu des arbres. Je me suis relevé en me frottant la gorge. Il s'en était fallu de peu – très peu. S'il avait une autre occasion de me tuer, j'étais sûr qu'il n'hésiterait pas. Ce n'était pas un vrai tournoi, c'était la loi de la jungle. Le fort dévorait le faible – quelque chose de ce genre. Ou plutôt c'était de la folie furieuse, tout simplement. Je me suis relevé lentement et j'ai testé ma jambe. Ça pourrait aller. Mais le tournoi était fini. Je n'avais pas l'ombre d'une chance. Tout ce qu'il me restait à faire, c'était d'éviter les clowns jusqu'à ce que le challenger vert atteigne la ligne d'arrivée avec ses drapeaux. Je suis parti dans la direction qui devait être celle de cette ligne d'arrivée. Peut-être que les clowns savaient que j'avais abandonné, parce qu'ils m'ont fichu la paix. En fait, je suis même tombé sur le dernier drapeau. J'allais le laisser là où il était, mais finalement je l'ai pris tout de même. Après tout…

Quelques minutes plus tard, j'en entendu la sirène annonçant la fin du tournoi. VAINQUEUR : CHALLENGER VERT. Content pour lui. Maintenant, c'était la pause. J'en avais bien besoin. Et je devais parler avec Nevva.

Lorsque je suis enfin arrivé de l'autre côté des troncs, Quatorze m'y attendait. On est monté dans ce chariot électrique, et il nous a ramenés au château.

– Ça fait deux à un, a-t-il dit. L'important, c'est que vous êtes toujours dans la course.

– Oui, ça me remplit de joie, ai-je répondu ironiquement. Tu as trouvé Nevva Winter ?

– Elle n'est pas là.

– Comment ça ? ai-je repris. Elle a dit qu'elle serait présente pour le tournoi.

– J'ai demandé auprès de Blok. Ils m'ont dit qu'elle suivait le Grand X depuis la ville, avec les membres du conseil d'administration.

J'ai regardé droit devant moi en cherchant à comprendre. Elle aurait dû être là ! Elle me l'avait promis ! Un événement imprévu avait dû la retenir. Pourvu qu'il ne lui soit rien arrivé ! Est-ce qu'on l'avait démasquée ? Nevva était une Voyageuse. Elle savait à quel point tout ceci était sérieux. Cela dit, elle n'avait pas été là non plus pour aider Remudi, quand les choses avaient mal tourné. Pourtant, on en était à un moment crucial. Peut-être que sa triple identité avait fini par la rattraper. Elle avait certainement une bonne raison de ne pas être là, mais laquelle ? J'ai décidé de ne pas me démoraliser. Mon but restait le même. Cela dit, j'étais mal parti : deux à un. Le challenger vert menait. Je devais me concentrer sur les épreuves.

Une fois arrivés au château, Quatorze m'a ramené à ma chambre et s'est arrêté devant la porte.

– Je vais chercher à en savoir plus sur Mlle Winter, a-t-il dit. Cela semble très important pour vous.

– Merci. Tu es un vrai ami.

– Un ami ? Personne ne m'a jamais considéré comme un ami.

– Eh bien, il y a un début à tout. Combien de temps est-ce qu'il me reste ?

– Je ne sais pas, a-t-il répondu. Je vais revenir vous le dire le plus tôt possible. Essayez de prendre un peu de repos.

J'étais crevé. Pas seulement fatigué – mais mort. Je n'avais pas vraiment envie de me coucher et de dormir, juste de reprendre mon souffle et mes esprits. Je me suis traîné jusqu'au lit et me suis allongé sur le dos.

Je m'étais à peine allongé pour regarder le plafond que mon lit a traversé le plancher ! Une sorte de trappe venait de s'ouvrir. Je l'ai vue se refermer, me coupant de la lumière. Je tombais dans des ténèbres totales. Je me suis vite cramponné aux deux côtés du lit : je ne savais pas quand je toucherais le fond. Ma chute n'a duré que quelques secondes et a été bien moins incontrôlée que je ne le croyais. En fait, mon lit descendait lentement. Une fois en bas, le choc a été minime.

Je n'ai pas bougé. Il n'y avait rien à voir. Rien du tout. J'étais dans le noir complet. Mais cette salle avait l'air vaste.

– Tu es prêt, challenger rouge ? a lancé une voix railleuse qui a résonné dans le vide.

C'était LaBerge. Il devait parler dans un micro.

– Prêt pour quoi ?

LaBerge a éclaté de rire.

– Ahh ! c'est ta pénalité pour avoir perdu l'épreuve de la forêt des clowns.

La forêt des clowns. C'est comme ça qu'il l'appelait ? C'était nul.

– Comment ça ? C'est quoi, ma pénalité ?

– C'est… que tu devras jouer sans connaître les règles de ce jeu. Bonne chance ! a-t-il ajouté avec un petit rire.

Il n'y avait pas de pause. La quatrième épreuve avait déjà commencé.

Journal n° 27
(suite)

QUILLAN

J'étais déjà passé par là. Je savais ce que c'était que d'être dans le noir, vulnérable. Loor m'y avait habitué. Elle m'avait appris à utiliser mes autres sens. À écouter, à ressentir. Je savais comment faire. Je me suis aplati sur le lit tout en contrôlant ma respiration. Si le challenger vert était dans le coin, je sentirais sa présence avant qu'il attaque.

Je n'ai rien entendu. Rien ressenti. J'avais l'impression de flotter dans les limbes. J'ai gardé mon sang-froid. Bouger aurait été une erreur.

Enfin, un bruit. Pas un être vivant... quelque chose. Quelque chose de rapide. On aurait dit que c'était passé au-dessus de ma tête. Ça n'a pas duré plus d'une seconde, mais ça a émis un sifflement aigu en cours de route. Puis j'en ai entendu un second. Ça semblait provenir d'une autre direction. Ce son a vrillé les ténèbres pour disparaître aussitôt. Pas de doute, quelque chose volait au-dessus de moi. Quand il est repassé, il a frôlé ma tête. J'ai senti un souffle d'air. C'était rapide. Comme je ne voulais pas qu'il me rentre dedans, je suis resté sur le dos, à tendre l'oreille.

Encore quelques passages, plus ou moins loin. Tous rapides. Qu'est-ce que c'était ? D'accord, on ne m'avait pas expliqué les règles de ce jeu, pourtant quelque chose ne collait pas. J'étais dans le noir absolu. Alors comment le reste de Quillan pouvait-il voir ce qui se passait ?

Comme pour répondre à ma question, une lumière brillante a envahi la pièce. Elle était si éblouissante que je n'y voyais pas plus que qu'avant. Au même moment une musique électronique gaie et assourdissante, comme celle qu'on passait dans les fêtes entre challengers, a retenti. Elle était si forte que je n'entendais plus cette chose voleter dans la salle. En fait, c'était pire que l'obscurité. On m'avait retiré deux de mes sens. Je me suis forcé à rester sur le dos. Mes yeux se sont accoutumés à la lumière, et j'ai pu distinguer des formes. La salle elle-même était complètement blanche, de bas en haut. Les lampes étaient au plafond et bougeaient au rythme de la musique. Il y en avait des centaines, chacune éclairant une direction différente.

J'ai remarqué un éclair argenté à quelques dizaines de centimètres au-dessus de ma tête. Ça devait être ce qui produisait ce bruit, même si la musique couvrait maintenant ses mouvements. Pas moyen d'y voir avec cette lumière éblouissante. Où est-ce qu'il était ? J'ai commencé à me sentir un peu trop vulnérable à mon goût, allongé sur ce lit. J'ai roulé sur le sol, mais je suis resté accroupi, bien caché derrière le meuble. J'ai jeté un coup d'œil par-dessus le matelas pour voir qu'un éclair argenté se dirigeait vers moi. Là, je ne l'ai pas lâché des yeux. Il est passé au-dessus de ma tête et a continué son chemin jusqu'à un mur à quelques mètres de là. Mais bon sang, qu'est-ce que c'était ? J'étais assez près de ce mur pour pouvoir m'y rendre. Je me suis mis à plat ventre et j'ai rampé à la façon d'un soldat jusqu'au mur. Une fois arrivé, j'ai levé les yeux… Et en voyant ce qui produisait ce bruit, mon estomac s'est retourné. C'était un disque argenté. Il ressemblait à un CD, sauf qu'il était planté dans la cloison. Un CD n'est pas assez tranchant pour ça. J'ai alors compris que les sons que j'entendais ne venaient pas d'une seule direction. Dans cette salle blanche, le jeu consistait surtout à éviter des Frisbee mortels qui arrivaient de partout. Soudain, les clowns miniatures n'avaient pas l'air si terribles.

Clonk ! Un autre disque s'est fiché dans le mur juste au-dessus de ma tête. Ce n'était pas de la rigolade. Ces trucs pouvaient tuer. Veego et LaBerge étaient passés au stade supérieur. Mais c'était quoi exactement le but du jeu ? Je suis resté dos au mur et j'ai plissé les yeux pour examiner la pièce. On aurait pu y installer huit terrains de base-ball et ajouter une piste de course. Elle était remplie de monticules qui devaient bien faire dix ou douze mètres de haut, tout aussi blancs que le reste de la salle, comme d'énormes icebergs. J'ai vu des éclairs argentés qui marquaient l'endroit où s'étaient plantés les disques. Mais ça ne me donnait toujours pas la moindre idée du but du jeu. Enfin, à part d'éviter de se faire couper la tête.

J'ai repéré un mouvement. Une silhouette sombre se découpant sur tout ce blanc. C'était le challenger vert. Il escaladait un des monticules. Si ma pénalité était de ne pas être mis au courant des règles, ça voulait dire que *lui* les connaissait. Je l'ai suivi des yeux, cherchant un indice. Il n'a eu aucun mal à grimper, vu qu'il y avait des prises pour les pieds et les mains. Ça, c'était le plus facile. Le plus dur, c'était d'éviter ces disques volants. L'un d'eux s'est planté sur le rebord du monticule, juste à côté de sa jambe. Il ne l'a pas vu, mais l'impact l'a fait sursauter, et il a bien failli tomber. Ce qui voulait dire qu'il ne savait pas quand ces machins allaient frapper. Donc, il n'était pas au courant, lui non plus. C'était déjà ça.

Le challenger vert s'est dépêché d'atteindre le sommet de cette espèce de pyramide. Là, il a fait quelque chose que je n'ai pas pu voir avant qu'il redescende. Je devais probablement faire la même chose : escalader ces espèces de monticules. Au moins, maintenant, j'avais un but.

J'ai préféré jouer la sécurité plus que la vitesse. Je suis resté aplati au sol et j'ai rampé sur le ventre vers le monticule le plus proche. Comme je n'avais pas vu de disque volant en rase-mottes, je devais être tranquille.

Enfin, c'est ce que je croyais.

J'étais arrivé à mi-chemin quand le sol devant moi s'est mis à bouger ! Tout un morceau du plancher a glissé vers la droite, ne laissant que du vide. Apparemment, il n'y avait rien sous cette salle – ou alors un gouffre. L'ouverture était si noire qu'il était impossible d'estimer sa profondeur. Je n'allais certainement pas sauter dedans pour le découvrir. J'ai entrevu un mouvement sur ma gauche. Mon lit se précipitait vers moi ! Non, pas juste le lit : c'était le sol tout entier qui se déplaçait. Ma couche a basculé pour disparaître dans un autre trou qui venait de s'ouvrir juste devant elle. J'ai pris cette direction pour regarder vers le bas. Plus de trace du lit. Ce gouffre était profond.

Bon, c'était donc un autre aspect de ce jeu : le sol était constamment en mouvement. Des pans entiers du plancher glissaient subitement et de manière imprévisible. Il suffisait de se trouver au mauvais endroit et au mauvais moment pour plonger dans le gouffre. Mais pas moyen de se redresser pour passer d'un endroit stable à un autre, ou ces disques volants vous tailladaient. Il fallait rester en vie et parvenir au sommet de ces monticules pour faire... quoi ?

Je regardais toujours dans le trou où avait disparu mon lit, les doigts posés sur le rebord, quand une autre section du sol a jailli vers moi. Je l'ai vue venir au dernier moment et j'ai retiré mes mains juste avant que les pièces ne s'emboîtent avec un « clang » sonore. C'était si rapide et si brutal qu'elle m'aurait certainement écrasé les doigts !

Je suis reparti vers le premier monticule. Quelques disques sont passés au-dessus du sol, mais je craignais plus de voir le sol s'ouvrir sous mes pieds et m'engloutir. J'ai atteint la base du monticule, j'ai inspiré profondément et je l'ai escaladé le plus vite possible. Au moins, ça ne me posait pas trop de problèmes. Comme ça, je pouvais éviter les disques. Je suis monté d'une prise à l'autre en continuant à regarder tout autour de moi. Quelques disques se sont encastrés dans le monticule, mais assez loin pour ne pas m'inquiéter. Il y avait au moins un point positif : *a priori*, ils ne visaient pas un point en particulier. Personne ne m'avait dans le collimateur.

Quand j'ai atteint le sommet, j'ai tout de suite compris ce qu'il me restait à faire. C'était facile. Il y avait six lampes plates enchâssées dans un plateau. Trois rouges, trois vertes. L'une des vertes était allumée. D'instinct, j'ai touché une des lumières rouges. Elle s'est éclairée. C'était en ça que consistait cette épreuve. Il suffisait d'escalader les monticules et d'allumer toutes ses lumières... sans se faire tuer, bien sûr.

Le jeu était loin d'être terminé. J'ai examiné la salle de ma position en surplomb. Elle était si grande et les projecteurs si brillants que les cloisons luisaient. Du sol au plafond, on aurait dit un échiquier avec des cases de deux mètres. Ces dernières bougeaient continuellement, ouvrant des trappes pour en fermer d'autres. Le tout semblait parfaitement aléatoire. Impossible de dire où la prochaine trappe pouvait s'ouvrir. J'ai aussi vu les éclairs argentés des disques volant dans tous les sens. Pour l'emporter, il fallait avoir de la chance et garder toute sa tête – littéralement.

J'ai repéré le challenger vert sur le plancher, sautant d'une case à une autre. Il a mis le pied sur l'une d'elles au moment même où elle se rétractait. Ç'a été si rapide qu'il a perdu l'équilibre. S'il ne s'était pas jeté en arrière, il serait tombé dans le vide.

Un éclair argenté est passé tout près de moi. Assez pour attirer mon attention. Il fallait que je bouge. J'ai sauté du monticule plus vite que je n'aurais dû. Mais le vert avait l'avantage. Je devais rattraper mon retard. Heureusement, je ne suis pas tombé. Ç'aurait été nul. Une fois au sol, je me suis accroupi pour offrir une cible moins importante et je me suis mis à courir vers le monticule le plus proche. J'avais à peine fait quelque pas que j'ai repéré un disque fonçant vers ma tête. Je l'ai évité en me jetant sur le côté, mais je me suis dangereusement rapproché d'une section du sol qui pivotait ! J'ai dû me contorsionner pour changer de direction en cours de route. Je me suis affalé sur la case juste à côté de celle qui venait de disparaître. Beaucoup trop près. J'ai roulé sur la droite au moment où la section au-dessous de moi commençait à bouger. J'ai failli être victime de mon propre élan et j'ai dû m'arrêter juste avant de tomber dans le vide. J'ai fini sur le ventre, un bras pendant dans l'abîme. Je me suis laissé une seconde pour reprendre mon souffle avant de comprendre que je n'étais pas bien tombé. J'ai vite retiré mon bras… juste avant qu'une autre case se referme, qui a failli me l'écraser.

Mieux valait ne pas rester sur place. Il n'y avait pas d'endroit sûr. Je me suis mis à genoux et j'ai rampé vers le monticule suivant. La musique s'est intensifiée. J'aurais bien voulu qu'elle se taise. Ce bruit assourdissant rendait la concentration encore plus difficile. Je suis arrivé à la base du monticule et j'ai commencé à l'escalader quand j'ai ressenti une pointe de douleur dans ma jambe. Un disque avait tailladé ma chair avant d'aller se planter dans le monticule. Je préférais ne pas regarder si la plaie était profonde. De toute façon, je ne pouvais rien y faire. Alors j'ai grimpé. Je n'ai pas senti la douleur, s'il y en avait. J'étais trop dopé à l'adrénaline pour le remarquer. Je suis arrivé au sommet pour voir qu'il ne restait plus que deux lumières allumées : une verte et une rouge. J'ai tapé sur la rouge. Je menais !

J'ai tourné la tête au moment même où la lumière verte s'éteignait à son tour. Le challenger vert était aussi au sommet d'un autre monticule. Égalité. Je suis descendu du mien encore plus rapidement que la fois précédente. Le jeu serait serré. Une fois à terre, j'ai cherché quel monticule escalader ensuite. Le challenger vert a fait pareil. On était séparés d'une vingtaine de mètres. J'ai repéré celui qui était le plus proche. Malheureusement, c'était aussi le plus proche pour le challenger vert. C'était le moment de prendre une décision. Est-ce que je devais foncer vers celui-ci, quitte à devoir lutter pour atteindre le sommet ? Ou courir le risque de choisir un monticule plus éloigné ?

Nos regards se sont brièvement croisés. On savait l'un comme l'autre ce qui nous restait à faire. On s'est précipités vers le même monticule. Plutôt se battre l'un contre l'autre que d'affronter ce terrain mortel.

J'étais arrivé à mi-chemin quand j'ai vu deux disques filer vers moi, chacun d'une direction différente. J'ai plongé au sol : ils se sont rentrés dedans au-dessus de ma tête et, sous la violence du choc, se sont brisés en mille morceaux. Des fragments métalliques ont plu sur moi en m'égratignant les bras. Le challenger vert m'a vu et a éclaté de rire. Ma manœuvre d'évitement m'avait coûté de précieuses secondes. Le vert était presque arrivé à destination. J'allais perdre le tournoi.

Alors le sol s'est ouvert sous ses pieds, et le challenger vert est tombé. Pas sur le sol, mais dans le trou. Il a poussé un grand cri, tout en faisant un geste réflexe. Il a pu se cramponner au bord du gouffre. Ses bras et ses épaules étaient visibles, ses jambes pendaient dans le vide. Mais il était pris au piège. Il a tenté de se hisser, sans résultat. Il ne tombait pas, mais il n'arrivait pas à reprendre pied non plus.

Horrifié, j'ai compris qu'il ne risquait pas de tomber, mais qu'il allait se faire couper en deux d'un instant à l'autre. Dès que cette case se remettrait en place, il serait fichu. C'était presque fini. Dans quelques secondes, j'allais remporter le Grand X.

La réalité m'a frappé de plein fouet. Ce type allait mourir. Je serais le nouveau champion, mais à quel prix ? Une autre mort horrible ? Pendant ces quelques secondes cruciales, j'ai réalisé que je tenais une opportunité en or. Qu'est-ce qui aurait le plus d'impact sur le peuple de Quillan ? Ma victoire ? Ou un acte de compassion qui démontrerait une fois de plus que les choses pouvaient être différentes ? Je pouvais remporter le tournoi en laissant mourir le challenger vert, ou lui sauver la vie et devenir un héros. Même si je finissais par perdre, j'aurais fait mon petit effet. Le choix était évident.

J'ai rampé sur le sol aussi vite que possible et j'ai saisi les bras du challenger vert.

– À quoi tu joues ? a-t-il grogné.

La case a bougé. J'ai tiré de toutes mes forces, mais le gaillard était lourd. Il a vite compris ce que j'essayais de faire.

– Tire ! Tire ! a-t-il crié.

Il a réussi à passer une jambe par-dessus le rebord, et je l'avais presque extrait de ce piège lorsque j'ai entendu un bruit écœurant.

– Aaahh ! a-t-il hurlé lorsque le plancher mouvant lui a écrasé le pied.

Le craquement des os a couvert la musique. C'était atroce. Le challenger vert est resté allongé sur le dos, le pied coincé entre deux cases comme dans un piège à loup. J'ai tiré sur les plaques pour essayer de les entrouvrir, sans résultat. Le challenger vert hurlait de douleur. Et je ne pouvais rien faire pour l'aider… sauf gagner ce jeu de fous. Sans doute qu'une fois le tournoi terminé, on le libérerait. En même temps, je ne pouvais pas imaginer un meilleur cas de figure. Non seulement je lui avais sauvé la vie, mais en plus j'allais remporter cette épreuve. Je l'ai délaissé pour escalader le monticule le plus vite possible. Les disques semblaient jaillir de partout. Je n'ai même pas pris la peine de les éviter. Autant compter sur ma chance jusqu'au bout. Je suis arrivé au sommet et j'ai vu les lumières. Il ne me restait plus qu'à appuyer sur le voyant rouge et tout serait terminé. Mon doigt s'en est approché. J'avais pratiquement gagné. Mais soudain, je me suis rappelé ce qu'avait dit Nevva. Si, au dernier round, on était ex-æquo, le tournoi suivant serait une lutte à mort. Si j'appuyais sur ce bouton, on serait à égalité. En sauvant le challenger vert et en remportant cette épreuve, je pouvais aussi bien me condamner à mort.

J'aurais bien voulu y avoir pensé un peu plus tôt.

J'ai regardé le challenger vert, qui serrait sa cheville écrasée. Il souffrait, pas de doute. Quelle que soit l'épreuve suivante, j'aurais un sacré avantage. Je me suis alors demandé si, en sauvant mon adversaire d'une mort certaine, je ne me mettais pas en position d'être obligé plus tard de le tuer moi-même. Je n'avais encore jamais assassiné personne et je voulais que ça reste comme ça. Est-ce que je faisais une grosse erreur ?

Mais je n'avais plus le choix. J'ai appuyé sur la lumière rouge.

Journal n° 27
(suite)

QUILLAN

Quatorze faisait de son mieux pour recoudre ma plaie. La blessure était propre et heureusement, pas très profonde. Il a utilisé un gadget crachant une substance semblable à de la colle qui a refermé la blessure et a servi d'analgésique. Au bout d'un moment, la douleur s'est calmée jusqu'à disparaître. J'étais bon pour le service, mais je ne savais pas ce qu'on attendait de moi.

On se trouvait dans la salle à manger du château. J'avais refusé de retourner dans ma chambre, ou ailleurs. Je ne voulais pas qu'on me prenne à nouveau par surprise. Plus de trappes, plus de lits piégés, plus de microclowns avides de me mordre. Quoi qu'il se passe ensuite, je voulais le voir venir.

— Vous avez sauvé le challenger vert, a dit Quatorze. Pourquoi ? En le laissant mourir, vous auriez remporté le Grand X.

— J'ai mes raisons, ai-je répondu. La première, c'est que je ne suis pas fait pour jouer les gladiateurs.

— Mais vous êtes incroyable ! a dit Quatorze. Je n'ai jamais vu quelqu'un comme vous.

— Merci. J'ai les capacités physiques, mais pas l'instinct du tueur. Je ne supporte même pas de plonger un homard dans l'eau bouillante.

— Je ne comprends pas.

— Ce que je veux dire, c'est que je n'ai pas le sang assez froid pour ça.

Quatorze a hoché la tête.

– Vous n'êtes pas comme les autres. Je l'ai su dès que je vous ai vu. S'il y avait plus de gens comme vous, Quillan serait plus vivable.

– Il y *a* plus de gens comme moi, ai-je répondu en enfilant mon pantalon. Tu ne tarderas pas à le découvrir.

Veego est entrée dans la salle, accompagnée par deux dados de sécurité.

– Tu as réussi, a-t-elle dit froidement.

– À quoi ? ai-je rétorqué. Je croyais que tout était joué d'avance.

– Tu as réussi à nous détruire, a-t-elle repris amèrement. Plus personne ne prend de paris. Le peuple est descendu dans la rue pour manifester contre les jeux. Contre Blok. Ils sont en train de piller ses magasins. Plusieurs de nos arcades de jeux ont été envahies et ravagées. Je ne sais pas comment, mais tu as… déclenché une insurrection.

Je me suis assis devant la table pour étendre mes jambes.

– Avec ou sans moi, ça devait arriver. Ç'aurait tout aussi bien pu être quelqu'un d'autre. Personne ne peut vivre comme ça. On ne peut régner éternellement par la terreur. Blok a fondé son pouvoir sur l'avidité, mais ce n'est pas ce qui constitue une civilisation.

– C'est ce qu'ils ont créé, a contré Veego.

– Non, lui ai-je rétorqué. Ils ont tenté de *détruire* une civilisation. Mais on ne peut pas écraser l'âme humaine sous une botte. Pas indéfiniment. Cela lui a pris du temps, mais le peuple de Quillan s'est soulevé pour reprendre le contrôle de son territoire. Mettre fin à vos petits jeux n'est que le premier pas.

Veego a secoué la tête comme si elle n'arrivait pas à croire ce que je lui disais. Son monde était en train de s'écrouler.

– L'histoire ne peut se répéter, a-t-elle dit. D'abord Veelox, maintenant Quillan.

– Non, ce n'est pas la même chose, ai-je dit. Les gens de Veelox ont provoqué leur propre perte. Tous, jusqu'au dernier. Personne ne les a obligés à s'enfermer dans Utopias. Mais là, sur Quillan, il n'y a qu'un seul ennemi : Blok. Blok a pris le contrôle de leur vie, et ils veulent regagner leur liberté.

– Mais ce n'était pas notre faute ! s'est-elle écriée. Nous avons fait notre travail, satisfait un besoin.

– Oui, eh bien ce besoin s'est dissipé. Et ne faites pas l'innocente. Vous avez enlevé des gens et vous les avez forcés à s'entretuer, tout ça pour amasser de l'argent. Ce n'est pas un travail, c'est un crime. Peu importe si ce n'était pas votre idée à la base. Vous l'avez rendue possible. Et autre chose…

Je me suis dirigé vers elle. Les deux dados se sont raidis. J'ai préféré ne pas trop m'approcher.

– Vous ne saviez peut-être pas ce que vous faisiez, mais introduire des éléments d'un autre territoire pour les amener ici peut provoquer une catastrophe. Vous avez transféré des matériaux, des animaux et des idées qui n'ont pas leur place ici. Ils ne sont pas de ce territoire. Je suppose qu'on ne peut pas vraiment vous en vouloir, puisque vous ne saviez pas ce que vous faisiez, mais croyez-moi, vous avez commis un crime contre l'humanité. À moins qu'on puisse trouver un moyen d'éradiquer tout ce que vous avez importé sur ce territoire, vous avez peut-être provoqué une réaction en chaîne à côté de laquelle ce qui s'est passé sur Veelox ne sera que de la gnognotte.

Veego avait l'air ébranlée. Tant mieux. C'était une criminelle. Tout comme son débile de frère. J'imagine qu'on ne pouvait pas les rendre responsables à cent pour cent, puisqu'ils ignoraient la portée de leurs actes, mais quand même. Lorsque Blok serait détruit et qu'ils perdraient leur boulot, j'espérais qu'ils seraient jugés d'une manière ou d'une autre.

– LaBerge et moi devons aller voir le conseil d'administration demain matin à la première heure. Je me doute bien qu'ils vont nous virer et mettre fin aux jeux.

– Ne vous en faites pas, ai-je ajouté. De toute façon, les jeux n'en ont plus pour longtemps. Vous aurez de la chance si vous pouvez être loin au moment où tout s'écroulera, quand le peuple de Quillan envahira votre château comme il a investi vos arcades de jeu.

Veego m'a jeté un regard effrayé. Elle n'avait pas pensé à ça.

– Eh bien, a-t-elle dit sèchement, il y a au moins une satisfaction que je retirerai de ce fiasco.

– Laquelle ? On vous laissera garder vos costumes ridicules ? Pour LaBerge, je suis sûr que c'est tout ce qui compte.

— Non, a-t-elle répondu d'un ton redevenu glacial. Ta mémoire te fait défaut, Pendragon. Le Grand X n'est pas terminé. Vous êtes *ex æquo*, ce qui veut dire qu'il reste une dernière épreuve.

— Jamais de la vie ! Le challenger vert a un pied dans la tombe, si je peux dire. Il est hors jeu.

— Non, il ne l'est pas. Il ne manque pas de ressources. Il veut avoir une chance de te vaincre, et je vais la lui donner.

Je n'aimais pas ce nouveau développement.

— C'est nous qui sélectionnons les jeux, a-t-elle dit sans chercher à cacher son amusement. Nous essayons de choisir ce qui offrira un combat égal et captivant. Mais pas cette fois. Tu as peut-être réussi à provoquer ma chute, mais au moins, je peux gâcher ta victoire. Voilà pourquoi j'ai choisi le jeu où le challenger vert excelle. Il pourra utiliser au mieux ses capacités. Je suis sûr qu'il va triompher... et que tu mourras.

— Et c'est quoi, ce jeu ?

— Le Tato, Pendragon, a-t-elle dit avec plaisir. Je ne sais pas comment réagiront ces foules exubérantes que tu as soulevées, mais une chose est sûre, c'est qu'elles te verront bientôt faire une chute mortelle. (Elle a souri et a ajouté :) Ce sera peut-être mon dernier jeu sur Quillan, mais ce sera le plus satisfaisant.

Elle a soudain tourné les talons pour se diriger vers la porte.

— Amenez-le-moi ! a-t-elle ordonné aux dados.

J'ai regardé Quatorze. Il semblait aussi surpris qu'un robot peut l'être, c'est-à-dire pas des masses.

— Trouve Nevva Winter, lui ai-je dit. Fais tout ton possible pour la prévenir !

Je l'ai planté là pour me diriger vers la sortie. Je connaissais le chemin. Les dados m'ont suivi pour s'assurer que je ne m'enfuyais pas. D'une certaine façon, je me doutais qu'on en arriverait là. C'était comme ça que Remudi était mort. C'était une bonne chose que j'aie l'occasion de le venger dans cette même arène. Par contre, je ne voyais pas comment le challenger vert pourrait concourir. Avec sa blessure, il n'aurait jamais l'équilibre nécessaire pour m'affronter et encore moins se déplacer sur la plate-forme si elle se mettait à bouger.

395

Une partie de moi restait confiante. D'un autre côté, j'imaginais que ça pouvait ne pas être si facile. Le challenger vert était rusé. Il mijotait peut-être un sale coup, quelque chose auquel je ne m'attendrais pas. Autant aborder l'épreuve comme si mon adversaire était en pleine forme. Tout autre conduite serait suicidaire.

J'espérais que, si on devait en arriver à un combat à mort pour nous départager, Nevva ferait tout son possible pour être présente. Surtout après ce qui était arrivé à Remudi. Si elle ne venait pas, je saurais qu'il lui était arrivé quelque chose. Mais je ne devais pas trop y penser. J'avais besoin de toute ma concentration pour vaincre le challenger vert dans une épreuve qu'il maîtrisait à fond. C'était comme d'affronter Lance Armstrong dans une course cycliste. Sauf que là, on ne perdait pas que la course, mais aussi la vie.

J'ai pris le chemin familier à travers la forêt pour déboucher sur le dôme de Tato. Quand j'y suis arrivé, le challenger vert était déjà là, assis à son emplacement sur la plate-forme. Il s'est relevé, bien planté sur ses deux pieds. Impossible d'estimer la gravité de sa blessure.

En m'approchant de la plate-forme, j'ai crié :

– Comment va ton pied ?

– Tu es vraiment un crétin, a-t-il répondu. Tu m'avais vaincu. Non, je m'étais vaincu moi-même. Si c'était l'inverse qui s'était produit, je t'aurais laissé mourir.

– Je l'ai fait pour beaucoup de raisons, mais surtout parce que je ne suis pas comme toi.

– Laisse-moi quand même te donner un bon conseil.

– Oui ?

– Ne va pas croire un seul instant que j'aurai la moindre pitié parce que tu m'as sauvé la vie.

J'ai attendu un instant. C'était tout ? C'était tout.

– C'est ça, ta perle de sagesse ? Merci beaucoup, ça me sera d'un grand secours !

Je suis monté sur la plate-forme de Tato et j'ai regardé en bas. C'était bien celle d'où Remudi était tombé. Elle n'avait pas changé. Les cinq dômes de verre fumé étaient intacts. Je me suis demandé quel genre d'armes se cachaient sous chacun d'entre eux. Pourvu que je ne sois pas obligé de le découvrir, parce que, dans ce cas, la plate-forme deviendrait instable.

J'ai tâté du pied pour m'apercevoir que la surface était douce et spongieuse, comme un de ces tatamis d'entraînement qu'on avait à l'école. Il avait du rebond. J'ai passé ma semelle sur la surface. Elle avait un bon grip. Tant mieux. Je ne risquerais pas de glisser. Je suis allé au centre pour évaluer sa taille. La plate-forme était immense, mais je savais qu'elle rétrécirait en s'élevant dans les airs. Tout le temps de mon inspection, le challenger vert ne m'a pas quitté des yeux. Il n'a pas bougé. Il avait eu la même attitude avant d'affronter Remudi.

Pendant que j'entrais dans mon carré face à celui du challenger vert, LaBerge et Veego sont arrivés dans la clairière. Ils sont restés en bordure de la forêt et se sont étreints brièvement. C'était bien la première fois que je voyais le frère et la sœur échanger le moindre signe d'affection. Ça aurait été touchant s'ils n'avaient pas été deux monstres froids et sadiques. L'un des deux était même un monstre sadique en costume de clown – les pires. Je m'attendais à les voir venir sur la plate-forme comme ils l'avaient fait avant le tournoi entre le challenger vert et Remudi, mais seul LaBerge est monté. Veego est restée en bas, les bras le long du corps. Tant mieux. Je me passais parfaitement de ses commentaires désagréables.

Il s'est dirigé vers le challenger vert et a chuchoté quelques mots à son oreille. Sans doute du genre : « Bonne chance. Fais-lui la peau. » Il lui a tendu le court bâton de métal qui pouvait servir d'arme ou briser les dômes. Ensuite, LaBerge s'est dirigé vers moi. Ses yeux étaient rouges. Il avait pleuré. Il m'a tendu mon propre bâton avec réticence en disant :

– J'espère que tu vas souffrir.

– Merci ! Moi aussi, je t'aime, Bozo le clown !

Il ne m'a même pas regardé dans les yeux. Quelle mauviette. Il allait repartir quand je lui ai demandé :

– Hé ! je n'ai pas un avantage ? J'ai remporté la dernière épreuve.

– Vous êtes *ex æquo*. Dans ces cas-là, il n'y a pas d'avantage.

– Je suis sûr que vous venez d'inventer cette règle.

Il n'a pas répondu. Il me détestait. Je lui avais gâché son plaisir.

Il a marché jusqu'au centre de la plate-forme, puis il est resté planté là, les yeux fermés. À quoi est-ce qu'il jouait ? Un moment s'est écoulé. Puis il a ouvert les yeux et il a regardé sa sœur, toujours au bord de la clairière. Elle lui a fait un petit signe de tête qu'il lui a rendu. Il a inspiré profondément, gonflant la poitrine. En quelques secondes, le clown triste dont le monde était en train de s'écrouler est redevenu le maître du jeu. C'était sa dernière chance de parader, et il partirait en beauté. D'un geste dramatique, il a levé la main. C'était le signal. La musique a vibré au-dessus de la forêt, la même rythmique électronique bruyante qui avait retenti lors du premier match de Tato. Je pouvais facilement m'imaginer ce qui se passait dans les rues de Rune et le reste de Quillan. Ils devaient tous regarder le spectacle.

LaBerge a souri de toutes ses dents, il a levé les bras et il a chantonné :

– Pariez bien vite, c'est pour tout de suite ; le plus grand tournoi de Quillan vous invite !

Il s'est mis à arpenter la plate-forme, tournoyant sur lui-même en faisant de grands gestes.

– C'est un affrontement historique ! Le Grand X le plus passionnant de toute l'histoire de Quillan. Et voilà l'endroit idéal pour le terminer : ici, au dôme de Tato.

Il s'est tu, sans doute pour laisser la foule l'acclamer, sauf qu'il ne pouvait pas l'entendre. Il faut admettre qu'il était doué. Ça devait être difficile de faire le pitre devant un public qu'on ne pouvait ni voir ni entendre.

– Pour la dernière fois, je vous présente celui qui détient le record de *sept* victoires au Tato et qui ne demande qu'à prendre sa retraite après une ultime victoire, votre champion, le challenger vert !

Ce dernier n'a pas bougé. C'était comme de regarder une statue. Ses yeux restaient braqués sur moi.

– Et face à lui, un concurrent qui s'en est étonnamment bien sorti au cours du Grand X. Un nouveau favori qui compte bien tenir aussi longtemps que possible avant de faire une chute mortelle, le challenger rouge !

Bon, apparemment, il avait déjà décidé du vainqueur. Ce n'est qu'à ce moment que j'ai vraiment compris que ce combat allait réellement avoir lieu. Je devais être prêt à me défendre, et vite.

– Bonne chance à tous les deux ! a crié LaBerge. Les paris sont clos. Que le meilleur gagne !

Il a couru vers le rebord de la plate-forme et a sauté. J'ai fléchi mes jambes. Je savais ce qui allait suivre. Avec un léger soubresaut, la plate-forme s'est élevée. Je n'ai pas quitté des yeux le challenger vert, tout en essayant de ne pas penser à notre altitude. Ce qui était difficile, vu que, derrière lui, je voyais les arbres défiler. Je pouvais imaginer des milliers de gens dans les rues de Rune en train de hurler « Taaaaaaato ! » pendant qu'on montait. Quelques secondes plus tard, on a dépassé le sommet des arbres pour se retrouver face à un panorama magnifique. Vraiment, cette vue m'a coupé le souffle. J'ai aperçu au loin les bâtiments gris de la ville. La plate-forme a très légèrement ondulé sous mes pieds. On était très, très haut.

La plate-forme s'est immobilisée dans une ultime secousse. On y était. La dernière épreuve du Grand X, le dernier chapitre de ma mission ici, sur Quillan, et peut-être mon dernier acte en tant que Voyageur.

J'ai entendu la voix amplifiée par des haut-parleurs de LaBerge crier :

– Quatre… Trois… Deux… Un… Tato !

C'était parti.

Journal n° 27
(suite)

QVILLAN

Le challenger vert n'a pas perdu de temps. Il avait un plan. Il s'est laissé tomber sur un genou et il a brisé un des dômes avec son bâton. Aussitôt, la plate-forme a oscillé. Il savait que son pied blessé le désavantageait, et qu'il devrait avoir recours à des expédients pour me vaincre. C'était plutôt bon signe, ça prouvait qu'il en était déjà aux mesures désespérées. Il a passé la main dans le dôme pour en tirer une sorte de griffe à trois lames. Je savais que j'avais déjà vu cette arme, mais pas moyen de dire où.

Le challenger vert l'a brandie.

– Ils appellent ça un tang. Je m'en sers pour le combat rapproché. Tu es prêt à m'affronter en close-combat ?

Un tang ! Bien sûr. Une arme faite à partir d'une de ces bêtes d'Eelong qu'on appelait tangs. Mais ça ne m'a même pas dérangé. Ce n'était pas le moment de penser aux dangers de mélanges de territoires. Le vert l'a tenu plutôt bas. On aurait dit qu'il savait s'en servir. Il a commencé à décrire un cercle vers la droite. Je savais pourquoi. Il voyait moins bien de son œil gauche. S'il devait attaquer, ce serait de la droite. J'ai pris la direction opposée pour être sûr de rester sur sa gauche. La plate-forme bougeait, mais pas dangereusement. Rien d'inquiétant – pour l'instant.

– Tu savais bien qu'on finirait là en haut, hein, le rouge ? a-t-il grondé. Tu sais, c'est ce que je souhaitais. J'aurais pu remporter toutes ces épreuves, mais je voulais qu'on se retrouve sur cette plate-forme.

– Ben voyons, ai-je rétorqué. C'est pour ça que j'ai dû te sauver la vie.

Le challenger vert a fait un bond pour retomber violemment sur la plate-forme, la faisant osciller. Pas de beaucoup, mais il m'a pris par surprise, m'obligeant à battre des bras pour garder mon équilibre. Il a éclaté de rire :

– Attends qu'elle se balance vraiment ! C'est une question d'équilibre. (Et il a à nouveau passé son poids d'un pied sur l'autre.) Je sais tout de cette plate-forme. Je connais ses points d'appui et de déséquilibre. Quand tu tomberas sur le mauvais coin, tu tomberas tout court.

Bizarrement, son pied ne semblait pas le gêner. Soit il avait un seuil de tolérance à la douleur stupéfiant, soit il cachait un plâtre sous son pantalon. Plus des analgésiques hyperpuissants. Sa blessure n'entrerait pas en ligne de compte dans ce combat. Malheureusement. Bref, le vert a continué à décrire un cercle.

J'ai continué de tourner, moi aussi, tout en disant :

– Tu sais que, quoi qu'il arrive, les jeux sont finis.

– Dans ce cas, je resterai le seul challenger à ne jamais avoir été vaincu, a-t-il dit fièrement. Tu crois que ça me dérange ?

Il avait sale caractère. Je voulais qu'il soit de mauvais poil pour combattre. S'il perdait son sang-froid, il perdrait aussi son avantage.

– Non, ai-je répondu, par contre je crois que tu n'aimes pas l'idée que plus personne ne te regarde, parce que c'est moi le favori maintenant.

– Jusqu'à ce que tu perdes, a-t-il rétorqué. Tout le monde aime les vainqueurs.

– Oui, et les gens aiment gagner. C'est bien plus important que deux guignols en costume brillant occupés à s'entretuer. Maintenant, ils le savent. Ils veulent vivre autre chose qu'une misérable existence, et quand je t'aurai battu ils la trouveront.

Le challenger vert a froncé les sourcils. Je pense qu'il se moquait pas mal de l'avenir de Quillan. Seul son ego comptait et il voulait devenir le champion, un point c'est tout.

– Je *vais* te vaincre, ai-je dit. Désolé.

– C'est ce qu'on va voir, a-t-il répondu en se jetant sur moi.

Il n'a pas chargé aveuglément : il se contrôlait toujours. Il tenait le tang dans une main et son bâton de métal de l'autre. Moi, je n'avais que mon bâton. C'est avec cette arme qu'il a attaqué par petits coups secs, visiblement pour tester ma résistance. Mais il tenait son tang contre sa hanche, le bras replié, prêt à frapper. Je devais me méfier de ça. Je n'ai pas eu de mal à éviter ses coups. Mais je craignais qu'il essaie de me pousser vers le rebord de la plate-forme. Quand je l'évitais, je faisais tout pour rester le plus près possible du centre.

Nevva avait raison. Il était maladroit. C'était un amateur. Il s'énerverait bientôt et passerait à l'attaque. Là, ce serait à moi de jouer.

– Alors, on fatigue ? me suis-je moqué. Ce combat dure déjà depuis plus longtemps que tu en as l'habitude. Tu pourras tenir jusqu'au bout ?

Là, j'ai touché dans le mille. Il m'a sauté dessus en brandissant son bâton métallique, mais je savais que c'était une ruse. Je l'ai évité en attendant qu'il frappe avec le tang. Ça n'a pas manqué. Mais j'étais prêt. J'ai bloqué sa manœuvre avec mes deux bras et j'ai donné un grand coup de genou, écrasant son poignet.

– Ahhh ! a-t-il hurlé, lâchant son tang.

D'un coup de pied, j'ai envoyé la griffe au diable. J'aurais voulu la dégager de la plate-forme, mais elle a glissé sur le sol et s'est arrêtée juste à côté d'un des dômes. Le challenger vert a vite repris ses esprits et il m'a donné un grand coup de bâton dans les côtes. Je me suis plié en deux sous l'effet de la douleur. Il m'a donné un coup de poing qui m'a envoyé m'étaler sur le dos. En tombant, j'ai aussitôt pensé que je m'approchais dangereusement du bord. Le choc contre mon dos a été presque rassurant. Au moins, j'avais atterri contre quelque chose.

Le challenger vert m'a sauté dessus. J'ai roulé sur moi-même et je me suis relevé d'un bond. On s'était bien rapprochés du bord, et j'ai senti que la plate-forme penchait légèrement sur le côté. J'ai vite couru au centre. Autant ne prendre aucun risque. Toujours à genoux, le vert s'est tourné vers moi et a éclaté de rire.

– Tu as plus peur de tomber que de moi ! a-t-il crié. D'accord, si tu veux !

Il a brisé un autre dôme. La plate-forme a changé d'assiette. C'est vrai, j'avais peur. J'ai rampé vers le centre. À chaque mouvement, je sentais tanguer la plate-forme. Le vert, lui, semblait parfaitement à l'aise. Il s'est relevé et il a continué de courir. S'il voulait me flanquer la frousse, c'était réussi.

– Attention ! a-t-il raillé. Elle va pencher ! Non, de l'autre côté !

Il faisait tout pour faire bouger la plate-forme. J'ai essayé de reproduire ses gestes à l'opposé pour l'équilibrer. Qu'est-ce que je pouvais faire d'autre ? Foncer sur lui ? Lui faire un plaquage ? Mais après ? Le jeter par-dessus bord ? C'était lui qui avait la main. C'était son terrain. Je pouvais contrer ses mouvements, c'était tout.

– Ça ne fait pas assez peur ? a-t-il crié. Allez, encore un autre !

– Non ! ai-je répondu, c'est de la folie ! On va tomber tous les deux !

– Ah oui ? C'est ce qu'on va voir !

Il s'est agenouillé et il a cassé le troisième dôme. Je savais ce qui allait suivre et je suis tombé à genoux, moi aussi. La plate-forme est devenue complètement instable.

C'était ce qu'il avait fait avec Remudi. Dans ce tournoi, je devais m'attendre à ce qu'il tente le même coup. Si c'était le cas, je ferais pareil de l'autre côté pour rétablir l'équilibre… ou je tomberais moi aussi.

Il a dû sentir que je l'attendais de pied ferme, parce qu'il n'a pas tenté la même manœuvre. On s'est cramponnés, chacun de notre côté de la plate-forme. C'était comme se tenir sur une balançoire. À chaque fois que je respirais, ça modifiait légèrement l'équilibre. J'étais à genoux, à côté d'un des dômes encore intact. J'ai posé mon pied sur le verre pour me stabiliser, mais c'était sans espoir. Tout ça devait forcément mal finir pour tous les deux.

Et ça n'a fait qu'empirer. Le vert a regardé à l'intérieur du dôme qu'il venait de casser et il a poussé un cri de joie. Il en a tiré l'arme la plus désirable de toute. Un pistolet doré de dado. Il l'a brandi d'un air triomphant :

– C'est trop facile !

J'étais fichu. Une seule décharge et tout était fini. Une fois que je serais K-O, il ferait pencher la plate-forme pour me faire rouler par-dessus bord. Au moins, je ne serais plus conscient à ce moment-là.

Il m'a mis en joue.

– Maintenant, on va voir qui est le vrai champion !

Et il a appuyé sur la détente.

Fump !

J'ai roulé sur la droite. La décharge m'a raté, mais elle a atteint le dôme derrière lequel je me tenais. *Blam !* Il a volé en éclats. Complètement déséquilibrée, la plate-forme s'est penchée de mon côté. Je me suis dépêché de ramper vers le centre, griffant le sol spongieux pour mieux avancer. C'était comme de se trouver sur le pont d'un bateau en pleine tempête.

Le challenger vert n'avait pas peur. Il a éclaté de rire, il a braqué son pistolet vers le dernier dôme et l'a détruit ! La plate-forme n'avait plus aucune attache. Je me suis aplati sur le ventre, j'ai planté mes orteils dans le sol et j'ai appuyé mes paumes sur sa surface. C'était tout ce qui pouvait m'empêcher de glisser vers le bord. Mais l'angle était trop abrupt, et j'ai glissé quand même. La gravité était plus forte que moi. Le challenger vert a essayé de courir vers l'autre côté, mais il a lui aussi perdu l'équilibre. Il est tombé sur le dos. Il a cherché quelque chose à quoi s'accrocher, sans succès. Sa chance venait de tourner. On allait tomber tous les deux.

J'ai vu quelque chose du coin de l'œil, quelque chose qui roulait vers moi de plus en plus vite. C'était le tang. La griffe allait me dépasser et j'ai tendu la main pour l'attraper au passage. Dans quelques secondes, j'allais passer par-dessus bord. C'était ma seule chance. Mes doigts se sont refermés sur le manche de l'arme et je l'ai fichée dans le sol. Ça a tenu ! J'avais l'impression d'être un de ces types qui escaladent des chutes d'eau gelées avec des pics à glace. Cette espèce de griffe mal plantée était tout ce qui m'empêchait de faire une chute mortelle. La plate-forme s'était immobilisée, mais était presque à la verticale. J'ai entendu le bruit des lames déchirant la surface spongieuse. Elle ne tiendrait plus très longtemps. Je devais trouver une meilleure prise. J'ai alors fait quelque chose de risqué, mais c'était ma seule chance. Je me suis hissé, j'ai agrippé le manche du tang à deux mains et je l'ai arraché. Aussitôt, je me suis mis à glisser vers le bas. De toutes mes forces, j'ai à nouveau planté la griffe dans la plate-forme.

Sa pointe a heurté quelque chose de dur. Mais elle a arrêté ma chute. Elle devait s'être fichée dans quelque chose de bien plus résistant que cette espèce de matelas. J'étais en sécurité, en tout cas plus qu'auparavant. Pas moyen de dire combien de temps ça durerait. De là où je me trouvais, je pouvais voir le sol. Croyez-moi, il était bien trop loin à mon goût. Je pouvais à peine apercevoir les silhouettes de Veego et LaBerge. On aurait dit des soldats miniatures. Mes pieds n'étaient qu'à quelques dizaines de mètres du bord de la plate-forme. Si le tang se décrochait, je n'aurais pas d'autre prise. Mes mains se sont mises à trembler. J'ai levé les yeux. Il valait mieux éviter de regarder en bas.

Qu'était-il arrivé au challenger vert ? Est-ce qu'il était tombé ? Non, sinon le tournoi serait terminé. J'ai tourné prudemment la tête vers la gauche. Je ne l'ai pas vu. Puis de l'autre côté. Il était là.

Il se cramponnait au rebord du dôme brisé, comme quand il avait tué Remudi. Mais cette fois, la plate-forme décrivait un angle plus aigu. Ses pieds pendaient dans le vide. Ses mains étaient ensanglantées, tailladées par les éclats de verre du dôme. Pour la première fois, j'ai lu de la peur dans ses yeux. Il était terrifié. Il ne s'était jamais retrouvé dans une telle posture. Maintenant, tout allait se jouer sur quelques secondes. Soit il perdait prise, soit mon couteau allait lâcher.

Il s'est alors adressé à moi. Il écumait, et ses yeux brillaient d'une lueur de folie.

– Dis-moi, le rouge, ça te plaît ? Tu aimes tuer ?

– Abandonne ! ai-je répondu. Moi, je ne bougerai pas d'ici. Dis-leur que tu abandonnes et ce sera terminé. Ils ne te laisseront pas mourir !

Il a cherché et a trouvé une autre prise. Les éclats de verre se sont enfoncés dans chair. Il tenait juste par le bout des doigts. Il ne tarderait plus à lâcher prise. Il a baissé les yeux, puis il m'a regardé.

– Oui, mais il y a juste un problème, a-t-il crié.

– Lequel ?

– Je n'aime pas perdre !

Et il est tombé. Je ne sais pas s'il ne pouvait plus se retenir, ou s'il avait renoncé à la vie et lâché prise volontairement, et je ne le saurai probablement jamais. En tout cas, il a préféré mourir plutôt qu'abandonner. Je ne voulais pas voir ça. Je me suis détourné et j'ai fermé les yeux. Il n'a même pas poussé un cri. Le challenger vert avait enfin connu la défaite. Sa dernière question a résonné dans ma tête. Est-ce que j'aimais tuer ? Est-ce que j'étais vraiment devenu un meurtrier ? J'ai posé mon front contre la plate-forme, et je me suis mis à pleurer.

L'instant suivant, le sol a eut une secousse. Le tang a glissé. Qu'est-ce qui se passait ? Veego était-elle si furieuse de me voir l'emporter qu'elle voulait me tuer malgré tout ? Pourquoi pas ? Elle n'avait rien à perdre. J'ai resserré mes doigts sur le manche, même si je n'étais pas sûr que ça serve à quelque chose. J'ai ressenti quelque chose de bizarre. Comme si la plate-forme elle-même se pressait contre mon corps. D'abord, je n'ai pas compris ce qui se passait. Mais j'ai vite réalisé que la mécanique s'était remise en marche et ramenait le plateau à son niveau initial. Je me suis rapidement retrouvé à la verticale. Je n'ai pas pour autant lâché le tang. Je n'osais pas.

La plate-forme est redescendue. C'était fini. J'avais survécu. Mes larmes se sont transformées en rire hystérique. Il n'y avait rien de drôle, c'était une réaction purement nerveuse. Je ne pouvais plus la contrôler. Un dernier soubresaut : j'avais regagné le sol. J'étais toujours allongé sur le ventre, agrippé au tang. J'ai senti quelqu'un monter sur le plateau. Je n'avais pas envie de me retrouver face à Veego et LaBerge. J'étais vidé. Quand j'ai levé les yeux, je n'ai pas pu m'empêcher d'éclater à nouveau de rire. C'était réellement la seule personne que j'avais envie de voir à ce moment. Peut-être parce que c'était le seul à se soucier de moi sur ce territoire.

C'était Quatorze.

– Félicitations, Pendragon, m'a-t-il dit. Regarde.

Il m'a montré quelque chose du doigt. Je l'ai suivi pour voir un de ces grands écrans logés au milieu des arbres. Un message y clignotait en lettres majuscules : GRAND CHAMPION : LE CHALLENGER ROUGE !

Je me suis tourné vers Quatorze et, aussi incroyable que ça puisse paraître, le robot m'a souri.

Journal n° 27
(suite)

QUILLAП

Je n'ai pas vu le corps du challenger vert. J'imagine que les dados l'avaient déjà emmené. Ils ne montraient jamais les véritables résultats d'un de leurs jeux. Tout était aseptisé. Pas de cadavres, pas de sang. Pas question de se salir les mains. Veego et LaBerge avaient eux aussi quitté la scène. Ils devaient être retournés au château pour préparer leur fuite. Un instant, j'ai eu peur qu'ils empruntent le flume tous les deux pour échapper à la colère du conseil d'administration. Et si le flume s'écroulait ? Je serais pris au piège sur Quillan ! L'horreur ! Mais comme je ne pouvais rien y faire pour l'instant, j'ai préféré ne pas y penser.

Quatorze et moi, on est retournés au château. J'espérais y retrouver Nevva et, par son entremise, les adeptes. J'avais survécu au Grand X, cependant je n'étais pas en état d'affronter des dados de sécurité. Enfin, s'il le fallait, je n'hésiterais pas.

Mais quand on est arrivés au château, on a découvert un spectacle tel que je ne l'aurais jamais imaginé.

Tout au long du Grand X, les quelques commentaires rageurs de Veego étaient tout ce que j'avais appris sur ce qui se passait à l'extérieur. Elle m'avait dit que le peuple envahissait les magasins de Blok et ravageait les arcades de jeu. Et que personne n'avait parié. C'était de bonnes nouvelles, mais je n'avais rien vu de tout ça – pas de mes yeux. Je devais la croire sur parole. J'ai ensuite découvert que c'était vrai. Mais Veego avait sous-estimé l'impact du Grand X.

D'abord, une fois au château, les autres challengers sont venus nous accueillir. Ils m'ont traité comme un héros. Ils m'ont tapé dans le dos avec enthousiasme, ils m'ont félicité et ils m'ont dit que je leur avais sauvé la vie. Contrairement aux fêtes auxquelles j'avais assisté, où leur camaraderie sonnait faux, ils semblaient sincères. Ils étaient vraiment contents que j'aie gagné. Ensuite, il n'y avait pas un dado de sécurité en vue. On m'a dit qu'ils étaient tous partis avant le début du tournoi de Tato. Ils s'étaient engouffrés dans leurs véhicules et avaient fichu le camp. Les challengers m'ont montré que leurs boucles étaient désactivées. Et en effet, j'ai pu retirer la mienne sans mal. Cette joyeuse réunion ne célébrait pas uniquement ma victoire sur le challenger vert, mais aussi notre liberté nouvelle. Tous avaient hâte de sortir d'ici et de retourner chez eux pour voir leurs proches. Ils étaient juste restés pour pouvoir me remercier.

Au milieu de la fête, Quatorze est venu vers moi, a posé une main sur mon épaule et m'a dit :

– Pendragon, vous devriez venir avec moi.

– Pourquoi ? Quoi de neuf ?

Je n'avais pas envie de quitter la fête.

– Mieux vaut que vous le voyiez de vos yeux.

J'ai salué une dernière fois les challengers et j'ai grimpé les escaliers derrière Quatorze. Il m'a conduit au deuxième étage du château, puis à un endroit que je connaissais bien. C'était un balcon dominant la cour.

– Pourquoi ici ? ai-je demandé.

– Pour te protéger de tes fans, a répondu une voix familière.

Je me suis retourné d'un bond. Nevva était là, dans l'embrasure de la porte.

– Nevva ! me suis-je écrié. Je savais que vous viendriez !

– Mais plus tard que je l'aurais désiré, a-t-elle précisé. Je suis désolée. Le conseil d'administration s'est réuni pour voir le tournoi, et ils ont requis ma présence. Je n'ai pas pu me libérer avant.

Peu importait. J'étais en vie. Je m'en étais sorti tout seul.

– Alors c'est vrai ? ai-je demandé. Le Renouveau a commencé ?

– C'est incroyable, a-t-elle répondu. Tout se passe exactement comme nous l'avions prévu. Mieux, même. Il suffisait d'un symbole pour faire bouger les gens, et c'est ce que tu leur as donné, Pendragon. Ils se révoltent. C'est le moment de vérité pour Quillan, et c'est grâce à toi.

– C'est grâce aux adeptes du Renouveau, ai-je corrigé. Je n'ai fait qu'allumer la mèche.

– Tu es trop modeste. Sans toi, nous n'aurions rien pu faire.

C'était une impression formidable de savoir que la situation de Quillan s'était renversée, en partie grâce à moi.

– Je veux le voir de mes yeux, ai-je dit. J'ai l'impression d'avoir été écarté de tout.

Nevva a eu un petit rire.

– Ne t'inquiète pas, ça ne va pas tarder.

– Ils seront bientôt là, a ajouté Quatorze.

– Qui ça ? ai-je demandé.

Nevva a désigné le mur entourant le parc. Un spectacle incroyable m'y attendait. Des milliers de personnes traversaient la forêt, se dirigeant vers le château.

– Ils regardaient le Grand X derrière la grille, a ajouté Nevva. Quand tu as gagné, rien n'aurait pu les arrêter. Les dados n'ont même pas essayé.

Maintenant, je comprenais pourquoi ils avaient filé. Ils n'auraient jamais pu maîtriser tous ces gens.

– Ils veulent te voir, Pendragon, a dit Nevva en souriant. Il va falloir que tu leur parles.

– Quoi ? Qu'est-ce que vous voulez que je dise à une foule pareille ?

– Oh ! tu trouveras bien quelque chose.

On est restés là, tous les trois, à regarder la foule quitter la route pour venir dans la cour. Ils n'étaient pas agressifs : au contraire, ils souriaient et ils chantaient. Ils avaient enclenché le long processus qui leur rendrait une vie normale, et ils commençaient par ce château, symbole des jeux. La cour s'est vite remplie, et pourtant la file s'étendait toujours à travers la forêt. Quatorze a installé une sorte de micro devant moi. Je n'avais encore jamais rien fait de tel, mais je voulais bien essayer.

J'ai levé les mains, et ils m'ont acclamé. Vous parlez d'une sensation ! Et ils ont continué, encore et encore. J'ai baissé le regard et j'ai vu tous ces gens qui me scrutaient. Leurs yeux pétillaient de joie. C'était le moment le plus incroyable de toute ma vie.

Au bout de quelques minutes, j'ai agité les mains pour ramener le calme. Ça a pris encore plusieurs minutes, mais ils ont fini par se calmer. C'était bizarre de voir une foule pareille devenir complètement silencieuse.

Je me suis penché vers le micro. Quand j'ai pris la parole, ma voix a résonné dans la cour.

— Je n'ai encore jamais parlé à une telle foule, alors excusez-moi si je ne suis pas vraiment brillant, ai-je commencé. Personne n'oubliera jamais ce jour. Pas parce que j'ai gagné le Grand X, mais parce qu'au moment d'écrire l'histoire de Quillan, cette date sera celle qui marquera le début de notre combat pour l'indépendance et la liberté !

Ils ont hurlé de joie. Certains ont agité des drapeaux rouges en mon honneur. Je me suis demandé si ça deviendrait le nouveau drapeau de Quillan. Je les ai encore calmés et j'ai continué :

— La route est encore longue. Nous n'en sommes qu'au premier pas. Mais vous pourrez dire à vos petits-enfants que vous étiez là le jour où nous avons vu naître un nouveau Quillan. Le Renouveau a commencé. Mais ce n'est que le début. À vous de reconquérir votre liberté !

Ils sont devenus hystériques. J'ai agité les mains, ce qui n'a fait que les chauffer encore plus. Quel pied ! Je n'aurais jamais cru vivre un jour un moment pareil et, pour être franc, ça me plaisait bien.

Nevva m'a chuchoté à l'oreille :

— Il vaut mieux y aller. J'ai des gens à te présenter.

Je n'avais pas envie de partir. Vous auriez fait quoi à ma place ? Des milliers de personnes m'acclamaient comme si j'étais le plus grand héros de tous les temps. Bon, après tout, j'avais sauvé tous ces autres territoires et je n'avais jamais récolté un seul merci. J'avais bien mérité quelques applaudissements.

Nevva m'a doucement entraîné à l'intérieur, mais la foule a continué à m'acclamer. J'étais si surexcité que je parlais à la cadence d'une mitrailleuse :

— Vous avez vu ? C'est du délire ! Ça a marché ! Ils vont vraiment le faire ! Quillan est sauvée !

410

Quatorze nous a emmenés dans les entrailles du château, où s'ouvrait un tunnel souterrain. Une voiture nous y attendait. Nevva s'est installée derrière le volant et moi sur le siège passager.

– Viens ! ai-je dit à Quatorze. Tu es dans le coup, toi aussi !

– Non. Ma place est ici.

Je suis descendu pour le rejoindre.

– Il n'y a plus d'ici. Tu es libre.

– Un dado n'est jamais libre, a-t-il répondu. Je reste avec les autres dados de service.

– Viens, Pendragon, a insisté Nevva.

J'ai serré Quatorze contre moi. Il ne s'y attendait pas. Il ne savait pas du tout comment réagir.

– Merci, mon vieux, ai-je dit. Sans toi, je ne m'en serais jamais sorti.

Il m'a tapoté maladroitement le dos.

– Bien sûr que si. Je suis heureux d'avoir été à votre service.

C'était bizarre de ressentir tant d'affection pour une machine. Pendant mon séjour au château, Quatorze avait été ma seule voix de la raison, et je m'y étais cramponné. Il me manquerait.

– J'espère qu'on se reverra, ai-je dit. Mets une autre tenue, que je puisse te reconnaître. Vous vous ressemblez tous.

– Je m'en souviendrai. Au revoir, Pendragon. Bonne chance.

J'ai hoché la tête et j'ai sauté dans la voiture. Nevva a mis les gaz et on est partis. On a roulé si longtemps qu'on a forcément dû dépasser les grilles du château. Et pendant tout ce temps, je n'ai pas arrêté de bombarder Nevva de questions. Je voulais savoir ce qui se passait sur Rune et dans tout Quillan, et comment réagissait le conseil d'administration. Le Renouveau avait commencé, et je voulais savoir où on en était. Nevva a éclaté de rire et m'a conseillé d'attendre le communiqué officiel. Ça m'allait. De toute façon, je préférais l'entendre de la bouche de Tylee Magna. Nevva avait joué son rôle. Nous, les Voyageurs, on avait enclenché le Renouveau. Maintenant, c'était à Tylee et aux adeptes de jouer.

On a fini notre voyage sans un mot. Je continuais de repasser dans ma tête les détails de cette journée de folie, des épreuves du Grand X jusqu'à cette foule hurlante. C'était trop incroyable pour ne pas être un rêve. Je voulais tout graver dans ma mémoire, jusqu'au moindre détail.

Le souterrain nous a menés à un bâtiment qui ressemblait à une sorte d'usine abandonnée. Nevva savait précisément où aller. On est sortis dans les rues de Quillan. Après un court moment, Nevva a foncé dans un garage qui donnait sur un autre couloir souterrain. C'était dément de voir défiler ce monde abandonné qui s'étendait sous Rune. Finalement, on est arrivés dans un grand garage qui devait être le parking d'un de ces centres commerciaux oubliés. Il y avait même des bandes blanches usées délimitant les emplacements. Nevva m'a fait entrer dans un bâtiment, puis dans la cabine d'un ascenseur. Elle ne m'y a pas suivi.

– Vous ne venez pas ? ai-je demandé.

– Non. Les membres du conseil d'administration ne savent même pas que je suis partie ; je ne vais pas renoncer à cet emploi, du moins pas maintenant. Ce n'est que le début du Renouveau. Nous avons encore un long chemin à faire.

– D'accord, ai-je répondu, mais faite attention à vous. Et revenez vite.

– Pendragon, tu as été formidable. Un instant, j'ai vraiment cru que tu n'y arriverais pas.

– Rien qu'un instant ? ai-je répété. Moi-même, je n'ai jamais été sûr de rien.

– J'avais plus confiance en toi que tu n'en avais toi-même. Je savais que tu allais l'emporter. C'était écrit.

J'ai acquiescé.

– Faites vite, d'accord ?

Nevva m'a fait un signe de la main. Les portes se sont refermées. La cabine a démarré. Il n'y avait pas de boutons à l'intérieur. Sans indications, impossible de dire si je montais ou si je descendais. J'étais pressé de discuter avec Tylee et les autres.

L'ascenseur s'est arrêté, les portes ont coulissé. Avec un grand sourire, je suis sorti de la cabine… et je me suis figé. Je me suis retrouvé dans une salle nue avec une double porte face à celle de l'ascenseur. De chaque côté de celle-ci, de grandes lettres argentées proclamaient BLOK. Mon sourire s'est effacé. Qu'est-ce qui se passait ? Je n'étais pas chez les adeptes du Renouveau, mais dans la salle du conseil d'administration de Blok.

Les portes devant moi se sont ouvertes. J'ai vu la pièce où on m'avait présenté au conseil d'administration. Elle était bizarrement vide. Il n'y avait qu'une personne.

– Je croyais que tu n'arriverais jamais jusqu'ici, a fait une voix. Mais je suppose que tu devais profiter de l'adoration de ton public.

Je connaissais cette voix. Mais c'était impossible. Non, ça ne pouvait pas être...

Pourtant, c'était bien lui. Là, dans l'ombre de cette salle assombrie, se tenait un fantôme. Je savais que c'était un spectre, parce que je l'avais vu mourir sous mes yeux. Mais il était bien là, en chair et en os... le challenger vert ! J'ai cligné des yeux. Il n'a pas disparu. J'ai frotté mes paupières. Il a souri. Ce n'était pas un fantôme. Il avait survécu à sa chute. Il n'avait même pas l'air blessé.

– Je pensais que tu comprendrais qu'il y avait anguille sous roche en voyant que ma blessure ne me gênait pas, a-t-il dit en battant de son pied gauche contre le sol. Mais tu n'as jamais été aussi futé que tu le crois.

Mes paumes sont devenues moite. Un frisson m'a parcouru l'échine.

– Non, ai-je dit doucement. Pas question.

– Oh ! si, a répondu le challenger vert. Une fois de plus, tu n'as pas vu ce qui se trouvait sous tes yeux. Mais tu as raison, au moins sur un point. Tout se passe exactement comme prévu. Sauf que le plan est différent de ce que tu croyais.

Le challenger vert s'est mis à changer de forme. J'ai fermé les yeux. Je ne voulais pas voir ça. Je savais ce qui se passait.

– Ouvre les yeux, Pendragon, a dit Saint Dane. Il est temps que tu voies la nouvelle Quillan... le territoire que tu as contribué à créer.

QUILLAᴎ

Lorsque j'ai rouvert les yeux, Saint Dane avait repris sa forme habituelle : presque deux mètres, vêtu d'un costume noir boutonné jusqu'au cou. Complètement chauve avec des cicatrices écarlates ressemblant à des éclairs sur son crâne blême. Mais le trait le plus marquant restait ses yeux. Ses yeux d'un bleu de glace brûlant d'une lueur de folie.

J'ai reculé vers l'ascenseur, mais comme il n'y avait pas de boutons, je ne savais pas quoi faire.

– Où vas-tu ? a fait Saint Dane avec un petit rire. Tu veux aller dire à tous les habitants de Quillan que le challenger vert n'était pas celui qu'ils croyaient ? Tu veux peut-être raconter la vérité à tes amis du Renouveau ? (Il a serré son biceps pour mieux se moquer de moi.) Au fait, j'ai bien aimé le moment où tu as salué la foule. Dramatique à souhait. Très théâtral.

– Dites-moi ce qui se passe, ai-je fait.

– Oh, avec plaisir ! Je n'attendais même que ça.

– Mais… vous vouliez que je participe et que je perde, ai-je crié. Et je vous ai vaincu !

– Tu ne m'as pas vaincu, Pendragon. Je voulais que tu l'emportes. Je t'ai *laissé* gagner ! Si la compétition a été si serrée, c'était pour faire monter la tension dramatique. Tout le monde apprécie un bon suspense.

J'ai dû m'adosser au support de l'ascenseur.

– En fait, a-t-il continué, le Grand X était la cerise sur le gâteau, comme vous dites en Seconde Terre. Tu avais perdu la bataille bien avant ça.

J'avais du mal à respirer. Mon cœur battait la chamade. Je ne comprenais rien à ce qu'il disait. Ce n'était pas logique. Il a fait un pas vers moi.

– Tu vois, Pendragon, tout ce que tu as entendu est vrai. Le peuple de Quillan est bien prêt à reprendre le contrôle de son territoire. Les adeptes du Renouveau ont tout préparé. Il ne manquait plus qu'une étincelle. Et tu la leur as fournie ! Tu les as inspirés. Ça a marché ! Tu as vu le résultat. Les gens se sont soulevés par milliers pour marcher sur la ville. Et c'est la même chose dans tout le territoire. Tu leur as donné l'espoir, et c'est ce qui les meut. C'est l'anarchie !

– Mais si vous m'avez laissé gagner, ai-je repris, c'est que vous vouliez que les choses se passent comme ça !

Saint Dane a eu un petit rire. J'avais horreur de le voir si joyeux.

– L'espoir est une émotion bien fragile. Ça n'a rien à voir avec la réalité. (Il a tapoté son crâne chauve.) Elle n'existe que dans ton imagination. Si tu crois qu'il y a de l'espoir, il y en a. Si tu n'y crois pas, il n'y en a pas.

– Vous pouvez abréger ? ai-je dit.

– La défaite est quelque chose de terrible, a-t-il repris. Mais c'est encore pire quand elle survient alors qu'on croit avoir gagné.

Il a tourné les talons pour entrer dans la cour du conseil. Je n'avais aucune envie de le suivre. Ça n'annonçait rien de bon. Je me doutais que j'allais tomber de haut, mais je voulais savoir. Alors je l'ai suivi.

Dans la cour, les deux écrans où on avait rediffusé mon épreuve de Crochet étaient toujours là. Saint Dane a pris la télécommande.

– Je ne t'ai pas menti, Pendragon. Du moins pas entièrement. Je n'ai rien à voir avec la création de Blok, ou des jeux.

– Mais vous avez fait venir Veego et LaBerge de Veelox, ai-je remarqué.

– Ah ! tu as découvert ce petit détail ! Ces deux-là sont vraiment d'insupportables crétins, tu ne trouves pas ?

– Vous savez que vous n'êtes pas censés mélanger les territoires.

– Non, Pendragon, *tu* n'es pas censé le faire. Au cas où tu l'aurais oublié, je suis le méchant. Du moins de ton point de vue.

Tu t'accroches à cette illusion comme quoi les territoires doivent rester séparés et évoluer à leur propre rythme. Je ne suis pas d'accord. Je pense qu'ils ne pourront achever leur potentiel que lorsque les barrières seront abattues et que Halla sera unifié.

– Mais ce serait le chaos, ai-je dit.

– Ah, oui ? D'après toi, qu'est-ce qui se passe en ce moment dans les rues de Quillan ? Un barbecue ? Tu savais que l'avènement du Renouveau ferait de graves dégâts.

– Oui, mais c'était le seul moyen de faire tomber Blok, ai-je repris. Ces gens sont prêts à souffrir pour se créer un meilleur avenir.

– Exactement ! s'est exclamé Saint Dane. Avant que ma vision de Halla puisse se réaliser, il faut que je détruise l'ancien ordre et que j'engendre le chaos. De là, un nouveau Halla pourra voir le jour. Est-ce très différent de ce qui va se passer sur Quillan ?

– Ça dépend de la façon dont on le voit, ai-je dit.

Saint Dane n'a pas répondu tout de suite. Il s'est contenté de m'adresser un petit sourire.

– Bien vu.

– Vous avez dit que si je participais au tournoi, vous me révéleriez la nature des Voyageurs. Ça aussi, c'était un mensonge ?

Il m'a regardé et il a reposé la télécommande.

– Je ne pense pas que tu veuilles vraiment le savoir, Pendragon, a-t-il dit. Tu préfères sûrement tes illusions. Ta vision de la réalité est plus… confortable.

– Ne me dites pas ce que je veux ou ne veux pas savoir.

– Alors d'accord.

Mon cœur s'est emballé. Était-ce le grand moment ? Allais-je enfin connaître la vérité ? Saint Dane m'a regardé. Ça peut paraître bizarre, mais un instant, j'ai cru voir ses yeux s'adoucir. Sa démence maléfique avait brièvement fait place à… quoi ? De la gentillesse ? De la sympathie ? De la compassion ?

– Tu n'existes pas, Pendragon, a-t-il dit d'une voix douce. Tu n'est qu'une illusion. Tout comme moi. C'est pour ça que nous pouvons traverser le temps et l'espace sans nous soucier des lois de la physique qui restreignent les habitants des territoires.

Là, je ne le croyais pas.

– Vous n'êtes peut-être pas vrai, mais moi si, aucun doute là-dessus. Je ne peux pas changer d'apparence comme de chemise. Je ressens la douleur, comme tout le monde. Je suis né, je grandis, je suis une personne physique complètement normale, comme les autres habitants de Seconde Terre.

– Jusqu'à un certain point. C'est vrai que tu n'as pas mes capacités et que tu n'évolueras peut-être jamais jusqu'à ce stade, mais ne t'y trompe pas : les Voyageurs défient toutes les lois physiques des territoires. Tu sens la douleur, mais tu guéris à une vitesse anormale. J'ai tué Loor, mais tu l'as fait ressusciter. Ça te semble vraiment si « normal » ?

– Et l'oncle Press ? Et Osa ? Et tous les autres qui sont morts ? ai-je aussitôt rétorqué.

– C'était de leur propre chef, a répondu Saint Dane. Tu ne voulais pas que Loor meure, elle a survécu. C'était ta décision.

Mon esprit était tiraillé. Il me disait tout et rien à la fois.

– Et si c'est vrai, d'où venons-nous ? Comment avons-nous été créés ? Et *vous*, vous venez d'où ?

Saint Dane s'est assis sur une chaise. Drôle de situation. Il ne ressemblait plus au démon désireux de détruire Halla. On aurait plutôt dit un adulte soucieux et responsable. Bon, un adulte responsable avec des éclairs pyrogravés sur le crâne, mais quand même.

– J'ai bien peur que la réponse à cette question soit au cœur même de ce conflit. Je vais être honnête avec toi : je ne peux pas te donner toutes les réponses, car ça me désavantagerait. Alors je n'en dirai pas plus. Mais je peux t'assurer d'une chose : en ce moment, tu as une occasion en or. Nous ne sommes pas si différents, toi et moi. Nous pouvons construire un nouveau Halla... ensemble.

Il m'a jeté un regard doux et sincère. J'avais envie de le croire. Je voulais en finir avec cette bataille insensée et que tout redevienne normal. Je voulais apprendre la vérité. Toute la vérité. Ç'aurait été si simple.

Mais les souvenirs me sont revenus. Tous, d'un bloc. C'était un meurtrier. Il n'avait provoqué que des horreurs et des souffrances. Et je l'avais vu de mes yeux. J'avais vu le plaisir qu'il en retirait. Comment est-ce que ça pouvait être écrit ? Si c'était *ça* sa vision pour Halla, je ne pouvais pas le laisser faire.

– Non, ai-je répondu. Je ne serais jamais comme vous. Quelle que soit votre vision de l'avenir de Halla, je ne peux pas l'accepter. Pas si elle commence par faire ressortir ce qu'il y a de pire dans l'humanité.

Son regard a changé. Sa douceur s'est évaporée. La lueur de folie est revenue.

– Le pire dans l'humanité ? a-t-il sifflé. Tu veux dire l'arrogance, la vanité, la soif de pouvoir et de vengeance ? (Il s'est levé et il a marché vers moi, en me forçant à reculer.) Regarde-toi, Pendragon. Tu prétends être un modèle de justice et d'héroïsme, mais que s'est-il passé ici, sur Quillan ? Tu te croyais invincible – c'est comme ça que je t'ai manipulé pour que tu acceptes de concourir aux jeux. Ton orgueil t'a trahi. Si j'ai tué un Voyageur, c'était pour voir comment tu réagirais. Et qu'est-ce que tu as fait ? Tu as crié vengeance ! Tu te cramponnes aux précieux dictons de ton oncle, qui t'a dit qu'il ne fallait pas mélanger les territoires, et pourtant, tu interfères toi aussi dans leur ordre naturel. Tu es terrifié quand j'amène ici un animal de Cloral ou une arme d'Eelong, or toi, tu ne te gênes pas pour apporter quelque chose de bien plus dérangeant. Tu apportes des idées, Pendragon ! Tu as grandi en Seconde Terre, et tu es bien prompt à imposer aux autres ce que tu crois être les valeurs morales supérieures de ce monde. Est-ce si différent de ce que je fais ? Ton arrogance m'étonnera toujours. Tu as été confronté à une immense foule de gens qui te considéraient comme un sauveur, et tu as adoré ça, non ? Tu as apprécié ce sentiment de puissance. Ne te mens pas, Pendragon. Tu n'es pas mû que par de nobles idéaux. Tu as des défauts, comme tout le monde. C'est la vérité, que tu l'admettes ou pas.

– Vous la déformez.

– Vraiment ? a-t-il rétorqué. Laisse-moi te reposer la question, challenger rouge. Tu aimes tuer ?

– Quoi ? Non !

– Tu te crois incapable de commettre un meurtre, mais permets-moi de te rappeler que tu as déjà pas mal de sang sur les mains. Il y eut des morts lorsque cette mine de Tak a explosé sur

Denduron. Et combien de victimes ont succombé quand le *Hindenburg* s'est écrasé ? Mais ce n'est rien comparé à notre duel, Pendragon. Si tu n'existais pas, je ne serais pas là. Tout ce que j'ai fait, c'est à cause de toi ! Combien d'innocents devront encore mourir avant que tu n'abandonnes ta quête absurde ?

– Non, ai-je dit, pas question. Vous ne pouvez pas rejeter la faute sur moi.

– Nous sommes responsables tous les deux, Pendragon. Lorsque la Convergence viendra, ton rôle sera tout aussi important que le mien.

– La quoi ? ai-je demandé. La Convergence ? C'est quoi, ça ?

– C'est notre avenir, Pendragon. Le futur de Halla.

Il s'est retourné d'un bond et s'est emparé de la télécommande.

– Tu n'es toujours pas convaincu ? Laisse-moi te montrer ce que ton arrogance a apporté à Quillan. Ce territoire était au bord d'une révolution. Les adeptes du Renouveau ont rassemblé des milliers de gens en les convaincant que, s'ils voulaient connaître à nouveau le bonheur, ils devaient renverser Blok. Blok savait ce qui se tramait, mais ce n'est pas ces illuminés qu'ils redoutaient, non. Ce qu'ils craignaient plus que tout, c'était le passé. Ils avaient fait de leur mieux pour détruire tout ce qui pouvait donner envie au peuple de revenir en arrière. Cela leur a pris des générations, mais ils ont réussi à éradiquer tout un mode de vie pour imposer le leur. Ils ont physiquement brisé le territoire et détruit moralement sa population. Ils ont pu contrôler le peuple du tout au tout parce que celui-ci ne connaissait rien d'autre, tout simplement. Ils avaient complètement expurgé leur histoire pour ne laisser qu'une ardoise vide. La seule chose qui aurait pu les menacer, c'était que quelqu'un redécouvre le passé. Mais ce n'était pas un problème, puisque le passé n'existait plus. N'est-ce pas ?

Saint Dane a dirigé la télécommande vers les postes de télé. Ils se sont allumés et ont diffusé des images qui m'ont donné envie de tomber à genoux et de pleurer. Chaque écran montrait une prise de vue de la bibliothèque secrète contenant toutes les reliques du passé de Quillan.

– Quel est ce nom de code qu'ils lui donnent ? Ah, oui, M. Pop. Très mignon. En fait, les adeptes ont fait de leur mieux pour préserver son secret. Le conseil d'administration a eu vent de rumeurs à propos de son existence, mais n'a jamais pu prouver qu'il était réel, encore moins le trouver. Eh bien, Pendragon, ils ont fini par le dénicher... grâce à toi.

Ce qui a suivi était un véritable Armageddon. D'abord, j'ai vu les conservateurs en blouses vertes courir dans les allées d'un air terrifié. Certains ont cherché à emporter des objets, d'autres se sont contentés de fuir, en vain. Une légion de dados s'est lancée à leur poursuite. La première vague était armée de pistolets dorés et a tiré sur tout ce qui bougeait. Des vitrines ont explosé, des étagères se sont renversées, éparpillant des livres et des manuscrits ; des sculptures ont volé en éclats. Toutes ces reliques du passé ont été irrémédiablement détruites, les unes après les autres. La vague suivante était armée de lance-flammes. Le feu s'est répandu dans toute la salle. Les livres ont brûlé, les tableaux se sont couverts de cloques, les vêtements se sont embrasés. La chaleur était si forte que même le métal fondait. J'ai vu la main géante tenant la plume noircir à vue d'œil. La salle était devenue un immense incinérateur. Au milieu de tout ça, les dados semblaient insensibles à la chaleur, et au chagrin.

Ils agissaient de façon méthodique. Comme les écrans changeaient tout le temps de point de vue, j'ai pu voir toute la scène. Je ne le voulais pas, mais il le fallait. Quand la salle tout entière a été la proie des flammes, les dados sont partis pour être remplacés par d'autres qui portaient ce qui ressemblait à de petits tonneaux. En se déplaçant rapidement au cœur de cet enfer, ils les ont disposé aux quatre coins de l'immense espace. Puis ils se sont retirés à toute allure. J'avais peur de comprendre ce qui allait suivre.

Les tonneaux ont explosé, l'un après l'autre, avec une telle violence qu'ils ont secoué toute la structure. Des poutres sont tombées du plafond et les cloisons se sont effondrées. Une de ces longues poutres a renversé la statue de la main, arrachant la plume au passage. D'autres barils ont explosé. Le dernier a fini par détruire les caméras retransmettant ce carnage. Heureusement, le spectacle était terminé. Je venais d'assister à l'annihilation totale du passé de Quillan. Des siècles de création et des générations de conservation dans le plus grand secret avaient été détruits en quelques minutes.

L'écran s'est éteint. Saint Dane s'est tourné vers moi.

– Comme je l'ai dit, pour que la défaite soit vraiment totale, elle doit venir au moment même où l'on croit tenir la victoire. Ces images ont été diffusées dans tout Quillan. Je voulais que tu remportes le Grand X, Pendragon. Je voulais que tu deviennes le champion du peuple. Je voulais qu'ils croient avoir une chance de s'en sortir, parce que maintenant, ils savent qu'ils n'ont pas le moindre espoir. Blok va survivre. Ce territoire pathétique continuera son morne chemin. L'élite prospérera, les masses souffriront. C'était bien le moment de vérité de Quillan, Pendragon. La destruction de leur histoire. Et ils peuvent t'en remercier.

J'en suis resté sans voix. Saint Dane venait de révéler tous les pièges de son plan tortueux. Mais, malgré tout ce qui s'était passé, il y avait encore une chose que je ne comprenais pas.

– Comment ? ai-je dit. Comment est-ce que j'ai pu révéler l'emplacement de M. Pop ? Je ne savais même pas où il se trouvait. Je ne le sais toujours pas.

– Moi non plus, a fait une troisième voix.

Je me suis aussitôt retourné. Une autre personne venait d'entrer dans la pièce. Une apparition presque aussi troublante pour moi que celle du challenger vert. Plus peut-être, car ses implications étaient plus dérangeantes encore.

C'était Nevva Winter.

– J'ai eu beau supplier, a-t-elle dit, ils n'ont jamais voulu m'y emmener. Jusqu'au jour où ils ont dû te convaincre de risquer ta vie pour leur cause. Je leur ai dit qu'il suffirait pour ça que tu voies M. Pop. Bien sûr, comme c'était mon idée, ils m'ont laissé venir. Et avant qu'on reparte, j'ai déposé un de ces appareils dans un coin.

Elle a levé un doigt. Il était entouré d'une boucle.

Journal n° 27
(suite)

QUILLAN

Je suis resté là, à dévisager Nevva, bouche bée.

– Je... Je ne comprends pas, ai-je dit.

– C'est très simple, a-t-elle expliqué. Ils ont retrouvé l'emplacement de la boucle.

– Non ! ai-je crié. Vous êtes une Voyageuse ! Comment vous avez pu faire ça ?

Elle s'est mise à côté de Saint Dane. Mon esprit n'arrivait pas à accepter ce qui se passait. C'était impossible.

– Désolé de t'avoir trompé, Pendragon, a-t-elle dit. Personnellement, je n'ai rien contre toi. Mais il fallait que tu participes au tournoi et que tu nous aides à découvrir M. Pop.

En un éclair, j'ai revu les moments que j'avais passés à ses côtés. Est-ce qu'elle avait vraiment lu les journaux des Acolytes ou est-ce que Saint Dane lui avait tout raconté ?

– Remudi ! ai-je dit. Comment est-ce que vous l'avez poussé à concourir ?

– De la même manière, a-t-elle répondu. Nous lui avons dit qu'il serait l'étincelle qui déclencherait le Renouveau. Mais ce n'était pas le véritable but. Il était là pour te pousser à participer à ton tour.

Je n'en croyais pas mes oreilles.

– Vous saviez qu'il était condamné. Vous avez provoqué la mort d'un Voyageur.

– C'était nécessaire, a-t-elle répondu. Je n'en suis pas particulièrement fière, mais le résultat est là.

– Vous ne valez pas mieux que Saint Dane ! ai-je crié.

– J'ai fait le tour complet de Halla, Pendragon, a-t-elle repris. Et tout ce que j'y ai vu, c'est de l'hypocrisie. Partout, les gens s'entretuent pour leurs croyances. L'ennui, c'est que rares sont ceux qui croient en la même chose, si bien qu'ils finissent par se dresser les uns contre les autres. C'est si… futile. Saint Dane m'a convaincue qu'il pouvait unifier Halla afin que tous tendent vers un but commun.

– Mais *quel* but ? ai-je dit, me retenant de hurler. C'est un monstre, Nevva ! Il veut peut-être unifier Halla, mais pour en faire quoi ? Il n'a pas de conscience. Ni de compassion. Il est incapable d'aimer.

– Aimer ! a répété Saint Dane. Ah ! l'amour est la racine de tous les conflits. Dire que je suis incapable d'aimer est un compliment.

– Comment a-t-il fait, Nevva ? Comment est-ce qu'il a pu vous corrompre ?

– J'ai perdu mes parents, Pendragon. J'étais furieuse. C'est alors que Press m'a dit que j'étais une Voyageuse. Il m'a montré Halla, mais il a eu beau me dire que tout était écrit, je n'arrivais pas à l'accepter. Pas après ce qui était arrivé à mes parents. Je savais qu'il y avait forcément quelque chose de mieux, et Saint Dane me l'a prouvé. Quand la Convergence viendra, j'entends bien être à ses côtés.

– C'est quoi, cette Convergence ? ai-je crié. Dites-le-moi !

– Tu n'es qu'au début de ton évolution en tant que Voyageur, a dit Saint Dane. J'ai enseigné bien des choses à Nevva. Je peux t'en apprendre aussi.

– La bataille sera bientôt terminée, a repris Nevva. Tu peux faciliter les choses à tout le monde en acceptant l'inévitable.

L'impossible s'était produit. Saint Dane avait converti à sa cause un autre Voyageur. Désormais, j'avais deux ennemis.

– Et ensuite ? ai-je demandé. La Seconde Terre ? La Troisième Terre ? C'est quoi, cette Convergence ?

– Après ce qui s'est passé ici, sur Quillan, a repris Nevva, je crois qu'il vaut mieux que je n'y traîne pas trop longtemps. Ibara n'a plus de Voyageur. Je pourrais prendre la place de Remudi.

– C'est fini, Pendragon, a renchéri Saint Dane. Sauve ta vie, et des milliers d'autres en prime. La seule chose qui te reste à faire, c'est de suivre le conseil que je t'ai donné sur la plate-forme de Tato. Abandonne.

Boum !

Les doubles portes de la cour du conseil se sont ouvertes d'un coup. On était attaqués, mais par qui ? J'ai plongé entre les sièges et j'ai levé les yeux. Plusieurs personnes en tenue de commando sont entrées. Ils étaient habillés en noir, avec des cagoules noires, et ils étaient armés de pistolets dorés. Je savais qui ils étaient : les adeptes du Renouveau.

Saint Dane et Nevva ont aussitôt pris la fuite. Ils sont sortis de la cour pour descendre le couloir menant au bureau de M. Kayto. Un des adeptes s'est avancé et a crié :

– Pendragon !

– C'était elle ! ai-je répondu. Nevva ! C'est elle qui leur a livré M. Pop !

Le type a fait signe aux autres de suivre Nevva et Saint Dane. Ils ont filé. Je ne sais pourquoi j'avais pris la peine de leur dire la vérité. Maintenant, c'était trop tard. Le type a retiré sa cagoule. C'était le vieil homme qui m'avait aidé à mon arrivée sur Quillan.

– Qu'est-ce que tu fais là ? a-t-il demandé.

– Ils m'y ont amené, ai-je répondu. Et *vous*, qu'est-ce que vous faites là ?

Il s'est assis. Il avait l'air bien fatigué.

– Je me le demande aussi, a-t-il répondu. Avec tout ce qui s'est passé après la destruction de M. Pop, on s'est dit qu'on pourrait pousser le conseil d'administration à… Je ne sais même pas à quoi. On a évacué le bâtiment. Jusqu'à présent, on n'a croisé personne. C'est fini. Tout est fichu.

On aurait dit qu'il allait se mettre à pleurer. Je le comprenais. Je ne valais pas mieux.

– Je ne sais même pas votre nom, ai-je dit.

– C'est Sander. Je n'arrive pas à y croire, Pendragon. Tout se mettait en place. Le Renouveau avait commencé. Et tout à coup…

Il n'a pas pu finir sa phrase.

– Allons voir ce que les autres ont pu trouver, ai-je dit.

On a quitté le tribunal. Dans le couloir, un adepte se tenait juste devant la porte du bureau que Saint Dane occupait sous l'identité de M. Kayto. On s'est dépêchés de le rejoindre.

– Ils sont là-dedans ? a demandé Sander.

– N-non, a-t-il répondu, l'air ébranlé. Regardez.

On est entrés pour voir les autres adeptes alignés devant la grande verrière – ou ce qui en restait, vu qu'elle était fracassée.

– Ils ont… sauté, a dit un des adeptes.

Sander a jeté un coup d'œil prudent. Je savais qu'il n'y aurait rien à voir là en bas. Ils avaient disparu. La terrible réalité m'a frappé à nouveau : j'avais désormais deux ennemis, et ils avaient tous les deux les mêmes pouvoirs.

– Venez, a dit Sander. Les dados ne tarderont pas à revenir. On n'est pas en sécurité ici.

Il m'a ramené dans le réseau souterrain. Même si Nevva avait révélé l'emplacement de la plupart des centres commerciaux, il restait encore quelques endroits sûrs où les adeptes pouvaient se retrouver. Ou ce qu'il restait des adeptes. Le Renouveau était mort. La destruction de M. Pop avait eu exactement l'effet que souhaitait Saint Dane : plus personne n'était motivé pour résister. Ils avaient perdu espoir. En quelques instants, le peuple était passé des sommets de l'enthousiasme au désespoir le plus profond. Le mouvement ne s'en remettrait jamais. M. Pop était plus qu'un symbole, c'était la dernière trace d'une civilisation éteinte – et maintenant, il n'en restait plus rien.

J'ai passé les semaines suivantes avec quelques adeptes rescapés, à chercher à comprendre ce qui se passait. Ils m'ont accepté parmi eux parce que, même si j'avais échoué, j'avais fait de mon mieux pour les aider. J'avais malgré tout gagné leur confiance. Pendant tout ce temps, je n'ai pas dit grand-chose. J'ai beaucoup écouté, et ce qui se disait ne me plaisait pas du tout. Ces gens étaient le cœur même du Renouveau, et ils s'étaient résignés. Ils n'avaient pu gérer la destruction de M. Pop. Saint Dane avait raison. Ils avaient perdu toute espérance.

Je les comprenais très bien, mais mon propre désespoir dépassait largement le territoire de Quillan. J'avais l'impression d'avoir atteint un autre moment de vérité. Celui de Halla. Et je craignais qu'il n'ait penché dans la mauvaise direction. J'avais du mal à admettre que j'en étais en partie responsable. Saint Dane m'avait bien eu. Nevva aussi. Ils avaient flatté mon orgueil jusqu'à me faire croire que j'étais invincible. *A priori*, c'est ce que Saint Dane voulait dès le départ. Nous, les Voyageurs, on avait remporté plusieurs victoires. Quand Saint Dane m'avait attaqué physiquement sur Zadaa, il m'avait poussé à apprendre à combattre. Et j'étais doué. Je n'avais peut-être pas un instinct de tueur, mais je m'en sortais bien. Maintenant, on aurait dit que tout était fait pour me mettre dans cette position et provoquer la perte d'un autre territoire. Et de Halla.

Le pire, pour moi, a été de marcher dans les rues plusieurs jours après le Grand X. Les écrans perchés au sommet des bâtiments se sont animés. Qui y est apparu ? Veego et LaBerge. Ils étaient de retour. Et comme si ça ne suffisait pas, ils étaient là pour présenter un nouveau tournoi. Les compétiteurs étaient les nouveaux challengers vert et rouge.

Le nouveau challenger vert n'était autre que… Tylee Magna. Ils l'avaient capturée juste après la destruction de M. Pop. Parmi les adeptes, personne ne savait ce qui lui était arrivé entre-temps. Non seulement ils avaient échoué, mais leur dirigeante était forcée de participer aux jeux. Je ne voulais pas regarder le match. J'en étais incapable.

J'ai passé la plupart de mon temps seul, à rédiger ce journal. Le plus difficile à écrire de tous. J'avais l'impression d'arriver au dernier chapitre. Je ne sais pas du tout ce que je vais faire ensuite. Partir à Ibara pour essayer de retrouver Nevva Winter ? Mais est-ce que je peux négliger Saint Dane ? Quelle peut être sa prochaine destination ? Il avait parlé de ce qu'il appelait la Convergence. Est-ce que c'était un territoire ? Un événement ? Impossible à savoir.

Je crois qu'une des raisons pour lesquelles je ne voulais pas quitter Quillan, c'est que je refusais d'admettre ma défaite. Je voulais croire que quelque chose – une graine, une personne, une braise sauvée de la destruction de M. Pop – me convaincrait que tout espoir n'était pas perdu. Mais plus je passais de temps ici, plus je comprenais que je me faisais des illusions. Quillan était morte. En partie à cause de moi.

J'ai bien failli terminer ce journal sur ces mots. J'allais vous l'envoyer quand Sander m'a rendu visite dans ma petite chambre.

– J'ai là quelqu'un qui veut te voir.

– Qui ?

– Je ne sais pas. Elle dit qu'elle te connaît.

Je ne savais pas du tout qui ça pouvait être. Une Voyageuse débarquée sur Quillan ? Loor ? Aja ? J'ai suivi Sander vers un salon de coiffure désaffecté qui servait de salle de réunion. Une femme d'âge mûr était assise sur un des fauteuils. Ce n'est que lorsqu'elle a pris la parole que je l'ai reconnue.

– Bonjour. Tu te souviens de moi ?

– Oui ! me suis-je écrié. Je vous ai vu quand j'ai visité M. Pop. Vous m'avez donné ça pour me porter bonheur. (J'avais toujours ce collier avec un maillon doré.) Vous auriez probablement mieux fait de le garder.

Je le retirais pour le lui donner quand elle a répliqué d'un ton furieux :

– Je n'en veux pas !

– Bon, bon. Content de voir que vous, vous n'avez rien.

– Je m'en suis sortie de justesse avant l'assaut.

On s'est tus un instant, perdus dans nos souvenirs du carnage.

– Est-ce que je peux faire quelque chose pour vous ? ai-je demandé.

– Peut-être, a-t-elle répondu. Et peut-être aussi pour toi. Il y a quelque temps, j'ai reçu un cadeau. Sur le coup, je ne l'ai pas accepté. Ma vie était en miettes et je n'avais pas le courage d'en faire quoi que ce soit. Je n'en suis pas fière, mais à l'époque, j'ai cru bien agir. Je me suis retirée du monde. J'ai abandonné tout ce que j'avais pour me consacrer entièrement au Renouveau et aux archives. À M. Pop.

– Je suis désolé, ai-je dit.

– Pas autant que moi. Si je n'avais pas agi de la sorte, la bibliothèque serait peut-être encore là. C'est un poids que je devrai porter jusqu'à ma mort.

– Je ne comprends pas, ai-je dit. Comment le fait de vous consacrer à M. Pop a-t-il pu entraîner sa destruction ?

427

La femme a soupiré d'un air las.

— Je m'appelle Elli. Elli Winter. Nevva est ma fille.

Ça m'a donné le vertige. J'ai dû m'asseoir dans l'autre fauteuil.

— Elle t'a parlé de moi ? a-t-elle demandé.

— Oui. Elle pense que vous avez essayé d'assassiner les membres du conseil d'administration, d'où votre disparition.

Elli a eu un petit rire moqueur.

— Vu ce qui s'est passé, ç'aurait peut-être été mieux comme ça. Tu sais que mon mari est mort au tarz ?

— Oui.

— Il était fou de Nevva. Elle était toute sa vie.

— Excusez-moi. Vous avez bien dit qu'elle était votre fille ?

— Oui. Nous l'avons adoptée. Elle a toujours été très précoce. Elle n'arrêtait pas de poser des questions. Quand j'ai appris qu'elle travaillait pour le conseil d'administration, ça ne m'a pas étonnée. Mais je n'ai jamais été aussi fière que le jour où j'ai su qu'elle avait rejoint les adeptes. J'ai pu avoir de ses nouvelles par leur intermédiaire, mais j'ai toujours refusé de lui dire où j'étais.

— Pourquoi ne lui avez-vous pas dit que vous étiez en vie ?

— D'abord parce que la perte de mon mari m'avait détruite. Je n'avais vraiment pas le courage d'affronter le monde, encore moins Nevva. Puis j'ai reçu des nouvelles encore plus troublantes. Au lieu de chercher à comprendre, je me suis enfuie. Au fil du temps, j'ai retrouvé la paix, mais je ne savais pas comment avouer à Nevva ce que j'avais fait. J'avais trop honte. C'est pourquoi j'ai choisi de vivre dans la bibliothèque. C'était la retraite la plus sûre possible. Personne n'y venait jamais. Je pouvais enfin me retrouver seule pour réfléchir et chercher à comprendre ce qui s'était passé.

— C'est quoi, cette nouvelle que vous avez reçue ?

Elli portait une cape noire. Elle a fouillé dedans.

— Je t'ai dit que j'avais reçu un cadeau. C'était peu après la mort de mon mari. Je pense que tu dois pouvoir l'identifier.

Sa main serrait quelque chose. Elle a ouvert ses doigts pour révéler... un anneau de Voyageur !

— J'étais censée être la Voyageuse de Quillan, Pendragon. Ton oncle Press m'a apporté cet anneau et m'a tout révélé sur mon destin. Selon lui, j'assurerais ce rôle en attendant que Nevva soit prête, puis je lui transmettrais cette responsabilité. (Ses yeux se sont remplis de larmes.) Mais je n'ai pas pu le faire. J'avais peur. Ces histoires de flumes, de territoires, de Halla, de Saint Dane, de *toi*... C'en était trop. Alors je me suis enfuie. Press s'est montré compréhensif : il m'a dit que Nevva prendrait tout de suite ma place, mais que je devais garder l'anneau. Maintenant, je découvre que ma fille nous a tous trahis. Son peuple comme les Voyageurs. Si j'avais été plus forte, si j'avais été une mère digne de ce nom et si j'avais pris mes responsabilités, rien de tout ça ne serait arrivé.

Elli était en larmes. J'ai passé mes bras autour de ses épaules et je l'ai serrée contre moi. Elle s'est cramponnée à mon cou.

– Pourquoi a-t-elle fait ça ? Qu'est-ce qui lui est passé par la tête ? Ma fille est-elle maléfique ?

– Ce n'est pas moi qui vais prendre sa défense, ai-je répondu, mais je dirais que Saint Dane a une sacrée influence. Il l'a manipulée pour faire croire qu'il détenait la meilleure solution pour Halla et qu'elle devait l'aider à le sauver. Nevva est intelligente, c'est peut-être ce qui la rend vulnérable. Je ne sais pas comment Saint Dane a manipulé cette intelligence pour la rallier à sa cause.

Elli s'est dégagée et a essuyé ses larmes.

– Je m'étais juré de ne pas pleurer.

– Ce n'est pas grave, ai-je dit.

– Si, c'est grave, a-t-elle affirmé. Je ne suis plus la même personne. Cela peut sembler drôle à entendre vu mon âge, mais maintenant, j'ai mûri. Je suis prête.

– À quoi ?

Elli a inspiré profondément avant de répondre :

– À être la Voyageuse de Quillan.

Après tout ce qui s'était passé. Après toute cette destruction, ces trahisons, la perte de mes illusions et le désespoir qui avait marqué mon séjour sur Quillan, j'avais enfin trouvé ce que je cherchais. Cette vieille dame venait de me le donner. Une lueur d'espoir. Est-ce que ça suffirait pour redonner vie à un territoire ? Ou à sauver Halla ? Il est trop tôt pour le dire. Mais quand on tombe aussi bas que je suis tombé, et ce territoire avec moi, voir quelqu'un vraiment motivé pour continuer le combat revêt une sacrée importance. Saint Dane avait raison. L'espoir est quelque chose de très fragile. C'est facile de le perdre, mais on peut aussi le retrouver.

La preuve.

C'est là que je vais terminer ce journal avant de vous l'envoyer, les amis. Je vais passer quelque temps avec Elli, pour lui dire tout ce que je sais sur les Voyageurs. Ce qui est assez ironique. Comment lui expliquer ce que c'est d'être un Voyageur alors que je ne le sais pas moi-même ? Je ne peux pas m'empêcher de repenser à ce qu'a dit Saint Dane : que nous n'existions pas, que nous n'étions que des illusions. Je n'y crois pas. On est bien réels. On a sauvé des territoires. On a commis des erreurs, mais on a servi à quelque chose. On a fait plus de bien que de mal. Je ne suis pas encore prêt à jeter l'éponge. Je l'étais, mais Elli m'a fait changer d'avis. Si elle veut tenter sa chance, moi aussi.

Cela dit, j'ai vraiment besoin de voir des visages familiers. De passer quelque temps avec des gens en qui je peux avoir confiance. J'ai besoin de vous voir, les amis. La trahison de Nevva m'a fait un sacré choc. Ça m'a poussé à m'interroger sur la réalité qui m'entoure, sur ce qui existe vraiment et ce qui n'est qu'illusion, et où tout ça va nous mener. Si j'ai appris quelque chose sur Quillan, c'est que notre combat contre Saint Dane est beaucoup plus complexe que ce qu'on pense. Il y a le bien. Il y a le mal. Et il y a tout un océan de nuances indistinctes qui les sépare. Tout ce que j'espère, c'est qu'un jour, je pourrai y comprendre quelque chose.

Et nous y voilà, à bientôt, les amis.

Fin du journal n° 27

SECONDE TERRE

– Je suis désolée, dit Courtney en reposant les feuilles.

Bobby était allongé à même le sol. Il n'avait plus l'habitude de s'asseoir sur des sièges confortables.

– Ne t'en fais pas, répondit-il. Je ne peux m'en prendre qu'à moi-même.

– Je n'en suis pas si sûre. Mais ce que je voulais dire, c'est que je suis désolée de devoir faire ce que je vais faire.

– C'est-à-dire ?

– Tu as besoin d'une pause. Et pourtant, je vais t'en priver. Je vais te dire ce qui s'est passé ici. Et ça n'a rien de réjouissant.

Courtney passa une heure à raconter à Bobby tout ce qui était arrivé depuis qu'ils s'étaient quittés sur Eelong, au moment de l'écroulement du flume. Elle n'oublia pas un seul détail, commençant par le fait que Mark et elle étaient arrivés une seconde après leur départ. Elle parla de sa dépression après avoir appris la mort de Kasha, de son passage à l'école de rattrapage et, bien sûr, de Whitney Wilcox. Elle lui raconta la métamorphose d'Andy Mitchell, qui avait rejoint le club scientifique de Mark, comment ils étaient devenus amis et comment il avait aidé Mark à lui sauver la vie. Elle évoqua le projet sur lequel Mark et lui travaillaient, puis la mort des parents de Mark dans un accident d'avion.

Mais le plus dur fut encore de lui révéler qu'Andy Mitchell avait toujours été Saint Dane. Toujours. Depuis qu'ils étaient enfants. Elle finit par lui dire qu'après avoir appris la mort de ses parents, Mark avait emprunté le flume avec Andy Mitchell – alias Saint Dane. Pour aller où ? Elle n'en savait rien.

Bobby l'écouta sans dire un mot. Courtney le vit froncer les sourcils une fois ou deux, mais il ne l'interrompit pas. Elle conclut en expliquant que, depuis qu'elle avait été aspirée dans le flume, puis recrachée en Seconde Terre, il se passait de drôles de choses, comme ce chat doué de parole, l'ordinateur bizarre et la bombe de gaz lacrymogène qui n'en était pas une. Lorsqu'elle eut terminé, elle s'adossa au canapé, épuisée. Tous deux restèrent ainsi un long moment sans rien dire. Courtney savait que Bobby avait besoin d'assimiler tout ce qu'elle lui avait dit.

Finalement, Courtney reprit la parole :

– Je sais que tu es revenu ici pour faire un break, mais je ne crois pas qu'il existe encore un seul endroit pour s'éloigner de tout ça.

Bobby acquiesça. Courtney pouvait voir qu'il tournait et retournait tous ces événements dans sa tête.

– Allons-y en douceur, dit-il. D'abord, il faut se mettre d'accord sur quelques points précis. Tu me suis ?

– Bien sûr que oui, répondit Courtney.

Pour commencer, il fallait trouver de meilleurs vêtements à Billy. Le père de Courtney faisant à peu près la même taille que lui, ils passèrent dans sa chambre. Elle trouva un jeans et une chemise qui lui allaient. Comme il ne faisait pas chaud, elle y ajouta la veste rembourrée que son père mettait pour faire de la randonnée en montagne. Lorsqu'il se fut changé, elle se dit que Bobby était plus présentable et, surtout, passerait inaperçu. Le mystère de sa disparition et de celle des Pendragon n'était toujours pas résolu. Ce n'était plus le sujet de toutes les conversations, mais l'enquête de police restait ouverte. Mieux valait que personne ne le reconnaisse. Quoique, vu comme il avait grandi, il y avait peu de risques qu'on l'identifie. Par prudence, elle prit des lunettes de soleil appartenant à son père. Il ne ressemblait plus du tout au Bobby de quatorze ans qui avait disparu trois ans auparavant.

Bien qu'ils aient atteint l'âge légal, ni l'un ni l'autre n'avaient leur permis de conduire. Courtney avait trop à faire pour s'en occuper, et il n'y avait pas d'auto-école sur Eelong, Zadaa ou

Quillan. Ce qui signifiait qu'ils devraient se déplacer à vélo. Courtney prit le sien, Bobby emprunta celui de M. Chetwynde.

– Hé ! fit Bobby aux premiers coups de pédale, c'est comme la bicyclette, ça ne s'oublie pas !

Courtney éclata de rire. Un instant, on aurait cru que tout était redevenu normal. Bobby faisait des blagues idiotes et ils traversaient Stony Brook à vélo. Courtney se permit de faire comme s'il ne s'était rien passé, ne serait-ce que pour quelques précieuses minutes.

Leur premier arrêt fut à la boutique de fleuriste tenue par l'oncle d'Andy Mitchell. Il n'était pas là. Ni son magasin. À la place, il n'y avait plus qu'un terrain vague. Bobby et Courtney n'échangèrent pas un mot. Ce n'était pas vraiment une surprise. L'arrêt suivant fut l'école de Glenville, où Mark, Bobby, Courtney et Andy Mitchell étaient tous passés. Bobby attendit dehors pendant que Courtney alla expliquer à la secrétaire qu'Andy Mitchell devait assister à une grande convention scientifique à Orlando, qu'elle préparait un article sur lui pour le journal de l'école, et est-ce qu'elle aurait la gentillesse de chercher dans ses archives pour trouver des photos d'Andy ? La secrétaire répondit qu'elle ne pouvait lui confier les dossiers officiels, mais qu'elle allait voir ce qu'elle pouvait dénicher.

Un quart d'heure plus tard, elle revint avec une drôle de mine qui, pour Courtney, n'avait rien d'étonnant. Dans ses papiers, il n'y avait pas la moindre trace d'Andy Mitchell. Rien du tout. La secrétaire n'y comprenait goutte, parce qu'elle se rappelait très bien de lui. Elle l'avait plus d'une fois surpris à fumer dans les toilettes. Elle avait envie d'en parler, mais Courtney en avait assez entendu. Elle la remercia et s'en alla.

Bobby et Courtney continuèrent jusqu'à Stony Brook Avenue, où ils achetèrent des cornets de frites et des sodas au fameux Garden Poultry. Le soleil avait assez réchauffé l'atmosphère pour qu'ils puissent s'asseoir dans le petit parc près du snack et se restaurer tout en discutant.

– Alors c'est vrai, dit Bobby. Andy Mitchell a toujours été Saint Dane. Je n'ai jamais pu sentir ce type. Il n'arrêtait pas de brutaliser Mark.

– C'est dingue de penser qu'il nous a surveillés pendant tout ce temps, renchérit Courtney. Ça fait des années qu'il prépare son coup.

– Redis-moi ce que c'est, ce projet sur lequel ils travaillent ?

– Ils l'appellent « Forge ». On dirait un bout de glaise, mais à commande vocale. Tu dis à ce truc la forme que tu veux qu'il prenne et il t'obéit. C'est assez impressionnant. Tu crois que c'est important ?

– Je pense que *tout* est important. Tu as toujours ta bombe lacrymo ?

Courtney tira un petit objet de son sac à dos.

– Oui, mais ce n'est plus la même que j'ai mise dans ma poche ce matin, dit-elle.

Bobby regarda autour de lui pour s'assurer qu'il n'y avait personne. Puis il pointa la bombe vers une sculpture représentant une chouette et appuya sur la détente.

Fump !

La chouette tomba de son piédestal.

– Je n'ai jamais vu ça, dit Courtney.

Bobby lui rendit la bombe.

– Moi si. Sur Quillan. Ce sont les armes qu'utilisent les dados.

Courtney regarda l'objet comme s'il s'agissait d'un ovni – ce que, d'une certaine façon, c'était.

– Comment est-elle arrivée ici ? demanda-t-elle, stupéfaite. Et qu'est-ce qu'elle fait dans ma poche ?

– Il s'est passé quelque chose quand tu es entrée dans le flume. C'est la seule explication.

– Mais je n'ai rien fait ! s'écria Courtney.

– Ce n'est pas forcément toi. Tu es revenue au moment même où tu es partie, mais tout est différent. En fait, pendant ce laps de temps, la technologie a changé.

– Mais personne d'autre n'a rien remarqué ! fit-elle. Le siège de notre voiture n'était certainement pas le même, mais mon père n'a rien vu du tout. Et ma mère savait à peine éteindre l'ordinateur, encore moins envoyer des messages vocaux de son travail !

– C'est parce que rien n'a changé... de leur point de vue. Mais tu n'étais pas là pour assister à ce bouleversement. Tu étais dans le flume.

– Hein ? Qu'est-ce que tu veux dire ?

– Que quelqu'un s'est amusé à changer le passé, répondit Bobby. Allons-y.

Ils reprirent leurs vélos et partirent tout droit vers la Banque nationale de Stony Brook, là où Courtney déposait les journaux de Bobby dans leur coffre personnel. Ensuite, ils devaient retourner chez Courtney, mais Bobby voulut faire un petit détour. Il désirait passer près de l'endroit où se trouvait jadis son ancienne maison. Celle où il avait grandi, et qui avait disparu lorsqu'il était parti de chez lui en compagnie de l'oncle Press. Courtney tenta de l'en dissuader, mais Bobby était bien décidé.

Une fois au 2, Linden Place, Bobby comprit pourquoi Courtney ne voulait pas qu'il vienne là. Quelqu'un d'autre avait acheté le terrain. On y construisait une maison. Un bâtiment moderne, qui n'avait rien à voir avec la demeure de forme classique où Bobby avait passé les quatorze premières années de sa vie. Bobby resta figé de l'autre côté de la route, à contempler cet endroit à la fois si familier et si différent.

– Ça va ? demanda Courtney.

– Il a dit que je n'étais qu'une illusion, reprit doucement Bobby. Il avait peut-être raison.

– Tu n'es pas une illusion, Bobby Pendragon, rétorqua Courtney en lui prenant le bras. Je peux te toucher et t'entendre. Tout ce que tu fais a un effet sur ma réalité. Cela n'est pas l'idée que je me fais d'une illusion.

– Ah, oui ? Alors je suis qui ? Ou plutôt, je suis *quoi* ?

Courtney allait répondre, mais elle se ravisa. À vrai dire, elle non plus n'en savait rien.

Ils pédalèrent en silence jusqu'à la maison de Courtney. Une fois rentrés, Bobby examina l'étrange ordinateur neuf qui était apparu dans le salon.

– Je ne suis pas un crack en informatique, fit-il, mais je n'ai jamais vu un engin pareil.

– Ce n'est pas l'ordinateur qui m'inquiète, c'est plutôt le chat, ajouta Courtney.

Bobby remarqua le chat noir allongé sur l'appui de la fenêtre, en train de profiter du soleil. Ils s'avancèrent vers lui. Bobby tendit doucement la main et la passa sur le ventre de l'animal. Celui-ci se mit à ronronner.

– Mmh… c'est bon, dit-il d'un ton rêveur.

Bobby retira sa main comme s'il l'avait griffé.

– Alors là, bonjour l'angoisse.

Il tenta à nouveau de caresser le ventre du félin. Ou plutôt de l'examiner. Au bout de quelques secondes, il annonça :

– Il n'est pas vrai. Je veux dire, ce n'est pas un animal de chair et de sang. Touche.

– Non, merci.

– Vas-y, je ne te mordrai pas, affirma le chat.

Courtney jeta un coup d'œil à Bobby, puis à son tour, caressa son ventre.

– Il n'est pas mou. Il a l'air… raide.

– Mécanique, plutôt, corrigea Bobby.

– Je ne sais pas ce qui est le plus étrange : un chat qui parle ou un automate en forme de chat.

– Ça n'a rien de mystérieux, affirma Bobby. J'ai déjà vu quelque chose comme ça. Ta bombe lacrymo, ce chat – ils emploient des technologies venues de Quillan.

– C'est donc ça ? demanda Courtney, surprise. Saint Dane aurait importé des technologies de Quillan en Seconde Terre ?

– C'est ce que je pense, répondit Bobby en faisant les cent pas. Il essaie de rompre les barrières entre les territoires. Je ne sais pas ce qu'il a fait, mais l'évolution naturelle de la Seconde Terre a été modifiée. À chaque fois qu'il apportera un élément nouveau, il se produira un glissement. Tout ça, ce chat, cet ordinateur, ce n'est rien comparé à ce qui se passera quand il tombera sur une chose susceptible de provoquer un désastre. Il pourrait créer un virus mutant ou déclencher une catastrophe naturelle. Un territoire peut affecter le suivant, et ainsi de suite jusqu'à…

– La Convergence, termina Courtney.

– Oui, renchérit Bobby. La Convergence.

– Qu'est-ce que ça peut bien être ?

– Je ne sais pas. Mais Saint Dane et Nevva ont l'air convaincu qu'elle est inévitable.

Tous deux se turent.

Courtney avait laissé sa main sur le ventre du chat. Soudain, elle la retira en poussant un cri.

– Qu'est-ce qu'il y a ? demanda Bobby.

– J'ai dû appuyer sur quelque chose. Regarde.

Un panneau venait de s'ouvrir dans le ventre du chat, tel un vulgaire tiroir. Il était blanc et comportait une inscription.

– Qu'est-ce qu'il y a écrit ? demanda Bobby.

Courtney se pencha pour mieux voir. Le chat continua de ronronner comme si de rien n'était.

– C'est bizarre, dit-elle. C'est une sorte de notice d'utilisation. Il y a des instructions d'entretien, qui appeler en cas de panne et...

Courtney s'interrompit. Bobby attendit qu'elle continue.

– Quoi ? finit-il par demander.

Courtney reprit d'une voix lente :

– Il y a un copyright. Avec le nom de la compagnie qui a fabriqué ce machin.

– Oui ? Comment elle s'appelle ? fit Bobby, impatient.

– Ce n'est peut-être qu'une coïncidence, ajouta-t-elle d'une voix tremblante.

– Dis-le-moi ! s'écria Bobby.

– Dimond Alpha Digital Organisation.

– Dimond ? répéta Bobby. Comme...

– Oui, comme Mark. L'orthographe est la même.

Bobby se mit à faire les cent pas.

– Comme tu dis, c'est peut-être une coïncidence. Dimond n'est pas un nom très courant, mais il n'est pas unique non plus.

– Tu ne comprends pas ? râla Courtney.

– Bien sûr que si ! Dimond. Mark Dimond. Mais on ne peut pas en conclure d'office que Mark a quelque chose à voir avec ça.

– Bobby ! s'écria Courtney, exaspérée. Mark est peut-être derrière tout ça, ou peut-être pas. Mais regarde le nom de cette firme...

Bobby se pencha sur l'animal mécanique afin de lire le copyright.

– Oui, j'ai entendu, Dimond Alpha...

Bobby se tut soudain et regarda Courtney, qui termina pour lui :

– Digital Organisation. D-A-D-O. Dado.

Tous deux se regardèrent longuement en silence. Puis Bobby déclara :

– Je vais au flume.

– Pour aller où ?

– Trouver Mark.

– Je pars avec toi, affirma Courtney.

– Tu ne peux pas !

– Oh, si ! rétorqua Courtney. J'ai lu ce qu'avait dit Saint Dane. Du moment que je suis en compagnie d'un Voyageur, je peux emprunter le flume.

– Courtney, d'abord, je ne veux pas te faire courir le moindre danger.

– Je suis déjà en danger ! contra-t-elle. Et je te rappelle que j'ai passé plusieurs mois à l'hôpital.

– Et tu es toujours convalescente.

– Je vais bien.

– Ta place est ici, en Seconde Terre.

– Mais Bobby, la Seconde Terre n'est pas seule ! Maintenant, le monde entier, ou Halla tout entier est concerné. Je sais ce que tu penses. On ne sait pas ce que Saint Dane a fait à Mark, mais, d'une façon ou d'une autre, il a changé le cours des événements en Seconde Terre. C'est pour ça que tout est différent. Si je veux t'aider à protéger la Seconde Terre, on doit trouver Mark, et Mark n'est... pas là.

– Si je te laisse venir avec moi, je ne vaudrai pas mieux que Saint Dane. Je mélangerai les territoires, moi aussi.

– Ils sont déjà mélangés ! cria Courtney. Ce fichu chat-robot en est la preuve. J'ai horreur d'admettre que Saint Dane a raison, mais à chaque fois que tu vas dans un territoire, tu provoques toi-même des interférences, n'est-ce pas ?

Bobby regarda Courtney. Elle ne mâchait pas ses mots, mais elle avait touché juste.

– Alors c'est vrai ? dit-il. J'ai fait précisément ce que l'oncle Press m'a dit d'éviter ?

– Je ne sais pas, Bobby...

– Mais si on ne peut rien faire, ça sert à quoi d'être des Voyageurs ? Quel intérêt ?

– Vous êtes là pour empêcher Saint Dane de nuire, affirma Courtney. Du mieux que vous pouvez. Du mieux que *nous* pouvons.

Bobby continua de faire les cent pas.

– C'est possible qu'il ait convaincu Mark de se joindre à lui ?

– Je ne sais pas, répondit Courtney. Mais j'imagine que ce n'est pas si simple. La mort de ses parents l'a laissé anéanti. Si je devais perdre mon père et ma mère du jour au lendemain, je crois que je perdrais les pédales, moi aussi.

– Nevva aussi a perdu ses parents, remarqua Bobby, et c'est ce qui l'a jetée dans les griffes de Saint Dane.

– Il faut qu'on le retrouve, Bobby. Tu ne peux pas y aller seul. Dans tes journaux, tu as dit que la solitude te pesait. Je peux y remédier.

Bobby se frotta les yeux, puis regarda Courtney d'un air mécontent. Il semblait sur le point de lui rétorquer quelque chose.

– Et c'est mon ami à moi aussi, ajouta-t-elle.

Peu après, Courtney s'assit à la table de la cuisine, une feuille de papier et un stylo devant elle, pour rédiger l'impossible. Elle devait dire au revoir à ses parents. Mais alors qu'elle fixait le papier blanc, elle n'avait pas la moindre idée de la façon dont elle pourrait retranscrire ce qu'elle ressentait.

– Il faut qu'on y aille, dit Bobby.

Courtney essuya ses larmes, s'empara du stylo et écrivit tout simplement :

« Je vous aime plus que je ne pourrais le dire. Ne vous inquiétez pas trop pour moi. Je reviens le plus tôt possible. Courtney. »

Elle plia la feuille en deux et la déposa au milieu de la table, où on ne pouvait pas la rater, puis regarda autour d'elle en se demandant si elle reverrait un jour sa maison. Ou sa famille.

– Alors, on a des doutes ? demanda Bobby.

– Allons-y.

Une demi-heure plus tard, tous deux se tenaient face à l'entrée du flume.

– Comment tu te sens ? demanda Bobby. Enfin, je veux dire physiquement. Tu dois souffrir, non ?

Courtney prit une seconde avant de répondre, comme si elle faisait un inventaire mental de ses blessures.

– Tu veux savoir ce que je ressens ?

– Dis-moi.

– J'ai l'impression que cette longue période de rééducation et de convalescence a servi à me préparer à ce moment, affirma-t-elle d'un ton confiant. Je suis plus prête que jamais.

Bobby ne put s'empêcher de sourire. C'était du Courtney tout craché.

– Comment on va faire ? demanda-t-elle.

– Je ne sais pas. On peut se tenir la main.

Bobby tendit la sienne. Courtney la prit et éclata de rire.

– Tu te souviens du jour où on est tous allés au cinéma après ce match entre équipes communales ?

– Celui où je t'ai battue à plate couture ?

– Celui où j'ai marqué trois buts, rétorqua-t-elle.

– Oui, je m'en souviens.

– J'ai fait exprès de m'asseoir à côté de toi au cinéma pour pouvoir te prendre la main, avoua Courtney.

– Mais tu ne l'as pas fait.

– J'avais trop peur.

– Peur, toi ? dit Bobby d'un ton gentiment moqueur. Ça devait être la première fois !

Courtney rit à son tour, puis retrouva soudain son sérieux :

– Pas la dernière, en tout cas. Là, j'ai peur. Bobby, je ferai de mon mieux, mais je ne serai jamais comme Loor.

– Ne t'en fais pas. Moi non plus.

Ce qui les fit rire tous les deux.

– Tu crois vraiment que Mark est en Première Terre ? demanda Courtney.

– Peut-être. Ça semble logique. Mais si on y allait, je ne saurais même pas où le chercher, surtout maintenant que Gunny n'y est plus. Je pense donc qu'on a pris la bonne décision… enfin, pour commencer.

– Moi aussi. J'ai peur, mais j'ai hâte d'y être.

– Alors on y va. (Il regarda dans le flume.) Tu es prête ?

Courtney acquiesça.

– *Troisième Terre !* cria Bobby.

Le flume s'anima. Tous deux se crispèrent, redoutant que le couloir ne s'effondre comme la dernière fois que Courtney l'avait emprunté. Les lumières apparurent dans le lointain et s'approchèrent rapidement. Les notes musicales entremêlées se rapprochèrent. Les murs gris se transformèrent en cristal…

Et le couloir ne fit pas mine de s'écrouler.

Courtney s'approcha de Bobby et passa ses bras autour de lui.

– Je veux voir l'avenir, dit-elle.

– Tu as raison, répondit-il, parce qu'il sera bientôt sous tes yeux.

La lumière les engloutit. Courtney serra Bobby plus étroitement et dit :

– Hobie-ho, allons-y.

Les lumières jaillirent, et en un éclair ils disparurent.

À suivre…

À PARAÎTRE EN 2008

Bobby Pendragon n° 8
Les Pèlerins de Rayne

Cet ouvrage a été imprimé par la
SOCIÉTÉ NOUVELLE FIRMIN-DIDOT
Mesnil-sur-l'Estrée
pour le compte des Éditions du Rocher
en mai 2007

Éditions du Rocher
28, rue Comte-Félix-Gastaldi
Monaco

Imprimé en France
Dépôt légal : juin 2007
N° d'impression : 85301